the big book

Книги
ДЭВИДА МИТЧЕЛЛА

●

А
АЗБУКА
Санкт-Петербург

ДЭВИД МИТЧЕЛЛ

УТОПИЯ-АВЕНЮ

Санкт-Петербург

УДК 821.111
ББК 84(4Вел)-44
М 67

David Mitchell
UTOPIA AVENUE

Перевод с английского Александры Питчер

Оформление обложки Виктории Манацковой

ISBN 978-5-389-22320-2

Я считаю Чехова своим святым покровителем. Конечно, так думают многие писатели, но я читаю Чехова каждый год. Он напоминает мне о том, что самое главное в литературе — это не идеи, а люди. Очень люблю Булгакова. Он достаточно популярен в англоязычном мире. Булгаков очень изобретателен, и у него большое «чеховское» сердце. Например, Набоков тоже изобретателен, но у него «платоновское» сердце. Его волнуют идеи, а не люди. Ну и конечно же, Толстой. Например, «Анна Каренина» — 700 страниц, но не скучно ни на секунду, Толстой умудряется оставаться увлекательным даже на такой большой дистанции.

Сравнения Митчелла с Толстым неизбежны — и совершенно уместны.

Митчелл — один из лучших писателей современности.

Гениальный рассказчик. Возможно, именно Дэвид Митчелл окажется наиболее выдающимся британским автором нашего времени.

Замечательная книга! Два дня не мог от нее оторваться...

Классный рок-н-ролльный роман — чистосердечное признание в любви к гениальной музыке. Именно такой книги и не хватало рок-н-роллу.

Гигантский электрический мозг Митчелла создает уникальный сцений, устанавливая связи между Японией эпохи Эдо и далеким апокалиптическим будущим. Грандиозный проект, великолепно исполненный и глубоко гуманистический. «Утопия-авеню» — на удивление пророческое название для романа, потому что сейчас, в 2020 году, мысль о том, чтобы встречаться, записывать альбомы, выступать с концертами и создавать сцений, действительно кажется утопической. И все-таки в один прекрасный день мы с вами вернемся в райские кущи...

Непрерывное наслаждение... Яркий, образный и волнующий портрет эпохи, когда считалось, что будущее принадлежит молодежи и музыке. И в то же время — щемящая грусть о мимолетности этого идеализма... «Утопия-авеню» подтверждает, что настоящий талант — а возможно, и гениальность — Митчелла заключается в его умении пересказывать старые истины новыми, неожиданными способами...

Spectator

Захватывающее, бурное, увлекательное повествование с искрометными диалогами... и рассуждениями о природе творчества, также затрагивает темы психического здоровья, бытового насилия, войны во Вьетнаме, скорби, родительской ответственности и отношения общества к независимым женщинам-музыкантам в недавнем прошлом. В своем новом романе Митчелл бесстрашно пытается раскрыть непостижимые тайны музыки и ее влияния на людей.

Independent

Митчелл избрал для своего нового романа линейный нарратив и отринул литературные пируэты, однако же с невероятной точностью передал дух конца 1960-х годов и создал правдоподобных персонажей... Описание концертов и выступлений воспроизводит дурманящую, головокружительную атмосферу живого звучания... Митчелл бережно, с пронзительной точностью воссоздает для нового поколения крошечный отрезок прошлого во всем его эфемерном великолепии. «Утопия-авеню» добивается того же эффекта, что и музыка: она объединяет время.

Daily Telegraph

Митчелл умело вскрывает глубинные пласты человеческих страстей и убедительно показывает, как из дерзких стремлений и счастливой случайности возникает фундамент будущей славы... С первой же страницы погружаешься в стремительный поток повествования и с огромным удовольствием читаешь этот захватывающий, мастерски написанный роман...

Guardian

Поразительно, с какой правдоподобностью роман воссоздает эпоху и как глубоко раскрывает темы творчества и тонкостей исполнительского мастерства...

Sunday Times

В безудержном воображении Митчелла история переплетается с вымыслом в головокружительно пьянящей смеси Карнаби-стрит с отелем «Шато Мармон»...

The Washington Post

Насыщенный и гибкий стиль изложения доставляет невероятное удовольствие... как поездка в открытом кабриолете по голливудским бульварам...

Slate

Митчелла сравнивали с Харуки Мураками, Томасом Пинчоном и Энтони Берджессом, но на самом деле он занимает особое место в литературном ландшафте. Восемь его книг экспериментальны, но удобочитаемы. Его предложения лиричны, но повествование стремительно мчится вперед. Под наслоениями аллюзий и необычных конструкций скрывается прозрачный нарратив. В созданной Митчеллом фантастической метавселенной его интересуют общечеловеческие проблемы: как за отпущенный нам краткий срок раскрыть свой потенциал и понять, кто ты и как связан с окружающими.

Time

Творчество Митчелла отличается жанровым и стилистическим многообразием, но его проза всегда кристально ясна и динамична, однако больше всего впечатляет его способность описывать от третьего лица измененные состояния сознания — физические и психические страдания, безумие... Банальный рассказ о становлении рок-группы превращается в историю, происходящую в совершенно ином измерении...

The New Yorker

Британская поп-фолк-рок-группа «Утопия-авеню», о которой повествует роман, кажется настолько реальной, что одному критику (не будем называть его имени) пришлось ее погуглить, дабы удостовериться, что она — плод авторского воображения.

AARP

«Утопия-авеню» — настоящий роман о роке: в нем есть секс, наркотики и разбитые мечты, а вдобавок камео Джона, Джерри, Дженис и Леонарда.

The Philadelphia Inquirer

Митчелл слышит музыку окружающей действительности и, не сбиваясь с ритма, глубоко погружается в нее.

Booklist

Изящная интерпретация строк из песен реальных исполнителей и описания выступлений вплетены в искрометное, жизнерадостное повествование... Митчелл на пике литературной формы...

Publishers Weekly

Новый роман Митчелла особенно понравится тем, кто любит музыку 1960-х годов и современную литературу.

Kirkus Reviews

Настоящий рок-н-ролльный роман.

Evening Standard

Дэвид Митчелл не столько нарушает все правила повествования, сколько доказывает, что они сковывают живость писательского ума.

Дин Кунц

Дэвиду Митчеллу подвластно все.

Адам Джонсон
(лауреат Пулицеровской премии)

Дэвид Митчелл давно и по праву считается одним из лучших — если не самым лучшим современным писателем, который способен держать читателя в напряжении каждой строчкой и каждым словом...

Джо Хилл

Околдовывает и пугает... истинное мастерство рассказчика заключается в том, что Митчелл пробуждает в читателе неподдельный интерес к судьбе каждого из героев.

Scotland on Sunday

Дэвида Митчелла стоит читать ради замысловатой интеллектуальной игры, ради тщательно выписанных героев и ради великолепного стиля.

Chicago Tribune

Дэвид Митчелл — настоящий волшебник.

The Washington Post

Ошеломляющий фейерверк изумительных идей... Каждый новый роман Митчелла глубже, смелее и занимательнее предыдущего. Его проза искрометна, современна и полна жизни. Мало кому из авторов удается так остроумно переплести вымысел с действительностью, объединить глубокомыслие с веселым вздором.

The Times

Митчелл — непревзойденный литературный гипнотизер. Как жаль, что в обычной жизни так редко встречаются изящество и воодушевление, свойственные его романам. Он пишет с блистательной яркостью и необузданным размахом. Воображаемый мир Митчелла радует и внушает надежду.

Daily Telegraph

Митчелл — один из самых бодрящих авторов. Каждый его роман отправляет читателя в увлекательнейшее путешествие.

The Boston Globe

Вам, Берил и Ника,
за малиновок и за годы

Рай — это дорога в Рай

ПЕРВАЯ СТОРОНА

1. Оставьте упованья (Мосс)
2. Плот и поток (Холлоуэй)
3. Темная комната (Де Зут)
4. Вдребезги (Мосс)
5. Мона Лиза поет блюз (Холлоуэй)

Оставьте упованья

●

Дин спешит по Чаринг-Кросс-роуд, мимо театра «Феникс», огибает слепого в темных очках, ступает на мостовую, обгоняя медлительную мамашу с коляской, перепрыгивает через грязную лужу и сворачивает за угол, на Денмарк-стрит, где тут же оскальзывается на черной корке льда. Ноги взмывают к небу. На лету Дин успевает заметить, как сточная канава и небо меняются местами, и думает: «Черт, больно же будет», но тут тротуар с размаху ударяет по ребрам, по коленке и по лодыжке. Черт, больно-то как. Никто не бросается на помощь. Чертов Лондон. Какой-то биржевой маклер, при бакенбардах и шляпе-котелке, усмехается невезению длинноволосого растяпы и проходит мимо. Дин осторожно встает, не обращая внимания на боль и надеясь, что обошлось без переломов. Мистер Кракси не оплачивает больничных. Так, руки и запястья целы. Деньги. Дин проверяет карман куртки, где покоится чековая книжка с драгоценным грузом — десятью пятифунтовыми банкнотами. Полный порядок. Дин ковыляет дальше. Через дорогу, в кафе «Джоконда», у окна маячит Рик (Один Дубль) Уэйкман. Дину ужасно хочется посидеть с ним за кружкой чая с сигареткой и потрепаться о сейшенах, но утро пятницы — утро платы за комнату, и миссис Невитт громадной паучихой уже обосновалась в гостиной. На этой неделе по деньгам Дин укладывается в обрез. Вчера он наконец-то получил от Рэя банковский ордер и сегодня сорок минут торчал в очереди, чтобы его обналичить, поэтому Дин тащится дальше, мимо музыкального

13

издательства «Линч и Луптон», где мистер Линч сказал ему, что почти все его песни — дрянь, а некоторые — просто фигня. Мимо музыкального агентства Альфа Каммингса, где Альф Каммингс потрепал пухлой рукой Динову ляжку и шепнул: «Мы оба знаем, что я могу для тебя сделать, а вот что ты, паршивец мой прекрасный, можешь сделать для меня?» — и мимо студии «Пыльная лачуга», где Дин собирался записывать демку с «Броненосцем „Потемкин"», но его погнали из группы.

— Помогите... — Багроволицый тип хватает Дина за лацкан и хрипит: — Я... мне... — Он корчится от боли. — Ох, умираю...

— Спокойно, приятель, сядь вот на ступеньку, переведи дух. Где болит?

Из перекошенного рта капает слюна.

— Грудь давит...

— Ничего, мы... сейчас тебе помогут. — Дин оглядывается, но прохожие спешат мимо, поднимают воротники, сдвигают на лоб кепки, отводят глаза.

Человек повисает на Дине, стонет:

— А-а-ах!

— Дружище, тебе надо «скорую»...

— В чем дело? — К ним подходит какой-то парень, сверстник Дина, с короткой стрижкой и в неприметном дафлкоте. Он заглядывает в глаза бедолаге, ослабляет ему узел галстука. — Сэр, меня зовут Хопкинс. Я врач. Кивните, если вы поняли.

Несчастный морщится, охает, с трудом кивает.

— Вот и славно. — Хопкинс оборачивается к Дину. — Это ваш отец?

— Не-а, в первый раз вижу. Он жаловался, что ему грудь сдавило.

— Ах грудь... — Хопкинс снимает перчатку, прикладывает пальцы к жилке на шее больного. — Гм. Пульс прерывистый. Сэр? По-моему, у вас сердечный приступ.

Бедолага широко раскрывает глаза и тут же жмурится от боли.

— Тут, в кафе, есть телефон, — говорит Дин. — Я вызову «скорую».

— Она не успеет, — возражает Хопкинс. — На Чаринг-Кросс-роуд жуткие пробки. Вы знаете, как пройти на Фрит-стрит?

— Да, конечно. Там рядом, на Сохо-Сквер, есть больница.

— Совершенно верно. Бегите туда, объясните, что человеку плохо. Сердечный приступ. Скажите, что доктор Хопкинс просит прислать санитаров с носилками к табачной лавке на Денмарк-стрит. Немедленно. Запомнили? Хопкинс, Денмарк-стрит, носилки.

— Запомнил.

— Отлично. А я пока окажу первую помощь. Ну, бегите что есть ног. Бедняга долго не протянет.

Дин трусцой пересекает Чаринг-Кросс-роуд, сворачивает на Манетт-стрит, сквозит мимо книжного магазина «Фойлз», ныряет под арку и выбегает на Грик-стрит у паба «Геркулесовы столпы». Тело уже не помнит боли недавнего падения. Дин проносится мимо дворников, которые опоражнивают бачки в мусоровоз, мчится по проезжей части к Сохо-Сквер, распугивает голубиную стаю, сворачивает за угол на Фрит-стрит, снова оскальзывается, чудом не падает, взбегает по ступенькам на больничное крыльцо и врывается в приемный покой, где санитар читает «Дейли миррор». На первой странице — кричащий заголовок: «ГИБЕЛЬ ДОНАЛЬДА КЭМПБЕЛЛА».

— Я от доктора Хопкинса... — выпаливает Дин. — На Денмарк-стрит... сердечный приступ. Пошлите бригаду с носилками... скорее.

Санитар опускает газету. К усам прилипли хлебные крошки. Он равнодушно глядит на Дина.

— Там человек умирает! — кричит Дин. — Вы слышите?

— Слышу, конечно. Только орать не надо.

— Так пошлите бригаду! Здесь же больница.

Санитар громко фыркает:

— А ты небось только что в банке деньжат снял. А потом встретился с доктором Хопкинсом.

— Ну да, снял. Пятьдесят фунтов. А что такого?

Санитар смахивает крошки с лацкана:

— Деньги-то на месте, сынок?

— Да. — Дин лезет в карман за чековой книжкой. Ее нет. Не может быть! Он проверяет все карманы куртки. Мимо со скрипом провозят каталку. Какой-то малыш заливается слезами. — Черт. Наверное, выронил.

— Эх, сынок, облапошили тебя.

Дин вспоминает, как краснорожий тип привалился к его груди.

— Нет, что вы... Сердечный приступ. Человек на ногах не стоял.

Он снова шарит по карманам. Денег нет.

— Ну, мне тебя утешить нечем. Пятый случай с ноября. Все больницы в центре Лондона в курсе. На вызов к доктору Хопкинсу никого не посылают — бесполезное дело. Бригада прибудет, а там никого нет.

— Но они... они... — Дина мутит.

— Что, не похожи на мошенников?

Именно это и хотел сказать Дин.

— А откуда они узнали, что я при деньгах?

— Вот что бы ты сделал, если б хотел разжиться пухлым бумажником?

Дин задумывается. Банк.

— Они видели, как я снимал деньги, поэтому увязались следом.

Санитар надкусывает слойку с мясом:

— Браво, Шерлок.

— Но... мне же надо заплатить за басуху и... — Дин вспоминает о миссис Невитт. — Черт. И за жилье. Как же я теперь?

— Обратись в полицейский участок, но толку от этого не будет. Для лондонских копов Сохо — огороженная территория с предупредительной надписью: «Входящие, оставьте упованья».

— Моя хозяйка хуже фашиста. Она меня выставит с квартиры.

Санитар прихлебывает чай.

— А ты ей объясни, что хотел стать добрым самаритянином. Может, она над тобой сжалится.

Миссис Невитт сидит у высокого окна. В гостиной пахнет сыростью и топленым салом. Камин заколочен досками. Перед квартирной хозяйкой раскрыт гроссбух. Постукивают и щелкают вязальные спицы. С потолка свисает люстра, которую никогда не включают. Цветочный орнамент обоев тонет в сумраке джунглей. Из позолоченных рам таращат глаза трое покойных супругов миссис Невитт.

— Доброе утро, миссис Невитт.

— Это кому как, мистер Мосс.

— Я тут... — У Дина пересохло в горле. — Меня обокрали.

Вязальные спицы замирают.

— Печально.

— Не то слово. Я взял в банке деньги за квартиру, а на Денмарк-стрит меня обнесли два карманника. Видели, как я деньги снимал, и увязались следом. Грабеж среди белого дня. В буквальном смысле слова.

— Ай-ай-ай. Вот незадача.

«Решила, что я все вру», — думает Дин.

— Вот не надо было бросать работу в «Бреттоне». У королевских печатников. Приличное место. В приличном районе. В Мэйфере никого не обносят.

«Ага, гнуть спину в „Бреттоне“ — то еще удовольствие», — думает Дин.

— Я же говорил, миссис Невитт, с «Бреттоном» не заладилось.

— Ну, это не моя забота. Моя забота — квартплата. Я так понимаю, вы хотите отсрочки?

Дин переводит дух. С некоторым облегчением.

— Если честно, я был бы очень благодарен.

Она поджимает губы, раздувает ноздри:

— Что ж, один-единственный раз можно и отсрочить.

— Ох, спасибо, миссис Невитт. Вы не представляете, как я...

— До двух часов пополудни. Как вам известно, я женщина покладистая.

«Она надо мной издевается, карга старая!»

— До двух часов пополудни... сегодня?

— Больше чем достаточно, чтобы дойти до банка и вернуться. И на этот раз деньги никому не показывайте.

Дина бросает в жар, в холод. Мутит.

— У меня на счету пусто, миссис Невитт. А зарплата только в понедельник. Вот тогда я и заплачу.

Квартирная хозяйка дергает шнурок, свисающий с потолка. Берет с письменного стола табличку: «СДАЕТСЯ КОМНАТА — ИРЛАНДЦАМ И ЦВЕТНЫМ НЕ ОБРАЩАТЬСЯ — СПРАШИВАЙТЕ».

— Нет-нет, миссис Невитт. Погодите!

Квартирная хозяйка выставляет табличку в окно.

— И где мне сегодня ночевать?

— Где угодно. Но не здесь.

«Сначала остался без денег, теперь без комнаты».

— Верните мой залог.

— Залог не возвращают жильцам, которые не вносят квартплату вовремя. Правила вывешены в каждой комнате. Я вам не должна ни фартинга.

— Но это же мои деньги, миссис Невитт!

— А в подписанном нами договоре сказано иное.

— У вас во вторник уже будет новый жилец. В крайнем случае в среду. Вы не имеете права присваивать мой залог. Это воровство.

Она возвращается к вязанию:

— Вот я сразу в тебе признала кокни из канавы. Но сказала себе, мол, дай ему шанс. Все-таки королевские печатники не примут на работу абы кого. Ну и рискнула. И что? Из «Бреттона» ты ушел в какую-то поп-группу. Отрастил патлы, как девчонка. Тратишь все деньги на гитары и бог знает на что еще. Ни пенни не отложил. А теперь обвиняешь меня в воровстве. Вот, будет мне наука. Кто в канаве родился, тот там и останется. О, мистер Харрис! — В дверях гостиной появляется сожитель миссис Невитт, отставной солдафон. — Этот... молодой человек нас покидает. Немедленно.

— Ключи, — требует у Дина мистер Харрис. — Оба.

— А мои шмотки? Или вы их тоже присвоите?

— Забирай свои... шмотки, — говорит миссис Невитт, — и выметайся. Все, что после двух часов дня останется в твоей комнате, в три окажется в лавке Армии спасения. Марш отсюда.

— Да ради бога, — бормочет Дин. — Чтоб вы все сдохли.

Миссис Невитт не обращает на него внимания. Спицы щелкают. Мистер Харрис хватает Дина за шиворот, выволакивает его из гостиной.

Дин задыхается:

— Ты меня душишь, сволочь!

Бывший сержант выталкивает Дина в прихожую:

— Собирай манатки и вали отсюда. А то я тебя не просто придушу, пидорок ты мой сладенький...

Ну хоть работа есть. Дин набивает кофе в портафильтр, вставляет рожок в машину и нажимает на рычаг. Из клапана «Гаджи» вырывается пар. Восьмичасовая смена никак не закончится. Вот не навернулся бы на Денмарк-стрит, не был бы весь в синяках. На улице подмораживает, но в кофейне «Этна» на углу Д'Арблей-стрит и Беруик-стрит тепло, светло и шумно. Студенты и подростки из пригородов болтают, флиртуют, спорят. Здесь собираются моды, перед тем как пойти в клубы, закинуться наркотой и потанцевать. Ухоженные мужчины постарше глазеют на гладкокожих юнцов, которые ищут сладкого папика. Менее ухоженные мужчины постарше забегают за кофе, перед тем как пойти на порнофильм или в бордель. «Тут больше сотни посетителей, — думает Дин, — и у каждого есть жилье». С самого начала смены он надеялся, что в кофейню заглянет кто-нибудь из знакомых, из тех, к кому можно напроситься на ночлег. Но время шло, надежда истончалась, а теперь и вовсе исчезла. Из музыкального автомата вырываются громкие звуки «19th Nervous Breakdown»[1]. Дин

---

[1] «Девятнадцатый нервный срыв» (англ.).

с Кенни Йервудом как-то разбирали ее аккорды, в счастливые времена «Могильщиков». Из носика «Гаджи» капает кофе, чашка наполняется на две трети. Дин отсоединяет рожок, вытряхивает кофейный жмых в ведро. Мистер Кракси несет мимо лоток с грязной посудой. «Надо бы стрясти с него аванс, — в пятидесятый раз напоминает себе Дин. — Выбора-то нет».

— Мистер Кракси, можно с ва...

Мистер Кракси оборачивается, не замечая Дина:

— Пру, вытри столики у окна! Свинарник развели, мамма миа!

Он снова протискивается мимо, и Дин замечает, что за стойкой, между кофейной машиной и кувшином холодного молока, сидит посетитель. Лет тридцати, интеллигентного вида, залысины, пиджак в мелкую клетку и модные очки — прямоугольная оправа с дымчатыми стеклами. Наверное, голубой. Но в Сохо никогда не угадаешь...

Посетитель отрывается от журнала — «Рекорд уикли» — и без стеснения смотрит на Дина. Морщит лоб, будто пытается вспомнить, кто это. Будь они в пабе, Дин сразу спросил бы: «Че уставился?» Но здесь он отводит глаза, ополаскивает холдер под краном, чувствует, что посетитель все еще глядит на него. «Может, решил, что я на него запал?»

Шерон приносит новый заказ:

— Два эспрессо и две кока-колы, девятый столик.

— Два эспрессо, две кока-колы, девятый столик. Понял. — Дин поворачивается к «Гадже», нажимает кнопку, и в чашку льется молочная пена.

Шерон заходит за барную стойку, наполняет сахарницу:

— Извини, честное слово, но у меня никак нельзя. Даже на полу.

— Ничего страшного. — Дин посыпает молочную пену какао-порошком и ставит капучино на стойку, для Пру. — Это ты меня извини, нахальство с моей стороны тебя просить.

— Понимаешь, у меня хозяйка — помесь кагэбэшницы с настоятельницей монастыря. Если б я попыталась тебя украдкой провести, она подстерегла бы нас и разоралась, что, мол, тут приличный дом, а не бордель. И выгнала бы обоих.

Дин наполняет рожок кофе, смолотым для эспрессо:

— Понятно. Ладно, тут уж ничего не поделаешь.

— Но ты ж не будешь ночевать под мостом?

— Нет, конечно. Обзвоню народ.

Шерон облегченно вздыхает и говорит, призывно качнув бедрами:

— В таком случае я рада, что ты меня первую спросил. Я для тебя что хочешь сделаю.

Милая толстушка с близко посаженными изюминками глаз на рыхлом, опаристом лице совершенно не привлекает Дина, но... В любви и на войне все средства хороши.

— Слушай, а ты не одолжишь мне деньжат? До понедельника? Я отдам, с получки.

Шерон мнется:

— А что мне за это будет?

«Она еще и кокетничает...»

Дин изображает свою фирменную полуулыбочку, открывает бутылку кока-колы:

— Как только разбогатею, выплачу тебе обалденный процент.

Она сияет от удовольствия, а Дин чувствует себя виноватым.

— Может, шиллинг-другой в сумочке и найдется. Только не забывай меня, как станешь поп-*звездой* и миллионером.

— Эй, пятнадцатый столик ждет заказ! — кричит мистер Кракси на своем сицилийском кокни. — Три горячих шоколада! С маршмеллоу. Пошевеливайтесь!

— Три горячих шоколада! — отзывается Дин.

Шерон подхватывает сахарницу и уходит. Пру берет со стойки капучино, уносит к восьмому столику, а Дин накалывает листок с заказом на штырь. Штырь заполнен на две трети. Мистер Кракси должен быть в хорошем настроении. Иначе дело швах. Дин начинает делать эспрессо для девятого столика. «Стоунзов» сменяет «Sunshine Superman»[1]

---

[1] «Солнечный Супермен» *(англ.)*.

Донована. «Гаджа» шипит паром. Интересно, Шероновы шиллинг-другой — это сколько? Вряд ли хватит на гостиницу. Можно заглянуть на Тотнем-Корт-роуд, в хостел ИМКА, но вот будут ли там места? Раньше половины одиннадцатого Дин туда не доберется. Он еще раз мысленно перебирает лондонских знакомых, из тех, у кого (а) можно попросить помощи и (б) есть телефон. Метро закрывается к полуночи, поэтому если Дин с гитарой и рюкзаком заявится куда-нибудь в Брикстон или в Хаммерсмит, а дома никого не окажется, то придется куковать в подворотне. Он даже подумывает, не связаться ли с бывшими приятелями из «Броненосца „Потемкин“», но чувствует, что там не выгорит.

Дин косится на посетителя в дымчатых очках. «Рекорд уикли» сменила книга, «Фунт лиха в Париже и Лондоне». Наверное, битник. В музыкально-художественном колледже некоторые тоже прикидывались битниками. Курили «Голуаз», вели беседы об экзистенциализме и ходили с французскими газетами под мышкой.

— Эй, Клэптон! — Пру всегда придумывает классные прозвища. — Ты че, уснул? Горячий шоколад сам себя не приготовит.

— Клэптон — лид-гитарист. А я — басист, — в сотый раз поправляет ее Дин.

Пру довольно улыбается.

Дворик за кухней «Этны» — закопченный колодец тумана, уставленный мусорными баками. По водосточной трубе к подсвеченному квадратику ночных облаков карабкается крыса. Дин в последний раз затягивается последним «Данхиллом». Девять вечера, смена закончилась. Шерон уже ушла домой, но сначала вручила Дину восемь шиллингов. Если нигде еще не подфартит, то хоть на билет в Грейвзенд хватит. Из-за двери слышно, как мистер Кракси разговаривает по-итальянски с очередным сицилийским племянником. Парень не знает английского, да ему и не нужно. Будет поливать спагетти горячим соусом болоньезе — других блюд в «Этне» не готовят.

В дверях появляется мистер Кракси:
— Мосс, ты хотел поговорить?

Дин швыряет окурок на брусчатку дворика, затаптывает. Мистер Кракси сердито смотрит на него. Черт! Дин поднимает окурок:

— Извините.

— Что, так и будем всю ночь стоять?

— Вы не могли бы выдать мне авансом?

— Выдать тебе авансом? — уточняет мистер Кракси, будто не расслышал.

— Ага. Ну, зарплату. Сегодня. Сейчас. Прошу вас.

Мистер Кракси изумленно смотрит на него:

— Зарплата по понедельникам.

— Ну да. Но я же объяснял, меня ограбили.

Жизнь и Лондон сделали мистера Кракси очень недоверчивым человеком. А может, он таким родился.

— Да, не повезло. Но зарплата только по понедельникам.

— Я знаю. Просто мне некуда деваться. Меня выставили с квартиры за неуплату. Я вон даже на работу пришел с гитарой и с рюкзаком.

— А я думал, ты в отпуск собрался.

Дин притворно улыбается — мало ли, вдруг мистер Кракси шутит.

— Какой тут отпуск... Мне очень нужны деньги, честное слово. Хотя бы на койку в хостеле или что-то в этом роде.

Мистер Кракси обдумывает услышанное.

— Да, ты вляпался, Мосс. В кучу собственного дерьма. Ты сам ее навалил. А зарплата только по понедельникам.

— Ну хоть одолжите мне пару фунтов тогда.

— У тебя есть гитара. Иди в ломбард.

«От него жалости не дождешься», — думает Дин.

— Во-первых, я еще не выплатил за нее последний взнос, так что гитара пока не моя. А деньги у меня украли.

— Ты же говорил, это были деньги за жилье.

— Часть — за жилье, а часть — за гитару. Во-вторых, уже десять вечера, пятница. Все ломбарды закрыты.

— У меня тут не банк. Зарплата по понедельникам. Разговор окончен.

— Как же я выйду на работу в понедельник, если до понедельника придется ночевать в Гайд-парке и я слягу с двусторонним воспалением легких?

Мистер Кракси дергает щекой:

— Не выйдешь в понедельник, тоже не беда. Я тебе тогда вообще ничего не заплачу. Выдам бумажку для налоговой — и гуляй. Ясно?

— Да какая вам разница, когда платить — сейчас или в понедельник? Я же в эти выходные все равно не работаю!

Мистер Кракси складывает руки на груди:

— Мосс, ты уволен.

— Да что за фигня! Вы не имеете права.

Короткий толстый палец утыкается Дину в солнечное сплетение.

— Еще как имею. Всё. Вон отсюда.

— Никуда я не пойду! (Сначала отняли деньги, потом жилье, теперь вот работу...) — И не надо тут! — Дин отпихивает палец Кракси. — Вы мне должны за пять дней.

— Докажи. Подай в суд. Найми адвоката.

Дин, в котором всего пять футов и семь дюймов росту, а не шесть футов и пять дюймов, выкрикивает Кракси в лицо:

— ТЫ ДОЛЖЕН МНЕ ЗА ПЯТЬ ДНЕЙ, ВОРЮГА! КРЫСА ПАРШИВАЯ!

— *Si, si*, я тебе должен. Вот и отдам должок.

Кулак с силой впечатывается Дину в живот. Дин сгибается вдвое и, сбитый с ног, валится на землю. Задыхается. Второй раз за день. Лает собака. Дин встает, но Кракси уже исчез. На пороге кухни появляются два сицилийских племянничка. У одного в руках Динов «фендер», у другого — его рюкзак. Они хватают Дина за локти и выводят из кофейни. Музыкальный автомат играет «Sunny Afternoon»[1], с четвертого альбома *The Kinks*. Дин оглядывается. Кракси, сложив руки на груди, стоит у кассы и мрачно смотрит ему вслед.

Дин показывает бывшему работодателю средний палец.

Кракси проводит ребром ладони по горлу.

---

[1] «Солнечный денек» *(англ.)*.

Идти с Д'Арблей-стрит совершенно некуда. Дин раздумывает, что будет, если зафигачить кирпичом в витрину кофейни. Безусловно, арест решит проблему ночлега, но с полицией связываться неохота, да и зачем оно ему потом, криминальное прошлое. Он подходит к телефонной будке на углу. Внутри будка оклеена листочками с женскими именами и номерами телефонов, посаженными на скотч. Дин прижимает к боку «фендер», рюкзаком припирает полузатворенную дверь. Вытаскивает шестипенсовик и листает синюю записную книжку. «Этот переехал в Бристоль... этому я задолжал пять фунтов... этого нет...» Дин находит номер Рода Демпси. С Родом Дин едва знаком, но они оба из Грейвзенда. Месяц назад Род открыл в Кэмдене магазинчик, продает косухи и прочие байкерские прибамбасы. Дин набирает номер, но трубку никто не берет.

И что теперь?

Дин выходит из телефонной будки. Ледяная морось растушевывает очертания, стирает лица прохожих, туманит неоновые вывески — GIRLS GIRLS GIRLS! — и наполняет легкие. У Дина есть пятнадцать шиллингов и три пенса — и два способа их потратить. Можно дойти по Д'Арблей-стрит до Чаринг-Кросс-роуд, на автобусе доехать до вокзала Лондон-Бридж, а оттуда махнуть в Грейвзенд, разбудить Рэя, Ширли и их сына, признаться, что честно заработанные Рэем пятьдесят фунтов — о которых Ширли ни сном ни духом — украли спустя десять минут после того, как Дин обналичил банковский ордер, и попроситься на ночлег. Но не навеки же там поселиться...

А завтра что? Неужели ему, двадцатитрехлетнему оболтусу, придется жить с бабулей Мосс и Биллом? А на следующей неделе отнести «фендер» в «Сельмер» и умолять, чтобы вернули хотя бы часть уже выплаченного. За вычетом износа. Покойся с миром, Дин Мосс, профессиональный музыкант. Гарри Моффат, конечно же, обо всем узнает. И от смеха пупок надорвет.

Или... Дин глядит в конец Беруик-стрит — на клубы, огни, шумные толпы, стрип-бары, игровые аркады, пабы...

Попытать счастья еще разок? Может, в пабе «Карета с упряжкой» сидит Гуф. А Ник Ву проводит пятницы в клубе «Мандрейк». Ал, наверное, в «Банджи» на Личфилд-стрит. Может, Ал приютит до понедельника? А завтра надо будет найти новую работу в какой-нибудь кофейне. Желательно подальше от «Этны». До получки можно протянуть на хлебе с «Мармайтом».

Но... А вдруг Фортуна благоволит осмотрительным? Что, если Дин попытает счастья в последний раз, потратит деньги на вход в клуб, познакомится с девчонкой побогаче, у которой свое жилье... и она сбежит, как только он пойдет отлить? Такое уже случалось. Или в три часа утра Дина, пьяного вусмерть, выбросят из клуба на подмерзший заблеванный тротуар, а денег на дорогу как не бывало. И придется топать в Грейвзенд на своих двоих. На противоположной стороне Д'Арблей-стрит какой-то бродяга роется в мусорном баке под освещенным окном прачечной-автомата. А вдруг он тоже когда-то попытал счастья в последний раз?

— А вдруг все мои песни и вправду дрянь и фигня? — говорит Дин вслух.

«Вдруг я просто сам дурю себе голову? Какой из меня музыкант?»

Надо что-то решать. Дин снова вытаскивает шестипенсовик.

Орел — Д'Арблей-стрит и Грейвзенд.

Решка — Беруик-стрит, Сохо и музыка.

Дин подбрасывает монетку...

— Прошу прощения, вы — Дин Мосс?

Монета летит под бордюр тротуара и укатывается из виду. «Мой шестипенсовик!» Дин оборачивается и видит гомика-битника из «Этны». На нем меховая шапка, как у русского шпиона, а вот акцент похож на американский.

— Ох, простите, вы из-за меня монетку выронили...

— Ага, выронил нафиг.

— Погоди, вот она. — Незнакомец наклоняется и поднимает с земли шестипенсовик. — Держи.

Дин сует монету в карман:

— А ты вообще кто?

— Меня зовут Левон Фрэнкленд. Мы встречались в августе, за кулисами в брайтонском «Одеоне». Шоу «Будущие звезды». Я был менеджером «Человекообразных». А ты был с «Броненосцем „Потемкин“». Исполнял «Мутную реку». Классная вещь.

Дин вообще с сомнением принимает похвалу, особенно когда она исходит от вроде бы гомика. С другой стороны, конкретно этот гомик — менеджер музыкальной группы. А в последнее время Дина не балуют похвалой.

— Так я ее и написал. Это моя вещь.

— Я так и понял. А еще я понял, что вы с «Потемкиным» разбежались.

У Дина замерз кончик носа.

— Меня выгнали. За ревизионизм.

Смех Левона Фрэнкленда зависает рваными облачками мерзлого пара.

— Ну, это все-таки не творческие разногласия.

— Они сочинили песню о Председателе Мао, а я сказал, что это все фигня. Там был такой припев: «Председатель Мао, председатель Мао, твой красный флаг — не шоколад и не какао». Вот честное слово.

— Тебе с ними не по пути. — Фрэнкленд достает пачку «Ротманс» и предлагает Дину.

— А без них я в тупике. — Дин берет сигарету закоченевшими пальцами. — В тупике и по уши в дерьме.

Фрэнкленд подносит к сигарете Дина шикарную «Зиппо», потом прикуривает сам.

— Я тут невольно подслушал... — Он кивает в сторону «Этны». — Тебе сегодня ночевать негде?

Мимо проходят моды, разодетые по случаю вечера пятницы. Закинулись спидами и топают в клуб «Марки».

— Угу. Негде, — отвечает Дин.

— У меня есть предложение, — заявляет Фрэнкленд.

Дин ежится:

— Да? А какое?

— В кофейне «Ту-айз» выступает одна группа. Мне хотелось бы узнать мнение музыканта об их потенциале. Если пойдешь со мной, то потом можешь заночевать у меня на диване. Я живу в Бейсуотере. Там не «Ритц», конечно, но теплее, чем под мостом Ватерлоо.

— Но ты же уже менеджер «Человекообразных».

— Бывший. У нас творческие разногласия. Я... — (Где-то разбивается стекло, звучит демонический хохот.) — Я ищу новые таланты.

Дин обдумывает предложение. Очень соблазнительное. Будет тепло и сухо. Вдобавок наутро светит завтрак и душ, а потом можно обзвонить всех знакомых из записной книжки. У Фрэнкленда наверняка есть телефон. Вот только чем придется расплачиваться за такую роскошь?

— Если боишься спать на диване, — с улыбкой говорит Левон, — можешь устроиться в ванной. Она запирается.

«Ну точно голубой, — думает Дин. — И знает, что я догадываюсь... Но если сам он этим не заморачивается, то и мне не стоит».

— Диван меня вполне устроит.

В подвале кофейни «2i's» по адресу: 59, Олд-Комптон-стрит — жарко, влажно и темно, как в подмышке. Над сценой — низеньким помостом из досок, уложенных на ящики из-под молока, — висят две голые лампочки. Стены в испарине, с потолка капает. Всего пять лет назад кофейня «2i's» была самым крутым местом в Сохо. Здесь начинались карьеры Клиффа Ричарда, Хэнка Марвина, Томми Стила и Адама Фейта. Сегодня на сцене «Блюзовый кадиллак» Арчи Киннока: Арчи — вокал и ритм-гитара; Ларри Ратнер — басист; ударник в футболке (ударная установка едва помещается на сцену) и высокий тощий нервный гитарист, рыжий и узкоглазый, с молочно-розовой кожей. Колышутся полы лилового пиджака, рыжие пряди свисают над грифом. Группа играет старый хит Арчи Киннока — «Чертовски одиноко». Дин тут же замечает, что у «Блюзового кадиллака» вот-вот отвалится не одно, а сразу два колеса. Арчи Киннок либо пьян, либо укурился в хлам, либо и то и другое. Он по-блюзовому стонет в микрофон: «Мне черто-о-о-о-овски одино-о-о-о-око, крошка, мне черто-о-о-овски одино-о-о-о-око», но путается в аккордах. Ларри

Ратнер не попадает в ритм и, подпевая: «Тебе то-о-о-оже одино-о-о-о-о-око, крошка, тебе то-о-оже одино-о-о-о-о-око», отчаянно фальшивит, а на полдороге вдруг орет ударнику: «Че так тянешь?!» Ударник морщится. Гитарист начинает соло с витой гулкой ноты, держит ее на протяжении трех тактов, а потом превращает в утомленный рифф. Арчи Киннок снова вступает на ритме: ми-ля-соль, ми-ля-соль, а гитарист подхватывает мелодию и чудесным образом отзеркаливает. Второе соло еще больше завораживает Дина. Зрители тянут шеи, зачарованно глядят, как пальцы летают по грифу, скользят по ладам, щиплют, прижимают, гладят и перебирают струны.

Как это у него получается?

После кавера Мадди Уотерса «I'm Your Hoochie Coochie Man»[1] звучит еще один номер Арчи Киннока, не такой хитовый, «Полет на волшебном ковре», который переходит в «Green Onions»[2] Стива Кроппера. Гитарист и ударник играют со все возрастающей живостью, а старые клячи, Киннок и Ратнер, еле плетутся следом. Лидер группы заканчивает первое отделение, обращаясь к двум десяткам зрителей так, словно только что отыграл на ура в переполненном Ройял-Альберт-Холле:

— Лондон! Я — Арчи Киннок! Я снова с вами! Не расходитесь, скоро второе отделение.

«Блюзовый кадиллак» уходит в подсобку сбоку от сцены. Из дребезжащих колонок раздается «I Feel Free»[3] с дебютного альбома *Cream*, и половина зрителей отправляется наверх, за кока-колой, апельсиновым соком и кофе.

— Ну как тебе? — спрашивает Фрэнкленд Дина.

— Ты привел меня посмотреть на гитариста?

— Угадал.

— Он классный.

Левон изгибает бровь: мол, и это все?

— Офигительно классный. Кто он такой?

---

[1] *Здесь*: «Я твой любовник» *(англ.).*

[2] «Зеленый лук» *(англ.).*

[3] «Я свободен» *(англ.).*

— Его зовут Джаспер де Зут.

— Ничего себе. В моих краях за такое имечко линчуют.

— Отец — голландец, мать — англичанка. В Англии всего шесть недель, еще не освоился. Плеснуть тебе бурбона в колу?

Дин протягивает свою бутылку, получает щедрую порцию бурбона.

— Спасибо. Он просирает свой талант у Арчи Киннока.

— Точно так же, как ты — в «Броненосце „Потемкин"».

— А кто ударник? Он тоже классный?

— Питер Гриффин, по прозвищу Грифф. Из Йоркшира. Гастролировал по северу Англии, с джазом Уолли Уитби.

— Уолли Уитби? Который трубач?

— Он самый. — Левон делает глоток из фляжки.

— А Джаспер как-его-там и играет, и пишет музыку? — спрашивает Дин.

— Вроде бы да. Но Арчи не дает ему исполнять собственные композиции.

Дину становится немного завидно.

— В нем точно что-то есть.

Левон промокает взопревший лоб платочком в горошек.

— Согласен. А еще у него есть проблема. Он слишком самобытен, чтобы вписаться в существующий коллектив, вот как к Арчи Кинноку, но и сольная карьера тоже не для него. Ему нужна группа единомышленников, таких же талантливых, чтобы они подпитывали друг друга и работали на взаимной отдаче.

— Это ты про какую группу?

— Ее пока еще нет. Но ее басист сидит рядом со мной.

Дин прыскает:

— Ага, щас.

— Я серьезно. Я подбираю людей. По-моему, ты, Джаспер и Грифф обладаете тем самым волшебным притяжением.

— Издеваешься, да?

— Неужели похоже?

— Нет, но... А что они говорят?

30

— Я еще с ними не беседовал. Ты первый кусочек мозаики, Дин. Очень трудно найти басиста, который одновременно удовлетворил бы Гриффа своей скрупулезностью, а Джаспера — артистизмом исполнения.

Дин решает ему подыграть:

— Ну а ты, конечно, будешь менеджером.

— Разумеется.

— Но Джаспер с Гриффом уже в группе.

— «Блюзовый кадиллак» — не группа, а полудохлый пес, которого давно пора прикончить. Из чистого сострадания.

Капля с потолка падает Дину за воротник.

— Их менеджеру это не понравится.

— Бывший менеджер Арчи сбежал, прихватив кассу. Так что теперь менеджером у него стал Ларри Ратнер. А из него такой же менеджер, как из меня прыгун с шестом.

Дин отпивает колы с бурбоном.

— Это и есть твое предложение?

— Это мой план.

— А может, сначала попробовать сыграться, прежде чем мы все... — Дин вовремя осекается, едва не сказав «сольемся в экстазе», — прежде чем строить планы?

— Безусловно. По счастливой случайности твой бас при тебе. Зрителей полон зал. Не хватает только твоего согласия.

«О чем это он?»

— Так Арчи Киннок же выступает. Басист у него есть. Устраивать прослушивание здесь негде и некогда.

Левон снимает дымчатые очки, аккуратно протирает стекла.

— Значит, ты не против сыграть с Джаспером и Гриффом. Так?

— Ну да, наверное, но...

— Погоди. Я сейчас вернусь. — Фрэнкленд надевает очки. — Мне срочно надо отлучиться. Важная встреча. Я ненадолго.

— Что еще за встреча? Вот прямо сейчас? С кем?

— С черной магией.

Дин стоит в углу, ждет Левона, не отходит от гитары и рюкзака. Из колонок несется «Sha-La-La-La-Lee», песня *Small Faces*. Дин критически вслушивается в текстовку, но его размышления прерывает знакомый голос:

— Эй, Мосс!

Дин видит перед собой знакомую носатую морду с выпученными глазами и дурацкой улыбкой — Кенни Йервуд, приятель по колледжу.

— Кенни!

— А, ты еще жив! Нифига себе, патлы отрастил.

— А ты свои подкорнал.

— Как говорится, «нашел настоящую работу». Если честно, так себе удовольствие. Ты был дома на Рождество? А чего в «Капитан Марло» не зашел?

— Был, но подхватил грипп и все праздники провалялся у бабули. Даже никому из наших не позвонил.

«Стыдно было».

— Ты же в «Броненосце „Потемкин"», да? Ходят слухи про контракт с «И-эм-ай» или что-то в этом роде.

— Не, там не склеилось. Я в октябре от них ушел.

— Ну, ничего страшного. Групп много.

— Хочется верить.

— А с кем ты сейчас?

— Я не... ну... в общем, кое-что намечается.

Кенни ждет от Дина внятного ответа:

— Что с тобой?

Дин решает, что правда выматывает меньше, чем ложь.

— Да день у меня сегодня хреновый. Меня грабанули с утра пораньше.

— Фигассе!

— Ага. Накинулись вшестером, прикинь. Я им пару раз врезал, конечно, но у меня отняли все деньги. За квартиру платить нечем, и хозяйка меня вытурила. Вдобавок выгнали с работы, из кофейни. Так что я по уши в дерьме, приятель.

— И куда ж ты теперь?

— До понедельника перекантуюсь на диване у знакомого.

— А в понедельник?

— Что-нибудь придумаю. Только не говори нашим в Грейвзенде. А то начнут трепать языками, бабуля Мосс с Биллом и брат обо всем узнают, начнут волноваться...

— Не, я никому не скажу. А пока вот, на первое время. — Кенни достает кошелек, засовывает что-то Дину в карман штанов. — Ты не думай, я тебя не лапаю. Там пять фунтов.

Дину ужасно неловко.

— Ты что! Я ж не давил на жалость...

— Да знаю я. Но если б со мной случилась такая хрень, ты сделал бы то же самое, правда?

Целых три секунды Дин борется с желанием вернуть деньги. Но на пять фунтов можно жить две недели.

— Ох, Кенни, спасибо огромное. Я верну.

— Еще бы. Вот как выпустишь первый альбом, так и вернешь.

— Я не забуду, честное слово! Спасибо. Я...

Внезапно раздаются вопли и крики. Сквозь толпу кто-то проталкивается, сбивает людей с ног. Кенни отскакивает в одну сторону, Дин — в другую. Ларри Ратнер, басист «Блюзового кадиллака», стремглав несется к лестнице. За ним бежит Арчи Киннок, но спотыкается о футляр Динова «фендера», падает и стукается головой о бетонный пол. Ратнер взбегает по лестнице, перепрыгивая через ступеньки, распугивает посетителей кофейни наверху. Арчи Киннок встает, шмыгает расквашенным носом и вопит в лестничный пролет:

— Сволочь, я тебе сердце вырву и растопчу, ты мне в душу наплевал!

Пошатываясь, он карабкается вверх по лестнице.

Все недоуменно переглядываются.

— Чего это они? — спрашивает Кенни.

Дин мысленно превращает угрозу Арчи в строку будущей песни «Рас-топ-топ-топ-чу твое лживое сердце, как ты растоптала мое...».

Появляется Левон Фрэнкленд:

— Вот это да! Вы видели?

— А то. Левон, это Кенни, мой приятель по музыкальному колледжу. Мы когда-то вместе лабали в одной группе.

— Рад знакомству, Кенни. Левон Фрэнкленд. Надеюсь, ураганы Киннок и Ратнер вас не задели?

— Чуть-чуть не зацепили. А что случилось-то? — спрашивает Кенни.

Фрэнкленд выразительно пожимает плечами:

— До меня дошли только слухи, сплетни и домыслы, но кто ж этому поверит.

— Слухи, сплетни и домыслы? О чем? — допытывается Дин.

— О Ларри Ратнере, жене Арчи Киннока, бурном романе и финансовой нечистоплотности.

— Ларри трахал жену Арчи Киннока? — расшифровывает Дин.

— Унция осведомленности, фунт неясности.

— И Арчи Киннок только сейчас об этом узнал? — спрашивает Кенни. — Прямо посреди концерта?

Левон напускает на себя задумчивый вид:

— Наверное, поэтому он и взбесился. А ты как считаешь?

Прежде чем Дин успевает осмыслить услышанное, Оскар Мортон — набриолиненный совоглазый управляющий клуба «2i's» — сквозит мимо, направляясь в подсобку.

— Кенни, ты не присмотришь за рюкзаком Дина? — спрашивает Левон. — Нам с Дином надо отлучиться.

— Да, конечно, — говорит Кенни, растерянный не меньше Дина.

Фрэнкленд берет Дина за локоть и ведет вслед за Оскаром Мортоном.

— Куда мы? — спрашивает Дин.

— На стук. Слышишь?

— Какой стук? Где? Кто стучит?

— Счастливый шанс.

В подсобке пахнет канализацией. Оскар Мортон так занят допросом двух оставшихся участников группы «Блюзовый кадиллак», что не замечает появления Дина и Фрэнкленда. Джаспер де Зут сидит на низком табурете, держит на коленях «стратокастер». Ударник Грифф сердито ворчит:

— Да пропади оно все пропадом. Черт, из-за этой долбаной хрени я отказался от двухнедельного контракта в Блэкпуле. В «Зимних садах»!

Оскар Мортон поворачивается к Джасперу де Зуту:

— Они вернутся?

— Увы, мне это неизвестно, — равнодушно, с вальяжным прононсом отвечает де Зут.

— Что вообще произошло? — спрашивает Мортон.

— Зазвонил телефон... — Грифф кивает на черный телефон на столе. — Киннок взял трубку, с минуту слушал, морщил лоб. Потом его аж перекосило, и он злобно уставился на Ратнера. Я сразу подумал: «Что-то не так», но Ратнер ничего не заметил. Он струны менял. Потом, так и не сказав ни слова, Киннок повесил трубку и продолжал пялиться на Ратнера. Ратнер наконец увидел, что на него смотрят, и заявил Кинноку, что у того видок — будто в штаны наложил. А Киннок негромко так спрашивает: «Ты Джой трахаешь? И на деньги группы вы уже квартирку прикупили?»

— А кто такая Джой? Подружка Арчи? — перебивает его Оскар Мортон.

— Миссис Джой Киннок, — объясняет Грифф. — Супруга Арчи.

— Охренеть, — говорит Мортон. — И что сказал Ларри?

— Ничего не сказал, — отвечает Грифф. — А Киннок ему: «Значит, это правда?» Ну, тут Ратнер начал ему впаривать, что, мол, они выжидали подходящего момента, чтобы во всем признаться, и что квартиру купили, чтобы выгодно вложить деньги группы, и что сердцу не прикажешь, любовь не выбирают, и все такое. Как только Киннок услышал «любовь», так сразу превратился в Невероятного Халка и... Вы ж его видели. Если б Ратнер не сидел у двери — быть бы ему покойником.

Оскар Мортон нервно потирает виски:

— А кто звонил?

— Без понятия, — говорит Грифф.

— Вы второе отделение вдвоем потянете?

— Ты че, офонарел? — фыркает ударник.

— Электрик-блюз без баса? — с сомнением уточняет Джаспер. — Звук будет плоский. Без объема. А кто будет играть на гармонике?

— Слепой Вилли Джонсон играл на обшарпанной гитаре, — напоминает Оскар Мортон. — Без всяких там усилителей, ударных установок и прочих прибамбасов.

— Да ради бога, я не обижусь, — говорит ударник. — Только сначала гони мою денежку.

— Мы с Арчи договорились на полтора часа, — заявляет Мортон. — Вы выступали тридцать минут. Вот как еще час отыграете, тогда и расплачусь.

— Господа, — вмешивается Левон. — У меня есть предложение.

Оскар Мортон оборачивается к двери:

— А ты еще кто такой?

— Левон Фрэнкленд, агентство «Лунный кит». Это мой клиент, басист Дин Мосс. Мы с ним хотели бы предложить вам выход.

«Я? — ошарашенно думает Дин. — Мы?»

— Какой еще выход? — спрашивает Мортон.

— Из сложившегося положения, — поясняет Левон. — Сотня зрителей в зале вот-вот потребует вернуть деньги за билеты. А деньги сейчас всем нужны, мистер Мортон. Квартплата растет, рождественские счета подпирают. Возвращать деньги вам сейчас не с руки. Но в таком случае... — Он морщится. — Половина ваших посетителей и без того на взводе, закинулись спидами. Неприятностей не оберешься. Разнесут вам заведение, не приведи господь. И что тогда скажет муниципалитет Вестминстера? Вам просто необходимо продолжить концерт. Вам срочно нужна новая группа.

— А она у тебя как раз при себе? — интересуется Грифф. — Ловко спрятана в заднем проходе?

— А она у нас как раз при себе, — говорит Левон, обводя рукой присутствующих. — Вот прямо здесь. Джаспер де Зут, гитара и вокал; Питер «Грифф» Гриффин, ударные, и позвольте представить вам... — Он хлопает Дина по плечу. — Дин Мосс, чудо-басист, губная гармоника, вокал. Есть «фендер», готов играть.

Ударник косится на Дина:

— И ты совершенно случайно прихватил с собой инструмент как раз тогда, когда наш басист задал драпака?

— И инструмент, и все свои пожитки. Меня сегодня с квартиры выперли.

Джаспер все это время молчит, а потом спрашивает Дина:

— А ты как? Справишься?

— Да уж получше Ларри Ратнера, — отвечает Дин.

— Дин великолепен, — заявляет Левон. — Я с дилетантами не работаю.

Ударник затягивается сигаретой:

— А петь можешь?

— Лучше, чем Арчи Киннок.

— Ха! Лучше его и холощеный осел споет.

— И какие же ты песни знаешь? — спрашивает Джаспер.

— Ну... могу «House of the Rising Sun»[1], «Johnny B. Goode», «Chain Gang»[2]. Вы слабать сможете?

— С закрытыми глазами, — говорит Грифф. — И с одной рукой в заднице.

— Ответственность за концерт лежит на мне, — вмешивается Оскар Мортон. — Эта троица никогда не играла вместе. Вы гарантируете качество исполнения, мистер...

— Левон Фрэнкленд. А качество исполнения вам известно, потому что Джаспер — виртуоз, а Грифф играл с квинтетом Уолли Уитби. За Дина я ручаюсь.

Грифф согласно покряхтывает. Джаспер не отказывается. Дин думает, что терять ему и так особо нечего. Оскар Мортон бледнеет и обливается потом. До принятия решения — один шаг.

— В шоу-бизнесе полным-полно мошенников, — говорит Левон. — Мы с вами это знаем, не раз с ними сталкивались. Но я не из таких.

---

[1] «Дом восходящего солнца» *(англ.)*.
[2] «Дорожная артель» *(англ.)*.

Управляющий клубом «2i's» тяжело вздыхает:

— Что ж, не подведите.

— Вы не пожалеете, — заверяет его Левон. — А четырнадцать фунтов за их выступление — сущий пустяк. — Он поворачивается к музыкантам. — Господа, вам — по три фунта на брата, и два фунта — моя комиссия. Согласны?

— Минуточку! — возмущается Оскар Мортон. — Четырнадцать фунтов за трех неизвестных исполнителей? И не мечтайте.

Левон устремляет на него долгий взгляд:

— Дин, я ошибся. Мистеру Мортону не требуется выход из возникшей ситуации. Пойдем-ка отсюда, пока шум не поднялся.

— Погодите! — Мортон понимает, что его блеф раскусили. — Я же не отказываюсь. Но с Арчи Кинноком мы сговорились на двенадцати фунтах.

Левон смотрит на него поверх дымчатых линз:

— Мы с вами прекрасно знаем, что вы обещали Арчи восемнадцать.

Оскар Мортон не находит, что сказать.

— Восемнадцать? — мрачно уточняет Грифф. — А нам Арчи сказал, что двенадцать.

— Вот поэтому все договоры составляются письменно, — веско произносит Левон. — То, что не записано чернилами на бумаге, с юридической точки зрения имеет такую же силу, как то, что выведено ссаками на снегу.

Входит потный вышибала:

— Босс, публика волнуется.

В подсобку из зала доносятся разъяренные выкрики: «Давай концерт! Восемь шиллингов за четыре песни? Нас обобрали! Грабеж! Нас дурят! Вер-ни-день-ги! Вер-ни-день-ги!»

— Что делать, босс? — спрашивает вышибала.

— Дамы и господа! — Оскар Мортон склоняется к микрофону. — В связи с... — Микрофон фонит, что дает Дину возможность проверить подключение к усилителю. — В связи с непредвиденными обстоятельствами «Блюзовый кадиллак» и Арчи Киннок не смогут развлекать нас во втором отделении. — (Зрители разочарованно улюлюкают.) — Но... но вместо них сегодня выступит новая группа...

Дин настраивает гитару, одновременно проверяя усилок Ратнера.

— Начинаем в ля мажоре, — говорит Дину Джаспер и поворачивается к ударнику. — Грифф, давай потихонечку, на три такта, как у *Animals*.

Драммер кивает.

Дин изображает готовность на лице.

Левон стоит, скрестив руки на груди, сияет, довольный как слон.

«Ну да, его ведь не раздерет на части толпа наамфетаминенных фанатов Арчи Киннока...» — думает Дин.

— Можете объявлять, — говорит Джаспер Оскару Мортону.

— Единственное выступление, эксклюзивно в «Ту-айз». Итак, поприветствуем...

Дин запоздало соображает, что никто не озаботился названием новой группы.

Левон гримасничает, мол, придумайте что-нибудь.

Джаспер смотрит на Дина и одними губами спрашивает: «Как?»

Дин готов выпалить... что? «Карманники»? «Бездомные»? «Нищеброды»? «Бог весть кто»?

— Поприветствуем, — выкликает Оскар Мортон, — группу «Есть выход»!

Плот и поток

●

В день третий после ссоры Эльф наконец признала, что в этот раз Брюс, наверное, не вернется. Несчастье напоминало о себе постоянно, куда ни повернись. Зубная щетка Брюса, сентиментальная унылая песня по радио, пусть даже самая дурацкая, или его банка «Веджимайта» на полке кухонного шкафчика — все вызывало приступы безудержных рыданий. Невыносимо было не знать, где он сейчас, но она боялась звонить общим друзьям, выспрашивать, не виделись ли те с ним. Если не виделись, придется объяснять, что произошло. А если виделись, то она поставит себя в унизительное положение, а их — в неловкое, потому что начнет выпытывать мельчайшие, мучительные подробности встречи.

В день четвертый она отправилась оплатить телефонный счет, чтобы не отключили телефон. Зашла в «Этну», наткнулась там на Энди из «Les Cousins». Не успел тот и заикнуться о Брюсе, как Эльф выпалила, что он уехал к родственникам в Ноттингем, и тут же устыдилась своей лжи. Невероятно, как быстро она превратилась из современной девушки, которая никому не позволит над собой измываться, в брошенную дурочку. В бывшую подругу. Бывшую. Она чувствовала себя как Билли Холидей в «Don't Explain»[1], только без трагического флера героиновой зависимости...

Все это лишь отчасти объясняло, почему ключ в дверь собственной квартиры Эльф вставила с воровской осторожностью. Если... если... *если вдруг* Брюс вернулся, то может испугаться ее прихода и снова сбежать. Глупо? Да. Иррационально. Да. Но разбитые сердца не ведают ни резона, ни логики. Итак, без малейшего шороха, февральским будним днем Эльф вошла в дом, отчаянно надеясь застать там Брюса...

...и увидела его чемодан, поверх которого были брошены Брюсовы пальто, шляпа и шарф. Слыша шаги Брюса в спальне, Эльф впервые за четыре дня задышала как полагается. Уткнулась в шарф, от которого пахло влажной шерстью и Брюсом. Все эти тощие, как Твигги, поклонницы, которые приходили на концерты Флетчера и Холлоуэй, чтобы завороженно глядеть на Брюса и осуждающе — на Эльф, — все они были совершенно не правы. Эльф вовсе не была для него лишь ступенькой к славе. Он любил ее по-настоящему.

— Я дома, Кенгуренок! — окликнула она, ожидая, что Брюс вот-вот приветственно крикнет «Вомбатик!» и бросится к ней с поцелуями.

---

[1] «Не объясняй» *(англ.)*.

Но из спальни Брюс вышел с каменным лицом. Из рюкзака высовывались пластинки.

— Ты же сегодня должна давать уроки.

Эльф ничего не понимала.

— Все ученики заболели... Ну, привет.

— Я пришел за остальными вещами.

Она вдруг поняла, что в чемодане у дверей не вещи, с которыми Брюс вернулся, а вещи, с которыми он уходит.

— Ты специально выбрал время, чтобы меня не застать?

— Я думал, так будет лучше.

— А где ты ночевал? Я так волновалась...

— У знакомых. — Сухо, будто это не ее дело.

— У каких знакомых? — не удержалась Эльф; австралиец Брюс назвал бы знакомого мужского пола «дружбаном». — У девушки?

— Ну зачем ты начинаешь? — со вздохом спросил Брюс, будто терпеливый взрослый у ребенка.

Эльф с видом поруганной женщины сложила руки на груди:

— Что я начинаю?

— Ты слишком ревнивая. Поэтому у нас и не сложилось.

— То есть «я буду делать все, что пожелаю, а если начнешь жаловаться, то ты — стерва и истеричка», так?

Брюс прикрыл глаза, словно изнемогая от головной боли.

— Если ты меня бросаешь, то так и скажи, что между нами все кончено.

— Если тебе так угодно. — Брюс поглядел на нее. — Говорю. Все кончено.

— А как же наш дуэт? — Эльф снова забыла, как дышать. — Тоби вот-вот вызовет нас записывать альбом.

— Ничего подобного, — сказал Брюс громко и отчетливо, будто иностранцу. — Никакого альбома не будет.

— Ты не хочешь записать альбом? — просипела она.

— «Эй-энд-Би рекордз» не хотят записывать альбом Флетчера и Холлоуэй. Цитирую: „„Пастуший посох" не оправдал наших ожиданий". Никакого альбома. От нас отказались. С дуэтом покончено.

На улице взревел мотоцикл. Для курьеров и карманников Ливония-стрит — удобное место срезать угол.

Тем временем двумя этажами выше Эльф замутило.

— Не может быть.

— Не веришь мне — позвони Тоби.

— А как же концерты? В следующее воскресенье в «Кузенах»? Энди дает нам площадку с девяти вечера. А через месяц — Кембриджский фолк-фестиваль...

Брюс пожал плечами и скривил губы:

— Делай, что хочешь, — отменяй, выступай соло. — Он надел пальто. — Шарф отдай.

Эльф машинально протянула ему шарф.

— А если мне понадобится тебя...

Брюс захлопнул за собой дверь.

В квартире стало тихо. С альбомом покончено. С дуэтом покончено. С Брюсом — покончено. Эльф сбежала в кровать — теперь в свою, а не в «нашу», — забилась под одеяло и в утробной духоте рыдала, оплакивая свою горькую долю. В который раз.

В день девятый февральский дождь стучит в окна псевдотюдоровского особняка семейства Холлоуэй, растушевывая слякотный сад и Чизлхерст-роуд. Лоуренс, бойфренд Имоджен, старшей сестры Эльф, облачен в пиджачную пару и ведет себя странно.

— Ну, ммм... — Он привстает, снова садится, подается вперед. — Тут... ммм... — Он поправляет узел галстука. — У нас... э-э... сюрприз.

Имоджен одобряюще улыбается ему, будто Лоуренс — нервный школьник в рождественском представлении.

«Боже мой, — догадывается Эльф. — Сейчас они объявят о помолвке». Она косится на родителей и понимает, что им уже известно.

— Хотя мистера Холлоуэя он не удивит, — продолжает Лоуренс.

— Ну, теперь ты можешь звать меня Клайв, — говорит Эльфин отец.

— Клайв, не порть мальчику звездный час, — вмешивается Эльфина мама.

— Миранда, я никому ничего не порчу.

— Господи! — с притворным беспокойством восклицает Беа, Эльфина младшая сестра. — Он весь пунцовый!

Лоуренс и впрямь заливается краской до корней волос.

— Нет-нет, со мной все в порядке...

— Может быть, вызвать «скорую»? — Беа опускает бокал шампанского на стол. — У тебя приступ?

— Беа, — укоризненно останавливает ее Эльфина мама. — Прекрати.

— А вдруг Лоуренс воспламенится, мамочка? Тогда никакой соды не хватит, чтобы ковер отмыть.

Обычно Эльф смеется шуткам Беа, но после разрыва с Брюсом ей не до смеха. Эльфин отец веско заявляет:

— Продолжай, Лоуренс, если тебя не пугает перспектива жить в сумасшедшем доме.

— Лоуренса ничего не пугает, — возражает Эльфина мама. — Правда, Лоуренс?

— Ммм... нет-нет, не пугает, миссис Холлоуэй.

— Если папа — Клайв, — вмешивается Беа, — значит Лоуренсу положено звать тебя Мирандой, правда, мамочка? Ну, я просто так спрашиваю.

— Беа, если тебе с нами скучно, уходи, — стонет мама.

— Я не хочу пропустить Лоуренсов сюрприз. Не каждый же день объявляют о помолвке сестры. Ой! — Беа зажимает рот ладонями. — Извиняюсь. Это и есть сюрприз? Я наобум сказала, честное слово.

С Чизлхерст-роуд доносится выстрел автомотора. Лоуренс надувает щеки и с облегчением выдыхает:

— Да. Я сделал Имми предложение. И она сказала...

— «Ну давай, если так уж хочется», — сообщает Имоджен.

— Ах, какой замечательный сюрприз! — говорит мама. — Мы с Клайвом так рады...

— Словно Англия взяла Эшес, — заканчивает за нее Эльфин отец, раскуривая трубку, и хитро подмигивает Лоуренсу.

— Поздравляю вас обоих, — говорит Эльф.

— Сестра, показывай колечко, — требует Беа.

Имоджен достает коробочку из сумки. Все толпятся вокруг.

— Ого! — восклицает Беа. — Это явно не бижутерия из хлопушки.

— Кое-кто выложил за него кругленькую сумму, — говорит Эльфин отец. — Ну и ну.

— Вообще-то, мистер Холло... Клайв, оно досталось мне в наследство от бабушки, для... — Лоуренс смотрит, как Имоджен надевает кольцо на палец, — для моей невесты.

— Ах, как трогательно, — вздыхает Эльфина мама. — Правда, Клайв?

— Да, дорогая. — Эльфин отец лукаво глядит на Лоуренса и говорит: — Запомни эти волшебные слова, тебе придется их произносить очень и очень часто.

«Мама с отцом — просто дуэт комиков, — думает Эльф. — Как мы с Брюсом... были. — Сердце разрывается от горя, ведь дуэт „Брюс и Эльф" исчез навсегда. — Ох, как больно».

— Что ж, тост за счастливую пару, — предлагает Эльфина мама.

Все поднимают бокалы, чокаются и повторяют хором:

— За счастливую пару!

— Добро пожаловать в семейку Холлоуэй, — объявляет Беа голосом из хаммеровского ужастика. — Теперь ты — один из нас. Лоуренс Холлоуэй.

— Спасибо, Беа. — Лоуренс снисходительно смотрит на будущую свояченицу. — Боюсь, так не получится.

— Два предыдущих жениха говорили то же самое, — фыркает Беа. — Они прикопаны под верандой. Каждый год веранду расширяют на ярд, а к Эльфиной душераздирающей балладе «Любовники Имоджен Холлоуэй» прибавляется новый куплет. Странное совпадение, но это факт.

Шутке улыбается даже мама, но Эльф не находит в себе сил присоединиться к общему веселью.

— Давайте накроем стол.

Беа пристально глядит на сестру, которая явно сама не своя.

— Давайте.

———

Эльф записала сольный мини-альбом «Ясень, дуб и терн» и мини-альбом «Пастуший посох», дуэты с Брюсом; ее песню «Куда ветер дует» американская фолк-певица Ванда Вертью включила в свой альбом, который разошелся миллионными тиражами, а сам сингл попал в хит-парад. На авторские отчисления Эльф купила квартиру в Сохо — вложение капитала, которое одобрил даже отец, хотя и без особого энтузиазма. Эльф умеет полтора часа петь фолк перед трехсотенной аудиторией. Она умеет усмирять подвыпивших слушателей. Она имеет право голосовать, водить машину, пить, курить, заниматься сексом и успешно поставила галочки по всем перечисленным пунктам. Но только она возвращается домой, к родным, и видит акварель дяди Дерека «Линкор „Трафальгар"», в которую ребенком мечтала перенестись, как герои «Покорителя зари», или золоченые корешки «Британники» в книжном шкафу, — и с нее тут же осыпается налет взрослости, обнажая прыщавого, мнительного и закомплексованного подростка.

— Спасибо, папа, мне хватит ростбифа.

— У тебя всего два ломтика... Ты так мало ешь, что тебя скоро ветром сдувать начнет.

— Да, ты что-то бледненькая, — замечает Эльфина мама. — Надеюсь, ты не подхватила этот загадочный Брюсов чего-то-там.

— Доктор сказал, что у Брюса ларингит. — (Ложь растет и ширится.)

— Жаль, конечно, что он пропустил сюрприз Лоуренса и Имми.

Эльф недоверчиво косится на мать, подозревая, что та ведет реестр Брюсовых прегрешений, где уже отмечены и жизнь с Эльф во грехе, и потакание Эльфиным сумасбродствам насчет того, что в музыке можно сделать настоящую карьеру, а помимо этого — принадлежность к мужскому полу, длинные волосы и австралийские корни. «Если она узнает, что мы разбежались, то обрадуется больше, чем помолвке Имми с Лоуренсом».

За окнами капли дождя лупят по крокусам, превращая их в кашу-размазню.

— Эльф? — Имоджен и все остальные смотрят на нее.

— Ох, простите... — Эльф тянется за горчицей, которая ей совсем не нужна. — Задумалась. Что ты говоришь, Имми?

— Нам очень хочется, чтобы вы с Брюсом исполнили пару песен на нашей свадьбе.

«Надо сказать им, что мы разбежались», — думает Эльф и говорит:

— С удовольствием.

— Вот и славно. — Эльфина мама окидывает взглядом тарелки. — У всех есть йоркширский пудинг? Тогда приступайте.

Звенят приборы, мужчины одобрительно причмокивают.

— Ростбиф просто божественный, миссис Холлоуэй, — говорит Лоуренс. — И подлива восхитительная.

— Миранда обожает рецепты с вином, — изрекает Эльфин отец затасканную шутку. — А что не допивает, порой даже добавляет в блюда.

Лоуренс улыбается, будто в первый раз слышит.

— А после свадьбы ты снова станешь преподавать? — спрашивает Беа Имоджен.

— Если и стану, то не в Малверне. Мы подыскиваем дом в Эджбастоне.

— Не пожалеешь? — спрашивает Эльф.

— Жизнь разделена на главы, — говорит Имоджен. — Одна заканчивается, другая начинается.

Эльфина мама отирает губы салфеткой:

— Оно и к лучшему. За всем не поспеешь.

— Очень разумно, — соглашается Эльфин отец. — Быть женой и вести хозяйство — тоже работа. Поэтому наш банк не нанимает замужних.

— А по-моему, — говорит Беа, крутя перечную мельничку, — обычай наказывать женщину за то, что она выходит замуж, надо выдирать с корнем.

Эльфин отец не выдерживает:

— Никто никого не наказывает. Просто учитывают изменение приоритетов.

Беа не унимается:

— А в итоге женщины горбатятся над кухонной плитой и гладильной доской.

Эльфин отец гнет свое:

— Против биологии не пойдешь.

— Не в биологии дело, — не выдерживает Эльф.

— А в чем? — удивляется отец.

— В понятиях. Не так давно женщины не имели права голосовать, требовать развода, владеть недвижимостью или поступать в университет. А теперь имеют. Что изменилось? Не биология, а понятия. И изменение понятий способствовало изменению законодательства.

— Ах, молодость, молодость, — вздыхает отец, тыча вилкой в морковку. — Молодость, разумеется, лучше кого бы то ни было знает, как устроен этот мир.

— На следующей неделе вы с Брюсом начнете записывать новый альбом? — спрашивает Лоуренс.

Эльфина мама накладывает каждому по солидной порции трайфла из хрустальной уотерфордской десертницы.

— Ну, мы собирались, но что-то не срослось... в студии. Очень некстати.

— То есть запись переносится? — недоумевает Беа.

— Да, на пару недель. — Эльф не любит врать.

— А что не срослось в студии? — морщит лоб Эльфин отец.

— Перехлест в графике. Как нам сказали, — говорит Эльф.

— Крайне непрофессионально, на мой взгляд. — Эльфина мама передает десертницу Эльфиному отцу. — Почему бы вам не обратиться в другую студию?

«Ненавижу врать, — думает Эльф. — И к тому же не умею».

— В «Ридженте» хороший звукорежиссер, да и техника уже знакомая.

— В «Олимпике» тебе здорово записали «Пастуший посох», — говорит Имоджен.

— Да, отлично сработано, — соглашается Лоуренс, будто что-то в этом понимает.

Эльф представляет себе, как молодая пара лет через тридцать становится дубликатом Клайва и Миранды Холлоуэй, и содрогается, хотя в глубине души завидует Имоджен и ее безоблачному будущему.

— У всех есть трайфл? — Эльфина мама окидывает взглядом тарелки. — Тогда приступайте.

— А как вы с Брюсом познакомились? — спрашивает Лоуренс.

«Легче удалить себе почки ложкой, чем ответить на этот вопрос, — думает Эльф. — Но если промолчать, то заподозрят неладное, и мама таки вытянет из меня всю подноготную».

— За кулисами в одном ислингтонском фолк-клубе. Позапрошлым Рождеством. Тогда только заговорили об австралийском фолке, всем было интересно послушать. А после концерта я стала расспрашивать Брюса об австралийском гитарном строе, а он сказал, что ему понравилось мое исполнение ирландской баллады... — «...и мы пошли к нему на Кэмденский шлюз, а к Новому году я влюбилась безоглядно, как девчонка из песни, и он меня тоже любил. Ну, я так думала. Хотя, наверное, я подвернулась как раз тогда, когда ему надоело ночевать по знакомым и наливать пиво за стойками в Эрлс-Корте. Но правды я никогда не узнаю. Девять дней назад он выбросил меня, как использованную бумажную салфетку». Эльф натянуто улыбается. — Но ваше с Имми знакомство в лагере христианской молодежи куда как романтичнее.

— Да, но вы — популярные исполнители. — Лоуренс оборачивается к Эльфиной маме. — Миранда, как вы относитесь к тому, что ваша дочь — знаменитость?

Эльфина мама допивает вино.

— Я беспокоюсь, к чему все это приведет. Слава попзвезды недолговечна. Особенно для женщины.

— А как же Силла Блэк? — возражает Беа. — И Дасти Спрингфилд.

— А в Штатах — Джоан Баэз. И Джуди Коллинз, — добавляет Имоджен.

— И не забывайте про Ванду Вертью, — говорит Беа.

— Ну хорошо, а что будет, когда их нынешние поклонники переметнутся к новым кумирам? — спрашивает Эльфина мама.

— Наверное, тогда они исправятся, — говорит Эльф, — выйдут замуж за того, кто простит им сомнительное прошлое, и станут жить праведной жизнью, утюжа сорочки и воспитывая детей.

Беа облизывает ложку до блеска:

— Бац-бац-бац.

— Отменный десерт, Миранда, — насмешливо заявляет Эльфин отец.

Эльфина мама вздыхает и глядит на сад.

Дождь взбивает воду в прудике.

У садового гнома течет из носа — кап-кап-кап...

— Я пытаюсь себе представить карьеру исполнителя, — говорит Эльфина мама, — но ничего не получается. Все, что я вижу, — твои упущенные шансы обзавестись настоящей профессией.

«Я на нее злюсь, — думает Эльф, — оттого что она озвучивает мои собственные страхи».

Часы в прихожей бьют два.

— А может, Эльф станет первопроходцем, — говорит Имоджен.

Эльф играет на бабушкином фортепьяно, а семья и Лоуренс сидят и слушают. От пения удалось отвертеться — мол, надо беречь голос, — но если не сыграть, то Имоджен, Беа и мама заподозрят что-то неладное. У «Бродвуда» теплые нижние и звонкие верхние. На нем Эльф когда-то разучивала «Ты мерцай, звезда ночная...», потом гаммы, арпеджио и стопку хрестоматий. Акустическая гитара — основной инструмент фолк-исполнителей, однако для Эльф первой любовью — («...еще до парней, еще до девушек...») — стало фортепьяно. Бабушка умерла, когда Эльф было всего шесть лет, но ее слова навсегда сохранились в памяти: «Пианино — и плот, и поток». Много лет спустя, февральским днем, в день девятый разбитого, растерзанного и растоптанного сердца, Эльф подбирает мелодию к этим словам.

И плот, и поток, и плот, и поток, и плот, и поток... Это первая музыкальная фраза, пришедшая ей на ум после разрыва с Брюсом. Как здорово хотя бы несколько минут не вспоминать о нем... Ну вот... Мелодия заканчивается. Эльфино семейство и будущий свояк аплодируют. В вазе на каминной полке раскрываются ранние нарциссы.

— Очень мило, — говорит Эльфина мама.

— Ну, вроде бы так придумалось.

— А как называется? — спрашивает Имоджен.

— Пока никак.

— Ты вот прямо так взяла и придумала? — недоверчиво уточняет Лоуренс.

— Аккорды сложились, — говорит Эльф.

— Класс! Сыграй ее нам в июне.

— Хорошо. Если получится что-нибудь подходящее для свадьбы.

— Летние свадьбы — особенные, — поясняет Эльфина мама Имоджен. — Вот мы с твоим отцом тоже сыграли свадьбу в июне, правда, Клайв?

Эльфин отец попыхивает трубкой.

— И всю оставшуюся жизнь сияет солнце.

— Июнь меня вполне устраивает, — заявляет Беа. — К тому времени я закончу школу. Подумать страшно.

— Ты собираешься в Королевскую академию драматического искусства? — спрашивает ее Лоуренс. — Мне Имоджен сказала.

— Да, через месяц первый тур. Если пройду, то на второй пригласят в мае. Как раз во время школьных экзаменов.

— У тебя есть шанс поступить?

— На четырнадцать мест — порядка тысячи желающих. Вот и считай шансы. С другой стороны, были ли шансы у Эльф на контракт со студией звукозаписи?

Из носика кофейника вырывается струя пара.

— Наглядный пример того, что метить следует высоко, — говорит Имоджен.

Часы в прихожей бьют три.

Эльф допивает кофе:

— Ну, мне пора.

— Так вы не отменили сегодняшнее выступление в «Кузенах»? — спрашивает Беа. — Брюс же заболел.

Эльф не отменила выступление в отчаянной надежде, что Брюс все-таки появится и тогда можно будет перечеркнуть девять дней его отсутствия. Теперь приходится расплачиваться за этот самообман.

— Я выступлю соло.

— Но Брюс же не бросит тебя в Сохо посреди ночи? — спрашивает отец.

— Пап, я уже год там живу, и ничего плохого со мной не случилось.

— А можно я с Эльф пойду? Как телохранитель, — предлагает Беа.

— Очень смешно, — говорит мама, к безмерному облегчению Эльф. — Завтра тебе в школу. Хватит с нас и одной дочери, которая шастает по Сохо.

— А ты не хочешь пойти? — спрашивает Лоуренс у Имоджен. — Говорят, «Кузены» — прекрасный фолк-клуб.

— Вам же завтра еще возвращаться в Малверн, — напоминает Эльф. — Вдобавок концерт в «Кузенах» — это как игра на своем поле. Все друзья придут.

Три месяца назад Эльф с Брюсом неслись по платформе станции метро «Ричмонд» — сердце колотилось, ноги ныли, дыхание прерывалось — под фонарями, окутанными туманными нимбами. «ИИСУС СПАСЕТ» — обещал плакат на стене. Сумерки полнились запахом печеных каштанов, приготовленных на жаровне из железной нефтяной бочки. Оркестр Армии спасения играл «Ночной порой у стад своих сидели пастухи...». Длинноногий Брюс первым добежал до поезда и запрыгнул в последний вагон. «Осторожно, двери закрываются! — выкрикнул дежурный по станции. — Осторожно! Двери! Закрываются!» Эльф было решила, что уже не успеет, но в последний момент Брюс втянул ее в вагон, и они, задыхаясь и хохоча, повалились на сиденье.

— Я думала, ты меня бросишь, — сказала Эльф.

— Смеешься, что ли? — Брюс поцеловал ее в лоб. — Мне моя карьера дорога.

Эльф пристроила голову на Брюсову грудь, так, чтобы слышать биение сердца, вдохнула запах замшевой куртки и призрачный аромат лосьона для бритья. Мозолистые пальцы Брюса погладили ее ключицу.

— Привет, подруга, — прошептал он, и по нервам Эльф пробежал электрический разряд, *бззззззт*.

«Поляроидный взгляд, фотография на память...» — мелькнула в голове строчка. Эльф подумала, что, даже если доживет до ста, никогда не будет так рада жизни, как сейчас. Никогда.

Эльф стоит на той же платформе «Ричмонд», вдоль которой они с Брюсом мчались три месяца назад. Сегодня спешить некуда. Поезда на ветке Дистрикт-лайн задерживаются «ввиду помехи на путях на станции „Хаммерсмит"» — стандартное иносказание администрации лондонского метро для очередного самоубийства. Воскресный вечер сгущается в лондонских садах, сочится сквозь щели и темнит улицы. В западном Лондоне сегодня ни сухого, ни теплого места. Плакат, обещающий «ИИСУС СПАСЕТ», замызган и наполовину отодран. У Эльф катастрофически мало времени как следует подготовиться к сольному концерту. Публика в «Кузенах» увидит, как Эльф Холлоуэй исполняет плохо отрепетированные песни и решит, что не только Брюс Флетчер ее покинул, но и все очарование музыки вместе с ним. «Им наверняка уже известно, что среди фолк-исполнителей я — мисс Хэвишем». Эльф глядит в темное окно закрытого кафе. Обратно пялится ее отражение. Среди сестер Холлоуэй Эльф — дурнушка. Имоджен — милашка, типичная благонравная христианка. То, что Беа — красавица, было ясно с самого ее рождения, и этого не оспаривает никто из родственников. И все соглашаются, что Эльф внешностью пошла в отца. «То есть выгляжу как дебелая начальница районного отделения банка». Недавно в туалете какого-то клуба Эльф ненароком подслушала чей-то разговор: *«Эльф Холлоуэй? Да она чистый гоблин...»*

Эльфина мама всегда советовала:

— У тебя замечательные волосы, деточка. Не забывай об этом.

Волосы светлые, длинные. Брюс любил зарываться в них. Он восхищался ее телом — но всегда по частям, никогда всем полностью. Он говорил: «Ты сегодня хорошо выглядишь...» «Ну да, а в остальное время я выгляжу как безродная дворняжка». Эльф всегда думала, что ее талант фолк-исполнителя перевешивает внешность, не такую привлекательную, как у Джоан Баэз или у Ванды Вертью. Надеялась, что талант превратит гадкого утенка в прекрасного лебедя. Ухаживания Брюса заставили поверить, что именно это и происходит, но теперь, когда они расстались... «Смотрю на себя и думаю: „Какая я невзрачная“». Ее отражение спрашивает: «А вдруг ты просто много из себя воображаешь, а на самом-то деле — ничего особенного».

Одноногий голубь прыгает по шпалам.

Жирная крыса не обращает на него внимания.

Близ турникетов есть телефонная будка. Может, позвонить Энди в «Кузены» и сослаться на ларингит? На воскресный вечерний концерт замену найти не трудно — в клубе наверняка будет Сэнди Денни, Дейви Грэм или Рой Харпер. Многие из завсегдатаев уже выпустили альбомы — настоящие, долгоиграющие, а не миньоны. Эльф лучше пойти домой, зарыться в одеяло и...

«И — что? Реветь навзрыд, пока не усну? Опять? Спустить отчисления с хита Ванды Вертью, а потом, поджав хвост, вернуться к родителям — без денег, без работы и без контракта со студией. Если сегодня я не выступлю в „Кузенах“, то Брюс выиграл. Выиграют те, кто в меня не верит. „Без Брюса она ничто, дилетант, пустышка, которой раз в жизни повезло с одной-единственной песней“. И мама уверится в собственной правоте. „Если бы ты, как Имми, заранее распланировала свое будущее, то давно бы обзавелась каким-нибудь Лоуренсом“. Нет уж, на хрен оно мне надо», — думает Эльф.

Клуб «Les Cousins» назван в честь французского фильма, но завсегдатаи называют его просто «Кузены». Узенькая дверь под неприметной вывеской втиснута между итальянским рестораном на Грик-стрит и радиомастерской. Эльф спускается по крутой лестнице, скользит взглядом по афишам Берта Дженша и Джона Ренбурна, апостолов фолк-возрождения. Марево голосов, табачного дыма и дури. Внизу стоит Нобби — когда-то он служил в фузилерском полку, а теперь собирает плату за вход и помогает подвыпившим посетителям выбраться на улицу.

— Добрый вечер, подруга. Зябко сегодня, — говорит он.

— Добрый вечер, Нобби, — отвечает Эльф, изо всех сил сдерживаясь, чтобы не спросить, не появился ли Брюс. Может, если не спрашивать, он придет, попросит прощения и дуэт сохранится. Может, он уже на сцене, устанавливает аппаратуру...

Энди замечает ее и машет рукой из-за угловой стойки, где наливают кока-колу, чай и кофе. Отсутствие лицензии на продажу спиртного позволяет клубу не закрываться и проводить концерты до утра. В «Кузенах» играют все мало-мальски известные фолк-исполнители. Почетные места на стенах клуба занимают фотографии — часть осталась еще с тех времен, когда здесь находился скиффл-клуб: Лонни Донеган, *The Vipers*, блюзмен Алексис Корнер, Юэн Макколл и Пегги Сигер, Донован, тычущий в надпись на своей гитаре: «Эта машина убивает»; Джоан Баэз, слишком рано умерший Ричард Фаринья, Пол Саймон и Боб Дилан. Четыре года назад он исполнил свою новую песню «Blowin' in the Wind»[1] на этой самой сцене, под тележным колесом и рыболовными сетями, где сегодня Эльф не ждет золотоволосый австралиец по имени Брюс Флетчер...

— Эльф? — окликает ее Сэнди Денни, одна из завсегдатаев клуба. — Ты как? Я тут узнала про Брюса... Ох, сочувствую...

Эльф притворяется, что с ней все в порядке.

— Да это просто...

— Хрень — вот что это такое, — заявляет Сэнди. — Я видела его с новой пассией в кафешке Музея Виктории и Альберта.

---

[1] «В дуновении ветра» *(англ.)*.

Эльф не может ни вздохнуть, ни слова сказать. А надо.

— А...

«Значит, у него не с абстрактными девушками покончено, а конкретно со мной».

Сэнди зажимает рот рукой:

— О господи! Ты знала?

— Ну да, конечно. Знала.

— Уф, слава богу. Я уж думала, что опять не к месту сболтнула. Так вот, они сидят за столиком, кормят друг друга пирожными, а я вся такая подхожу и говорю: «Милуетесь, голубки?» — и только потом вижу, что он не с тобой. Ну и стою как дура, не знаю, что делать.

«В ту самую кафешку он пригласил меня на первое свидание», — вспоминает Эльф.

— А Брюс так невозмутимо говорит: «Привет, Сэнди. Это Ванесса. Она модель в таком-то агентстве», будто мне это интересно. Ну, я ей: «Привет!» — а она мне: «Очень приятно познакомиться», прям как в пьесе Ноэля Кауарда.

Ванесса. В январе, на вечеринке у кого-то на Кромвель-роуд, была одна Ванесса. Манекенщица.

— Да ну их, этих мужиков, — сочувственно вздыхает Сэнди. — Иногда так и хочется... — Она машет рукой и увесисто задевает проходящего мимо. — Ой, прости, Джон.

Джон Мартин мотает всклокоченной шевелюрой:

— Ничего страшного, Сэнди. Удачно отыграть, Эльф, — и идет дальше.

— Прошу прощения... — Рядом с ними возникает Энди. — Эльф, мне тут рассказали... Если ты отменишь выступление, никто не станет возмущаться. Ясное дело...

Эльф смотрит ему за плечо, на выход из клуба, и представляет себе будущее. Зависнуть на пару недель у родителей, все лето проработать в машинописном бюро, устроиться преподавателем музыки в школу для девочек, выйти замуж за учителя географии и вспоминать вот этот самый миг, когда ее исполнительская карьера растаяла, как песочный куличик под набежавшей волной.

— Эльф? Что с тобой? — встревоженно спрашивает Сэнди.

Энди больше волнует другое:

— Тебя сейчас стошнит?

Эльф подкручивает колок, подтягивает четвертую струну. В сумраке темнеют пятна лиц с белыми точками на месте глаз. Тусклой умброй тлеют огоньки сигарет. В «Кузенах» самому курить не обязательно, можно просто дышать. Эльф нервничает. Она давно не выступала в одиночку. Все-таки дуэт — уже коллектив.

— Приношу извинения тем, кто пришел послушать... — («Да говори уже!») — Флетчера и Холлоуэй. Брюса нет... — в горле стоит ком, — потому что он сменил меня на более привлекательную модель. В буквальном смысле слова.

Публика дружно ахает, ползут шепотки.

Эльф подавляет смешок.

— Наш дуэт... — («Скажи погромче!») — распался.

Дзинь! — звенит кассовый аппарат. Зрители разочарованно переглядываются. Видно, об этом знали немногие. А теперь известно всем.

— Ему же хуже, а не нам, — выкрикивает Сэнди Денни.

Чтобы не разрыдаться, Эльф начинает «Ясень, дуб и терн» — песню, которой обычно открывает выступление. Впервые Эльф спела ее в Кингстонском фолк-клубе, на старой голландской барже, пришвартованной к причалу в Кингстоне. Сейчас голос ломкий, пронзительный, не дотягивает пару верхних до. Упрощенный, безбрюсовый вариант исполнения не то чтобы плох, но не вдохновляет. Эльф берет первые аккорды «Короля Трафальгара», своей лучшей песни с альбома «Пастуший посох»... но после третьего такта вступления передумывает. Без Брюсовой гитары будет звучать скупо и скудно. Что же сыграть? Пауза затягивается. Тогда Эльф снова начинает «Короля Трафальгара», модуляция из соль минора через ми-мажорный септаккорд выходит грязноватой. Заметно только хорошему гитаристу, однако звук получается куцый. Зрители вежливо аплодируют. *Следующий номер — «Песня Динка» из анто-*

логии Ломакса. Здесь у Брюса замечательная партия банджо, ее сейчас не хватает, как не хватает и его верхней октавы на «прощай, прощай...». Эта песня звучит в десятках фолк-клубов по всей Англии, и повсюду ее исполняют гораздо лучше, чем Эльф сейчас. Тут она соображает, что по-прежнему ведет свою партию в дуэте «Флетчер и Холлоуэй», только без Флетчера. И что теперь? Спеть что-нибудь новенькое? Из четырех новых композиций для альбома «Флетчер и Холлоуэй» две лирические песни посвящены Брюсу, третья — блюзовая ода Сохо для фортепьяно, пока еще безымянная, а четвертая — баллада о ревности под названием «Всегда не хватает». На лирических песнях ей не удержаться от слез. Лучше исполнить «Где цветет душистый вереск...», вот только она забывает поменять слова для женского исполнения, поэтому вместо «Я найду себе другого» звучит «Я найду себе другую», и Эльф представляет, как Брюс раздевает Ванессу... *пока я, дура, пою старые, заезженные песни...».*

И внезапно замечает, что перестала играть.

В зале раздаются перешептывания и покашливания.

«Наверное, думают, что я забыла слова. Или: „Может, у нее нервный срыв?“»

На что у Эльф заготовлен ответ: «Хороший вопрос».

Она понимает, что выронила медиатор.

По напудренному лицу струится пот.

«Вот так умирает карьера...»

«Прекращай выступление. Уходи со сцены с достоинством. Пока оно у тебя осталось».

Эльф опускает гитару. С первого ряда кто-то подается вперед. Свет рампы озаряет паренька, ровесника Эльф: овал по-женски миловидного лица, черные волосы до плеч, пухлые губы, умный взгляд. В пальцах зажат ее счастливый медиатор. Эльф берет его из протянутой руки.

Только что она хотела уйти. А теперь нет.

Слева от подавшего медиатор сидит парень повыше, в лиловом пиджаке. Чуть слышно, но четко, как суфлер, он произносит:

— «Если ты меня покинешь, я недолго протоскую...»

Эльф обращается к зрителям:

— С вашего позволения, я поменяю следующие строчки... — она рассеянно перебирает струны, — чтобы отразить всю прелесть моей так называемой личной жизни. — Она берет нужный аккорд и поет: — «Если ты меня полюбишь, то не вынесешь позора... — И продолжает с утрированным австралийским акцентом: — Потому что я Брюс Флетчер, я всех дрючу без разбора...»

Зал взрывается ликующим хохотом. Эльф заканчивает песню, больше не меняя слов, и в награду получает бурные аплодисменты.

«Ну, чем черт не шутит...»

Она подходит к фортепьяно:

— На пробу я исполню три новые песни. Это не совсем фолк, но...

— Сыграй, Эльф! — выкрикивает Джон Мартин.

Будто с головой нырнув в самую гущу жгучей крапивы, Эльф начинает вступление к «Всегда не хватает» и посреди проигрыша переходит на «You Don't Know What Love Is»[1]. Так сделала Нина Симон на концерте в «Ронни Скоттс» — вплела мелодию одной песни в середину другой, обе словно бы перекликаются. Эльф возвращается к «Всегда не хватает», завершает музыкальную фразу пронзительным фа-диезом. На нее волной обрушиваются аплодисменты. В проходе самозабвенно хлопает в ладоши Ал Стюарт. Эльф берет гитару, исполняет «Поляроидный взгляд» и «Я смотрю, как ты спишь». Потом без инструментального сопровождения поет «Уилли из Уинсбери» — песне ее научила Энн Бриггс. Она держит ладонь «чашечкой» около уха, как Юэн Макколл, произносит слова короля повелительно, слова его беременной дочери — дерзко, а слова Уилли — хладнокровно. Так хорошо она не пела никогда в жизни.

— Ну, у нас осталось время еще на одну вещь, — говорит она, садясь к микрофону.

— Придется спеть, Эльф, иначе Энди тебя не выпустит! — кричит из зала Берт Дженш.

---

[1] «Ты не знаешь, что такое любовь» *(англ.)*.

«Куда ветер дует» — альбатрос на шее, но Эльф живет его щедротами.

— Что ж, я исполню для вас свой знаменитый американский хит. — Четвертая струна опять ослабла. — Знаменитый американский хит Ванды Вертью.

Само собой, зрители смеются. Эльф исполняла эту песню задолго до того, как встретила Брюса, который решил, что в ней надо подправить концовку, чтобы создать плавный переход к его балладе про Неда Келли. Эльф закрывает глаза. Касается гитарных струн. Вздыхает...

После продолжительных аплодисментов, десятка объятий, высказываний на тему «Без него гораздо лучше» и похвал новому материалу Эльф наконец-то попадает в чулан, который служит Энди кабинетом. К ее удивлению, кроме Энди, туда втиснулись еще четверо. Двоих Эльф узнает: симпатичный парень, который подал ей медиатор, и его сухопарый сосед, который подсказал ей слова «Где цветет душистый вереск...». У третьего — копна каштановых волос, эффектные усы, как у щеголя эпохи Регентства, насмешливые глаза под тяжелыми веками и в общем плутовской вид. Четвертый, тот, что опирается на картотечный шкаф, постарше остальных. Костлявое лицо, лоб с залысинами, очки с дымчатыми стеклами и костюм цвета берлинской лазури, с закатно-алыми пуговицами. Его окружает ореол уверенности в себе.

— А вот и героиня вечера, — объявляет Энди. — Классный новый материал. Желающих его записать будет хоть отбавляй. «Эй энд Би» изрядно сглупили.

— Очень рада, что тебе понравилось, — говорит Эльф. — Извини, я не знала, что у вас тут встреча. Я загляну попозже.

— Это не встреча, а сходка заговорщиков, — говорит Энди. — Познакомься, это Левон Фрэнкленд, мой давний подельник.

Тип в дымчатых очках прижимает руку к груди:

— Прекрасное выступление. Честное слово. — («Американец», — думает Эльф.) — А новый материал — улет.

— Благодарю вас. — «Наверное, голубой», — думает Эльф и поворачивается к невысокому брюнету. — И спасибо за медиатор.

— Всегда пожалуйста. Меня зовут Дин Мосс. Ты здорово сыграла. На сцене держишься просто класс. А пауза, когда все решили, что ты забыла слова, — чистая драма.

— Вообще-то, это была не драма, — признается Эльф.

Дин Мосс кивает, будто теперь-то ему все понятно.

Эльф смутно знакомо его лицо.

— Слушай, я тебя откуда-то знаю.

— Год назад мы пересеклись на прослушивании в телестудии «Темза-ТВ». Я был в «Броненосце „Потемкин“». А ты исполняла фолк.

— Ой, и правда. В итоге выбрали какого-то ребенка-чревовещателя с куклой-додо, — вспоминает Эльф. — Прости, не признала.

— Да ладно. Про такое хочется поскорее забыть. А еще я работал в кофейне «Этна» на Д’Арблей-стрит. Ты туда часто заходила, только я торчал за стойкой с кофеварками, меня было не заметить.

— Вот я и не заметила. Тебе надо было подойти и сказать: «Эй, мы с тобой встречались, в телестудии».

— Я постеснялся, — потупившись, отвечает Дин.

— Какое честное признание, — растерянно говорит Эльф.

— А я — Грифф, — заявляет встрепанный усатый тип. — Барабанщик. Больше всего мне понравился «Поляроидный взгляд». — (Он явно с севера Англии.) — А вот это, — он кивает на высокого тощего рыжего парня, — Джаспер де Зут. Между прочим, имя настоящее, хоть и не верится.

Будто повинуясь безмолвному приказу, Джаспер пожимает Эльф руку:

— Впервые встречаю человека по имени Эльф.

У него очень аристократический выговор.

— «Эль» — от Элизабет, а «Ф» — от Франсес. Меня так прозвала младшая сестренка, Беа, и так и прилипло.

— Тебе подходит, — кивает Джаспер. — У тебя совершенно эльфийский голос. Я раз сто слушал твой «Ясень, дуб и терн». А в «Короле Трафальгара» замечательная... — он задумчиво крутит пальцем, — мм, психоакустика. Есть такое слово?

— Наверное, — отвечает Эльф и неосторожно добавляет: — Если оно есть, то хорошо рифмуется со словом «кустики».

Джаспер косится на нее:

— Ну да, пустяки, прутики и кустики.

«Ага, среди нас есть еще один стихотворец», — думает Эльф.

Левон снимает очки:

— Эльф, у нас есть предложение.

— Что ж, раз вы с Энди такие друзья, я готова его выслушать.

— А я, пожалуй, пойду, — говорит Энди, вручая ей конверт. — Твой гонорар. Как за дуэт. Ты его отработала.

Он выходит, и Левон Фрэнкленд закрывает за ним дверь.

— Во-первых, позволь, я вкратце объясню предысторию. Так сказать, контекст. Я — музыкальный менеджер. Вырос в Торонто, а потом отправился в Нью-Йорк, чтобы стать фолк-звездой. Мои свитера и водолазки были безупречны, но все остальное подкачало, поэтому я решил освоить нью-йоркскую музыкальную кухню — сперва в муииздательстве, потом у агента, который работал с целой плеядой звезд «британского вторжения». Четыре года назад я приехал в Лондон, устраивать гастроли американских исполнителей, да так здесь и застрял. Поработал в студии у Микки Моуста, потом переключился на поиск и продвижение новых исполнителей, а теперь вот решил попробовать свои силы в менеджменте. Можно сказать, всесторонне развитая личность. Ну, про меня много чего говорят. Я никогда не принимаю это близко к сердцу. Покурим?

— А то, — говорит Эльф.

Левон раздает всем «Ротманс».

— В конце прошлого года я ужинал в компании двух джентльменов, Фредди Дюка и Хауи Стокера. У Фредди фирма по организации гастролей, его контора на Денмарк-стрит. Они работают по старинке, но приветствуют новые идеи. Хауи — американский инвестор, который недавно стал владельцем небольшого рекламного агентства «Ван Дайк талент», в Нью-Йорке. Фредди и Хауи решили объединить усилия и создать единое трансатлантическое агентство по организации гастролей британских исполнителей в США и американских исполнителей в Британии. Сложно устраивать зарубежные гастроли, не зная местной специфики. У музыкальных профсоюзов такие запутанные требования, что проще сразу удавиться. Короче говоря, Фредди и Хауи предложили мне вот какую штуку. Я нахожу группу талантливых исполнителей, они с моей помощью делают демки, заключают контракт со студией звукозаписи, а потом агентство Дюка—Стокера организует им гастроли и превращает их в знаменитостей. Мне предоставят помещение на Денмарк-стрит, а во всем остальном у меня будет творческая свобода. Агентство Дюка—Стокера вложит начальный капитал и обеспечит меня годовым жалованьем в обмен на сравнительно скромную долю будущих прибылей. В общем, нам еще десерт не принесли, а мы уже ударили по рукам. Так появилось на свет агентство «Лунный кит».

— Ну, новых лейблов развелось, как грибов после дождя, — говорит Эльф.

— Да, и, как правило, все они однодневки. — Левон затягивается сигаретой. — Они заключают контракт с первыми попавшимися пижонами с Карнаби-стрит, тратят все деньги на оплату студийного времени, не продвигают материал на радио и через год банкротятся. Нет, по-моему, подбор группы — это тонкая работа. Никаких прослушиваний. И постоянные репетиции, прежде чем дело дойдет до концертов. Наша группа должна быть безупречна с самого начала. А самое главное, я намерен по справедливости делить плюшки с исполнителями, а не урвать лакомый кус, а потом утверждать, что его и вовсе не было.

— Необычный подход, — кивает Эльф. — А что за группа?

— Группа — это мы, — говорит Грифф. — Дин — басист, Джаспер — соло-гитара, я — барабанщик. Эти двое еще поют и сочиняют.

— Только нам не хватает клавишника, — говорит Джаспер.

«Мне предлагают работу», — соображает Эльф.

— Клавишника, который пишет песни, — поясняет Левон. — Обычные группы с трудом наскребают приличный материал для одного альбома. А вот если Дин, Джаспер и еще кто-нибудь сочинит по три-четыре песни, то у нас наберется сразу на долгоиграющую пластинку.

— Среди твоих знакомых такие есть? — спрашивает Дин.

— С правильной психоакустикой, — добавляет Левон. — Из тех, кто и на синтезаторе слабает, и на фортепьяно верный аккорд возьмет.

— По-моему, меня приглашают в бродячий цирк, — говорит Эльф. — На всякий случай уточню: вы ведь не фолк-группа?

— Совершенно верно, — говорит Левон. — За дух фолка в группе будешь отвечать ты. Дин больше склонен к блюзу, Грифф у нас из джаза, а Джаспер...

Все смотрят на Джаспера.

— А он — виртуоз-гитарист, — заявляет Дин. — Потому что это чистая правда, а не потому, что я снимаю у него комнату.

Грифф локтем тычет Дина в бок:

— Между прочим, обычно жильцы платят хозяину деньги, а не берут у него взаймы.

— Эльф, — говорит Левон, — я уже представляю, как великолепно вы будете звучать. Устройте джем-сейшен. В баре на Хэм-Ярде есть помещение для репетиций. Давайте попробуем, а?

— Ну а если тебе наш цирк не понравится, то силой удерживать не станем, — говорит Дин. — К ужину будешь дома.

Эльф затягивается сигаретой:

— А название у вас есть?

— Приблизительное. Мы попробовали «Есть выход»... — начинает Левон.

— ...но это не окончательно, — заверяет Дин.

«Вот и хорошо».

— Значит, вы не фолк-группа. А какая же тогда?

— Павлиньепереливчатая. Сорочьелюбопытная. Подземельнопотайная, — говорит Джаспер.

— Он в детстве энциклопедический словарь проглотил, — поясняет Дин.

Эльф пытается зайти с другой стороны:

— А какого звучания вы хотите добиться?

Трое отвечают хором:

— Нашего.

Темная комната

•

Клуб «UFO» вибрирует — *Pink Floyd* прокладывает курс корабля к сердцу пульсирующего солнца. Мекка танцует, смотрит на него. У нее глаза цвета берлинской лазури. Разноцветные пятна прожекторов сияющими медузами множатся и скользят по танцорам, и мысли Джаспера начинают дрейфовать.

«Абракадабра, это мальчик. Назовем-ка его Джаспером...» Почему это имя, а не какое-нибудь другое? Знакомый? Драгоценный камень? Бывший любовник? Это известно только матери Джаспера, а она спит в гробу на дне морском, у египетских берегов. Приходим, смотрим, шастаем, пока Смерть не погасит наши свечи... Там, откуда мы приходим, этого добра много. Миллион зачатков жизни в каждой капле жизненной эссенции. Бог сошел бы с ума, если бы следил за каждым. На сцене Сид Барретт водит гребешком по провисшим струнам «фендера». Горестные вопли птеродактиля. Сид далеко не виртуоз, но умение держаться на сцене и байронический облик с лихвой восполняют недостаток техники. Тем временем Хоппи щелкает выключателем за световым пультом и по стенам начинает нарезать круги самурай Куросавы — знаменитое шоу клуба «UFO». Рука Джаспера уже какое-то время выводит восьмерки; цифра 8 — бесконечность стоймя. До него доносятся слова, надтреснутые, шершавые, как радиоволны в сумерках... «Если б расчищены были врата восприятия, всякое предстало бы человеку как оно есть — бесконечным. Ибо человек замуровал себя так, что видит все через узкие щели пещеры своей». Кто это сказал? «Я знаю, что не я». Может, Тук-Тук? Или кто-то из давних предков? Лазурная медуза света проплывает над Риком. Рик Райт, клавишник, в лиловом галстуке и желтой рубашке, играет на «фарфисе». Месяц назад *Pink Floyd* подписали контракт с EMI. И всю эту неделю провели в студии «Эбби-роуд». Рик рассказывал Джасперу: «К нам заглянул инженер из корпуса Б и говорит, мол, там ребята перерыв устроили, не хотите поздороваться? Ну, мы и зашли. Джон дурачился, у Джорджа болел зуб, а Ринго рассказал похабный анекдот». А еще они слушали новую песню Пола «Прелестная Рита». Мекка сужает круги. Ее слог услаждает слух: — *Ich bin bereit abzuheben*[1].

Обычно Джаспер понимает немецкий со скрипом, но драгоценные часы, проведенные с Меккой, являются отличной смазкой для мозгов.

— Ты уже отрываешься от земли? — уточняет он.

Судя по всему, фитиль метаквалона запален. Вышибалы на дверях поставляют превосходное зелье, чистейшее во всем Лондиниуме, и вот он приход вот он приход точка точка точка тире тире тире точка точка точка

...и тело Джаспера танцует в клубе «UFO» на Тотнем-Корт-роуд, а разум уносится в просторы космоса, огибает обводненный Марс, мчится все дальше и дальше, к Сатурну, пожирающему своих отпрысков, а потом отверженно, Отче, отчужденно отчаянно летит превозмогая скорость света туда где застывают время и пространство и снова

---

[1] *Перен.* «К взлету готова», *букв.* «Я гото́ва подняться» *(нем.)*.

шершавый голос: «И слава Господня осияла их: и убоялись страхом великим. И сказал им ангел, не бойтесь, пристегните ремни безопасности и катайтесь в свое удовольствие». А теперь библейски черно и беззвездно. Хвост кометы серебристой нитью тянется в пространстве. Тук-тук. Кто там? Не отвечай. Думай о нормальных вещах. Ник Мейсон бьет по барабанам. Барабаны были раньше нас. Ритмичное биение материнского сердца. Мекка уезжает в понедельник вечером. Америка проглотит ее, как кит Иону. Мы пульсируем в такт бас-гитаре Роджера, «рикенбакер-фаергло». Улыбка Роджера Уотерса — и плащ и кинжал одновременно. Лицо Мекки изгибается, вдавливается, удлиняется, расширяется, обволакивает его. И вширь и вглубь растет, как власть империй, медленная страсть. Ее лицо отражает его, а его — ее, и какое из отражений догадывается, что оно — отражение?

— Как ты думаешь, реальность — это зеркало для чего-то еще? — спрашивает Джаспер.

Ответ Мекки не поспевает за восковыми мальчишечьими губами:

— *Ja, bestimmt*[1]. Поэтому фотоснимок всегда правдивее фотографируемого предмета.

Он прикладывает ее ладонь к своему сердцу. Ее лицо принимает обычный вид.

— Поздравляю. Я почувствовала, как он толкается. Ты дату знаешь?

— Я прошел собеседование?

— Пойдем искать такси.

Возле клуба стоит черное такси.

— Челси, Блэклендс-Террас, — говорит Мекка таксисту. — Напротив книжного «Джон Сэндоу».

Мимо проносятся темные улицы. Амстердам прячется в себя, Лондон раскрывается, раскрывается, раскрывается.

Она благонравно держит его за руку. Кое-где на верхних этажах светятся окна. Джаспер все еще слышит стук

---

[1] Да, конечно *(нем.)*.

барабанов. Немного *Pink Floyd* хватает очень и очень надолго. Такси останавливается.

— Сдачи не надо, — говорит Мекка.

Ветер, ночь, тротуар, дверной замок, лестница, кухня, настольная лампа.

— Я в душ, — говорит Мекка.

Джаспер сидит за столом. Она появляется, одежды на ней гораздо меньше, чем раньше.

— Это приглашение.

Они вместе принимают душ. Потом они в постели. Потом все тихо. Потом где-то вдали громыхает грузовик. На Челси-Хай-стрит? Может быть. Мекка спит. У нее на спине большая выпуклая родинка, очертаниями напоминающая австралийский монолит Улуру. Прошлое и будущее просачиваются друг в друга. Он на площадке дозорной башни, глядит на залив, на коньки крыш, на дома и пакгаузы. Пушечные выстрелы. Наверное, это кино. Громовое стаккато оглушает. Небо, качнувшись, кренится набок. Все собаки лают, вороны словно с ума посходили. Тучный человек в костюме наполеоновской эпохи опирается на поручень, направляет подзорную трубу в море. Джаспер спрашивает его, не сон ли это. Может, в клубе «UFO» что-то подмешали в амфетамин?

Человек с подзорной трубой щелкает пальцами. *Вжик-вжик*. Джаспер идет по улице. Подходит к пансиону своей тетушки в Лайм-Риджис. Его дядя в инвалидном кресле говорит: «Ты же сбежал от нас к лучшей жизни! Вот и вали отсюда!»

Щелк. Вжик-вжик. Джаспер проходит мимо корпуса Свофхем-Хаус в школе Епископа Илийского. Директор стоит в дверях, как вышибала: «Шагай, шагай, тебе здесь делать нечего».

Щелк. Вжик-вжик. Паб «Герцог Аргайл» на Грейт-Уиндмилл-стрит. Джаспер смотрит сквозь гравированное оконное стекло. За столиком сидят Эльф, Дин, Грифф, Мекка и сам Джаспер.

— Половина моих знакомых считает, что название «Есть выход» похоже на пособие для самоубийц, — объясняет

Эльф. — А половина утверждает, что это фразочка из лексикона хиппи. Давайте представим, что название группы мы придумываем впервые. У кого какие идеи?

Все, включая Джаспера за столиком, смотрят в глаз Джаспера за окном.

Щелк. Вжик-вжик. Перед глазами мельтешит подсвеченный грезами снег, или дождь лепестков, или кружевные бабочки. Он теряется в лабиринте улочек Сохо, который запутаннее настоящего. Он ищет указатель. Марево медленно обретает четкость, из тумана проступает лондонская табличка с названием улицы: «УТОПИЯ-АВЕНЮ». *Щелк. Вжик-вжик...*

В дюймах от его лица появляются буквы P-E-N-T-A-X. *Щелк.* Фотоаппарат проматывает пленку. *Вжик-вжик.* На Мекке кремовый аранский свитер, он ей до колен. Она выстраивает следующий кадр. *Щелк. Вжик-вжик.* В потолочном окне над ней — грязный лоскут неба. Вороны кружат, как носки в сушильном барабане. Что еще? Одеяло. Смятые бумажные салфетки. Электрический камин. Ковер. Одежда Джаспера. К стене пришпилены десятки черно-белых фотографий. Облака в лужах, косые лучи света, пассажиры, бродяги, собаки, граффити, снег, залетающий в разбитые окна, влюбленные в дверных проемах, надгробия с неразборчивыми надписями и прочие фрагменты Лондона, заметив которые Мекка подумала: «Я хочу тебя сохранить». *Щелк. Вжик-вжик.*

Она опускает фотоаппарат, садится, скрестив ноги по-турецки:

— Доброе утро.

— Ты рано начинаешь работу.

— У тебя глаза... — она напряженно подыскивает нужное слово, — бегали под веками как сумасшедшие. Тебе снился сон?

— Да.

— Может, я сделаю серию фотоснимков: «Де Зут, спящий; де Зут, бодрствующий». Или назову ее «Потерянный рай». — Она натягивает темно-синие носки. — Завтрак внизу.

И уходит.

«Теперь мы с Меккой — любовники, или прошлая ночь была первой и последней?» — размышляет Джаспер и, неторопливо одеваясь, несколько минут изучает фотографии на стене.

На офисной кухне Мекка ест брикеты «Витабикс» из плошки, перелистывает журнал мод. Электрический чайник стонет и сипит. Джаспер выглядывает сквозь жалюзи на улочку Челси. Порывы ветра сгоняют в кучи палую листву, теребят иву и выворачивают наизнанку зонтик викария. Вдоль кухни тянется балкон с балюстрадой по пояс. Джаспер подходит, смотрит вниз, в просторную студию, увешанную драпировками и уставленную переносными ширмами, осветительной аппаратурой и штативами. В углу — декорации для фотосессии: тюки прессованного сена и пара гитар. Джаспер повторяет то, что сказал Дин, когда тот впервые вошел в квартиру на Четвинд-Мьюз:

— Классные хоромы.

— Что такое хоромы? — спрашивает Мекка.

— Жилище. Квартира. Ну или студия.

— А почему хоромы? Это где хоронят, да?

— Не знаю. Это слово не я придумал.

Лицо Мекки принимает выражение, которого Джаспер не понимает.

— С понедельника до субботы здесь находится мой босс, Майк, а еще фотомодели и прочие сотрудники. Я здесь ишачу — помогаю устанавливать декорации и все такое. В хоромах живу за бесплатно, а Майк дает мне пленку и разрешает пользоваться фотолабораторией.

— У тебя особенные фотографии.

— Спасибо. Я пока учусь.

— Там есть серия снимков с пикетчиками...

— А, это забастовка портовых рабочих в Ист-Энде.

— Как тебе это удалось?

— Я просто говорю: «Привет, я фотограф из Германии. Можно вас щелкнуть?» Некоторые говорят: «Отвали». Один сказал: «Хрен мой щелкни, мисс Гитлер». Обычно просто говорят: «О'кей». Когда тебя снимают, то как будто заявляют: «Ты существуешь».

— Такое впечатление, будто они там смотрят в объектив и пытаются сообразить, враг ты или нет. Хотя они — всего-навсего химическая реакция на бумаге. Фотография — странная иллюзия.

— В четверг в хоромах Хайнца ты играл испанскую мелодию.

Чайник глухо булькает.

— Да, «Астурию» Альбениса.

— У меня от нее *Gänsehaut*... гусиная кожа. Так можно сказать?

— Да.

Чайник закипает и выключается.

— Музыка — это просто сотрясение воздуха. Вибрация. Почему эта вибрация вызывает физическую реакцию? Для меня это загадка.

— Можно изучить, *как* работает музыка в теории и на практике. — Джаспер снимает крышку с банки кофе. — А вот *почему* она работает, одному Богу известно. А может, и неизвестно.

— С фотографией то же самое. Искусство — это парадокс. Оно не ощущение, но его ощущают. У этого кофе вкус мышиного помета. Лучше чай.

Джаспер заваривает чай и приносит к столу.

— Куда ты потом идешь? — спрашивает Мекка.

— У нас в два часа репетиция. В Сохо.

— А вы — хорошая группа?

— Мы стараемся. — Джаспер дует на чай. — Мы играем вместе всего месяц, так что все еще ищем свое звучание. Левон говорит, что сначала надо отшлифовать десять песен, а уж потом давать концерты. Он хочет, чтобы мы явились во всей красе и во всеоружии, будто Афина из головы Зевса.

Мекка жует «Витабикс».

— Сегодня твой последний день в Англии. Может быть, у тебя еще много дел или ты хочешь попрощаться со знакомыми? Но если ты свободна, то пойдем со мной на репетицию.

Наверное, полуулыбка Мекки что-то означает.

— Еще одно свидание?

Джаспер опасается сделать неверный шаг.

— Да, если это не преждевременно.

— Преждевременно? — (Кажется, он ее насмешил.) — Мы с тобой только что переспали. Для «преждевременно» уже поздно.

— Извини. Я не знаю правил. Особенно с женщинами.

— Мы с тобой знакомы всего два дня и три ночи.

— Да, а что?

Мекка дует на чай:

— А кажется, что дольше.

Два дня и три ночи назад Хайнц Формаджо распахнул входную дверь апартаментов в одном из роскошных особняков близ Риджентс-парка. Хайнц был в пиджачной паре, при галстуке, расшитом алгебраическими уравнениями, и в строгих очках.

— Де Зут! — (Джасперу пришлось стерпеть крепкие объятья.) — Я так и знал, что это ты! Гости обычно звонят длинным звонком — дзыыыыыыыыыынь! — а у тебя получается дзынь-динь-ди-линь-дзынь-дзынь, дзынь-дзынь. Боже мой, ну у тебя и патлы! Длиннее, чем у моей сестры.

— У тебя залысины, — сказал Джаспер. — И ты растолстел.

— Ты, как всегда, образец такта. И к сожалению, я действительно прибавил в весе. На мою беду, оксбриджские профессора едят как короли.

В коридор врываются голоса и звуки колтрейновской «My Favourite Things»[1]. Формаджо ставит дверной замок на предохранитель и выходит наружу:

— Прежде чем войти, скажи мне, как ты?

— В ноябре переболел простудой, а на локте у меня псориаз.

— Я про Тук-Тука.

Джаспер замялся. Он еще не рассказывал об этом никому из группы.

---

[1] «Мои любимые вещи» *(англ.).*

— По-моему, он пытается вернуться.

Формаджо уставился на него:

— С чего ты взял?

— Я его слышу. Или мне кажется, что слышу.

— Стук? Как раньше?

— Очень тихий, поэтому я не уверен. Но... мне кажется.

— Ты обращался к доктору Галаваци?

Джаспер помотал головой:

— Он вышел на пенсию.

Из квартиры Формаджо послышался смех.

— А лекарство у тебя осталось? На всякий случай?

— Нет. — Взгляд Джаспера скользнул по изогнутому коридору полукруглого здания, в котором находится лондонская квартира Формаджева дяди. В коридоре слишком много больших зеркал. — Мне нужно найти психиатра, но я боюсь, что консультация может закончиться плачевно. Если я попаду в лечебницу, то вызволять меня здесь некому.

— Но ведь доктор Галаваци тебе поможет...

Джаспера это не убедило.

— В общем, я подумаю.

— Обязательно подумай. — Лоб приятеля разгладился. — Ну, пойдем. Все жаждут познакомиться с настоящим гитаристом-профессионалом.

— Я пока еще не совсем профессионал.

— Не говори глупостей. Я тебя всем нахваливаю. Кстати, у меня в гостях немецкий фотограф. Женского пола. Очень симпатичная. Все утверждают, что она вундеркинд. Я долго пытался понять, кого она напоминает, а потом меня осенило: тебя. Тебя, де Зут. Она — это ты, только в женском обличье. И вдобавок без пары...

Джаспер не понимал, зачем Формаджо ему все это рассказывает.

Званый ужин у Хайнца Формаджо, будучи мероприятием интеллектуальным и интеллигентным, проходил без наркотических препаратов, в отличие от музыкантских тусовок, на которых побывал Джаспер с ноября прошлого года, когда приехал в Лондон. К полуночи обслуга разошлась, и ночевать остались пятеро гостей. Джаспер собирался пешком вернуться к себе на Четвинд-Мьюз, но мороз, бренди, «Kind of Blue»[1] Майлза Дэвиса, сила тяжести и овчинный коврик заставили его передумать. Он дремал под хмельные голоса, обсуждавшие будущее.

— Капитализму осталось существовать лет двадцать, — предсказывал сейсмолог. — К концу века у нас будет мировое коммунистическое правительство.

Ливерпульский философ громыхнул каркающим смехом:

— Фигня! С тех пор как стало известно о ГУЛАГах, советская империя морально обанкротилась. Социализм подергивается в предсмертных судорогах.

— Верно! — согласился кениец. — Розово-серое человечество никогда не захочет разделить с нами власть. Все вы думаете: «А что, если они сделают с нами то же самое, что мы сделали с ними?»

— Атомная бомба снижает вероятность любого будущего, — заявил климатолог. — Будущее — радиационная пустыня. Если оружие изобретают, то его обязательно применят.

— С водородной бомбой иначе, — сказала Мекка, фотограф. Джасперу нравился ее голос — как щеточки по медным тарелкам. — Если ее применить и если у врага она тоже есть, то погибнут и ваши дети.

— Весело тут у вас, — вздохнул экономист. — А как же освоение Марса? Видеотелефоны? Реактивные ранцы? Серебристые наряды, роботы, говорящие «так точно» вместо «да»?

Кениец фыркнул:

— Спорим, когда разумные роботы увидят, что гомо сапиенс плодятся как кролики и убивают планету, то вполне резонно решат стереть нас с лица Земли нашим же оружием.

— А что на это скажет музыкант? — спросил климатолог. — Куда идет будущее?

---

[1] *Здесь*: «Что-то вроде грусти» *(англ.)*.

— Это непознаваемо. — Джаспер с трудом поднялся и сел. — Кто полвека назад предвидел Хиросиму, Дрезден, блиц, Сталинград, Освенцим? Берлинскую стену? Телевидение? Независимость колоний? Китай и США, ведущих опосредованную войну во Вьетнаме? Элвиса Пресли? «Стоунзов»? Штокхаузена? Джодрелл-Бэнк? Пластмассы? Лекарства от полиомиелита, кори и сифилиса? Космическую гонку? Настоящее — занавес. По большей части мы не способны за него заглянуть. А те, кто способны — по случайности или обладая предвидением, — самим фактом видения изменяют то, что находится за занавесом. Поэтому будущее непознаваемо. Изначально. Принципиально. Мне нравятся наречия.

«Flamenco Sketches»[1] закончилась. Звукосниматель со щелчком поднялся с пластинки. Тишина плескала и поглощала.

— Вот ведь незадача, Джаспер, — сказал философ. — Мы просили предсказания, а в ответ получили великолепное развернутое «Понятия не имею».

Джаспер, сознавая, что ему не хватит умственного потенциала, чтобы опровергнуть утверждения философов, потянулся к гитаре Формаджо:

— Можно?

— Вам, маэстро, можно и не спрашивать, — ответил Формаджо.

Джаспер заиграл «Астурию» Альбениса. Гитара у Формаджо была так себе, но мелодия, полная переливов лунного света, вспышек солнечного жара и бурления крови в жилах, очаровала гостей. Когда Джаспер закончил, никто не шевельнулся.

— Через пятьдесят лет, или через пятьсот, или через пять тысячелетий, — сказал Джаспер, — музыка будет влиять на людей так же, как и сегодня. Вот мое предсказание. А сейчас уже поздно.

Джаспер проснулся на диване Формаджева дяди, пошел на кухню, налил себе кружку молока, закурил сигарету, уселся у залитого дождем окна и смотрел на голые тем-

---

[1] «Наброски фламенко» *(англ.)*.

ные кроны деревьев, обрамляющих выгнутую полумесяцем улицу. На газонах пробились крокусы. Молочник в штормовке, переходя от двери к двери, заменял пустые бутылки полными и накрывал крышечки из фольги банками из-под варенья, чтобы не проклевали птицы.

— Ты рано встал, — сказала Мекка.

Худенькая бледная девушка в черном бархатном пиджаке явно собралась уходить.

Джаспер не знал, что сказать.

— Доброе утро.

— Ты великолепно играешь на гитаре.

— Я стараюсь.

— А где ты этому научился?

— В череде комнат, лет за шесть или семь.

Он не понял, что за выражение появилось на лице Мекки.

— Это странный ответ? Извини.

— Ничего страшного. Хайнц сказал, что ты очень *wörtlich*... буквальный?

— Буквалистичный. Я стараюсь таким не быть, но стараться не быть очень трудно. У тебя очень успокаивающий голос. Как стальные щеточки по медным тарелкам.

Выражение лица Мекки стало таким же, как минуту назад.

— Это тоже странно прозвучало?

— Стальные щеточки по медным тарелкам. Это красиво.

«Спроси ее», — думает Джаспер.

— Ты знаешь *Pink Floyd*?

— Да, в фотоателье у Майка говорили об этой группе.

— Завтра вечером они играют в «UFO». Я знаком с Джо Бойдом, владельцем клуба. Если хочешь, можем туда сходить, он нас пропустит.

Мекка приподнимает брови. Удивление.

— Это официальное свидание?

— Официальное, не официальное, свидание, не свидание. Как тебе угодно.

— В незнакомом городе одинокой девушке приходится быть осмотрительной.

75

— Верно. В таком случае давай ты проведешь со мной собеседование. За ужином. А если сочтешь меня чересчур странным, то сможешь сбежать, как только я отлучусь в туалет. Это не заденет мои чувства. Я не уверен, что мои чувства можно задеть.

Помедлив, Мекка спрашивает:

— У тебя есть телефон?

Спустя два дня, три ночи и воскресное утро в ресторане «Хо Квок» — душной парилке — громко и быстро звучит китайская речь. Белый фарфоровый кот машет лапой, заманивает удачу с Лайл-стрит. Джасперу и Мекке удается занять столик у окна.

— Чайнатаун — как Сохо, — говорит Джаспер. — Он создан чужаками, и к нему неприменимы обычные правила.

— Анклав. По-английски называется так же, да?

Джаспер кивает. Официантка приносит жасминовый чай и, не сказав ни слова, принимает заказ — лапша с вонтонами. За окном у прохожих подняты воротники, шапки натянуты на уши. Через дорогу, между лавкой китайского травника и химчисткой, какой-то парень достает обшарпанную гитару, швыряет в раскрытый картонный футляр у ног мелочь из собственного кармана и хрипло заводит «(I Can't Get No) Satisfaction»[1]. К концу первого куплета появляются три китайские бабуси с метлами наперевес и орут: «Пшел вон!» Незадачливый певец протестует: «У нас свободная страна!» — но бабуси машут метелками, хлопают его по щиколоткам. Прохожие останавливаются, наблюдают за представлением, а худенькая девчушка сгребает монетки из футляра и бросается наутек. Парень бежит за ней, спотыкается и падает в канаву. Гитарный гриф переламывается. Бедолага ошалело смотрит на разбитый инструмент, оглядывается, ищет, кому бы пожаловаться, кого бы обвинить, на кого бы наорать. Вокруг никого. Порывы мартовского ветра гонят по тротуару пус-

---

[1] *Здесь*: «Никакого удовольствия» *(англ.).*

76

тую жестянку. Парень бредет к картонному футляру, укладывает в него гитару и ковыляет дальше, на Лестер-Сквер.

— И никакого удовольствия, — вздыхает Мекка.

— Надо тщательнее выбирать место. Нельзя просто встать где придется, наудачу.

— А ты тоже играешь на улицах?

— В Амстердаме играл, на площади Дам. В Лондоне все гораздо труднее. Ну, ты сама видела. Но иногда прохожие начинают подпевать.

Официантка приносит заказ и четыре пластмассовые палочки. Джаспер наклоняется над горячим озерцом лапши, свинины и пекинской капусты, где плавает половинка крутого яйца в пятнышках соевого соуса. Пар увлажняет веки. *Щелк, вжик-вжик.* Джаспер косится в круглый глаз «ролекса» на запястье Мекки. *Щелк, вжик-вжик.* Она закрывает объектив крышечкой.

— Ты всегда на работе?

— Я хочу сувенир. На память о том времени, когда ваша группа еще не прославилась.

— Я тоже хочу сувенир. На память о тебе. Дашь мне фотоаппарат?

— А ты дашь первому встречному свою гитару?

— Нет. Но тебе дам.

Мекка вручает ему «Пентакс». Джаспер глядит в видоискатель на посетителей, которые хлюпают лапшой, кивают, шутят, сидят молча. В кадре — Мехтильда Ромер, необычная женщина. Она смотрит на него, как модель на фотографа.

— Нет, я хочу тебя запомнить не такой, — говорит Джаспер.

— А какой?

— Представь, что ты уже провела в Америке два года. Представь, что наконец вернулась. Представь, что стоишь у двери родного дома. Родители тебя не ждут. Ты устроила им сюрприз. Представь, как в коридоре звучат их шаги... — (Лицо Мекки меняется, но этого еще недостаточно.) — Представь, как щелкает дверной замок.

Представь выражение лиц родителей, когда они увидят, что это ты.

Щелк, вжик-вжик.

На третьем этаже Джаспер открывает дверь с табличкой «Клуб „Зед“», и приглушенное звучание буги-вуги Эльф, римшотов Гриффа и Диновой бас-гитары становится громким. Они играют Динову «Оставьте упованья», монструозную двенадцатитактовую блюзовую конструкцию. Мекка медлит на пороге.

— Они не рассердятся?

— С чего им сердиться?

— Я же посторонняя.

Джаспер берет ее за руку и ведет сквозь бархатные портьеры в просторный зал, обставленный в «срединноевропейском» стиле, как салон: кресла с высокими спинками у столиков под тусклыми люстрами. Со стен глядят портреты и фотографии польских героев войны. Над барной стойкой с дымчатыми зеркалами, уставленной сотнями сортов водки, красуется в раме польский флаг, весь пробитый пулями во время Варшавского восстания. Джаспер постепенно осознает, что за многими безликими дверями в Сохо находятся порталы в другие времена и пространства. В клубе «Зед» собираются и поляки, и любители джаза. Здесь стоит прекрасный рояль «Стейнвей» и ударная установка «Людвиг» из восьми компонентов — на них играют Эльф и Грифф, а Дин исторгает завывания из губной гармошки. Зрителей двое: Левон и Павел, владелец «Зед». Оба курят сигары-черуты. Дин замечает Мекку, и «Оставьте упованья» сходит с рельсов. Эльф с Гриффом смотрят на него и тоже прекращают играть.

— Простите, что опоздал, — говорит Джаспер. — Меня задержали.

— А то, — хмыкает Грифф, глядя на Мекку.

— Это она? — спрашивает Джаспера Дин.

— Да, это она, — отвечает Мекка. — А ты Дин, как я понимаю.

Грифф крутит в пальцах барабанную палочку и выстукивает: та-дам!

«Надо ее всем представить», — вспоминает Джаспер.

— Ребята, это Мекка. А это Левон, наш менеджер, и Павел — он разрешает нам здесь репетировать.

Все, кроме Павла, говорят «Привет». Павел как-то по-ленински наклоняет голову набок:

— Немка, если я не ошибаюсь.

— Не ошибаешься. Попробую догадаться, откуда ты родом... — Она окидывает взглядом зал. — Наверное, из Польши.

— Из Кракова. Может, ты слышала о таком городе.

— Мне известна география Польши.

Павел хмыкает:

— А историю вы предпочитаете забыть. Славные дни *Lebensraum*[1] и все такое.

— Большинство немцев не называют это славными днями.

— Правда? А те, кто лишили меня родного дома, называли. Как и те, кто убил моего отца.

Враждебное отношение Павла к Мекке замечает даже Джаспер.

— Мой отец был учителем истории в Праге, — начинает Мекка, осторожно подбирая слова. — А потом его забрали служить в вермахт и отправили в Нормандию. Если бы он отказался, его бы расстреляли. Перед тем как в Прагу пришли русские, мама увезла меня в Нюрнберг. Так что историю я тоже знаю. *Lebensraum*. Геноцид. Военные преступления. Я знаю. Но я родилась в сорок четвертом году. Я не отдавала приказов, не бомбила города. Я сожалею о гибели твоего отца. О страданиях Польши. О страданиях всей Европы. Но если ты винишь меня за то, кем я родилась — немкой, — то чем ты отличаешься от нацистов, которые утверждают, мол, все зло от евреев, или от гомосексуалистов, или от цыган? Это нацистские рассуждения. Продолжай так рассуждать, если тебе хочется, а я не собираюсь. Подобные рассуждения привели к войне. Я говорю так: «Ну и хрен с ней, с войной». Хрен с ними, со стариками,

---

[1] Жизненное пространство *(нем.)*.

которые начинают войны и отправляют молодежь на смерть. Хрен с ней, со злобой, которую порождает война. Хрен с теми, кто разжигает эту злобу даже теперь, двадцать лет спустя. Всё, хренов больше нет.

Грифф выстукивает на барабанах раскатистую дробь и звонко ударяет по тарелкам.

— Если тебе так угодно, я уйду, — говорит Мекка Павлу.

«Не уходи», — думает Джаспер.

Павел глядит на Мекку. Все ждут.

— Мы, поляки, любим хороших ораторов. Ты произнесла отличную речь. Выпьешь со мной? За счет заведения.

Мекка смотрит на него:

— Спасибо. Я с удовольствием выпью самой лучшей польской водки.

— Да нет же! — выпаливает Эльф. — Соль, ля, ре — ми минор.

— Так я ж сыграл ми минор, — оправдывается Дин.

— Ничего подобного, — говорит Эльф. — Это было ми. Вот. — Она быстро записывает что-то в блокноте, выдирает страницу и тычет ее Дину. — Иди в ми минор вот здесь, в конце второй и четвертой строки, на словах «плот проплывает, поток забывает...», а потом на «тот, кто прощен, и тот, кто прощает...». Грифф, а ты, пожалуйста, как-нибудь повоздушнее... как пушинка.

— Повоздушнее? — недоумевает Грифф. — Как Пол Моушен, что ли?

На этот раз недоумевает Эльф:

— Кто-кто?

— Ударник Билла Эванса. Играет с оттяжкой, воздушно, будто шепчет.

— В общем, попробуй. Джаспер, а можно урезать соло на два такта?

— О’кей. — Джаспер замечает, что Левон что-то шепчет Мекке на ухо.

— Ну, вперед, с начала, — говорит Эльф. — И раз, и два, и...

— Стоп. Прошу прощения, ребята. — Левон встает. — Коротенькое производственное совещание.

Грифф сопровождает его слова раскатистым звоном тарелок. Эльф смотрит на Левона. Дин оставляет гитару болтаться на шее. Джаспер не понимает, при чем тут Мекка.

— Нам понадобятся фотографии. Для афиш, для прессы, может быть, даже для обложки альбома. По счастливой случайности к нам заглянул фотограф. Вопрос: согласны ли вы заказать Мекке снимки? Она готова отщелкать пару пленок прямо сейчас.

— Она же завтра уезжает в Штаты, — говорит Эльф.

— Верно, — отвечает Мекка. — Я сфотографирую вас, вечером проявлю-напечатаю и завезу лучшие снимки на Денмарк-стрит завтра утром, по дороге в аэропорт.

— А как же костюмы, прически и все такое? — спрашивает Грифф.

— Мекка сфотографирует вас как есть. *In situ*[1]. На репетиции. Ничего пошлого или слащавого. Как для обложек «Блю ноут».

— Про «Блю ноут» ты специально сказал, чтобы я согласился, — ворчит Грифф.

— Ты меня насквозь видишь, — улыбается Левон.

— Я — за, — говорит Эльф.

— Мекка, ты только не обижайся, — начинает Дин, — но, может, нам лучше заказать снимки у кого-нибудь из знаменитых фотографов? Типа Теренса Донована, Дэвида Бейли или Майка Энглси?

— На знаменитых фотографов придется знаменито потратиться.

— Ну а почему бы и не потратиться? Знаешь же, за что платишь.

— Больше двухсот фунтов за фотосессию?

— Да? Ну, я всегда говорил, что знаменитости просто дерут деньги почем зря, — заявляет Дин. — Короче, я — за Мекку. Грифф, ты как?

— А ты можешь меня так сфотографировать, чтобы я был похож на Макса Роуча?

---

[1] *Здесь*: В естественных условиях *(лат.)*.

— Если наложить грима побольше и отпечатать обратным негативом, то миссис Роуч не отличит тебя от родного сына, — отвечает Мекка.

— Фигассе, да ты острее бритвы и суше долбаной Сахары, — фыркает Грифф. — Принято единогласно.

По воскресеньям паб «Герцог Аргайл» открывается в шесть вечера. Сразу после шести все и Мекка усаживаются за столик в нише у окна. На матовом стекле протравлен щит, через который Джаспер видит прохожих и аптеку через дорогу. Паб обставлен с викторианской роскошью: медные ручки, стулья с обитыми тканью спинками и таблички «НЕ ПЛЕВАТЬ». Из белого бумажного пакета Грифф высыпает в чистую пепельницу горку подсоленных шкварок — их делают в мясной лавке поблизости, специально для паба. Все поднимают разномастные стаканы.

— За фотографии Мекки на обложке нашего первого альбома, — провозглашает Дин и махом выпивает половину пинты биттера «Лондон прайд». — А что такого? Я оптимист.

— За «Плот и поток», — говорит Грифф. — Из нее выйдет неплохой сингл.

— Или отличная сторона Б, — добавляет Дин, утирая пену с губы.

Эльф чокается с Меккой полупинтой шенди:

— За твою поездку в Штаты. Я тебе ужасно завидую. Пока ты там будешь мотаться по дорогам, как герои Керуака, вспоминай иногда обо мне. Представь, как я здесь с этими оболмотами...

Дину с Гриффом смешно, поэтому Джаспер тоже улыбается.

— Вы тоже приедете в Америку, и очень скоро, — заявляет Мекка. — В вас чувствуется что-то такое особенное... притягательное. *Fühlbar*... Как это сказать? Когда можно потрогать?

— Осязаемое? — подсказывает Эльф.

В паб входит компания пижонов: патлы длиннее, чем у Джаспера, наряды из бутиков Карнаби-стрит. На них никто не обращает внимания. В Сохо фриками выглядят обычные люди.

— Ребята, я тут подумала... — начинает Эльф.

— Ой, — говорит Дин, — сейчас будет что-то серьезное.

— Я честно пыталась привыкнуть к названию «Есть выход». Но у меня просто не получается. И половина моих знакомых сразу же начинают говорить «На выход». В общем, как-то не клеится. Может быть, придумаем что-то другое?

— Вот прямо сейчас? — уточняет Дин.

— Потом будет поздно, — говорит Эльф.

Джаспер закуривает «Кэмел».

— Я стрельну курева? — просит Грифф.

— О, «Стрелки курева», — заявляет Дин.

«Он то ли недопонял, то ли притворяется ради хохмы», — размышляет Джаспер.

— Не, не пойдет, — продолжает Дин. — Американцы не въедут. Давайте еще что-нибудь.

— Тебе пора писать книгу про то, как сочинять анекдоты, — говорит ему Грифф. — Начни с того, как выбирать нужный момент.

— А я вот потихоньку привыкаю к названию «Есть выход», — замечает Дин.

— Зачем нам название, к которому нужно привыкать? — спрашивает Эльф. — Почему бы не придумать что-нибудь классное, такое, чтобы запоминалось сразу и надолго. Мекка, вот скажи, тебе нравится «Есть выход»?

— Она с тобой согласится, — говорит Дин. — Вы, девчонки, всегда заодно.

— Я бы с ней согласилась, даже если бы была парнем, — возражает Мекка. — «Есть выход» — пресное название. Никакое. Даже не плохое.

— Ну, ты все-таки немка... — говорит Дин и, спохватившись, добавляет: — Не в обиду сказано.

— Я не в обиде на то, что я немка.

— Но слух у тебя немецкий. А мы — британская группа.

— А вы не собираетесь продавать альбомы в Западной Германии? Нас шестьдесят миллионов. Огромный рынок для британской музыки.

Дин выдыхает дым к потолку:

— Тоже верно.

— Кстати, очевидно же, что все хорошие названия групп — короткие и простые, — говорит Грифф. — *The Beatles. The Stones. The Who. The Hollies...*

— А зачем нам делать как все? Мы что, бараны в стаде? — спрашивает Дин.

— О, «Стадо», — задумчиво произносит Грифф. — «Бе-бе-бе, барашек наш». «Черная овца».

Дин делает глоток пива.

— Когда мы придумывали название «Могильщикам», одним из вариантов был «Бараны на бойне».

— Замечательно, — вздыхает Эльф. — Будем выходить на сцену в окровавленных фартуках и со свиной головой на палке, как в «Повелителе мух».

Джаспер подозревает, что это сарказм, но сомневается в верности догадки, когда Дин спрашивает:

— А что они поют?

— Кто? — недоумевает Эльф.

— «Повелитель мух».

— Ты это серьезно?

— А че я сказал? — удивляется Дин.

— «Повелитель мух» — роман Уильяма Голдинга.

— Правда? Приношу искренние извинения... — Дин пародирует аристократический выговор. — Не всем посчастливилось изучать английскую литературу в университете.

Джаспер надеется, что это дружеские подколки, а не словесная дуэль.

Негромко рыгнув, Грифф говорит:

— А вот у новых американских групп как раз такие названия, которые застревают в голове. *Big Brother and the Holding Company. Quicksilver Messenger Service. Country Joe and the Fish.*

Эльф крутит картонный бирдекель.

— Нет, длинного или слишком вычурного нам не нужно, иначе сразу будет ясно, что мы выпендриваемся.

Дин допивает пиво.

— А каким должно быть правильное название, Эльф? «Хоровод феечек»? «Фольклорное сладкозвучье»? Просвети нас, пожалуйста.

Грифф хрустит шкваркой.

— «Просветители».

— Если б у меня было хорошее название, я б его давно предложила, — вздыхает Эльф. — Неужели нельзя придумать что-нибудь получше того, что сдуру ляпнул управляющий в «Ту-айз»? Нужно название, из которого будет ясно, что мы за группа.

— Ну и что мы? В смысле, кто? Как группа? — спрашивает Дин.

— Мы пока еще не совсем определились, — говорит Эльф, — но если судить по нашим песням, то «Оставьте упованья» и «Плот и поток» парадоксальны. Как оксюморон.

Дин подозрительно сужает глаза:

— Как что?

— Оксюморон — это фигура речи, сочетание противоречащих друг другу понятий. Оглушительная тишина. Фолк-ритм-энд-блюз. Циничные мечтатели.

— И все это на основании нашего обширного списка из двух песен, — подводит итог Дин. — Дело за тобой, Джаспер. Счет пока такой: Мосс — один, Холлоуэй — один, де Зут — ноль. Ты как?

— По команде песни не выкакиваются, — говорит Джаспер.

— Не самая подходящая игра слов, — замечает Мекка.

— Ха-ха-ха! — заливается Грифф. — Дамы и господа, прошу любить и жаловать: «Говнопевцы»!

— Как по-твоему, — спрашивает Эльф Джаспера, — нам нужно придумать новое название?

Поразмыслив, Джаспер отвечает:

— Да.

— У тебя в вышитом рукаве ничего не припрятано? — спрашивает Дин.

Джаспер отвлекается, потому что в прозрачном завитке узора на матовом оконном стекле возникает глаз. В дюйме от окна. Зеленый. Смотрит на Джаспера, моргает. Потом владелец глаза идет дальше.

— Ах, прости, — говорит Дин. — Мы тебе наскучили?

«Здесь я уже был...»

— Погодите...

«Метель грез, дождь лепестков, кружевные бабочки... На стене табличка... с названием улицы...»

Джаспер закрывает глаза. Из шелеста воспоминаний проступают слова.

— «Утопия-авеню».

Дин корчит мину:

— «Утопия-авеню»?

— Утопия — это место, которого нет. Нигде. А авеню — место. Как музыка. Когда мы играем слаженно, то я здесь — и где-то еще. Это парадокс. Утопия недостижима. Авеню есть везде.

Дин, Грифф и Эльф переглядываются.

Мекка чокается стопкой водки с бокалом Джасперова «Гиннесса».

Никто не говорит «да». Никто не говорит «нет».

— Меня зовет фотолаборатория, — объявляет Мекка. — Дело на всю ночь. — Она поворачивается к Джасперу. — Не хочешь мне помочь?

Дин с Гриффом хмыкают и переглядываются.

«Это что-то означает, но я не знаю, что именно».

Эльф закатывает глаза:

— Ой, вы оба такие чуткие и деликатные. Прям как кирпич в морду.

Джаспер и Мекка стоят на платформе «Пиккадилли-Серкус». Из пасти туннеля вырывается ветер, приносит стоны эха, превращает его в полуистаявшие голоса. «Не обращай внимания». Джаспер прикуривает «Мальборо» себе и Мекке. Дин говорит, что линия «Пиккадилли» — самая глубокая в центральном Лондоне, поэтому в Блиц станции служили бомбоубежищами. Джаспер представляет, как здесь собирались толпы, как люди вслушивались в грохот взрывов, как с потолка сыпалась пыль. Чуть дальше на платформе какой-то подвыпивший интеллигент гундосит: «Я генерал-майорское сплошное воплощение...» — но постоянно сбивается, забывая слова, и раз за разом начинает снова.

— А можно задать тебе нескромный вопрос? — говорит Мекка.

— Конечно.

— Не думаешь, что Дин тебя использует?

— Да, он не платит мне за комнату. Но я ведь тоже за жилье не плачу. Я присматриваю за отцовской квартирой. А Дин совсем без денег. В квартире Эльф всего одна спальня. Грифф ютится в садовом сарайчике, у дяди. Так что Дину деваться некуда — либо он живет у меня, в свободной комнате, либо уезжает из Лондона, и тогда нам придется искать нового басиста. А я не хочу нового басиста. Дин хороший. И песни у него хорошие.

Рельсы постанывают. Приближается поезд.

— На свое пособие по безработице Дин покупает нам продукты. Готовит. Убирает. Если он использует меня, а я использую его — это плохо?

— Наверное, нет.

По рельсам летит газетный лист.

— С ним я не слишком зарываюсь в свои мысли.

Мекка затягивается сигаретой.

— Он совсем не такой, как ты.

— И Эльф не такая. У нее есть специальный блокнот, куда она записывает все свои расходы. И Грифф не такой. Он — король хаоса. Мы все разные. Если бы Левон нас не собрал, нас бы не было.

— Это сила или слабость?

— Вот когда я это пойму, то обязательно тебе скажу.

В тусклое пространство станции врывается поезд.

Лаборатория в фотоателье Майка Энгли красновато-черная, кроме сияющего квадратика под увеличителем. Воздух жесткий от химикатов. Все тихо, как в запертой церкви.

— Сто секунд, — шепчет Мекка.

Джаспер выставляет время на таймере и щелкает выключателем.

Мекка фотопинцетом опускает снимок в кювету с проявителем, покачивает ее, чтобы жидкость безостановочно омывала бумагу.

— Сколько ни проявляй, каждый раз это волшебство.

Под их взглядами на бумаге возникает призрачная Эльф за Павловым «Стейнвеем», вдохновенно сосредоточенная. У Мекки сейчас такое же выражение лица.

— Как будто озеро возвращает утопленников, — говорит Джаспер.

— Прошлое возвращает миг.

Дзинькает таймер. Мекка поднимает фотографию из лотка, дает стечь проявителю, переносит снимок в фиксажную кювету.

— Тридцать секунд.

Джаспер снова выставляет время на таймере. Мекка просит наклонить кювету с проявителем, а сама записывает время и тип фильтра. По звонку таймера включает лампочку над головой. От желтого света у Джаспера гудят глаза. Мекка смывает закрепитель со снимка:

— Фотографиям, как и всему живому, нужна вода.

Она прищепкой прикрепляет снимок Эльф сохнуть над раковиной рядом с Эльф поющей и Эльф, настраивающей гитару. На той же веревочке прищеплены снимки Гриффа: Грифф, неистовствующий за ударной установкой, Грифф с сигаретой во рту и Грифф, крутящий барабанную палочку. Дальше висит фотография пальцев Дина на гитарном грифе, а лицо Дина не в фокусе, размыто; на следующем снимке Дин играет на губной гармошке, а еще на одном — курит.

«Может быть, прошлое — всего лишь обманка ума?

А здравомыслие — матрица таких обманок?»

Мекка оборачивается к Джасперу:

— Твоя очередь.

Их пульсы замедляются, от обезумевших до акватических. Ее копчик прижат к его шраму от удаленного аппендикса. Он вдыхает ее. Она проникает в его легкие. Его сердце гонит ее по всему телу. Он накрывает их слившиеся тела ее одеялом. В пушистой ложбинке на ее шее собирается пот. Он слизывает его. Ей щекотно, она сонно бормочет:

— *Du bist ein Hund*[1].

— А ты лиса, — отвечает он.

В углу горбится напольная чертежная лампа.

Чуть позже Мекка высвобождается, соскальзывает с кровати, надевает ночную рубашку, снова забирается под одеяло и засыпает.

На часах 1:11. На проигрывателе «Дансетт» пластинка. Классическая музыка. Джаспер поворачивает ручку «ВКЛ.». Заблудившийся гобой, услышав в терновнике скрипку, ищет тропку к ней, превращается в то, что ищет. «Прекрасное и опасное». Сон уволакивает Джаспера в бездонные гипнагогические глубины. «Она не исчезнет, будет она лишь в дивной форме воплощена...» Далеко-далеко в лиловых водах моря темнеет корпус парохода. «Смотри!» На дно опускается гроб, к поверхности тянутся струи пузырьков. В гробу — мать Джаспера, Милли Уоллес. Из гроба слышится «тук... тук... тук...». Стук тихий, приглушенный, затопленный, да, настойчивый, да, настоящий? Да.

Джаспер просыпается. На часах 4:59. Он вслушивается в стук, пока тот не стихает. Завиток уха Мекки похож на вопросительный знак.

На кухне, под узкой полоской света, Джаспер рассматривает конверт пластинки «Секстет „Облачный атлас"». На обложке слова: «Композитор Роберт Фробишер» и «Накладывающиеся соло для фортепьяно, кларнета, виолончели, флейты, гобоя и скрипки». На обороте и того меньше: «Записано в Лейпциге, Р. Хайль, Дж. Климек и Т. Тыквер, 1952» — и название лейбла: «Augustusplatz Recordings». Не указаны ни исполнители, ни инженеры звукозаписи, ни аранжировщики, ни название студии. Джасперу хочется послушать пластинку еще раз, но проигрыватель в спальне, где спит Мекка. Джаспер находит в ящике стола блокнот и шариковую ручку, чертит нотный стан и по памяти напевает

---

[1] Ты пес *(нем.)*.

мелодию «Облачного атласа». Она простая, размер четыре четверти, начинается с фа. Нет, с ми. Нет. С фа. Чем дальше, тем больше мелодия отличается от композиции Роберта Фробишера. «...но мне нравится...» К шестнадцатому такту Джаспер понимает, что впервые после приезда в Лондон сочиняет песню. Вспомнив, что в декорациях для фотосессии была гитара, он спускается в студию. На тюке сена лежит гитара — дешевая, без названия мастерской. Ладно, сгодится.

Он сочиняет припев, начинает придумывать текст. Слова Мекки прошлой ночью. Она объясняла, что такое экспозиция. «Без тьмы нет зрения». Что рифмуется со зрением? Трение? Прения? Видения? Столкновение? Освобождение. Неточные рифмы. Но как провести ненарочитую связь между рабством и фотографией? Творчество — лес, в котором переплетаются еле заметные тропы, скрываются ловушки и тупики, неразрешенные аккорды, несовместимые слова, неподатливые рифмы. В нем можно блуждать долгие часы. И даже целые дни.

Джаспер погружается в себя.

— На тебе скатерть. — Мекка стоит в дверях, зевает. — Ты похож на бабушку в «Rotkäppchen»[1].

На часах 8:07.

— Что? Кто?

— Волк, который съел бабушку. — Волосы Мекки — спутанное темное золото, одеяло, будто пончо, накинуто на плечи. — Девочка, которая заблудилась в лесу.

За кухонным окном еще темно, но Блэклендс-Террас уже просыпается. Мимо проезжает фургон с простуженным карбюратором.

На столе чайник чаю (Джаспер не помнит, как его заваривал), огрызок яблока (Джаспер не помнит, как его ел) и страница, исписанная нотами и стихами (Джаспер знает, что он это написал).

— А на тебе одеяло.

---

[1] «Красная Шапочка» *(нем.)*.

Мекка подходит и смотрит на исчерканный листок:

— Песня?

— Песня.

— Хорошая?

Джаспер глядит на страницу:

— Может быть.

Мекка замечает конверт «Облачного атласа»:

— Тебе понравилось?

— Очень. Я никогда не слышал о Роберте Фробишере.

— Он... *obskur*. Малоизвестный. Есть такое слово?

Джаспер кивает. Мекка садится на стул, подтягивает колени к груди.

— Роберта Фробишера нет в энциклопедии, но один коллекционер с Сесил-Корт рассказал мне, что был такой англичанин, в тридцатые годы учился у Вивиана Эйрса. Умер молодым. Самоубийство. В Эдинбурге или в Брюгге, не помню. На этой пластинке — его единственное сочинение. На складе случился пожар, поэтому пластинка очень редкая. Коллекционер сразу предложил мне за нее десять фунтов. По-моему, она стоит больше.

— А что ты за нее заплатила?

— Ничего. — Мекка закуривает. — На Рождество Майк, мой босс, устроил здесь вечеринку. А наутро эта пластинка осталась. Не могу же я ее продать, это нечестно. Так что забирай, если тебе нравится.

«Скажи спасибо».

— Спасибо.

— А теперь, — говорит Мекка, — я в последний раз приму ванну в Англии.

— Тебя намылить?

Совершенно непостижимое выражение лица.

— Сначала закончи песню.

— Она закончена.

— Вставь туда меня, — просит Мекка. — Когда песню начнут передавать по радио, я буду всем хвастаться: «А вот это про меня».

— Ты уже там.

— А можно послушать?

— Прямо сейчас?

— Да.

— О'кей.

Джаспер играет песню с начала и до конца.

Мекка серьезно кивает:

— Да. Теперь тебе можно меня намылить.

Первую лестничную площадку конторы на Денмарк-стрит украшает табличка, черным по золоту: «АГЕНТСТВО ДЮКА—СТОКЕРА». Джаспер открывает дверь, говорит:

— Мы просто заглянем.

В приемной стоит письменный стол секретарши и пальма в горшке, по стенам развешаны фотографии в рамках: Хауи Стокер и Фредди Дюк с Гарри Белафонте, Бингом Кросби, Верой Линн и другими знаменитостями. В шумном кабинете за перегородкой на разные лады трезвонят два телефона, стучит пишущая машинка, а Фредди Дюк, которого не видно, но хорошо слышно, рявкает в телефонную трубку: «Двадцать седьмого в Шеффилде, а двадцать восьмого — в Лидсе, а не наоборот. Нет, двадцать седьмого не в Лидсе, а в Шеффилде. В Лидсе — двадцать восьмого. Повтори!»

Они поднимаются на второй этаж, где на двери красуется трафаретный логотип — силуэт кита на фоне луны: «АГЕНТСТВО „ЛУННЫЙ КИТ“». Помещение гораздо меньше, в нем гораздо тише, и сотрудников не так много, как в агентстве на первом этаже. На полу расстелена ремонтная пленка. На стремянке стоит Бетани Дрю, взятая Левоном на работу, чтобы исполнять все то, чего не делает он сам, и водит кистью по карнизу. Бетани лет тридцать, ее часто принимают за Одри Хепберн. Она не замужем, невозмутима и неизменно элегантна — даже в заляпанном краской малярском полукомбинезоне.

— Джаспер и, как я понимаю, мисс Ромер? Добро пожаловать в агентство «Лунный кит». Меня зовут Бетани. Я по совместительству завхоз, девочка на побегушках и маляр-декоратор.

— Джаспер упоминал, что вы очень способная, мисс Дрю.

— Не верьте ему, он всем льстит. Я бы пожала вам руку, но не хочется, чтобы вы улетели в Америку перемазанная краской. Вы от нас сразу в аэропорт?

— Да. Рейс в Чикаго улетает в шесть вечера.

— И что вас ждет в Чикаго?

— Один из моих заказчиков устраивает мне вернисаж. А потом я отправлюсь на поиски приключений и буду фотографировать все, что найду.

Джаспер не понимает, почему Бетани смотрит на него.

— Очень профессионально покрашено, — говорит он.

— А, сойдет. Ну, вперед. — Бетани кивает на раздвижные двери в кабинет Левона. — Вас ждут.

В полураскрытую дверь видно, как Левон расхаживает по кабинету, держа телефон в руках. Телефонный шнур волочится по полу.

— Две минуты, — одними губами предупреждает их Левон.

Джаспер и Мекка садятся на банкетку под окном приемной. Мекка достает «Пентакс», выстраивает кадр. Джаспер закрывает глаза. Не хочется подслушивать разговор Левона, но у ушей нет век.

— Раздел второй, пункт третий, — говорит их менеджер. — Там все черным по белому прописано. Питер Гриффин нанят как сессионный музыкант, а не исполнитель, навечно заключивший контракт с компанией «Боллз энтертейнмент». И никаких отступных им не причитается, потому что не за что.

Джаспер догадывается, что Левон разговаривает с бывшим менеджером Арчи Киннока, фронтмена его бывшей группы.

— Ронни, я не вчера родился. А твоя попытка сделать так называемый ловкий ход позорно провалилась. Ход получился самый что ни на есть дурацкий.

Щелк. Ожил фотоаппарат Мекки. *Вжик-вжик.*

В телефонной трубке дребезжит злость.

Левон сухим смешком обрывает собеседника:

— Вышвырнешь меня в окно? Ты серьезно, что ли? — Судя по всему, он не напуган угрозой. — Ронни, неужели никто из приятелей никогда с тобой не говорил по душам: мол, Ронни, сукин ты сын, ты превратился в динозавра, тебе пора валить из профессии, пока деньги в банке остались? Или уже поздно? Тебе действительно грозит банкротство? А представляешь, что будет, если внезапно выяснится, что ты занимаешься предпринимательской деятельностью, будучи заведомо несостоятельным?

Левон кладет трубку на рычаг, обрывая поток ругательств.

— Просто цирк! Привет, Джаспер. Мекка, добро пожаловать в мою крошечную империю.

— В крошечную империю с великолепными интерьерами, — заявляет Мекка.

— Высший свет! — говорит Бетани Джасперу, что лишь усиливает его замешательство.

— Это все, с чем ты едешь в Америку? — интересуется Левон, глядя на скромный чемоданчик и рюкзачок Мекки.

— Все мои вещи.

— Я тебе завидую, — вздыхает Левон.

— Это Ронни Боллз звонил? — спрашивает Джаспер.

— Да, — отвечает Левон. — Бывший менеджер Арчи Киннока.

— Арчи называл его «мой цербер».

— Он утверждает, что у Гриффа заключен договор с «Боллз энтертейнмент», но его можно выкупить. Всего за две тысячи фунтов.

— За сколько?

— Ну, Ронни Боллз и сам прекрасно понимает, что все это туфта.

— Вот он, гламурный мир шоу-бизнеса, — говорит Бетани Мекке.

— Очень похоже на гламурный мир фотографии и высокой моды.

— Кстати, о фотографиях, — спохватывается Левон. — Высоко сижу, далеко гляжу и вижу... что-то на букву «П»... портфолио?

Мекка поднимает папку:

— Все готово.

— Что ж, прошу в мою берлогу.

———

— Обалдеть... — Левон рассматривает снимки, разложенные на бильярдном столе: по четыре портрета каждого — Джаспера, Эльф, Дина и Гриффа, — плюс несколько фотографий всей группы, сделанных в клубе «Зед» и снаружи, в Хэм-Ярде, когда очень удачно выглянуло солнце. — Вот эта... — он указывает на Эльф за фортепьяно, — больше похожа на Эльф, чем сама Эльф.

— Я рада, что вы не зря потратили десять фунтов, — говорит Мекка.

Кажется, Левон улыбается.

— А еще говорят, что немцы не способны на тонкие намеки!

— Говорят те, кто никогда не был в Германии.

Левон вытаскивает металлический ящичек, в котором хранятся наличные, отсчитывает десять фунтовых бумажек и добавляет к ним одиннадцатую.

— Твой первый ужин в Чикаго.

— Я за вас выпью, — обещает Мекка, укладывая банкноты в кошелек на поясе. — Вот контрольные листы и негативы, чтобы можно было напечатать еще.

— Превосходно! — говорит Левон. — Они пригодятся для прессы и для афиш первых концертов. Через месяц.

Джаспер понимает, что это новость.

— По-твоему, мы готовы выступать?

— Через месяц устроим несколько концертов в студенческих клубах. Потренируетесь на подступах к успеху, прежде чем штурмовать вершину славы. Меня беспокоит только недостаток оригинальных композиций.

— Как раз сегодня утром Джаспер сочинил песню, — говорит Мекка.

Левон наклоняет голову, и его брови ползут вверх.

— Я так, баловался... — говорит Джаспер.

— Она называется «Темная комната», — добавляет Мекка. — Настоящий хит.

— Рад это слышать. Очень рад. Так, а теперь — остальные новости. — Левон стряхивает пепел в пепельницу. — Звонила Эльф. Оказывается, группу переименовали. Вчера, в «Герцоге Аргайле».

— Меня спросили, я предложил свой вариант, а потом мы с Меккой ушли, — объясняет Джаспер.

— Эльф сказала, что всем им — Дину, Гриффу и ей самой — нравится «Утопия-авеню». Так что дело сделано.

— «Утопия-авеню» лучше, чем «Есть выход», — говорит Бетани Дрю, входя в кабинет. — Намного лучше. — Она рассматривает фотографии на столе. — Боже мой, какие великолепные снимки!

— Это те, которые мне нравятся, — говорит Мекка.

Левон никак не успокоится:

— «Утопия-авеню»... Мне нравится, но... есть в этом что-то смутно знакомое. Откуда оно?

— Сон подарил, — говорит Джаспер.

На лестнице, ведущей к выходу на Денмарк-стрит, Джаспер с Меккой уступают дорогу человеку в длинном плаще. Плащ развевается, как накидка Супермена. Человек целеустремленно шагает наверх, но вдруг прерывает восхождение и спрашивает:

— Ты — тот самый гитарист?

— Да, я гитарист, — говорит Джаспер. — Насчет того самого — не знаю.

— Недурно сказано. — Человек откидывает со лба длинную челку, открывая худощавое бледное лицо: один глаз — голубой, другой — угольно-черный. — Джаспер де Зут. Отличное имя. Неплохой счет в скрэббле обеспечен. Я тебя видел в «Ту-айз», в январе. Ты отыграл волшебно.

Джаспер пожимает плечами:

— А ты кто?

— Дэвид Боуи, свободный художник. — Он пожимает Джасперу руку и поворачивается к Мекке. — Рад встрече. Прости, а тебя как зовут?

— Мекка Ромер.

— Мекка? Как то, куда ведут все дороги?

— Нет, как то, что англичане не могут произнести «Мехтильда».

— Ты модель? Актриса? Богиня?

— Я фотограф.

— Фотограф? — Боуи теребит золотые пуговицы плаща — они размером с шоколадные медальки. — А что ты фотографируешь?

— Для себя я фотографирую то, что мне хочется, — говорит Мекка. — А для заработка — то, за что платят.

— Ну да, искусство ради искусства, а деньги за ради бога. Судя по акценту, ты не из здешних мест. *Deutschland?*

Мекка мимикой изображает *«Ja»*.

— Мне недавно приснился Берлин, — говорит Дэвид Боуи. — Берлинская стена была в милю высотой. А под стеной был вечный сумрак, как на картине Магритта «Империя света». И агенты КГБ пытались вколоть мне героин. В пальцы ног. Что бы это значило?

— Не сиди на героине в Берлине, — говорит Джаспер.

— Сны — сор, — говорит Мекка.

— Вполне возможно, что вы оба правы. — Дэвид Боуи закуривает «Кэмел» и кивает наверх. — Вы — друзья мистера Фрэнкленда?

— Левон — наш менеджер, — объясняет Джаспер. — Нашей группы. Я, Дин и Грифф — из «Ту-айз», а на клавишах — Эльф Холлоуэй.

— О, я ее видел в «Кузенах». Интересно будет вас послушать. Как называется группа?

— «Утопия-авеню».

«Классно звучит. Теперь это мы».

Дэвид Боуи кивает:

— Должно выстрелить.

— А ты тоже хочешь работать с Левоном? — спрашивает Джаспер.

— Нет, просто из вежливости решил заглянуть. Я уже заложил душу в другом месте. Через месяц «Дерам» выпускает мой сингл.

Джаспер вспоминает, что нужно сказать:

— Поздравляю.

— Угу. — Дэвид Боуи выпускает из ноздрей струйку дыма. — «Смеющийся гном». Водевильная психоделия. Или психоделический водевиль. Называй, как хочешь.

— Мне нужно проводить Мекку на автовокзал Виктория. Удачи вам с гномом.

— Как сказал Спаситель, «удобнее верблюду пройти сквозь игольные уши, нежели обратить музыку в деньги». Ну, до встречи. — Он салютует Мекке, прищелкивает каблуками. — *'Bis demnächst*[1], Мехтильда Ромер! — Взвихрив плащ, Дэвид Боуи продолжает свое восхождение.

Автовокзал Виктория полнится рокотом моторов, выхлопными газами и нервным напряжением. На балках перекрытий сидят голуби. Джаспер ощущает во рту вкус металла и дизельного топлива. Люди, усталые и какие-то несчастные, стоят в очередях. ЛИВЕРПУЛЬ. ДУВР. БЕЛФАСТ. ЭКСЕТЕР. НЬЮКАСЛ. СУОНСИ. В этих городах Джаспер не был. «Из всей шахматной доски Великобритании мне известно меньше одной клеточки».

— Хот-доги! — выкрикивает разносчик с тележкой. — Хот-доги!

Мекка с Джаспером отыскивают автобус в Хитроу за минуту до его отправления. Мекка отдает рюкзак водителю, чтобы тот загрузил его в багажник, а пронырливая толстуха в косынке сует Джасперу поникшую гвоздику:

— Бери, милок. Всего за шиллинг отдаю. Для твоей девушки.

Она имеет в виду Мекку.

Джаспер пытается вернуть цветок.

— Нет, что ты! — отшатывается толстуха. — Удачу упустишь и больше никогда не увидишь. А если вдруг что-то случится, каково тебе будет...

Мекка с легкостью решает Джасперову дилемму: берет у него гвоздику, кладет ее в лукошко толстухи и говорит:

— Фу, гадость.

Толстуха злобно шипит, но отходит.

— Дин говорит, что я притягиваю психов, как магнит, — объясняет Джаспер. — Потому что выгляжу одновременно и беззащитным, и при деньгах.

Мекка морщит лоб. Расшифровать это выражение Джасперу сложнее, чем улыбку. «Сердится?» Она берет его лицо в ладони и целует в губы. Джаспер предполагает, что

---

[1] Увидимся! *(нем.)*

это их последний поцелуй. «Нажми кнопки „воспроизве-
дение" и „запись"».

— Не меняйся, пожалуйста, — говорит она. — И спасибо за эти три дня. Жаль, что не три месяца.

Джаспер не успевает ответить. Между ним и Меккой
вклинивается индийское семейство, входит в салон автобуса. Последней по ступенькам поднимается старуха, зыркает
на Джаспера. Громкоговоритель хрипло объявляет, что автобус в Хитроу отправляется.

Джаспер догадывается, что надо сказать: «Я тебе напишу» или «Когда мы снова увидимся?» — но у него нет никаких прав на будущее Мекки. «Запомни ее, как она есть:
лицо, волосы, черный бархатный пиджак, мшисто-зеленые
брюки...»

— А можно с тобой?
— В Чикаго? — недоумевает Мекка.
— В аэропорт.
— Тебя же дома ждут Эльф и Дин.
— Эльф обычно догадывается, что случилось.

На лице Мекки появляется новая улыбка.

— Конечно.

На Кенсингтон-роуд дорожные работы, автобус едет
медленно. Джаспер и Мекка смотрят в окно: магазины, конторы, очереди на остановках, двухэтажные автобусы, пассажиры читают, спят или просто сидят с закрытыми глазами,
ряды закопченных оштукатуренных домов, телевизионные
антенны процеживают загаженный воздух, ловят сигна-
лы, дешевые гостиницы, жилища с замызганными окнами,
разинутые рты станций метро глотают людей по сто штук
в минуту, железнодорожные мосты, бурая Темза, перевер-
нутый стол электростанции Баттерси изрыгает дым из трех
труб, в раскисших от дождя парках нарциссы никнут у за-
бытых памятников, разбомбленные развалины, оборванцы
играют в лужах среди руин, полудохлая кляча, впряженная
в телегу старьевщика, паб «Молчунья», на вывеске — безго-
ловая женщина, цветочница в инвалидном кресле, реклам-
ные щиты сигарет «Данхилл», домов отдыха «Понтинс»

и автоцентров «Бритиш Лейленд», прачечные самообслуживания, люди, тупо глядящие в стиральные машины, закусочные «Уимпи», букмекерские конторы, сумрачные задние дворы, где на веревках болтается непросыхающее белье, газовые станции, огороды, забегаловки, где подают жареную рыбу с картошкой, закрытые церкви, где на кладбищах среди могил спят наркоманы. Автобус въезжает на Чизикскую эстакаду и прибавляет скорость. Крыши, трубы и фронтоны проносятся мимо. Джаспер размышляет над тем, что одиночество — изначальное состояние мира. «Друзья, родные и близкие, возлюбленные или группа — это аномальные явления. Рождаешься в одиночестве, умираешь в одиночестве, а в промежутке по большей части ты тоже в одиночестве». Он целует Мекку в висок, надеясь, что поцелуй проникнет сквозь кость и застрянет в какой-нибудь извилине мозга. Небо сияет серым. Проносятся мили. Мекка подносит его руку к губам и целует. Может быть, это ничего не значит. Или значит. Что-то.

Ни Джаспер, ни Мекка никогда еще не были в аэропорту. Все кажется футуристическим. Служащий забирает и «регистрирует» багаж Мекки, взамен билета выдает «посадочный талон» и просит их пройти к двери с надписью «ОТПРАВЛЕНИЕ». Почти все пассажиры наряжены, как на свадьбу или на собеседование при приеме на работу. Мекка с Джаспером приближаются к двери с надписью «ВХОД ТОЛЬКО ДЛЯ ПАССАЖИРОВ».

«Вот и все». Они обнимаются. «Узнай, можно ли навестить ее в Чикаго. Попроси на обратном пути заехать в Лондон». Ее глаза вбирают его. «Вбирай меня». Что сказать? «Скажи, что ты ее любишь... но как я узнаю, что люблю? Дин говорит: „Это просто знаешь“... но как узнать, что „просто знаешь“?»

— Я не хочу, чтобы ты уезжала, — говорит Джаспер.

— И я тоже, — говорит Мекка. — Поэтому я должна.

— Не понимаю.

— Я знаю. — Она подносит к губам костяшки его пальцев.

Очередь сдвигается, утягивает ее с собой. Она в последний раз оглядывается, а все сказки и мифы предупреждают, что этого делать нельзя. В дверях она машет ему рукой, уходит, уходит... ушла. «Человек — тот, кто уходит». Джаспер возвращается, становится в очередь на автобус до Виктории. Холодная мартовская ночь. Он чувствует то, что обычно чувствуешь, когда что-то теряешь, но еще не понял, что именно. «Не кошелек... не ключи...» В кармане куртки он обнаруживает конверт со штемпелем «Фотоателье Майка Энглси». В конверте фотография Мекки — та самая, которую он сделал вчера, в китайском ресторанчике, попросив представить, как она возвращается в Берлин. «Сейчас мне не надо гадать, что она думает. Я знаю». На обороте фотографии написано:

Для начинающего неплохо.

Mit Liebe[1].

М.

Вдребезги

●

Прохожие и туристы редко удостаивают взглядом дверь дома 13А на тупиковой улочке Мейсонс-Ярд в Мэйфере. Для Дина эта дверь была порталом в волшебную страну, в обитель избранных, где резвятся продюсеры и те, кто отвечает за продвижение исполнителей; критики, способные в одночасье создать или разрушить репутацию, сильные мира сего и их дочери в поисках экзотических рок-н-ролльных приключений и интрижек; модельеры, создающие шедевры будущего сезона, модели, облаченные в эти шедевры, и их фотографы; а еще музыканты — не те, кто пока только мечтает об успехе, а те, кто его уже обрел: *The Beatles, The Rolling Stones, The Hollies, The Kinks*; залетные

---

[1] С любовью *(нем.)*.

птицы, заезжие мартышки и черепахи; Джерри, со спутниками или без оных; где будущие знакомые Дина скажут ему: «Пришли мне демку, в эфир запустить» или «Мы ищем классную группу на разогрев — может, „Утопия-авеню“ согласится?». За дверью дома 13А на Мейсонс-Ярде находится клуб «Scotch of St. James». Попасть туда можно исключительно по особому приглашению.

Дин сказал Джасперу:

— Я все устрою.

Он нажал кнопку звонка, и в двери на уровне глаз открылась узкая прорезь. На приятелей взглянуло всевидящее око:

— Представьтесь, пожалуйста.

— Мы друзья Брайана. Должны быть в списке приглашенных.

— Брайана Джонса или Брайана Эпстайна?

— Эпстайна.

— Погодите, сейчас посмотрю. Да, он ждет... Простите, а вы, случайно, не Ал и Гас?

Дин не поверил своему счастью.

— Да, это мы.

— Превосходно. Дайте-ка я уточню фамилии... Значит, вы будете мистер Ал Конавт, а ваш приятель — Гас Тролер?

— Да-да, это мы, — сказал Дин и лишь потом сообразил, что к чему.

Всевидящее око просияло, прорезь закрылась.

Дин снова нажал кнопку звонка.

Прорезь открылась. Из нее опять выглянуло всевидящее око:

— Представьтесь, пожалуйста.

— Я тут соврал, извините. Но мы действительно музыканты. Из группы «Утопия-авеню». Завтра играем в Брайтонском политехе.

— Платите вступительный взнос, подавайте заявку, и руководство ее рассмотрит. А если попадете на «Вершину популярности», то, может быть, вступительный взнос платить не придется. Освободите проход, пожалуйста.

Мимо Дина пронесся кто-то носатый, с оборчатым воротником и с пышной уложенной прической. Дверь в 13А распахнулась, изнутри донеслось: «Добро пожаловать, мистер Хампердинк!» Дверь захлопнулась.

Дин трижды нажал на кнопку звонка.

Прорезь открылась.

— Представьтесь, пожалуйста.

— Дин Мосс. А это — Джаспер де Зут. Запомните наши имена. В один прекрасный день мы к вам придем.

Он повернулся и зашагал прочь. Джаспер заторопился следом.

— Может, оно и к лучшему. У нас завтра первый концерт. Похмелье нам ни к чему.

— Этот самодовольный говнюк — пидор говняный.

— Правда? По-моему, он очень вежливо с нами разговаривал.

Дин остановился:

— Ты что, вообще никогда не злишься?

— Я пробовал, получается неубедительно.

— При чем тут убедительность? Это же чувство!

Джаспер заморгал:

— Вот именно.

От Ватерлоо до Кройдона машины на трассе еле ползут, так что Дин ведет Зверюгу со скоростью в лучшем случае тридцать миль в час. Рычаг переключения скоростей то и дело клинит, и фургон постоянно застревает на перекрестках. К югу от Кройдона микроавтобус долго тащится в хвосте каравана домов на колесах, и только сейчас, за крохотной (зевни — и проедешь, не заметив) деревушкой Хулей, где шоссе A23 взбирается на отрог Саут-Даунс, Дину удается нажать на газ.

— Да уж, не самое быстроходное транспортное средство, — говорит Дин.

— Не средство, а Зверюга, — поправляет его Грифф с заднего сиденья. — Она, родимая. Которая везет не только четверых музыкантов, но и их инструменты.

Стрелка спидометра подползает к сорока пяти милям в час, и Зверюга начинает зловеще подрагивать и взрыкивать.

— Не нравится мне этот звук, — говорит Эльф.

Дин сбрасывает скорость до сорока миль в час, и дрожь прекращается.

— Грифф, ты вообще садился за руль этого монстра, прежде чем его купить?

— Дареному коню в зубы не смотрят.

Чтобы заплатить свою долю за этот «дар» — пятнадцать фунтов, четверть стоимости, — Дин взял денег взаймы из общей кассы «Лунного кита». «Еще один долг... если так дальше пойдет, придется снова подрабатывать в какой-нибудь кофейне».

— Дареному коню всегда лучше заглядывать в зубы. Дареный конь — не подарок.

— Нам был нужен микроавтобус, и я его нашел, — говорит Грифф.

— Ну да, нам был нужен микроавтобус. А не похоронная колымага двадцати пяти лет от роду и с полом, продырявленным в решето, так что дорогу видно.

— Что-то я не заметил, чтобы ты заморачивался поисками машины, — говорит Грифф.

— А по-моему, наша Зверюга очень самобытная, — замечает Эльф.

— Главное, чтобы она доставляла нас из пункта А в пункт Б, — добавляет Джаспер.

— Всем спасибо за авторитетные мнения, — язвит Дин. — Вот если в два часа ночи у нее на трассе полетит коленвал, так я погляжу, как ты, Эльф, будешь чинить эту самобытность. А ты, Джаспер, вообще-то, собираешься получать права? Чтобы было кому водить из пункта А в пункт Б.

— Я не уверен, что меня можно сажать за руль.

— Клевая отмазка.

Джаспер молчит. Как обычно. «Он сердится? Обиделся? Или ему все равно?» Дин никогда не знает, что думает его соквартирник и согруппник. Все время гадать очень утомительно.

— В Уэльсе есть один тип, который готов выправить водительское удостоверение кому угодно. Платишь двадцать пять фунтов, и через две недели тебе присылают права. Кит Мун свои так получил.

Надо бы что-то ответить, но Дин уже много раз слышал эту шуточку.

— У кого есть сигареты?

Все молчат.

— Эй, дайте курева!

Эльф прикуривает «Бенсон и Хеджес», передает Дину.

— Спасибо. Если Зверюга и дальше будет передвигаться с такой скоростью, то нас ждут долгие поездки, — говорит Дин, затягиваясь сигаретой. — И радио не работает.

— Если б тебе дали миллион, — говорит Грифф, — ты б жаловался, что деньги плохо упаковали.

— Товарищи, — начинает Эльф с интонациями школьной училки, — у нас сегодня первый концерт. Мы входим в историю музыки. Так воцарится же между нами мир и любовь!

Шоссе А23 пересекает лесок и взбегает на холм.

До самого Дуврского пролива простирается Суссекс.

Золотой полдень прошит серебристой нитью реки.

Небо темнеет. Дин сосет ириску. Зверюга проезжает мимо совершенно неинтересной деревеньки с интересным названием Пиз-Поттедж[1].

— Выбрать из всех концертов единственный? Литл Ричард в фолкстонском «Одеоне». Лет десять назад Билл Шенкс нас туда возил. У Билла музыкальный магазин в Грейвзенде, я там купил свою первую настоящую гитару. Так вот, мы с Рэем, моим братом, и еще с парой приятелей набились в Биллов фургон и поехали в Фолкстон. Литл Ричард... Господи, он вообще не человек, а какая-то электротурбина. Орет как резаный, энергия бьет ключом, а уж что на сцене вытворяет... Девчонки заходятся. Я тогда еще подумал: «Вот кем я стану, когда вырасту». А посреди «Tutti Frutti»... ну, он и на рояль вскакивал, и завывал, как оборотень, а потом вдруг схватился за грудь, затрясся так, что аж перекосило, и кулем повалился на сцену.

Зверюга проезжает мимо цыганского табора на обочине.

— Это он нарочно? — спрашивает Эльф.

---

[1] Pease Pottage *(англ.)* — гороховая каша.

— Вот мы тоже так решили. Подумали: «Ну дает! Надо же, как прикидывается!» Но тут музыканты на сцене перестали играть. Мертвая тишина. Литл Ричард лежал, подергивался, а потом вдруг замер. Менеджер к нему подбежал, проверяет, бьется ли сердце, кричит: «Мистер Ричард, мистер Ричард!» В зале тихо, как в гробу. Менеджер встает, весь такой бледный, в испарине, спрашивает, нет ли среди зрителей врача. Мы все переглянулись: «Ни фига себе, Литл Ричард и правда при смерти...» Тут кто-то встает с места: «Пропустите, я доктор...» — поднимается на сцену, щупает пульс, подносит к носу Литл Ричарда какую-то бутылочку, а потом... — (Дин обгоняет трактор с прицепом, полным навоза.) — Раздается вопль «А-вуп-боп-а-лу-боп а-лоп-бам-бум»! Литл Ричард вскакивает, и музыканты дружно подхватывают припев. В общем, все было подстроено, конечно. Но так натурально! Все аж зашлись. Такой вот концерт, да.

На лобовое стекло падают капли дождя.

Штырк-штырк — лениво скребут дворники.

Дин сбрасывает скорость до тридцати миль в час.

— Ну, после концерта Шенкс и Рэй и все остальные рванули в паб. А мне куда деваться? Я решил разжиться автографом Литл Ричарда. Сказал вышибале в «Одеоне», что я, мол, племянник Литл Ричарда, пропусти, не то неприятностей не оберешься. Вышибала меня шуганул, понятное дело. Тогда я пошел к черному ходу, там уже толпился народ. Чуть погодя выходит менеджер, говорит, что Литл Ричард давным-давно уехал. Ну, все ему поверили и разошлись. Вот лохи! Поверили тому самому типу, который орал со сцены «Вызывайте врача!» и все такое. А я притворился, что ухожу вместе со всеми, а через минуту вернулся. Гляжу, на третьем этаже открывается окно. А в окне — Литл Ричард собственной персоной, дымит косячком. Сделал пару затяжек, выбросил бычок на улицу и закрыл окно. Тогда я, как любой двенадцатилетний мальчишка, естественно, решил изобразить из себя Тарзана и полез наверх по водосточной трубе.

Зверюга приближается к замызганному типу, голосующему на обочине. В руках у него картонка, на ней выведено: «КУДА-НИБУДЬ». Буквы расплываются под струями дождя.

— Может, подберем? — спрашивает Дин.

— Куда его? В долбаную пепельницу? — уточняет Грифф.

— Ну, полез ты по трубе... — напоминает Эльф.

Зверюга минует автостопщика.

— Так вот, долез я до третьего этажа, двинулся по желобу под окнами, а он — хрясь! — и отошел от стены. А до земли — пятьдесят футов. Я чудом ухватился за трубу, гляжу, а кусок желоба летит вниз — и бац об землю. Ну, пятьдесят футов мигом превратились в полмили. Я кое-как дотянулся до подоконника, стучу в стекло — а оно матовое, ничего не видно. Я цепляюсь за трубу, как коала, но в руках сил не осталось, а ногам упереться не во что. Снова стучу. Безрезультатно. Все, думаю, приплыли. И тут вдруг на третий стук половинка окна поднимается. Высовывается Литл Ричард — налаченная прическа, тоненькие усики — и видит, что за окном мальчишка болтается на честном слове и просит так жалостно: «Мистер Ричард, дайте автограф!»

Мимо проезжает автобус, вода из-под колес фонтаном заливает лобовое стекло Зверюги.

Дин ведет машину вслепую, пока вода не стекает.

— Эй, не останавливайся на самом интересном месте, — требует Грифф.

— Ну, он втащил меня внутрь, начал отчитывать за то, что я чуть сдуру не убился, а я себе думаю: «Класс! Меня сам Литл Ричард ругает!» Потом он спросил, с кем я пришел. Я и объяснил, что с братом, только брат в пабе, сказал, как меня зовут и заявил, что тоже хочу стать звездой. Он поостыл и говорит уже по-доброму: «Знаешь, сынок, с фамилией Моффат в звезды не выбьешься». А я сказал, что мамина девичья фамилия — Мосс, ну, он и говорит: «Дин Мосс — это другое дело» — и подписал мне фотографию: «Дину Моссу, который взбирается к звездам, от Литл Ричарда». Потом кто-то из его помощников провел меня к выходу, мимо того самого вышибалы, который меня не пустил. Так мое приключение и закончилось. Рэй и его приятели мне сначала не поверили, но я им показал фотографию.

На дорожном указателе надпись: «Брайтон, 27 миль».

— А фотография у тебя сохранилась? — спрашивает Грифф.

— Не-а. — «Сказать, что ли?» — Отец ее сжег.

— Почему? Да как он мог?! — ужасается Эльф.

«Эх, людям зажиточным такого никогда не понять».

Шрам на верхней губе Дина едва заметно подергивается.

— А, долго рассказывать.

— Нина Симон в клубе у Ронни Скотта, — говорит Эльф.

Зверюга тарахтит по деревеньке Хэндкросс.

— Мне было семнадцать. Родители в жизни не пустили бы меня одну в Сохо, но Имоджен и парень из нашей церкви вызвались отправиться со мной в логово Сатаны. Я с пятнадцати лет украдкой бегала на баржу Кингстонского фолк-клуба, когда она причаливала в Ричмонде, но Нина Симон — это высший класс. Она вплыла в «Ронни Скоттс», как Клеопатра на барке. Платье с черной орхидеей. Жемчуга размером с гальку. Она села и объявила: «Я — Нина Симон», типа, возражения не принимаются. И все. Никаких тебе «Спасибо, что пришли» или там «Выступать перед вами — большая честь». Это мы должны были благодарить ее за выступление. Это нам выпала большая честь. Вместе с ней были барабанщик, басист и саксофонист. Все. Она исполняла такой фолк-блюзовый сет: «Cotton-eyed Joe», «Gin House Blues», «Twelfth of Never», «Black Is the Colour of my True Love's Hair»[1]. Безо всяких разговоров. Без шуточек. Без сердечных приступов. Какая-то парочка в зале стала перешептываться, так Нина Симон на них посмотрела и спрашивает: «Мое пение вам не мешает?» Они прям сгорели со стыда.

Дорожный указатель извещает, что до Брайтона осталось двадцать миль.

---

[1] «Осоловелый Джо», «Блюз выпивох», «Двенадцатое никогда», «Цвет волос моего любимого — черный» *(англ.)*.

— При всем моем восхищении и уважении я никогда не хотела быть новой Ниной Симон, — продолжает Эльф. — Я — белая английская фолк-певица. Она — гениальная негритянка с консерваторским образованием, выпускница Джульярда. Способна левой рукой играть блюз, а правой — Баха. Я своими глазами видела. Больше всего мне хотелось заполучить хотя бы чуточку ее уверенности в себе. Пытаться зашикать Нину Симон — все равно что шикать на гору. Немыслимо. И бесполезно. В конце выступления она объявила: «Я исполню одну песню на бис. Только одну». И спела «The Last Rose of Summer»[1]. Когда она выходила из клуба, мы с сестрой как раз стояли у гардеробной. Какая-то женщина протянула ей альбом для автографов и шариковую ручку, а Нина ей говорит: «Я здесь, чтобы петь, а не писать». Перед ней распахнули дверь, и Нина Симон удалилась в свой тайный лондонский дворец. Раньше я думала, что звездой становишься, если у тебя есть хиты. Но после этого концерта я поняла, что хиты появляются потому, что ты с самого начала звезда.

Колесо Зверюги попадает в колдобину.

Микроавтобус подпрыгивает, сотрясается, но продолжает катить со скоростью сорока миль в час.

— Вот поэтому, наверное, я и не звезда.

— Только до сегодняшнего концерта, — говорит Грифф. — До сегодняшнего концерта.

На спуске с холма Зверюгу обгоняет ярко-красный «триумф-спитфайр марк II». «Если „Утопия-авеню“ огребет славы и денег, я обязательно такой куплю, — думает Дин. — Приеду на нем в Грейвзенд, приторможу под окнами Гарри Моффата и газану, мол, „хрен“, а потом газану еще раз — „тебе“».

Настоящий «триумф-спитфайр» скрывается вдали, в будущем.

Лужи на дороге отражают небо.

— А у тебя какой самый памятный концерт, де Зут? — спрашивает Грифф.

---

[1] «Последняя роза лета» (англ.).

Поразмыслив, Джаспер говорит:

— Однажды Биг Билл Брунзи сыграл мне «The Key to the Highway»[1]. Это считается?

— Заливаешь! — говорит Грифф. — Он уже сто лет как помер.

— В пятьдесят шестом мне было одиннадцать. Меня на лето отправили в Голландию. У дедушки есть приятель в Домбурге, пастор, и летние каникулы я обычно проводил у него. В то лето я собрал модель «спитфайра», из бальсы. Она классно летала. Однажды вечером я запустил самолетик, а ветер подхватил его и перенес через высокую стену именно в тот домбургский сад, куда моделям самолетов лучше не залетать. В сад капитана Вепланке. В войну он партизанил в Сопротивлении, и репутация у него была самая что ни на есть устрашающая. Местные ребята сразу сказали, что лучше позвать викария, потому что ни один мальчишка ни за что не постучится в дверь к капитану Вепланке в восемь часов вечера. Но я подумал: «Ничего страшного. Что он такого сделает? В худшем случае выставит меня, и все». Ну и пошел, постучал. Никто не открыл. Я снова постучал. Ответа так и не дождался. Тогда я обошел дом и заглянул в сад. И с острова Валхерен, в двух шагах от побережья Северного моря, я вмиг перенесся на этикетку какого-нибудь миссисипского виски. Веранда, фонарь, кресло-качалка и здоровенный негр. Он играл на гитаре, хрипло напевал по-английски и курил самокрутку. До этого я никогда в жизни не разговаривал с человеком, кожа которого не была белой. И не знал, что такое блюзовая гитара. И тем более никогда ее не слышал. В общем, он с тем же успехом мог быть марсианином и исполнять марсианскую музыку. Я буквально остолбенел. Что это? Как музыка может быть такой печальной, такой разреженной, такой медлительной, такой цепляющей и такой разной и многогранной одновременно? Гитарист меня заметил, но играть не перестал. Он доиграл до конца «The Key to the Highway», а потом спросил меня по-английски: «Ну, что скажешь, кроха?» Я спросил, можно ли научиться играть, как он.

---

[1] «Ключ к дороге» *(англ.).*

110

«Нет, — ответил он. — Потому что... — я навсегда запомнил его слова, — ты не прожил мою жизнь, а блюз — это язык, на котором невозможно солгать». И добавил, что если мне очень хочется, то в один прекрасный день я научусь играть, как я. Тут пришел викарий, извинился за мое вторжение, и на этом разговор с загадочным незнакомцем закончился. На следующий день экономка капитана Верпланке принесла мне лонгплей «Биг Билл Брунзи и Уошборд Сэм», надписанный «Играй, как ты».

На указателе написано, что до Брайтона осталось всего десять миль.

— Надеюсь, эту пластинку никто не сжег, — фыркает Грифф.

— Вот как придешь ко мне, я тебе ее покажу, — обещает Джаспер.

— А самолетик-то тебе вернули? — спрашивает Эльф.

Пауза.

— Не помню.

Зверюга въезжает на парковку студенческого клуба, где уже ждет Левон Фрэнкленд, опираясь на свой «форд-зефир» выпуска 1960 года. Дин ставит Зверюгу рядом и выключает мотор. Фургона Шенкса еще нет. «Ну, мы рано приехали». Все выходят. Молчать сладостно, как и вдыхать свежий воздух. Из окна несется «Tomorrow Never Knows»[1]. Луна как выщербленный бильярдный шар. На Зверюгу обращают внимание. Какой-то шутник выкрикивает: «Эй, дружище, а где Бэтмен?»

Левон с интересом осматривает новое приобретение группы:

— Что ж, это точно не угонят.

— Наша Зверюга — надежная рабочая лошадка, — говорит Грифф. — И спасибо дядюшке, досталась нам по дешевке.

Левон чешет за ухом:

— А как она на ходу?

---

[1] «Завтрашний день никогда не знает» (англ.).

— Как танк, — говорит Дин. — Только на поворотах как гроб. И больше пятидесяти миль в час не тянет.

— Мы ее купили перевозить аппаратуру, а не устанавливать мировые рекорды, — говорит Грифф. — Ты давно нас ждешь, Левон?

— Я уже успел вытребовать наш чек у студклуба. Не верю обещаниям, мол, мы вам его по почте отправим, в понедельник.

Мимо проходит девчонка, жует резинку, пялится на Дина так, будто это она — парень, а он — девчонка. «Ага, я в группе», — думает он.

— Так, аппаратура сама себя в зал не занесет и на сцену не установит, — говорит Левон.

— А у наших роуди сегодня выходной? — спрашивает Грифф.

— Вот выпустишь золотой диск, поговорим о роуди, — отвечает Левон.

— Вот организуешь нам контракт с лейблом, поговорим о золотых дисках, — ворчит Грифф.

— Отыграй сотню классных концертов, обзаведись армией поклонников, и контракт появится. А до тех пор оборудование таскаем сами. Управимся за три ходки. Только пусть кто-нибудь остается охранять. Если не подпускать к аппаратуре никого старше пяти и моложе ста лет, то, может, что-нибудь и не свистнут. В чем дело, Джаспер?

— Тут... мы. — Джаспер тычет в доску объявлений.

Дин скользит взглядом по постерам: «СИДЯЧАЯ ЗАБАСТОВКА ПРОТИВ ВОЙНЫ ВО ВЬЕТНАМЕ», «КАМПАНИЯ ЗА ЯДЕРНОЕ РАЗОРУЖЕНИЕ», «КРУЖОК ЗВОНАРЕЙ» — и лишь потом замечает афишу. В квадрате, разделенном на четыре части, — фотографии участников группы, сделанные Меккой. Печать очень четкая. «УТОПИЯ-АВЕНЮ» выведено ярмарочным шрифтом, а под ним — пустой прямоугольник, для указания даты, места проведения и времени начала концерта, а при необходимости — и цены билетов.

— Все по-взрослому, ребятки, — говорит Грифф.

— Классно получилось, — заявляет Эльф.

— Похоже на «Их разыскивает полиция», — говорит Дин.

— Это хорошо или плохо? — спрашивает Джаспер.

— Это как рок-н-ролльщики-разбойники, — говорит Эльф.

Грифф придирчиво рассматривает фотографию Эльф:

— Не разбойница, а передовик производства. Без обид, ладно?

— А я и не обижаюсь. — Эльф изучает портрет Гриффа. — Не разбойник, а призер конкурса на лучшего кинг-чарльз-спаниеля в парике, бронзовая медаль. Без обид, ладно?

Концерт будет проходить в длинном узком помещении, похожем на кегельбанный зал, с баром у дверей и невысокой сценой в дальнем конце. Из окон вдоль одной стены виден вечерний кампус без единого деревца. Дину кажется, что все здесь построено из кубиков лего. В интерьерах преобладает блестящий бурый цвет нечистот. Зал вмещает человек триста, а то и четыреста, но сегодня здесь собралось не больше пятидесяти. Еще десяток играют в настольный футбол у барной стойки.

— Надеюсь, в давке никого не покалечат, — говорит Дин.

— Начало в девять, — напоминает Эльф. — Может, к тому времени сюда подтянутся многотысячные толпы. Твоих грейвзендских приятелей еще нет?

— Как видишь.

«Дурацкий вопрос».

— Ну прости, что я дышу.

К ним направляются двое студентов: парень с мушкетерской бородкой, в лиловой атласной рубахе, и брюнетка со стрижкой каре, большими, густо накрашенными глазами и в безрукавке с геометрическим узором, которая едва прикрывает бедра. «Я б не отказался», — думает Дин, но брюнетка таращится на Эльф.

Мушкетер заговаривает первым:

— Меня зовут Гэз, и мои дедуктивные способности подсказывают, что вы — «Тупик Утопия».

— «Утопия-авеню», — поправляет его Дин, опуская усилок на пол.

— Шутка, — говорит Гэз.

«Укуренный в дым», — думает Дин.

— Я — Левон, менеджер. Мы договаривались с Тигром...

— Тигру пришлось отлучиться по неотложному делу, но он поручил мне сопроводить вас на сцену. Она вон там... — Он указывает в конец зала.

— Меня зовут Джуд, — с характерным протяжным выговором жителей юго-западной Англии представляется брюнетка; она не под кайфом. — Эльф, я обожаю «Ясень, дуб и терн».

— Спасибо, — отвечает Эльф. — Но сегодня мы будем исполнять песни иного рода. Покруче, чем мои сольные номера.

— Покруче — это здорово. Когда Тигр упомянул, что в группе ты, я ему сразу сказала: «Эльф Холлоуэй? Приглашай их немедленно».

— Ага, так и сказала, — подтверждает Гэз, по-хозяйски хлопая Джуд ниже талии.

«Жаль», — думает Дин.

— Ну, я пойду звук проверю.

— Наяривайте погромче, — говорит Гэз. — Здесь вам не Альберт-Холл.

Эльф смотрит на сцену:

— Прости, а где... где фортепьяно?

Когда Гэз морщит лоб, его брови сходятся на переносице.

— Фортепьяно?

— Тигр меня дважды клятвенно заверил, что для сегодняшнего выступления на сцене установят и настроят фортепьяно, — поясняет Левон.

Негромко присвистнув, Гэз говорит:

— Ну, Тигр много чего обещает.

— Но без фортепьяно совершенно невозможно... — начинает Эльф.

— Обычно к нам приезжают со своей аппаратурой, — перебивает Гэз.

— Пианино никто за собой не возит, — говорит Грифф. — Для него нужен мебельный фургон.

— Меня не интересует, какими такими неотложными делами занимается Тигр, — говорит Левон. — Ему платят за организацию концерта. Тащи его сюда, хоть тушкой, хоть чучелом.

— У Тигра метаморфоза, — объясняет Гэз. — Третий глаз открылся. Вот здесь. — Он тычет себя в лоб, над переносицей. — Тигр как ушел в прошлый вторник, так его больше и не видели. Во вселенском масштабе...

— Слушай, Гэз, — говорит Левон. — Мне плевать на вселенский масштаб. У нас сейчас одна забота — пианино. Организуй пианино.

— Чувак, ну че ты агрессию разводишь?! Я че, у тебя на побегушках? Охолони. И губу закатай. Я Тигру сделал одолжение. За организацию досуга отвечает он, а не я. И вообще, пошли вы все на фиг. — Он косится на Джуд.

Она смущенно отводит глаза, и Гэз направляется к выходу.

Дин бросается следом за укурком:

— Эй, мудак! Не...

— Не гоношись... — Левон хватает Дина за рукав. — В студенческих клубах еще и не такое случается.

— А на хрена ты вообще этот концерт организовал?! Зачем оно нам?

— Студенческие клубы платят неплохие деньги даже за выступление относительно неизвестной группы. И не жульничают. Поэтому мы здесь.

— Ну и как же Эльф без пианино? Как мы сет отыграем?

— Вот я так и знал, что надо было брать «хаммонд», — говорит Грифф.

— А если ты знал, мистер Всезнайка, — огрызается Дин, — то какого черта молчал? Я же спрашивал: «Ну что, берем „хаммонд“?» — а все такие, мол, не надо, Левон дважды проверял, там есть клавиши.

Гриф, набычившись, подступает к Дину:

— Не, ну а ты чего возбухаешь? У тебя-то все в порядке, бас-гитара при тебе. Это Эльф надо возмущаться, а она вон молчит.

— Ладно, проехали, — говорит Эльф. — В следующий раз возьмём «хаммонд». Левон, так что будем делать? Отменять выступление?

— Тогда студенческий клуб отзовёт чек, а по закону я не смогу его вытребовать. Вот если вы отыграете хотя бы час, то деньги наши. Сорок фунтов на всех пятерых.

Дин вспоминает о долгах и пустом банковском счёте.

— А давайте представим, что это репетиция, — предлагает Джаспер. — Здесь же нет ни журналистов, ни музыкальных критиков.

— Да? И что мне исполнять? — Эльф чешет в затылке. — Была бы гитара, я б спела пару фолк-песен...

Игроки в настольный футбол разражаются восторженными воплями.

— Извините, что встреваю, — подаёт голос Джуд, которая не ушла с Гэзом, — но у меня гитара с собой. Могу предложить. Если хочешь.

Эльф на всякий случай уточняет:

— У тебя гитара с собой?

— Да, — смущённо говорит Джуд. — Я хотела попросить, чтобы ты её подписала.

Рэя по-прежнему нет. Из автомата в вестибюле Дин звонит Шенксу (у Рэя нет телефона) — узнать, выехали они или нет. Трубку никто не берёт. «Они задержались, стоят в пробке, колесо спустило, забыли... да мало ли что». В зале, за длинным рядом окон, сгущается ночь. «Всё тепло на улицу уходит...» Над сценой висит примитивное осветительное оборудование, но светотехник бастует, поэтому зал освещён тусклыми лампами дневного света.

— В морге и то веселее, — говорит Дин.

Грифф возится с ударной установкой. В чулане, пропахшем сыростью и хлоркой, Эльф настраивает акустическую гитару Джуд и смотрится в зеркальце, поправляет помаду.

— Твой брат приехал?

Дин мотает головой.

— Давай уже начинать.

— По-моему, больше никто не придет, — говорит Джуд.

— Чем раньше начнем, тем быстрее вернемся домой, — говорит Грифф.

— Ну, чтоб без сучка без задоринки, — говорит Левон.

— Дайте мне дубинку, я тут всем бока намну, — бормочет Дин.

На сцену ведут три ступеньки. Вокруг столпились человек семьдесят. Джуд начинает аплодировать, к ней присоединяется еще несколько человек. Дин подходит к микрофону. Зал на девяносто процентов пуст. Дину становится не по себе. В последний раз он выступал на сцене в «2i's», а тогда они исполняли ритм-энд-блюзовые стандарты. Сегодня им предстоит играть свои собственные вещи: «Оставьте упованья» и «Мутную реку», которую Дин написал еще в «Броненосце „Потемкин"», непроверенные на публике «Темную комнату» и инструменталку «Небесно-синяя лампа», которые сочинил Джаспер, Эльфин «Поляроидный взгляд» и написанный для фортепьяно, но сегодня исполняемый без фортепьяно «Плот и поток» и еще парочку фолк-песен.

— О'кей, — говорит Дин в микрофон, — сегодня мы...

Микрофон фонит, пронзительно завывает. Зрители морщатся.

«Вот поэтому всегда нужен саундчек».

Дин поправляет микрофон, отодвигает его на шаг от себя.

— Мы — «Утопия-авеню». Наша первая вещь — «Оставьте упованья».

— Мы так и сделали, чувак! — выкрикивает студент у барной стойки.

Дин беззлобно показывает ему два пальца. В публике одобрительно улюлюкают. Дин обводит взглядом Джаспера, Эльф и Гриффа. Грифф подносит к губам бутылку крепкого пива «Голд лейбл», делает большой глоток.

— Мы подождем, — говорит ему Дин.

Грифф показывает ему средний палец.

— И раз, — начинает Дин, — и два, и раз, два, три...

Грифф хоронит финальные аккорды «Оставьте упованья» в грохоте барабанов. «На репетициях у Павла звучало гораздо лучше», — думает Дин. Зрители аплодируют с прохладцей, но группа и этого не заслуживает.

Дин подходит к Гриффу и говорит:

— Ты слишком частил.

— Нет, это ты тянул, как сонная муха.

Дин раздраженно отворачивается. Гитарные переборы Эльф были совсем ни к чему, да и с гармониями у нее не ладилось. Соло Джаспера не зажигало. Вместо трехминутного фейерверка получилась жалкая хлопушка, которая так и не разорвалась. Сам Дин забыл слова третьего куплета и попытался скрыть это неверными дребезжащими аккордами. Еще недавно он считал «Оставьте упованья» своей лучшей вещью, но сейчас... «Кого я дурю?» Он подходит к Эльф и Джасперу посовещаться. К ним присоединяется Левон.

— Хреново, ребята, — вздыхает Дин.

— Ну, не так уж и... — начинает Левон.

— Без фортепьяно «Темная комната» стухнет, — говорит Дин.

— «Дом восходящего солнца»? — предлагает Джаспер.

— Без синтезатора? — уныло откликается Дин.

— Это старинная американская народная песня, — напоминает Эльф. — Написанная лет за шестьдесят до того, как ее исполнили *The Animals*.

«Достала уже», — думает Дин.

— Эй, мы вас не задерживаем? — орет кто-то у барной стойки.

— Ну а что ты предлагаешь? — спрашивает Эльф.

Выясняется, что предложений у Дина нет.

— Значит, «Дом восходящего солнца».

— А как разогреются, исполним что-нибудь из своего, — говорит Джаспер.

Дин подходит к Гриффу, который открывает еще одну бутылку «Голд лейбл».

— Забудь про сет, играем «Дом восходящего солнца».

— Да, сэр, нет, сэр, шерсти три мешка, сэр.

— Короче, играй.

Джаспер подступает к микрофону:

— Наша следующая песня о притоне в Новом Орлеане, где...

— Есть в Ноооо-вом Орлеане... доооооом оооооодин... — пьяно вопят игроки в настольный футбол — матч не прерывался с начала концерта.

— Никогда ее не слышал, — ехидно заявляет студент у барной стойки.

Дин всегда считал, что «Дом восходящего солнца» невозможно испортить, но «Утопия-авеню» наглядно демонстрирует обратное. Голос Джаспера звучит зажато, манерно и жеманно. Голос Эльф совершенно не к месту в песне о мужчине, снедаемом чувством вины. Дин слишком далеко отходит от усилка. Провод его долбаной басухи выскальзывает из гнезда долбаного усилителя. Дин бросается втыкать его обратно. Зрители хохочут. Джаспер, вместо того чтобы прикрыть задержку проигрышем, запевает второй куплет, без басового сопровождения. Грифф лениво колотит по барабанам. «Это он нарочно, — думает Дин, — в отместку за то, что я на него наехал». Народ в зале не танцует и даже не раскачивается в такт музыке. Все просто стоят, и в их позах ясно читается: «Ну и фигня». Люди начинают расходиться. Джаспер вяло отыгрывает соло. «Если бы он так играл в „Ту-айз", — думает Дин, — я бы ни за что не присоединился к этой группе». Распахнутые двери у бара так и не закрываются. Народ уходит. «Мы всех распугали». Дин начинает третий куплет, надеясь, что Джаспер поймет намек и заткнется. Джаспер продолжает играть, перебирает струны на последних четырех тактах, как Эрик Бердон из *The Animals* во вступлении, но это лишь подчеркивает убогое звучание. «Хрень, а не сценическое мастерство, — думает Дин. — Полная лажа».

На последней строке на усилки идет перегруз, они хрипят и завывают, но не стильно, как у Джими Хендрикса, а непрофессионально и беспомощно, как громкоговоритель на сельской ярмарке. Из зала кричат: «Лажа!» Дин согласен с этой оценкой. Он косится на Левона. Тот стоит, скрестив руки на груди, и смотрит на расходящуюся публику. Участники группы обступают ударную установку.

— Хреново, — говорит Грифф.

— И это еще мягко сказано, — говорит Дин.

— И что дальше? — спрашивает Эльф. — Без фортепьяно «Плот и поток» никто не услышит.

— А если электрическую версию «Куда ветер дует»? — предлагает Левон. — В клубе «Зед» звучало неплохо.

— Да мы так, просто баловались, — говорит Дин. Вообще-то, он считает, что коронной песне Эльф сопровождение ударника нужно, как пропеллер альбатросу.

— Ну, нам терять нечего, — говорит Грифф.

По сравнению со всем остальным «Куда ветер дует» звучит вполне приемлемо. Грифф задает темп, куда медленнее, чем на записанной Эльф версии, Джаспер расцвечивает каждую строку гитарными переборами. Дин наконец-то попадает с Гриффом в такт. Акустической гитары почти не слышно, но к этому времени в зале осталось человек двадцать. Джуд стоит, прижав руки к груди, улыбается Дину. Он изображает ответную улыбку. Внезапно двери распахиваются, и в зал вваливаются человек шесть или семь. «Приплыли», — думает Дин. Судя по всему, новоприбывшие — не студенты, а моды. Бармен складывает руки на груди.

— Пять бутылок пива! Че, плохо слышишь? — гаркает один, перекрывая музыку.

Зрители оборачиваются. «Утопия-авеню» продолжает играть. Дин отчаянно надеется, что кто-нибудь вызовет блюстителей порядка и что за порядком в Брайтонском политехе следит кто-нибудь покруче одышливого охранника.

— Чё, не будешь нас обслуживать? Тогда мы сами себя обслужим! — доносится от барной стойки.

Пространство у бара стремительно пустеет. Даже игроки в настольный футбол торопливо отходят подальше. Моды расхватывают бутылки пива. Пора вызывать полицию, но копы вряд ли приедут вовремя. Песня заканчивается, Джуд и еще несколько человек вежливо аплодируют. Остальные слушатели расступаются, пропуская к сцене модов с бутылками пива. У вожака бычий загривок, крысиные зубы и акульи глаза. Он тычет бутылкой в Эльф:

— Давай, заголяй сиськи!

— Вы не в тот клуб пришли, — говорит Эльф.

— Посетитель всегда прав, лапушка, — заявляет Акулий Глаз. — Ну чё, ребята?

Моды берут друг друга под локотки и начинают отплясывать канкан, со злобными подергиваниями, характерными для закинутых спидами. Шеренга танцующих приближается к сцене и внезапно останавливается.

— Слабайте чего-нибудь, — требует мод в пиджаке из британского флага.

— Только без этих ваших хипповых заморочек, — предупреждает другой.

Левон подходит к краю сцены:

— Ребята, мы играем то, что играем. Если вам не нравится, дверь вон там.

— Америкос, что ли? — притворно удивляется Акулий Глаз. — Фигассе. Как тебя сюда занесло?

— Я канадец, — отвечает Левон. — Менеджер группы. Так что...

— Если выглядит, как педрила, — Акулий Глаз смачно сплевывает на пол, — одевается, как педрила, и пищит, как педрила...

— Скорее всего, наша музыка не усладит ваш слух, — говорит Джаспер. — Будьте так любезны, уходите.

— Будьте так любезны... Уйдите, противные! — передразнивает его Британский Флаг. — А это еще что за маленький лорд Фаунтлерой?

— Эй! — Грифф приподнимается из-за барабанов. — Не мешайте работать!

Майка и всклокоченная шевелюра придают ему угрожающий вид, но Акулий Глаз покатывается со смеху:

— Охренеть! Педрила-америкос, занюханный аристократишка, хипповая телка и йоркширский троглодит... Прям как из анекдота. А ты кто будешь? — Он тычет пальцем в Дина. — Еще один гомик?

Сбоку взмахивает чья-то рука, бутылка летит в Дина. Он вовремя приседает, а Грифф хватается за голову и под звон тарелок падает на барабаны.

— Сто восемьдесят! — выкликает Британский Флаг, будто объявляя очки на турнире по дартс.

Моды торжествующе вопят и улюлюкают, но Грифф не шевелится. Левон с Эльф бросаются к нему. Дин смотрит на Гриффа: лицо рассечено, из раны сочится кровь. «Либо пивной крышкой задело, либо о край барабана разбил», — думает Дин.

— Грифф? — окликает Левон; его рубашка тоже в крови. — Грифф!

— Вотщаскаквстану... — бормочет Грифф.

— Бармен! — кричит Левон. — Вызывайте «скорую»! Немедленно! Ему глаз выбили!

«Непохоже, чтобы глаз... — думает Дин. — Но моды-то этого не знают...»

— Я позвонил охраннику, — откликается бармен. — Он вызовет «скорую» и полицию!

Дин обращается к зрителям, тычет в модов пальцем:

— Запомните их лица!

Моды больше не ухмыляются.

— Будете свидетелями! А вам, уродам, вот за это... — Дин указывает на Гриффа. — Впарят срок. За тяжкие телесные повреждения. Лет пять, не меньше.

Сверкает вспышка. Джуд наводит фотоаппарат на модов. Еще одна вспышка. Моды отступают на шаг, другой, пятятся к выходу. Все, кроме Акульего Глаза, который подступает к Джуд и рявкает:

— Дай сюда!

Дин отбрасывает «фендер», спрыгивает со сцены. Акулий Глаз пытается отобрать фотоаппарат у Джуд.

— КОМУ ГОВОРЯТ, СУКА! — орет он.

Джуд даже не сопротивляется — бесполезно. Дин выхватывает бутылку эля у какого-то студента и бьет Акульего Глаза по башке. Что-то хрустит. Акулий Глаз выпускает фотоаппарат, поворачивается, тупо глядит на обидчика. «Вот же ж хрень... — думает Дин. — Это я теперь в тюрягу на пять лет загремлю...» К счастью, дружки Акульего Глаза поспешно уводят своего вожака с места преступления.

Моросит дождь, холодной мокрой пеленой окутывает парковку студенческого клуба и всех, кто на ней еще остался. Почти все студенты разошлись. Моды скрылись в ночи.

— Рана вашего приятеля выглядит хуже, чем она есть на самом деле, — поясняет фельдшер «скорой», — но его наверняка оставят в больнице на выходные. Сделают рентген, наложат швы. Проверят, нет ли сотрясения. Хорошо хоть глаз не выбили.

— В общем, забирайте его, а я поеду следом, — говорит Левон.

— Я с тобой, — заявляет Эльф.

— Не надо, — говорит Левон.

Эльф не принимает возражений.

— Дину надо вести Зверюгу в Лондон, а... — Она осекается, и Дин понимает, что она чуть не сказала: «От Джаспера все равно никакого толку». — Короче, я поеду с тобой.

— Ну хоть попрощаться-то с ним можно? — спрашивает Дин фельдшера.

— Можно, только по-быстрому. И не надейся на содержательную беседу.

— Так он же барабанщик, — говорит Дин, обходит машину «скорой» и заглядывает внутрь, в сверкающую белизну. Грифф с перебинтованным лицом сидит на каталке.

— Вот черт, — вздыхает Грифф, увидев Дина. — Это ты. Я умер и попал в ад.

— Не расстраивайся, — говорит Дин. — Шрам заживет, и ты станешь звездой в фильмах ужасов.

— Как ты себя чувствуешь? — спрашивает Эльф, беря Гриффа за руку. — Бедняжка.

— У нас в Гулле бутылка в голову — обычное дело, — хмыкает Грифф. — А где моя ударная установка? Не доверяю я этим студентам.

— Уже в Зверюге, — говорит Джаспер. — Мы ее ко мне отвезем.

— А если сыграешь в ящик, загоним твоей замене, — говорит Дин.

— Где ж вы найдете ударника, который сможет задать ритм — тебе?

— Извините... — произносит девичий голос.

Дин оборачивается. У дверей «скорой» смущенно переминается Джуд:

— Можно, я...

— Залезай, — говорит Левон.

— Простите, пожалуйста. Мне... Как все ужасно получилось...

— Вот пусть студенческий клуб перед нами извиняется, — говорит Эльф. — А ты ни в чем не виновата.

— Вы классно играли, — говорит Джуд, заправляя за ухо непослушную прядь. — Пока эти грубияны не...

— Спасибо за комплимент, — говорит Дин. — Хоть мы его и не заслужили.

— А вы вернетесь? Ну, чтобы продолжить концерт? — спрашивает Джуд.

Все переглядываются.

— Пусть сначала за этот заплатят, — говорит Дин.

Левон фыркает:

— Вот когда Грифф выздоровеет, тогда и подумаем.

Джуд смотрит на Дина:

— Ну, тогда до встречи...

«Кошачьи глаза» вдоль шоссе А23 по дуге убегают под колеса Зверюги. «То они есть, то их нет...» Усилки, барабаны и гитары ездят по салону. «Уезжали вчетвером, — думает Дин, — а возвращаемся вдвоем». Джаспер ушел в себя. Или спит. «А какая разница?» Жаль, что радио не работает. Дин усиленно размышляет. «Хорошо, что Рэй не видел нашего позора». Шенкс, Рэй и остальные справились бы с модами, но стали бы свидетелями провального дебюта группы. На репетициях — все классно, а на сцене — лажа. Группа становится группой, если все ее участники в нее верят. А Дин подозревает, что он сам, Джаспер, Эльф и Грифф в группу не верят. Они не состыковались. Да и как им состыковаться? Что у них общего? Дин с Гриффом оба из рабочих семей, а Джаспер — как с другой планеты. С планеты экстравагантных чудил. Дин живет в его квартире уже восемь недель, но до сих пор так и не понял, что он за человек. Эльф считает Дина невежей. А как иначе? У нее самое страшное ругательство — «черт возьми». Если она не удержится на плаву в шоу-бизнесе, родители ей всегда помогут. У нее есть на кого положиться. Даже Гриффу есть на кого положиться.

— А мне не на кого, — бормочет Дин.
— Что-что? — спрашивает Джаспер.
— Ничего.

Зверюга въезжает в туннель из стволов и ветвей.

По дорожному полотну размазана тушка фазана.

«Остальные нужны мне больше, чем я нужен остальным», — думает Дин. Джаспер может хоть завтра все бросить. Его запросто возьмут в любую лондонскую группу. «И тогда прости-прощай дармовое жилье в Мэйфере». Грифф вернется в джаз. Эльф будет выступать соло. У Левона есть «Лунный кит», контора на Денмарк-стрит и, наверное, серьезные сомнения в том, стоит ли тратить деньги на заведомо провальный коллектив. «А у меня что?» — думает Дин. «Утопия-авеню». Сегодня был дан старт его будущему.

А будущее взорвалось на стартовой площадке. Разлетелось на мелкие кусочки.

Вдребезги.

Мона Лиза поет блюз

•

— Мы же час назад решили, что третий дубль — самый лучший, — стонет Эльф.

— А шестой точнее, — говорит Левон по селектору из аппаратной. — Дин смазал нисходящий аккорд.

— Так и надо, — настаивает Эльф. — Как раз тогда, когда Джаспер поет «сломан». Такая вот счастливая случайность...

125

— На шестом дубле Джаспер звучит лучше, — говорит Левон. — И у Гриффа там четче слышно «тик-так, тик-так».

— Если тебе нужен «тик-так, тик-так», поставь в угол гигантский патлатый метроном, наряди в майку и записывай себе на здоровье.

— Эй, дайте слово гигантскому патлатому метроному! — Грифф растянулся на продавленном диване; на левом виске алеет шрам. — Мосс своей бас-гитарой глушит мой рабочий барабан. Давайте сделаем седьмой дубль, только с абсорбером.

— Я специально не ставил абсорбер, — говорит Диггер, звукоинженер «Пыльной лачуги». — Чтоб было как у «Стоунзов». Они всегда так делают.

— Подумаешь, «Стоунзы». — Дин, сидя на усилке, без всякого стеснения ковыряет в носу. — Мы их копия, что ли?

— Брать пример со «Стоунзов» вовсе не означает, что вы их копируете, — заявляет Хауи Стокер, загорелый белозубый совладелец «Лунного кита», будто сошедший со страниц «Плейбоя».

— Ну да, они нашли свой звук, Хауи, — говорит Дин. — Потому они и золотое дно. А не потому, что повторяли за другими, как попугаи.

— Ага, в «Чесс-рекордз» никто не скажет, что «Стоунзы» — попугаи. — Грифф выдувает колечко дыма.

— Да не в этом дело! — Эльф не может вырваться из водоворота кошмара. — Давайте просто...

— Ребята, у меня есть идея, — заявляет Хауи Стокер, резко взмахивая рукой. — Вместо «В темной комнате, как во сне, с тайн срывают покровы века» пойте: «Ша-ла-ла-ла-да, ша-ла-ла-ла-ба...» На прошлой неделе я ужинал с Филом Спектором, он говорит, что «ша-ла-ла» сейчас снова в моде.

— Прекрасная мысль, Хауи, — говорит Левон.

«Только через мой труп», — думает Эльф.

— Дин, это твоя партия, тебе и выбирать. Третий дубль или шестой? Решай уже.

— Я их столько раз слушал, что уже уши плывут.

— Вот именно поэтому Господь Бог создал продюсеров, — заявляет Левон. — Диггер, Хауи и я — за шестой.

— Но мы же все соглашались, что третий... — Эльф изо всех сил сдерживается, чтобы не сорваться на крик, как истеричка. — Пока ты не...

— Да, третий дубль уверенно лидировал, — заявляет Левон, — но шестой поднапрягся и обошел его на финишной прямой.

«Господи, дай мне силы...»

— Спортивная метафора — еще не аргумент. Джаспер, это же твоя песня. Третий дубль или шестой?

Джаспер выглядывает из вокальной кабины:

— Ни тот ни другой. На обоих я звучу как Дилан с гайморитом. А надо с хрипотцой. Давайте сделаем еще один дубль.

— У Фила Спектора есть любимая присказка, — говорит Хауи Стокер. — Не жертвуйте лучшим ради хорошего. Прав он или как?

— Какая *звучная* фраза, Хауи! — говорит Левон.

«Ну ты и жополиз!» — думает Эльф.

— Слушайте, была бы у нас неделя, я согласилась бы еще на пятьсот дублей. Но у нас всего... — (на часах 8:31), — всего четыре часа и двадцать девять минут, чтобы записать еще две песни, потому что мы столько времени угрохали на эту.

— «Темная комната» — на первой стороне, — напоминает Левон. — Именно она пойдет в эфир и будет звучать из миллионов радиоприемников. Она должна быть безупречной.

— А может, сначала послушать наши с Дином песни, а потом решать, что будет на первой стороне? — спрашивает Эльф. — Иначе...

— Да, но... — начинает Дин.

Эльф не выдерживает, хлопает по клавишам и заявляет:

— Тому, кто меня еще раз перебьет, я засажу «фарфису» прямо в жопу.

Все, кроме Джаспера, ошеломленно разевают рты, а потом понимающе переглядываются, мол, ну да, у кого-то критические дни.

— Мисс Холлоуэй? — В дверь заглядывает Дейрдра, секретарша студии «Пыльная лачуга». — К вам пришла сестра.

«Ее сам Бог послал, иначе я бы точно кого-нибудь убила», — думает Эльф.

— В общем, делайте с этой песней что хотите. Мне все равно. Я иду в «Джоконду». Вернусь в девять.

— Иди, иди, — говорит Левон. — Развеешься.

— Мне твое разрешение не требуется. — Эльф берет пальто и сумку и, не оборачиваясь, выходит.

В приемную врывается свежий ветерок с Денмарк-стрит. Беа стоит у стены, рассматривает фотографии знаменитых клиентов студии «Пыльная лачуга». Эльф нравится новая стрижка сестры, фиалковый берет, сиреневый пиджак и сапоги до колен. Губная помада и лак на ногтях темно-сливовые, в тон.

— Ну ты даешь, сестренка!

Они обнимаются.

— Я не перестаралась? Хотела, чтобы было как у Мэри Куант, но, по-моему, получилось «Мэри, Мэри, все не так...».

— Если бы в приемной комиссии сидела я, то место в академии было бы тебе обеспечено. За необычайное изящество наряда. Ты просто гений.

— Ну, ты судишь пристрастно. — Беа показывает на фотографию Пола Маккартни. — Слушай, а может, волны всеобщего обожания его снова сюда занесут? Я здесь поторчу подольше...

— Пустая надежда, — говорит Дейрдра. — Они здесь провели всего одну сессию, в марте, да и то потому, что на «Эбби-роуд» случилась какая-то накладка.

— Пойдем завтракать, — говорит Эльф. — Съем сэндвич с беконом, глядишь, расхочется загрызть продюсера.

Из студии выходит Хауи, поддергивает брюки:

— Ух ты! И кто эта очаровательная незнакомка?

— Моя сестра, Беа, — говорит Эльф. — Беа, это мистер Стокер, который...

— Породил «Лунного кита». — Хауи обеими руками сжимает ладонь Беа. — Но у меня вообще руки загребущие.

Беа высвобождает ладонь:

— Оно и видно.

Улыбка Хауи ослепляет.

— И какие великие приключения происходят в твоей жизни, Беа?

— Оканчиваю школу, собираюсь поступать в театральное.

— Превосходно. Я всегда говорил, что главная обязанность красоты — являть себя публике. Ты хочешь сниматься в кино?

Дейрдра с грохотом переводит каретку пишущей машинки.

— Может быть, в отдаленной перспективе, — говорит Беа.

— Между прочим, совсем недавно мой старый приятель Бенни Клопп — большой человек на студии «Юниверсал» — попросил, чтобы во время моего пребывания в Лондоне я подыскал для него талантливых юных актрис среди английских красавиц. Вот ты, Беа, явно одна из них. У тебя крупный план с собой?

— Что-что? — недоуменно переспрашивает Беа.

— Ну, фотография крупным планом, вот так. — Хауи складывает пальцы в рамочку на уровне груди Беа. — Бенни ищет актрис для фильма про Калигулу. Про римского императора. В тоге ты будешь просто обворожительна!

— Вы мне льстите, — говорит Беа. — Я еще даже не поступила в театральное. Завтра у меня выпускной экзамен в школе.

— В шоу-бизнесе главное — вовремя обзавестись связями. Верно, Эльф?

— Верно. Только связи должны быть надежные. Проверенные. В шоу-бизнесе хватает всяких акул, авантюристов и аферистов. Верно, Хауи?

— Ах, Беа, твоя сестра мудра не по годам! — говорит Хауи. — Ты знаешь Мартас-Винъярд?

— Нет, — отвечает Беа. — А туда тоже дотянулись ваши руки загребущие?

— Мартас-Винъярд — курорт в Массачусетсе. У меня там дом. Частный пляж, частный причал, яхта. Трумен Капоте — мой сосед. У меня возникла прекрасная мысль. Когда «Утопия-авеню» отправится завоевывать США, — Хауи складывает руки в индийском жесте «намасте», — ты поедешь с ними и погостишь у меня, в Мартас-Винъярд. Я познакомлю тебя с Бенни Клоппом. С бродвейскими знаменитостями. С Филом Спектором. — Хауи облизывает уголок рта. — И твоя жизнь изменится, Беа. Поверь мне. Поверь своей интуиции. Вот что она тебе сейчас говорит обо мне?

— Я чуть было не сказала ему: «Кастрируй себя ржавой ложкой, старый извращенец», — Беа глядит по сторонам, переходя Денмарк-стрит, — но подумала, что все-таки он босс моей сестры, и смолчала.

— Строго говоря, он босс Левона, но действительно может пережать нам кислород, так что спасибо.

Мимо проезжает курьер на мотоцикле.

— А папин приятель-юрист уже проверил ваши контракты?

— Еще проверяет. Надеюсь, что он дотошный. Если честно, я не знаю ни одного музыканта, которого бы не облапошили.

— Экстренный выпуск! — сипло выкрикивает продавец в газетном киоске. — Гарольда Вильсона обнаружили в гробу, с колом в сердце. Экстренный выпуск!

Беа и Эльф останавливаются и ошеломленно глядят на продавца.

— Я просто проверяю, слушают меня или нет. Люди разучились слушать. Да вы сами посмотрите!

Майским днем по Денмарк-стрит спешат прохожие.

— Может, они тебя слышат, но просто думают: «А, в Сохо еще один чудак объявился», — говорит Эльф.

— Не-а, — отвечает продавец. — Люди слышат только то, что ожидают услышать. Большая редкость встретить человека с таким слухом, как у вас двоих.

В дверях «Джоконды» трое парней уступают дорогу сестрам и пялятся вслед Беа. Судя по их одежде и обтрепанным папкам, это студенты школы искусств Святого Мартина, которая находится неподалеку, на Чаринг-Кросс-роуд. Беа шествует мимо, будто их и не существует, и парни уходят.

— Что тебе заказать? — спрашивает Эльф.

— Кофе. С молоком, но без сахара.

— И это весь завтрак?

— Я дома съела половину грейпфрута.

— Отец наверняка поинтересовался бы, достаточно ли этого перед собеседованием. Возьми булочку.

— Нет, не стоит. У меня и так в животе екает.

— Ну как хочешь.

Эльф заказывает сэндвич с беконом и два кофе. Миссис Биггс, хозяйка и матриарх «Джоконды», передает заказ на кухню. Сестры занимают столик у окна.

— А какую декламацию ты выбрала для прослушивания?

— Монолог Жанны д'Арк из шекспировского «Генриха Шестого, часть первая». А музыкальным номером — премилую песенку «Куда ветер дует», сочинение английской фолк-исполнительницы Эльф Холлоуэй. Правда, я не спросила ее позволения. Как ты думаешь, она не будет возражать?

— По-моему, мисс Холлоуэй — кстати, я с ней немного знакома — будет польщена. А почему ты выбрала именно эту песню?

— Она прекрасно звучит без сопровождения. Вдобавок я слышала, как ты ее сочиняла — и об этом я случайно обмолвлюсь на собеседовании, потому что мне совершенно не стыдно хвастаться знакомством со знаменитостями. А где здесь туалет?

— Вниз по ступенькам, вон там, под «Моной Лизой» на стене. Ты там поосторожнее, это как путешествие к центру Земли.

По радио *The Kinks* запевают «Waterloo Sunset»[1]. Эльф глядит в окно, на Денмарк-стрит. Сотни людей проходят мимо. «Действительность стирает себя и записывает заново, — думает Эльф. — Время не хранит воспоминаний». Она достает из сумки блокнот и записывает: «Воспоминания ненадежны... Искусство — воспоминание, выставленное напоказ». В конце концов время побеждает. Книги рассыпаются в прах, негативы истлевают, пластинки запиливаются, цивилизации погибают в огне. Но пока существует искусство, то песни, образы, чьи-то мысли или переживания тоже продолжают существовать, а значит, ими можно делиться. И другие смогут сказать: «Я тоже это чувствую».

Через дорогу, в кирпичной арке, под рекламой чулок «Беркшир», целуется парочка. Похоже, кроме Эльф, их никто не видит: они стоят в глубине арочного проема, а прохожие спешат мимо. Они прижимаются лбами, о чем-то говорят. «Нежный лепет, прощанья, обещанья, уверенья...» Он стандартно симпатичен, а вот она — будто первый день весны в женском обличье. Поза, одежда, порывистость, темные волосы до плеч и озорная улыбка — в этом вся она.

«Ты пялишься...» Эльф роется в сумочке, достает пачку «Кэмел», находит зажигалку и прикуривает сигарету. «Ничего я не пялюсь, просто смотрю...» Эльф вспоминает голос, услышанный в прошлом январе, на Кромвель-роуд, в салоне автобуса маршрута 97.

Дверной звонок в доме 101 на Кромвель-роуд прозвучал истошным воплем банши. Гулко ухала музыка.

— Гулянка в полном разгаре, — сказал Брюс.

В тот день они как раз вернулись из Кембриджа, и Эльф хотела остаться дома, но какой-то старый приятель Брюса из Мельбурна — как бишь его? — только что приехал в Лондон, и Брюс хотел с ним увидеться, а Эльф боялась, что если не пойдет с ним, то он заявится домой лишь наутро, с убедительной, но лживой версией своих ночных

---

[1] «Закат над мостом Ватерлоо» *(англ.)*.

похождений. Дверь открыл мосластый усатый парень в оранжевой дубленке и с бусами на шее.

— Брюси Флетчер! Заходи, на улице мороз!

— Какбиш! Ты как, засранец?

— Жив. Здоров. На Гидре просто рай. Ты б съездил.

— Да я вот собираюсь... Но пока застрял здесь.

— А это... — Какбиш посмотрел на Эльф, — наверное... мм...

— А это — единственная и неповторимая Эльф Холлоуэй, — объявил Брюс.

Эльф пожала костлявую пятерню:

— Брюс много о тебе рассказывал.

— В Лондоне полным-полно классных австралийцев. Зачем ты выбрала этого бесстыдника? — зубасто оскалился Какбиш.

— Ее привлекла моя неотразимая сексапильность, — заявил Брюс. — И гениальность. И мое огромное состояние.

— Да-да, именно это, — сказала Эльф, которой приходилось оплачивать все счета и расходы.

Какбиш провел их по коридору, мимо фрески с изображением слона, мимо нефритового Будды в нише, мимо молитвенного флажка со словом «Ом», висящего над лестницей. Сквозь вязкую вонь марихуаны, чечевицы и ладана громыхали *The Mothers of Invention* — альбом «Freak Out!»[1]. В длинном зале собралось человек сорок, все болтали, пили, курили, танцевали, хохотали.

— Эй, познакомьтесь, это Брюс и его подруга Эльф! — объявил Какбиш.

— Привет, Брюс! Привет, Эльф, — откликнулся нестройный хор голосов.

Эльф вручили пиво. Она сделала пару глотков. Откуда-то возникла стройная девушка с густо подведенными глазами, облаченная в нечто медно-золотое.

— Привет! Я — Ванесса. Обожаю твои песни. — Судя по выговору, она была из зажиточной юго-восточной Анг-

---

[1] «Бесись» *(англ.).*

лии. — «Пастуший посох» — это просто восторг. Вообще-то, я модель. Тут Майк Энглси устроил в студии рождественскую вечеринку, поставил твой альбом и говорит... — Ванесса имитирует акцент кокни: — «А теперь разуйте уши!» И... вау!

— Спасибо, Ванесса, — сказал Брюс. — Мы очень гордимся этим альбомом.

Кто-то тронул Эльф за плечо. Она обернулась.

На нее глазами преданного пса смотрел Марк Болан.

— Ты куда пропала, Златовласка?

— Марк! Мы с Брюсом...

— Я тут слушал «Пастуший посох»... — Марк, густо накрашенный, был в кожаной куртке и небрежно повязанном шелковом шарфе. — Классный материал. Кстати, лучшие вещи показались мне похожими на мои новые. Они как раз в духе твоего лейбла. У меня уже набралось на целый альбом. Не подскажешь, к кому из твоих лучше обратиться...

— Поговори с Тоби Грином. Но шансов...

— С Тоби Грином? Отлично. Он реально протащится от моей идеи. Меня тут торкануло, и я решил написать по песне о каждом из участников Братства во «Властелине колец». С интерлюдией Горлума. А кульминацией станет композиция для Кольца Всевластья.

Сообразив, что ей следует восхититься, Эльф поискала взглядом Брюса, — может, хоть он что-то прояснит. Но Брюс исчез. И Ванесса тоже.

— Ты же читала «Властелина колец»? — спросил Марк Болан.

— Брюс мне давал первый том, но, если честно, я не...

— Я всем говорю, мол, если хотите меня досконально познать, почитайте «Властелина Колец». И все сразу станет ясным.

У Эльф не хватило смелости сказать, что в таком случае она станет держаться от книги на пушечный выстрел. Вместо этого она просто пожелала Марку удачи.

Он поцеловал свой указательный палец и ткнул им Эльф в переносицу:

— Вот приду к Тоби Грину, сошлюсь на тебя.

Эльф с натянутой улыбкой посмотрела на него. Ей очень захотелось умыться.

— Я пойду поищу Брюса. У вас с ним есть о чем поговорить.

Брюса нигде не было. Народу прибавилось. И дыма тоже. Играли *The Butterfield Blues Band*. Прошло полчаса. Эльф с трудом отвязалась от какого-то фолк-пуриста, который строго отчитал ее за слишком вольное обращение с традиционной версией шотландской народной баллады «Сэр Патрик Спенс», известной с 1765 года (Эльф записала ее для своего альбома «Ясень, дуб и терн»).

Тут появился Брюс:

— Вомбатик, давай-ка я тебя отсюда уведу.

— Куда ты делся? Меня тут...

— Настоящее веселье идет в спальне у Какбиша. Пошли, — сказал Брюс и шепотом добавил: — Тебя все заждались.

— Слушай, мне не очень хочется...

— Пойдем, пойдем, — призывно подмигнул ей Брюс. — Это радикально изменит твою жизнь.

Он провел ее сквозь толпу, вверх по лестнице, потом по крутым ступенькам, мимо влюбленных парочек, а потом еще выше. Он остановился у лиловой двери и выстучал замысловатую дробь. Лязгнул засов.

— Ага. — В дверях стоял Какбиш. — Прошу прощения за таинственность. — Он решительно задвинул засов: — Просто если народ узнает, то двери снесут.

Комнату освещал бумажный фонарь, вращавшийся на треножнике. Свет лучом маяка проплывал по желтым стенам, желто-фиолетовым половицам и камину, закрытому деревянной панелью. В черной вазе стояли черные тюльпаны. За окном виднелся южнокенсингтонский ноктюрн дымоходов, антенн и водостоков. Шесть человек сидели или полулежали на креслах-мешках, подушках и низкой кровати.

— Мы тебя потеряли, — сказала Ванесса. — Ты знакома с Сидом?

Сид Барретт, вокалист *Pink Floyd*, бренчал на гитаре и безостановочно напевал: «Ну что, понятно? Ну что, понятно?». Эльф он не замечал. Какой-то мужчина в рубашке с розочками погладил окладистую бороду и, сверкнув плешью, представился:

— Ал Гинзберг. Приятно познакомиться, Эльф, — и добавил, показывая альбом Флетчера и Холлоуэй «Пастуший посох»: — Биллу Грэму безумно понравится.

— Аллен Гинзберг? Поэт? — уточнила Эльф у Брюса. — Тот самый Аллен Гинзберг?

На лице Брюса явственно читалось: «Ну я же говорил!»

— Не верьте тому, что обо мне пишут, — сказал Аллен Гинзберг. — Хотя по большей части это правда. Так вот, мой приятель Билл — владелец концертного зала «Филлмор». Слышали про такой?

— Естественно. Это же один из лучших залов Сан-Франциско!

— Он прямо как для вас создан. И фолк в вашем исполнении — больше чем фолк.

— Мы готовы хоть сегодня, — заявил Брюс, — если мистер Грэм организует нам билеты на самолет. Правда, Эльф?

Эльф ошеломленно кивнула:

— Да, конечно.

У дальней стены сидела женщина в джинсовом костюме.

— Я — Афра Бут. А вот этот разгильдяй... — (лежавший у нее на коленях молодой человек приподнял голову в облаке прически афро и лениво помахал рукой), — Мик Фаррен.

«Еще одна австралийка», — подумала Эльф.

— Вообще-то, я скептически отношусь к концепции врат восприятия, но ради науки готова испытать на себе воздействие предмета своего скептицизма, — заявила Афра Бут.

Эльф не поняла смысла сказанного, но, заметив выражение лица Афры, с готовностью согласилась:

— Непременно.

Сид Барретт, не прекращая негромко, демонически напевать «Ну что, понятно?», расстроил гитару.

— Эльф, ты что предпочитаешь? — спросил Какбиш, указывая на столик с напитками. — Бренди? Кусочек сахара?

— Мне лучше просто кока-колу. Я, наверное, слишком правильная.

— Была бы правильная, мы б тебя не пригласили, — заявил Какбиш.

— Эльф, садись сюда! — Ванесса похлопала по своему креслу-мешку. — Я безумно завидую твоему таланту. Ты умеешь играть на фортепьяно и на гитаре! Это вообще улет!

Эльф села, пытаясь понять, с кем пришла Ванесса — с Сидом или с Алленом Гинзбергом, потому что для Какбиша такая, как она, была недосягаемой.

— Я не очень дружу с гитарой. Брюс прозвал меня «Когтем».

— В таком случае Брюс — совершенный негодяй.

Какбиш принес ей кока-колы.

— Ну, за кайфовый приход.

Эльф решила, что это такое австралийское выражение, и отпила глоток темной сладости.

— Ты явно не девственница, — заметила Афра Бут.

«Наверное, это и есть знаменитая феминистская прямота», — подумала Эльф и ответила:

— Да и ты, наверное, тоже...

Афра недоуменно посмотрела на нее:

— Я же только что объяснила...

— Понимаешь, Эльф, — сказал Брюс, улыбаясь, как шаловливый мальчуган, — мы с Какбишем решили сделать тебе подарок на день рождения. Заранее.

— Правда? — Эльф огляделась. Подарка нигде не было.

— Мы тут минут десять как закинулись кислотой, и чтобы ты не скучала...

Эльф посмотрела на свою кока-колу, но в голове не укладывалась мысль, что Брюс без спросу подмешает в газировку ЛСД. Какбиш захихикал.

— Вомбатик, иногда тебя надо подтолкнуть, — сказал Брюс.

Эльф в ужасе поставила бутылку на пол. Ошеломление оказалось сильнее злости, но тревога пересилила ошеломление. Эльф не хотела ловить кайф в присутствии посторонних. Она вообще не хотела ловить кайф. Брюс и некоторые из завсегдатаев «Кузенов» время от времени закидывались кислотой, но Эльф совершенно не привлекали их рассказы об архангелах, пальцах-пенисах и смерти эго.

— Погоди, я правильно поняла? — спросила Брюса Афра. — Ты добавил ЛСД в кока-колу, а своей подруге об этом не сказал?

— Ты расслабься, — посоветовал Брюс Эльф.

Эльф усилием воли подавила желание заорать: «Кретин, да как ты мог?!» На нее смотрел Ал Гинзберг. Если не выдержать эту кислотную пробу, то, наверное, придется распрощаться с мыслью о концертах в легендарном «Филлморе». Она покосилась на бутылку кока-колы, полную на три четверти.

Брюс уселся на пол и обиженно надул губы:

— Это подарок тебе на день рождения. Ты же у нас не тушуешься. — Он посмотрел на Ала Гинзберга и сказал ему: — Она не тушуется.

— Ну что, понятно? Ну что, понятно? — гундел Сид Барретт.

— По-настоящему независимый ум не тушуется, — изрек Аллен Гинзберг. — А если Эльф не готова, то кайф ей обломает.

Эльф вернула Какбишу кока-колу и сказала Брюсу:

— Утром расскажешь мне о своих приключениях.

Брюс мрачно поглядел на нее.

— Приглядывай за ним, пожалуйста, — попросила Эльф Афру.

— Вот еще! — обиженно воскликнула Афра. — По-твоему, я ему в матери гожусь?

На Кромвель-роуд ночь развесила полог дождя. К остановке подъехал автобус 97-го маршрута. В нижнем салоне все места были заняты. Эльф прошла в верхний салон, села на единственную свободную лавочку впереди, прислонила голову к окну и стала обдумывать происшествие в спальне

Какбиша с разных сторон. Неужели она только что отказалась от кислотного золотого билета в Сан-Франциско? Неужели она не выдержала важного испытания? Неужели она запуганный узник в темнице своего разума? Автобус остановился у Музея естествознания. По лестнице поднялась усталая карибка, окинула взглядом салон, по-женски просчитывая, куда лучше всего сесть. «Туда, где ко мне не пристанут...» Эльф подумала, что для темнокожей женщины это сложно вдвойне, поэтому кивнула ей, мол, садись рядом. Женщина села, молча кивнула в ответ и тут же уснула. Эльф искоса посмотрела на нее: почти ровесница, только кожа нежнее, губы полнее, волосы, выбившиеся из-под платка, кудрявее и гуще... В вырезе форменного халата медсестры поблескивал серебряный крестик...

«Эльф Холлоуэй — лесби», — заявила Имоджен.

Эльф замерла. Имоджен была в Малверне, в ста сорока милях отсюда, а не сидела в автобусе 97-го маршрута, который ехал из Южного Кенсингтона в центр.

«Лесби, — повторил голос Имоджен. — Лесби, лесби, лесби...»

Эльф либо сошла с ума, либо у нее начались галлюцинации.

«Ты спишь с парнями, чтобы никто не догадался, — продолжал голос Имоджен. — Ты всех обманула — друзей, родителей, Беа, даже саму себя, — но меня не обманешь. Я твоя старшая сестра. Мне не соврешь. Я знаю. И всегда знала. Я знаю, о чем ты думаешь, уже в тот самый миг, когда ты это подумаешь. Брюс — ширма. Правда, ваше лесбиянское величество?»

Эльф закрыла глаза, уговаривая себя, что это действует кислота. Имоджен рядом не было. А Эльф — не сумасшедшая. Настоящие психи не подвергают сомнению здравость своего рассудка.

«Глупости, — заявил голос Имоджен. — Между прочим, ты не отрицаешь, что ты — лесби. Ведь не отрицаешь, ваше лесбиянское величество?»

Сидеть смирно и притворяться, что все нормально, было само по себе ненормально, но Эльф не знала, что делать в таких случаях. Наверное, быстрее и безопаснее доехать домой на такси, но если такси не удастся поймать, то приход застанет ее в промозглом Гайд-парке. А вдруг она вообразит себя рыбой, выброшенной на берег? И сиганет в Серпентайн? И утонет...

«Ну и флаг тебе в руки! Ты толстуха. Песни у тебя дурацкие. И выглядишь ты как мужлан в парике. Неудачница. Музыка у тебя хреновая. Беа тебя поддерживает из жалости...»

— Да, про туалеты ты была права. — Беа садится за столик, здесь и сейчас, в кафе «Джоконда» ясным апрельским днем, через сотню ночей после того, как Эльф, съежившись под одеялом на своей кровати, дожидалась, когда в голове перестанет звучать воображаемый голос Имоджен. — Действительно путешествие к центру Земли. Даже слышно, как под кафельным полом бурлит лава. — Беа замечает парочку под аркой через дорогу; они все еще целуются. — Ого! Вот зажигают!

— Прямо не знаю, куда глаза девать.

— А я знаю. Он весь такой сексапильный. А у нее классная мини-юбка. Помнишь, что мама говорила про мини-юбки? «Если товар не продается...»

— «...то и на витрину его нечего выставлять».

Влюбленные наконец размыкают объятья, отстраняются друг от друга, до последнего держатся за руки, начинают расходиться, а через несколько шагов оборачиваются и машут на прощание.

— Как балет, — вздыхает Беа.

По Денмарк-стрит снуют прохожие. Эльф крутит на пальце серебряное колечко, купленное на барахолке, перед концертом Флетчера и Холлоуэй в Кингс-Линне. Естественно, кольцо купила она сама, а не Брюс — дарить кольца не в его стиле, — но это доказательство, что то воскресенье было настоящим. Что когда-то он ее любил.

— Так когда Брюс вернется из Франции? — спрашивает Беа.

Вчера Эльф пришла домой совершенно измотанная — после восьмичасовой репетиции. В почтовом ящике ее ждали телефонный счет, приглашение дуэту «Флетчер и Холлоуэй» выступить в фолк-клубе на Внешних Гебридах (в прошлом августе) и открытка с изображением Эйфелевой башни. При виде почерка у Эльф сжалось сердце.

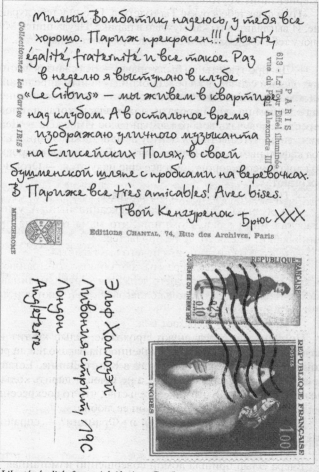

Liberté, égalité, fraternité (фр.) — Свобода, равенство, братство. *Très amicables! Avec bises (фр.)* — Очень дружелюбные. Целую. *Angleterre (фр.)* — Англия.

Эльф рассортировала свои мысли. Во-первых, раздражение, потому что мерзавец за сто дней отсутствия прислал одну-единственную жалкую открытку. Во-вторых, злость на непринужденный, приятельский тон — как будто ничего не случилось, будто Брюс не надорвал ей сердце, не расколол пополам дуэт «Флетчер и Холлоуэй» и не оставил ее собирать черепки. В-третьих, унизительную, позорную радость при виде слов «милый», «Вомбатик», «Кенгуренок» и «avec bises»... и приступ ревности при виде слов «мы живем». С кем он там живет? И кто «très amicables»? Француженки? В-четвертых, подозрение, что приятельский тон — всего лишь попытка обеспечить себе пристанище по возвращении в Лондон. В-пятых, снова злость — на то, как нагло Брюс пользуется ее добротой. В-шестых, твердая решимость не пустить его на порог, если он посмеет явиться в квартиру на Ливония-стрит. В-седьмых, страх, что она не сможет этого сделать. В-восьмых, отвращение к себе из-за того, что одна-единственная жалкая открытка до сих пор вызывает у нее острый приступ брюсинита. Эльф набрала полную ванну горячей воды, улеглась в нее и стала читать «Золотую тетрадь» Дорис Лессинг, чтобы отвлечься от мыслей о Брюсе Флетчере, но, к сожалению, Брюс Флетчер отвлек ее от мыслей о Дорис Лессинг. Эльф представляла себе, как Брюс, в шляпе с пробками на веревочках, принимает ванну с француженками...

— Брюс задерживается в Париже, — отвечает Эльф; мимо проходит слепой с собакой-поводырем. — Когда австралийцы попадают в Европу, то хотят увидеть по максимуму. — Эльф поворачивается к Беа, чтобы та не подумала, что сестра прячет глаза.

По радио звучит «Happy Together»[1], хит *The Turtles*.

— Значит, у дуэта «Флетчер и Холлоуэй» перерыв? — спрашивает Беа.

«Врать Беа — самое противное», — думает Эльф и говорит:

---

[1] «Счастливы вместе» (*англ.*).

— Типа того.

— А когда «Утопия-авеню» будет записывать альбом?

Между бутылочками кетчупа и соуса «НР» засунута зажигалка. На эмалевом боку изображен красный чертик: рога, хвост и вилы — все как полагается. Эльф берет зажигалку, чиркает колесиком. Появляется пламя.

— Наверное, кто-то из симпатичных студентов забыл.

— Каких еще симпатичных студентов?

Эльф фыркает:

— В театральной академии такое не пройдет.

Беа лукаво улыбается:

— В каком-нибудь романе один из студентов вернулся бы и спросил: «Вы не видели здесь зажигалки?» — а ты сказала бы: «Вот этой?» — а он воскликнул бы: «Ах, слава богу, это подарок моей покойной матушки!» — и ваши судьбы сплелись бы навеки.

Улыбку Эльф сметает широкий зевок.

— Ох, извини.

— Ты устала, бедняжка! С шести утра на ногах?

— С пяти. Ночные смены в студии дешевле. Хауи Стокер, хоть он и плейбой-миллионер, не любит тратить деньги без нужды.

— А вы что-то зарабатываете? Или это нескромный вопрос?

— Нет, не нескромный. И нет, не зарабатываем. У нас было всего четыре концерта, за мизерную плату. Которую приходится делить на пятерых. Я была хедлайнером на фолк-фестивалях, получала намного больше.

— Значит, вы все платите за то, чтобы быть группой?

— Вроде того. Мне еще капают авторские отчисления за Ванду Вертью. Дедушка Джаспера оставил внуку наследство, а у отца Джаспера есть квартира в Мэйфере. Джаспер там пока живет, и Дина пустил на постой, так что им не надо платить за жилье. Грифф поселился в сарайчике у дяди, в Баттерси. Надо бы тебя со всеми познакомить, но... я их больше видеть не могу. Достали.

— Ой. А почему?

Поразмыслив, Эльф говорит:

— Понимаешь, любое мое предложение они поначалу воспринимают в штыки и начинают объяснять, что в нем не так. А час спустя додумываются до того же самого, но совершенно не помнят, что именно это самое я и предлагала. Прям хоть на стенку лезь. Свихнуться можно.

— В театре та же история. Такое ощущение, будто «женщина-режиссер» — оксюморон, как «женщина — премьер-министр». А они всегда так себя ведут?

Эльф морщится:

— Нет, не всегда. Дин огрызается, но это больше от неуверенности в себе. Ну, я так думаю. Когда на них не злюсь.

— А он симпатичный?

— Девчонкам нравится.

Беа корчит рожицу.

— Нет-нет-нет... И не мечтай. Ни за что и никогда. Грифф, наш ударник, с севера Англии. С прекрасными задатками, но неотесанный. Жуткий грубиян. Любит выпить. В отличие от Дина уверенности в нем хоть отбавляй. А Джаспер... Загадочная личность. Иногда такой рассеянный, будто не в себе. А иногда его так переполняют чувства, что остальным становится нечем дышать. Знаешь, в Голландии он какое-то время провел в психиатрической лечебнице, только не рассказывай про это родителям, ладно? Иногда я смотрю на него и думаю, что ему там самое место. Он очень много читает. Учился в Или, в частной школе — у его голландских родственников огромное состояние. Слышала бы ты, как он играет на гитаре! Гениально. У меня нет слов.

— Два кофе и сэндвич с беконом, — объявляет миссис Биггс.

Сестры говорят спасибо, и Эльф вгрызается в сэндвич:

— Ох, то, что доктор прописал!

— А на что похожа «Утопия-авеню»?

Прожевав, Эльф объясняет:

— Получилась очень странная смесь: Динов ритм-энд-блюз, виртуозность Джаспера, мой фолк и Гриффов джаз... Не знаю, готова ли к такому публика.

— А как прошли первые выступления?

— Дебют мы отыграли провально, а закончился он тем, что Грифф получил бутылкой в голову и попал в больницу. Зато теперь у него шрам, как у франкенштейновского монстра.

Беа ахает, прикрывает рот ладошкой:

— О господи! И ты молчала?

— Мы готовы были разбежаться... но Левон пинками погнал нас на второй концерт, в клубе «Золотой сокол». Там все пошло гораздо лучше... до тех пор, пока фанаты Арчи Киннока не стали наезжать на Джаспера и Гриффа за то, что они якобы предали бедного Арчи. Ну, мы ускользнули через черный ход. Третий концерт был в Тотнеме, в пабе «Белая лошадь». На него пришло человек десять, не больше. А под конец туда забрели какие-то любители фолк-музыки, развопились, мол, как я могла продаться за тридцать сребреников, ну и так далее.

— Какой ужас! А что ты им ответила?

— Спросила, где они их видели, эти сребреники. В общем, за выступление нам не заплатили, но Левон не настаивал, чтобы не портить отношения с хозяином паба. Так что все, что я за это заработала, — полпинты шенди и пакетик арахиса.

— Ну почему ты мне раньше этого не рассказывала?

— У тебя и так есть о чем волноваться — экзамены, прослушивания. В конце концов, я сама это выбрала, никто не заставлял. Как сказала бы мама, сама кашу заварила, сама и расхлебывай.

Беа закуривает сигарету.

— А четвертый концерт где был?

Эльф хрустит беконом.

— В «Марки».

— Где? В «Марки»? «Утопия-авеню» выступала в «Марки»? И ты меня не пригласила? В «Марки»! На Уордур-стрит? В Сохо?

Эльф кивает:

— Извини.

— А почему ты мне не сказала? Я б туда половину Ричмонда привела!

— Знаю. А если бы нас освистали?

Беа удивленно глядит на сестру:

— А вас освистали?

Клуб «Марки» на Уордур-стрит — подземелье, в которое уже набилось человек семьсот. Если б кто-то из посетителей умер, то, зажатый толпой, так и остался бы стоять за полночь. Эльф мутило от страха. В программу концерта под названием «Случиться может всякое» входили выступления пяти групп. «Утопия-авеню» шла вторым номером, поскольку была предпоследней в списке, составленном в соответствии с известностью исполнителей, продолжительностью сета и размером гонорара. Последними в списке (и теми, кто открывал концерт) значилась группа из Плимута под названием «Обреченные на неизвестность». Перед «Утопия-авеню», в порядке возрастающей популярности, стояли *Traffic*, чей дебютный сингл «Paper Sun»[1] занял пятое место в чарте; *Pink Floyd*, известность которых из темных глубин лондонского андерграунда постепенно распространялась повсюду; и наконец, *Cream*, чей альбом «Fresh Cream»[2] крутили на своих проигрывателях миллионы тинейджеров. Ходили слухи, что в клуб то ли зашел, то ли собирается зайти Джими Хендрикс. А прямо сейчас в одной из комнат на втором этаже Стив Уинвуд давал интервью Эми Боксер для журнала «Нью мюзикл экспресс». Неизвестно, как Левону это удалось, но «Случиться может всякое» — самое важное показательное выступление «Утопия-авеню». Первое, и если они облажаются, то и последнее.

Эльф смотрела из-за кулис на сцену, где играли «Обреченные на неизвестность», и надеялась, что они соответствуют своему названию. Поклонники *Pink Floyd*, *Traffic* и *Cream* не стали вызывать их на бис.

— Эльф, посторонись, — пропыхтел Левон; он с подручным из «Марки» тащил к сцене «хаммонд».

Эльф захотелось сбежать куда глаза глядят...

---

[1] «Бумажное солнце» *(англ.)*.

[2] «Свежие сливки» *(англ.)*.

...и внезапно время пришло. Эльф с трудом заставила свое непослушное тело двинуться к сцене. Грифф возился с барабанами. Дин и Джаспер выкручивали ручки усилков на те положения, что наметили при саундчеке. Тело отказывалось повиноваться Эльф. Левая рука дрожала, как у бабушки, когда та умирала от болезни Паркинсона. На выступление «Утопия-авеню» выделили полчаса. А вдруг Эльф перепутает аккорды в середине проигрыша «Темной комнаты»? Вдруг публике не понравится электрическая версия «Куда ветер дует»? Вдруг слова «Плота и потока» вылетят у Эльф из головы, как случилось в «Белой лошади»?

— Все будет хорошо, — сказала Сэнди Денни.

— Как здорово, что ты всегда рядом, когда мне это больше всего нужно.

— Вдохни марокканской храбрости, — посоветовала Сэнди, предложив Эльф косячок.

— Ага. — Эльф затянулась, задержала в легких ароматный дымок и выдохнула, сразу же почувствовав себя бодрее. — Спасибо.

— Сегодня много народу, — заметила Сэнди. — Аж завидно.

— Ну, они не нас пришли слушать. — По кончикам пальцев Эльф пробежал электрический разряд.

— Да ну, фигня все это! — Сэнди взмахнула рукой, расплескав пиво, которое нес какой-то монтировщик. — Ой, прости, пожалуйста! Так вот, я слышала, как вы играли на репетиции. У вас четверых что-то есть. Вот и не зажимайте это «что-то», выпустите на свободу. А если... если тут собрались одни идиоты, которые этого не понимают, то... — она похлопала по штабелю усилителей «Маршалл», — включите вот этих монстров на полную мощность, распылите все на атомы. Пусть всем в зале башку снесет.

Подошел Дин:

— Привет, Сэнди! Эльф, ты готова?

Эльф заметила, что левая рука больше не дрожит.

— Победа или смерть!

— А потом мы с тобой выпьем, — пообещала ей Сэнди.

Эльф вышла на сцену, встала за клавиши. Какой-то толстяк подался к сцене и заорал:

— Эй, красотка, стрип-клуб — через дорогу!

Его дружки загоготали. Эльф, с помощью марихуаны освободившись от страха и неуверенности, навела два пальца, как дуло пистолета, прямо в переносицу обидчика и с абсолютно серьезным лицом сделала три воображаемых выстрела, не забыв изобразить после каждого отдачу в локоть. Ухмылку толстяка как ветром сдуло. Эльф дыхнула в воображаемый ствол, покрутила его на пальце, вложила в воображаемую кобуру и склонилась к микрофону, отмахнувшись от распорядителя «Марки», который должен был представить группу публике.

— Мы — «Утопия-авеню», — объявила Эльф клубу «Марки», Сохо и всей Англии. — И мы намерены сразить вас наповал.

Она взглянула на Гриффа. Тот, удивленно приподняв бровь, взял палочки на изготовку. Дин согласно кивнул. Джаспер ждал сигнала Эльф.

— И раз, и два, и...

Эльф кладет в кофе второй кусочек сахара.

— В общем, все прошло хорошо. Мы начали с «Куда ветер дует», потом исполнили рок-композицию Дина, «Оставьте упованья», потом новую песню Джаспера, «Темная комната», а потом мою новую — «Плот и поток».

— Повезло им в «Марки». Но так нечестно! Когда я все это услышу?

— Очень скоро, сестренка.

— А ты познакомилась со Стивом Уинвудом?

— Ну, после того, как мы отыграли на бис, он подошел и похвалил мою игру на «хаммонде».

— Вау! — говорит Беа. — А ты что?

Эльф вдыхает аромат кофе.

— А я пискнула «спасибо», проборомотала что-то бессвязное, а когда он отошел, долго пялилась ему вслед.

— У него классная задница?

— Если честно, я не приглядывалась.

По радио звучит песня Сэнди Шоу «Puppet on a String»[1].

— Слушай, если я когда-нибудь запишу такую же манерную хрень, отчитай меня за тридцать сребреников.

— Ну, ей досталось побольше тридцати сребреников. Эту песню сейчас везде крутят.

Они слушают припев.

Внезапно Эльф не выдерживает:

— Мы разбежались. Ну, мы с Брюсом. Дуэта больше нет. Брюс — в Париже. Он меня бросил. В феврале. Между нами все кончено. — Сердце Эльф колотится, будто все произошло только что. — Вот, теперь ты все знаешь.

«Нет-нет, я не разрыдаюсь. Три месяца прошло».

Эльф готовится выслушать гневную отповедь сестры.

— Я так и знала, — без всякого удивления говорит Беа.

— Откуда?

— Всякий раз, как речь заходила о Брюсе, ты меняла тему разговора.

— А родители и Имми знают?

Беа разглядывает свой лиловый маникюр.

— Если я догадалась, то и мама тоже. Папа без понятия. Имми... по-моему, она прекрасно знает, что вы не будете играть на ее свадьбе. Когда она в последний раз спрашивала тебя про Брюса или заводила речь о музыке для свадебного банкета?

Эльф не может припомнить.

— А почему же ты мне ничего не сказала?

— Из тактичности. — Беа допивает кофе. — Брюс умеет очаровывать, но наличие такой способности у парня — тревожный сигнал. Как черные и желтые полоски у пчелы предупреждают: осторожней, в этом меде скрывается жало.

Эльф дрожит, сама не зная почему. Ее взгляд устремляется к «Моне Лизе» над кассой миссис Биггс. Знаменитая улыбка словно бы говорит: «Из всего, что обещает нам жизнь, гарантировано только одно — страдание».

---

[1] «Марионетка» (англ.).

— Ох, мне пора. — Беа встает, надевает пальто. — Иди записывай свой шедевр. Сказать Имми?

— Да, пожалуйста. — (Это путь наименьшего сопротивления, но так будет легче.) — И маме тоже.

— Если хочешь, после прослушивания я загляну к тебе домой.

— Да, конечно. — Эльф смотрит на часы: 8:58. — Беа, а скажи мне, пожалуйста... Вот я училась в университете. Я бросила университет. Я уже четвертый год держусь на музыкальной сцене. А ты еще школьница. Откуда ты так много знаешь? И почему я знаю так мало? Как так получается?

Беа обнимает сестру:

— В общем и целом я не верю людям. — Она разжимает объятья. — А ты в общем и целом веришь.

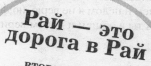

Рай — это дорога в Рай

ВТОРАЯ СТОРОНА

1. Свадебный гость (Де Зут)
2. Пурпурное пламя (Мосс)
3. Неожиданно (Холлоуэй)
4. Приз (Де Зут)

Свадебный гость

●

В конце своего восьмиминутного путешествия от Солнца свет проходит через витражное стекло церкви Святого Матфия в Ричмонде (Лондон) и попадает в темные комнаты Джасперовых глазных яблок. Фоторецепторные палочковые и колбочковые клетки сетчатки преобразуют свет в электрические импульсы, которые по оптическим нервам попадают в мозг, а тот определяет различную длину световых волн как «лазурь Девы Марии», «багрянец крови Христовой», «зелень Гефсиманского сада», а затем распознает образы двенадцати апостолов, по одному в каждом сегменте розеточного окна, похожего на тележное колесо. Зрение рождается в сердце Солнца. Джаспер отмечает, что ученики Христа, в сущности, были хиппи: длинные волосы, балахоны, лица как у укуренных, нерегулярная занятость, духовные убеждения, сомнительные места для ночлега... и гуру. Колесо окна начинает вращаться. Джаспер закрывает глаза и, чтобы не соскользнуть, мысленно перебирает имена двенадцати апостолов, вспоминая давние уроки Закона Божьего и церковные службы: Матфей, Марк, Лука и Иоанн, они же — Великолепная Четверка; Фома, который больше всех нравится Джасперу, за то, что потребовал доказательств; Петр, у которого сложилась самая успешная сольная карьера; Иуда Фаддей и Матфий, сессионные исполнители; Иуда Искариот, которого садистски подставил наш Отец Небесный, преследуя собственные цели. Джаспер не успевает перечислить остальных, потому что слышит стук. Ритмичный, слабый, на пару звуковых уровней ниже голоса викария. Тот самый.

Тук-тук, тук-тук, тук-тук.

Он открывает глаза. Розетка окна больше не вращается. Стук тоже стихает. «Но я его слышал. Он проснулся».

Джаспера предупреждали, что этот день настанет. Что ж, по крайней мере, муки неведения прекратились. «У меня всего-навсего была ремиссия». Он косится вправо, где Грифф в обтрепанном выходном костюме легонько барабанит пальцами по коленям. Слева Дин пытается вращать одним указательным пальцем по часовой стрелке, а другим — против часовой стрелки. «Мне нравится с ними играть. Я не хочу, чтобы это кончилось».

Может быть, квелюдрин замедлит развитие симптомов. «Может быть...»

Джасперу было пятнадцать. Вишни вокруг крикетного поля покрылись цветами, белоснежными, как свадебное платье. Джаспер был не сложен для регби и не обладал выдержкой для гребли, зато у него были координация, скорость и терпение, идеально подходившие для стартового состава школьной крикетной команды. Джаспер был полевым на задворках. Шел матч между школой Епископа Илийского и школой Питерборо. Трава была свежескошенной, солнце — жарким. Илийский собор Ноевым ковчегом высился над рекой Уз. Капитан команды, Уайтхед, взял разбег и пустил долгий мяч под ноги бэтсмена. Бэтсмен отбил в сторону Джаспера. Раздались выкрики. Джаспер уже бросился наперерез, перехватил мяч на бегу, в нескольких шагах от границы поля, сэкономив своей команде четыре рана. Точный переброс Уайтхеду заслужил одобрительные хлопки болельщиков. За аплодисментами — или в них, или среди них — Джаспер впервые услышал «тук-тук, тук-тук, тук-тук», что определило, преобразило, изменило и едва не оборвало его жизнь. Звук был похож на легкое касание костяшек пальцев к двери в конце длинного-предлинного коридора... Или на стук крошечного молоточка за дальней стеной. Джаспер огляделся, ища источник звука. Все зрители толпились на противоположной стороне питча. Ближе всех к Джасперу, шагах в сорока от него, стоял Банди, одноклассник.

— Банди! — окликнул его Джаспер.

— Что? — Из-за сенной лихорадки голос Банди звучал гнусаво.

— Слышишь?

— Что?

— Стук.

Они вслушались в первозданную музыку кембридж-ширского утра: трактор в полях, машины на дорогах, вороны. Соборные колокола начали вызванивать полдень. И за всем этим: тук-тук... тук-тук... тук-тук...

— Какой стук? — спросил Банди.

— Да вот этот — тук-тук... тук-тук...

Банди опять прислушался.

— Скажи, а если у тебя крыша поедет и за тобой придут дядьки в белых халатах, можно я заберу твою биту?

Реактивный самолет размыкал застежку неба. За канатом, над кружевными белыми зонтиками купыря, порхала голубая бабочка. Джаспер чувствовал то, что чувствуют, когда кто-то выходит из комнаты.

Уайтхед начал длинный пробег. Стук прекратился. Или исчез. А может, у Джаспера просто очень хороший слух, а где-то рубили дрова. А может, ему почудилось.

Брошенный Уайтхедом мяч ударил по калитке. Калитка рассыпалась. Деревянные столбики подскочили в воздух.

«Как так?!!»

— Дарами можно наслаждаться всю жизнь или сразу же о них забыть.

Викарий церкви Святого Матфия говорит, как премьер-министр Гарольд Вильсон. Голос звучит плоско, глухо жужжит, словно пчела в жестянке.

— Дары вручают искренне или из желания подольститься. Дары могут быть материальными. Дары могут быть невидимыми: услуга, доброе слово, прощенная обида. Воробей в кормушке. Песня по радио. Еще один шанс. Беспристрастный совет. Согласие. Благодарность — тот самый дар, который позволяет распознавать любые другие дары. Жизнь — бесконечная череда вручения и принятия даров. Воздух, солнечный свет, сон, пища, вода, любовь. Для христиан Библия — дар Слова Божьего, и в этом неоглядном даре скрыты драгоценные слова о дарах, посланные апостолом Павлом страждущей церкви в Коринфе: «Когда я был младенцем, то по-младенчески говорил, по-младенчески мыслил, по-младенчески рассуждал, а как стал мужем, то оставил младенческое. Теперь мы видим как бы сквозь тусклое стекло, гадательно, тогда же лицем к лицу; теперь знаю я отчасти, а тогда позна́ю, подобно как я познан. А теперь пребывают сии три: вера, надежда, любовь, но любовь из них больше».

Джаспер, прижавшись ухом к каменной колонне, слышит биение сердца.

Викарий продолжает:

— «Но любовь из них больше». Когда вера отворачивается от вас, советует апостол, обращайтесь к любви. Когда надежда угасает, обращайтесь к любви. Истинно скажу Лоуренсу и Имоджен, что в те дни, когда супружество перестает напоминать благоуханный цветник — а такое случается, — обращайтесь к любви. Просто обращайтесь к любви. Истинная любовь — обращение к любви. Любовь, обретенная без усилий, столь же маловероятна, как сад, возделанный без трудов...

Джаспер глядит на цветы у алтаря. «Вот это и есть свадьба». Он вспоминает маму, задумывается, мечтала ли она о такой свадьбе. Наверное, когда выяснилось, что она беременна, все ее мечты развеялись. Если верить книгам, романтическим комедиям и журналам, день свадьбы — самый счастливый день в жизни женщины. Гора счастья. Целый Эверест. Все очень серьезны в церкви Святого Матфия. «В церкви, в западном Лондоне, на огромном каменном шаре, летящем сквозь космическое пространство со скоростью 67 000 миль в час...»

— А вот и загадочный запоздалый сотрапезник. — Человек в банкетном зале Эпсомского загородного клуба еле помещается на стуле. — Дон Глоссоп, «Дорожные шины „Данлоп“». Старый друг отца Лоуренса. — Его рукопожатие как тиски.

— Здравствуйте, мистер Глоссоп. Я вас помню.

— Да? — Дон Глоссоп выпячивает нижнюю челюсть. — Откуда?

— Я видел вас в церкви.

— Ага, значит, предысторию мы выяснили. — Дон Глоссоп выпускает руку Джаспера. — А это Бренда, моя лучшая половинка. Ну, мне так говорят. Она же сама и говорит.

У Бренды Глоссоп налаченная укладка, броские драгоценности и зловещая манера говорить: «Очарована знакомством».

— Скажи мне, пожалуйста... — начинает Дон Глоссоп и тут же чихает, трубно всхлипывая, как осел. — Вот с какой стати в наши дни молодые люди выглядят как девчонки? Мне, например, зачастую трудно понять, кто есть кто.

— А вы приглядывайтесь повнимательнее, — предлагает Джаспер.

Дон Глоссоп раздраженно морщится, будто Джаспер не понимает, о чем тот ведет речь.

— Я про патлы! Почему ты не стрижешься?

Из церкви Святого Матфия Джаспер ехал в одном автобусе с Гриффом и Дином. Жаль, что их рассадили по разным столам.

Дон Глоссоп смотрит на Джаспера:

— Что, язык проглотил?

Джаспер вспоминает вопрос. «Почему ты не стрижешься?»

— Мне нравится, когда у меня длинные волосы. Поэтому и не стригусь.

Дон Глоссоп щурится:

— Ты похож на педика.

— Это вы так считаете, мистер Глоссоп, а...

— Да в этом банкетном зале любой, кто на тебя поглядит, сразу скажет «педик»! Гарантирую.

Джаспер не смотрит на лица вокруг, отпивает воду из стакана.

— Это мой стакан, — произносит чей-то голос.

«Сосредоточься».

— Если бы у всех гомосексуалов — то есть у «педиков», как вы их называете, — были длинные волосы, то ваше заявление было бы логично. Но длинные волосы вошли в моду всего несколько лет назад. А раньше вы встречали гомосексуалов с короткими стрижками. — Дон Глоссоп непонимающе смотрит на него, поэтому Джаспер решает помочь ему примерами: — В тюрьме, на флоте, в частной школе. Вот у нас, в школе Епископа Илийского, был преподаватель, который любил приставать к мальчикам и носил такой же парик, как у вас. Так что ваша логика ущербна. С вашего позволения и при всем уважении.

— Что? — Лицо Дона Глоссопа заливает нежный багрянец. — Что-что?

«Может, он туг на ухо».

— Я сказал, что у нас, в школе Епископа Илийского, был преподаватель, который любил приставать к мальчикам и носил такой же парик...

— Мой супруг имеет в виду... — вмешивается Бренда Глоссоп, — что он никогда в жизни не сталкивался с подобными типами.

— Тогда почему он так авторитетно рассуждает о «педиках»?

— Это же общеизвестно! — Дон Глоссоп подается вперед, волоча галстук по еде на тарелках. — Все педики патлатые!

— Эти ужасные *The Rolling Stones* тоже все патлатые, — говорит женщина в пушистом ореоле сиреневых волос. — Просто отвратительно.

— В армии им быстро мозги бы вправили. Очень жаль, что всеобщую воинскую повинность отменили, — заявляет человек в строгом галстуке и с медалью на лацкане. — Так сказать, вколотили еще один гвоздь в гроб.

— Вот и я о том же, генерал, — говорит Дон Глоссоп. — Не для того мы разнесли нацистов в пух и прах, чтобы всякие там доморощенные бездельники-гитаристы превратили Великобританию в страну «йе-йе-йе!» и «о-о-о-о беби!».

— Отец этого, как его там, Кита Джаггера, работал на фабрике, — говорит Бренда Глоссоп. — А теперь его непутевый сынок обзавелся роскошным тюдоровским особняком.

— К счастью, «Ивнинг ньюс» рассказала, чем именно они там занимаются, — говорит Пушистый Ореол.

— Надеюсь, судья Блок призовет их к ответу по всей строгости закона, — говорит генерал. — А ты, конечно, ими восхищаешься.

— Эти дикие завывания даже музыкой не назовешь! — заявляет Дон Глоссоп. — Вот «Strangers in the Night»[1] Фрэнка Синатры — это музыка. «Land of Hope and Glory»[2] — тоже музыка. А этот ваш рок-н-ролл — гадкие громыхания.

— Вполне возможно, что для сэра Эдуарда Элгара «Strangers in the Night» были гадкими громыханиями, — возражает Джаспер. — Каждое новое поколение вырабатывает свою эстетику, это факт. Почему вы воспринимаете это как угрозу?

— Джаспер! — говорит сестра Эльф, Беа, которая поступила в Королевскую академию драматического искусства. — Прости, но ты сел за чужой стол.

— Оно и видно, — говорит генерал.

— А... — Джаспер встает и отвешивает легкий поклон гостям за чужим столом. «Будь вежливым». — Очень приятно было с вами познакомиться...

За своим столом, кое-как выдержав закуски (креветочный коктейль) и горячее блюдо *(coq au vin)*[3], к десерту Джаспер начинает тонуть в разговорах. Левон и бухгалтер из Дублина обсуждают изменения в налоговом кодексе. Дин с шафером Лоуренса обсуждают Эдди Кокрана. Грифф что-то нашептывает в розовеющее ухо хихикающей подружки невесты. «Смотри на них...» Вопрос; ответ; шуточка; факт; сплетня; реакция на сплетню. «С какой легкостью у них все получается...» Джаспер свободно говорит по-английски и по-голландски, неплохо по-французски, сможет объясниться на немецком и на латыни, но язык мимики и интонаций для него непостижим, как санскрит. Джаспер знает все признаки того, что ему не удалось удержать внимание собеседника: легкий наклон головы набок, замедленный кивок, сощуренные глаза. Такое неумение можно списать на

---

[1] «Незнакомцы в ночи» *(англ.)*.
[2] «Край надежд и славы» *(англ.)*.
[3] Петух в вине *(фр.)*.

эксцентричность, поэтому спустя час Джаспер не выдерживает и сдается. Неизвестно, является ли его мимическая и интонационная дислексия причиной или следствием дислексии эмоциональной. Он знает, что такое скорбь, злость, зависть, ненависть, радость и весь остальной спектр обычных эмоций, но сам ощущает их всего лишь как легкие перепады температур. Если нормальные люди о нем такое узнают, то не будут ему доверять, поэтому Джаспер вынужден вести себя как один из Нормальных, но постоянно допускает ошибки. А когда он допускает ошибки, Нормальные думают, что он хитрит или издевается. Всего четыре человека на свете и одно бесплотное существо воспринимают Джаспера таким, какой он есть. Но Трикс в Амстердаме, доктор Галаваци ушел на пенсию, *Grootvader*[1] Вим умер. Формаджо неподалеку, в Оксфорде, а вот пути Джаспера и Монгола больше не пересекутся.

Пятой могла стать Мекка, но ее умыкнула Америка.

«Человек — тот, кто уходит». Джаспер прикидывает, сколько времени займет десерт, кофе и застольные речи. На его часах 10:10. Не может быть. Он подносит часы к уху. «Время остановилось». Он не способен придумать какую-нибудь убедительную отговорку, поэтому незаметно ускользает. Попадает в коридор, где на стенах висят невыразительные английские пейзажи, а на ковре под ногами роятся точки. В двери вваливается толпа игроков в гольф, болтают с удивительной скоростью и громкостью. Лестница предоставляет спасительный выход...

С террасы на крыше, где стоит скамья и вазоны с цветами, открываются виды на гольф-корт, кроны деревьев и кровли Эпсома. День разморенный, полный пыльцы. Джаспер прикуривает «Мальборо» и ложится на скамью. В небе обломками кораблекрушения дрейфуют неприкаянные облака. «Вдыхай все это и выдыхай все это». Джаспер вспоминает лето в Домбурге, лето в Рийксдорпской лечебнице, лето в Амстердаме. «Время — это то, что не позволяет случаться всему одновременно». Джаспер вспоминает прошлый четверг, вид из окна в кабинете Левона на третьем

---

[1] Дедушка *(голл.)*.

этаже. Туда долетала вонь из мусорных баков. Через пару улиц на плоской крыше загорали три женщины в бикини. Наверное, там был публичный дом — все-таки это Сохо, — и у женщин был перерыв. Две были чернокожими. Одна включила транзистор на полную громкость, и до Джаспера донесся еле слышный голос Ринго Старра: «With a Little Help from My Friends»[1].

— Джаспер, ты не хочешь к нам присоединиться? — спросил Левон.

— Я здесь. — Джаспер отвернулся от окна.

— Ну и что они сказали? — спросил Дин. — Мы заключаем договор?

— Сначала я отвечу на твой второй вопрос, — сказал Левон. — Нет, договор мы не заключаем. Все четыре лейбла нам отказали.

Все молчат.

— Вот радость-то! — сказал Дин. — Поздравляю!

— Мог бы и по телефону сообщить, — сказал Грифф.

— А все-таки что они сказали? — спросила Эльф.

— Тони Рейнольдсу из ЭМИ демки понравились, но у них уже есть андерграундная группа. *Pink Floyd*.

— Но мы с Эльф звучим совсем не так, как *Pink Floyd*! — возмутился Дин. — Он все три демки прослушал? Или только «Темную комнату»?

— Да, я сидел с ним рядом. Но он все равно отказал.

— А Вик Уолш из «Филипс-рекордз»? — спросила Эльф.

— Вику в общем понравилось, но он все время спрашивал: «А кто здесь Джаггер? А кто здесь Рэй Дэвис? Кто лицо группы?»

— А кто лицо долбаных *The Beatles*?

— Вот и я о том же, — сказал Левон. — А Вик мне и говорит: «*The Beatles* — это исключение, которое подтверждает правило», а я ему: «Нет, *The Beatles* подтверждают правило, что каждая великая группа — это исключение», а он мне: «„Утопия-авеню“ — не *The Beatles*», а я ему: «В том-то все и дело».

---

[1] «С помощью моих друзей» *(англ.)*.

— А долбаные «Пай-рекордз» на что сослались? — спросил Грифф.

— Мистер Эллиот заявил, цитирую: «Из-за Эльф парни не будут фанатеть с группы. Из-за Эльф девчонки не будут убиваться по Дину и Джасперу и ссать кипятком».

— Это абсурдное и оскорбительное заявление... и вдобавок отдает инцестом, — возмутилась Эльф. — Дурацкая причина для отказа.

— Мистер Эллиот намекнул, что если мы расстанемся с Эльф и сделаем группу клоном *Small Faces*, то он, возможно, изменит свое мнение.

Эльф шумно выдохнула, будто ее кто-то ударил.

— Разумеется, я его послал куда подальше, — сказал Левон.

— Нет уж, пусть берут нас в комплекте, — заявил Грифф.

Дин закурил сигарету:

— А что сказали в «Декке»?

— Дерек Берк видел вас в «Марки»... — Левон откинулся на спинку скрипучего кресла. — Ему нравится ваша энергия, но он не уверен, стоит ли «Декке» вкладывать деньги в ваш эклектический стиль.

— Короче, нас загнали в угол, — сказал Грифф. — «Большая четверка» дала нам под зад. И что теперь?

— Не отрицаю, это весьма огорчительно, — сказал Левон, — но...

— Так, дело — полный швах, — простонал Дин. — У меня теперь ситуация даже хуже, чем в январе. Я на мели, полгода воздухом питаюсь\, а в результате что?

— Замечательная группа, три прекрасные демки, небольшая, но уверенно растущая армия поклонников, пять или шесть классных песен. И движение в нужном направлении. Перспективы.

— Ага, если мы такие замечательные, то где наш контракт на альбом? Вон, Чез Чендлер выбил контракт для Джими Хендрикса всего за три недели!

— И вон, у этих тоже контракты есть! — Дин кивнул на афиши Дика Спозато и сестер Спенсер.

Левон скрестил руки на груди:

— Хендрикс — гениальный ритм-энд-блюзовый гитарный виртуоз. Дик — крунер, менеджером которого я стал по просьбе Фредди Дюка. Сестры Спенсер исполняют популярные арии для широкой публики и для слушателей передачи «Воскресные песнопения». Их пристроить легче легкого. А вот «Утопия-авеню» — совсем другое дело. Вас невозможно втиснуть в рамки известных категорий, поэтому поначалу вас отвергают. Если это вас расстраивает или если вы считаете, что я для вас плохо стараюсь, — то вот, пожалуйста, дверь не закрыта. Все свободны. Вас никто не держит. Бетани вышлет вам уведомления о расторжении нашего с вами договора.

Грифф и Дин переглянулись, но не двинулись с места. Джаспер смотрел на часы над головой Левона.

На одном циферблате было выставлено лондонское время, на другом — нью-йоркское, на третьем — лос-анджелесское.

— Я был не прав, — признал Дин.

Грифф вздохнул:

— Ага. И я тоже.

— Ну, считайте, что ваши так называемые извинения приняты, — сказал Левон.

Эльф стряхнула пепел с сигареты:

— И что делать дальше?

За низким столиком сидят четверо: бритоголовый настоятель, чье лицо навеки запечатлено в памяти Джаспера, его послушник, градоправитель со своим верным камергером. Подсвеченные грезами ширмы расписаны хризантемами. Из тыквенной бутыли, красной, как кровь, послушник наливает прозрачную жидкость в четыре неглубокие чашечки, черные, как сажа. Звенят хроматические переливы птичьих трелей.

— Жизнь и смерть неразделимы! — провозглашает градоправитель.

Все четверо поднимают чашечки, чествуя странное заявление.

Настоятель пьет лишь после того, как видит, что градоправитель осушил свою чашечку. Они обмениваются любезностями, и лишь потом Джаспер понимает, что здесь присутствует и пятый гость — Смерть. Шероховатые донышки чашечек изнутри смазаны ядом, без цвета и запаха. Сакэ растворило яд, и теперь он в крови всех четверых. Градоправитель и его камергер приняли яд, чтобы настоятель его тоже выпил.

Настоятель все понимает. Этот сценарий написан. Он тянется к мечу, но рука одеревенела. Все, что он может, — это замахнуться кулаком на чашечку. Она катится по полу, подпрыгивая, словно плоский камешек по воде.

— Термит двуногий, наши догматы работают! — говорит он градоправителю. — Елей из душ на самом деле дарует бессмертие!

Они говорят о мести, о правосудии, об убитых женщинах, о принесенных в жертву младенцах, а потом камергер падает грудью на доску для игры в го, черные и белые камни разлетаются в разные стороны. Следом на пол оседает послушник. На губах пенится кровь и слюна. На белый камень садится черная бабочка и раскрывает крылышки...

Тук-тук... тук-тук... тук-тук...

— Вот ты где, Спящий красавец.

Джаспер открывает глаза и видит Беа. Она совсем рядом, смотрит на него. Потом наклоняется и целует его в губы. Джаспер не возражает. Ее пальцы касаются его лица. «Приятно». Звенят хроматические переливы птичьих трелей. Они встречались два раза: когда Эльф привела ее на репетицию к Павлу, в клуб «Зед», и еще в «Кузенах», где «Утопия-авеню» играли сет. Беа отводит голову назад:

— Только не говори Эльф.

— Как тебе угодно, — отвечает Джаспер.

— Когда натыкаешься на Спящего красавца, ничего другого не остается. Только не воображай.

— Не буду, прекрасная принцесса.

Она садится на скамейку напротив.

«Сад на крыше. Загородный клуб. Свадебный банкет». Джаспер занимает сидячее положение. В небе обломками кораблекрушения дрейфуют неприкаянные облака. «Вдыхай все это и выдыхай все это».

— Речи закончились? Я долго спал? Нам уже скоро играть?

Беа отсчитывает ответы на пальцах:

— Почти. Не знаю, я по часам не замеряла. Да, скоро.

На ней чернильно-синее облегающее платье. Она обладает отчетливой, яркой красотой, которой так не хватает сестрам.

— Ты переоделась, — говорит Джаспер.

— Наряд подружки невесты — не мой стиль. Эльф попросила тебя отыскать и передать сообщение.

Внизу хлопает дверца машины. Беа берет Джасперову пачку «Мальборо» и зажигалку.

Джаспер терпеливо ждет.

Беа выдыхает дым:

— Она сказала: «Чтоб через двадцать минут был на сцене». Это было пять минут назад, так что уже через пятнадцать.

— Передай ей: «Спасибо за сообщение. Я приду».

Беа странно смотрит на него.

«Она еще чего-то ждет?»

— Пожалуйста.

— А как тебе в одной группе с моей сестрой?

— Мм... приятно?

— Как это?

— Она очень талантливая. Хороший клавишник. Голос у нее невесомый и с хрипотцой. Песни сильные.

Самолетик оцарапывает небеса.

Беа сбрасывает туфли, садится, скрестив ноги. Лак на ногтях небесно-синий, как лампа Трикс.

«Может быть, мне полагается задать ей вопрос».

— Откуда ты знала, где меня искать?

— Представила себе, что я — это ты, и подумала... — Беа очень убедительно имитирует Джаспера: — «Как бы мне отсюда выбраться?»

— А это было трудно или легко?

— Ну, я же тебя нашла.

Летний ветерок колышет лаванду в вазонах.

Беа затягивается, передает сигарету Джасперу. На фильтре розовый след губной помады.

— Сыграйте «Темную комнату», — говорит она. — Мне нравится «Оставьте упованья» и «Плот и поток», но, по-моему, «Темная комната» будет вашим первым хитом. Напоминает «Сержанта Пеппера». Цветовой гаммой. Общим настроем.

Джаспер задумывается, что будет, если он коснется ее руки, но, по словам Трикс, дама должна сделать первый шаг. У него сухо в горле.

— Ты же слышал «Сержанта Пеппера»?

Занавеска выбилась за приоткрытое окно в кабинете Левона. Джаспер лежал на диване и наблюдал за остальными, когда все слушали первую сторону. Эльф, удобно устроившись в бархатном кресле, изучала тексты. Дин растянулся на ковре. Левон сидел за обеденным столом, уставившись на миску с яблоками. Грифф прислонился к стене, подергивая руками в такт Ринго. Все молчали. Джаспер узнал песню, про которую ему рассказывал Рик Райт в клубе «UFO».

После балаганной, ярмарочной «Being for the Benefit of Mr. Kite!»[1] Левон перевернул пластинку. Звуки ситара Джорджа Харрисона ниспадали каскадами, метались непоседливой кометой... и преображались в кларнет в «When I'm Sixty Four»[2]. Джаспер заметил, как два звука производят третий. Последняя композиция, «A Day in the Life»[3], была миниатюрной копией всего альбома, как Псалтырь — миниатюрная копия всей Библии. «Надерганные из новостей» фрагменты Леннона контрастировали с обыденными строками Маккартни, но вместе они сияли. В конце безумное оркестровое крещендо вихрем вздымается к финальному аккорду, взятому в десятки рук на многих фортепьяно. Звукорежиссер постепенно увеличивает чувствительность микрофонов, доводя до максимума, и неимоверно растягивает звучание затухающего аккорда. Это напомнило Джасперу миг перед пробуждением, когда в сон вторгается реальный мир. На выбеге звучал закольцованный кусок, на котором

---

[1] «Бенефис мистера Кайта!» *(англ.)*
[2] «Когда мне будет шестьдесят четыре» *(англ.)*.
[3] «День из жизни» *(англ.)*.

все участники группы со смехом пели что-то нечленораздельное.

Игла поднялась с пластинки, звукосниматель щелкнул, укладываясь в гнездо.

В июньских деревьях Квинс-Гарденс ворковали голуби.

— Офигеть, — с долгим извилистым вздохом сказал Дин.

— Вау! — выдохнул Левон. — Это просто какое-то странствие духа.

— Ну, я всегда считал Ринго везунчиком, но это... — сказал Грифф. — Даже не представляю, как ему удалось все это отстучать!

— Вся студия превратилась в некий метаинструмент, — заметила Эльф. — И все словно записано на шестнадцати дорожках. Но шестнадцатидорожечных пультов не бывает!

— А бас звучит так четко, — сказал Дин, — будто его записали последним, а потом наложили поверх остального. Такое вообще возможно?

— Только если все остальные части записывать под ритмическую дорожку у каждого в голове, — ответила Эльф.

— Хорошо, что они больше не гастролируют, — сказал Дин. — Вживую так ни за что не сыграть.

— Отказ от гастролей дал им свободу. Вот они и решили, мол, да пошли все на фиг, запишем, что хотим.

— Ну, это только Битлам можно не гастролировать, — заметил Левон. — А всем остальным обязательно. Даже Стоунзам. В общем, ваш менеджер сказал свое веское слово.

— А обложка какая! — Эльф подняла альбомный конверт. — Цвета, коллаж, разворот с текстами... Потрясающе.

— Вот бы нашему альбому что-нибудь такое же классное, — сказал Дин.

— Для этого надо, чтобы лейбл полюбил вас без памяти, — предупредил Левон.

— Кстати, вот в «Темной комнате» текст рискованный, — сказал Грифф, — но «Lucy in the Sky with Diamonds»[1] — вообще улет. Это же про ЛСД!

---

[1] «Люси в небесах с брильянтами» (англ.).

— Ага. И в последней вещи, «A Day in the Life», тоже, — добавил Дин. — Там явно про травку.

— Слушайте, по-моему, *The Beatles* взорвали психоделию, — сказала Эльф. — Такое не переплюнешь.

— Нет, они пока только запалили фитиль, — возражает Левон. — После «Сержанта Пеппера» «Темная комната» — самое то. В общем, решено. Первым синглом «Утопия-авеню» будет «Темная комната».

На улице фургон мороженщика вызванивал «Апельсинчики как мед...». Дрожащий звон отражался от оштукатуренных фасадов георгианских особняков Квинс-Гарденс. Джаспер услышал свое имя.

Все смотрели на него.

— Что?

— Я спрашиваю, — сказал Дин, — что ты думаешь про альбом?

— Ты ж не станешь наклеивать ярлык на луну... А тут — искусство.

Спустя две недели Джаспер видит знакомое лицо в зеркале над соседним умывальником. Отражение принадлежит отцу Эльф.

— Поздравляю с замужеством дочери, мистер Холлоуэй.

— А, Джаспер. Как тебе свадьба?

Джаспер сдерживается, чтобы не сказать «никак», но ответить «хорошо» — значит соврать, поэтому он говорит:

— Превосходный креветочный коктейль.

По какой-то причине мистер Холлоуэй находит это забавным.

— Все эти мероприятия устраивают женщины, исключительно для самих себя, — заявляет он. — Только, чур, я этого не говорил.

Джаспер отмечает про себя, что с ним поделились секретом и сестра Эльф, и отец Эльф.

— Спасибо, что порекомендовали нам юриста. Он проверил наши контракты.

— Время покажет, как строго мистер Фрэнкленд блюдет финансовую добросовестность, но, если верить юристу, свои души вы никому не заложили.

Джаспер пытается сострить:

— Да, говорят, они нам еще пригодятся.

Отражение мистера Холлоуэя морщит лоб:

— То есть?

«Шутка не удалась».

— Ну, как утверждают легенды и церковники, душа — вещь полезная. Вот и все.

Тарахтит ролик полотенцесушилки.

— А, понятно. — Тембр голоса мистера Холлоуэя меняется. — Эльф упоминала, что ты учился в школе Епископа Илийского. Среди моего начальства в банке тоже есть ее выпускники.

— Я там учился до шестнадцати лет, а потом переехал в Голландию. Видите ли, у меня отец — голландец.

— И как он относится к тому, что ты отверг преимущества, которые дает хорошее образование, и решил податься в поп-группу?

Джаспер смотрит, как отец Эльф вытирает руки, тщательно, палец за пальцем.

— Отец не вмешивается в мою жизнь.

— Вот-вот, мне говорили, что в Голландии вседозволенность — распространенное явление.

— Не столько вседозволенность, сколько равнодушие.

Мистер Холлоуэй вытягивает чистый отрезок полотенца, для следующего посетителя туалета.

— Во всяком случае, я точно знаю, что в мой банк ни за что не примут на работу человека, у которого в резюме значится «играл в группе». Независимо от того, где он учился.

— Значит, вы не одобряете «Утопия-авеню»?

— Я все-таки отец Эльф. Участие в группе вряд ли поможет карьере моей дочери. И потом, это же опасно! А если бы в Брайтоне бутылка попала в голову ей? Шрамы украшают мужчину, а вот женщину они уродуют.

— Поэтому в некоторых клубах исполнители выступают в клетках.

— По-твоему, это должно меня утешить?

— Ну... — «Это вопрос с подвохом?» — Да.

Резкий смех мистера Холлоуэя гулко разносится по туалету.

— А вдобавок в этом вашем «андерграунде» полным-полно наркотиков.

— Вообще-то, наркотики везде. По статистике, пятая часть приглашенных на эту свадьбу принимает диазепам. А ведь есть еще никотин, алкоголь и...

— Ты нарочно дурачком прикидываешься?

— Мистер Холлоуэй, я не знаю, как прикидываться дурачком.

Банковский управляющий недоуменно сводит брови, будто у него не сходятся цифры в графе отчетности:

— Нелегальные наркотики. Которые... на которые «подсаживаются» и из-за которых сигают с крыш и так далее.

— Вы имеете в виду ЛСД?

— В «Таймс» пишут, что это эпидемия.

— Это они в погоне за сенсацией. Люди сами выбирают, принимать им рекреационные наркотики или нет. Наверняка многие ваши сотрудники такими баловались.

Отец Эльф повышает голос:

— Уверяю тебя, этого не может быть!

— Откуда вы знаете? — все так же негромко спрашивает Джаспер.

— Потому что наркоманов среди них нет.

— Вы любите выпить, но вы — не алкоголик. С наркотиками то же самое. Они вредны, если их принимать регулярно, а не эпизодически. Правда, есть одно исключение — героин. Это на самом деле ужасно.

В туалетном бачке капает: кап, кап, кап.

Мистер Холлоуэй хватается за голову.

«Отчаянно или раздраженно?»

— Вот я слышал твою песню «Темная комната». Там слова... Ну, ты вроде как признаешь, что песня написана... — (Джаспер прекрасно знает, что ему не стоит и пытаться завершать чужие предложения), — что песня написана, исходя из твоего личного опыта... приема наркотиков?

— Я написал «Темную комнату», вдохновленный знакомством с одной немецкой девушкой-фотографом. У нее была темная комната. Фотолаборатория. Мне вообще нельзя принимать психотропные препараты, они негативно воздействуют на мою психику. Амфетамины для меня не так опасны, но из-за них я могу забыть слова или смазать аккорды. Так что я не увлекаюсь наркотиками.

Мистер Холлоуэй щурит глаза, оглядывает туалет и смотрит на Джаспера:

— А... Эльф? — На его лбу выступает испарина.

— И Эльф не увлекается.

Мистер Холлоуэй кивает:

— Все-таки ты очень странный молодой человек. Чудак. Но я рад, что мы с тобой поговорили.

— Может, я и чудак, но чудак честный.

Дверь распахивается, в туалет вваливается Грифф, задом. Волосы у него всклокочены, на виске багровеет шрам, а голова обвязана галстуком.

— Король Грифф сейчас вернется! — обещает он двум хохотушкам. — Вот потопит «Бисмарк» — и сразу к вам. — (Дверь захлопывается.) — А, де Зут, ты здесь? А Дин решил, что тебя унес волшебный дракон Пых.

Мистер Холлоуэй таращит глаза на Гриффа.

«Растерянно или возмущенно?»

Мистер Холлоуэй переводит взгляд на Джаспера.

«Сердито?»

Мистер Холлоуэй выходит из туалета.

«Кто его знает».

— Что это с ним? — спрашивает Грифф. — Все-таки свадьба, а не похороны.

«Утопия-авеню» начинает выступление с «Куда ветер дует». Эльф поет и аккомпанирует себе на акустической гитаре; Грифф работает щеточками, только в том месте песни, когда ему в голову швырнули бутылку, он бухает в бас-барабан, лихо подбрасывает палочку, ловит ее и крутит в пальцах, как тамбурмажор. Вторую песню, «Мона Лиза поет блюз», пока еще недоработанную, Эльф исполняет за фортепьяно. Бас-гитара Дина поддерживает басы фортепьяно, а в проигрыше Джаспер вступает с замысловатым лирическим соло. Женщины внимательно вслушиваются в слова (Эльф меняет их на каждой репетиции). После этого

Грифф берется за палочки по-серьезному, и Дин запевает «I Put a Spell on You»[1], а Эльф подыгрывает ему на пианино. Гости помоложе выходят танцевать, поэтому песню растягивают и Джаспер выдает саксофонное соло на «стратокастере». Он смотрит в зал, видит танцующих молодоженов и думает: «Если бы я умел завидовать, то позавидовал бы этим двоим: они нашли друг друга, и у них есть любящие родные и близкие». Беа тоже танцует, с высоким красивым темноволосым студентом, но смотрит на Джаспера. Он мягко передает соло Дину, который исполняет проигрыш слэпом. Клайв и Миранда Холлоуэй сидят за столом. Джаспер не понимает выражения лица мистера Холлоуэя. Отец Эльф накрыл ладонью руку жены. Наверное, успокоился. «Музыка объединяет». Глоссопы сидят скрестив руки на груди, напряженно выпрямив спины. Даже Джасперу ясно, что они недовольно кривятся. «Музыка объединяет, но не всех...»

И тут Джаспер замечает, что Дон Глоссоп отбивает ритм носком туфли, а его жена чуть заметно кивает головой в такт мелодии.

«А может, и всех...»

Стук, который Джаспер слышал на крикетном поле во время игры с командой школы Питерборо, не повторился на следующий день. И на следующий. И на следующий за ним. Джаспер убедил себя, что никакого стука и вовсе не было. Однажды после обеда староста корпуса Свофхем-Хаус отправил Джаспера в собор, отнести ноты регенту хора. Порывы восточного ветра срывали последние цветы с вишен и подталкивали Джаспера в спину, так что он почти бежал по Галерее, одной из средневековых улочек Или. Где-то впереди гулко хлопала дверь, распахиваясь и закрываясь, распахиваясь и закрываясь. Он только поравнялся с аркой, как вдруг деревянная створка старинной калитки сорвалась с петель, пролетела в шаге от головы шестнадцатилетнего Джаспера и, с демонической силой ударившись о противоположную стену, рассыпалась в щепки. От свер-

---

[1] «Я тебя заколдовал» (*англ.*).

нутой шеи, сломанных ребер и пробитого черепа Джаспера спасло чудо. Напуганный этим происшествием, Джаспер, однако же, поспешил к главным воротам и вошел в полумрак собора. Трепетало пламя свечей. Звучали аккорды органа. По залу расхаживали редкие туристы, но Джаспер не стал любоваться шедевром средневековой архитектуры. В такой вечер лучше сидеть дома. Он прошел по клуатру в капитул, где находился кабинет регента, приблизился к двери и собрался постучать, но тут...

Тук-тук.

Джаспер еще не постучал, но уже услышал стук.

Он огляделся.

Никого.

Он осторожно поднес руку к двери.

Тук-тук...

Но ведь он не касался двери!

Может быть, кто-то стучит в дверь изнутри?

Зачем? Или это шутка? Разве это смешно?

И откуда неведомый шутник знает, когда стучать? В двери не было глазка.

Джаспер в третий раз приготовился постучать в дверь.

Тук-тук...

Наверное, в кабинете регента кто-то был.

Джаспер толкнул тяжелую дверь.

Она приоткрылась.

Регент хора сидел за письменным столом, в дальнем конце комнаты, и читал газету «Таймс».

— А, де Зут! Где твои манеры? Пора бы уже запомнить, что прежде, чем войти, положено стучаться...

Пурпурное пламя

●

Дин крутит руль, Зверюга сворачивает с шоссе A2 на кольцевую развязку у Ротэм-роуд. «Чудом добрались». В Блэкхите спустило колесо. Пока Дин с Гриффом его меняли, Джаспер сидел на обочине. «Интересно, как у богатеньких

173

получается владеть миром, если по жизни от них никакой пользы...» Мотор Зверюги взрыкивает. «Если накроется карбюратор, то придется потратить еще пятнадцать фунтов, вдобавок к пяти за колесо». Несмотря на два-три выступления в неделю, долг Дина «Лунному киту» и «Сельмеру» выражается в немыслимой сумме. «Когда я работал у мистера Кракси, денег в кармане было больше... Нам кровь из носу нужен контракт на альбом. Нужен хит. И за выступления надо бы больше денег просить...» Мимо круглосуточной кафешки на Уотлинг-стрит, где собираются дальнобойщики, гоняющие фуры по маршруту Лондон—Дувр— Европа; мимо старых казарм, законсервированных на случай войны; мимо лабиринта муниципальных застроек — когда Дин был мальчишкой, здесь простирались поля; и на вершину холма Уиндмилл-Хилл, а там сила тяжести берет свое и Зверюга катит вниз, туда, где уже виднеется россыпь грейвзендовских крыш, узкие улочки и переулки, воронки от давних взрывов, стройплощадки, подъемные краны, железнодорожная ветка к Рамсгиту и Маргиту, шпили, газгольдеры, коробка новой больницы, корпуса многоэтажных домов и бурые сточные воды Темзы, где баржи причаливают к целлюлозно-бумажному комбинату «Империал пейпер», к фабрике «Смоллет инджиниринг», к цементному заводу компании «Блю сёркл», и дальше, на эссекском берегу, трубы теплоэлектростанций в Тилбери. Дым фабричных труб завис в неподвижном воздухе жаркого июльского вечера.

— Добро пожаловать в рай, — объявляет Дин.

— Если думаешь, что здесь уныло, съезди в Гулль в середине января, — говорит Грифф.

— Рай — это дорога в Рай, — изрекает Джаспер.

«Ага, понять бы еще, что это значит», — думает Дин.

— Тут все такое... самобытное, — говорит Эльф.

«Она что, издевается?» — думает Дин и уточняет:

— В каком смысле?

— Да так... это комплимент.

— Ну извини, здесь нет таких красот, как в Ричмонде.

— Нет уж, это ты извини, что я вся такая богатенькая и бестолковая и настоящей жизни в глаза не видела. Я исправлюсь. Начну смотреть «Улицу Коронации».

Дин выжимает сцепление. Зверюга катит с холма.

— Я думал, ты издеваешься.

— С какой стати?

— Да кто ж вас поймет...

— Кого — вас? Богатеньких и бестолковых?

Дин долго молчит, потом произносит:

— Это я дергаюсь. Прости.

Эльф фыркает:

— Ну да, кто бы дергался... Тут же все твои друзья-приятели.

Зверюга разгоняется на крутом склоне.

«С того и дергаюсь... — мрачно размышляет Дин. — Вот Эльф с Джаспером увидят бабулю, Билла и Рэя и подумают: „Ну и троглодиты!“ А бабуля, Билл и Рэй увидят Эльф и Джаспера и подумают: „Ишь какие фуфыри!“ А в „Капитане Марло“ нас запросто могут освистать. Или на смех поднимут. И вообще, чем ближе к Гарри Моффату, тем мне хреновее...»

— И что за хренью вы здесь маетесь?! — Отец гневно уставился на Дина.

Рынок на Квин-стрит полон людей. Скиффл-группа, сколоченная Дином на этой неделе, самозабвенно исполняла «Not Fade Away»[1]. Билл и бабуля Мосс организовали складчину и в подарок на Диново четырнадцатилетие купили настоящую электрогитару, чехословацкую «футураму». Песню отыграли, ни разу не слажав, а в крышке табачной жестянки поблескивали медные монетки. Кенни Йервуд и Стюарт Кидд пели и играли на стиральной доске, но лидером группы был Дин. Это Дин выучил аккорды, Дин задавал тон, Дин не позволял Кенни и Стюарту струхнуть. Девчонки же смотрели. А некоторые даже восхищались. Впервые за долгие месяцы Дину было весело, а не кисло и уныло. Ну, до тех пор, пока не появился отец.

— Я кого спрашиваю?!

— Пап, мы тут просто... играем, — пробормотал Дин.

— Играете? Вы попрошайничаете!

---

[1] *Здесь:* «Не исчезнет» *(англ.).*

— Нет, что вы, мистер Моффат, — начал Кенни Йервуд, — это не попрошайничество, а...

Отец Дина наставил на него палец:

— Так, валите отсюда, вы оба.

Кенни и Стюарт Кидд с сожалением глянули на приятеля и смылись.

— О матери бы подумал! Вот что она скажет?!

Дин сглотнул:

— Но мама же играет на пианино...

— Дома! Не прилюдно! Не на весь белый свет! Ну-ка, подними...

Отец презрительно посмотрел на жестянку с монетками, дождался, пока сын ее поднимет, и повел его через дорогу, к газетному киоску мистера Денди. Рядом с киоском стояла большая пластмассовая копилка для сбора пожертвований, в виде черного лабрадора-поводыря, с прорезью для денег на макушке.

— Высыпай. Все, до последнего фартинга.

Деваться было некуда. Все монетки исчезли в прорези.

— Еще раз такое учудишь — и прости-прощай твоя гитара. Мне плевать, кто там тебе ее подарил. Ясно тебе?

Дин ненавидел отца, ненавидел сам себя за то, что не может дать ему отпор, и ненавидел отца еще больше за то, что из-за него ненавидел себя.

— ЯСНО ТЕБЕ?

На Дина пахнуло водочными парами и табаком. Запах Гарри Моффата.

Прохожие останавливались, глазели.

Дину захотелось убить отца.

Дин знал, что «футурама» в опасности.

Дин уставился на полого лабрадора и сказал ему:

— Да.

Эльф сидит за пианино бабули Мосс, играет «Moon River»[1]. Дин втягивает носом запах жареного бекона, ковролина, старости и кошачьего наполнителя. Весь первый этаж бабулиного дома свободно уместится в гостиную кварти-

---

[1] «Лунная река» (англ.).

ры Джаспера на Четвинд-Мьюз. Джаспер спокоен и по-джасперовски расслаблен, а четыре поколения Моссов и Моффатов с неподдельным интересом, без малейших признаков неодобрения разглядывают экзотических Диновых товарищей по группе. «Ну, это они пока...» Грифф, выросший в таком же двухэтажном доме — кухня и жилая комната внизу, две спальни наверху, — наверняка чувствовал бы себя уютно, но он поехал на Зверюге в паб «Капитан Марло», чтобы установить аппаратуру, а заодно встретиться с приятелем из группы Арчи Киннока. Седая и морщинистая бабуля Мосс чуть покачивается, тихонько подпевая Эльф. Билл, гражданский муж бабули Мосс, одобрительно кивает — ему нравится исполнение. Громогласная тетя Мардж и тихоня тетя Дот благостно разглядывают гостей. Их сестра, мама Дина, смотрит с фотографии. Рядом с ними сидит Динов брат, Рэй, его жена Ширли и их двухлетний сын, Уэйн, который возится с игрушечными машинками «Динки», изображает аварии на шоссе. В уголке, под полкой с фарфоровыми уточками, примостился Джаспер. Дин смотрит на него. Они живут в одной квартире, у них все на двоих: сигареты, презервативы «Дюрекс», зубная паста, молоко, яйца, гитарные струны, шампунь, простуды и китайская еда навынос... Иногда Джаспер наивен как ребенок, а иногда странный, как инопланетянин, пытающийся выдать себя за человека. Он как-то упомянул, что в школе с ним случился нервный срыв и он угодил в голландскую психлечебницу. Дину было неловко его об этом расспрашивать. Да и вообще, непонятно, являются ли Джасперовы странности причиной или следствием его пребывания в психушке.

Эльф завершает «Лунную реку» сверкающим глиссандо. Ей тепло аплодируют.

Уэйн ударяет игрушечной машинкой в бок игрушечного грузовика и кричит: «Ка-бум!»

— Ах, какая красота! — говорит бабуля Мосс. — Правда, Билл?

— Красота неимоверная, — подтверждает Билл. — А ты давно играешь, Эльф?

— С пяти лет. Меня бабушка научила.

— Вот, с детства надо приучать, — говорит бабуля Мосс. — «Лунную реку» наша Ви очень любила. Динова мама. Они все играли на пианино: и Ви, и Мардж, и Дот, но у Ви получалось лучше всех.

— Да, если закрыть глаза, то как будто Ви играла, — говорит тетя Мардж. — Особенно вот эти финтифлюшки в середине.

— Эх, если б жизнь сложилась иначе, — вздыхает тетя Дот, — кто знает, как бы для нее все повернулось. В музыке...

— Зато Дин унаследовал ее талант, — говорит тетя Мардж.

— Ох, у нас же говяжий пирог с почками стынет! — говорит Билл.

Тетя Мардж и тетя Дот начинают накрывать на стол.

— Слушай, а пианино не заглушают на концертах? — спрашивает Рэй. — Ну, когда девчонки поднимают поросячий визг при виде нашего Божьего дара? — Он кивает на Дина.

— Ну, до визга нам пока далеко, — говорит Эльф. — Вот как выступим на «Вершине популярности», тогда все может быть. Акустика вообще зависит от зала, микрофонов, усилителей. Мы привезли с собой «фарфису». У меня есть еще «хаммонд», но он весит тонну, не меньше. Но у обоих звук мощный.

— А на сцену выходить не боязно? — Ширли надевает сыну слюнявчик. — И выступать перед толпой?

— Поначалу да, — отвечает Эльф. — Но тут уж либо привыкаешь, либо это не твое. Ой, спасибо, куда мне столько?!

— Ну, так ведь в бой идут на сытое брюхо, — заявляет бабуля Мосс. — Так, у всех тарелки полные? Тогда... — Все молитвенно складывают руки, и бабуля произносит: — Возблагодарим же Господа за ниспосланные нам дары. Аминь.

Все хором повторяют «Аминь» и приступают к еде.

«Еда, как музыка, объединяет», — думает Дин.

— Пирог превосходный, — говорит Джаспер, будто оценивает сольное исполнение.

— Ой, он и комплименты умеет! — умиляется тетя Мардж.

178

— Вот этого он как раз и не умеет, — поправляет ее Дин. — Он всегда говорит то, что думает.

— Мой нос — это рот, — заявляет Уэйн, засовывая кусочек морковки в ноздрю.

— Фу, гадость какая! — охает Ширли. — Вытащи немедленно!

— А за столом нельзя в носу ковырять, — говорит Уэйн.

— Рэй, скажи ему!

— Тебе что мама велела? — с притворной строгостью спрашивает Рэй, еле удерживаясь от смеха.

Уэйн засовывает палец в ноздрю:

— Ой, она там застряла...

Это больше не смешно.

Тут Уэйн чихает, и кусочек моркови вылетает из ноздри прямо в тарелку Дина.

Смеются все, даже Ширли.

— А расскажите, как Дин в детстве проказничал, — просит Эльф.

— Ну, тут пары часов не хватит, — говорит Билл.

— Тут пары недель не хватит, — поправляет его Рэй.

— Все врут, — говорит Дин.

— Ага, — фыркает Рэй. — Зато ты у нас теперь бунтарь. А я вот — примерный семьянин.

«Ну да, потому что ненароком Ширли обрюхатил...»

Дин поднимает с пола оброненную Уэйном ложку.

— Дин очень переживал, когда его мама умерла, — говорит бабуля Мосс. — Ну, всем тяжело было. Отец Динов...

Билл ловит взгляд Дина и подхватывает:

— Он тогда совсем расклеился.

— Да-да, — продолжает бабуля Мосс. — Рэй был в училище, в Дагенеме, а Дин остался с отцом, на Пикок-стрит, но у них не заладилось. В общем, как Дин поступил в художественный колледж в Эббсфлите, так и переехал к нам с Биллом. Три года жил у нас. Мы им очень гордились.

— Вот только вместо того, чтобы стать новым Пикассо, — говорит Рэй, — он решил заделаться гениальным гитаристом. Но мы его все равно любим.

— Гениальный гитарист вон он, сидит. — Дин тычет пальцем в Джаспера. — Рэй, ты же был в «Марки».

— Я хорошо играю лишь потому, что все время учился, вместо того чтобы жить, — говорит Джаспер. — Но другим рекомендовать этого не стану.

— Чтобы чего-нибудь достичь, надо трудиться не покладая рук, — говорит Билл. — Одного таланта мало. Нужна еще и дисциплина.

— А Дин очень хорошо рисовал, — говорит тетя Мардж. — Вот его художество, над радиолой. — Все смотрят на картину: пристань в Уитстабле. — Но его всегда тянуло к музыке. Сидел у себя в спальне, упражнялся, пока все до последней нотки точно не сыграет.

— Он и сейчас такой, — говорит Джаспер, накалывая вилкой стручок фасоли. — Обычный басист играет просто, умпа-умпа, умпа-умпа, как на тубе. А у Дина такие плавные переборы... — он откладывает вилку, чтобы удобнее было показывать, — бам-бам-би-дамби-дамби, бам-бам-би-дамби-дам. На басу играет, будто на ритм-гитаре. Замечательно! — Джаспер жует стручок.

Дин смущается, слыша похвалу.

— А вот, видите? — Бабуля Мосс показывает на медную табличку в рамочке и декламирует выгравированные на табличке слова: — «„Могильщики“. Лучшая группа Грейв-зенда, 1964 г.». Это Динова группа была. Мы вам потом альбомы с фотокарточками покажем.

Эльф жадно потирает руки:

— Ах, альбомы с фотокарточками!

По улице грохочет мотоцикл. В буфете звенят чашки.

— Джек Костелло снова за свое, — ворчит тетя Мардж. — Сажает Винни, сынишку своего, в мотоциклетную коляску и гоняет по городу как ненормальный. Ой, Джаспер, а можно я спрошу, только ты не обижайся... Вот ты так красиво говоришь, прям как диктор на Би-би-си. Ты, наверное, из обеспеченной семьи, да?

— До шести лет я жил с тетей, в Лайм-Риджисе. Она держала пансион, но с деньгами всегда было туго. А потом меня отправили учиться в частную школу, в Или. Там я и обзавелся благородным выговором. К сожалению, благородный выговор — это не деньги в банке.

— А как же тетя оплачивала твое обучение? — спрашивает Билл.

— Его оплатили мои голландские родственники. У меня отец — голландец.

Тетя Мардж поправляет вставную челюсть.

— Значит, они как раз и богатые, да?

— Может, не будем устраивать ему допрос с пристрастием? — говорит Дин.

— Так он ведь не возражает. Правда, Джаспер?

Джаспер не возражает.

— Я бы назвал зеландских де Зутов людьми состоятельными, но не богатыми.

— А разве состоятельный и богатый — не одно и то же? — спрашивает Ширли.

— Состоятельный человек точно знает, сколько у него денег. А у богатого их так много, что он об этом даже не задумывается.

— А как же твоя мама? — спрашивает тетя Мардж.

— Она умерла родами.

Женщины сочувственно переглядываются.

— Ох, бедненький, — вздыхает тетя Мардж. — Вот Рэй с Дином свою маму все-таки помнят... А тебе тяжело, наверное. Дин, что ж ты не сказал...

— Я же попросил не устраивать допрос с пристрастием.

Кукушка в настенных часах кукует семь раз.

— Уже семь часов? Не может быть! — восклицает Эльф.

— Время — странная штука, — говорит тетя Дот.

Дину было пятнадцать. Маму разъедал рак, растушевывал морфий. Дин страшился приходить в больницу, хотя чувствовал себя из-за этого самым неблагодарным сыном на свете. Смерть превращала все разговоры на любые другие темы в обычный треп, но как тому, кто не умирает, говорить о смерти с тем, кому жить осталось совсем недолго? Было воскресенье. Рэй остался в Дагенеме, отец отрабатывал сверхурочную смену на цементном заводе, бабуля Мосс и тетки ушли в церковь. Дин не видел смысла в вере. Заявлять, что пути Господни неисповедимы, — то же самое, что выбирать, орел или решка. Если бы от молитв был хоть какой-то толк, то мама бы давно выздоровела. В больницу Дин пришел со своей «футурамой». Мама спала, поэтому

Дин решил поупражняться, тихонечко. Он отрабатывал сложный перебор в «Теннессийском вальсе», а когда дошел до конца, еле слышный голос прошептал:

— Очень красиво, сынок.

Дин перевел взгляд на маму:

— Я старался.

Призрачная улыбка:

— Молодец.

— Извини, я тебя разбудил.

— Всегда приятно просыпаться под музыку.

— Хочешь, я еще что-нибудь сыграю?

— «Сыграй это еще раз, Сэм!»

Пришлось играть «Теннессийский вальс» снова. Дин сосредоточенно уткнулся в лады и не заметил, как мама перестала дышать...

Джаспер заканчивает «Вдребезги» зажигательным соло. Эльф извлекает из «хаммонда» сияющие каскады звука. Гриффовы барабаны исторгают громы и молнии. Пальцы Дина уверенно перебирают струны, а сам Дин глядит в зал «Капитана Марло» поверх двух сотен голов. Сюда пришли друзья, которые желают ему успеха; завистники, которые надеются, что ему удачи не будет; люди постарше, которые видят в «Утопия-авеню» то, что у них когда-то было или могло быть; парни, которым лишь бы выпить и снять девчонок; девчонки с сигаретами и с бокалами кампари или грушевого сидра «Бэбишам». Дин смотрит на них и думает: «Вот, Грейвзенд, сколько ты меня ни бил, сколько ты меня ни пинал, сколько ни говорил, что от меня толку не будет, сколько ни обзывал бестолочью, никчемным неудачником и педиком, а теперь разуй уши и слушай. СЛУШАЙ НАС. Мы — „Утопия-авеню“. Мы — классная группа, а станем еще лучше, и ты об этом догадываешься, хоть и прикрываешься кривой ухмылкой». И дружки Гарри Моффата наверняка пришли. «Вот и расскажите ему, как мы здесь отожгли». Джаспер завершает первый виток соло. Дин смотрит на него, и, как и следовало ожидать, Джаспер не отводит взгляда от грифа «стратокастера» — просит дать ему возможность повторить. Мало кто из присутствующих слышал, как вживую звучит педаль вау-вау, она же квакушка, а Джаспер великолепно ею пользуется. «Зато главное, что песня — моя, спасибо за внимание». На одной из репетиций Эльф предложила поменять слова в строчке «все мечты разбиваются вдребезги» на «из того, что разбито вдребезги, вырастают мечты». Дин попробовал, и грустная песня внезапно стала воодушевляющей. Джаспер заметил, что неплохо бы Эльф подпеть на строке «вырастают мечты», и все в клубе «Зед», включая Павла, застонали от удовольствия. Когда Дин играл в «Броненосце „Потемкин"», то не хотел ни с кем делить свои песни — они становились только хуже. А вот «Утопия-авеню» могла улучшить любую песню.

Джаспер заканчивает соло. Дин смотрит на Гриффа, тот кивает; осталось четыре такта... три такта... два... один... и Эльф смотрит на него... и Джаспер выдерживает паузу... и все мысленно отсчитывают, как на общих часах — раз, два, три, четыре, — и взрывом звучит финальный аккорд, разлетается на молекулы...

«Аплодисменты — чистейший наркотик», — думает Дин, утирает лицо барным полотенцем и отпивает глоток эля «Смитуикс».

— За вас!

Аплодисменты не умолкают. Здесь меньше людей в плиссе и бархате, чем на лондонских выступлениях, больше рабочих рубах, джинсов и кепок. Как ни странно, паб «Капитан Марло» — и рыба и мясо. Он — первое питейное заведение на пути работников цементного завода «Блю сёркл», в двух шагах от городского рабочего клуба. Клиентура классом повыше — по грейвзендским понятиям — приходит в паб поиграть в пинбол, послушать музыкальный автомат или (два раза в месяц) выступление какой-нибудь группы. Левон стоит в сторонке с каким-то типом, которого Дин не знает. «Если это — его дружок, то им надо быть осторожнее». Аплодисменты стихают, и Дин подается к микрофону:

— Спасибо, что пришли, и спасибо хозяевам заведения, Дейву и Кэт, за то, что предоставили нам площадку. — Он

183

вглядывается в пространство пивной; Дейв Сайкс, крупный мужик с дружелюбной физиономией плюшевого медвежонка, приветственно машет рукой. — Меня зовут Дин Мосс, я родом из Грейвзенда, так что если я кому задолжал пятерку, когда смылся из города, то после концерта обязательно верну... — Дин подтягивает четвертый колок, — но прежде займу у вас десятку.

Грифф иронически бьет по барабану: *пш-ш-ш... та-бум!*

— Итак, наша группа. На клавишах — мисс Эльф Холлоуэй!

Эльф играет на «хаммонде» первые такты вступления Пятой симфонии Бетховена.

Какой-то шутник выкрикивает из зала:

— Мой орган всегда к твоим услугам, красавица!

Эльф уже не в первый раз прибегает к стандартному ответу:

— Извини, но на миниатюрных инструментах я не играю.

Барабаны Гриффа снова издают *пш-ш-ш... та-бум!*

— На барабанах, — продолжает Дин, — наш гость из Народной Республики Йоркшир, Питер «Грифф» Гриффин, или просто Грифф.

Все дружно хлопают в ладоши. Грифф выстукивает раскатистую барабанную дробь, встает и кланяется.

— На гитаре, — объявляет Дин, — мистер — Джаспер — де Зууут!

Джаспер с помощью квакушки отыгрывает последнюю строку гимна «Боже, храни королеву!».

Аплодисменты.

— Эй, Джаспер педрилло! — раздается из зала.

Джаспер делает шаг вперед, подносит ко лбу руку козырьком, вглядывается в толпу:

— Кто хочет мне что-то сказать?

— Я! — машет рукой какой-то тип. — Патлы подстриги!

«Черт, сейчас начнется, — думает Дин. — Брайтонский политех, вторая серия...»

Джаспер внимательно смотрит на типа и произносит первое, что приходит в голову:

— Зачем? Чтобы выглядеть, как ты?

Хохочут все, даже задиристый тип.

Дин, не желая и дальше испытывать судьбу, торопливо завершает:

— Следующую песню написал Джаспер. Она называется «Свадебный гость», и раз, и два, и раз, и два, и три...

Потом звучит старая песня Дина «Идея казалась хорошей...», за ней — напористая «Мона Лиза поет блюз», «Green Onions» Букера Ти Джонса, «Темная комната», десятиминутная «Оставьте упованья» — под конец все зрители хором вопят: «Рас-топ-топ-топ-чу твое лживое сердце, как ты растоптала мое», как будто всю жизнь ее знали, — «Плот и поток», «Дом восходящего солнца» в варианте *The Animals*, усиленная версия «Куда ветер дует», а потом Эльф поет битловского «Day Tripper»[1], меняя все местоимения «она» на «он». Вторым номером на бис они исполняют «Шесть футов под землей», лучшую песню «Могильщиков», которую Дин написал, когда ему было семнадцать. Дин больше всего боялся, что, во-первых, обитатели Грейвзенда не въедут в Джасперовы песни, а во-вторых, что Эльф достанут пошлыми шуточками, но ни того ни другого не случилось. Наконец Дейв Сайкс дает полный свет. Дин весь в поту, охрип, стертые пальцы саднят, но сам он кайфует. Дин, Джаспер, Эльф, Левон и Грифф встают в кружок перед барабанами, голова к голове, как регбисты.

— Ребята, это полный отпад! — заявляет Грифф.

— И не говори, — откликается Эльф.

— Нет уж, я все-таки скажу. Ребята, это полный отпад!

— Грифф, этой хохме сто лет в обед, — говорит Эльф.

— Обалденно отыграли, — говорит Левон. — Что-то обязательно произойдет, и очень скоро. Вот увидите. О вас заговорят.

«Только на это и остается надеяться», — думает Дин.

— Джаспер, твоя очередь, — говорит Эльф.

Все смотрят на Джаспера.

— Моя очередь делать что?

---

[1] «Дневной турист» *(англ.)*.

— Да скажи уже, что ты чувствуешь, дурик, — говорит Грифф.

Поразмыслив, Джаспер произносит:

— Я чувствую... что мы стали играть лучше.

В тесный кружок пятерых врывается внешний мир.

— Ну, теперь ясно, что мою пятерку ты мне скоро вернешь, — говорит Кенни Йервуд.

— Вот честное слово, я и сам жду не дождусь, — вздыхает Дин.

— Эх, видела б тебя мама... радовалась бы, — говорит Рэй.

— Так она и видела, — говорит тетя Дот и треплет Дина по щеке.

К Дину продолжают подходить одноклассники, старые приятели, учителя и всякие знакомые из прошлой жизни, а потом появляется девушка.

— Ты меня, наверное, не помнишь, но... — начинает она.

— Джуд. Брайтонский политехнический. Ты дала Эльф свою гитару. Ну, как дела?

Она, очень довольная, отвечает:

— Вам надо выпускать альбом. Вот прямо сейчас.

— Ага, я уже написал письмо Санта-Клаусу, теперь вот жду...

— Ну, еще только июль. А ты был послушным мальчиком, не шалил?

«Ух ты, она заигрывает...»

— А как поживает Гэз... или как его там?..

— Не знаю и знать не хочу.

«Слава богу».

— Очень жаль.

— Так я тебе и поверила.

Дин дышит ароматом ее духов.

— А что ты здесь делаешь?

— Брат у меня увлекается музыкой. Узнал, что «Утопия-авеню» играет в Грейвзенде, сказал мне. А я как услышала, так сразу и подорвалась...

— Просто удивительно, после нашего фиаско в Брайтоне.

186

— Да я бы ни за что на свете не пропустила ваш концерт.

За спиной Джуд возникает Шенкс, сигналит, что, мол, пора уходить.

Дин жестом просит у него две минуты.

— Мы с Джаспером остановились здесь, у приятеля. Ты не хочешь...

Джуд укоризненно изгибает бровь:

— Не торопи события, Спиди Гонсалес. Я приехала с братом, он отвезет меня назад, в Брайтон. Я там устроилась на парфюмерно-косметическую базу. Но... — Она помахивает сложенной запиской. — Если ты свободен, в смысле, ни с кем не встречаешься, то вот тебе мой номер телефона. Служебный. Не забудь сделать вид, что ты — покупатель, а то мне влетит от начальства. Кстати, через двое суток записка рассыплется в пыль, как в сериале «Миссия невыполнима». — Она засовывает сложенный листок в карман Динова пиджака, целует Дина в щеку. — Позвони. Или потом всю жизнь мучайся. Нет, правда, у вас классная группа. Вы прославитесь.

Шенкс подносит мундштук ко рту, дым вьется по трубке кальяна — «Жарься, зелье! Вар, варись!» — втягивается в прокуренные легкие... и вылетает облачками, кудрявыми, будто соцветия цветной капусты.

— Слушай, а оно не запрещенное? — спрашивает Кенни.

Шенкс жестом изображает весы Фемиды:

— Как тебе сказать... сам аппарат — нет, не запрещенный. А вот к курительной смеси копы могут придраться. Но я подстраховался.

Воцаряется долгое, но очень живое молчание. Джим Моррисон поет о конце.

— Эй, Дин, тебе как?

— Нормально, — отвечает Дин, обхватывает губами кончик мундштука, думает о Джуд и... «Давай, затягивайся, буль-буль-буль, вот, и задержи...» Он выдыхает дым. — Похоже на... на... «Нет, сегодня у меня слов не хватает». — Ну, это как титьку сосать и левитировать одновременно.

Рэй покатывается со смеху, но беззвучно.

— Вы с Джаспером прям как сто лет женаты, — говорит Кенни.

Джаспер сосредоточенно обдумывает это заявление и почему-то напоминает Дину Стэна Лорела.

— Вот про это не надо, — говорит он, посасывая мундштук.

Кальян ему не в новинку. Джаспер жил в Амстердаме.

— Слушай, а в Амстердаме нас поймут?

Слова Джаспера звучат с некоторым опережением:

— Сначала надо выпустить альбом, иначе будет непрофессионально.

«Да уж, об альбоме пока одни мечты...»

Чувствуя, что растворяется в пространстве, Дин пытается вспомнить, где и с кем находится. Квартира Шенкса — над его магазином, знаменитым «Мэджик бас рекордз». Время — за полночь. Кто есть кто? Сам Дин. Шенкс — он и есть Шенкс; его подруга по имени Пайпер; Рэй, родной брат Дина; Кенни Йервуд; Джаспер и какая-то девица, которая возникла после концерта, явно с прицелом на герра де Зута. Говорит, что ее зовут Айви. Все шестеро неподвижны. Рембрандт. «Ясно вам? Я разбираюсь в искусстве». Нарисовано пламенем свечи на живой тьме...

...но тут Шенкс развеивает рембрандтовские чары шелестящим дуновением слов:

— ...а вы четверо — это нечто особенное. Крышесносное. Вот в один прекрасный день я буду всем хвастаться: «Да-да, мы с Дином Моссом старые приятели, вместе ходили на концерт Литл Ричарда, я Дина научил первым аккордам...» Какие у вас песни! «Темная комната», «Вдребезги», «Мона Лиза...» Любая станет хитом, правда, Пайпер?

— В Сиэтле вас любая радиостанция с руками оторвет.

— Поскорей бы, а то я совсем обнищал.

Джаспер не слушает. Айви, Айви, Айви что-то нашептывает ему на ухо. Он смотрит на Шенкса, и тот читает его мысли:

— Свободная спальня — вниз по лестнице. Кровать там одна, но вам больше и не надо.

Айви уходит, как кошка, растворяясь в тенях. Дин проверяет, не исчезла ли записка с номером телефона Джуд. «Нет, лежит в кармане пиджака».

— Ну ты силен, приятель, — говорит Рэй Джасперу. — Я весь такой расслабленный, что у меня ни хрена не стоит.

Джаспер пожимает плечами.

— Кстати, предупреждаю, — добавляет Кенни. — Грейвзендские девчонки — ходячие яйцеклетки. Это научно установленный факт. В их сторону только чихнешь, как у них сразу трехмесячная задержка, родичи в дверях толпятся, поздравляют с отцовством. Вон, Рэй не даст соврать.

Рэй жестом изображает петлю на шее, берет священный мундштук... и выдувает соблазнительно фигуристое облачко дыма.

— Не забудь резинку надеть. Надеюсь, ты подготовился?

Джаспер по-бойскаутски салютует и уходит вслед за Айви.

— А у тебя как успехи? — спрашивает Рэй Дина. — Тебе, вообще-то, перепадает?

«Ох, оставь меня в покое!»

— Не особо. На свадьбе сестры Эльф была девчонка из Сент-Джонс-Вуд, пригласила меня к себе, я там на выходные и завис. Такой вот был июнь.

— Везунчик, — говорит Кенни. — А моя Трейси вся такая: «Сначала помолвка и кольцо, а потом секс, ясно?» Я б ее послал, но ее папаша — мой начальник. В общем, кошмар.

— Ну, все не так уж и плохо, — говорит Рэй. — Мне нравится быть отцом. Иногда, когда Уэйн в отключке. А Ширли... у этой коровищи все по настроению. Честно сказать, до свадьбы мне чаще перепадало. А сейчас она с каждым днем все больше и больше на свою мать похожа. Вообще, семейная жизнь — тюрьма, за которую платят сами заключенные. Правда, Шенкс? Ты же дважды в этой мясорубке побывал.

Шенкс прячет пластинку *The Doors* в конверт, ставит *The Velvet Underground*.

— Семейная жизнь, ребятки, — она как якорь. О скалы разбиться не дает, но и в свободное плавание не отпускает.

«Sunday Morning»[1], первая вещь на первой стороне альбома, сразу же затягивает Дина. Нико на полтона фальшивит, но звучит классно.

Рэй садится и спрашивает:

— А Эльф с кем-то встречается?

Укуренному Дину отвечать лениво, но Рэй легонько пихает его ногу:

— Ну, с кем там Эльф встречается?

Дин приподнимает голову:

— С каким-то чуваком, он крутит кино на Лестер-Сквер.

— Слушай, а вы — ну, ты, Грифф или Джаспер — к ней подкатывали? — спрашивает Кенни.

— К Эльф? Да ну тебя, Кенни! Нет, конечно. Это ж как с сестрой перепихнуться.

Кенни вскакивает:

— Что? Ты спал с Джеки?!

Кальянные чары развеиваются. Дин лежит где лежал — на турецком ковре Шенкса. Вспоминает, как отец заявил: «Ну, хватит тебе у бабки жить. Пора и честь знать. Возвращайся домой». А потом сказал бабуле Мосс: «Спасибо вам за вашу доброту, но Дин — мой сын и должен жить со мной. Ви, царствие ей небесное, была бы того же мнения». Что на такое возразишь? Первого января Дин переехал к отцу. Мама умерла в сентябре. Зима сменилась весной, а список Диновых обязанностей все рос и рос. Готовить, ходить по магазинам, убирать, стирать, гладить, чистить ботинки... Все, что когда-то делала мама. «Никто вокруг тебе ничего не должен, — сказал отец. — Включая меня». Гарри Моффат был не дурак выпить, но Дин пришел в ужас, когда увидел, что отец каждый день выхлестывает по бутылке «Утренней звезды» — отвратительной дешевой водки. С виду все было нормально. Никто об этом не догадывался — ни соседи, ни товарищи по работе. Вне дома отец был обаятельным прохвостом, но на Пикок-стрит оттягивался по полной. Изобретал правила. Правила, которые было невозможно соблюсти, потому что они постоянно менялись. Если Дин уходил

---

[1] «Воскресное утро» (англ.).

из дома, значит шлялся. Если Дин оставался дома, значит бездельничал. Если Дин молчал, значит наглел. Если говорил, значит дерзил. «Ну, чего пялишься? Руку на отца поднять хочешь? А ты попробуй. Поглядим, как у тебя получится». Дин даже и не пытался. Отец давил на жалость, изображал из себя безутешного вдовца. Дин поначалу на это повелся. Подбрасывал пустые бутылки в чужие мусорные ящики, отвечал на телефонные звонки, когда отец напивался в зюзю, говорил, мол, нет его, вышел. В общем, делал все то же, что и мама, когда была жива. Врал Рэю: «Да, все в порядке, не жалуемся. Как ты там, в своем Дагенеме?» А что было делать? Просить, чтобы Рэй бросил училище? Попытаться как-то вразумить отца уговорами? Если б уговоры действовали на алкоголиков, алкоголиков бы не было. Но когда Дин поступил в художественное, то пришлось выбирать...

Ночь костров. Дину было шестнадцать. Он вернулся домой с вечеринки в училище. Отец сидел на кухне, тупо уставившись в газету «Миррор». Перед ним стояла пустая бутылка из-под «Утренней звезды».

— Добрый вечер, — сказал Дин.

— Возьми с полки пирожок.

Задергивая занавески на кухонном окне, Дин заметил, что в железном баке на заднем дворе что-то горит. В баке жгли мусор, палую листву и бурьян, но обычно по субботам. А в тот день была пятница.

— Ты тоже костер развел?

— Давно хотел избавиться от всякой хрени.

— Ну, спокойной ночи.

Отец перевернул газетную страницу.

Дин поднялся к себе в спальню и похолодел, увидев, что оттуда исчезло. Отсутствие привычных вещей ощущалось ударом под дых. «Футурама». Проигрыватель «Дансетт». Самоучители игры на гитаре. Фотография с автографом Литл Ричарда. Во дворе горел костер.

Дин бросился вниз по лестнице, мимо того, кто это совершил, выскочил в морозную ночь, надеясь спасти хоть что-нибудь.

Костер полыхал. От «футурамы» остался только гриф, на котором пузырился лак. Пурпурные языки пламени лизали деревяшку. Посреди закопченного бакелитового корпуса «Дансетт» одиноко торчал штырек вертушки. Самоучители превратились в золу. Фотография с автографом Литл Ричарда рассыпалась пеплом. Для верности отец подбросил в костер угля и щепы, да еще и сбрызнул бензином. Пурпурные языки пламени обжигали Дину щеки. Густо валил едкий, маслянистый дым.

Дин вернулся в дом, дрожащим голосом спросил:

— Зачем?

— Что зачем? — Отец не смотрел на сына.

— Зачем ты это сделал?

— До сих пор ты был ленивым патлатым педиком с гитарой. А теперь ты просто ленивый патлатый педик. Так что мы движемся в верном направлении. — Отец уставился на Дина.

Дин взял рюкзак, упаковал в него девять альбомов, двадцать синглов, пакетик гитарных струн, поздравительные открытки от мамы, свои лучшие вещи, шузы под крокодилью кожу, альбом с фотографиями и блокнот с песнями. Попрощался со спальней, спустился в прихожую и подошел к двери. Не успел он снять дверную цепочку, как его сбили с ног. Ухо впечаталось в дверную раму. По линолеуму прошаркали шаги. Дин поднялся по стенке:

— И что теперь? Запрешь меня в доме?

— Педик, который только и знает, что бренчать на гитаре, мне не сын.

Дин с ненавистью посмотрел в злые глаза. Это отец говорит? Или водка?

— Верно сказано, Гарри Моффат.

— Чего?!

— Я тебе не сын. Ты мне не отец. Я ухожу. Прямо сейчас.

— Не ссы. Хватит уже заниматься всякой фигней. Музыка, искусство — ишь чего выдумал! Найди себе настоящую работу. Вот как Рэй. Я тебя давно предупреждал, а сейчас принял меры. Ты мне потом спасибо скажешь.

— Я тебе сейчас спасибо говорю. Ты мне глаза открыл, Гарри Моффат.

— А ну-ка, повтори, че сказал?! Вот только посмей! Пожалеешь!

— Что именно повторить, Гарри Моффат? Что я тебе не сын или что...

Челюсть хрустнула, затылок стукнулся о стену. Тело обмякло. Дин сполз на линолеум. Очнулся. Рот наполнился кровью. Боль пульсировала в такт ударам сердца. Дин поднял взгляд.

Гарри Моффат смотрел на него:

— Ты сам напросился... и меня вынудил.

Дин встал, глянул в зеркало. Губа разбита, десны кровоточат.

— Ты и маме так говорил? Когда бил ее? Мол, сама напросилась?

Злобная ухмылка сползла с лица Гарри Моффата.

— В Грейвзенде ни у кого нет секретов. Весь город знает. «Вон идет Гарри Моффат. Он избивал жену, она заболела и умерла от рака». Но в лицо тебе этого никто не скажет. Хотя все знают.

Дин снял цепочку с двери и вышел в ноябрьскую ночь.

— С тобой покончено! — завопил Гарри Моффат ему вслед. — Слышишь?

Дин шагал не останавливаясь. В окнах колыхались занавески.

На Пикок-стрит пахло морозом и фейерверками.

Семь лет спустя, в четверти мили от Пикок-стрит, Дин просыпается. За окнами шумит дождь, Кенни храпит на диване. Кто-то сунул Дину под голову подушку. Рэй кемарит в кресле. Вокруг кальяна теснятся стаканы, бутылки, пепельницы, рассыпаны карты и арахисовые скорлупки. Дин плетется на кухню, наливает воды в кружку. У грейвзендской воды нет мыльного привкуса, не то что в Лондоне. Дин садится за стол, грызет крекер «Джейкобс». С полки под потолком свисают длинные побеги «летучего голландца», закрывают настенный коврик, на котором изображено какое-то божество со слоновьей головой, и фотографию

Шенкса с Пайпер, сделанную где-то в солнечных заморских краях. А Дин далеко от Грейзенда еще никогда не уезжал, если не считать того случая, когда «Броненосец „Потемкин"» играл в Вулвергемптоне. Дин тогда получил гонорар — меньше фунта. Наверняка заработал бы больше, если б стоял с гитарой на Гайд-Парк-Корнер. «А вдруг „Утопия-авеню" — тупик? Да, мы вчера классно отыграли, но это же дома, среди своих... Вдруг мы никому больше не нужны?» Крыши ступенями спускаются от Квин-стрит к берегу реки. Из Тилберийских доков буксиры выводят сухогруз, поначалу скрытый из виду зданием больницы. Буква за выступающей буквой Дин читает название на борту: «ЗВЕЗДА РИГИ». На табурете лежит акустический «гибсон» Шенкса. Дин настраивает гитару и под аккомпанемент дождя и собственных мыслей начинает перебирать струны...

— Твоя? — В дверях кухни стоит Рэй.

Дин смотрит на него:

— Что?

— Мелодия.

— Да я так, балуюсь.

Рэй осушает кружку воды.

— Тетя Мардж права. Мама порадовалась бы. Сказала бы: «Дин у нас талантливый».

— Это за тебя она порадовалась бы. «Рэй у нас старательный и ответственный». И Уэйна бы вконец разбаловала...

Рэй садится к столу:

— Вы с отцом собираетесь мириться?

Дин резко прижимает струны:

— Я с ним не ссорился.

Капля дождя стекает по стеклу.

— Отцом мне стал Билл. И ты. И Шенкс.

— Я не пытаюсь его оправдать. Но... он ведь все потерял.

— Рэй, мы это уже обсуждали. «Это все водка проклятая». «Его отец тоже бил жену и детей». «Мамина болезнь его подкосила». «Отказываясь называть его отцом, ты ведешь себя по-детски. Меня это очень огорчает». Я ничего не пропустил?

— Нет. Но если бы он мог, то возродил бы твою гитару из пепла.

— Это он тебе сказал?

Рэй кривится:

— Он не из тех, кто обсуждает свои чувства.

— Прекрати. Это не обида на пустом месте, а последствие его поступков. Если хочешь поддерживать с ним отношения — твое дело. Твой выбор. А я этого не хочу. Вот и все. И давай на этом закончим.

— Между прочим, в его возрасте люди умирают. Особенно те, у которых печень ни к черту. А с покойником не помиришься. Призраки тебя не слышат. И вообще, он ведь все-таки твой отец.

«Призраки тебя не слышат, — думает Дин. — Неплохая строчка для песни».

— Да, с генетической и юридической точек зрения он мой отец. А во всем остальном — нет. У меня есть брат, племянник, бабуля, Билл, две тетки, а вот отца нет.

Рэй тяжело вздыхает. Журчит вода в водосточных трубах.

В прихожей Шенкса звонит телефон.

Дин не берет трубку. У Шенкса весьма разнообразные деловые знакомства — мало ли кто ему звонит. Открывается дверь хозяйской спальни, по полу топают шаги.

— Да? — Долгая пауза. — Да, он... Да. А кто его спрашивает?

Шенкс заглядывает на кухню:

— Дин, сынок... Твой менеджер звонит.

— Левон? Как ты меня нашел?

— Черная магия. Джаспер с тобой?

— Вроде бы. Он с девушкой...

— Немедленно приезжайте на Денмарк-стрит.

— Так ведь воскресенье же...

— Знаю. Эльф и Грифф уже едут.

«Похоже, плохие новости».

— Что случилось?

— Виктор Френч.

— А кто это?

— Промоутер «Илекс рекордз». Вчера он был в «Капитане Марло». И предлагает контракт группе «Утопия-авеню».

«Он предлагает контракт группе „Утопия-авеню“». Всего шесть слов.

«У меня есть будущее!»

Прихожая Шенкса обращается в слух.

— Алло? — встревоженно спрашивает Левон. — Ты слышишь?

— Да, — говорит Дин. — Слышу. А... Охренеть.

— Только не спеши покупать «триумф-спитфайр». Виктор предлагает контракт на три сингла и потом альбом — потом, если появится интерес. «Илекс» не входит в большую четверку, но предложение солидное. Нам лучше быть рыбиной средних размеров в маленьком пруду, чем мальком в большом озере. Виктор готов был подписать контракт вчера вечером, но я попросил больше денег и сказал ему, что к нам присматривается И-эм-ай. Сегодня утром он переговорил со своим начальником в Гамбурге и заручился его согласием.

— А ты даже не предупредил, что вчерашний концерт — это прослушивание.

— Хороший менеджер не предупреждает о прослушивании. Давай одевайся, поднимай Джаспера, садитесь на поезд до Чаринг-Кросса и бегом в «Лунный кит». Нам надо много всего обсудить. Завтра утром — встреча с «Илекс».

— Хорошо. До встречи. И спасибо.

— Всегда пожалуйста. И кстати, Дин...

— Да?

— Поздравляю. Вы это заслужили.

Дин кладет трубку на рычаг. Телефон звякает.

«Мы заключаем контракт!»

Старший брат выходит в прихожую, обеспокоенно смотрит на Дина:

— Что с тобой? Кто-то умер?

Капает с крыши платформы. Капает с арки туннеля. Капает с указателей, проводов и семафоров. Голуби кучкуются на капающих балках капающего пешеходного мостика. У Дина хлюпает в правом ботинке. Надо отнести его в сапожную мастерскую. «Нет, — внезапно осознает Дин. — Не надо в сапожную мастерскую. Надо зайти в магазин „Анелло и Давид" в Ковент-Гардене и сказать: „Здрасьте, я Дин Мосс, наша группа «Утопия-авеню» только что подписала контракт с «Илекс рекордз», поэтому будьте так любезны, покажите мне ваши самые лучшие ботинки"». Дин прыскает со смеху.

— Что смешного? — спрашивает Джаспер.

— У меня мысли путаются, и я вроде забываю, а потом думаю, с чего бы это мне так хорошо, ну и вспоминаю, что у нас будет контракт на альбом, и все снова взрывается — бум!

— Да, хорошие новости, — соглашается Джаспер.

— Хорошие новости — это когда «Уэст Хэм» выигрывает у «Арсенала» со счетом три—ноль. А то, что мы заключаем контракт на запись, — это... как оргазм. А для тебя — еще и после натурального оргазма. Чистый восторг. Понятно?

— Вроде бы да. — Джаспер заглядывает в пачку «Мальборо». — Две осталось.

Они закуривают.

— Мне страшно, что я сейчас проснусь у Шенкса на полу и окажется, что все это мне просто приснилось.

Джаспер вытягивает руку. На ладонь падают капли дождя.

— Такого дождя во сне не бывает. Он слишком мокрый.

— Ты в этом так хорошо разбираешься?

— К сожалению, да.

Дин смотрит на рельсы, протянувшиеся к Лондону. Вспоминает, как в юности вот так же смотрел на рельсы, уходящие в неоформившееся будущее. Очень жаль, что нельзя послать телеграмму себе в прошлое: «Облапошат, ограбят и обосрут, но тебя ждет „Утопия-авеню". Держись».

Рельсы постанывают.

— Поезд подходит.

Дин и Джаспер сидят у окна. Дин смотрит на платформу напротив, в зал ожидания поездов, следующих на восток, и видит там, за окном, Гарри Моффата, который читает газету. А потом поднимает голову и смотрит прямо на Дина, который даже не успевает отодвинуться от окна. Гарри Моффат глядит не укоризненно, не презрительно, не с отчаянием во взгляде и не просительно. А просто так, — мол, я тебя вижу. Будто телефонистка говорит: «Соединяю». Вряд ли Гарри Моффат подстроил эту встречу. Десять минут назад Дин сам не знал, что сядет в этот поезд. Зачем дождливым июльским воскресным утром Гарри Моффату понадобилось ехать в Маргит? В отпуск? Гарри Моффат не ездит в отпуск. Гарри Моффат опускает глаза к газетной странице. И с этого ракурса Дин вдруг осознает, что не может выкрикнуть что-нибудь оскорбительное. Их разделяют два залитых дождем оконных стекла и двадцать залитых дождем ярдов. Да, несомненное сходство присутствует: очки, осанка, густые темные волосы, но... «А вдруг это не он?» Лондонский поезд вздрагивает, дергается и трогается с места. Человек в зале ожидания больше не глядит на него.

— Что там? — спрашивает Джаспер.

Станция Грейвзенд ускользает в прошлое.

— Да так. Показалось, что кто-то знакомый.

Неожиданно

•

В машине Левона было жарко и душно. Эльф зевнула, поглядела в ручное зеркальце, подправила макияж. «Тушь потекла».

— Сегодня четверг?

Мимо проехала бетономешалка в облаке дыма и пыли.

— Пятница. — Дин, раскрыв блокнот на груди, лежал на заднем сиденье. — Вечером Оксфорд. Завтра Саутенд. Ой, только не смотри! Тут идет «прелестная Рита».

Мимо прошла контролерша, проверявшая показания счетчиков.

— Добрый день! — окликнул ее Дин.

Она не ответила.

Эльф снова зевнула.

— Когда мы с Брюсом выступали в Оксфорде, один из студентов заявил, что мы нагло крадем песни пролетариата. А Брюс ему ответил, что провел все детство в буше, среди змей и бурьяна, а срать ходил на двор, поэтому оксфордские студенты могут поцеловать его в жопу.

— Ха-ха, — сказал Дин, который слушал вполуха.

«Интересно, что сейчас делает Брюс, — подумала Эльф. — Ой, да какая разница? У меня есть Энгус».

— Ну, значит, сегодня — Оксфорд, а завтра — Саутенд.

— Завтра — Саутенд.

— Ты там когда-нибудь выступал?

Дин что-то строчил в блокноте.

— Один раз. С «Броненосцем „Потемкин"». В «Студии». Это в пригородном районе Уэстклифф, там одни моды. Они нас возненавидели. В общем, я надеюсь, что меня в Саутенде не узнают.

Эльф включает радио. *Tremeloes* поют «Even the Bad Times are Good»[1].

— Вот почему эта фигня на пятнадцатом месте в чарте, а «Темная комната» — ни на каком?

— Потому что эта — в эфире. Кстати, партия фортепьяно неплоха.

— А где наш эфир? В «Темной комнате» партия фортепьяно — вообще улет.

— Сам себя не похвалишь, весь день как оплеванный ходишь.

— А хотя бы и похвалю.

— Понимаешь, это проблема курицы и яйца. Пока не войдешь в чарт, не дают эфир. А пока не дают эфир, не войдешь в чарт.

— А как же остальные группы?

Дин положил блокнот на грудь.

— Спят с диджеями. Заключают контракт с крупными лейблами, которые отстегивают радиостанциям приличные

---

[1] «Даже в плохие времена хорошо» *(англ.)*.

суммы. Ну или сочиняют суперклевые песни, которые сами себя играют.

Эльф покрутила ручку настройки, поймала последние аккорды самого популярного летнего хита. Голос диджея произнес:

«Скотт Маккензи, с цветами в волосах, все еще бредет в Сан-Франциско. Вы слушаете шоу Бэта Сегундо, радио „Синяя Борода“, сто девяносто восемь килогерц на длинных волнах. Спасибо нашим спонсорам, жевательной резинке „Дента-блеск“, с тройным вкусом мяты, а теперь еще и тутти-фрутти. У нас осталось время еще на один летний хит. Стиви Уандер, „I Was Made to Love Her“[1]. Как и все мы, мистер Уандер, как и все мы...»

Эльф выключила радио и вздохнула.

— А что не так со Стиви Уандером? — спросил Дин.

— Когда я слышу, что это не мы, меня мутит.

Дин открутил крышку-стаканчик термоса, налил себе холодной воды:

— Пить хочешь?

— Умираю от жажды. А ты с какой стороны пил?

— Понятия не имею. — Дин просунул стаканчик в просвет между сиденьями. — С товарищами по группе не жаль поделиться герпесом.

— А с каких пор ты так хорошо разбираешься в герпесе?

— Без комментариев.

Эльф выпила воду. Мимо проехала парочка на мотороллере.

— А скажи мне, пожалуйста, как Джасперу и Гриффу удалось отвертеться от этой почетной обязанности?

Дин вздохнул через нос:

— Грифф такой грубиян, что Левон боится выпускать его к людям. А Джаспер вечно как укуренный.

— Значит, нас с тобой наказали за то, что мы вежливые и в своем уме.

— Уж лучше с тобой, чем в Зверюге с Гриффом аппаратуру возить.

---

[1] «Я был создан, чтобы ее любить» *(англ.).*

200

Регулировщица на пешеходном переходе заботливо направляла малышей гуськом через дорогу.

Перышко Диновой ручки царапало по бумаге.

— Ты все еще сочиняешь? — спросила Эльф.

— Пытаюсь, — ответил Дин, — когда ты мне вопросов не задаешь.

— Дай посмотреть? А то мне так ску-у-у-у-у-у-чно...

Дин сдался и вручил ей блокнот.

> Визжат шутихи в небесах,
> И звездный рушится престол.
> Топор в недрогнувших руках
> Мою гитару расколол.
>
> Потом настал черед вертушки:
> Литл Ричард, хватит голосить —
> А-вуп-боп-а-лула-а-вуп-бам-бей! —
> Плеснул бензинчику из кружки,
> Чиркнул спичкой — и фюить!

Эльф улыбнулась.

— Ну, чего там? — спросил Дин.

— Хорошая строчка, «а-вуп-боп-а-лула...».

Дин облегченно вздохнул:

— А что ты...

— Ш-ш-ш, дай дочитать...

> Костер пурпурно пламенеет,
> В глазах горит пунцовый жар,
> Вся жизнь моя золою тлеет,
> Углями... Твой ноябрьский дар.
>
> «О лучшей жизни даже не мечтай
> И делай, что велю, — всегда, везде,
> Иначе будет хуже...» Ну, ступай,
> Поплачь об этом утренней звезде.

— Рентгеновский снимок души, — сказала Эльф. — Это ты об отце?

— Ну, не совсем... мм, типа того... Да.

— А название придумал?

— Наверное, «Тлеющие угли».

«Не слишком удачное», — подумала Эльф, глядя на строфы.

— Тебе не нравится? Предложи что-нибудь получше.

Эльф еще раз прочла строки:

— А если... «Пурпурное пламя»?

Дин погрузился в размышления.

Мимо проехал тягач с полуприцепом.

— Может быть.

— У тебя там даже пятистопный каталектический ямб.

— Ой, честное слово, я его лечу специальной мазью, только еще неделю нельзя заниматься сексом, пока все симптомы не пройдут.

Эльф постучала по странице:

— «О лучшей жизни даже не мечтай...» Видишь, безударный и ударный слоги чередуются: та-ДУМ-та-ДУМ-та-ДУМ-та-ДУМ-та-ДУМ. Та-ДУМ — это стопа. Если в стопе первый слог безударный, а второй — ударный, то стихотворный размер называют ямб. В строке пять стоп, поэтому ямб пятистопный. А когда чередуются первый, ударный, и безударный слоги — ДУМ-та-ДУМ-та-ДУМ-та, — это хорей.

— Так вот, значит, чему учат в школах для богатеньких... — Дин сунул в рот фруктовый леденец и предложил коробочку Эльф.

Она взяла леденец. Лимонный.

— В самых-пресамых лучших школах, вот как в той, где учился Джаспер, стихотворные размеры изучают на примерах греческой и латинской поэзии. Не только на английском.

— А в самых-пресамых худших школах, вот как в моей, учат курить, прогуливать, изворачиваться и тырить мелочь.

— Самые востребованные навыки трудовых ресурсов Великобритании. — Эльф перечитала стихи; рот заполнился лимонной слюной. — Тут нет ни припева, ни проигрыша...

— Я пока еще не понял, нужны ли они. Если у рентгеновского снимка души появится прилипчивый припевчик, то что станет с рентгеновским снимком души?

— «Поплачь об этом утренней звезде...» Очень проникновенная строка. Печальная.

— «Утренняя звезда» — это водка, которую глушил Гарри Моффат.

Дин никогда не принимал участия в обсуждении отцов, но на этот раз Эльф почувствовала, что обычно запертая дверь чуть приоткрылась.

— А если он с тобой свяжется... ну, скажем, если мы запишем эту песню... что ты будешь делать?

Дин долго не отвечал.

— В Грейвзенде я его время от времени видел, — сказал он наконец. — То в парикмахерской, то на рынке или на вокзале. Обычно я его просто игнорировал, это не так уж и трудно. С той самой ночи костров... — он кивнул на блокнот, — мы с ним не разговаривали. Ни разу.

— Даже на свадьбе Рэя и Ширли?

— Рэй все так устроил, что Гарри Моффат пришел в загс, а я — на банкет. Короче, «и с мест они не сойдут...». Так оно к лучшему.

Эльф снова посмотрела на стихи.

— Да, это не оливковая ветвь примирения, но эти строчки говорят: «Ты есть, и я все еще о тебе думаю». Если бы ты действительно о нем не думал, то не писал бы таких стихов.

Дин стряхнул пепел за окно.

«Кажется, он расстроился».

— Извини, если я что-то не так сказала.

— Нет-нет, все так. Понимаешь, мне просто завидно. Вот если ты хочешь что-то сказать, то прямо так и говоришь. Как у тебя получается? Это потому, что у тебя хорошее образование? Или все девчонки такие?

— Знаешь, посторонним всегда легко рассуждать об отношениях в чужой семье, — объяснила Эльф, обмахиваясь. — Но все-таки почему ты именно сейчас сочинил песню об отце?

Дин поморщился:

— Потому что внутри что-то говорит: «Теперь моя очередь» — и не отпускает до тех пор, пока с этим не разберешься. А у тебя разве не так?

«Надо же, а я-то думала, что знаю Дина...»

— Вроде того... Наверное, это все очень неоднозначно... Я Гарри Моффата имею в виду.

— Неоднозначно — не то слово. Вот встречаешь его в первый раз и думаешь: «Прекрасный человек, душа компании!» Потом узнаешь поближе и начинаешь понимать, что вроде бы все хорошо, но есть какая-то червоточинка. И только самые близкие и родные знают, почему у него нет настоящих друзей. Он пьет не чтобы захмелеть. Он пьет, чтобы выглядеть нормально. А то, что он считает нормальным поведением, на самом деле ужасно.

Мимо проехал мусоровоз. Два мусорщика с голыми торсами стояли на подножке; один — вылитый Экшн-мен, другой — типичный игрок в дартс.

— А почему твоя мама от него не ушла? — спросила Эльф.

Дин скривился:

— Так ведь позору не оберешься. Если женщина с детьми бросает мужа, значит она сама виновата. Ну, так многие считают. А еще мама тревожилась за меня с Рэем. Боялась, что в одиночку не сумеет нас обеспечить, что мы будем ходить в обносках, перебиваться с хлеба на воду, что она не сможет вывозить нас на отдых. Вдобавок при разводе только главный добытчик в семье может позволить себе хорошего адвоката. Ну а потом все время теплится какая-то извращенная надежда, что этого больше не повторится, что все случилось в последний раз, что муж подобреет...

— Это не извращенная надежда, а извращенная логика, — сказала Эльф.

— Согласен. — Дин вышвырнул окурок в окно. — И очень распространенная.

— А твой отец так и живет в доме, где ты вырос?

— Жил... А год назад попал в аварию, по своей вине. И что ты думаешь? Сам он отделался парой царапин, а вторую машину, «мини», смяло в лепешку. Ее водитель теперь в инвалидном кресле, а его дочь потеряла глаз.

— Боже мой, какой ужас, — ахнула Эльф.

— Угу. Оно рано или поздно должно было случиться. Ну, он сел за руль пьяным, поэтому страховая компания отказала в выплате компенсации и дом пришлось продать. Сейчас у него муниципальная квартира. Его уволили с цементного завода, он был вынужден обратиться за пособием. Забавно получилось, конечно. Он ведь потому и запрещал мне заниматься музыкой, чтобы я его не позорил. Мол, все музыканты — нищеброды и бездельники, сидят на пособии. А потом его приятели-алкаши перестали выставлять ему выпивку, из пабов его просто выгоняли... тут я и подумал: «Если бы это был не Гарри Моффат, то было бы жалко человека... Но это же Гарри Моффат. Он сам всю эту муть заварил, вот пусть сам и расхлебывает...»

— А он хоть куда-нибудь обращался за помощью?

— Рэй говорит, что он начал посещать собрания Общества анонимных алкоголиков. Не знаю, что из этого получится. Мне трудно представить Гарри Моффата без его «Утренней звезды».

Вернулся Левон, сел в машину и утер лицо носовым платочком в горошек.

— Обалдеть. Помнится, когда я проталкивал в чарты Бастера Годвина, все решалось с помощью коробки конфет и пары комплиментов. А теперь собственного сына-первенца им подавай. — Левон вытащил из бардачка конверт, вложил в него пять фунтовых купюр. — Вот, откровенная взятка.

— А может, лучше отдать деньги мне? — спросил Дин. — И вообще, не проще ли нам самим скупить все экземпляры нашего сингла?

— Увы, горькая правда заключается в том, что пока о «Темной комнате» никто не знает, поэтому наш сингл никому не интересен. За две недели мы должны его раскрутить. А значит, будем делать все, что потребуется. В данном случае я должен дать взятку болвану-директору магазина грампластинок в Слау, чтобы он подправил цифры продаж в нужную сторону. Более того... — Он повернулся к Эльф. — Ты пойдешь со мной и будешь строить ему глазки. А ты, Дин, будешь кадрить продавщиц на подвядшие розы. Готовы? Что ж, снова ринемся, друзья...

— Питер Поуп, — представился директор магазина «Аллегро», шлепая пухлыми рыбьими губами и поглаживая руку Эльф. — К вашим услугам.

На стереопроигрывателе крутилась пластинка. Энгельберт Хампердинк пел «There Goes My Everything»[1].

— Добро пожаловать в мою штаб-квартиру, так сказать.

Эльф высвободила руку:

— У вас великолепный магазин.

— А еще у нас филиалы в Мейденхеде и Стейнсе. По субботам торговля идет очень бойко. Верно, девушки?

— Совершенно верно, мистер Поуп, — хором отозвались две продавщицы, обе ровесницы Эльф, только с ногами подлиннее и с фигурами постройнее.

— Мммммм-р-р, — промурлыкал Питер Поуп. — У нас шесть кабинок для прослушивания. Шесть. А у наших конкурентов, рядом с вокзалом, всего три.

— В Слау и его окрестностях «Аллегро» — единственный музыкальный магазин с достойной репутацией, — заявил Левон. — Не желаете ли закурить, мистер Поуп?

Мистер Поуп взял предложенную пачку и спрятал ее в карман.

— У нас очень широкий ассортимент — от Эллингтона до Элвиса, от Элвиса до Элгара. Верно, девушки?

— Совершенно верно, мистер Поуп, — подтвердили продавщицы.

— Познакомьтесь, это Бекки-блондиночка и Бекки-брюнеточка, — сказал Питер Поуп. — Девушки, это мисс Эльф Холлоуэй — самый что ни на есть настоящий английский соловей.

— Приятно познакомиться, — сказала Эльф.

Улыбка Бекки-блондиночки говорила: «Ну, это мы еще посмотрим».

Улыбка Бекки-брюнеточки говорила: «Что с того, что ты в группе и что у вас вышел сингл? Вот сейчас ты просишь нас об одолжении».

— А это вам от «Утопия-авеню», — сказал Дин, вручая Ребеккам по букету.

— Надо же, дюжина алых роз, — сказала Бекки-брюнеточка.

---

[1] «Все потеряно» (англ.).

— И что же мы скажем нашим парням? — заволновалась Бекки-блондиночка.

— Что они самые везучие парни во всем Слау, Мейденхеде и Стейнсе, — ответил Дин.

Эльф чуть не стошнило от пошлой лести, но две Бекки переглянулись, как строгие судьи, невольно восхищенные ответом.

— Девушки, вас учет заждался, — заявил Питер Поуп.

— Да-да, мистер Поуп, — ответили они и ушли в подсобку.

Директор магазина повернулся к Левону:

— Итак, мистер Фрэнклин, где мой *dolce per niente*?[1]

Левон передал ему конверт с деньгами, который исчез в пиджаке мистера Поупа.

— Мисс Холлоуэй, у меня есть ваш альбом — «Ясень, дуб и терн». И он, и вы — восхитительные, совершенные творения!

Эльф старательно изобразила польщенную улыбку:

— Спасибо, мистер Поуп.

— А в моем кабинете стоит пианино. — Директор обратил глаза к двери. — Было время, когда в «Аллегро» продавали и музыкальные инструменты.

— Правда? — спросила Эльф. — А почему перестали?

— Эту часть бизнеса подло умыкнул мой брат... — Питер Поуп втянул щеки. — Да-да, ваши уши вас не обманывают.

— Как-то это не по-братски, — сказал Левон.

— Я игнорирую и коварного предателя, и его привокзальный свинарник, который он гордо именует музыкальным магазином. Нет, лучшая месть — это успех предприятия. Ах, мисс Холлоуэй, раз уж так случилось, что в моем заведении оказались и вы, и пианино, не соблаговолите ли сыграть? Так сказать, приватное выступление. Для меня лично.

— Видите ли, у нас все расписано буквально по минутам... — начал Левон.

---

[1] «Сладостное безделье» *(искаж. ит.)*, употреблено в смысле: «даровое лакомство, бесплатное угощение».

— Вне всякого сомнения, этот лакомый кусочек... — мистер Поуп погладил карман пиджака, — подправит статистику продаж, которую мы передаем составителям чартов еженедельника «Мелоди мейкер». Однако же приватная аудиенция с мисс Эльф Холлоуэй, включающая исполнение «Куда ветер дует», увеличит эту статистику... раз в десять.

От мистера Поупа воняло потом.

На лице Левона было написано: «Решай сама».

Ну не упускать же шанс! Может быть, «Темной комнате» удастся занять такое место в чартах, где ее заметят диджеи.

— Что ж, одну песню я для вас исполню.

— А мы будем подслушивать в замочную скважину, — словно бы в шутку заметил Дин.

Мистер Поуп победно сложил рыбьи губы трубочкой:

— В дверях моего кабинета замочной скважины нет!

Эльф решила не волноваться из-за пустяков. В конце концов, надо исполнить всего одну песню.

Из окон директорского кабинета, обставленного в бежевых тонах, открывался вид на мусорку на задворках. Вдоль стен стояли картотечные ящики, а напротив письменного стола красовалось черное фортепьяно, на котором стояла фотография в рамке. С фотографии глядела суровая особа в строгом костюме. Питер Поуп закрыл дверь и, понизив голос, произнес:

— Мисс Холлоуэй, я обязан вас предупредить... Ваш менеджер... по-моему, он... ну, вы понимаете... он из этих...

Эльф не собиралась обсуждать с управляющим сексуальную ориентацию Левона.

— Это его личное дело, мистер Поуп, и...

— То-то и оно! — воскликнул он, обдав Эльф яичным духом. — Дело! У его сородичей дело превыше всего. Вы же читали «Венецианского купца»?

Эльф растерялась. Прыщи на лице Питера Поупа напоминали потные пупырышки шрифта Брайля.

— «Венецианского купца»?

— Если ваш менеджер из этих... — Мистер Поуп ткнул сосисочным пальцем в дверь, — то на вашем месте я бы обеспокоился.

Внезапно замешательство Эльф рассеялось, и она сообразила, о чем речь.

— Погодите, вы... вы спрашиваете, не еврей ли он?

Питер Поуп раздул ноздри:

— Разумеется. Ну так что же, да или нет?

Эльф хотела возмущенно заявить, что Левон вовсе не еврей, но вовремя спохватилась. Отнекивание лишь усилит подозрения мистера Поупа. Но при чем тут евреи? Что в них плохого?

Питер Поуп торжествующе улыбнулся, довольный своей проницательностью и дедуктивными способностями.

— Они скрываются, а я их ищу. И нахожу. М-м-м-м-р. По носам.

— Что-что? Может, вам было бы проще, если бы их всех заставили нашить на одежду магендовид?

— Ах, нынешняя молодежь глотает пропагандистские россказни, как конфеты. Вот, судите сами. Кампанию за ядерное разоружение организовали евреи. Би-би-си заправляют евреи. ЛСД изобрели евреи. Боб Дилан — еврей. Брайан Эпстайн — еврей. Элвис Пресли тоже еврей. Вся ваша контркультура — ширма сионизма.

— Вы это серьезно?

— А кто, по-вашему, привел к власти Гитлера? Ротшильды! Они заранее знали, что концлагеря помогут основать государство Израиль. Во все века евреи манипулировали человечеством. Я написал обличительную статью для «Таймс», но цензура не пропустила.

— Может быть, вам не хватило убедительных доказательств? Улик, подтверждающих ваше заявление?

— Сионисты не оставляют улик. Они работают профессионально. Поэтому и ясно, что именно они заправляют всем и вся.

— То есть ваше главное доказательство — это отсутствие доказательств?

— Ой, не смешите меня. Ровно через сорок дней после того, как я отправил свою статью в «Таймс», мне предложили вступить в масонскую ложу Слау. Разумеется, я отверг предложение. Питер Поуп — человек неподкупный. — Он вытащил сигарету из пачки Левона и закурил.

«Чем быстрее я ему спою, тем быстрее уйду».

Эльф села за пианино и сыграла гамму, разминая пальцы.

...На последней строке у самого уха Эльф щелкнули ножницы. Эльф невольно отшатнулась. Питер Поуп держал двумя пальцами длинную прядь волос Эльф и придирчиво ее разглядывал. С похотливым видом. Эльф, больно ударившись коленкой, вскочила со стула и, вся дрожа, воскликнула:

— Что вы себе позволяете?

— Так ведь я же имею право на сувенир, — заявил Питер Поуп, крутя ножницы на пальце, и провел отрезанным локоном по сальной щеке. Эльф брезгливо передернулась, чем явно доставила ему удовольствие. — Волосы как у моей любимой матушки.

Эльф бросилась к двери. Ручка не подавалась. Кошмар! Она догадалась повернуть ее в другую сторону и, не оборачиваясь, выскочила в торговый зал. Обычная пятница в Слау.

На стереопроигрывателе крутилась пластинка. Лулу пела «Let's Pretend»[1]. Левон рассматривал джазовые альбомы. Дин заигрывал с Бекки-блондиночкой.

Звякнул колокольчик у входа, в магазин вошел покупатель.

— Быстро вы управились, — сказал Левон. — Все в порядке?

«Нет, этот извращенец отстриг у меня прядь волос!» — хотела сказать Эльф, но промолчала. Чем Левон поможет? Потребует у Питера Поупа вернуть прядь? Так она Эльф не нужна. Если заявить на мистера Поупа в полицию, Эльф поднимут на смех. Никаких законов директор магазина не нарушал. А если этот скользкий тип сообщит в «Мелоди мейкер», что продал не восемьдесят, а восемьсот экземпляров сингла «Утопия-авеню», то, вполне возможно, «Тем-

---

[1] «Давай притворимся» (англ.).

ная комната» окажется в первой полусотне еженедельного чарта.

— Воспоминания об этой приватной аудиенции я сохраню на всю жизнь, — заявил Питер Поуп, выходя из кабинета. Пряди волос на виду не было.

Эльф не нашла в себе сил что-нибудь ответить.

— Итак, мистер Поуп, — сказал Левон, — можем мы надеяться на вашу поддержку?

— Я никогда не нарушаю своего слова. — Питер Поуп улыбнулся Эльф, по-младенчески растопырил пятерню и снова сжал пальцы в кулак. — Залетайте к нам почаще, соловушка! — Рыбьи губы звонко причмокнули, посылая ей воздушный поцелуй.

Рыба на тарелке Эльф взирает в небеса. В ресторанчике на площади Севен-Дайалз по-обеденному шумно. Эльфина мама, Имоджен и Беа глядят на Эльф. «Тебя о чем-то спросили».

— Ох, простите, я задумалась. Меня отвлекла форель. Она очень похожа на директора музыкального магазина. В Слау.

— Судя по всему, он произвел на тебя неизгладимое впечатление, — говорит Эльфина мама.

— Мммммм... — Эльф вонзает вилку в форелий глаз.

Беа декламирует стихотворение Джона Бетчемана, написанное в 1937 году:

> — Ах, вот бы Слау разбомбить!
> Там людям невозможно жить,
> И для коров нет ни травинки...

Смерть, собирайся на поминки! — И добавляет: — Ну, потом, когда начались бомбежки, ему, наверное, было очень стыдно.

— Я как-то приезжала в Слау, — говорит Имоджен, деликатно промокая губы салфеткой. — На семинар. Город как город, бывают и похуже.

Беа накалывает на вилку корнишон:

— Вот так и вижу надпись на дорожном указателе: «„Добро пожаловать в Слау — бывают города и похуже“. Имоджен Холлоуэй».

— Только не Имоджен Холлоуэй, а Имоджен Синклер, — напоминает мама.

— Ой, я все время забываю, — говорит Беа. — Мам, тут вот осталась *un petit goutte*...[1] Допивай. — Она подливает шампанского в мамин бокал. — Все-таки не каждый день пятьдесят...

— Спасибо, солнышко, — говорит мама. — Только правильно говорить «une petite goutte», все-таки «капля» по-французски женского рода. А если ошибиться с родом, получается очень нелепо.

— Да, не только во французской грамматике, но и в некоторых клубах Сохо, — замечает Беа; мама и старшая сестра укоризненно смотрят на нее. — Ну, я об этом слышала. От Эльф.

— Очень смешно. — Эльф разделывает вилкой форель. — Кстати, пока я не забыла. Вам всем привет от Левона.

Эльфина мама расплывается в довольной улыбке:

— Обязательно передай ему привет от меня. Он так прекрасно вел себя на свадьбе Имоджен. Настоящий джентльмен. Одевается со вкусом, умеет поддержать интеллигентный разговор. Наверное, он очень хороший менеджер.

— Да, с ним нам повезло, — говорит Эльф. — Большинство менеджеров в шоу-бизнесе ведут себя как близнецы Крэй.

— Кстати, в сентябре и Беа покинет родное гнездо, — напоминает Имоджен маме. — Ты не собираешься вернуться на работу?

— Ох, у меня и так дел невпроворот: Ротари-клуб, Женский институт, сад... не говоря уже о вашем отце.

Беа отрезает кусочек киша.

— А ты не скучаешь без преподавания, Имми?

Имоджен отвечает не сразу:

— Ой, кажется, я чересчур задержалась с ответом.

— К семейной жизни не сразу привыкаешь, — говорит мама. — Вам с Лоуренсом просто нужно время. Не волнуйся, все наладится.

---

[1] Еще капелька *(искаж. фр.)*.

Имоджен набирает горошины на вилку:

— Ну, мы же знали, на что идем. Дом, семья и все такое.

— Ага, а рок-н-ролльным образом жизни мы будем наслаждаться опосредованно, через сестру, чьи песни занимают ведущие позиции в чартах.

Эльф фыркает:

— Нашим песням туда еще надо попасть!

— Ничего, успеется, — говорит Имоджен. — Вы же только начинаете.

Эльф берет горку пюре, добавляет к ней кусочек рыбы.

— Поп-группам успех как раз и нужен в самом начале. Поп-музыка — не кустарное производство, как фолк, а фабричный конвейер. Накладные расходы очень велики. Много денег уходит на оплату студийного времени, маркетинг и рекламу. Сорок девять групп из пятидесяти распадаются, так и не дождавшись славы.

— Вот вы как раз и станете пятидесятой, — говорит Имоджен. — Все наши знакомые только и говорят что о вашем выступлении на свадьбе.

— Мне очень понравилась твоя «Мона Лиза», — говорит Эльфина мама. — Прямо мурашки по коже. А почему ее не выпустили синглом?

«Хороший вопрос».

— Потому что в «Утопия-авеню» есть еще два человека, которые пишут песни, и каждому хочется порулить.

— А как вы решили, какой сингл выпускать первым? — спрашивает Беа.

Три месяца назад, на другой день после концерта в Грейвзенде, Эльф сразу подумала: «Синглом должна стать „Мона Лиза“». Проблема заключалась в том, что Дин предлагал «Оставьте упованья», а Джаспер — «Темную комнату».

— Представьте, что я — Виктор Френч, — сказал Левон. — Убедите меня в том, что именно эту песню надо выпустить синглом.

— В «Оставьте упованья» классные партии, — сказал Дин. — Она дает возможность каждому из нас продемонстрировать свой талант. Ну и мне больше всех нужны деньги.

Эльф даже не улыбнулась.

— Если первым синглом выпустить «Оставьте упованья», то нас объявят блюзовой группой. И вообще, эта песня звучит слишком по-мужски.

— А «Мона Лиза» — по-женски, — возразил Дин.

— Парни все равно будут слушать «Утопия-авеню», потому что у нас в основном мужской состав. А вот если выпустить синглом «Мону Лизу», то и девчонки его тоже купят.

— Зато «Темная комната» — психоделическая, — в свою очередь сказал Джаспер. — В самый раз для британского Лета Любви.

Над письменным столом Левона тикали часы.

— Любая из этих трех песен может стать хитом, — сказал Левон. — Всем бы такие проблемы. Грифф, ты как?

— Не знаю, — сказал Грифф. — Но надо решить по справедливости. Вон, группа Арчи Киннока развалилась, потому что Арчи и Ратнер постоянно ругались из-за дележки авторских.

— А что ты предлагаешь? — спросил Дин. — Свалить все деньги в одну кучу и поделить поровну?

— Может, поставить авторами всех троих? — предложил Джаспер. — Вот как Леннон—Маккартни или Джаггер—Ричардс.

— Вот мы с Брюсом так и сделали, когда записывали альбом «Флетчер и Холлоуэй», — сказала Эльф. — Только из-за этого возникло множество проблем, и легче не стало. А если бы альбом хорошо продавался, то было бы еще хуже.

— Что ж, можно попросить, чтобы в «Илекс» сами нашли выход из положения, — сказал Левон. — Пусть там решают сами.

— Нет уж, спасибо, — возразил Дин. — Музыка наша, нам и решать.

— Давайте бросим жребий, — заявил Джаспер.

— Ты... ты ведь это на полном серьезе предлагаешь, — догадался Левон.

— Да. Первым синглом будет песня того, кто выбросит больше очков на одной игральной кости, а второй и третий синглы — в порядке убывания.

— Бред какой-то, — сказал Дин. — Даже по твоим меркам.

— Одна игральная кость. Никто никого не винит. Никто ни с кем не ссорится. Почему это бред?

Эльф взглянула на Дина, тот взглянул на Левона, а Левон взглянул на Эльф.

Джаспер выложил на журнальный столик игральную кость — красный кубик с белыми точечками.

— Эх, чудило ты, де Зут, — сказал Грифф.

— А это хорошо или плохо? — спросил Джаспер.

Грифф пожал плечами, улыбаясь и удивляясь одновременно.

Дин взял кубик:

— Ну что, так и сделаем?

— Странно, конечно, — сказал Левон, — зато по справедливости.

— Все равно лучше, чем устраивать жуткую грызню, а в итоге ничего не решить, — согласилась Эльф.

— Ну, жеребьевкой решают и вещи посерьезнее, — добавил Грифф.

— В таком случае я — за, — сказал Дин. — Давайте бросим жребий.

Помолчав, трое остальных согласно кивнули.

Левон вскинул руки, мол, сдаюсь.

— Ладно. Только «Илексу» об этом ни слова. И журналистам не проболтайтесь. Это... чересчур эксцентрично. Ну, кто начнет?

— Я, — сказал Джаспер. — Владелец кубика бросает первым, и дальше по часовой стрелке.

— Ха, — фыркнул Дин. — Можно подумать, тут есть какие-то правила.

— Да, есть, — ответил Джаспер. — Первое: если выпадет одинаковое количество очков, то перебрасывают только те, у кого оно выпало. Второе: если кубик падает со стола, то тот, кто бросил, делает второй бросок. Третье: кубик надо пять секунд потрясти в сложенных руках, а потом бросить, а не положить на стол. И четвертое: результат окончательный и обжалованию не подлежит. И чтобы без нытья, жалоб и требований повторить.

— Фигассе, — сказал Дин. — Ладно. Давай бросай первым, владелец ты наш.

Джаспер сосредоточенно потряс кубик в сложенных ладонях и бросил. Выпало три очка.

— Могло быть хуже. — Дин сгреб кубик. — А могло быть и лучше. — Он поцеловал сложенные ладони, потряс и бросил. Кубик, подскакивая, прокатился по столу и остановился на двойке. — Черт!

Эльф без всяких ритуальных приготовлений потрясла кубик в горсти и бросила на стол. Кубик упал на стекло шестеркой вверх... скользнул к краю и свалился на пол.

— Бросай еще раз, — сказал Дин. — Второе правило. Ну, давай бросай.

— Я пока еще не глухая. — Эльф снова бросила кубик. Выпало одно очко.

— Мы бросили жребий, — признается Эльф в ресторане на площади Севен-Дайалз. — На игральных костях.

— На игральных костях? — уточняет мама. — На костях?!

— Нам показалось, что так лучше, чем кто кого переорет.

Беа грызет стебель сельдерея.

— А ваш лейбл об этом знает?

— А им об этом знать ни к чему. Вдобавок Виктор — ну, тот, кто заключал с нами контракт, — сам хотел, чтобы первым синглом была «Темная комната». Наверное, сейчас он об этом жалеет, потому что результатов никаких.

— Но вы же не бездельничаете! — возмущенно восклицает мама. — Вы так много работаете!

— Да, мы выкладываемся по полной. — Эльф допивает выдохшееся шампанское. — Но пока нам похвастаться нечем.

— Неправда. — Имоджен раскрывает свежий номер журнала «Мелоди мейкер» и зачитывает рецензию: «Берем лучшее у *Pink Floyd*, плеснем немного *Cream*, приправим щепоткой Дасти Спрингфилд, хорошенько перемешаем, дадим настояться — и получится „Темная комната“, потрясающий дебютный сингл новой группы „Утопия-авеню“. Судя по всему, их ждет большое будущее».

— Ну, хорошая рецензия всегда лучше плохой. — Эльф большим пальцем приминает крошки на столе. — Но пока сингл не пойдет в эфир, мы просто четверка безымянных новичков.

— Да ладно, не бойся! — говорит Беа.

— Мне нравится работать в студии, особенно когда ребята не валяют дурака. Я обожаю выступать с концертами. Мы помогаем друг другу сочинять песни. Но все эти скользкие типы, с которыми приходится встречаться и которых нужно улещать, акулы и живоглоты, бесконечные разъезды, ощущения, что до тебя никому нет дела... все это очень утомляет. Да, мам, я помню, ты меня предупреждала.

— Я рада, что ты это все-таки признаешь.

— Я даже больше скажу: в отличие от Дина и Джаспера, мне очень повезло — у меня есть родители, которым не безразлична судьба их ребенка. Ой, я несу всякую чушь. Наверное, это шампанское виновато.

— А, раз уж ты все валишь на шампанское, то и я последую твоему примеру, — говорит Эльфина мама. — Когда ты сказала, что бросаешь университет ради карьеры фолк-исполнительницы, мы с отцом немного расстроились.

— О-о-о-очень мягко сказано, — протяжно выпевает Беа.

— Мы за тебя волновались. Боялись, что тебя обманут. Что ты...

— Что ты окажешься на мели и в интересном положении, — суфлерским шепотом подсказывает Беа.

— Спасибо, Беа. Но все наши страхи были напрасны. Одна из твоих песен включена в популярный американский альбом, который продается гигантскими тиражами. Ты записала два мини-альбома. На ваш концерт в Бейзингстоке придут шестьсот человек. Несмотря на все трудности, ты добилась того, чего хотела. Поэтому я — мы — и отец тоже, хотя он этого и не скажет, — мы за тебя очень рады.

— Вот видишь! — говорит Беа и поднимает бокал. — Все будет хорошо. — (Все четверо чокаются.) — За «Темную комнату».

Эльф запечатлевает воспоминание.

Кашлянув, Имоджен говорит:

— Кстати, об интересном положении...

Эльф, Беа и мама смотрят на нее.

В ошеломлении у всех невольно приоткрываются рты.

— Я хотела сказать вам за кофе, — признается Имоджен, — но и на меня шампанское подействовало...

«Я скоро стану тетей...» На Денмарк-стрит жарко, как в паровозной топке, и пахнет гудроном. В горячем влажном воздухе голуби не машут, а гребут крыльями. Эльф, одурманенная шампанским и подбодренная кофе, переходит Чаринг-Кросс-роуд. Двери книжного магазина «Фойлз» распахнуты, чтобы проветрить сумрачный зал. Эльф так и тянет побродить по лабиринтам стеллажей... «Но еще одна стопка нечитаных книг нужна мне, как грибковая инфекция...» Она идет сквозь длинную арку-туннель под пабом «Геркулесовы столпы» в конце Манетт-стрит. Скучающий рент-бой говорит: «Очаровательная шляпка, милочка!» Эльф благосклонно кивает. На Грик-стрит воняют засоренные водостоки. Короткие рукава. Короткие юбки. Две карибки оживленно болтают на своем наречии. У одной на руках грудной младенец. Девочка. Ребенок икает, срыгивает струйку молока на плечо маме.

«Я скоро стану тетей...» Эльф торопливо шагает по Бейтман-стрит, сворачивает за угол, где в газетном киоске продают зарубежную прессу. «Le Monde», «Die Welt», «Corriere della Sera», «De Volkskrant». Когда-то они с Брюсом мечтали о Париже. Брюс сейчас там... «А я здесь надрываюсь, как дура, впариваю никому не нужный сингл...» Над мусоркой жужжат мухи. Пробегает любопытная крыса. Из открытой двери музыкального магазина «Андромеда рекордз» доносится «White Rabbit»[1] группы *Jefferson Airplane*. Эльф борется с желанием зайти и посмотреть, сколько экземпляров «Темной комнаты»... потом все-таки сдается и заходит в магазин. На полке с новыми релизами — четырнадцать штук. А было шестнадцать. За два часа продали два экземпляра. Если такое происходит, к примеру, в пяти сотнях магазинов по всей стране, значит с одиннадцати утра продали тысячу штук. А за восьмичасовой рабочий день — четыре тысячи. «Умножить на шесть дней, вот тебе и двадцать че-

---

[1] «Белый кролик» *(англ.)*.

тыре тысячи... Ага, размечталась...» В Сохо хотя бы знают «Утопия-авеню». А вот сколько экземпляров сингла продадут такие, как Питер Поуп? Расстроившись, Эльф выходит из магазина.

«Ну и пусть... Зато я скоро стану тетей...»

За окном кафе «Примо» парень кормит девушку мороженым с длинной ложечки, над высокой креманкой сандея «Никербокер глори». Она начисто вылизывает ложечку. Он невзрачный. Она великолепна, как волчица. «Жаль, что я — не он». Эльф отгоняет непрошеную мысль и пересекает Дин-стрит, сворачивает на Миард-стрит. Улица превращается в сумрачный переулок; какая-то шлюха, просунув палец за брючный ремень клиента, тянет его к себе, в приметную дверь. Из переулка Эльф попадает на солнечную сторону Уордур-стрит. На лотках зеленщика рубиново сияет черешня. Эльф становится в очередь. Неподалеку телефонная будка с выбитым стеклом. Женщина истошно орет в трубку: «Какое непорочное зачатие, Гэри?! Ты и есть отец! Ты же ОБЕЩАЛ! Гэри? ГЭРИ!!!» Крик обрывается. «Традиционный сюжет фолк-песни», — думает Эльф. Женщина выбегает из телефонной будки. Потеки туши на щеках. Женщина беременна. Она рыдает, скрывается в толпе уличного рынка. Телефонная трубка болтается на шнуре, как висельник.

«Я скоро стану тетей...» Эльф просит четверть фунта черешни. Зеленщик взвешивает фрукты, вручает ей коричневый бумажный пакет, кладет в карман монеты:

— А ты сегодня какая-то бледненькая, деточка. Видать, прожигаешь жизнь почем зря. Смотри только дотла не прожги.

Эльф запоминает фразу — вдруг да пригодится — и шагает по Питер-стрит. Сует в рот черешню, надкусывает. Сквозь согретую солнцем кожицу сочится лето. Эльф выплевывает косточку. Косточка падает в водосток.

По Бродуик-стрит движется похоронная процессия. Эльф отступает в распахнутую дверь прачечной самообслуживания, пропускает кортеж. Миссис Хьюз, в бигудях и с неизменной сигаретой в зубах, несет корзину выстиранного белья.

— Нелли Макрум на прошлой неделе померла. Ее родня держит закусочную на Уорвик-стрит. — Миссис Хьюз стряхивает пепел на тротуар. — Пошла, как обычно, делать укладку к Бренде, вздремнула под сушкой да и уснула вечным сном. Повезло.

— Почему же повезло? — удивляется Эльф.

— За укладку платить не пришлось.

Катафалк проезжает мимо. За телами живых Эльф замечает гроб.

— В твоем возрасте, деточка, — говорит миссис Хьюз, — думаешь, что старость и смерть случаются только с другими. А в моем возрасте думаешь: «И куда оно все подевалось?» Если хочешь что-то сделать, делай, не откладывай. Потому что придет и твой черед сыграть в ящик. Никакие врачи и никакие диеты от этого не спасут. Смерть придет. Внезапно, вот так. — Она громко щелкает пальцами, и Эльф моргает.

Ливония-стрит — тупиковая мощеная улочка, откуда через подворотню попадаешь в Портленд-Мьюз. По ней ходят только местные жители или же заблудившиеся туристы. Эльф вставляет ключ в замок двери с номером «9», между лавкой скрытного слесаря-замочника и портняжной мастерской, где заправляют русские сестры-белошвейки. Квартира Эльф на третьем этаже, над квартирой мистера Уотни, вдовца, который живет со своими обожаемыми корги, держится особняком и глух как тетерев, — прекрасное соседство для профессионального пианиста. На коврике в замызганном холле лежат три письма и счет, все на имя мистера Уотни. Эльф кладет их на полочку у двери соседа и по выщербленным ступенькам поднимается на два лестничных марша к своей квартире. В прихожей аккуратно стоят туфли Энгуса, а по радио Фэтс Домино поет «Blueberry Hill»[1].

— Это вы, мисс Холлоуэй? — окликает Энгус из ванной.

— Да, мистер Кирк. — Эльф сбрасывает туфли.

---

[1] «Черничный холм» (англ.).

— На случай, если вы с гостями, предупреждаю: я нагишом. — У Энгуса ярко выраженный выговор шотландских горцев.

— Вольно, гвардеец. Я одна. — Эльф оставляет сумочку и шляпу на вешалке в прихожей и заходит в ванную, полную пара.

Энгус сидит в ванне и читает журнал «Оз». Шапка пены прикрывает его пах.

— Твой целомудренный покров формой напоминает Антарктиду, — говорит Эльф, усаживаясь на табурет. — А сам ты красный, как вареный рак.

— Как прошел ланч?

— Я скоро стану тетей. Имоджен беременна.

— Замечательная новость, правда?

— Правда.

— Научишь малютку сворачивать косячки. А когда об этом узнает Имоджен, то кроха скажет: «Мам, а тетя Эльф говорит, что можно!»

Эльф шевелит пальцами ног. Ноги устали от каблуков.

— Что сегодня в «Паласе»?

— В первом зале — «Полуночная жара», а во втором я кручу «Бонни и Клайд». Если хочешь, могу тебя провести.

— У нас концерт в Бейзингстоке.

— А ты скажи, что свидание с горячим шотландским парнем для тебя важнее.

— Увы, не получится. Шестьсот билетов уже распроданы.

Энгус восхищенно хмыкает.

— Когда тебе выходить?

— В пять. Зверюга стоит у Джаспера. А ты начинаешь в шесть?

— Да, но мне еще надо зайти домой и переодеться, так что я уйду в четыре.

Эльф смотрит на часы:

— Сейчас почти половина третьего, значит... у нас с вами есть девяносто минут, мистер Кирк.

— Можно сыграть три партии в скрэббл.

— Или сварить двадцать яиц, одно за другим.

— Или послушать «Сержанта Пеппера». Два раза.

Эльф садится на край ванны, запрокидывает Энгусу голову и целует его. Вспоминает волчицу за окном «Примо». Открывает глаза — проверить, смотрит ли на нее Энгус. Брюс всегда на нее смотрит. «Смотрел». А Энгус никогда не смотрит. Поэтому она чувствует, что держит ситуацию под контролем.

— Под толщей ледового щита Антарктики, — нараспев начинает Энгус, — в студеных океанских глубинах просыпается древнее зло...

Энгус дремлет. Эльф размышляет, каково это — быть парнем. Подушка придавливает Энгусу щеку. Каждый новый любовник дает тебе урок. Энгус учит, что доброта сексуально привлекательна. Радиостанция «Синяя борода» передает песню *The Beach Boys* «Don't Talk (Put Your Head on My Shoulder)»[1]. Если вдуматься, песня гораздо страннее, чем кажется поначалу. Над кроватью игрушка-подвеска: дикие лебеди кружат в вечном полете сквозь время. Ее подарила Беа, на новоселье. Энгус всхрапывает во сне. Эльф нравится этот неуклюжий шотландец с глубоко посаженными глазами. Они познакомились в мае, в июне он пару раз заночевал у нее, а теперь почти все время проводит здесь. На прошлой неделе она познакомила его с остальными. Дину он понравился, и Джасперу тоже. Грифф держался настороже. Для Эльф в новинку встречаться с человеком, который далек от музыки. Энгус считает музыку волшебством, что в его глазах делает Эльф волшебницей. Она не питает к нему такой же безумной любви, как к Брюсу, но ей достаточно и того, что он ей нравится. Вдобавок это еще одно доказательство, что ей нравятся мужчины, а значит, голос в автобусе 97-го маршрута все врал. И все, сказанное им, неправда.

«Верно же?

Естественно».

Эльф закуривает сигарету, выдувает дым на лебедей. «Слава богу, что есть противозачаточные таблетки и жен-

---

[1] «Не говори (Положи голову мне на плечо)» *(англ.)*.

щины-врачи, которые выписывают на них рецепты». *The Beach Boys* завершают свои гармонии, а следующая песня настолько знакома, что Эльф несколько секунд не понимает, что это, а потом несколько секунд не верит своим ушам.

Из радиоприемника «Хэкер» льются звуки «Темной комнаты»: аккорды Эльфиной «фарфисы»; Дин на бас-гитаре; Грифф на барабанах; Джасперовы слова, неоднозначные, как у Леннона: «В этой темной комнате ты проявила душу...»

У Эльф заходится сердце.

«ЭТО МЫ!»

«...где черное и белое меняются местами...»

Неизвестно, какова аудитория пиратских радиостанций, но сейчас «Утопия-авеню» наверняка звучит в десятках тысяч радиоприемников. Сколько человек ее услышат? Пятьдесят тысяч? Сто тысяч? «А если им не понравится? А если они поймут, что я притворяюсь? А если она им понравится? А если все вдруг бросятся покупать сингл?» Ей хочется спрятаться. Хочется продлить удовольствие, наслаждаться этим уникальным ощущением. Хочется рассказать об этом все знакомым...

— Энгус!

— А... что... кто...

— Слушай! Радио!

Энгус слушает:

— Это вы.

Эльф ошеломленно кивает. Они слушают песню до конца. Голос Эльф выводит заключительные строки припева, и затем Бэт Сегундо объявляет:

— Прозвучало феерическое поп-великолепие «Темной комнаты», новой композиции британской группы «Утопия-авеню». Суперактуальные, в духе времени, и мы прочим их в топ чартов этой недели, совместно с нашим спонсором, «Рокет-кола», топовым напитком для топовых тусовок, и, если вас не продрал мороз по коже, срочно обращайтесь к врачу — кто знает, может, вы уже покойник. А перед этим *The Beach Boys* исполнили для вас «Don't Talk (Put Your Head on My Shoulder)». Теперь, прежде чем мы перейдем к выпуску новостей...

Энгус выключает радио.

— Вы выступите на «Вершине популярности».

— Ага, если за мной пришлют лимузин, — говорит Эльф.

Энгус без улыбки смотрит на нее.

— Шучу, — добавляет Эльф.

— А я не шучу, — говорит Энгус. — Это слава.

«Даже и не мечтай», — мысленно предупреждает себя Эльф.

Дин хватает трубку:

— Нас только что крутил Бэт Сегундо!

— Ага! А Джаспер слышал?

— Не знаю. Он ушел. А Грифф еще не пришел. Слушай, как мне назвать своего первенца — Бэт или Сегундо?

— Дин Бэт Синяя Борода Сегундо Мосс.

— Эльф, началось! Я вот прям чувствую...

— И я тоже!

Дин хохочет:

— О господи... я... Радио! Мы! *The Beach Boys!*

— Я позвоню в «Лунный кит».

— Давай.

Бетани берет трубку:

— Агентство «Лунный кит», добрый день!

— Бетани, Бэт Сегундо запустил «Темную комнату»!

— Ты слышала?! — восторженно спрашивает Бетани.

— Слышала! — смеясь, отвечает Эльф.

— Соединяю с Левоном.

Левон доволен, но говорит учтиво и по-канадски сдержанно:

— Поздравляю. Это начало начала. Вы стартовали.

— А ты знал?

— Как ни странно, нет. Хотя с утра звонил Виктор Френч, сказал, что Джон Пил включил «Темную комнату» в завтрашний выпуск своей программы «Душистый сад». Значит, Бэт его опередил. В общем, «Утопия-авеню» попадет в эфир дважды, но и одного раза достаточно, чтобы запустить цепную реакцию. Министерство внутренних дел...

Энгус стоит в дверях, прощально машет рукой. Эльф посылает ему воздушный поцелуй. Энгус делает вид, что поражен в самое сердце, и, притворно пошатываясь, уходит.

— ...вот-вот объявит пиратские радиостанции вне закона, так что больше не будет ни «Радио Лондон», ни «Радио Синяя Борода». Но мне по секрету сообщили, что Биби-си ведет переговоры с Джоном Пилом и Бэтом Сегундо. Им предлагают работу на «Радио-Один». Я знаком с обоими, так что хорошо бы на следующей неделе с ними отобедать. У тебя найдется время?

— Еще бы!

— Отлично, тогда я все организую. И... ох, прости, Бетани говорит, что «Илекс» на второй линии.

— Ну, тогда все.

— Увидимся у де Зута.

Из кухонного окна Эльф смотрит, как Энгус выходит из дома на Ливония-стрит и, не оглядываясь, сворачивает на Беруик-стрит. Эльф идет в ванную и спрашивает свое отражение, не приснилась ли ей «Утопия-авеню» по радио.

— Нет, не приснилась, — отвечает отражение.

— А ты не изменишься, если я прославлюсь?

— Поцелуй меня, — говорит отражение.

Эльф целует его в губы.

«Джаспер прав... Зеркала — странная штука».

Отражение смеется. Эльф идет в спальню заправить постель, но Энгус сам это сделал. Эльф возвращается на кухню, наливает стакан молока и слышит, как в двери поворачивается ключ. Энгус что-то забыл. Пальто, наверное...

— Привет, Вомбатик!

Пол кренится, как палуба в шторм.

— Эй, у тебя молоко пролилось! — говорит Брюс.

«И правда пролилось...»

Эльф ставит бутылку на стол.

— Ну, попробуем еще раз. Привет, Вомбатик! — говорит Брюс.

Все очень и очень тихо.

— Как... откуда...

— Ночным паромом. — Он сбрасывает рюкзак под вешалку. — С самого Кале во рту ни крошки. За бутерброд с ветчиной и сыром я сделаю все что угодно. А у тебя как дела? — Он откидывает со лба густые золотистые волосы. Загорелый, выглядит старше. — Боже мой, как я по тебе соскучился.

Эльф пятится, натыкается на кухонный шкафчик:

— Погоди... я...

Брюс недоуменно смотрит на нее, потом что-то соображает:

— Я же посылал тебе открытку. Ты не получила?

— Нет.

— Скажи спасибо Королевской почте. А может, это французский *facteur*[1] виноват. — Брюс подходит к раковине, ополаскивает лицо, наливает в кружку воды, пьет. Окидывает Эльф взглядом. — Новая прическа? Кстати, а ты сбросила пару фунтов. — Он ложится на диван, потягивается, демонстрируя мускулистый живот. — Если нет ветчины, то можно просто сыр с пикулями.

Эльф чувствует себя актрисой, попавшей в незнакомую пьесу.

— Ты что, забыл? Ты меня бросил и уехал в Париж.

Брюс морщится:

— Бросил? Мы же творческие люди! Нам был нужен воздух. Простор...

— Ну уж нет, — заявляет она, стараясь, чтобы голос звучал как можно жестче. — Ты меня бросил. Ты разбил мне сердце. Так что не смей делать вид, будто последних шести месяцев не было.

Он шутливо корчит покаянную рожицу, будто говоря: «Я что, наказан?»

— Я не шучу.

Покаянное выражение исчезает.

— Я думал, ты обрадуешься. Приехал на Чаринг-Кросс — и прямиком к тебе. Я...

— Может, Ванесса обрадуется. А у меня совсем другие чувства.

---

[1] Почтальон *(фр.)*.

226

Брюс изображает на лице глубокую задумчивость, якобы припоминая имя:

— Кто? А, эта... Да ладно, Вомбатик, тебе не идет ревность.

«Значит, она его бросила».

— Тогда иди к Какбишу.

— Какбиш в Греции. Ну и потом, люди меняются...

— А может, я тоже изменилась.

Брюс делает вид, что не слышит.

— Кстати, про «Утопия-авеню» классная рецензия в «Мелоди мейкер». Видела? Я угощусь? — Он берет сигарету из пачки «Кэмел» на журнальном столике, закуривает.

Эльф хочется вырвать у него сигарету.

— Да уж, это не выступление в ислингтонском фолк-клубе. Рад за тебя.

Эльф почему-то совсем не хочется рассказывать ему про «Темную комнату» и Бэта Сегундо.

— Слушай, у нас сегодня концерт...

— Класс. Я поеду с вами, буду охранять твою сумочку. Могу сыграть, если вам нужен гитарист. А где концерт?

— В Бейзингстоке, только...

— Это какое-то мифическое захолустье?

Эльф вздыхает. «Надо сказать».

— Брюс, ты меня бросил. Между нами все кончено. Кончено, понимаешь? Верни мне ключи.

Брюс изгибает бровь, как учитель, ждущий правдивого ответа.

— А, значит, у тебя уже кто-то есть?

— Верни ключи. Пожалуйста.

Эльф ненавидит себя за это «пожалуйста».

Самоуверенность понемногу покидает Брюса. Взрыкивает и умолкает холодильник.

— Что ж, что можно одному, сойдет и для другого. — Он кладет ключ на подлокотник дивана. — Извини. За февраль. За все. Чем больше я виноват, тем больше хорохорюсь. У меня нет волшебной палочки, чтобы все исправить... — У него дрожит голос. — Чтобы вернуть дуэт «Флетчер и Холлоуэй».

У Эльф перехватывает горло.

— Верно.

— Но самое страшное — думать, что ты меня ненавидишь. В общем, прежде чем я пойду бросаться с моста Ватерлоо... — Он делает отважное лицо. — Может... давай простимся, как друзья.

«Осторожно!»

Эльф скрещивает руки на груди:

— Твои извинения на пару месяцев запоздали, но так и быть. Расстанемся, как друзья. Прощай.

Брюс закрывает глаза. Эльф с изумлением видит, что у него по щекам текут слезы.

— Господи, как же я себя иногда ненавижу!

— Я разделяю твои чувства. Иногда.

Он утирает глаза полой стариковской рубахи:

— Ох, извини, Эльф. Просто... я тут влип...

«Наркотики? Сифилис? Нелады с полицией?»

— Во Франции все пошло наперекосяк. На Елисейских Полях меня избили копы. Мою гитару украли. Мой сосед по квартире смылся, прибрав все деньги и прочее барахло. У меня осталось два франка семь сантимов, восемь шиллингов и трехпенсовик. Я... я зашел к Тоби Грину... — Брюс багровеет и обливается потом. — Попросил его секретаршу проверить авторские отчисления за «Пастуший посох».

— Там не много.

— Да, даже на пакетик голубиного корма не хватит. Я, конечно, не имею права тебя о чем-то просить, но... честное слово, мне больше некуда деваться. — Он глубоко вздыхает, пытается успокоиться. — Я... я тебя умоляю. Помоги мне, пожалуйста. Хоть чем-нибудь...

Приз

•

— Добрый вечер, дамы и господа, добрый вечер! Приветствуем вас на еженедельной передаче «Вершина популярности»! Надеюсь, вы все довольны и счастливы, а если нет, то следующие полчаса наверняка доставят вам море удовольствия. — Джимми Сэвил трясет золотистой шевелюрой, улыбается в телекамеру. — Итак, мы начинаем с бодрой энергичной песни в исполнении одной из лучших групп этого лета. И предупреждаю, господа, с экранами ваших телевизоров все в полном порядке — за электроорганом действительно девушка и к тому же невероятно обворожительная! Поприветствуем же, номер девятнадцать в чарте, дебютная композиция «Темная комната» — единственные, неподражаемые, неповторимые — «Утопия-авеню»!

Загорается табло «АПЛОДИСМЕНТЫ»; зал взрывается одобрительными воплями; Джаспер со сцены косится за кулисы, где стоят Левон, Беа, Динова подружка Джуд и Виктор Френч из «Илекса». «Понеслись!» В колонках звучит вступление, тридцать или сорок молодых людей, одетых по последней моде и отобранных специально для танцпола, начинают раскачиваться под аккорды Эльф, которая имитирует игру на отключенной «фарфисе». Джуд и Беа три дня придумывали костюм Эльф: наряд американской индеанки — замша, бахрома, бисер, волосы перехвачены расшитой кожаной лентой. Дин в длиннополом тускло-розовом сюртуке, купленном в магазине «Зефирная крикетная бита», глядит в камеру, по-элвисовски кривит верхнюю губу. Грифф, в просторной рубахе джазмена и психоделическом жилете, машет палочками за ударной установкой; барабаны заглушены резиновыми прокладками, пластмассовые тарелки издают «тш-ш-ш-ш-ш!». Вокал. Джаспер склоняется к микрофону, шевелит губами под фонограмму. Вторая камера подъезжает к Эльф. Продюсер сказал Эльф, что до нее в передаче не было женщин-музыкантов, только певицы. Джаспер придвигает микрофон:

> В темной комнате, как во сне,
> Проявляют покровы века,
> Иерусалим в восточной стороне,
> А на западе — Мекка.

У второго микрофона Дин с Эльф изображают припев. Дин наставляет палец на объектив камеры, на миллионы телеэкранов по всей Великобритании. После проигрыша третья камера наезжает на Гриффа за барабанами, а потом следует гитарное соло Джаспера. Он играет на неподключенном «стратокастере», как на обычной сцене, со всеми дисторшн-эффектами и растушевкой. Эльф и Дин затягивают последний припев, на середине его обрывают восторженные крики. «АПЛОДИСМЕНТЫ». Три минуты истекли.

Группу торопливо выпроваживают за кулисы, а на соседней сцене Джимми Сэвил, окруженный девицами в мини-юбках, готовится объявить очередных исполнителей.

— Ну и как вам это, дамы и господа? «Темная комната», группа «Утопия-авеню». Превосходно! Так, ну-ка... ну-ка... ну-ка... Ну-ка, угадайте наших следующих гостей и название их песни! Три подсказки. Во-первых, они *маленькие*. Во-вторых, у них есть *лица*. А в-третьих, они *чешутся* и живут в *парке*! Кто же это? Ну конечно же это The Small Faces со своим хитом «Itchycoo Park»!

Из-за кулис Джаспер и Грифф смотрят, как Дайана Росс и *The Supremes* исполняют под фонограмму «Reflections»[1]. Джаспер видит белки глаз Дайаны Росс. К Джасперу с Гриффом присоединяется Эльф. В сравнении с Дайаной Росс, Мэри Уилсон и Синди Бердсонг все остальные выглядят как самодеятельность. «И мы тоже». Черная кожа и серебристые платья прекрасно смотрятся на экранах черно-белых телевизоров. Джаспер — как и вся Великобритания — заворожённо вбирает в себя их изящные, уверенные движения и минимализм хореографии. Они словно бы воплощают в себе песню, подчеркивают ее звучание, заставляют верить в нее. На слух Джаспера, все остальные в передаче — *Small Faces* со своей «Itchycoo Park», *Traffic* с «Hole in My Shoe»[2], *The Move* с «Flowers in the Rain»[3], *The Flowerpot Men* с «Let's Go to San Francisco»[4] — не вызывают ни малейшего доверия ни у слушателей, ни у самих музыкантов.

Когда песня заканчивается, Дайана Росс отвечает на громкие аплодисменты сдержанным взмахом руки, улыба-

---

[1] «Отражения» *(англ.)*.
[2] «Дыра в моем ботинке» *(англ.)*.
[3] «Цветы под дождем» *(англ.)*.
[4] «Двинули в Сан-Франциско» *(англ.)*.

ется и вместе с остальными покидает сцену. Джаспер вдыхает молекулы воздуха, потревоженные ее проходом мимо.

— Как по-твоему, мы туда когда-нибудь попадем? — тихонько спрашивает Эльф.

— Куда?

— В Америку.

Джаспер задумывается.

— Если уж дебильных *Herman's Hermits* туда занесло, — ворчит Грифф, — то мы точно попадем.

Программу завершает Энгельберт Хампердинк песней «Последний вальс», а последующей вечеринкой в кулуарах студии Би-би-си «Лайм-Гроув» открывается еженедельная — с четверга до воскресенья — обойма лондонских тусовок. Музыканты и исполнители, менеджеры, поклонники, жены, критики и прихлебалы циркулируют, обмениваются замыслами, строят планы, флиртуют, ссорятся и подгаживают друг другу. Левон, Джаспер и Хауи Стокер стоят в уголке. С ними Виктор Френч и Эндрю Луг Олдем. Эльф с Брюсом — рука Брюса поглаживает бедро Эльф, — Беа, Джуд и Дин оживленно беседуют с участниками *Traffic*.

Из-за того что Эльф бесцеремонно бросила Энгуса и вернулась к своему бывшему бойфренду, случился большой скандал в клубе «Зед», у Павла, куда Эльф привела Брюса знакомиться с группой. Насколько понял Джаспер, Дин рассердился на Эльф из-за Брюса, потому что, по мнению Дина, Брюс обошелся с ней подло и, скорее всего, не изменит своего поведения и в будущем. После этого Брюс ушел, пообещав Эльф приготовить ужин к ее возвращению. Эльф рассердилась на Дина, потому что, по ее мнению, Дина не должны волновать ее бойфренды, еще и потому, что Дин сам изменяет Джуд с девицей из Сканторпа, официанткой в лондонской кондитерской «Валери». Дин рассердился еще больше, что вызвало новый шквал презрительных замечаний со стороны Эльф. Тогда Грифф решил поупражняться на ударной установке, и Эльф с Дином вызверились и на него тоже. Грифф продолжал упражняться, только громче. После этого Джаспер совершенно растерялся. Он никогда не мог понять, почему Нормальные постоянно приходят в волнение из-за того, кто с кем спит. Ведь люди все равно будут спать друг с другом до тех пор, пока одному из них — или обоим — не надоест. И тогда все заканчивается. Как брачный сезон в мире животных. «Если бы все так рассуждали, то обошлось бы без разбитых сердец».

Может, сейчас Дин и свыкся с таким положением вещей. Грифф сидит на диване, среди хихикающих девчонок, а Кит Мун таращит глаза и жестами изображает какие-то подмахивания. Джаспер мысленно перечисляет известные ему факты: «Я в группе; мы заключили контракт; я написал песню; она на девятнадцатом месте в чартах; мы только что исполнили ее под фонограмму на „Вершине популярности“. Нас видели миллионы».

На эти факты можно положиться.

Джаспер представляет себе, что «Темная комната» — облако пушинок одуванчика, которые разлетаются по волнам эфира и пускают корни в людских головах повсюду, на каждом островке Британского архипелага, от Шетленда до Силли. Они летят и сквозь время. Может быть, «Темная комната» попадет в головы тех, кто еще не родился, и тех, чье родители еще не родились. Кто знает? Джаспер натыкается на ядовито-желтую рубашку с малиновым галстуком под шлемом золотистых волос. Извиняется перед Брайаном Джонсом из *The Rolling Stones*.

— Да ладно, все кости целы, — говорит Брайан Джонс, сует в рот сигарету и спрашивает: — Огонь есть?

Джаспер щелкает зажигалкой:

— Поздравляю с выходом «We Love You»[1].

— А, тебе понравилось?

— Неутомимая напористость.

Брайан Джонс глубоко затягивается, медленно выдыхает дым:

— Я там играю на меллотроне. Сволочной инструмент этот меллотрон. Задержка звука. А я тебя знаю?

— Меня зовут Джаспер. Я гитарист. Из «Утопия-авеню».

— Неплохое место для отдыха. Но жить там я бы не стал.

---

[1] «Мы вас любим» *(англ.)*.

Джаспер не понимает, шутит Брайан или нет.

— А ты здесь один? Где остальные?

Брайан Джонс удивленно морщит лоб:

— Честно сказать, я... не знаю.

— Почему?

— Иногда мне в голову приходит всякое.

— Какое?

— Ну вот, например, мне пришло в голову, что сегодня мы исполняем «We Love You» на «Вершине популярности». Я все бросил, заставил Тома отвезти меня сюда... а потом какой-то затюканный тип с Би-би-си долго убеждал меня, что нет, *The Rolling Stones* сегодня не выступают и не собирались выступать.

— То есть тебе кто-то позвонил и сообщил об этом шутки ради?

— Нет. Сообщение возникло у меня в голове.

Джаспер вспоминает Тук-Тука.

— Сообщение?

Брайан Джонс приваливается к стене:

— Воспоминание о сообщении. Но когда пытаешься сообразить, откуда оно взялось, то не можешь вспомнить. Как граффити, которое исчезает сразу же по прочтении.

— Ты под кайфом? — спрашивает Джаспер.

— Если бы...

— А тебя не посещают бесплотные сущности?

Брайан Джонс откидывает золотистую челку с воспаленных глаз и пристально смотрит на Джаспера:

— Давай-ка поговорим.

За десять лет пребывания в школе Епископа Илийского Джаспер не нажил себе врагов и приобрел одного-единственного друга. Хайнц Формаджо, сын швейцарских ученых, жил с ним в одной комнате. Спустя три недели после первого «тук-тук» на крикетном поле, когда число последующих случаев перевалило за десяток, Джаспер рассказал ему о том, что произошло. Они сидели под дубом после уроков. Привалившись спиной к стволу, Формаджо полчаса слушал рассказ Джаспера, а потом долго молчал. Пчелы изучали клевер. Птичьи трели путались. По низине ехал на север поезд.

— Ты еще кому-нибудь рассказывал? — наконец спросил Формаджо.

— Такое не хочется особо афишировать.

— И правильно.

Грузный садовник толкал перед собой газонокосилку.

— У тебя есть какие-нибудь объяснения или гипотезы? — спросил Джаспер.

Формаджо сплел пальцы в замок:

— Целых четыре. Согласно гипотезе А, стук ты выдумал, чтобы привлечь к себе внимание.

— Я его не выдумал.

— Ты до невозможности честен, де Зут. В таком случае гипотеза А отвергается как несостоятельная.

— Очень хорошо.

— Согласно гипотезе Б, стук производит потустороннее существо. Назовем его или ее Тук-Тук.

— Это он. А «потустороннее существо» — не научное определение.

— А призраки, демоны и ангелы и вовсе антинаучны, однако любой выборочный опрос покажет, что тех, кто верит в их существование, гораздо больше, чем тех, кто верит в общую теорию относительности. А почему это он, а не она?

— Не знаю откуда, но я знаю. Это он. Гипотеза Б мне не нравится. Поддержка большинства не означает истинность.

Формаджо кивнул:

— Более того, призраки материализуются, ангелы доставляют послания, демоны наводят ужас. Они не стучат. Стук больше напоминает третьесортный спиритический сеанс. Давай-ка на время отвергнем гипотезу Б.

Из распахнутых окон класса музыки в крыле напротив слышался хор тридцати мальчишечьих голосов: «Sumer is icumen in...»[1].

— Гипотеза В понравится тебе еще меньше. Согласно ей, Тук-Тук — порождение психоза и не имеет основания в объективной реальности. Иными словами, ты — псих.

---

[1] «Лето пришло» *(среднеангл.)*.

Из Старого дворца на склон холма высыпали мальчишки.

— Но я слышу этот стук так же отчетливо, как тебя.

— А Жанна д'Арк на самом деле слышала глас Божий?

Облако проплыло, тень дубовой кроны пятнистой сетью легла на траву.

— Значит, чем ощутимее проявляется Тук-Тук, тем сильнее мое безумие?

Формаджо снял очки, протер стекла:

— Да.

— До крикетного матча в моей голове жил только я. А теперь там двое. Даже когда Тук-Тук не стучит, я знаю, что он там. Я знаю, что это звучит безумно. Но я не могу доказать, что я — не сумасшедший. А ты можешь доказать, что я псих?

Из классного окна доносится учительский голос:

— Нет-нет, так не пойдет!

— А что гласит гипотеза Г? — спрашивает Джаспер.

— Не гипотеза Г, а гипотеза Икс. Она допускает, что Тук-Тук — не выдумка, не призрак и не продукт психоза, а некое неизвестное. Икс.

— Иными словами, за гипотезой Икс скрыто самое обычное: «Понятия не имею».

— В буквальном смысле слова. У нас нет понятий. Гипотеза Икс подразумевает, что мы должны их отыскать. Ты не пробовал общаться с Тук-Туком?

— Каждое утро, на молитве, я мысленно обращаюсь к нему: «Поговори со мной», или «Кто ты?», или «Чего ты хочешь?».

— И каков результат?

— Пока безрезультатно.

Формаджо сдул с пальца божью коровку.

— Надо мыслить по-научному, а не как мальчишка, который боится, что сошел с ума или что в него вселился бес.

— А как мыслить по-научному?

— Начни фиксировать время, продолжительность и последовательность стука. Анализируй данные. С какой периодичностью происходят «явления»? Можно ли выделить определенные ритмические группы стуков? Веди наблюдения. Появляется ли Тук-Тук только в Или? Повторится ли стук, когда ты в июле уедешь в Зеландию? — Звонил колокол, ворковали горлицы, газонокосилка косила газон. — Может быть, Тук-Тук передает какое-то сообщение? И если да, то какое?

— «Тук-тук-тук» в голове — не сообщение, — заявляет Брайан Джонс, прежде чем Джаспер успевает рассказать, что было дальше. — О, это у тебя родимое пятно? Или точка, как у индусов? — Он вперивает суженные наркотиками зрачки в переносицу Джаспера, тычет ему пальцем между бровей. — Вот тут... Ой, закрылся. Какой застенчивый! Слушай, а я тебя знаю?

— Меня зовут Джаспер. Я гитарист. Из «Утопия-авеню».

— В Глостершире джасперами называют ос. — Брайан Джонс глядит Джасперу за плечо, спрашивает кого-то: — Эй, Стив! А у вас в Ист-Энде называют ос джасперами?

— Мы их никак не называем, просто давим, и все тут. — Стив Марриотт из *Small Faces* протягивает Джасперу бутылку темного эля. — Добро пожаловать в высшую лигу. А вам, ваше сатанинское величество, вот... — Стив Марриотт вкладывает в ладонь Брайана Джонса жестянку нюхательного табака «Огденс». — С днем рождения.

— А что, разве сегодня? — Брайан Джонс моргает, разглядывает жестянку. — Табак?

Стив Марриотт зажимает ноздрю, изображает, как что-то в себя втягивает.

— О... Ну, я пойду, носик попудрю...

Джаспер отпивает эль.

— Ты только что нарушил фундаментальное правило, — говорит Стив Марриотт. — Никогда не принимай угощение от незнакомцев. Мало ли что могут подсыпать.

— Но ты же не незнакомец! Ты Стив Марриотт, — говорит Джаспер.

Певец улыбается, как будто Джаспер пошутил.

— Слушай, а цыпа в вашей группе — она для понта или на самом деле играет?

— Эльф не для понта. Она играет, поет и пишет песни.

Стив Марриотт выпячивает нижнюю челюсть:

— Это что-то новенькое.

— Ну, есть же Грейс Слик из *Jefferson Airplane*...

— Да, она поет и очень секси, но она не играет.

— Тогда Розетта Тарп.

— Розетта Тарп не в группе, а выступает с целым оркестром.

— А как же семья Картер?

— Это семья, которая стала группой.

— Ну-ка, ну-ка... — Чья-то рука хватает Джаспера за плечо, гнусавый голос с йоркширским акцентом произносит прямо в ухо: — Тут столько звезд собралось, что можно осветить весь Эссекс, но я прежде всего отыскал вас, сэр Джаспер, чтобы поздравить с первым появлением на «Вершине популярности». — Джимми Сэвил дымит толстой сигарой. — Ну и как тебе?

— Да как-то смутно все, — признается Джаспер.

— Именно так и говорят дамы нашему юному Стивену. — Джимми Сэвил таращится на Стива Марриотта. — Который воскрес из мертвых.

— Что-то не помню, чтобы я умирал, Джимми, — отвечает Стив Марриотт.

— Ну, артист узнает о своей смерти последним. Джаспер, а этот капитан Диджериду, он что, спит с вашей соблазнительно фигуристой клавишницей?

— Если ты про Эльф и Брюса, то да, они живут вместе.

— Джимми, а не старовата ли она для тебя? — спрашивает Стив Марриотт. — Ей ведь больше шестнадцати, уже не малолетка.

— Ух ты! — Джимми Сэвил выпячивает подбородок. — Марриотт укладывает противника правым хуком. Так ты в боксеры собрался, когда твоя звездная карьера стухнет? Сомневаюсь я, однако. С твоим-то щуплым телосложением может и не выгореть. Недаром же вы называетесь *Small Faces*. И вообще, юный Стивен, тебе, наверное, трудно живется после того, как Дон Арден ободрал вас как липку, последнюю рубашку со спины снял. Прям хоть ложись и помирай со стыда. Я бы точно помер...

Ненависть во взгляде Стива Марриотта замечает даже Джаспер.

— Ох, прости, если чем обидел. Дать тебе денег на автобус? — осведомляется Джимми Сэвил.

Дзинь-дзинь! В банкетном зале отеля «Дюррантс» Хауи Стокер, в бирюзовом блейзере, только что вернувшийся из Сен-Тропе, стучит по бокалу ложечкой. За неделю в Сен-Тропе он загорел еще больше. «Жареная курица такого цвета, — думает Джаспер, — пересидела в духовке минут на двадцать». Дзинь! Хауи окидывает взглядом банкетный зал. Среди гостей: Фредди Дюк из агентства Дюка—Стокера; Левон в полосатом костюме цвета малины с ванильным пломбиром; Бетани с прической-ульем, в черном платье и с ниткой черного жемчуга на шее; Эльф все еще в наряде индеанки; Брюс Флетчер во фланелевой ковбойке и с ожерельем из акульих зубов; Беа Холлоуэй, одетая как студентка Королевской академии драматического искусства; бледный студент художественного училища Тревор Роз, который пришел с Беа — руки у него перемазаны розовой краской. «Легко запомнить, как его зовут», — думает Джаспер. А еще Дин в пиджаке из британского флага; Джуд, подружка Дина, она его чуть-чуть повыше; Грифф; Виктор Френч из «Илекса», похожий на Шалтая-Болтая; и рекламный агент Найджел Хорнер, похожий на борзую. «Слишком много глаз». Светские вечеринки — одновременно и соревнования по стрельбе, и тесты на проверку памяти.

Дзинь! Все умолкают.

— Друзья, — начинает Хауи Стокер, — лунные китобои и доброжелатели! Мне хотелось бы сказать несколько слов. И я скажу! Когда я объявил своим нью-йоркским приятелям, что собираюсь попытать счастья в музыкальной индустрии Лондона, меня не поняли. «Хауи, ты с ума сошел! — говорили мне. — Ты властелин Уолл-стрит, но в шоу-бизнесе ты новичок, англичане тебя облапошат и выдоят досуха». А неприятели, те просто животики надорвали со смеху, представляя, как Хауи Стокер разорится. Что ж, этим сукиным детям больше не смешно. Потому что первый же сингл группы, с которой я заключил свой первый контракт, попал в первую тридцатку британского чарта!

Восторженные выкрики и рукоплескания.

— Сегодня мы собрались здесь из-за пятерых поистине талантливых людей, — говорит Хауи Стокер. — Давайте же назовем поименно каждого из виновников торжества.

«Пятерых? — думает Джаспер. — Наверное, он имеет в виду и Левона».

— Во-первых, очаровательная женщина с обворожительными формами, повелительница струн и клавиш, королева фолк-музыки, единственная, неподражаемая мисс Эльф Холлоуэй!

Аплодисменты. С картин на стенах глядят вельможи. Улыбку Эльф сложно расшифровать.

Хауи Стокер поворачивается к Дину:

— Часто говорят, что басист — это неудавшийся гитарист. А я скажу: глупости все это! Поприветствуем же!

Все аплодируют. Дин залихватски поднимает бокал.

Хауи Стокер продолжает:

— Про барабанщиков ходит много забавных анекдотов. Вот, например... — Хауи разворачивает листок бумаги и надевает очки. — Что такое три ноги и задница? Ну, кто отгадает? Никто? А это барабанщик на своем стуле. — Все вежливо улыбаются, Грифф кивает, будто слышал все это много раз. — Ну, давайте еще один. Почему девушкам барабанщики нравятся больше других музыкантов?

Грифф подносит ко рту сложенные рупором руки и объявляет:

— Потому что у барабанщиков самый большой ИНСТРУМЕНТ!

— Ну вот, Грифф, ты прямо у меня с языка снял! А теперь — человек, который сочинил первый хит «Утопия-авеню», первый, но далеко не последний. Наш король «стратокастера» — Джаспер де Зоет! — Исковеркав фамилию Джаспера, Хауи Стокер поднимает бокал.

Джаспер избегает глядеть на присутствующих и сосредоточенно рассматривает крошку на лацкане пиджака Хауи.

Дзинь!

— Я не стану петь себе дифирамбы, — заявляет Хауи Стокер, смахивая крошку с лацкана, — поэтому обойдусь

239

без фанфар и грохота литавр, рассказывая о том, какую роль сыграл в создании «Утопия-авеню». Результат говорит сам за себя, а я скажу пару теплых слов о своем верном наставнике и советнике — а именно о своем нутряном чутье. Компетентность — ерунда. Профессиональную компетенцию можно либо наработать самому, либо нанять профессионально компетентных людей. А вот нутро... Оно либо есть, либо его нет. Верно, Виктор?

Виктор Френч поднимает бокал:

— Совершенно верно, Хауи.

— Ну вот. Когда я познакомился с Левоном — в «Бертолуччи», на Седьмой авеню, где часто обедают Роб Редфорд, Дик Бертон и Хамф Богарт, — мое нутро мне подсказало: «Хауи, вот нужный тебе человек». То же самое случилось, когда я услышал записи их выступления в «Марки». Мое нутро определенно заявило: «Вот нужная тебе группа». А когда я встретился с Виктором в гостинице «Дорчестер» — а где еще остановиться в Лондоне, когда приезжаешь сюда поразвлечься, так сказать, *en frolique*?[1] — мое нутро так и дрогнуло: «Вот он, лейбл». Бац-бац-бац! Свыше шестнадцати тысяч проданных синглов и одно великолепное выступление на британском телевидении подтверждают, что мое нутро меня не подвело.

— Нутро забито вонючим дерьмом, — шепчет Грифф на ухо Джасперу.

— А знаете, что во всем этом самое лучшее? — Хауи Стокер с победной улыбкой оглядывает присутствующих. — Это только начало. Виктор, а сейчас самое время объявить о твоем сюрпризе, *s'il vous plaît*[2].

— Спасибо, Хауи, за проникновенную речь, — говорит Виктор. — У меня и в самом деле прекрасные новости. Я только что разговаривал по телефону с Тото Шиффером, одним из боссов «Илекса» в Гамбурге. Он дал согласие не только на запись следующего сингла, но и на запись полноформатного студийного альбома!

Беа, Джуд и Эльф хором восклицают: «Вау!»

— В яблочко! — говорит Грифф.

---

[1] «Офранцуженное» английское *frolic*, т. е. «порезвиться».
[2] *Здесь*: прошу вас *(фр.)*.

Дин откидывается на стуле:

— Ну наконец-то!

— Так что вам пора приниматься за работу, — говорит Виктор Френч. — Альбом должен быть в магазинах до Рождества.

— Нет проблем, — говорит Левон. — У группы много песен, обкатанных на концертах и готовых к студийной записи.

— В идеале второй сингл надо выпустить за неделю до выхода альбома, — говорит Найджел Хорнер. — Для рекламы чем больше шума, тем лучше.

— Завтра я первым делом пересмотрю расписание концертов, — говорит Левон, — и отменю те, что помельче, чтобы высвободить время для репетиций и студийных сессий.

— В настоящей студии? — уточняет Дин.

— «Пыльная лачуга» прекрасно записала «Темную комнату», — говорит Виктор Френч. — И по приемлемой цене.

Левон поправляет галстук.

— «Утопия-авеню» оправдает доверие, оказанное им мистером Шиффером, и запишет один из лучших альбомов года.

— Джаспер, ты как-то притих, — замечает Хауи.

Джаспер не уверен, укоряют его или просят что-то сказать. Он подносит к губам бокал. Бокал пуст.

— Ты обязательно должен написать еще несколько песен, таких же цепляющих, как «Темная комната», — говорит Найджел Хорнер.

— Я постараюсь. — Джасперу хочется, чтобы на него перестали смотреть. Он сосредоточенно вслушивается, боясь услышать то, чего слышать не хочет.

— Мы с Эльф тоже пишем песни, — говорит Дин.

И тут... ритмичное постукивание костяшками пальцев по дереву. Тук... тук... тук... Тише, чем слова Дина, но громче, чем в прошлый раз. Стука больше никто не слышит. Сообщение предназначено только одному человеку.

Джаспер последовал совету Формаджо и целый год, с апреля 1962-го по апрель 1963-го, вел дневник, озаглавленный «Т2». В этом дневнике указывалось время, продолжительность и общее описание случаев появления Тук-Тука.

241

Все записывалось на голландском, с применением нотных обозначений для передачи громкости и динамических оттенков звучания: *f*, *ff*, *fff*, *cres.*, *bruscamente*, *rubato* и тому подобное. Собранные данные позволили установить следующее. Чаще всего Тук-Тук появлялся около полудня и ближе к полуночи, причем независимо от того, был Джаспер один или вокруг были другие; в душевой, на уроках, на репетициях хора или в столовой. С течением времени частотность явлений возросла, и вместо двух, трех или четырех раз в неделю Джаспер стал слышать стук по два, три или четыре раза в день. Во время летних каникул Тук-Тук последовал за Джаспером в Домбург. Тройные постукивания, впервые прозвучавшие на крикетной площадке, превратились в замысловатый дробный перестук продолжительностью до минуты, а то и больше. Стук стал громче и как будто ближе. Чувствовалось, что за ним стоит нечто разумное. Стук звучал то отчаянно, то злобно, то уныло. Попытки установить контакт с Тук-Туком — один стук «да», два стука «нет» — ни к чему не привели. Случаи участились, и со временем Джаспер привык к стуку. В конце концов, это было относительно безобидной слуховой галлюцинацией, а не гласом Божьим, не дьявольскими нашептываниями, подбивающими к самоубийству и даже не голосом повешенного якобита, который, говорят, порою слышали на лестничной площадке Свофхем-Хауса. Среди однокашников Джаспера были такие, кто страдал эпилепсией или переболел полиомиелитом, ослеп на один глаз или сильно заикался, и в сравнении с этими недугами Тук-Тук выглядел мелкой, пусть и досадливой неприятностью. Верный Формаджо никому не проболтался; его по-прежнему волновало состояние Джаспера, но друзья редко об этом заговаривали. Вскоре Джаспер станет с тоской вспоминать те безоблачные дни.

— Вот эти строки, — говорит Джасперу Виктор Френч, — в последней строфе «Темной комнаты» — «...кроны укроют от судьбы и от дождей, но под мокрыми кронами вдвойне мокрей...». Не знаю, что конкретно они означают, но общий смысл улавливаю. — (Официант наливает кофе из серебряного кофейника с узким носиком в фарфоровые чашечки.

На серебряных подносах подают портвейн.) — Где ты находишь слова?

Джасперу хочется отпраздновать свое выступление на «Вершине популярности», выкурив косячок в лодке, на Серпентайне, подальше от Виктора Френча, Хауи Стокера и всех тех, кто ждет от него каких-то действий.

— О творчестве трудно говорить. Я нахожу слова там же, где и ты, — в языке, который именует себя «английским». Сочетания найденных мною слов притягивают взгляд или слух. Идеи, как пушинки, приносятся из окружающего мира, из искусства, из снов. Или просто приходят мне в голову. Не знаю как и почему. Потом возникает строчка, и я пытаюсь уложить ее в ритм целого. Обдумываю рифмы. Легко ли рифмуются слова? Может быть, слишком легко? Не клише ли это? Вот как «любовь» — «кровь» или «розы» — «морозы»? Или рифма неестественная, вычурная, как, например, «пепси-кола» и «Ангола»?

— Как интересно, — говорит Виктор Френч, поглядывая на часы.

Брюс ставит на поднос пустой бокал, берет полный.

— Эльф прекрасно выглядела в кадре. Камера ее обожает.

— Мы все хорошо выглядели, — говорит Эльф.

— Ага, я все жду, когда мне позвонят из «Вога», предложат устроить фотосессию для обложки, — заявляет Грифф. — Надо бы обзавестись еще одним шрамом, для симметрии.

— В «Вершине популярности» женщина-музыкант — редкое явление, — говорит Эльф. — Поэтому ей и уделяют столько экранного времени.

— Нет, это потому, что ты начинала как фолк-певица, — возражает Брюс. — В фолк-музыке главное — аутентичность исполнения и контакт со слушателями. Камера это чувствует и подчеркивает.

Дин выдыхает струю дыма:

— По-твоему, Брюс, у фолк-музыкантов монополия на аутентичность?

— На выступлении в фолк-клубе заметна любая ошибка исполнителя. Ее не заглушают восторженные вопли поклонниц. Ты как будто голый, у всех на виду.

243

— Кажется, я хожу не в те клубы... — усмехается Хауи.

— Так вот, вопрос заключается в том, какая из песен Эльф станет следующим синглом, — говорит Брюс.

— Давайте это потом обсудим, — говорит Эльф.

— Мы это еще в июне решили, Брюс. — Дин оглядывается, не находит пепельницы и стряхивает пепел в блюдце. — Ты тогда в Париже прохлаждался. У Джаспера — дебютный сингл, у меня — второй, а у Эльф третий. Кстати, поэтому песня Эльф попала на оборотную сторону «Темной комнаты». И между прочим, за те же авторские, что и у Джаспера.

— Лучше всего обсудить это после первых сессий в «Пыльной лачуге», — говорит Виктор Френч. — Послушаем, что получается, и примем решение.

— Виктор прав, — кивает Брюс. — Сотни групп выпускают один-единственный хит, но сдуваются на втором сингле. Второй сингл должен отразить многогранность творчества группы, показать, что ее музыка удовлетворит самые разные вкусы.

Дин багровеет:

— Мы не кафе-мороженое!

— Послушай, дружище, — говорит Брюс. — Наступает осень Лета Любви. «Оставьте упованья» — мрачная и унылая песня. Безысходная. Как сказал бы Хауи, не самая своевременная. А вот новая песня Эльф, «Неожиданно», — самое то. Правда, Хауи?

Насколько известно Джасперу, Хауи не слышал «Неожиданно», но главный спонсор «Лунного кита» кивает, задумчиво выпятив губы:

— Ну, вот послушаем, что получится на первых сессиях в студии...

— Мне, конечно, очень приятно, — начинает Эльф, — но...

— Если песня Эльф Холлоуэй станет вторым хитом, — продолжает Брюс, — то наши поклонники поймут, что «Утопия-авеню» — как инь и ян. Поймут, что для группы нет ничего невозможного. Вдобавок это привлечет женскую аудиторию. Пойми меня правильно, Дин, «Оставьте упованья» — классная вещь, но если она последует за «Темной комнатой», то все решат, что «Утопия-авеню» — очередной клон *Cream*. И когда на третьем сингле будет солировать Эльф, то поклонники блюза подумают: «Зачем группе эта девчонка?» Вот представь, что на новом сингле Стоунзов поет какая-то телка. Провал гарантирован! Нет, надо с самого начала заявить, что Эльф — полноправный вокалист.

— Так, и что? Никто ничего не скажет? — обращается Дин к присутствующим.

Брюс улыбается. Джаспер не понимает его улыбки:

— А что надо сказать?

— То, что ты спишь с Эльф, еще не дает тебе права голоса.

Вздохи, перешептывания. Все смотрят на Эльф.

— Ребята, спокойнее, — говорит Левон.

— Чем занимается Эльф в свободное время — ее личное дело, — говорит Дин. — А мое дело — группа. Короче, Брюс, в «Утопия-авеню» у тебя прав нет. Никаких.

Эльф вздыхает:

— Может, хватит уже? Мы же празднуем...

— Я не претендую на права, Дин, — произносит Брюс с терпеливыми учительскими интонациями. — И не требую голоса. Да, я парень Эльф, мне повезло. И нет, я не в группе. Но я вижу, что ваш корабль вот-вот налетит на огромный айсберг. И поэтому не могу молчать. Я так и скажу: «Перед вами айсберг, осторожнее!» И этот айсберг — твоя «Оставьте упованья».

— А скажи-ка, мистер Маккартни, сколько у тебя хитов в первой двадцатке чарта? — спрашивает Дин. — А то я что-то подзабыл.

Улыбка Брюса сбивает Джаспера с толку.

— Видишь ли, Дин, со знанием дела судить о рок-музыке может не только кто-то из *The Beatles*.

— Зато изображать из себя короля шоу-бизнеса на пустом месте может только мудак. Мудак.

На брусчатке Мейсонс-Ярда визжат тормоза. Высыпают звезды. По соседству, в галерее «Индика», идет вернисаж. Джаспер слышит смех.

— Ну, попробуем еще разок, — говорит Дин.

Два товарища по «Утопии» стоят перед дверью дома 13А. Четыре месяца назад они пытались туда попасть с помощью волшебных слов «Брайан Эпстайн». Две недели назад менеджер *The Beatles* умер. Самоубийство. Пару дней об этом писали все газеты.

— Слушай, твой новый приятель ведь обещал все устроить?

— Да, обещал, — говорит Джаспер. — Но перед этим нюхнул кокаина в бибисишном туалете, так что гарантий у меня нет.

— А, какая разница! Давай рискнем. — Дин жмет золотую кнопку дверного звонка.

Узкая прорезь открывается. Появляется всевидящее око:

— Добрый вечер, господа.

— Привет, — говорит Дин. — Э-э... мы тут... в общем...

— Мистер Мосс, мистер де Зут, — изрекает око. — Как у вас дела?

Дин смотрит на Джаспера, переводит взгляд на око:

— Хорошо. А у вас?

— Поздравляю с выступлением на «Вершине популярности», — вещает всевидящее око. — С первым и, уверен, далеко не последним.

— Спасибо, — говорит Дин. — Вот уж не ожидал...

Прорезь закрывается, дверь 13А распахивается. На пороге стоит лысый тип борцовского телосложения, наряженный кучером. Изнутри доносится музыка и оживленные голоса.

— Добро пожаловать в «Scotch of St. James». Меня зовут Клайв. Мне поручено предложить вам членство в клубе. Все необходимые бумаги направлены в агентство «Лунный кит», так что входите, пожалуйста...

Потолки высоки, красота непроста, проницательные взгляды, стремные наряды, прикиды будущего года, скопление народа, коридор, который ведет в салон. Густой дым, золотистый свет, зеркала — то ли двери, то ли зеркала, не поймешь; лучше их избегать. Блещут брильянты, бумерангом летает смех, пузырьки шампанского, шеренги бутылок на полках вдоль шотландского пледа стен, слухи и сплетни косяками, легендарные лица под странными углами, изголодавшиеся таланты и их пресыщенные ценители, потенциальные покровители, блестят губы, скалятся зубы, благоухает французский парфюм, хамят какие-то северяне, дебютантки томно флиртуют и с хамами, и со льстецами, тлен ухлестывает за юностью, юность придирчиво оценивает тлен, смятение чувств... шеренги кабинок вдоль стен. В углу стоит настоящая почтовая карета. Из подвала доносится гулкое уханье басов. «Держись меня, детка, — восклицает мужской голос, — будешь в шелках спать и шелками жопу подтирать!»

Джасперу кажется, что он попал в зоопарк без клеток.

Дин шепчет ему на ухо:

— Ой, глянь! Майкл Кейн. И Джордж Бест! Нет, не смотри!

Джаспер смотрит. Знаменитый актер смеется, невысокий бородатый брюнет что-то ему рассказывает.

— А Джордж Бест — это кто?

— Ты правда не знаешь, кто такой Джордж Бест?

— Я правда не знаю, кто такой Джордж Бест.

— Один из трех лучших футболистов мира, вот кто!

— Ясно. Я закажу чего-нибудь выпить. Тебе что взять?

Дин морщит лоб:

— А что в таких местах пьют?

— Дедушка всегда говорил, что, если не знаешь, проси виски со льдом.

— Отлично. Спасибо. А я пока сбегаю в сортир. Я мигом.

Джаспер протискивается к бару. У барной стойки, в дымном сумраке, беседуют трое, перекрикивая шум.

— Да, конечно, трудами Эпстайна *The Beatles* сколотили огромные состояния. А вот сувенирную и сопутствующую продукцию он отдавал на откуп за гроши, — говорит один. — Никакого представления о мерчандайзинге. Мелкий торговец мебелью, которому невероятно повезло.

— А что ж его раньше не турнули? — спрашивает второй.

— Между прочим, — вмешивается третий, — мой шофер слышал от шофера Ринго, что они так и собирались сделать, когда вернутся из Уэльса. Ну, они ж туда к своему Махариши ездили...

— Ага, понятно. Значит, Эпстайн про это разузнал, — говорит первый. — Похоже, «случайная передозировка снотворного» была вовсе не случайной.

— Глупости! — заявляет второй. — Заглотил горсть таблеток, только и всего. Переусердствовал, как обычно.

— Руки вверх! — Брайан Джонс, с мексиканской шляпой на голове, сидит в полуприватном закутке, между двумя девушками. — Виски или жизнь! Класс, что ты пришел.

Дина все еще нет, поэтому Джаспер вручает Брайану бокал «Килмагуна». «Вот Дин вернется, закажу ему еще один».

— Знакомься, это Кресси, — кивает Брайан Джонс на стройную кудрявую брюнетку, — и ее задушевная подруга...

— Николь, — шевелит пальчиками та. — Привет. — Челка как у Мэри Куант наполовину скрывает ее глаза. — Я тебя откуда-то знаю... эти волосы...

— Джаспер сегодня был на «Вершине популярности», — говорит Брайан Джонс.

— Я так и знала! — Николь хлопает в ладоши. — Личность — это волосы. Вот как золотая шевелюра Брайана.

— Я бог Солнце, а это неиссякаемый источник моей мужской силы, — соглашается Брайан Джонс.

— Если его обрить наголо, то никто его не узнает. И он будет точь-в-точь Колобок.

— Ты — Лев, — говорит Кресси Джасперу.

— Рыбы, — отвечает Джаспер.

— Вот потому ты и страдаешь. В тебе духовное начало Льва заключено в материальную оболочку Рыб.

Джаспер догадывается, что с ним заигрывают, но Кресси выглядит совсем школьницей.

— Я не жалуюсь.

— Ну конечно, типичный Лев, — заявляет Николь. — Мужчины обожают жаловаться, даром что их никто не заставляет удалять волосы с причинного места. Ой! — Она прижимает пальцы к губам. — Я нечаянно. Потому что навеселе. Совсем чуть-чуть. Это мистер Джонс виноват, гадкий!

Брайан Джонс чокается с Джаспером:

— Ну, чтоб ты был здоров, как лосось!

Он затягивается сигаретой Николь. Аполлон в угаре.

— Ты собирался рассказать мне про сообщения, которые приходят тебе в голову, — напоминает Джаспер, — но пришел Стив Марриотт и помешал.

Взгляд Брайана Джонса скользит по лицу Джаспера.

— Это же пару часов назад было? А кажется, давным-давно.

— Я сейчас наложу на вас оберег, — говорит Николь. — Я прошла специальный курс колдовства. В прошлой жизни моей наставницей была фея Моргана.

— Мисс Кресси, — говорит Брайан Джонс, — руки прочь от моих сосков. Сейчас не время и не место.

— А в туалете клуба «Фламинго» он говорил совсем другое, — поясняет Кресси Джасперу. — Ой, я опять проболталась. Нечаянно.

— Девушки, мне нужно побеседовать с приятелем, — говорит Брайан Джонс. — С глазу на глаз. Вы пока идите, поразвлекайтесь где-нибудь еще.

— Фу, зануды! — Николь обиженно надувает губы, и обе девушки уходят.

Брайан Джонс подается вперед. Поля его шляпы касаются головы Джаспера.

— Кит, Мик и я жили в Челси, в какой-то халупе. Вот тогда все и началось. Не постоянно, а насскоками. Иногда дружелюбно. «Отлично, Брайан, молодец!» А иногда говорят, что я — дерьмо. А иногда отправляют меня неизвестно куда и непонятно зачем. Вот как сегодня: «Студия „Лайм-Гроув“, живо!» Может, это просто мое подсознание? Или я кислоты перебрал? Я похож на психа?

— Я никого не сужу. Я сам два года провел в лечебнице.

Брайана Джонса трудно понять.

— Надо бы с тобой задружиться.

Где-то рядом роняют поднос со стаканами. Звучат одобрительные возгласы.

«Быстрее!»

— Слушай, а этот твой голос никогда не кажется тебе зловещим?

Брайан Джонс допивает виски.

— А почему ты спрашиваешь?

Джаспер лежал в медпункте школы Епископа Илийского. Головная боль бушевала циклоном. Медсестра дала Джасперу аспирин и ушла по своим делам. Над Фенскими болотами грохотал гром. Майский полдень был сумрачен, как во время солнечного затмения. В дверь постучали: тук-тук. Джаспер ждал, когда кто-то войдет. Или уйдет.

В дверь постучали: тук-тук.

— Медсестры нет, — крикнул Джаспер через дверь.

В дверь постучали: тук-тук.

— Входите, — крикнул Джаспер.

В дверь постучали: тук-тук.

Джаспер решил, что это какой-то робкий первогодок. Он встал с кушетки — мозг колотился о стенки черепа — и подошел к двери.

В коридоре никого не было.

Джаспер решил, что кто-то пошутил, и закрыл дверь.

В дверь тут же постучали: тук-тук.

Джаспер распахнул дверь.

В коридоре никого не было. Никого.

У Джаспера заложило уши. Он вздрогнул.

«Тук-Тук? — мысленно окликнул он. — Это ты?»

Никто не ответил. Джаспер закрыл дверь.

В дверь постучали: тук-тук.

Стук мог быть только в голове Джаспера.

В оконное стекло ударили первые капли дождя.

Костяшками пальцев по дереву прозвучало: тук-тук.

Джаспер почувствовал, что Тук-Тук наблюдает за ним, будто снайпер или психолог. Или будто хищная птица. Дождь поливал старинные камни Или, старинные плиты, реку, асфальт и крыши автомобилей. На Джаспера обрушилась какофония стука: *туктуктук*-ТУК-*ТУК*-ТУК-*тукитук*-тук. Он упал на кушетку, натянул одеяло на голову и забормотал:

— Я не сумасшедший... не сумасшедший... не сумасшедший... — хотя, наверное, так и делают психи, скатываясь в бездну безумия.

Внезапно стук прекратился.

Джаспер ждал, когда он возобновится.

Высунулся из-под одеяла.

Дождь прошел. Капала вода.

В дверь постучали: тук-тук.

Джаспер не стал отвечать.

Стук раздался еще раз: тук-тук. Дверь отворилась, в комнату заглянул робкий первогодок в школьной форме на вырост:

— Привет. А где медсестра? Меня мистер Кингсли отправил в медпункт, говорит, что краше в гроб кладут.

Той ночью Джасперу приснился сон, четкий, как кинофильм. Снег падал на горный монастырь, на высокие стены, на причудливо изогнутые крыши, на сосны. Снилась Япония. Какие-то женщины на сносях мели деревянные мостки жесткими метлами. Извилистый туннель, освещенный призрачным светом грез, вел в сводчатый зал. В зале стояла коленопреклоненная статуя богини, в три-четыре раза больше натуральной величины, будто вырубленная из ночного неба. Великанские ладони сложены вместе, образуя чашу размером с колыбель. Алчный взгляд устремлен в чашу. Хищный рот широко раззявлен. «Если монастырь Сирануи — вопрос... — изрекает мысль. — Тогда здесь — ответ». Беззвучно трепещет пламя, голубовато-лиловое, как цветок дурмана. Джаспер сообразил, что его заманили сюда, чтобы принести в жертву, и по извилистому туннелю бросился прочь из храма. За ним со стуком задвигались деревянные двери. Тук, тук, тук, тук. Он вернулся к себе в комнату, в Свофхем-Хаус, в свой мир, запер дверь на засов, спрятался под одеяло. Но все равно слышал: «Тук-тук, тук-тук...». Тук-Тук пробивал дыру в стене между заснеженным храмом в Японии и комнатой Джаспера в Или, и ни в коем случае нельзя, нельзя допустить, чтобы это произошло... но оно уже произошло...

— Ни хрена же тебя торкнуло, — говорит Брайан Джонс. — Жуть.

В клубе так накурено, что свет ламп кажется тускло-коричневым. Джаспер пьет и пьет виски, но бокал почему-то не пустеет.

— А в вашей школе все, что ли, на кислоте сидели? — спрашивает Брайан Джонс.

— В тысяча девятьсот шестьдесят втором году нам было известно только про лимонную кислоту в леденцах и про серную и соляную — из уроков химии.

— И твоего приятеля на самом деле зовут Хайнц Формаджо? «Хайнц» — как марка кетчупа и бобов в томате? И «Формаджо» — как «сыр» по-итальянски?

— Да, — отвечает Джаспер. — Он немецко-итальянский швейцарец. А если не считать кислотных трипов, с тобой было что-нибудь похожее на Тук-Тука?

Брайан Джонс щурит глаза:

— Ну, мне иногда приходят отвратные сообщения, но твой Тук-Тук — это...

— Это кошмар, де Зут! — долетел из необозримой дали знакомый голос. — Джаспер, тебе снится кошмар! Просыпайся.

Джаспер резко сел, уставился на знакомое лицо, но пока еще не понимал, настоящее это, прошлое или будущее.

Рядом с ним сидел Формаджо. Почему-то они были в своей комнате. А Джаспер думал, что был в медпункте. Стук прекратился.

— Ты говорил на каком-то иностранном языке. Не на голландском. Совсем на чужеземном. Типа китайского.

Часы показывали четверть второго.

— Что случилось? — спросил Формаджо.

В дверь постучали: тук-тук.

Джаспер посмотрел на Формаджо, надеясь, что приятель тоже услышал.

В дверь постучали: тук-тук.

— Ты слышишь? — Джаспер задрожал.

— Что? Не пугай меня.

— Значит, стало хуже, чем раньше? — мрачно спросил Формаджо.

— Такое ощущение, будто череп — это стенка и по ней колотят молотком.

— Ты продолжал вести наблюдения?

— Формаджо, мне сейчас не до наблюдений. С ума бы не сойти...

— И контакт установить не удается?

— Нет. Он просто стучит. Безостановочно.

— И сейчас стучит?

— Да.

— Наверное, это ужасно.

— Теперь я знаю, что означает это слово.

— А давай я кое-что попробую?

— Ох, что угодно!

Формаджо заглянул в глаза Джаспера, будто в глубину пещеры:

— Тук-Тук, можно задать тебе пару вопросов? Если нет, постучи один раз, если да, то дважды. Пожалуйста. Ты понял?

Стук прекратился. Тишина Свофхем-Хауса была блаженством.

— Он умолк, — сказал Джаспер. — По-моему, он...

«Тук-тук», — громко и четко прозвучало в ответ.

— Он постучал дважды, — ошеломленно произнес Джаспер. — Ты слышал?

— Нет, но... — Формаджо задумался. — Если он меня слышит, то, значит, у него есть доступ к твоей сенсорной системе слухового восприятия. Тук-Тук? Можно тебя так называть?

«Тук-тук», — послышалось в ответ.

— Да, — сказал Джаспер. — Он постучал дважды. А это значит, что я совсем сумасшедший или не очень?

— Тук-Тук, ты знаешь азбуку Морзе?

Пауза.

«Тук».

— Нет, — сказал Джаспер.

— Жаль. — Формаджо подался вперед. — Тук-Тук, а ты существуешь независимо от де Зута?

«Тук-тук».

— Да, — подтвердил Джаспер.

— Тук-Тук, ты считаешь себя демоном?

Пауза.

«Тук».

— Нет, — сказал Джаспер.

— У тебя когда-нибудь было физическое тело, как у меня и у де Зута?

«Тук-тук».

— Уверенное «да», — сказал Джаспер.

— Тук-Тук, ты знаешь, в какой стране мы находимся?

«Тук-тук».

— Да, — сказал Джаспер.

— Мы во Франции?

«Тук».

— Нет, — сказал Джаспер.

— Мы в Англии?

«Тук-тук».

— Да.

— Тук-Тук, тебе известно, что сейчас тысяча девятьсот шестьдесят второй год?

«Тук-тук».

— Снова «да».

— Тук-тук, сколько лет ты обитаешь с де Зутом? Один стук — один год.

Медленно, чтобы Джаспер не сбился со счета, Тук-Тук отстучал шестнадцать раз.

— Шестнадцать.

— Шестнадцать? Значит, ты с де Зутом с самого его рождения?

«Тук-тук».

— Да.

— Ты старше де Зута?

Резкое «тук-тук».

— Да.

— А сколько тебе лет? — спросил Формаджо.

Тук-Тук отстучал десять раз и умолк.

— Десять, — сказал Джаспер.

Потом еще десять раз.

— Двадцать.

Еще десять раз.

— Тридцать.

Так продолжалось до ста. Потом до двухсот. Лишь через несколько минут стук прекратился.

— Шестьсот девяносто три, — сообщил Джаспер.

В Свофхем-Хаусе стояла тишина.

— А давай-ка попробуем вот что. — Формаджо взял с письменного стола листок, начертил на нем таблицу, вписал в нее буквы и положил листок на кровать Джаспера.

	1	2	3	4	5
1 -	А	Б	В	Г	Д
2 -	Е/Ё	Ж	З	И/Й	К
3 -	Л	М	Н	О	П
4 -	Р	С	Т	У	Ф
5 -	Х	Ц	Ч	Ш	Щ
6 -	Ъ/Ь	Ы	Э	Ю	Я

— Цифры обозначают точки на плоскости в прямоугольной системе координат, — объяснил Формаджо тем особым голосом, которым разговаривал с Тук-Туком. — Слова передаем по буквам. Каждая буква обозначается сперва номером столбца, потом номером строки. Например, если надо сказать слово «год», то стучи четыре раза, делай паузу и стучи один раз, чтобы указать на букву «г»; потом четыре раза — пауза — а затем три раза для буквы «о»; и пять раз — пауза — и потом один раз для буквы «д». Ты понял?

Четкое «тук-тук».

— Да, он понял, — сказал Джаспер.

— Отлично. Итак, Тук-Тук, чего ты хочешь?

Тук-Тук постучал два раза, подождал, пока Джаспер скажет: «Два», потом постучал еще два раза. «Ж». Формаджо записал букву на странице блокнота. Потом прозвучали четыре и два стука для буквы «И». Спустя несколько минут на странице появилась надпись:

Ж-И-З-Н-Ь-И-С-В-О-Б-О-Д-У

Джаспер впервые осознал, что его незваный подселенец — узник.

Формаджо спросил:

— А как мы можем дать тебе жизнь и свободу?

Тук-Тук снова начал выстукивать.

Д-Е-З-У-Т-Д-О-Л-Ж-Е-Н

Стук умолк.

Старые водопроводные трубы стонали в стенах.

— Де Зут должен... Что? — спросил Формаджо.

Стук начался снова.

У-М-Е-Р-Е-Т-Ь

Формаджо с Джаспером переглянулись.

У Джаспера по коже побежали мурашки.

— Почему? Что де Зут тебе сделал плохого?

Тук-Тук ответил немедленно и резко:

Г-Р-Е-Х

— Какой грех? Это ведь ты у него в голове! — сказал Формаджо.

Ответный стук сложился в слова:

В-К-Р-О-В-И

Джаспер уставился на буквы.

— Будто кроссворд с загадками, — сказал Формаджо.

«Для тебя — кроссворд, а для меня — смертный приговор», — подумал Джаспер.

— Формаджо, все, я больше не могу!

— Погоди, но ведь это невероятно...

— Хватит. Прошу тебя, остановись. Немедленно.

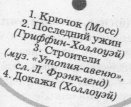

**Зачатки
жизни**

ПЕРВАЯ СТОРОНА

1. Крючок (Мосс)
2. Последний ужин
(Гриффин-Холлоуэй)
3. Строители
(муз. «Утопия-авеню»,
сл. Л. Фрэнкленд)
4. Докажи (Холлоуэй)

Крючок

●

— Выбираешь гаденыша потолще... — Отец Дина вытащил из банки опарыша и поднес его к крючку. — Прижимаешь... нежненько, чтоб не раздавить, вот тут, у самой головы. Чтоб он пасть раззявил пошире. Видишь? А теперь насаживаешь его на крючок. Вот так... продевая, как нитку в игольное ушко. — (Дин завороженно, но передергиваясь от отвращения, следил за действиями отца.) — И крючок в заднице вот так поверни, чтоб плотно сидел, самым кончиком высовывался. Видишь? Так он с крючка не сползет, но будет дергаться, а рыба не заметит, что червяк на крючке, подумает: «Мням-ням, вкусный ужин» — да и заглотит целиком. И тут-то на крючок сама и попадется. И будет из нее ужин. — Отец усмехнулся, что бывало очень редко, поэтому Дин тоже улыбнулся. — Не забудь проверить, прочно ли подвязаны грузило и поплавок, они денег стоят... Ну вот и все, можно забрасывать. — Отец выпрямился во весь рост, почти до неба. — Отойди подальше от края, не хватало еще, чтоб тебя на крючок подцепило и в воду уволокло. Знаешь, как мамка заругается?

Дин отбежал подальше, почти к самому берегу. Отец завел удочку за плечо и забросил. Грузило, поплавок и опарыш на крючке взметнулись над блестящей Темзой и звучно плюхнулись в воду далеко-далеко.

Дин подбежал к отцу:

— Ух ты! Прям на тыщу ярдов!

Отец сел на край причала, свесил ноги над водой:

— Держи. Обеими руками. Смотри не выпускай.

Дин послушно взял удочку, а отец приложился к бутылке в коричневом бумажном пакете. Река текла. И текла. И текла. Дину очень хотелось, чтобы так было все время. Отец с сыном долго молчали.

— В рыбалке вот ведь какая загадка, — сказал отец. — Где крючок, у кого в руках удочка, кто червяк, а кто рыба?

— А почему это загадка?

— Подрастешь — поймешь.

— Но ведь и так понятно.

— Все меняется, сынок. Моргнуть не успеешь.

Эми Боксер закусывает губу:

— Когда я беру интервью у Джона и Пола, или у *The Hollies*, сразу видно, что ребята знают друг друга много лет, учились в одной школе. Почти как братья. Вместе таскались по конкурсам талантов, корячились в провинциальных варьете, лабали в сомнительных клубах типа «Пещеры». Не кажется ли вам, что в сравнении с ними «Утопия-авеню» выглядит... — журналистка «Мелоди мейкер» повышает голос, чтобы заглушить стук молотков, — выглядит несколько искусственной?

Сегодня кабинет Левона в «Лунном ките» отнюдь не напоминает оазис тишины и покоя. В агентстве Дюка и Стокера на первом этаже сломался сливной бачок. Починка проходит шумно.

— А наша музыка тоже звучит искусственно? — спрашивает Джаспер.

— По-твоему, мы — как долбаные *The Monkees*? — спрашивает Грифф.

— А тебе не нравятся *The Monkees*? — уточняет Эми Боксер.

— Мы от всей души, — начинает Левон, — желаем Дейви, Майклу, Питеру и... мм...

— Долбодятлу, — подсказывает Грифф; он лежит на диване и мучается похмельем; лицо прикрыто черной ковбойской шляпой.

— Мики Доленцу, — говорит Эльф. — Не ерничай.

— Мы желаем группе *The Monkees* всего самого наилучшего, — говорит Левон.

Эми Боксер закидывает ногу на ногу. Царапающе шелестят нейлоновые чулки-сеточка. Дин старается глядеть на ее руки. Рубиновый лак на ногтях, по три или четыре кольца на каждой руке. За шариком ручки тянется хвост стенографических загогулин. Явственно работают мышцы предплечья. Эссекский акцент.

— ...всего... самого... наилучшего. Так и запишем, — говорит она. — Итак, Эльф, когда в тот знаменательный вечер в «Кузенах» вальяжный канадец, зачуханный лондонский кокни, умирающий с голоду викинг и дикарь-ударник пригласили тебя в новую группу, какие мысли возникли в твоей голове?

— Погоди, — вмешивается Дин. — Зачуханный лондонский кокни?

Левон делает предостерегающий жест, будто говоря: «Не обращай внимания, проехали...»

— Читателям нужна легенда о создании группы. «Мы решили собрать группу, когда нас заперли в сарае...» или «Мы дрейфовали в спасательной шлюпке и уже подумывали, кого бы сожрать первым...» — гораздо интереснее, чем «Наш менеджер склеил нас, как модель самолетика „Эрфикс“». Вдобавок женской аудитории интересно, каково Эльф быть единственной девушкой в группе.

Из приемной доносятся стрекот трех пишущих машинок, звоночки кареток: Бетани на время приютила двух секретарш из агентства Дюка—Стокера.

Эльф задает встречный вопрос:

— А каково тебе в «Мелоди мейкер»? Критики поп-сцены неохотно пускают женщин в свои ряды.

— Ох, Эльф, даже не напоминай. Вонючие, сексуально озабоченные павианы, которые не соблюдают никаких приличий... Знакомая история?

Эльф устало кивает:

— Вот-вот. Если парень делает ошибку, то это просто ошибка. А если ошибается девушка, то сразу начинается: «Ну вот, пожалуйста, я же говорил!» Знакомая история?

Левон сидит с невозмутимым лицом. Джаспер уставился в пространство. Грифф не высовывается из-под шляпы.

— И кто из нас так себя ведет по отношению к тебе? — спрашивает Дин.

— В студии — да каждый обладатель тестикул.

— Я такого не делаю!

— А ты присмотрись, как реагируют на мои идеи и как — на идеи парней. Присмотрись повнимательней и делай выводы.

Дин закуривает «Данхилл».

«Либо у кого-то критические дни, либо ее Брюс настропалил».

— Давайте продолжим о том, как создавалась группа, — предлагает Левон.

— Так почему ты решила присоединиться к этому мужскому братству? — Эми Боксер, очень довольная собой, торопливо черкает ручкой.

Эльф делает глоток кофе:

— Утром, после нашей встречи в «Кузенах», мы пошли в «Зед» на Хэм-Ярде, поджемить. Как ни странно, мы, четверо совершенно незнакомых людей, сыгрались сразу же. — Она кивает на обложку альбома «Рай — это дорога в Рай», лежащего на журнальном столике. — И с тех пор стали играть еще лучше.

— Замечательно. — Ручка Эми корябает бумагу. На первом этаже визжит пила. — В прошлом году вы — ты и твой бойфренд, Брюс Флетчер, — выпустили альбом «Пастуший посох». Между прочим, он мне понравился. Скажи, а Брюс не завидует успеху «Утопия-авеню»?

— Можешь ответить: «Без комментариев», — напоминает Левон.

— Брюс очень рад за меня и за группу... — говорит Эльф.

«Ага, потому что теперь может тянуть из тебя гораздо больше бабла», — думает Дин.

— ...и, вдохновленный нашим успехом, записал демку своих песен. Из него фонтаном бьют творческие силы.

«Как же, фонтаном они бьют! — думает Дин. — Капают, будто сопли из носа».

Эми Боксер без особой надежды спрашивает:

— И как успехи?

— Есть некоторый интерес. Агентство Дюка—Стокера продвигает Брюса в Штатах. Им заинтересовался агент Дина Мартина. И Глэдис Найт. И Шенди Фонтейн.

— Шенди Фонтейн?! — переспрашивает журналистка и с невольным восхищением косится на Левона. — Что ж, когда первый сингл Брюса станет золотым, я возьму у него интервью. Однако же, Эльф, не жалеешь ли ты о прежней творческой независимости? Ведь теперь вам приходится принимать решения сообща.

— Тебе лишь бы в дерьмеце покопаться, — бормочет Дин.

Журналистка улыбается:

— Работа у меня такая.

Помедлив, Эльф говорит:

— Разумеется, в группе должна быть демократия. — Она стряхивает пепел с «Кэмел». — Иногда выходит по-твоему, и это замечательно, но если человек требует, чтобы все всегда было только так, как хочется ему, то в группе такому делать нечего.

Эми Боксер записывает слова Эльф и обращается к Джасперу:

— Вот ты сидишь в уголке, тихонечко. А скажи, пожалуйста, как правильно произносится твоя фамилия. Де Зоет?

— Нет, де Зут рифмуется со словом «тут», а не со словом «поэт».

— Ясно. А правда, что ты из аристократического рода?

— Когда-то мой отец был шестидесятым согласно очередности наследования нидерландского престола, но сейчас уже не в первой сотне: у прямых наследников большое прибавление в семействе.

Остальные слышат об этом впервые.

— А ты мне не говорил, — укоряет Джаспера Дин.

— Об этом речь никогда не заходила.

— Ну да, с чего бы тебе, — ворчит Грифф.

Джаспер пожимает плечами:

— Разве это важно?

Дин с трудом удерживается, чтобы не сказать Эми Боксер «Джаспер у нас всегда такой», но Эми уже спрашивает:

— А ты думаешь о себе как о британце или как о голландце?

— Я об этом вообще не думаю, пока меня не спрашивают.

— И что же ты отвечаешь, когда тебя спрашивают?

— Обычно говорю, что чувствую себя и британцем и голландцем одновременно. Тогда мне возражают, что так не бывает, но я повторяю, что ощущаю себя именно так. И разговор на этом заканчивается.

Эми грызет кончик шариковой ручки:

— А как в школе Епископа Илийского относятся к тому, что их ученик выступал на «Вершине популярности»?

— Понятия не имею. В школе Епископа Илийского нет телевизоров.

— Многие музыканты называют твою игру на гитаре гениальной. Что ты на это скажешь?

— Прежде чем говорить такое обо мне, пусть лучше послушают Хендрикса или Клэптона.

— А ты обрадовался, когда «Темная комната» вошла в верхнюю двадцатку?

«Угу, доползла до шестнадцатого места и камнем ухнула на дно, и никакая „Вершина популярности“ не помогла», — думает Дин.

— Дин и Эльф тоже пишут песни, — напоминает Левон журналистке. — Поэтому «Рай...» — многогранный и разносторонний альбом.

— А какова была реакция вашего лейбла, когда они впервые прослушали все целиком?

Гюнтер Маркс, обрамленный аркой Тауэрского моста за окном, сидел в кабинете и молчал. Шквалистый ветер с дождем баламутили Темзу. Виктор Френч сидел под картиной, усеянной красными и желтыми горошинами. Найджел Хорнер, рекламный агент, сидел рядом с суперсовременным проигрывателем «Грюндиг». Четыре колонки «Бозе» исторгали «Рай — это дорога в Рай». При звуках «Вдребезги» корявый указательный палец Гюнтера едва заметно задергался в такт. Во время фортепьянного соло Эльф в «Мона Лиза поет блюз» Гюнтер Маркс склонил голову набок. Когда закончилась первая сторона, он сделал знак Найджелу перевернуть пластинку. Джасперов «Свадебный гость» и баллада Эльф «Неожиданно» не вызвали в нем никакого отклика. Зазвучало «Пурпурное пламя», и Дин покрылся испариной. Эльф предложила добавить органное соло, в духе *Procol Harum*, которое очень понравилось Дину. Диггер вставил соло в одну из версий, что удлинило композицию. Для сингла она теперь не годилась, так что у Дина осталось всего два претендента на славу и деньги: «Оставьте упованья» и «Вдребезги». На середине песни Джаспера «Приз» голова Гюнтера легонько закачалась в такт. Дина замутило. «Приз» завершился. Игла звукоснимателя поднялась. «Грюндиг» щелкнул и выключился.

Ни Виктор Френч, ни Найджел Хорнер не собирались выражать своего мнения прежде, чем прозвучит веское слово их начальника. Который молчал так долго, что Дин не выдержал:

— Гюнтер, вам нравится или нет? Или мы тут будем в шарады играть?

Найджел Хорнер и Виктор Френч покривились.

Гюнтер сложил ладони шалашиком.

— «Темная комната» дебютировала успешно. Большинство групп продолжает работать в том направлении, где случился первый успех. Верно?

— Как правило, да, — ответил Виктор Френч.

— Однако же на этой пластинке единственная песня в стиле «Темной комнаты» — это «Темная комната». Такое ощущение, что альбом записывали не одна, а три разные группы.

— А это хорошо или плохо? — спросил Дин.

Гюнтер достал из письменного стола деревянную коробку и открыл ее. Дин заметил, что Виктор Френч и Найджел Хорнер переглянулись. Гюнтер взял из коробки сигару-черуту и обрезал крошечной гильотиной. Дин скрестил ноги.

— К Рождеству «Рай — это дорога в Рай» разойдется по магазинам и наверняка окажется среди сорока лучших в чартах. Молодцы.

Дин облегченно перевел дух.

— Не сомневаюсь, что так и будет, — сказал Левон.

Гюнтер продолжал обрезать сигары.

— Так что мы бросим все силы на рекламу «Рая» и нового сингла. Радио, концерты, интервью в музыкальных изданиях. А теперь давайте закурим. — Он раздал всем по сигаре. — У меня такой обычай. Со времен службы на подлодке.

— А это настоящие кубинские? — спросила Эльф.

— Да, случайно упали за борт, — ответил Гюнтер.

— «Илексу» очень понравился альбом, — говорит Левон, обращаясь к Эми Боксер. — Гюнтер, управляющий директор, слушал песню за песней и объявлял каждую шедевром, а в конце сказал: «Это целый альбом шедевров».

Левон рассказывает так убедительно, что Дин почти верит: именно так все и было.

— А вы не жалеете, что заключили контракт с «Илексом»? Все-таки это довольно рискованно. У них, конечно, внушительный каталог классической музыки, но поп-исполнители вы у них первые.

— У нас были предложения от «И-эм-ай» и «Декки», — говорит Левон, — но мы решили, что будущее за теми лейблами, которые проворнее и прожорливее.

Эми поджимает губы, мол, как скажешь.

— А теперь, Грифф, расскажи о себе, пожалуйста.

Грифф приподнимает ковбойскую шляпу, открывает один глаз:

— Пять пинт у «Ронни Скотта», пара стопок вискаря вдогон, а дальше помню смутно.

— Я уже поняла, что ты — комик в группе. А если серьезно?

Грифф кряхтит, садится на диване, шумно отхлебывает кофе.

— Обычная история ударника. В детстве я, как есть задохлик, не вылезал из Королевской больницы Гулля. Там был детский оркестр. Мне понравились барабаны. Вот после больницы я и стал барабанщиком в школьном духовом оркестре. А потом Уолли Уитби взял меня под крыло.

— Мой отец обожает Уолли Уитби. «Yes, Sir, That's My Baby»[1].

— С Уолли я объездил весь север Англии. Мы давали концерты в домах отдыха от Саутпорта до Скегнесса. Мне понравилась такая жизнь. Девушки всегда заглядываются на ударника. Уолли и Алексис Корнер — старые приятели, поэтому, когда я приехал в Лондон искать счастья, Алексис подыскивал мне работу в блюзовых и джазовых клубах. Там меня заметил Арчи Киннок, у которого тогда был ансамбль «Блюзовый джаггернаут», который вскоре распался. Потом Арчи собрал «Блюзовый кадиллак» и пригласил туда Джаспера. Ну, мы с ним там недолго пробыли...

— Да, о скандале в баре «Ту-айз» уже ходят легенды, — говорит Эми. — А девушки по-прежнему на тебя заглядываются?

— Про девушек ты лучше Дина поспрашивай, любопытная ты наша, — ворчит Грифф и снова укладывается на диван. — Не зря же его прозвали Грейвзендским кобелиной. Срамота!

— Скоро его будут называть Грейвзендским трубадуром, — говорит Левон. — За «Оставьте упованья». Между прочим, сингл вышел сегодня. Это песня Дина.

— Мммм... — Эми Боксер дописывает рассказ Гриффа, переводит взгляд на Дина.

В ней есть что-то дерзкое и вызывающее. Джуд совсем не такая. Джуд милая, ласковая и верная. Если бы Дин остался в Грейвзенде, то связал бы жизнь именно с такой девушкой, как Джуд. «Но слава изменяет правила игры. Журналисты „Мелоди мейкер" это понимают, а парикмахерши из Брайтона — нет».

— Итак, «Оставьте упованья», — говорит Эми Боксер. — Очень рисковый выбор для второго сингла.

— Почему вы так считаете, мисс Боксер?

Ехидная улыбочка.

— Зови меня Эми. А на «вы» обращайся к моей маме. Так вот, «Оставьте упованья» — стандартная ритм-энд-блюзовая композиция, без психоделических прибамбасов.

---

[1] *Здесь:* «Да, сэр, это мой дружок» *(англ.).*

— Ничего стандартного в ней нет. Зато есть два хука, в строфе и в припеве. И вот эти самые крючки, мелодические и ритмические, крепко-накрепко цепляют слушателя и не отпускают.

— Значит, песня хороша, потому что в ней есть хук?

Вместо ответа Дин дум-дум-думкает знаменитую фразу из «You Really Got Me»[1] группы *The Kinks* до тех пор, пока Грифф не называет песню. Потом Грифф бам-бам-бамкает другую песню, выстукивая ритм на воображаемых барабанах.

— «Taxman»[2] с альбома «Revolver», — чуть помедлив, отвечает Джаспер и в свою очередь ля-ля-лякает три строки задуманной им песни.

Эльф добавляет к ним четвертую, отгадав «Hound Dog»[3], и замечает:

— Только у тебя это больше похоже на тему из фильма «Рожденная свободной».

— Судя по всему, вы часто развлекаетесь этой игрой, — говорит Эми.

— После успеха «Темной комнаты» мы выступаем больше и много времени проводим в поездках на Зверюге. Это наш микроавтобус. Надо же как-то развеяться, вот мы и играем.

— Ну, Дин вообще большой мастак цеплять рыбку на крючок, — говорит Грифф Эми. — Особенно в мужском туалете на Сохо-Сквер.

— Разумеется, Грифф снова шутит, — замечает Левон.

Эми что-то записывает.

— Фанатам «Темной комнаты» «Оставьте упованья» наверняка покажутся неожиданным выбором для сингла, — поясняет она. — Попробуйте представить себе их реакцию. Разумеется, их это озадачит.

— А в «Сержанте Пеппере» индийская композиция Харрисона стоит перед «When I'm Sixty Four». И ситар сменяется гобоем... на раз! — Дин щелкает пальцами. — И это

---

[1] «Ты меня покорила» *(англ.)*.

[2] «Налоговый инспектор» *(англ.)*.

[3] «Гончая» *(англ.)*.

никого не озадачивает. Наоборот, все думают: «Вот здорово!»

Эми Боксер не считает эти доводы убедительными.

— Да, но ни та ни другая песня не выходили синглами. Так кто же выбрал «Оставьте упованья» для второго сингла — «Илекс» или вы сами?

— Мы сами, — говорит Дин и глядит на остальных.

Джаспер пребывает в Джасперляндии. Эльф рассматривает ногти. Грифф прячется под шляпой. «Ну молодцы, спасибо за поддержку», — думает Дин.

В яремной ямке Эми покачивается серебряный кинжальчик.

— И в «Илекс» согласились? Или вам пришлось их уговаривать?

— Я пока еще не знаю, какую вещь дать следующим синглом, — заявил Гюнтер Маркс в штаб-квартире «Илекса». — Либо «Мона Лиза поет блюз», либо «Приз». У кого какое мнение?

— «Утопия-авеню» выбирает «Оставьте упованья», — сказал Левон.

— Первая песня на первой стороне, — добавил Дин.

Гюнтер сморщил нос:

— В ней слишком много нигилизма.

Дин не знал такого слова.

— В ней нигилизма в самый раз.

— Она отлично задает тон в начале альбома, — сказал Виктор Френч, — но это еще не означает, что она подходит для сингла.

— Видишь ли, Дин, вопрос вот в чем, — поморщился Найджел Хорнер. — Будут ли сегодняшние тинейджеры фанатеть от песни, которая рассказывает, как человека обворовывают на улице и лишают жилья, но это не имеет никакого значения, потому что русские рано или поздно сбросят атомную бомбу?

— На наших концертах от нее все фанатеют, — буркнул Дин.

— «Мона Лиза» привлечет внимание к Эльф, — сказал Виктор Френч. — И тиражи увеличатся, потому что сингл раскупит женская аудитория. Им близок и понятен рассказ о женщине, пытающейся противостоять враждебному миру.

— Я согласен с Виктором насчет «Оставьте упованья», — заявил Найджел Хорнер. — Но сам голосовал бы за «Приз». Эту песню поймут все, кто мечтает о славе. Вдобавок диджеи обожают крутить песни, которые восхваляют диджеев.

Дин посмотрел на Левона. Левон сидел с видом человека, которому приспичило в туалет. Дину хотелось заорать: «Мы же договорились! Мы же бросили жребий!»

— Нет. Мы выбрали «Оставьте упованья». Она жесткая, реалистичная, отражает нынешние настроения и страх перед надвигающимся концом света. А если выпустить еще одну песню Джаспера, то все решат, что мы косим под *Pink Floyd*.

— Наша с вами реальность такова, — сказал Гюнтер, тыча окурком сигары в пепельницу. — «Илекс» потратил на «Рай — это дорога в Рай» тринадцать тысяч фунтов. Поэтому именно «Илексу» принадлежит право выбирать следующий сингл.

Дин затушил свою сигару:

— Нет.

Гюнтер, Найджел Хорнер и Виктор Френч уставились на Дина, будто сначала не поверили своим ушам и лишь потом сообразили, что он сказал на самом деле.

— В каком смысле — нет? — негромко спросил Гюнтер.

— Сингл выбирает группа.

Левон решил, что самое время вмешаться:

— «Лунный кит» и «Утопия-авеню», разумеется, благодарны за вложенные средства, Гюнтер, и...

— Помолчи. — Гюнтер предостерегающе воздел руку. — Эльф, тебе ведь хочется доказать, что девчонка-клавишница в группе парней — не просто рекламная фишка, верно?

— Ага, разделяй и властвуй, Гюнтер, — фыркнул Дин. — Очень тонкий ход.

Эльф посмотрела в окно:

— Я согласна дождаться своей очереди.

— Спасибо, — сказал Дин. — Видите, она...

Но сбить Гюнтера с курса было не так-то просто.

— Погоди-ка. Что еще за «согласна»? Какой такой «своей очереди»? Это что, заговор? — Он пальцем начертил в воздухе овал.

— Группа не хочет, чтобы ее участники конкурировали друг с другом, — начал Левон, осторожно подбирая слова. — Мы пытаемся пресечь зависть в зародыше и не хотим, чтобы чьи-то песни были на особом положении.

Гюнтер обдумал услышанное.

— То есть вы договорились между собой, что первым синглом пойдет песня де Зута, потом — Мосса, а потом Холлоуэй. Я правильно вас понял?

— Мы дали друг другу слово, — сказал Дин.

— А что, мое мнение ничего не значит? — хмыкнул Гюнтер. — Эльф, а почему ты оказалась последней? По-твоему, это феминизм?

— Сингл Эльф должен быть последним не потому, что она женщина, а потому, что ей выпало одно очко, — пояснил Джаспер.

Дин мысленно обругал честность образованного тупицы.

Гюнтер прищурился. Найджел Хорнер и Виктор Френч отвели глаза.

— О чем это ты?

— Мы бросили жребий. На игральном кубике, — ответил Джаспер. — Мне выпало три очка, Дину — два, а Эльф — одно. Поэтому ее сингл должен быть третьим.

Гюнтер на миг утратил дар речи.

— Если вы думаете, что я соглашусь принять важное коммерческое решение потому, что так легла фишка, то вы бредите. И не просто бредите, а бредите в изоляторе психдиспансера! Послушайте...

— Нет уж, это ты послушай, дятел. — Грифф подался вперед. — Это мы ночь за ночью мотаемся туда-сюда, пока ты нежишься в постельке. Мы. Это мы успеваем или не успеваем уворачиваться от бутылок, — он потрогал шрам, — которыми в нас швыряют обдолбанные моды. Мы. И если тебе хочется побыстрее отбить тринадцать тысяч, то заруби себе на носу: следующий сингл выбираем мы. Не ты, а мы. И следующий сингл — «Оставьте упованья».

«Спасибо, — подумал Дин. — Наконец-то».

— Значит, вы пытаетесь заставить меня сделать по-вашему, а в противном случае угрожаете подорвать свои же карьеры?

— Никто никому не угрожает, — сказал Левон. — Но на этот раз сделайте, пожалуйста, то, о чем вас просят. Так хочет группа.

— Я выписываю вам чеки, и мы... — Гюнтер показал на Виктора и Найджела, — выбираем синглы. Так хочу я.

— Да пошли вы все нахер! — Грифф затушил сигару о подлокотник дивана, швырнул окурок на ковер и вышел вон из кабинета.

— Блефует! — сказал Найджел Хорнер. — Сейчас вернется.

— Размечтался, — сказала Эльф. — Он из Йоркшира. Не вернется.

— Барабанщиков пруд пруди, — заявил Виктор Френч. — Если этот ушел из группы, то наймем другого.

— Никого вы не наймете, — бросил Дин и резко, с вызовом встал.

Эльф встала решительно.

Джаспер встал.

Левон встал, бормоча себе под нос:

— Великолепно, просто великолепно.

— Это что значит?! — повысил голос Гюнтер Маркс. — Вы решили устроить мне забастовку? Да я вас всех просто-напросто уволю. Немедленно.

— И выбросишь на ветер тринадцать тысяч фунтов? — спросил Дин. — Интересно, как ты объяснишь это Тото Шифферу в берлинской штаб-квартире?

Гюнтер переменился в лице:

— Ты меня шантажируешь?

— Не припомню, чтобы еще какой-то лейбл так баловал музыкантов, — говорит Левон, обращаясь к Эми Боксер. — Гюнтер Маркс — дальновидный стратег, чтобы не сказать провидец. Для «Утопия-авеню» он как отец родной. Можешь это процитировать.

— Очень лестная характеристика, — говорит Эми. — Дин, давай продолжим разговор о тебе. А ты, случайно, не королевских кровей?

— Я незаконный сын герцога Эдинбургского, только тссс!

— «Утопия-авеню» питает глубокое уважение к королевскому семейству, — торопливо вставляет Левон.

Эми делает глоток кофе, смотрит на Дина, будто говоря ему: «А Левон-то тот еще переживальщик, да?»

— Нигилизм чувствуется даже в названиях твоих песен. «Вдребезги», «Оставьте упованья», «Пурпурное пламя»... То есть в музыке ты представляешь взгляды рассерженной молодежи?

«Ну вот, опять это слово».

— В каком смысле — нигилизм?

— Уныние. Ожесточенный взгляд на жизнь. Убеждение в бессмысленности существования.

— А, понятно. Ну, вообще-то, если меня что-то раздражает, то я могу сочинить об этом песню. Но это не значит, что я считаю жизнь бессмысленной.

— А что тебя раздражает?

Дин прикуривает «Данхилл», затягивается. На первом этаже стучат молотки.

— Что меня раздражает? Музыкальные критики, которые считают себя богами. Люди, которые употребляют умные слова, чтобы ткнуть тебя носом в твою необразованность. Мужчины, которые бьют женщин. Продажные копы. Старики, которые думают, что «Я ради тебя кровь проливал» ставит точку в любом споре. Чиновники, которые запретили пиратское радио. Те, кто высмеивает чужие мечты. Пироги, в которых вместо начинки — воздух. Власть имущие из благородных, которые снимают сливки. Ну и все мы — за то, что безропотно позволяем этим сволочам нас эксплуатировать.

— Что ж, я спросила, ты ответил, — вздыхает Эми. — А вот Джаспер разве не из благородных?

Джаспер смотрит на Дина.

— Джаспер классный.

— Зато я — самый что ни на есть простецкий парень, — добавляет Грифф. — Когда Дину хочется поговорить с кем-то о хорьках, удобствах во дворе или о социализме, то я всегда к его услугам.

На шее Эми Боксер поблескивает серебряный кинжальчик.

— А когда вы станете знамениты на весь мир и прикупите себе особняки в Суррее, чтобы уйти от налогов, то так и останетесь «простецкими парнями»? Вам уже достался глоток славы. Наверное, в вашей жизни теперь многое изменилось...

— За-ши-бись! — Стюарт Кидд, осматриваясь кругом, стоял в прихожей квартиры Джаспера. — А лихо ты устроился!

Кенни Йервуд онемел. Род Демпси шнырял глазами, разглядывая обстановку. «Прикидывает, что почем», — сообразил Дин.

— Надеюсь, ты мне вписку не обнесешь, а, Род?

Род хохотнул, продолжая оценивающе рассматривать квартиру.

— Это правда твои хоромы? — уточнил Стю.

— Типа того, — ответил Дин.

— Прям как из «Плейбоя», — сказал Стю. — Телевизор. Стерео. А вертолетной площадки на крыше, случайно, нет?

— Квартиру купил отец Джаспера, вроде как вложился с прицелом на будущее. Джаспер за ней присматривает, а я присматриваю за Джаспером. Ну, как-то так.

— И где же твой Джаспер? — с напускным аристократическим выговором осведомился Кенни.

— В Оксфорде. Завтра вернется. И между прочим, он не стал бы высмеивать твое произношение.

— Пусть только попробует! — сказал Кенни. — Сразу в глаз получит.

Стю все еще разглядывал обстановку.

— Значит, ты кантуешься тут аж с января и только сейчас пригласил нас в гости?

— Дин не виноват, — сказал Род Демпси. — У артистов тяжелая жизнь. Столько дел, что посрать некогда.

— Кстати, это почти правда, — сказал Дин. — Эй, Стю, скидывай обувку. Здесь с этим строго.

— Еще чего! — возмутился Стю.

— Тут один паркет дороже, чем весь дом твоей тетки Нелли вместе со всем ее барахлом, — заметил Род Демпси, расстегивая пряжки на байкерских сапогах.

— Включая саму Нелли, — добавил Кенни. — Между прочим, она в свое время неплохо зашибала. Ну, надо сказать, там было за что. Как и твоя мамаша, кстати.

— Очень смешно. — Стю расшнуровал ботинки. — А поссать можно? Или ваш золотой унитаз тоже нельзя пачкать?

— Вторая дверь слева по коридору.

Стю отправился в уборную, а Кенни принялся изучать коллекцию пластинок.

— Рад за тебя, Дин, — сказал Род Демпси.

В Грейвзенде у него была сомнительная репутация. Заядлый прогульщик, в шестнадцать лет он угодил в исправительную школу, за то, что поджег машину муниципального инспектора по делам несовершеннолетних; в восемнадцать прибился к байкерам; в двадцать пошел на квартирную кражу, но сорвался с крыши и лишился глаза. Выйдя из тюрьмы, он оказался без дома, без работы и без гроша в кармане, но Билл Шенкс ссудил ему денег, и Род открыл ларек, где торговал байкерской экипировкой. А теперь у него байкерский магазин в Кэмден-Тауне.

— А я — за тебя, — сказал Дин.

— Ну, у каждого есть свой дар, главное — найти ему выгодное применение. Кстати, о дарах... — Из кармана косухи он вытащил жестянку лакричного монпансье «Нипитс» и вручил Дину.

В жестянке оказался кусок дури размером с большой палец.

— Пристегните ремни, мы готовы к взлету! — объявил Дин.

———

275

В Джасперовых колонках громыхал альбом «Are You Experienced»[1]. Дин растянулся на косматом коврике, упиваясь басовой партией Ноэля Реддинга в «The Wind Cries Mary»[2]. В темноте светился ночник — голландский гном по прозвищу мистер Кабутер[3].

— Ну, рассказывай, рок-звезда, — попросил Кенни, передавая Дину косячок.

Дин затянулся, расслабленно поплыл.

— А чего рассказывать?

Стю сразу понял, что Кенни имел в виду.

— Сколько ты телок перетрахал в этих своих хоромах?

— Я же зарубок на кровати не делаю.

— Ну хоть больше десятка? — не унимался Кенни. — А как там твоя брайтонская парикмахерша?

Дин передал косячок Роду:

— Улетная дурь.

— Гильмендская, из самого Афганистана. Прятали в дверцах «фольксвагена». Могу организовать тебе по себестоимости, как старому приятелю.

До Дина запоздало дошло, что Род торгует не только байкерской экипировкой.

— Буду иметь в виду.

— Так, не тяни, — поторопил его Кенни. — Давай про парикмахершу.

Проснувшаяся совесть отвесила Дину оплеуху.

— Ну, мы с Джуд встречаемся... иногда.

— Везет же некоторым, — простонал Кенни. — Вот зачем я бросил музыку? Ненавижу свою работу. Начальник — мудак. В профсоюзе одни кретины.

— У тебя же есть деваха, — напомнил Стю.

— Угу. Только и знает, что мозги мне трахать, а как с ней — так ни-ни. — Дурь развязала Кенни язык. — Я ей говорю, мол, давай уже переспим, а она вся такая в слезы и гундит: «Не держи меня за дурочку, Кенни!» Вот если б я попал на «Вершину популярности», как Дин, бортанул

---

[1] «У вас есть опыт» *(англ.)*.
[2] «Ветер стонет „Мэри"» *(англ.)*.
[3] От *голл.* Kabouter — «гном».

276

бы ее и шарашился бы по Сохо, закидывался кислотой, телок трахал направо и налево — в общем, жил бы на широкую ногу. А в Грейвзенде — хоть вешайся.

— А кто тебе мешает как Дин? — спросил Род. — Тут как на тотализаторе: кто не играет, тот не выигрывает.

Кенни затянулся косячком:

— Будь моя воля, я б хоть завтра свалил в Лондон.

Дин хотел честно объяснить, что аванса, полученного от «Илекса», не хватает на то, чтобы выплатить долги «Лунному киту», магазину «Сельмер» и Рэю; что его доля авторских за «Темную комнату» существенно меньше трехнедельной зарплаты профсоюзного деятеля Кенни... но зависть приятелей проливалась бальзамом на душу.

— Ну, тут не все медом намазано...

— Ага, так я тебе и поверил. Сам-то живешь в Мэйфере... — Стив взял косячок, — тебя в телике показывают, и телка у тебя приходящая...

— Сплошное удовольствие, — заявил Кенни.

— А ты кого-нибудь из знаменитостей знаешь? — спросил Стю.

Дин сначала хотел ответить «нет», но тут в «3rd Stone from the Sun»[1] вступила бас-гитара.

— Брайан Джонс считается?

— Брайан Джонс? Из The Rolling Stones?

— Еще как считается, — сказал Кенни. — Ни фига себе... Брайан Джонс.

Дурь ударила Дину в голову.

— Мы с ним часто пересекаемся на тусовках, болтаем о том о сем. Про гитары, концертные залы, лейблы. Кстати, между нами говоря, он чувак прижимистый, проставляться не спешит... — Полуправда быстро перерастает в ложь. — Не то что Хендрикс. Джими снимет последнюю рубаху и отдаст приятелям.

— Ты и с Хендриксом знаком?! — восклицает Кенни. — Да ну, заливаешь. Не верю!

Но Дину все-таки поверили. Он и сам уверовал, что его побег из Грейвзенда увенчался триумфом. Дин передал

_____

[1] «Третий камень от Солнца» (англ.).

косячок Роду. В единственном глазу Рода Демпси заговорщически ухмылялось сияющее отражение мистера Кабутера.

Тем же вечером Дин и Кенни стояли у бара в клубе «Bag o' Nails»[1]. Род и Стю ушли искать свободный столик. Дин сунул пять фунтовых купюр в карман приятеля:

— Не ссы, я тебя не лапаю за яйца, а возвращаю должок. Помнишь, в прошлом году ты мне ссудил пятерку? Ну, в «Ту-айз»?

— Спасибо. А я уж думал, ты забыл.

— Да ты что! Ты меня тогда просто спас.

— Ага, зато теперь многое изменилось.

— Ну да, наверное.

— Нет, правда, я тоже так хочу, — вздохнул Кенни. — Эх, Лондон! Может, я у вас на диване перекантуюсь на первых порах?

Дин представил, как на тусовках Кенни начнет всем впаривать, что он — лучший друг Дина Мосса, и ему стало не по себе.

— И чем ты здесь займешься?

— А тем же, чем и ты. Куплю гитару, напишу пару песен, соберу группу. Я же в «Могильщиках» тоже неплохо лабал, скажи?

— Тут везде грызня не на жизнь, а на смерть...

— Но ты ж сумел как-то прорваться...

— Сумел... а ты помнишь, сколько лет я учился играть?

— Ну, у меня, между прочим, диплом художественного училища. Может, устроюсь на работу в «Оз» или в «Интернешнл таймс». Или пойду торговать антиквариатом на Портобелло-роуд. Или заделаюсь фотографом. Мне б только приткнуться где-нибудь. Так как насчет дивана?

«Он даже не представляет, как оно тут все...» — думает Дин.

— Понимаешь, диван, вообще-то, не мой, а Джасперова отца. Который может в любую минуту выставить нас с Джаспером за порог. Так что, если ты серьезно надумал линять из Грейвзенда, поговори лучше с Родом.

_____
[1] «Мешок гвоздей» *(англ.)*.

278

Не дожидаясь, пока Кенни сообразит, что ему отказали, Дин окликнул бармена:

— Четыре пинты «Смитуикс»!

Последними выступала группа «Андроник», из Ипсвича. Ребята играли посредственно, но в зажигательном танцевальном ритме, и Дин, в наполеоновском сюртуке из магазина «Я был камердинером лорда Китченера», изобрел новый танец под названием «Фламинго». Сюртук стоил немалых денег, но Дин решил, что в свете будущих прибылей может пойти на такие расходы. Дина переполняла любовь. Любовь к собратьям по музыке. Любовь к Джасперу, Гриффу и Эльф. Любовь к Левону, чье имя начиналось с той же буквы, что и слово «любовь». Любовь к маме, которая умерла под звуки чудесного, восхитительного, прелестного «Теннессийского вальса». Дин утер слезы. Любовь к Литл Ричарду, который спас сопливого юного тарзана в фолкенстоунском «Одеоне». Любовь к бабуле Мосс и Биллу. Он пообещал себе, что купит им бунгало в Бродстерсе с первого чека за «Оставьте упованья». Или со второго. Или с третьего. Любовь к Рэю, к племяшке Уэйну и даже к беременной невестке Ширли. А Гарри Моффат никаких денег не дождется. Фиг ему. У Рода не найдется такой наркоты, чтобы Дину захотелось облагодетельствовать Гарри Моффата. Зато Дина переполняла любовь к одноглазому пирату Роду, который продал ему дурь по себестоимости. Любовь к «Андронику» и ко всем прочим посредственностям, на фоне которых «Утопия-авеню» блистала еще ярче. Любовь к Джуд, которая сейчас мирно спала в своем Брайтоне. Совсем недавно Дин тоже был обычным человеком. Любовь к Стю и к своему старому другу Кенни, хоть Дин и не собирался с ним нянчиться. Любовь лучом маяка кружила по залу. Когда «Андроник» завершил выступление, Дин подошел к барной стойке и сказал бармену:

— Выпивку для всех моих друзей!

— А кто твои друзья? — спросил бармен.

Дин оглядел зал:

— Все!

Бармен недоверчиво посмотрел на него:

— Все?

— Ну да, все. Запиши на мой счет.

— Погоди, а ты кто? — спросил бармен.

— Дин Мосс. Из «Утопия-авеню». Месяц назад мы выступали на «Вершине популярности». Открой мне счет.

Бармен почему-то не сказал: «Извините, мистер Мосс, я вас не сразу признал». А заявил:

— Счет открываем только по распоряжению администратора.

Волшебная синяя таблетка не помогла. Дин смутно сознавал, что два десятка свидетелей расскажут еще двум десяткам своих приятелей, а те в свою очередь еще двум десяткам своих приятелей, что дурень по имени Дин Мосс знатно облажался в «Bag o' Nails».

— Все в порядке, Дермотт, — сказал Род, подходя к Дину. — Под мою гарантию. До обычной суммы.

Выражение лица бармена мгновенно переменилось.

— А, в таком случае... — Он посмотрел на Дина. — Мистер Мосс, ваш счет открыт.

Дина распирало от благодарности.

— Род, я...

Род только отмахнулся, мол, пустяки.

Дин вскочил на стол:

— Эй, вы все! Подходите к бару, делайте заказы. За мой счет! Я — Дин Мосс. Из группы «Утопия-авеню». Альбом «Рай — это дорога в Рай».

Посетители ринулись к барной стойке, Дин едва не сверзился на липкий пол, но десятки новых друзей подхватили его под руки, поставили на ноги и, хохоча, стали чокаться с ним «манхэттенами», «сингапурскими слингами», тройными порциями виски, грушевым сидром «Бэбишам» и пинтами темного пива, оплаченными Дином, его талантом и его щедростью. Новые друзья обожали «Темную комнату», и Дин заверил их, что «Оставьте упованья» — вообще крышеснос.

Ночь плыла и плескала. Девчонки спрашивали: «А ты правда поп-звезда?» Дин отвечал: «Ну должен же кто-то делать эту грязную работу» или «Сейчас я звезда, но все началось с мальчишки, у которого была безумная мечта». Девчонки спрашивали, знаком ли он со Стоунзами или с Битлами. Девчонки с изумленно распахнутыми глазами слушали Диновы россказни. Девчонки уволокли Дина на танцпол. Одна обняла его за шею. Кажется, он спросил, как ее зовут, потому что она приложила губы к его уху, как рыба, нащупывающая червяка на крючке, и шепнула: «Иззи Пенхалигон».

— Останусь ли я простецким парнем из рабочей семьи, когда обзаведусь особняком в Суррее, автомобилем «триумф-спитфайр» и прочей дребеденью? — повторяет вопрос Дин.

Эми Боксер — просто Эми — кивает, будто ей уже известен ответ.

Одноногий голубь садится на подоконник.

«А какая разница?»

— Вот когда я всем этим обзаведусь, тогда и спросишь.

— «Когда»? Не «если»? — уточняет Эми.

— Именно что «когда».

«Ишь ты какая борзая!»

Шкряб-шкряб-шкряб, — царапает ручка Эми.

— Собираешься выставить меня полным придурком?

Эми смотрит на него, не говорит «нет», но и «да» тоже не говорит.

— Не волнуйся, — говорит Левон. — Мы с Эми давние друзья.

Дин рассеянно почесывает копчик.

— Ага. В интервью с *John's Children* она выставила их полными придурками.

— Ну, я тут ни при чем, — говорит Эми. — Они и сами прекрасно справились.

— *John's Children?* — переспрашивает Эльф, которая знает эту группу. — Это они, выступая на разогреве у *The Who,* не только сами громили сцену, но и подначивали публику разнести зал?

— Если *The Who* насрут бадью дерьма, то она будет в десять раз лучше, чем *John's Children*, — ворчит Грифф.

— О, можно я тебя процитирую?

— «Утопия-авеню» желает *John's Children* всего... — начинает Левон.

— Валяй, цитируй, — заявляет Грифф.

Шариковая ручка Эми шкрябает по бумаге.

— И еще один, последний вопрос к вам всем, если позволите. Слушая «Рай — это дорога в Рай», я задумалась о политике. Мы живем в революционное время. Холодная война. Крах империй. Недоверие к властям. Совсем иное отношение к сексу и наркотикам. Отражает ли музыка все эти перемены? Или она вызывает эти перемены? Способна ли она на это? А что выражает ваша музыка?

— Нет чтобы спросить про любимое блюдо или про домашних животных, — ворчит Грифф из-под ковбойской шляпы.

— «Оставьте упованья» оканчивается взрывом атомной бомбы, — напоминает Эльф.

— А «Мона Лиза», по сути, гимн феминизму, — говорит Джаспер. — В пару Нине Симон с ее «Four Women»[1].

— Даже «Темная комната» — это песня о свободной любви, — говорит Дин. — Она куда раскованней, чем «I Want to Hold Your Hand»[2].

— Интересно... — говорит Эми. — Каждый из вас высказал свое мнение о чужой песне.

— Ага, мы такие, — заявляет Грифф. — Большая дружная семья.

— Однако же «Плот и поток» — ода музыке, — продолжает Эми. — А «Приз» — о непостоянстве успеха. «Пурпурное пламя»... между прочим, для меня это песня года. — Она смотрит на Дина, которому до дрожи приятно, но он строго напоминает себе, что музыкальный критик — враг. — Так вот, «Пурпурное пламя» — глубоко личная вещь. И в этих песнях не говорится о политике.

— А что, группа не может выражать и то и другое? — спрашивает Эльф.

— Иногда появляются замечательные песни, в которых содержатся политические заявления, — говорит Дин. — Например, «For What It's Worth», «Mississippi Goddamn»,

---

[1] «Четыре женщины» *(англ.)*.

[2] «Я хочу держать тебя за руку» *(англ.)*.

«A Change is Gonna Come»[1]. Но целый альбом политической направленности? Ничего хорошего из этого не выйдет. Я знаю, я играл в «Броненосце „Потемкин“».

— *The Beatles, The Rolling Stones, The Who, The Kinks* не ставят перед собой цель изменить мир, — говорит Грифф. — И свои особняки они не покупают на деньги, заработанные песнями про ядерное разоружение или про социалистический рай. Они просто сочиняют классную музыку.

— Лучшие образцы популярной музыки — это искусство, — добавляет Джаспер. — А искусство всегда содержит в себе политический элемент. Художник или музыкант отвергает привычный порядок вещей, заменяет его новым взглядом на мир. Создает свою версию реальности. Инверсию. Разрушает существующую реальность. Поэтому искусство и внушает страх тиранам.

— Да, особенно музыка, — говорит Дин. — Если музыка тебя зацепила, то с крючка уже не спрыгнешь. Самая лучшая музыка заставляет осмысливать мир... переосмысливать его. Она не повинуется приказам.

«Черт возьми, — думает Дин, — оказывается, я способен сказать что-то умное».

Ранним воскресным утром после гулянки в «Bag o' Nails» Дин вышел из дома Иззи Пенхалигон, чувствуя себя последним дураком. Холодный туман растушевывал лондонские улицы, стирал указатели и настойчиво пробирался под наполеоновский сюртук Дина. Вокруг не было ни души. Прошедшая ночь не принесла ровным счетом ничего, кроме досады. Иззи Пенхалигон постоянно кривилась, а под конец сказала: «По-моему, тебе пора». И номерами телефонов они не обменялись. Дин пошел по Гордон-стрит, но, выйдя на Юстон-роуд, сообразил, что вместо юга двинул на север, и встал на автобусной остановке, дожидаясь 18-го автобуса и раздумывая, где провели ночь Кенни и Стю. Вообще-то, он обещал приютить их на Четвинд-Мьюз, но обещание вылетело из головы, как только Иззи Пенхалигон

---

[1] «Как бы то ни было», «Проклятье Миссисипи», «Грядут перемены» *(англ.)*.

сказала: «Поехали ко мне». Гарри Моффату нужна была водка, чтобы чувствовать себя нормальным человеком. Может, Дину нужен секс, чтобы чувствовать себя нормальным, любимым, добившимся успеха, нужным? Или просто — живым? Это было неприятно похоже на правду. Автобус все не появлялся, поэтому Дин пошел пешком по Юстон-роуд. Спустя полминуты его обогнал автобус. Дин замахал рукой, но кондуктор лишь невозмутимо глядел на него до тех пор, пока автобус не растворился в тумане.

Дин свернул на Гоуэр-стрит. В звуках шагов возник гитарный ритм, замаршировал рядом. Дин подхватил его, добавил металлической резкости, растянул на два такта. Первая половина музыкальной фразы задавала вопрос, вторая отвечала. Классный хук. Дин обошел Бедфорд-Сквер. Жухлая листва еще цеплялась за ветки. Слева был поворот на Моруэлл-стрит, где когда-то Дин снимал комнату. Дин зашагал по узкой улочке. Из-за густого тумана в десяти шагах было ничего не разглядеть. Он прошел мимо дома миссис Невитт. Вспомнил пять фунтов, которые она зажилила. В окне виднелась табличка: «СДАЕТСЯ КОМНАТА — ИРЛАНДЦАМ И ЦВЕТНЫМ НЕ ОБРАЩАТЬСЯ — СПРАШИВАЙТЕ». У самого тротуара Дин заметил выбитый кусок брусчатки и решил, что это неспроста. Огляделся по сторонам и запустил камнем в окно. Зазвенело стекло — и все. Дин убежал. Унылое настроение развеялось. Дина никто не заметил, не закричал вслед. Этот секрет он унесет с собой в могилу.

По Оксфорд-стрит брели редкие прохожие — гуляки возвращались с субботних вечеринок. На Сохо-Сквер поджарый черный пес дрючил толстую белую сучку. «Секс нас дергает за нитки», — подумал Дин и шариковой ручкой накорябал слова на старом автобусном билете. Как говорит Эльф, то, что не записано, того, считай, не было. В голове замелькали рифмы: «пытки», «раствор на плитке», «очень прытки»... Дин прошел мимо больницы, куда лже-Хопкинс отправил его за бригадой с носилками. Лондон — одна большая игра. И правила в ней придумывают на ходу. Какой-то из племянников мистера Кракси мыл полы в кафе «Этна». Дин хотел заглянуть к Эльф, на Ливония-стрит, принести ей на завтрак сдобных рогаликов из французской булочной, но вспомнил, что у Эльф теперь живет Брюс. Если бы Дин мог щелкнуть пальцами и стереть Брюса Флетчера с лица Земли, не опасаясь обвинений в убийстве, то сделал бы это немедленно. Он на всякий случай щелкнул пальцами — а вдруг сработает? Днем они с Эльф увидятся, на репетиции в «Зед», у Павла. Вечером концерт в Брикстоне. Ехать недалеко. Он вышел из Сохо к изгибу Риджент-стрит, до краев наполненной туманом, пересек ее и пошел по Мэйферу. Надо принять ванну, а потом позвонить Джуд. И вообще, Дин решил быть с ней поласковее. В последнее время Грифф называл его не иначе как шалавой. Надо послать Джуд букет цветов. Девчонки любят цветы. Может, из хука выйдет песня для Джуд. Ну или как будто про Джуд, как «Темная комната» была как будто про Мекку. В зеленной лавке на Брук-стрит Дин купил упаковку яиц, хлеб, свежую «Дейли миррор» и пачку «Данхилла».

— Туманный день, — сказал лавочник-поляк.

— Туманный день, — подтвердил Дин.

Он повернул на Четвинд-Мьюз, поднялся по ступенькам к парадной двери. Вот и дома. Удача его не оставила. Дин вытащил из кармана ключ...

В прихожей аккуратно стояли женские сапожки. Похоже, Джаспер вернулся из Оксфорда раньше, чем собирался, и не один.

— Джаспер? — окликнул Дин.

Тишина. Может, они в спальне? В квартире витал едкий запах марихуаны. Тускло светился мистер Кабутер. Дин направился к окнам, чтобы впустить в гостиную света и свежего воздуха, и вскрикнул от неожиданности. В кресле сидела Джуд. Упаковка яиц шлепнулась на пол.

— Черт возьми, Джуд! Ты меня до смерти напугала!

Джуд молчала.

Значит, это ее сапоги в прихожей.

— Я тут вышел купить аспирин. А его нигде нет, представляешь? Полгорода облазил. С ума сойти. Из-за аспирина. Хочешь яичницу? — Он открыл упаковку. Три яйца разбились. — Или сразу омлет?

Джуд смотрела на него.

— А... а где Джаспер?

— Мы встретились у дверей, — надтреснутым голосом ответила она. — Он меня впустил, а сам снова ушел. Я не спрашивала куда.

— Ясно. Ну, я рад тебя видеть.

— Я вчера тебе звонила — узнать, как твоя простуда. А трубку никто не брал. Ну я и решила приехать, за тобой поухаживать. Первым поездом на Викторию. Только дома никого не оказалось.

— Наверное, мы с тобой разминулись, — сказал Дин.

— Дин, ты врать не умеешь.

Дин с напускным недоумением посмотрел на нее:

— А с чего мне тебе врать?

— Ой, не надо. Пожалуйста.

— Что не надо?

— Не надо со мной обращаться как с дурочкой. Хотя я и есть дурочка.

Дину захотелось оказаться в будущем, беззаботном и безопасном, — там, где то, что происходило сейчас, уже давно навсегда осталось в прошлом; там, где он не чувствовал себя последней сволочью.

Джуд потерла глаз:

— Мне все говорили, что ты считаешь, будто правила не для тебя. Я тебя оправдывала и выгораживала, мол, успех тебе голову не вскружил, никакой звездной болезни... — Она встала, вышла в прихожую, надела пальто и сапоги. — На прощанье я бы пожелала тебе всего хорошего, но не хочу врать напоследок. Так что желаю тебе все-таки отыскать такого себя, который лучше нынешнего. Для твоего же блага.

Дин чувствовал себя конченым мерзавцем.

Дверь за Джуд закрылась.

— Дин?

Эми смотрит на него. И все остальные тоже. В приемной звонит телефон. Бетани берет трубку:

— Добрый день. Агентство «Лунный кит», слушаю вас. Трансконтинентальные часы отстукивают минуты.

— Ох, прости. Что ты сказала?

— Я сказала, что если тебе захочется напоследок поведать мне какую-нибудь историю из бурной жизни рок-музыкантов, то я с удовольствием выслушаю.

— А... Ну да. Нет, увы. В десять часов вечера я уже в постели, с чашкой какао и с «Еженедельником гольфа».

— Так я и думала. — Эми берет сумочку и встает. — Что ж, материала у меня уже достаточно. До встречи.

Левон встает, распахивает перед ней дверь:

— И когда будет опубликовано интервью? Хотя бы примерно.

— На следующей неделе.

— А рецензия на альбом? — спрашивает Левон.

— Уже написана.

Дин пристально всматривается в лицо Эми, пытаясь отыскать там хоть какой-то намек.

Эми прикусывает краешек нижней губы:

— Не волнуйся. Если бы мне не понравился ваш альбом, я бы не стала брать интервью для статьи на восемь сотен слов.

Дин уставился на кресло, в котором сидела Джуд. Кресло еще хранило призрачное тепло ее тела. От секса все беды. Клеить чувих — как наркотик. Но секс с первыми встречными не приносит никакого удовольствия. Дин мысленно дал себе слово, что будет обращаться с женщинами как с Эльф — то есть как с людьми. Зазвонил телефон. Дин выключил воду и направился в прихожую.

— Алло?

— Доброе утро, бесшабашный гуляка.

— Род! Прости... я вчера смылся без предупреждения.

— Да ничего страшного, Ромео. Все срослось?

— Джентльмены своими подвигами не хвастают.

— Ишь ты, шалопай! Кстати, вчера твое рок-волшебство и на Кенни распространилось.

— Правда, что ли?

— Ага. Слинял куда-то в Хаммерсмит с девицей колдовского вида. Ну, ему полезно, для профилактики спермотоксикоза. Стю заночевал у меня на диване, в Кэмдене. Только что уехал.

— Ну, как говорится, все хорошо, что хорошо кончается.

— Именно. Слушай, после вчерашнего буйного загула мне малость неловко говорить о деньгах, но ты как расплачиваться собираешься — наличными или чеком?

Время затормозило — резко, как поезд.

— За дурь?

— Не, за выпивку в клубе. Ты ж в баре счет открыл.

Дин вспомнил:

— А, ну да, конечно. И сколько там набежало?

— Девяносто шесть фунтов с мелочью.

Время слетает с рельсов, как состав на полном ходу.

У Дина не было девяноста шести фунтов.

У него не было даже пятерки.

— Дин, ты слышишь?

— А... да. Да-да.

— Вот и славно. Я уж думал, разъединили. Короче, ты как ушел, я угощение-то прикрыл и расплатился по счету. «Bag o' Nails» — не самый дешевый клуб в Лондоне. Спору нет, ты у нас человек щедрый, но многие этим злоупотребляют. Не надо их баловать. Надеюсь, ты не в обиде.

— А... нет. Спасибо.

— Слушай, у тебя аппарат не барахлит? Очень плохо слышно.

Пока Дин пытался придумать, как объяснить другу, что у него попросту нет денег, чтобы рассчитаться за свою безумную щедрость, ему внезапно представился опарыш, которого надевают на крючок. «И крючок в заднице вот так поверни, — сказал Гарри Моффат, — чтоб плотно сидел, самым кончиком высовывался. Видишь?»

Эльф и Джаспер убирают со стола кофейные чашки, а Бетани рассказывает Левону о том, кто ему звонил. Грифф лежит неподвижно, закрыв лицо ковбойской шляпой. На подлокотнике кресла — женская перчатка.

— Эми перчатку забыла, — говорит Дин.

— Ну надо же! — Эльф многозначительно смотрит на него.

— Я пойду, может, догоню.

— Да она уже за несколько кварталов ушла, — говорит Джаспер.

— Или все еще где-то рядом, — безмятежно заявляет Эльф.

Дин выбегает из кабинета в приемную, скатывается вниз по лестнице и на лестничной площадке первого этажа, у дверей агентства Дюка—Стокера, видит Эми. Она курит.

Дин помахивает перчаткой:

— Вот, пропажа отыскалась.

— Надо же. — Она берет перчатку, но Дин не разжимает пальцев, держит крепко.

На лице Эми написано: «Ты, конечно, симпатичный, но не настолько».

Дин выпускает перчатку.

— А вознаграждение мне полагается? — Он достает из кармана пачку «Данхилл».

— Так и быть, можешь дать мне свой номер телефона.

«Ах ты ж, язва фигуристая, сучка породистая, красавица моя...»

— Если я дам тебе свой номер, то как я узнаю, что ты им воспользуешься?

— А никак. — Эми подносит ему зажигалку.

Несколькими ступеньками ниже течет, волнуется и толкается Денмарк-стрит.

Дин погружает кончик сигареты в пульсирующее пламя.

Последний ужин

●

На втором этаже паба «Герцог Аргайл» Грифф, дожидаясь очередной пинты «Гиннесса», лениво пересчитывал присутствующих. Под гирляндой рождественских огоньков сидели Бетани, ее бойфренд — театральный режиссер и Петула Кларк. Один, два и три. Вальяжный квартет щегольски одетых мужчин — Левон, биохимик по имени Бенджамин, владелец «Зед» Павел и менеджер *The Move* — это 17, 18, 19 и 20. Джаспер, Хайнц Формаджо и ученый из Кении — 36, 37 и 38. Радиоведущие Джон Пил и Бэт Сегундо — 44 и 45. Эльф и Брюс, которые миловались в уголке, — 59 и 60. Брюс что-то говорил, прижимаясь лбом ко лбу Эльф, а она влюбленно улыбалась. Грифф тревожился за Эльф. Надвигалась катастрофа. Он достал коробочку из кармана пиджака, выудил из нее таблетку бензедрина, повернулся к окну и проглотил источник радости и благодати. По Брюэрстрит спешили домой работяги, подняв воротники и пониже надвинув шляпы. Через дорогу, над лавкой зеленщика, в окне второго этажа стоял десятилетний мальчуган и смотрел на Гриффа. Грифф помахал ему рукой, и мальчик отступил в сумрак.

— Из всего, что обещает нам жизнь, гарантировано только одно — страдание.

Грифф обернулся и увидел перед собой двух девушек: у обеих кроваво-красные губы, зловещие шляпные булавки, перчатки в сеточку, меховые накидки и подчеркнутые декольте. Он не понял, которая из них это произнесла.

— Ага.

— Мы, вообще-то, не знакомы, — сказала одна.

— Но бывали на ваших выступлениях, — добавила вторая. — Часто.

— Мы — ваши самые горячие поклонники, — произнесли они хором.

Дину стало смешно — и немного жутковато.

— Меня зовут Венера. Как богиню.

— А меня — Мария. Как Деву.

— Вот твой «Гиннесс», дикий ты наш. — Дин вручил ему пинту пива. — У барной стойки натуральное Ватерлоо. Ух ты, а кто это к нам присоединился? — Он с притворной укоризной поглядел на Гриффа, мол, ну ты и хитрец.

В ответ Грифф поморщился, будто говоря: «Я их впервые вижу», и неохотно объяснил:

— Венера и Мария, собственными персонами.

— Привет, Дин, — произнесли Венера и Мария синхронно, в стереозвучании.

Дин перевел взгляд с одной на другую:

— Ничего себе.

— Мы видели вас одиннадцать раз, — сказала Мария.

— И больше двухсот раз слушали «Рай — это дорога в Рай», — сказала Венера. — Запилили насмерть две пластинки, сейчас крутим третью.

— Мы знаем наизусть все тексты. Мы собираем статьи и заметки про вас. Отовсюду, даже из «Гулльской газеты». Мы знаем ваши дни рождения.

— А какого цвета наши входные двери вы, случайно, не знаете? — сострил Дин.

— Ваша с Джаспером — ярко-красная, — ответила Венера. — Входная дверь дома Эльф на Ливония-стрит — некрашеная, голое железо, а вот дверь в ее квартиру — черная. А твоя дверь... — Венера посмотрела на Гриффа, — деревянная. Раньше была просто пропитанная креозотом, а теперь горохово-зеленая.

Грифф пытался сообразить, как к этому отнестись, но тут появилась Эми с большим бокалом мартини:

— Там внизу такой бардак... — Она заметила поклонниц и моментально считала ситуацию. — Улетный прикид! Обожаю... А кружева на корсетах просто...

— Мы разграбили шифоньеры покойных бабушек, — сказала Мария.

— Жалко было оставлять всё моли на съедение, — добавила Венера.

— Конечно жалко, — согласилась Эми. — Вы сестры?

— Сестры по «Утопия-авеню», — пояснила Венера. — Нам очень понравилась твоя статья, Эми. Ты лучшая журналистка в «Мелоди мейкер».

— Самая лучшая, — уточнила Мэри. — Ты не льстишь группам, но и не обсираешь их. Мы считаем, что ты Дину подходишь.

Эми косится на Дина, отпивает коктейль:

— Значит, я его достойна? Мне лестно ваше мнение.

— С тобой он прямо весь светится, — сказала Венера. — Не то что с этой парикмахершей. Только не разбей ему сердце.

— Иначе мы с тебя шкуру спустим, — в унисон заявили обе.

Эми улыбнулась:

— Спасибо за предупреждение.

Мария коснулась бокала Гриффа:

— Можно я промочу горло?

Грифф машинально протянул ей пиво. Она отхлебнула ровно четверть, передала бокал Венере, и та отпила столько же.

— Для тех, кого мучает жажда... — начала Мария.

— «Гиннесс» — как кровь для вампира, — продолжила Венера. — В нем много железа.

Она вернула Гриффу ополовиненный бокал.

Левон, забравшись на стул, сложил ладони рупором:

— Минуточку внимания! Прошу тишины!

Шум голосов стих.

— Спасибо всем за то, что собрались здесь под конец суматошного дня, суматошной недели, суматошного года. Сегодня нам есть что праздновать. Не только выход нового сингла «Утопия-авеню», с песней Дина «Оставьте упованья»...

Послышались одобрительные выкрики, и Дин приветственно помахал рукой.

— ...но и выход альбома «Рай — это дорога в Рай». — Левон поднял над головой конверт, восторженные крики стали громче. — Замысел этого альбома возник всего два с половиной месяца назад. Полтора месяца назад Эльф, Джаспер, Дин и Грифф завершили запись в студии «Пыльная лачуга». По-моему, результат говорит сам за себя.

Торжествующие восклицания, громкие аплодисменты.

— Разумеется, кое-кто из критиков попытался обгадить наш цветник... — Левон утихомирил тех, кто выкрикивал: «Смерть Феликсу Финчу!» и «Евнухи в гареме!». — Но в целом, как мы и надеялись, альбом принят критикой благосклонно. Сегодня среди наших гостей — одна из ведущих музыкальных обозревателей, мисс Эми Боксер из «Мелоди мейкер».

Восторженные вопли. Эми помахала всем рукой. Дин громко захлопал в ладоши.

— Если Эми не возражает, я зачитаю выборочные цитаты из ее рецензии на «Рай — это дорога в Рай».

Журналистка согласно кивнула. Левон раскрыл номер «Мелоди Мейкер», надел очки и нашел нужную страницу:

— Итак. «Вопрос: что получится, если собрать вместе рассерженного молодого басиста, королеву фолк-музыки, гитарного полубога и джазового ударника? Ответ: „Утопия-авенью“, неподражаемая группа. Их дебютный альбом „Рай — это дорога в Рай“ — один из самых выдающихся альбомов тысяча девятьсот шестьдесят седьмого года. У этой группы весьма внушительный творческий диапазон и впечатляющее качество исполнения. Несомненно, заслуживают внимания песни басиста Дина Мосса: „Оставьте упованья“ — трагический трущобный ритм-энд-блюз; „Вдребезги“ — одинокий отчаянный вопль, оплакивающий разбитые мечты; „Пурпурное пламя“ — семь минут потрясающих гитарных риффов, проникновенное повествование о поисках себя и о становлении личности...»

— Отлично сказано, Эми! — выкрикнул кто-то из гостей.

Левон пригубил рома.

— «Одухотворенный насыщенный голос Эльф Холлоуэй хорошо знаком миллионам ее поклонников. Однако же лишь в этом альбоме в полной мере раскрылся и ее талант клавишника. Особо следует отметить ее зажигательное соло на „хаммонде“ в „Пурпурном пламени“ и кристальную четкость звучания в „Темной комнате“. Ее новые песни превосходны. «Плот и поток» — электрофолковая ода музыке, а „Неожиданно“ — безудержно полыхающий факел...»

— Горячая штучка! — воскликнул Брюс, победно вскинув руки, и поцеловал Эльф.

Грифф с Дином переглянулись, и оба закатили глаза.

— «Но ее знаковая песня — это „Мона Лиза поет блюз“, одна из самых остроумных обличительных музыкальных композиций о трудностях, которые приходится преодолевать женщинам в этом мужском, мужском, мужском мире. Наверняка ее выпустят синглом». — Левон окидывает взглядом присутствующих. — По-моему, с этим все согласны.

Бурные аплодисменты. Грифф заметил, что Венера и Мария хлопали в ладоши синхронно, будто одна пара рук.

— «Гитариста Джаспера де Зута не без оснований сравнивают с Эриком Клэптоном и Джими Хендриксом. Он виртуозно владеет инструментом, с необыкновенной легкостью извлекая красочную палитру звукового многообразия: акустические пассажи, долгие сустейны, фидбэк-эффекты. Он — автор хита „Темная комната“, дебютного сингла „Утопия-авеню“, самой странной любовной баллады, прозвучавшей в передаче „Вершина популярности“. „Свадебный гость“ — волшебный вальс в пламени свечей. Третья песня де Зута, завершающая альбом, называется „Приз“ и повествует о восхождении на вершину славы. По духу она напоминает „Desolation Row“[1] Боба Дилана, но, как и весь альбом „Рай — это дорога в Рай“, отличается оригинальностью и самобытностью».

Продолжительные аплодисменты.

Грифф достал «Мальборо» из пачки, сунул в рот, охлопал карманы в поисках зажигалки. Мария поднесла к сигарете зажженную спичку. Венера, дождавшись, когда он прикурит, ее задула. Глаза у обеих были огромные, как четыре полные луны.

— И наконец, — сказал Левон. — «Преступлением было бы не упомянуть Гриффа Гриффина, ударника „Утопия-авеню“. Он держит ритм, как Чарли Уоттс, неистовствует за ударной установкой, как Кит Мун, и свингует, как Джинджер Бейкер...»

Венера и Мария нежно погладили правый и левый бицепсы Гриффа. Это жутковато завораживало и возбуждало.

— «...Ритм-секция Мосса и Гриффина — невидимая движущая сила, которая объединяет все композиции этого многогранного альбома. „Рай — это дорога в Рай“ наверняка станет классикой рок-музыки...» — Левон обвел взглядом присутствующих. — Эми, даже мне не удалось бы так точно выразить свои чувства к «Утопия-авеню».

---

[1] «Улица опустошения» *(англ.)*.

Снова аплодисменты. «Слезы и сопли», — подумал Грифф и решительно поставил стакан на каминную полку.

— Ты куда? — спросил Дин.

— Отлить надо.

Каламиново-розовую стену над писсуаром, как раз на уровне глаз, покрывали надписи. Может, тупая похабщина, а может — остроумная похабщина, но у Гриффа не было сил преобразовать буквы в слова, так что он просто разглядывал их, как иероглифы. В сливном отверстии булькало. Грифф затянулся «Мальборо» и швырнул окурок в желтоватую лужицу. Окурок зашипел. Хлопнула дверь, в туалет ворвался пятничный шум паба. У соседнего писсуара возник Дин, расстегнул ширинку, напевая мелодию из «Рожденной свободной».

— Ну-ну, — сказал он. — Значит, Венера и Мария?

— А что в них такого?

— Так ведь ежу понятно, что они не прочь поиграть на твоих колокольцах.

— Да ну. Просто очередные поклонницы.

— И что?

— А то, что им нужна рок-звезда. Сам я им не нужен.

— Да какая разница?! Зато затащишь в койку. Обеих.

Грифф вспомнил об Эльф. И о Брюсе.

— Да не стремайся ты. Чего тут бояться?

— Ну, хотя бы мандавошек и триппера, для начала.

— Кстати, у нас, в Грейвзенде, есть хорошая присказка о проблемах женской гигиены.

— Ага, вот ты мне ее сейчас озвучишь, а я потом до Пасхи не смогу смотреть на еду.

Дин с притворной обидой уставился на него:

— А что, нельзя просто дать товарищу полезный совет? Глядишь, и пригодится. Короче, если пахнет молоком, смело действуй елдаком. Если пахнет тухлой рыбой, говори: «Нет-нет, спасибо».

Грифф с трудом сдержал улыбку:

— Ну ты и пошляк.

— Талант. — Дин застегнул ширинку. — И не отказывайся от тройничка. Такое не каждый день предлагают. Да и вообще, тебе не помешает расслабиться, а то ты какой-то бледный, тихий... вроде как голодный.

Две недели спустя Грифф стоит с подносом — порция трески с жареной картошкой и бутылка кока-колы — и оглядывает придорожную закусочную «Синий вепрь» на станции техобслуживания у развязки Уотфорд-Гэп. Ночью здесь два типа посетителей. Первый — дальнобойщики, коротко стриженные, в клетчатых рубахах, пузатые, с больными поясницами. Они читают «Миррор» и «Спортинг пост», сверяются с атласами и обсуждают маршруты, количество миль на галлон бензина, опасные повороты и засады полицейских с радарами. Второй тип — гастролирующие исполнители, их менеджеры, техперсонал и — у кого есть — свита поклонников. Почти у всех парней волосы до плеч. Прикиды по последней моде: узорчатые рубахи в «огурцах», оборки, панбархат и велюр. Все сплетничают о лейблах, контрактах, обсуждают площадки, инструменты, таинственные банкротства промоутеров, невыплаченные гонорары за предыдущие гастроли. Стива — брата Гриффа — пока не видать. Грифф не волнуется. Ночь морозная, на обледенелых дорогах пробки. Битловский столик свободен, и Грифф с подносом направляется туда. Все группы, гастролирующие по Великобритании, заезжают в круглосуточную закусочную «Синий вепрь» у развязки Уотфорд-Гэп (кстати, совсем не рядом с Уотфордом), которая служит неофициальной границей между югом и севером Англии. Когда Джими Хендрикс впервые приехал в Лондон, то, наслышавшись о «Синем вепре», решил, что это классный ночной клуб где-нибудь в Найтсбридже или в Сохо.

Грифф садится на место Ринго, потому что с него хорошо видна Зверюга, припаркованная поближе к закусочной. Вряд ли кто-то из музыкальной братии рискнет разбить окно в микроавтобусе, чтобы стащить усилок, но, как считает Грифф, осторожность никогда не помешает. Он набрасывается на рыбу с картошкой. Пока «Утопия-авеню» добралась до Бирмингема, пока отыграли на разгреве у *The Move* в клубе «Карлтон-боллрум», пока доехали сюда... Грифф страшно проголодался. Рыба, конечно, не такая свежая, как в Гулле, но сейчас Гриффу все равно. Он поливает треску уксусом из липкой бутылки, запихивает кусок в рот. Подходит Джаспер, опускает на стол поднос: яичница, фасоль в томате, поджаренные помидоры, гренки.

— Хорошо тут, тепло. Это битловский столик?

— Ага. Ты сидишь на месте Джорджа.

Джаспер аккуратно разрезает квадратный гренок на четыре части, накладывает на один кусочек фасоль.

— А ты на месте Ринго?

— Ты просто телепат, де Зут.

Джаспер сосредоточенно жует.

— «Крючок» отлично звучал.

— Лучшая песня Дина. Только ему не говори.

Дин приносит сэндвич с беконом и порцию жареной картошки, усаживается на место Маккартни.

— Эй, а вы видели, кто вон там, в углу, сидит?

Грифф смотрит в указанном направлении и ворчит:

— Долбаные *Herman's Hermits*. Слащавая попса. От их попевок кариес бывает.

— Эти слащавые попевки принесли им гастроли в Штатах, — говорит Дин. — Двадцать концертов. Может, попроситься к ним на разогрев?

Эльф садится на место Джона Леннона. У нее на подносе слоеный пирожок и картошка.

— Высоко сижу, далеко гляжу, вижу... что-то на HH.

— Вот я как раз и говорю: может, попроситься к ним на разогрев? На американские гастроли?

Эльф заправляет бумажную салфетку за воротник блузки:

— Нет уж, лучше своими силами, чем на хвосте у *Herman's Hermits*.

— Так это ж сколько сил надо, чтобы переплыть Атлантический океан! — вздыхает Дин, уныло тыча вилкой в ломтик картошки.

«Ну да, где те силы, — думает Грифф. — Один сингл поднялся до шестнадцатого места в чартах, а второй сначала занял семьдесят пятое, а потом сгинул без следа». После концерта в Бирмингеме Левон объявил, что второй сингл

«Утопия-авеню» больше не в первой сотне чарта, так что по пути сюда Дин молчал. Что, вообще-то, ему несвойственно.

— Мы слишком энергичны для разогрева, — говорит Джаспер. — Основные исполнители не любят, когда их затмевают.

— Вот как сегодня, — добавляет Эльф. — Менеджер *The Move* сначала весь такой, мол, удачи вам, ребята, а после «Приза» прибегает к Левону и орет: «Убирай их со сцены, по-быстрому, не порть мне концерт...»

— Однажды Арчи Киннок поехал с гастролями на север и взял на разогрев *The Yardbirds*, — говорит Грифф. — Так из двенадцати выступлений отыграли всего три. *The Yardbirds* затмили бедного Арчи на фиг. Он не выдержал и отменил остальные концерты. А Эрик Клэптон написал про это песню «Green-Eyed Monster Blues»[1].

— А я думал, это песня о женщине, — говорит Джаспер.

Грифф накладывает толченый горох на ломтик картофеля.

— Ну вот, теперь ты наконец знаешь правду. Кстати, а здорово Эльф сегодня сказала: «Если поднести билет к пламени, то на бумаге проступят слова „Мы выпустили новый альбом“», и какой-то придурок в зале тут же поднес свой билет к зажигалке! Хорошо хоть весь зал не спалил.

— Это я у Пегги Сигер слямзила. — Эльф поливает картошку кетчупом. — Дин, а твой «Крючок» снова прошел на ура.

Дин кривится, смотрит на свой сэндвич.

— Угу, в отличие от «Оставьте упованья», которая рухнула, как свинцовый дирижабль. А все потому, что «Илекс» не стал ее продвигать. В «Нью мюзикл экспресс» и в «Мелоди мейкер» даже рекламы не было.

Эльф с Гриффом переглядываются.

— Слушай, ну бывает же, что хорошие песни плохо продаются, — говорит Грифф. — А плохие, наоборот, с руками отрывают. Вон как у *Herman's Hermits*. Не волнуйся, «Илекс» нас не бросит.

---

[1] «Блюз зеленоглазого чудовища» *(англ.)*.

— Грифф прав, — добавляет Эльф. — Это же не конец света...

— Это катастрофа! — Дин отодвигает тарелку.

— Да ну тебя! — Терпение Гриффа лопается. — Голод в Китае, землетрясение на Филиппинах, победа футбольной команды Лидса над Гуллем — вот это катастрофы. Так что подбери сопли. Ну или уходи из группы и наймись в кофейню.

Дин сокрушенно вздыхает:

— Вот в следующий раз, если мне позволят, конечно, я еще что-нибудь предложу, а «Илекс» сразу откажет, мол, хватит, ты уже наобещал, что «Оставьте упованья» станет хитом.

В «Синем вепре» приторно, сиропно наигрывает «Тихая ночь, святая ночь».

— Если бы на сингле была «Мона Лиза», мы бы точно оказались в первой рождественской десятке.

— Это еще не известно, — говорит Эльф.

— А вот Эми считает именно так. И ты, наверное, тоже.

— Дин, ну сколько можно плакаться? Не надоело еще?

— Эй! — Джаспер показывает всем свои часы. — Наступил сочельник.

— Так, все быстро помирились и поцеловались, — велит Грифф. — Иначе попадете в список озорников и останетесь без подарков.

— Не буду я с ним целоваться, — возмущается Эльф. — Уж лучше облобызать...

— Питера Поупа? — ехидно напоминает Дин.

Эльф немного успокаивается:

— Гм...

— Извини, — говорит Дин.

— В общем, во всем виноват жребий.

— Так выпьем же за то, чтобы не оставлять упованья, — предлагает Джаспер, салютуя стаканом фруктовой газировки «Тайзер»; похоже, иногда ему нравятся словесные игры.

— Так выпьем за «Утопия-авеню», — говорит Дин. — Спрашивайте в музыкальных магазинах, на букву «У», между Ширли Темпл и Аннетт Фуничелло.

Грифф закуривает.

— Мы за две недели записали девять классных песен. А многим группам приходится пихать в альбомы всякую хрень, чтобы дотянуть до объема. В отличие от нас.

— Да, вот если бы с тобой согласились человек эдак с миллион... — вздыхает Дин и осекается, заметив кого-то за плечом Гриффа. — Маркус?

Грифф оборачивается. За спинкой его стула стоит тип в розовом длиннополом пиджаке, на носу очки с бирюзовыми стеклами, на плечах черная накидка, волосы перехвачены ленточкой, расшитой рунами.

— Дин! Вот так встреча!

— Ну, в «Синем вепре» всегда так. Никогда не знаешь, с кем пересечешься. Эльф, Грифф, Джаспер, знакомьтесь — это Маркус Дейли, гитарист «Броненосца „Потемкин"».

— Тот самый Маркус, — невинно спрашивает Джаспер, — который выгнал Дина из группы, потому что Дин обозвал песню про Мао Цзэдуна триппером в ушах?

Маркус смущенно отводит глаза:

— С тех пор много воды утекло. И вообще, Дин должен меня благодарить. «Вершина популярности», альбом... Эх!

Дин подавляет отрыжку.

— А с чего вдруг ты нарядился волшебником? Бастующий пролетариат может неправильно понять.

Маркус чешет в затылке:

— Крис заделался бухгалтером. Пол уехал в Индию, следом за какой-то телкой. А мы с Томом создали новую группу. «Броненосец „Водолей"».

Дин таращит глаза:

— Ты же утверждал, что «капиталистическую попсу надо использовать для обучения пролетарских масс марксизму»! А теперь что?

— Да мы тут однажды выступали в Дартфорде, запели «Интернационал», а в зале началась перебранка, которая сначала переросла в драку, а затем — и в настоящий погром. Пришлось уйти со сцены. По залу летали стулья и выбитые зубы. Вызвали копов. Восьмерых арестовали, еще с десяток попали в больницу с переломами и прочими увечьями. Мы вернулись за аппаратурой, а ее уже растащили. Пока мы выясняли что да как, угнали и наш микроавтобус.

В общем, мы остались с дулей в кармане. Вот тогда я и осознал, что массам нужна не политическая революция, а духовная.

— Значит, вы выгнали Дина за неуважение к вашему красному флагу, а потом на этом самом флаге намалевали магические руны?

— На все есть причина, — говорит Маркус. — В Дартфорде на меня снизошло космическое откровение. Я начал сочинять мистические песни, сменил образ, и теперь за каждое выступление мы получаем полтинник.

— Пятьдесят пенсов?

— Пятьдесят фунтов! У нас даже менеджер есть. Он сейчас ведет переговоры с «Деккой». Так что все дело в потоках энергии. В «Потемкине» энергия была перекрыта, а в «Водолее» фонтанирует. После Нового года загляни в «Средиземье», у нас там концерт. Наша музыка тебе все объяснит лучше, чем я. Ладно, мне пора. Счастливого Рождества и все такое. Пока!

Маркус Дейли исчезает.

— Тебя будто пыльным мешком ударили, — замечает Грифф Дину.

— А ведь когда-то он требовал, чтобы мы к нему обращались «товарищ», — бормочет Дин.

— Все как с ума посходили, — говорит Эльф.

— А это хорошо или плохо? — спрашивает Джаспер.

Немного погодя появляется Стив:

— Добрый вечер! — (Кожаная куртка цвета бычьей крови, толстый свитер, довольная улыбка). — Эльф, Джаспер, Дин, рад вас видеть. Ну и... как там зовут вашего ударника? Я все время забываю.

— Меня зовут «Может, ты и старше меня», — говорит Грифф, — а фамилия «Но я все равно тебя поколочу, болван».

Улыбаясь, Стив присаживается к столу:

— Извините, что опоздал. На подъезде к Лутону жуткая авария... — Улыбка улетучивается. — Все тащатся в один ряд.

— Да, мы из Бирмингема тоже долго добирались, — говорит Эльф.

— Туман, мороз, — говорит Дин. — Дорога местами как каток.

— Слушай, а ты не голоден? — спрашивает Грифф. — Сами-то мы только что поели.

— Спасибо, я пирогов наелся перед дорогой. Между прочим, нам с тобой надо потихоньку выдвигаться. Там, в чайнике, чаю не осталось? Горло бы промочить.

— Я сейчас чашку принесу, — говорит Дин.

— Ну и как вы в Бирмингеме отыграли? — спрашивает Стив.

— Неплохо. — Грифф смотрит на Джаспера и Эльф.

Эльф кивает:

— Ты ведь нас в Дерби видел? С тех пор у нас появилась пара новых песен. Грифф играет как заведенный. Или как обезумевший демон. В общем, как обычно.

Джаспер переводит взгляд со Стива на Гриффа и обратно:

— Ты точно такой, как он. Только совсем другой.

— Это потому, что у меня есть и красота, и ум, — говорит Стив.

— И дерьма под завязку, — ухмыляется Грифф. — Ты машину забрал? Все в порядке?

— Ага. Приятель дяди Фила живет недалеко от Уэмбли, мне как раз было по пути. «Ягуар», три года, двадцать тысяч миль пробега. Подвеска — как по воздуху летишь. За таким стоило съездить.

— Очень кстати, — говорит Эльф. — Оба будете дома к самому Рождеству. Я себя чувствую просто гангстером. Сдаю тебе свидетеля, из рук в руки.

— Если бы он не приехал в Гулль на Рождество, — говорит Стив, — мама велела бы его похитить и привезти домой в багажнике. А так он хоть за рулем посидит.

Дин возвращается с чашкой:

— Рад служить, милорд.

— Спасибо, дружище. — Стив наливает чай, пьет, запрокидывая голову. — Уф, то, что доктор прописал. Да, пока не забыл. Тут для вас работенка имеется. — Он выкладывает на стол три пластинки «Рай — это дорога в Рай» и черный фломастер. — Подписывайте.

— Ну, нам пока еще это не надоело. — Дин берет фломастер. — А кому?

— Одну — для Уолли Уитби, вторую — родителям, а третью — мне. Когда вы станете знаменитее *The Beatles*, я брошу торговлю машинами, загоню ваш альбом и на вырученные деньги уйду на заслуженный отдых.

— А Уолли знает, что это не традиционный джаз? — уточняет Грифф.

— Конечно знает. Он как увидел «Темную комнату» на «Вершине популярности», так на следующее утро первым делом помчался в музыкальный магазин и начал рассказывать покупателям, что первым заметил твой талант, когда тебе было двенадцать. Он постоянно приносит маме статьи и вырезки про вас.

Дин передает пластинки и фломастер Гриффу.

— Классная обложка, — говорит Стив. — Вам-то самим нравится?

На конверте — фотография кафе «Джоконда». Эльф, Джаспер, Дин и Грифф сидят за столиком у окна. Фотограф снимал с длинной выдержкой, поэтому на изображении призрачно присутствуют расплывчатые очертания пешеходов, собаки и велосипедиста. В левом верхнем углу конверта на стене дома видна табличка с названием улицы «УТО-ПИЯ-АВЕНЮ», в правом нижнем углу, на уличном газетном щите, надпись: «Рай — это дорога в Рай».

— Очень, — говорит Дин.

— С ней долго возились, — говорит Джаспер.

— И вдвое превысили бюджет, отведенный «Илексом» на художественное оформление, — добавляет Эльф.

Грифф ставит свою подпись над бледным окном.

— Альбом — как дитя, — говорит Эльф. — А мы вчетвером — его родители...

— Какие-то у тебя рискованные сравнения, — замечает Дин.

Эльф морщится:

— Ты понимаешь, о чем я. То, что создаешь, должно выглядеть именно так, как задумано. Обложка — это лицо.

Морозный воздух сочится под куртку Гриффа, пробирает до костей.

— Бррр, сегодня холоднее, чем в Сибири! — Каждое слово вылетает изо рта белым облачком.

Все собираются у Зверюги.

— Ну что, до тридцатого, — говорит Грифф товарищам.

— Мы с Джаспером готовим праздничный ужин в Шато де Зут, — напоминает ему Дин. — Я отказываюсь встречать Новый год в «Синем вепре».

— Спасибо, что предупредил. Я захвачу с собой зонд. Вдруг понадобится срочное промывание желудка, — говорит Грифф.

— И не разворачивай подарки до Рождества, — говорит Эльф. — Иначе они рассеются облаком сожалений. Передай от нас привет всем своим.

— Вы тоже.

Джаспер пожимает ему руку, очень формально, но в то же время душевно.

— Счастливого Рождества, остолоп-северянин, — говорит Дин.

— Мира и радости, фанфарон-южанин, — отвечает Грифф.

Все, кроме Стива и Гриффа, забираются в Зверюгу. Эльф садится за руль, с третьей попытки заводит мотор, протирает запотевшее лобовое стекло, машет Гриффу рукой на прощание и выезжает со стоянки.

Стив ведет брата к «ягуару» S-класса, залитому лунным светом.

— О-го-го! — Грифф ласково поглаживает капот.

— Хочешь порулить?

Магистраль М1 пронзает северную тьму. Мимо проносится указатель «ГУЛЛЬ 102» и высокие фонари. Задние фары огромной фуры алеют в ста метрах впереди. В салоне «ягуара» теплее, удобнее и тише, чем в Зверюге. Машина послушна рулю, управлять ею легко. «И безопасно», — думает Грифф.

— Слушай, если альбом будет хорошо продаваться, ты не присмотришь нам новый автобус, получше Зверюги. Какой-нибудь «бедфорд»...

— С удовольствием, — говорит Стив. — А еще вам будет нужен роуди.

— Да, наверное. А что? Хочешь выдвинуть свою кандидатуру?

— Дебби не зраценит. Слишком много поклонниц вьется вокруг.

Грифф вспоминает Венеру и Марию, задумывается.

— Жизнь музыканта совсем не такая, как кажется со стороны.

— Что, под бременем славы тяжко? — спрашивает Стив.

— Одна песня в первой двадцатке — это еще не слава.

— А тебя на улице узнают?

— Нет. Нас же только один раз по телевизору показывали. Ну и потом, Дин у нас красавчик, Джаспер — гитарный бог, Эльф — единственная девушка среди нас, разгильдяев. А барабанщика никто не запоминает. Меня это вполне устраивает.

Их обгоняет «триумф-спитфайр».

— Куда так летишь? — бросает ему вслед Стив.

— Как Дебби? — спрашивает Грифф. — Так и работает в парикмахерской?

— Да. Она... Ох, тяжело ей, все подруги рожают одна за другой, а кто и вовсе уже второго или третьего. Дебби за них рада, конечно, но всякий раз как узнает новость, так и огорчается, мол, когда уже наша-то очередь? Каждый месяц надеется, может, на этот раз повезет, и каждый месяц нет как нет. Ее это очень расстраивает. — Стив закуривает; он впервые заговаривает с братом на эту тему.

— Трудно вам, наверное... — Грифф понимает, что обсуждать такое непросто.

— Приходит время, когда осознаешь, что для тебя этого не случится... В общем, мы с Дебби... понимаешь, Пит, после Нового года мы решили обратиться в агентство, выяснить, как проходит усыновление.

Грифф косится на него:

— Это очень ответственный шаг, Стив.

— Да, ответственный, — вздыхает Стив, выдвигает фасонную пепельницу и стряхивает в нее пепел. — И наверняка правильный. Мы не оставляем надежды, но после пяти лет начинаешь думать, что хватит уже изображать из себя дебильного страуса. Надо посмотреть правде в глаза и принять меры.

305

— А мама знает?

— Да, мама как раз Дебби и подсказала про агентство. Мы об этом думали, но первый шаг трудно сделать.

Грифф обгоняет еле плетущийся «моррис-майнор».

— Представляю.

На скорости пятьдесят миль в час «ягуар» проезжает под мостом.

— А еще я представляю, что вы с Дебби будете замечательными родителями.

— Не сглазь.

— И я научу ваших детей играть на барабанах.

Указатель «ГУЛЛЬ 75» вспыхивает в ночи, вырастает и снова возвращается в темноту.

— Мне всегда нравилось, что «Гулль» — такое короткое слово, — говорит Грифф.

— Оно и понятно.

— В нем пять букв, как в слове «город». И тоже начинается с буквы «г».

— Ну и слово «говно» тоже.

— Ага.

— А на юге сплошные Б. Брайтон, Бристоль, Борнмут, Бедфорд. С ума можно сойти. И все сливается в один Бирмстольмутфорд.

— Слушай, а твои знают?

— Эльф догадалась, но расспрашивать не стала, из вежливости. Когда я веду Зверюгу, она читает указатели вслух, будто разговаривает сама с собой. Дин ни о чем не подозревает, да и вообще, он вряд ли знает, что такое дислексия. А Джаспер... его не поймешь.

— Слушай, а Джаспер... Он что... — Стив подыскивает слово, — малость тронутый?

— Он просто странный. Когда Арчи Киннок привел его в «Блюзовый кадиллак», я подумал, что он тормоз, а как познакомился поближе, решил, что, может, это богачи все такие. Только Джаспер не богач. Да, отец у него миллионер, но Джаспер живет скромно, дедушка оставил ему небольшое наследство. Для него тоже многое зависит от успеха «Утопия-авеню». В общем, сейчас я думаю, что он просто чудик, ну вроде как чуток чокнутый, но ведь никто не без этого, правда? Зато Дин меня постоянно достает. Он как шарик на резинке, вечно мечется туда-сюда. То пыжится, мнит себя Божьим даром, то истерит, когда понимает, что он тот еще подарок. Ну да, у него мама рано померла, папаша его поколачивал, но сколько ж можно-то на жалость давить? У каждого ведь есть о чем поплакаться.

— А он такой же психованный, как Арчи Киннок? — спрашивает Стив.

— Ой, нет. Дин — ангел небесный по сравнению с Арчи.

Над бледным холмом поднимается яркая луна.

Стив включает печку.

— А что Эльф?

Последнюю сессию для альбома «Рай — это дорога в Рай» записывали ноябрьским утром. Джаспер и Дин опаздывали на двадцать минут. Грифф слушал Дейва Брубека, композицию «Take Five»[1], и, готовясь к сессии, отстукивал на пять четвертей, просто для разминки. Эльф присоединилась к партии фортепьяно. Грифф изумленно подумал: «Вот кто, кроме нее, вообще на такое осмелится?» Эльф, оборвав импровизацию, сказала Диггеру подключить микрофоны ударной установки, а Гриффа попросила сыграть ритмический рисунок в размере пять четвертей. Он играл пятидольный шаффл минут пять, пока Эльф, как заправский продюсер, не дала ему сигнал остановиться. Потом она попросила Диггера подать записи в наушники Гриффа, которому было сказано импровизировать на литаврах, хайхэте, гонге и треугольнике — в общем, на чем угодно, но держать пять четвертей. Свои наушники Эльф приложила к уху, чтобы слышать и запись, и игру Гриффа.

— Не загоняй себя в рамки, действуй по наитию, играй, что в голову придет, — сказала она.

Грифф начал с том-томов, работал целую минуту, в стиле Кози Коула. Потом взял палочки и отстучал напористое соло, перемежая слабые доли выстрелами римшотов, с интерлюдией на малом барабане. Эльф, блаженно улыбаясь,

---

[1] *Букв.* «Держи пять» *(англ.).*

следила за его руками. Грифф разразился длинной фасонной дробью, в стиле Арта Блейки, повторил ритмический рисунок коротким остинато, за которым последовали пульсирующие триоли, как у Элвина Джонса, свинговые переливы литавров и великолепное заключительное крещендо... Эльф медленно подняла руку... и резко опустила. Грифф остановился, а барабаны в наушниках звучали еще пять тактов.

Бам! два-три-четыре-*пять*
Бам! два-три-четыре-*пять*
Бам! два-три четыре-*пять*
Бам! два-три-четыре-*пять*
Бам! два-три-четыре-*пять* — и...
Стоп.

— Чудесно, — кивнула Эльф.

В колонках раздался голос Диггера:

— Готово.

Грифф снял наушники:

— А зачем оно тебе? Ты новую песню сочиняешь? Или...

— По-моему, это мы с тобой сочиняем новую песню. Если выйдет что-то толковое, то укажем и твою фамилию.

Грифф представил их имена на пластинке, в скобках: *(Холлоуэй—Гриффин)*. Дверь распахнулась, в студию вбежали Джаспер и Дин.

— Наш поезд на четверть часа застрял в туннеле перед Тотнем-Корт-роуд. Вроде бы какой-то болван бросился под поезд, — сказал Дин. — А вы чего здесь делали? В носу ковыряли?

— Эльф у нас в единичном экземпляре, таких больше не делают, — говорит Грифф. — Поначалу я как-то сомневался, думал, она не потянет выступлений в клубах. Мне казалось, что Дин, Джаспер и я — неплохое трио. Но Левон настоял, мы пригласили ее на джем-сейшн, и выяснилось, что он прав, а я — нет. Она водит машину, перетаскивает с нами аппаратуру, не обижается на выкрики из зала, и на сцене — два музыканта в одном. Она замечательный клавишник, а уж голос... Он такой узнаваемый.

— Ага, «Мона Лиза» до костей пробирает. У Дебби даже слезы наворачиваются.

— Вот только с ее парнями просто беда. Уж не знаю, где она таких находит. Этот ее австралиец... она опять с ним, представляешь?

— Любовь слепа, — говорит Стив, — и не любит окулистов. А ты, значит... к ней неровно дышишь?

— Я? К Эльф? — У Гриффа вырывается смешок. — Нет. Нет-нет.

— А что тут смешного? У нее все на месте, девушка фигуристая и вообще...

Грифф представляет себе реакцию Эльф.

— Ну, может быть, если бы мы не были в одной группе... но секс музыке не конкурент.

— Как скажешь. А тебе хоть перепадает?

— Что перепадает?

— Ишь ты, какой скромняга.

Грифф размышляет о Марии и Венере. Они вселились в его новую квартиру сразу же после праздничной вечеринки в «Герцоге Аргайле». У них есть свои ключи. Они приходят и уходят когда вздумается, но каждую ночь все трое проводят в одной постели. Они готовят и убирают. Покуривают дурь. О себе ничего не рассказывают, а Грифф не особо и расспрашивает. Боится, что если узнает слишком много, то они исчезнут, рассеются облачком дыма. Они ничего не требуют. Не ждут подарков. Не напрашиваются на тусовки. Но все держат под контролем. И Гриффа это вполне устраивает. Он сомневается, что их отношения — если это можно назвать отношениями — затянутся на долгое время. Наверное, поэтому он о них никому не рассказывает. Вообще никому, даже Дину, хотя Дин с ними знаком. Мария и Венера — очень странный период его жизни.

— Нет, — врет Грифф брату. — Я пока еще только присматриваюсь...

«ГУЛЛЬ 40», — объявляет дорожный указатель. Стрелка спидометра стоит на сорока милях в час. «Тут даже я могу посчитать». Сейчас четверть третьего утра, так что на Альберт-авеню они будут минут через сорок.

— Как ты думаешь, отец еще не спит? — спрашивает Грифф.

— Не-а, ждет нас, сидит на диване, — говорит Стив. — Мы приедем, а он такой: «О, кого это там принесло на ночь глядя». А потом посмотрит на твои усы и скажет: «Сынок, у тебя на верхнюю губу что-то налипло. Дохлая мышь, наверное...»

— Ну да, у отца завсегда игла наготове, чтобы нас не слишком распирало от самомнения.

— Ты не думай, он тобой гордится. Было время, когда он объявлял всем своим пассажирам, что его сын — профессиональный барабанщик, самый молодой в Йоркшире. А теперь, когда тебя показали по Би-би-си, его вообще не остановишь. Он даже приволок в дом игрушечную ударную установку, которую мы с ним для тебя сделали из жестянок из-под печенья.

Грифф косится на брата:

— Да ты что?!

— Ага, он хранил ее в сарайчике. — По Стиву скользят оранжевые отсветы придорожных фонарей. — И даже... — со смехом начинает он, но вдруг лицо его искажается ужасом.

Тяжелую фуру впереди заносит, она складывается перочинным ножом, заваливается на бок, а грузовик на встречной полосе на полном ходу врезается в разделительный барьер. Днище грузовика стремительно надвигается на лобовое стекло «ягуара». Грифф выворачивает руль, будто штурвал в шторм. Визжит резина. Руль клинит. «Разве что чудом...»

— Нормально... — Голос Стива слышен откуда-то издалека и совсем рядом. Хрип. Грифф чем-то придавлен. «В нас врезался грузовик. Авария. Я жив. И Стив тоже. Ну, раз живы, то...» Грифф открывает глаз. Один. Второй не открывается. «Ничего страшного, одноглазому можно играть на барабанах... вот однорукому или одноногому сложнее... А одноглазому можно...» В искореженный «ягуар» сочится оранжевый свет фонарей. Стив согнут пополам, как игрушечный экшн-мен, руки и ноги неестественно заломлены. Крыша стала полом. «Мы перевернулись». Грифф пытается двинуть правой рукой. Рука не слушается. «Хреново». Пытается шевельнуть ногами. Не получается. Ему не больно. Это хорошо. Нет, плохо. «При переломе позвоночника не чувствуешь боли». С губ Стива срывается какой-то звук. Не слова. Хриплое бульканье.

— Все хорошо, — говорит Грифф, но получается «ссеххшшшо», как у дедушки после инсульта. «Или будто спьяну».

Изо рта Стива стекает струйка крови, заливает лицо, ползет по щеке. Неправильно, снизу вверх. В оранжевом свете кровь черная, как нефть. Скапливается в глазницах. Капает с бровей. Он слабо, прерывисто выдыхает.

— Стив, погоди, не... — начинает Грифф. «Шти... хоти...».

Накатывает приливная волна.

Бум-бум, бум-бум, **бум-бум,** бум-бум, **бум-бум.** Прилив схлынул. Грифф возвращается в свое тело. «Это мой пульс». Прерывистый стон. Холодно. Это хорошо. Когда замерзаешь до смерти, становится жарко. Стив рядом. Стив не двигается. Наверное, бережет силы. «Я люблю звезды. Где звезды?» Стив, потолок, тысячи осколков стекла на полу. Который был потолком. Педали. Акселератор. Тормоз. Сцепление. Близко, только руку протяни. «Если б руки слушались». Поблескивает янтарь фонарей. Голоса. Далеко. Или приглушенные, дребезжащие, где-то близко. Из динамика, поздно ночью, под одеялом, в их со Стивом спальне, в доме на Альберт-авеню. «Love Me Tender»[1]. Дин иногда ее наигрывает, когда в шутку изображает Элвиса. Эльф сидит напротив, за битловским столиком в «Синем вепре». Джаспер ловит его взгляд под конец «Пурпурного пламени», чтобы гитара смолкла одновременно с последним ударом барабана.

— Сирил! Неси резак, бегом! Быстрее!

Зачем? «Авария». Какая авария? «Вот эта самая авария».

Грифф пытается крикнуть, сказать, что Стиву нужна помощь. Голос не слушается. Просто не слушается, и все.

---

[1] «Люби меня нежно» *(англ.)*.

«Пока живы, есть надежда». Быть может, все это не так... Это песня такая. Там про всякие были и небылицы из Библии. Мама Гриффа ее пела, вывешивая белье на просушку. «Звезды». Весенний день. Грифф — мальчик у окна. «Звезды».

Ждет, когда начнется его жизнь.

Строители

•

Дождь барабанил по зонтикам и по крышке гроба. Дождь взбивал воду в прямоугольной яме: семь футов длиной, три фута шириной и, как полагается, шесть футов глубиной. Левону было жаль могильщиков, которым пришлось извлечь эти сто двадцать шесть кубических футов холодной сырой земли. Кто-то всхлипывал. Когда умолк колокол в часовне, викарий загундосил насморочным голосом:

— В поте лица твоего будешь есть хлеб, доколе не возвратишься в землю, из которой ты взят, ибо прах ты и в прах возвратишься.

Сварливые вороны в тисах заглушили строки Книги Бытия. Голос викария прерывался и затухал, как издыхающий усилок.

— ...трагедия... лишь Всевышнему ведомо... в расцвете сил... безвременно покинул...

Краем уха Левон слышал глухой ритмичный гул, размеренный, как удары басового барабана: бух, бух, бух. «Наверное, это Северное море». Ноги промокли. Носки впитали воду из мокрой губки дерна. Викарий завершил свою краткую речь, люди выстроились в очередь подписывать книгу соболезнований. «Надо было сделать это на отпевании, в часовне, а не под дождем», — подумал Левон. Человек семьдесят подходили друг за другом к мистеру и миссис Гриффин, к их старшим детям — дочери и сыну. Старшим детям под тридцать. Перчатки касались перчаток. Левон пожал руки родственникам. Семейное сходство было заметно с первого же взгляда.

— Мои соболезнования, — сказал он отцу Гриффа, водителю автобуса, и тут же подумал, что слова пусты и скупы и что никакими словами его горю не поможешь.

Мистер Гриффин посмотрел на него непонимающим взглядом, будто не верил в происходящее.

— Мои соболезнования, — повторил Левон матери Гриффа (Грифф унаследовал ее подбородок).

Миссис Гриффин обратила к нему ввалившиеся заплаканные глаза и беззвучно шевельнула губами, будто хотела сказать спасибо. Вряд ли она знала, кто такой Левон.

Затем присутствующим предложили бросить земли на могилу. Желающих оказалось примерно половина. Эльф, шедшая впереди Левона, помотала головой, подавила всхлип. Дин обнял ее за плечи и увел с кладбища. Джаспер взял лопату и огляделся с видом антрополога в экспедиции. Глухой стук мокрой земли по крышке гроба был для Левона самым печальным звуком на свете.

В Королевской лечебнице Гулля перебинтованный, перевязанный и закованный в гипс Грифф, пряча глаза, выслушал рассказ Левона о похоронах Стива. Левон старался не смотреть на лысый череп Гриффа. Его обрили, чтобы закрепить металлическую пластину. Левон держался фактов. Факты говорили сами за себя. В коридоре кто-то зашелся истошным кашлем — выворачивающим, почти нечеловеческим кашлем курильщика. Грифф на больничной койке был Гриффом, но каким-то другим. Этот Грифф никогда в жизни не улыбался и уже не улыбнется. По больничному радио Фрэнк Синатра пел «Have Yourself a Merry Little Christmas»[1], хотя Рождество уже прошло.

— Хочешь еще винограду? — спросила Эльф.

— Нет, спасибо.

— А сигаретку?

— Давай.

— Я купил тебе «Данхилл». — Дин вложил сигарету в рот Гриффу, поднес к ней зажигалку.

Грифф глубоко затянулся.

---

[1] *Букв.*: «Счастливого вам Рождества» *(англ.)*.

— Не знаю, вернусь ли я, — произнес он призрачным голосом, совершенно непохожим на свой. — Не могу даже думать про барабаны. И про выступления. И про чарты. Стив погиб.

— Мы понимаем, — сказал Левон.

— Нет, не понимаете. — Грифф потер налитые кровью глаза. — Вы думаете, я так говорю, потому что Стив умер. А на самом деле я просто не знаю, хочу ли я. Тяжко все это. Каждую ночь, каждую ночь...

— Это на тебя непохоже, дружище, — сказал Дин.

— В том-то все и дело. Я больше не я. Мой брат погиб. Я был за рулем.

— Но ты же не виноват, — сказала Эльф. — И тебя никто не винит.

— Ни копы, — сказал Дин, — ни жена Стива. Никто.

— Виноват, не виноват... — вздохнул Грифф. — Вот как закрою глаза, так и возвращаюсь туда. На трассу. И знаю, что произойдет. И ничего не могу изменить. Все время одно и то же. Грузовик. Фура. Стив и я. Вниз головой, как долбаные летучие мыши. Я уснуть не могу.

— Ты врачу говорил? — спросила Эльф.

— Чтобы мне еще таблеток выписали? Я и так уже ходячая аптека. То есть лежачая аптека.

— Твой отец сказал, что врач говорит...

— Ага, это могли бы быть мои похороны. Если бы я не был пристегнут. Если бы грузовик врезался под другим углом. Если бы «ягуар» перевернулся в другую сторону. Весь мир — одно сплошное «если бы». Если бы... И спать бы мне сейчас в гробу вечным сном...

Тип на соседней койке громко всхрапнул.

В другой ситуации это было бы смешно.

— Но ты же не в гробу, — сказал Джаспер.

— А Стив в гробу. Это-то меня и убивает, де Зут.

Дождь не прекращался и на следующее утро, когда поезд отбывал из Гулля. Крыши, речная дельта, флотилия траулеров, суровый город, футбольный стадион и потоки дождя уплывали в прошлое. Никому не хотелось говорить о пустяках. Единственной серьезной темой для разговора было будущее «Утопия-авеню». Эльф раскрыла «Под стеклянным колпаком» Сильвии Платт. Джаспер уткнулся в «Волшебную гору» Томаса Манна. Дин читал «Дейли миррор». А для менеджера думать о другом было непозволительной роскошью. Левон отменил новогоднее выступление в концертном зале «Хаммерсмит Одеон» и все остальные январские концерты, лишив «Лунного кита» четырехсот фунтов обещанных гонораров. А по счетам надо было платить. Ни хозяевам помещения, которое занимало агентство «Лунный кит», ни налоговой инспекции, ни телефонной компании не было дела до трагической смерти Стивена Гриффина. Жалованье Бетани. Оплата услуг «Пыльной лачуги». Страховка. «Рай — это дорога в Рай» был на пятьдесят восьмом месте в чартах, но сингл «Оставьте упованья» с треском провалился. «Илекс» выразил «разочарование». Виктор Френч сказал Левону, что третий сингл должен добиться большего успеха, чем «Темная комната». Ему не надо было добавлять, что в противном случае «Илекс» расторгнет контракт с «Утопия-авеню». Левон вспомнил любимую присказку Дона Ардена о том, что лейбл звукозаписи приходится соблазнять трижды: в первый раз — для подписания контракта, во второй — когда понадобятся деньги на рекламу, и в третий — когда проваливается сингл. Зять Муссолини, Галеаццо Чиано, однажды сказал: «У победы тысяча отцов, а поражение — всегда сирота». Левон смотрел на унылый пейзаж за окном и чувствовал себя сиротой. Многие представляют менеджера рок-группы таким, как его изобразили в фильме «Вечер трудного дня» — корыстным и наглым грубияном. В действительности же все гораздо сложнее. Да, Левон зависел от группы, но сообразно ситуации ему приходилось и ссужать деньги своим подопечным, и выгораживать их, принимая удар на себя, быть мальчиком на побегушках и мальчиком для битья, наркодилером, мозгоправом, сутенером, лакеем, подхалимом, строгим отцом, утешителем, нянькой, дипломатом — поочередно или одновременно всеми сразу. Если группа становилась знаменитой и зарабатывала кучу денег, то перепадало и менеджеру. Если группа прозябала, то и менеджер нищенствовал. «Утопия-авеню» была последним шансом Левона. Его лучшим шансом. Левону все они нравились, чисто по-человечески. Почти всегда. Ему нравилась их музыка. Но он выдохся. Лондон его измотал. Унылая погода. Гей-тусовки, чреватые аферистами, шантажистами и облавами. Ему не хватало простой человеческой любви. Менеджеру не достается благодарностей. Ну что бы стоило сказать: «Левон, спасибо тебе за то, что в нас поверил, за то, что надрываешься ради нас с утра до ночи». Хотя бы разочек. Так ведь нет. Если все идет хорошо, то это потому, что в группе одни гении. А если все плохо, то виноват менеджер.

Факт: после Нового года группе надо выпустить сингл — «Мона Лиза поет блюз» — и разрекламировать его от Лендс-Энда до Джон-о'Гротс. И по всей Европе.

Факт: без ударника это невозможно.

Дин читал последнюю страницу «Дейли миррор», так что Левону была видна первая полоса. Рекламная кампания «Я поддерживаю Британию» призывала британских трудящихся спасти экономику страны, ежедневно отрабатывая по полчаса без оплаты. Лейбл «Pye Records» выпустил сингл с песней «I'm Backing Britain»[1] в исполнении известного телеведущего Брюса Форсайта; диджей Джимми Сэвил объявил, что девять дней проработает добровольцем в центральной городской больнице Лидса. «Джимми вносит лепту — а ты?» — вопрошал заголовок. Левон считал всю эту затею бесполезной, дурацкой и наивной. Вагон покачивался, убаюкав Дина, Джаспера и Эльф. У Левона в затылке зрела мигрень, но надо было думать. Работа у него такая. Грифф сказал, что не знает, вернется ли в группу. Это он с горя? Может, у него нервный срыв? Или он действительно хочет бросить тяжелую жизнь музыканта? Следует ли агентству «Лунный кит» расторгнуть контракт с Гриффом? А как же будущие гонорары и авторские? Хауи Стокер и Фредди Дюк хотели вернуть вложенные деньги. Покамест Левон мог предъявить им только относительно популярный сингл и альбом, который продавался вяло. Неужели успех «Темной комнаты» был случайностью? А вдруг «Оставьте упованья» как раз и послужила истин-

---

[1] «Я поддерживаю Британию» *(англ.).*

ным индикатором интереса британской публики к группе, на создание которой Левон потратил столько усилий? Может быть, Лондон больше не в центре событий на международной музыкальной арене? Может быть, центр сместился в Сан-Франциско?

Сами музыканты приводили Левона в отчаяние. Дин постоянно клянчил денег, которых пока еще не заработал. Эльф страдала от мнительности и неуверенности в себе. Джаспер был напрочь лишен практического мышления. А теперь вот еще и у Гриффа кризис. Левон закурил. Посмотрел в окно. Все еще север, все еще дождь, все еще уныние.

Он вспомнил, как приехал в Нью-Йорк, наивно полагая, что станет одновременно и гринвич-виллиджевским Бодлером в изгнании, и фолк-исполнителем, и битником, и автором великого канадского романа. Спустя десять лет лишь одно из вышеперечисленного походило на правду. Изгнание. Повинуясь внезапному порыву, Левон открыл записную книжку на последней странице.

Как утверждали наручные часы Левона, прошло девяносто минут. Пять страниц, заполненных торопливыми строками и перечеркиваниями, сложились в четыре строфы. Левон переписал их начисто на свободную страницу.

> Любовь нашла меня, я молод был тогда:
> Палатка у воды, падучая звезда...
> Построил целый мир — Утопию — мой мозг,
> Где можно быть собой, не опасаясь розг.
>
> А я бывал и бит, и брошен из дверей
> В костры благочестивых строгих алтарей.
> И «монстр», и «изврат», и «вообще больной» —
> Я получал в лицо и слышал за спиной.
>
> Да будь как все, чувак, иначе ты — изгой!
> Вот Догма — это да! А ты-то не герой.
> Утопию создал? Да это ж криминал.
> Придумал — позабыл, построил — развалил.
>
> Намеренья благие — это скользкий путь.
> Ну, так в чем же дело? Стань своим. Забудь![1]

---

[1] Перевод А. Васильевой.

Левон прекрасно сознавал, что до Роберта Лоуэлла или Уоллеса Стивенса ему далеко, но надо было чем-то себя занять. Иногда плач по собственной несчастной судьбе идет на пользу. Ландшафт за окном напоминал прерию, только заболоченную, насквозь пропитанную водой и пересеченную широкими дренажными каналами. Мимо проплыл собор. Это Линкольн? Или Питерборо?

— Это Или. — Джаспер зевнул. — Я тут учился.

— А, значит, вот он какой, Или. Теплые воспоминания?

— Воспоминания, — ответил Джаспер.

Левон закрыл записную книжку.

— Ты стихи написал.

Левон соврал бы, если бы об этом спросила Эльф. Или Дин.

— Да.

— А можно мне почитать?

Левон, заинтригованный интересом Джаспера, машинально передал ему записную книжку:

— Это просто стихи.

Глаза Джаспера скользили по строкам.

Потом он перечитал стихотворение еще раз.

Поезд выстукивал свой ритм.

Джаспер вернул записную книжку:

— Годится.

Поезд сделал остановку у пригородной платформы, но, как только тронулся с места, резко дернулся, заскрежетал и встал. В вагоне погас свет. Машинист оповестил пассажиров о «механических неполадках». Левон, протерев в запотевшем стекле глазок, прочел название станции: «ГРЕЙТ-ЧЕСТЕРФОРД».

— Здесь все время случаются поломки, — сказал Джаспер.

Спустя полчаса машинист объявил:

— Для оценки механических неполадок со станции выслан механик.

— Обожаю тавтологию, — сказала Эльф.

— Обожаю британские железные дороги, — простонал Дин.

На Фенские болота сыпал град. В душном вагоне стало еще душнее. Орали три младенца. Пассажиры чихали, засеивали воздух микробами. У Левона был с собой аспирин. Он налил в металлическую чашечку чай из термоса, чтобы запить таблетки, и увидел, что в чае поблескивают крошечные осколки стекла: колба термоса разбилась. С трудом наполнив слюной пересохший рот, Левон проглотил таблетки. Они встали в горле. Он сунул в рот мятный леденец «Поло», натужным глотком протолкнул аспирин внутрь и, не в силах дальше сдерживаться, сказал правду:

— Нам непременно нужен хит. Срочно.

— Ага. Дайте два. Каждому, — фыркнул Дин.

— Нет. Нам *непременно* нужен хит. Иначе все кончено.

— В каком смысле «все кончено»?

— Наша договоренность с «Илексом».

— Они собираются расторгнуть контракт? — обеспокоенно спросила Эльф.

— Кто и с какой стати этого потребует?! — возмутился Дин.

— Гюнтер Маркс. С той, что им попросту невыгодно.

— Но ты же видел Гриффа, — вздохнула Эльф. — Он не готов вернуться ни физически, ни морально, ни душевно.

— Твоя правда. Но правда и то, что если мы не выпустим сингл и не разрекламируем его так, что он мгновенно станет хитом, то возвращаться Гриффу будет некуда.

— Грифф быстро поправится, — с укоризной заявил Дин. — А если «Илекс» не хочет иметь с нами дела, пошлем их нахер и перейдем к другому лейблу.

— К какому именно? — уточнил Левон; его головная боль усилилась. — Кого заинтересует группа, у которой всех достижений — провальный сингл и вяло продающийся альбом?

— По-твоему, нам нужен новый ударник? — спросил Дин. — Тогда сам иди нахер. Если бы Ринго Старра сбил грузовик, то...

— У *The Beatles* миллионы на банковских счетах и внушительная дискография. Их старые хиты генерируют тонну денег в час. У «Утопия-авеню» на счету ноль. И похвастаться нам нечем.

— Погоди, Левон, — сказала Эльф. — Значит, мы должны расторгнуть договор с Гриффом, у которого недавно погиб брат в жуткой аварии? Именно сейчас, когда Грифф сам не свой от горя? Ты это всерьез предлагаешь?

— Я просто излагаю факты. Потому что кто-то должен это сделать. Иначе никакой группы не будет. Безусловно, мы дадим Гриффу время прийти в себя. Безусловно. Но вы его сами видели. И слышали, что он сказал. Вполне возможно, что он не вернется в группу.

— Таких барабанщиков, как Грифф, днем с огнем не сыщешь, — сказала Эльф.

— По-твоему, мне это неизвестно? — спросил Левон. — Я же сам его выбирал. Но барабанщик, который не в состоянии сесть за барабаны, — это не барабанщик. Джаспер. Скажи что-нибудь.

Джаспер вывел пальцем спираль на запотевшем стекле:

— Восемь дней.

— Да ты скажи по-человечески, а не как в кроссворде с загадками. Я тебя очень прошу. У меня мигрень размером с Восточную Англию.

— Мой голландский дедушка говорил: если не знаешь, что делать, не делай ничего восемь дней.

— Почему восемь? — спросил Дин.

— Меньше восьми — слишком поспешно. Больше восьми — слишком затянуто. Восемь дней — оптимальный срок для того, чтобы мир перетасовал колоду и сдал тебе новые карты.

Без всякого предупреждения поезд тронулся с места.

Измотанные пассажиры прокричали саркастическое «ура».

Аплодисменты после «Waltz for Debbie»[1] наконец-то стихают.

— Спасибо, — говорит Билл Эванс. — Большое спасибо. Мм... Следующую композицию я написал, когда скончался мой отец. Она называется «Turn Out the Stars»...[2]

---

[1] «Вальс для Дебби» (англ.).
[2] «Погасите звезды» (англ.).

320

и... — Немногословный американец кладет сигарету в пепельницу и склоняется над клавишами, полузакрыв глаза. Начинает играть.

Левон вспоминает, как полгода назад, в сиянии солнечных лучей, Эльф исполняла на этом самом «Стейнвее» только что сочиненную «Мона Лиза поет блюз». Он думает о Гриффе на больничной койке. «Все мои труды, все встречи, телефонные звонки, письма, просьбы и одолжения, все, что приходилось сносить от Хауи Стокера, Виктора Френча, всех остальных, все, что было вложено в выпуск первого альбома „Утопия-авеню“, — все это пошло прахом... Так, прекращай ныть. Слушай музыку. В десяти ярдах от тебя играет величайший джазовый пианист...»

Павел приносит стопку водки, ставит на столик, успокаивающе поглаживает Левона по колену, и этот жест выдает его с головой. Во всяком случае, тип за соседним столиком заметил. Впрочем, невольно-виноватое смущение Левона быстро проходит. Незнакомец глядит сочувственно, чуть изогнув бровь. Левон уже где-то видел это характерное круглое лицо. На вид — пятьдесят с немалым гаком, седая челка, выражение почти ангельское, в другое бы время...

Да это же Фрэнсис Бэкон! Художник насмешливо кивает из-за своего столика. Левон косится по сторонам, делает удивленные глаза, мол, это вы мне? Фрэнсис Бэкон растягивает губы в лукавой улыбке.

Под звуки «Never Let Me Go»[1] в исполнении Билла Эванса на Левона накатывают волны воспоминаний — личных, горьких, ярких. Что было, чего не было, что могло бы быть и что происходит сейчас, в первые выходные Нового года. Все семейство, близкие и дальние родственники, а также избранные прихожане из отцовской церкви собираются в доме Фрэнклендов в Кляйнбурге, пригороде Торонто, чтобы встретить Новый, 1968 год. Рождественскую елку еще не убрали. Левон вот уже десять лет не был дома. Его не пригласили на свадьбы сестер. «Я привык... я дав-

---

[1] «Не отпускай меня» *(англ.)*.

321

ным-давно с этим сжился». Но под Рождество и под Новый год всегда становится тяжело на душе.

— Меня зовут Фрэнсис. Вы позволите? — Художник наклоняется через стол. — Видите ли, мой приятель Хамфри заманил меня сюда, охарактеризовав мистера Эванса самым восторженным манером. Но, честно сказать, я пребываю в совершеннейшей растерянности... — В его речи проскальзывают отчетливые ирландские интонации. — Но, заметив, как вы внимаете музыке, набрался смелости и решил спросить у вас совета.

«Фрэнсис Бэкон со мной заигрывает?!»

— Я не самый тонкий ценитель джаза, но готов помочь вам, чем смогу...

— Не самый тонкий? А на мой взгляд, вы прекрасно сложены. Так вот, почему он просто не играет музыку по нотам? Так, как написано? Простите, если это глупый вопрос...

— Ничуть не глупее того, если бы у вас спросили, почему Ван Гог не рисует подсолнухи такими, какие они есть.

Фрэнсис Бэкон посмеивается и с напускным смущением заявляет:

— Ну вот, теперь вы наверняка считаете меня жутким профаном.

— Нет, профаны — это те, кто не задает вопросов. Для таких пианистов, как Билл Эванс, главное — не сама мелодия, а то, что она пробуждает. Как Дебюсси. В первой публикации его «Прелюдий» названия композиций — «Des pas sur la neige», «La cathédrale engloutie»[1] — были напечатаны не в начале, а в конце каждой пьесы, чтобы музыка говорила сама за себя, без предубеждения, создаваемого названиями. Для мистера Эванса таким предубеждением является мелодия, которую без труда можно напеть. Для него мелодия — не цель, а лишь средство достижения цели.

Соседний столик освобождается, пианист оказывается на виду: твердый подбородок, героиновая худоба.

— В общем, не знаю, поможет ли вам мое объяснение.

— Вы хотите сказать, что он — импрессионист?

---

[1] «Шаги на снегу», «Затонувший собор» (*фр.*).

«Неужели я попал на страницы какого-то французского романа, где персонажи бесконечно обсуждают искусство?» — думает Левон.

— Совершенно верно.

— Да, это помогает. — Фрэнсис Бэкон окидывает Левона взглядом. — А вы в Сохо частый гость? Или я принимаю желаемое за действительное?

— Мы с вами прежде не встречались. Меня зовут Левон.

— О, Левонов я и правда еще не встречал. Судя по вашему акценту, вас занесло далеко от родины... Вы из Канады?

— Поразительно! Обычно спрашивают, не из Штатов ли я.

— У вас очень интеллигентный вид.

— Вы мне льстите, мистер Бэкон. На самом деле я кочую, как цыган. Когда мне было девятнадцать, я уехал из Торонто и по ряду причин больше туда не возвращался.

— А я из захолустного Уиклоу и возвращаться туда не намерен, — с брезгливой гримасой говорит Фрэнсис Бэкон. Заметив пустую стопку Левона, он воровато оглядывается по сторонам, как шпион в дешевой мелодраме, и достает из кармана фляжку. — Не желаете ли согревающего? Не беспокойтесь, вам не грозит очнуться голым у меня на чердаке. Если, конечно, вы сами об этом не попросите.

«Такое возможно только в Сохо...» — думает Левон и отвечает:

— Спасибо, с удовольствием.

Он вспоминает, как в клубе «2i's» плеснул виски в кока-колу Дина. Это тоже было своего рода обольщение.

— По правде сказать, я сегодня не самый интересный собеседник, — добавляет он.

Фрэнсис Бэкон наполняет его стакан.

— А почему?

— Дела замучили. Не стану утомлять вас объяснениями. Павел, хозяин клуба, решил, что мне необходимо развеяться, и чуть ли не силой затащил меня сюда.

— Что ж, давайте выпьем за друзей, которые знают, когда насилие необходимо... — Художник чокается с Левоном. — И за быстрое разрешение проблем.

— За надежду.

— Хамфри! — восклицает Фрэнсис Бэкон, завидев человека лет сорока, в свитере грубой вязки. — Бери стул, садись. Хамфри, познакомься с моим новым другом, Левоном. Фамилии пока еще не знаю.

— Левон Фрэнкленд, — представляется Левон, протягивая руку.

У Хамфри добродушное лицо и крепкое рукопожатие.

— Хамфри Литтелтон. Вам нравится Билл Эванс?

— Да. А после сегодняшнего выступления — еще больше. Простите, а вы тот самый Хамфри Литтелтон? Джазовый трубач?

— Действительно, иногда я мучаю слушателей игрой на этом инструменте. А вы — тот самый Левон Фрэнкленд? Музыкальный менеджер?

— Да, — удивленно отвечает Левон.

— Я слышал, что случилось с вашим ударником. Уолли Уитби, учитель вашего подопечного, — мой старый приятель. Как у парня дела?

«Ох, с чего бы начать...»

— В аварии погиб его брат, а сам он вел машину. Поэтому сейчас винит себя в гибели брата. Для него это огромное потрясение.

— Один мой юный знакомый, конюх, любил повторять: «Горе — это выставленный любовью счет», — заявляет Фрэнсис Бэкон. — Я совершенно не помню ни его лица, ни имени, а вот присказка запомнилась. Просто удивительно, что оседает в памяти...

Стены клуба «Колони-рум» цвета болотной ряски. В узком, тесном зале человек тридцать или сорок; почти все лица отмечены багровой печатью пьянства. За фортепьяно в углу кто-то наигрывает «Whisper Not»[1]. У бара, увешанного рождественскими гирляндами, идет оживленный разговор. «И тогда судья посмотрел на меня сверху вниз и спрашивает: „А вам не показалось странным, что все танцующие пары — мужчины?“ — произносит кто-то с гортанным

---

[1] «Не шепчи» *(англ.)*.

шотландским акцентом. — А я в ответ: „Ваша честь, сам я из Инвернесса, откуда мне знать, чем занимаются южане субботним вечером“». Замысловатые светильники отражаются в потемневших от времени зеркалах. Необычные бутылки выстроены поблескивающими рядами, посетители сверкают любопытными глазами; пузырятся сплетни, пускают обильную пену, разлетаются, как горох об стену; с фотографических снимков глядят падшие и угасшие без резону; красуются аспидистры в бронзовых вазонах; а на табурете в конце барной стойки сидит Мюриэль Белчер, суровая властительница «Колони-рум», потягивает джин с ангостурой и гладит белого пуделя.

— «Утопия-авеню»? — переспрашивает она хрипло, голосом заядлой курильщицы (не меньше трех пачек в день). — Похоже на название спального района в пригороде Милтон-Кинс.

— Если бы! — вздыхает Левон. — Тогда я был бы гораздо богаче. — Он осушает рюмку густого турецкого ликера — непонятно, какого именно, потому что вкуса огненного напитка разобрать невозможно.

— Ха, а я-то думал, что менеджмент — прямая дорога к славе, богатству и свежему мясцу, — говорит кокни Джордж. — Вон, у Фрэнсиса менеджер такие деньжищи гребет, а сама ничего не делает, только иногда устраивает вечеринки.

— Да не возведешь ты хулы на нашу Валери из «Галлери»! Ибо негоже кусать длань, тебя кормящую.

— А у меня сложилось впечатление, что драть таланты — одна из основных обязанностей менеджеров, — говорит художник Люсьен с лисьими глазами.

— «Драть» в значении «драть» или «драть» в значении «драть»? — уточняет Джеральд с седыми бровями вразлет.

— Ни то ни другое, — отвечает Левон. — Во-первых, я к своим ребятам не пристаю, а во-вторых, я просто не могу их обманывать.

— Отец Левона — проповедник, — объявляет Фрэнсис, раскатисто налегая на «р».

— Ну, значит, кому-то — прямая дорога в ад, — заявляет Мюриэль.

— Именно так он меня и напутствовал, — невольно говорит Левон и думает: «Во всем виноват турецкий ликер». — Слово в слово.

— А меня отец напутствовал, — говорит Джеральд, — опять-таки дословно: «Если еще раз тебя увижу, свяжу по рукам и ногам, выпорю и брошу воронам на расклев».

— Кстати, «я просто не могу их обманывать» означает, что ты еще не придумал, как их обмануть, или тебе совесть не позволяет? — спрашивает художник Люсьен.

— Совесть не позволяет, — говорит Левон. — Я считал это перспективным долгосрочным вложением капитала. «Вроде как создал свою семью».

— А если совесть все-таки позволяет, то как менеджер может облапошить группу? — спрашивает кокни Джордж.

Бокал Левона чудесным образом снова полон.

— Некоторые подделывают бухгалтерскую отчетность, прикарманивают разницу между заявленными и реальными гонорарами. Некоторые составляют кабальные контракты, за гроши перекупают авторские права или выплачивают исполнителям крохи. А курочка тем временем несет золотые яйца. Есть еще сложные налоговые схемы, благотворительные концерты и сборы, которые не имеют ничего общего с благотворительностью... В общем, много всякого.

— Так ведь если такое мошенство вскроется, то могут и черепушку проломить, — удивляется кокни Джордж.

— Очень часто исполнители просто не верят, что их менеджер способен на такое. Или боятся прослыть дураками, которых легко обвести вокруг пальца. А некоторые менеджеры снабжают своих подопечных наркотой, чтобы те постоянно были под кайфом и не интересовались насчет денег.

— Не очень-то разумно, — говорит Джеральд. — Вдруг они от наркотиков помрут?

— То-то и оно. Покойники судиться не станут. А один менеджер вообще заставил свою группу подписать чистый лист бумаги, потом напечатал на нем доверенность и забрал у них все подчистую. А когда они наскребли денег на адвокатов и обратились в суд, то их бывший менеджер предъявил еще один подписанный ими документ, где говорилось, что они отказываются от всех своих прав, в том числе и от права подавать в суд, особенно за фальсификацию документов.

— Гениально, — заявляет Мюриэль. — А почему же ты предпочитаешь действовать по-честному?

— Кусочек большого пирога лучше целого украденного пирожка, — отвечает Левон. — Ну, я так думал.

— Мошенничество — это подло и пошло, — заявляет Джером, один из завсегдатаев. — Я предпочитаю продавать всякие секретные материалы в советское посольство. Между прочим, это государственная измена, а не что-нибудь там. Солидное преступление.

Все закатывают глаза.

— Даже на виселицу можно угодить, — рисуется Джером.

— Ну что, Фрэнсис? — спрашивает кто-то.

— По-моему, самое время достойно отметить нашу первую попойку шестьдесят восьмого года. Ида! — (Бармен смотрит на него.) — Всем шампанского! «Крюг» фонтаном!

Все в баре оживляются. Левон обеспокоенно вспоминает, что у него в кармане всего пара фунтов, но Фрэнсис швыряет Мюриэль пачку купюр. Несколько банкнот падают на пол.

— Хватит, мать?

Мюриэль с одного взгляда подводит баланс:

— Вполне.

— А излишки передай в дом призрения престарелых педиков. Мы пристроим туда Джерома, будет у него свой угол.

Джером делает вид, что оценил шутку, поднимает упавшие деньги, прикарманивает половину. Открывают шампанское, наполняют бокалы. Фортепьяно умолкает.

— Ваши королевские величества, забулдыги, простаки и дураки, нахлебники и покровители, таланты и бездарности, братья-художники, лицемеры, воры и честной народ, старые друзья, — Фрэнсис встречается взглядом с Левоном, — обворожительные незнакомцы и, конечно же, Мюриэль, которая оберегает этот зачарованный уголок Утопии! Лишь на краткий миг мы царим на этой сцене, покуда нас не вытолкают взашей другие. Но раз уж мы здесь очутились, то сочиним себе каждый великолепную роль и сыграем ее на славу. — Он окидывает взглядом зал. — Сыграем ее на славу. Вот и все, говорить больше нечего, потому что нечего больше говорить. Мудрость — это приукрашенные банальности.

— И тебя тоже с новым счастьем, старая перечница! — отзывается кто-то из посетителей.

Фрэнсис отвешивает поклон.

Левон делает глоток шампанского.

«На вкус как звездный свет...»

...И выпивает целую галактику. Тапер играет «I've Got You Under My Skin»[1]. Люсьен угощает Левона коктейлем «Писко сауэр» с ангостурой. «Он меня тоже спаивает? — Левон в растерянности. — Он же не из наших, так, сторонний наблюдатель, пришел сюда потусоваться...»

— Свояк моей галеристки открыл музыкальный клуб в окрестностях Риджент-стрит, — шепчет ему на ухо Фрэнсис. — Они сейчас ужинают в ресторане «Харкуэй». Пойдем? Я тебя приглашаю. Особых развлечений не жди, но зато там подают свежайшие морепродукты.

Левон не помнит своего ответа. Они идут по Бейтман-стрит — художник Фрэнсис, фантазер Джером и сам Левон. Студеный ветер чувствительно пощипывает тело. Отрезвляет. На углу Бейтман-стрит и Дин-стрит Фрэнсис останавливается:

— Знаете, мне вдруг захотелось попытать счастья. Давайте заглянем в «Пенроуз».

В нежно-зеленой фарфоровой лодочке подают мидии. Раковины иссиня-черные снаружи и перламутрово-серые внутри. Ресторан «Харкуэй» находится на первом этаже отеля «Кингли-стрит». Восковые свечи, крахмальные скатерти, увесистое столовое серебро. Левону все это не по карману, но сейчас он всем доволен и не волнуется ни о чем — впервые после того, как рождественским утром узнал, что

---

[1] «Ты у меня под кожей» *(англ.)*.

Грифф попал в аварию. Джером похваляется своим выигрышем в рулетке. Левон плохо и отрывочно помнит, что происходило в «Пенроузе»; проигрыш в блэкджек представляется смутным, расплывчатым пятнышком в перевернутом калейдоскопе воспоминаний. Фрэнсис, Джером и Левон присоединяются к группе каких-то сиятельных персон. Левон выступает персонажем второго, а то и третьего плана — «наш бедный канадский родственник разгромлен в пух и прах, как Наполеон под Ватерлоо». Джером пытается его поддеть, но его остротам не хватает остроты. Вдобавок о том, что было в «Пенроуз», Джером помнит даже меньше, чем Левон. Кажется, в баре казино Левон беседовал с Сэмюэлом Беккетом, но подтвердить это некому, а сам Левон совершенно не уверен, что это действительно произошло. Соседка Левона по столу, какая-то герцогиня — то ли Розермер, то ли Виндермер, а может, и вовсе Вандермеер, — еще и вдова Джорджа Оруэлла, если, конечно, Левону это не приснилось.

— Эти устрицы — чистый оргазм, — говорит она. — Вот, попробуйте.

Она подносит раковину к губам Левона. Он глотает, запивает устрицу «Шато-Латуром». Фрэнсис заказал шесть бутылок, что весьма впечатлило француза-сомелье.

— Впервые в жизни встречаю музыкального магната, — заявляет герцогиня.

«Был бы тут Дин, он бы к ней прилип, да так, что не отдерешь».

— А я впервые в жизни встречаю вдову Джорджа Оруэлла, — говорит Левон.

— И что вы можете о себе сказать?

«Что я предпочитаю мужчин».

— Я не настоящий магнат.

— Но вы же выбираете будущих звезд, правда?

— Примерно так же, как на ипподроме в Эйнтри выбирают победителя в скачке, которая стартует в четверть третьего. Сейчас у меня контракт только с одной известной группой. Точнее, пока малоизвестной. Но перспективной. Так что до магната мне далеко, сами понимаете.

— Вам его не соблазнить, — заявляет Джером герцогине. — Напрасно надеетесь. И вообще, кто слышал про «Улицу Утопия»?

— «Утопия-авеню», — поправляет его Левон и запоздало соображает, что Джером намеренно исказил название. «Мудила».

— Про рок-группу Левона знают больше людей, чем о тебе, Джером Блиссетт, горе-шпион, профессиональный вымогатель и жалкий подмалевщик.

Джером фальшиво улыбается Фрэнсису. Фрэнсис без улыбки смотрит на него. Левон понимает, что у художника разбито сердце.

— У вас губа кровоточит, — шепчет герцогиня Левону. — Наверное, порезались краем устричной ракушки. Это я виновата.

— Ничего страшного. — Левон подносит к губам салфетку и зачарованно смотрит, как крахмальное полотно жадно впитывает кровь. Осмотическое проникновение.

— Как продвигаются ваши картины для новой выставки, Фрэнсис? — спрашивает диккенсовский карикатурный персонаж.

— Тружусь, как раб на галерах. Валери требует еще шесть полотен... к концу какого-то месяца. Не помню, когда именно. Но скоро.

— А вы довольны своими работами? — осведомляется вдова Джорджа Оруэлла.

— Ни один художник не доволен своими работами, — отвечает Фрэнсис. — Кроме Генри Мура, разумеется.

Джером глотает устрицу.

— В прошлом месяце я встречался с Сальвадором и Галой Дали в Париже. Сальвадор тоже готовится к выставке.

— Надо же. Наш великий мастурбатор решил заняться искусством?

— Я была на ретроспективной выставке Джексона Поллока в нью-йоркском музее «Метрополитен», — говорит герцогиня. — Как вы его оцениваете?

— Очень высоко, — отвечает Фрэнсис. — Он великолепно плетет кружева.

«Ну и ну, — думает Левон. — Да это просто кулачный бой без правил. У него найдется язвительное замечание для каждого конкурента».

Приносят *sole meunière*[1] со стручковой фасолью. Рыба пахнет сливочным маслом, душистым перцем и морем.

Еще несколько бокалов «Шато-Латура». Дверь мужского туалета в ресторане «Харкуэй» раскачивается из стороны в сторону. Левон мысленно приказывает ей остановиться. Она неохотно подчиняется. Левон изливает содержимое мочевого пузыря в писсуар. Писсуар. «П». Как «поворот». Краем глаза он замечает знакомую фигуру. Щелкает замок в кабинке. Перед глазами Левона кафельные плитки: кремово-белые и чернильно-синие. Он вспоминает дельфтский фарфор на мамином туалетном столике в доме приходского священника. В Кляйнбурге, пригороде Торонто. «Из всех нас в „Утопия-авеню" только у Эльф и Гриффа нормальные отношения с родителями», — размышляет Левон. Проходит несколько секунд. Потом еще несколько секунд. И еще несколько секунд. Левон застегивает ширинку, идет к раковине вымыть руки.

— Ну ты и ловчила! Что, понравилось шастать по казино и ночным клубам со знаменитым и богатеньким папиком? — В зеркале отражается лицо Джерома. — Только запомни, я его не первый год знаю. Я художник. А ты счетоводишка, крохобор. Клещ. Пиявка. Брысь отсюда! Не то я своим посольским кагэбэшникам нажалуюсь, они с тобой быстро разберутся. Да так, что твоего трупа никто не найдет.

Чем больше Джером пыжится, тем смешнее выглядит. Молчание Левона он принимает за испуг.

— Твой план не сработает.

Левону становится любопытно.

— Какой план?

— Не ты первый, не ты последний решил забраться к Фрэнсису в койку, чтобы заполучить парочку его картин, а потом загнать их подороже.

---

[1] Жареная камбала *(фр.)*.

Левон вытирает руки, бросает смятое полотенце в корзину, поворачивается, глядит Джерому в лицо:

— Во-первых, я не намерен забираться к нему в койку...

— Ха! Ты решил, что этого похотливого козла интересует твой блестящий интеллект?

— Во-вторых, с какой стати ему раздавать свои работы посторонним? Он не дурак. А в-третьих...

— Джордж вытянул из этого идиота десятки тысяч фунтов, а теперь еще и родственнички Джорджа угрожают шантажом...

— Зря ты не дослушал мое «в-третьих».

— Я весь внимание.

Из кабинки доносится звук сливающейся воды, дверь открывается, выходит художник.

— Фрэнсис! — визгливо восклицает Джером. — Мы тут...

— Попроси своих московских приятелей, — говорит Фрэнсис, — чтобы тебя вывезли из страны, и поскорее. В Лондоне тебя заплюют. В лучшем случае.

Джером фальшиво улыбается:

— Мы же с тобой взрослые люди. Нам ссориться незачем. Подумаешь, мелкое недоразумение...

— Если ты не свалишь отсюда, пока я не закончил мыть руки, то я попрошу, чтобы счет за ужин выставили на твое имя.

С Дюфор-Плейс они сворачивают в какой-то темный извилистый проход и попадают в крошечный мощеный дворик, куда выходят зарешеченные окна. В кирпичную черноту впечатаны неоновые буквы: «БОГАЧ БЕДНЯК».

«Обещание? Угроза? Предостережение?»

Как только Левон с Фрэнсисом подходят поближе, дверь распахивается и тут же закрывается у них за спиной.

— Добрый вечер, сэр, — произносит кто-то.

Фрэнсис говорит что-то неразборчивое.

— Да, конечно, сэр, если вы за него ручаетесь. Премного благодарен, сэр.

Лестница ведет вниз, в сводчатый подвал, где потоками расплавленной лавы льются аккорды «хаммонда» Джимми

Смита и звучит вулканический саксофон Стэнли Террентайна. С первого взгляда размеры помещения не определить. В клубе, если это можно назвать клубом, — ниши со столами и скамьями, а посередине танцплощадка, вымощенная каменными плитами. Наверное, когда-то здесь был склеп. Большая часть посетителей — мужчины, хотя встречаются и женщины, которые танцуют и смеются как ни в чем не бывало. Люди у барной стойки флиртуют, держатся за руки, ласково прикасаются друг к другу. Некоторые с интересом поглядывают на Левона. Ему это лестно, потому что он одет для концерта Билла Эванса, а не для визита в ночной гей-клуб Сохо. «Придурок, на тебя смотрят, потому что ты с Фрэнсисом Бэконом!» Одно лицо угрожающе прекрасно. Густые темные волосы, смуглая кожа, рубаха расстегнута на мускулистой груди греческого сатира. «Познакомиться бы с тобой поближе», — думает Левон и отметает мысль.

— Самое время для «Кровавой Мэри».

— И правда, «Кровавая Мэри» не помешает. Как ты догадался?

— Ни один классный загул не обходится без вовремя заложенной и вовремя обезвреженной бомбы. Будь любезен, две «Кровавых Мэри», пожалуйста.

Амбалистый бармен кивает. Чисто выбритый мод и бородатый хиппи целуются взасос.

— Я и не знал об этом клубе, — говорит Левон.

— Здесь есть все, на любой вкус. — Лицо художника совсем близко.

Левон глядит на человека вдвое его старше.

Фрэнсис медленно выпячивает губы, целует Левона, не закрывая глаз. Совершенно платонический поцелуй. «Это ритуал». Фрэнсис отстраняется, разминает и поглаживает лицо Левона — не ласково, но и не больно.

— Наши гонители утверждают, что гомосексуализм, — с отвращением выдыхает он слово, — это противоестественно. Что это нарушает законы природы. Лживое, бессмысленное утверждение. Единственный закон природы — это забытье. Молодость и горячность — мимолетные отклонения от нормы. Эта истина — полотно, на котором я творю.

Юноша с девичьим лицом или девушка с юношеским лицом подносит им спичечницу «Суон Веста». В коробке лежат две белые таблетки. Фрэнсис берет одну, кладет в рот, глотает. Левон смотрит на вторую. Спрашивать, что это, — моветон. «Кислота, аспирин, витамин С, плацебо, цианистый калий... да мало ли что еще».

Левон глотает таблетку.

— Молодец, — говорит Фрэнсис.

Басист, ударник и клавишник выдают какую-то бесконечную, монотонно пульсирующую подложку на низких; дробящиеся, отраженные звуки то затухают, то нарастают, выманивают на танцплощадку даже тех, кто, как Левон, обычно не танцует. Какой-то тип с густо загримированным лицом и в ночной сорочке вращает тарелки на шестах. Тарелок уже тринадцать. «По одной для каждого участника „Тайной вечери“, — думает сын проповедника. — И вообще, здесь совсем как в клубе „UFO“, прежде чем о нем узнали любопытные». Тощий парень в темных очках присоединяется к трио, поверх пульсирующей подложки звучит его тенор-саксофон. Пронзительные музыкальные фразы скользят, кувыркаются, ходят колесом, всхлипывают, рыдают. «Они не так претенциозны, как Штокхаузен, но прекрасно подходят для этого клуба». Сатир, как ни странно, не отходит от Левона... или Левон не отходит от него. «Да с ним любой пойдет...» Пухлые губы серьезны. От его взгляда кружится голова. «В этих бездонных глазах можно утонуть...» Багровый свет скользит по влажной от испарины коже. Принятая таблетка обостряет все чувства, как метаквалон. «Хорошо, что нет галлюцинаций, — благодарно думает Левон, — хотя, может быть, этот клуб — галлюцинация. И этот вечер. И вся моя жизнь». Сатир уводит Левона с танцплощадки. Руки с шершавыми мозолями трудяги. Левон следует за ним, проходит в неприметную дверь, которая ведет в крохотную комнату. Здесь стоит кровать, застланная чистым бельем, и кресло, на котором лежат какие-то веревки. Комната теплая, как разгоряченное тело. Тлеет рубиновый уголек светильника. Сквозь дверь доносятся гулкие басы безымянной группы. Сатир наливает Левону стакан воды из кувшина. Вода свежая, прохладная. Сатир пьет из того же стакана. Подносит яблоко к губам Левона. Яблоко кисловатое, с лимонным привкусом. Сатир вгрызается в яблочный бок.

Они лениво переговариваются в обнаженной темноте. Оба боятся сказать лишнего. Лестница ведет из подвала наверх, в грубую реальность. Осторожность не помешает. Сатир родом из Дублина. Его зовут Колм. Он называет себя «черным ирландцем», потомком испанских моряков с уцелевших кораблей разгромленной Армады.

— Ну, этими россказнями прикрывают множество грехов, — добавляет он.

Левон говорит, что он работает в музыкальном издательстве.

— А я аварийщик, — говорит Колм и, видя, что Левон не знает, что это, поясняет: — Ну, электромонтер, — а потом спрашивает: — А правда, что этот дядька-пузан — знаменитый художник?

— Не просто знаменитый, а самый великий, — отвечает Левон.

— А ты с ним?

— Нет, — говорит Левон и объясняет, что они просто пришли вдвоем, развеяться.

Он достает из кармана пиджака шариковую ручку и пишет свой номер телефона на левой ладони Колма:

— Захочешь — смоешь, а захочешь — позвонишь.

На груди Колма, над сердцем, вытатуирован крест. Левон нежно касается его губами.

Потом Колм спрашивает:

— А Левон — твое настоящее имя?

— Да. А твое?

Колм говорит, что настоящее.

Когда Левон просыпается, Сатира нет рядом. Левон тщательно проверяет, не пропали ли его кошелек, часы и ручка. Все на своих местах.

Рождество Христово. Рисунок карандашом. Снеговики. Глаза на перевернутых подбородках. Пирожные. Анекдоты про жителей Ньюфаундленда и Новой Шотландии. Голы, забитые в школьных хоккейных матчах. Домашние задания. Отзывы о книгах. Блюдо для торта. Молитва: «Боженька, сделай так, чтобы я был как все». Смятые салфетки. Костер из любовных посланий к Уэсу Баннистеру. Тропинки, расчищенные в снегу. Туристические походы юных баптистов-путешественников. Адирондакский лесопарк. Неуклюжие объятья с Кентоном Лестером в палатке. Кентон называл это «играми». «Ну что, займемся играми?» Лицо Кентона, сморщенное от наслаждения. Падающие звезды. А позднее — яростные отрицания всего. Возмущение. Обещания впредь быть осторожнее. Клятвы и заверения. Семья Кентона переехала в Ванкувер. Липкие фантазии. Сочинения. Экзамены. Торонтский университет. Кровать в университетском общежитии. Друзья. Разговоры о Фрейде, о Марксе, о Нортропе Фрае. Походы в кино. Иностранные фильмы. Косячки. Поэзия. Концерты в фолк-клубах. Субботние «игры» с женатым судьей, на шестнадцатом этаже отеля «Инн-он-зе-парк». И еще одна суббота. И еще одна. Скандал. Крики отца. Слезы матери. Разговоры об электротерапии. Решение. Шесть часов на автобусе до Нью-Йорка. Каморка в Бруклине. Стихи. Работа. Сортировка входящей и исходящей корреспонденции в брокерской конторе на Уолл-стрит. Скопить денег на гитару. Песни. Поездки в Гринвич-Виллидж. Совет Дейва ван Ронка: «Малец, у каждого есть свое предназначение, но гитара точно не для тебя». Секс с парнями всех рас, вер и размеров. Да-да, размеров. Магазин грампластинок на углу Двадцать девятой улицы и Третьей авеню. Рекламное агентство «Мэйхью-Ривз». Концерт The Beatles на стадионе Ши. «Их менеджер, Брайан Эпстайн, — один из нас...» Крохотный кабинет в агентстве «Бродвей-Уэст». Заявление на оформление паспорта. Лондон! Поездки с музыкантами в Париж, в Мадрид, в Бонн. Моральная поддержка легкоранимых талантов. Письма маме и сестрам. Третье, четвертое, пятое Рождество вдали от семьи. Письмо старшей сестры: «Милый Лев, это просто нелепо, ты же мой брат...» Фотографии. Встреча избранных членов семьи в Ниагара-Фоллз. Работа в «Пай-рекордз». Менеджер «Человекообразных». Квартира в верхнем этаже, на Квинс-Гарденс. Прекрасные отношения с промоутерами. Обмен рукопожатиями с Хауи Стокером и Фредди Дюком. Телефонный звонок Бетани Дрю. Планы. Концерт группы Арчи Киннока, в которой играет Джаспер де Зут. Визит в клуб «2i's» с Дином Моссом. «Утопия-авеню», три четверти. Эльф Холлоуэй. Старт! Гастрольные поездки. Встреча с Виктором Френчем, контракт с «Илексом». «Темная комната». Альбом. Концерты, запланированные в новом году. Поездка в Гулль. Отмены. Извинения.

«Мы те, кем мы себя делаем».

Левон просыпается...

В окно сочится холодный свет. Левон лежит на стареньком диване в захламленной гостиной. Книги. Бутылки. Тарелки. *Objets*[1]. Разбитое зеркало, острые лепестки осколков. Он понятия не имеет, где находится. Он помнит Колма, вспоминает, что Колм ушел. Левон садится. Осторожно. Раздвижные окна, выходящие в лондонский дворик, почти такой же, как у Джаспера, только стены домов выше. Зимнее небо нависает мокрым комом туалетной бумаги. Левон одет. Ему хочется принять ванну. Ключи и кошелек лежат на журнальном столике. Пахнет табаком и говяжьим смальцем. Открывается дверь, в гостиную заглядывает Фрэнсис Бэкон, в пижаме и шлафроке. Под глазом синяк, губа разбита.

— О, ты жив? Это меняет дело.

— Что с тобой случилось?

— Ничего.

— А что с лицом? Избили?

Тоном, не допускающим возражений:

— Тебе померещилось.

Левон вспоминает клуб «Богач бедняк». «Есть все, на любой вкус».

— Вот, на опохмел. — Фрэнсис вручает ему стакан томатного сока.

— «Кровавая Мэри»? — принюхивается Левон.

— Не спорь с доктором.

Левон глотает густую красную жидкость и начинает чувствовать себя получше.

---

[1] Вещи *(фр.)*.

— Вкусно.

— Я тут обдумал твою проблему.

— Какую проблему?

— Твой барабанщик, твоя группа, твои сомнения, возможность провала и все такое.

— Я тебе все это рассказал?

— В такси, по дороге сюда. Излил душу, так сказать.

«Ох, и правда излил...» — смутно припоминает Левон.

Фрэнсис Бэкон закуривает и добавляет к своей «Кровавой Мэри» щедрую порцию водки.

— Послушай, я тебя совсем не знаю. Может, мы еще встретимся, а может, и нет. Лондон — и большой город, и деревня. Сам ты не артист, но помогаешь истинным артистам творить. Ты — пособник. Сборщик. Строитель. В этом и заключается твое призвание. Тебе не достанется славы. О тебе не вспомнят. Но тебя не сожрут. И ты разбогатеешь. Если этого недостаточно, то иди играть в гольф.

На полке за плечом Фрэнсиса стоит банка скипидара. Из-за банки на них глядит мышонок.

— Если барабанщик переживет свою темную ночь души — замечательно. А если нет, найди другого. Как бы то ни было, прекрати себя жалеть и займись делом. — Художник допивает «Кровавую Мэри». — А сейчас я пойду к себе в студию и последую своему же совету. Будешь уходить, захлопни дверь. Поплотнее.

Если бы январь был местом, а не временем, то он был бы похож на сегодняшние Кенсингтонские сады. Деревья темны и голы. Клумбы без цветов. Унылое воскресное утро. Солнца нет. Неба как будто тоже нет. На Круглом пруду гогочут гуси, крякают утки, кричат чайки. Холодно. В парке никто надолго не задерживается. Да и вообще не задерживается. Левон рад, что прихватил шарф с вешалки в прихожей Фрэнсиса Бэкона. Если совесть замучает, то шарф он обязательно вернет. Но похоже, она не замучает. У вокзала Паддингтон все магазины закрыты. Машин почти нет. На Квинс-Гарденс не играют дети. Левон поднимается на третий этаж, входит в квартиру, наполняет ванну, чистит зубы, заваривает чай и приносит поднос в ванную. Достает из тумбочки записную книжку, забирается в горячую мыльную воду, перечитывает строфы, написанные в поезде из Гулля. «Нужна последняя строфа». Левон знает, что она сложится. Такая, которая совершенно изменит смысл стихотворения. Интересно, смыл Колм номер телефона с ладони, или сегодня он все-таки позвонит.

Может быть, через несколько минут.

А может, через несколько секунд.

Докажи

●

В свете рампы в «McGoo's» видно, как восемь девчонок из первого ряда ставят свои пинты биттера на край сцены. Четыре рыдают. Две шепчут слова песни, как молитву. «Попались, голубушки!» — думает Эльф. Еще две недели назад «Утопия-авеню» считалась кислотной ритм-энд-блюз-группой с психоделическим уклоном и клавишницей для понта. Эльф подозревала, что девушки на концерт приходили исключительно в довесок к парням. Однако с тех пор, как Эльф под фонограмму исполнила «Мона Лиза поет блюз» на передаче «Лондон Палладиум шоу» перед десятью миллионами телезрителей, все радикально изменилось. Выступления в эдинбургском «McGoo's» обычно заточены под мужскую, точнее, юношескую аудиторию, но сегодня половина зрителей в зале — женщины. Эльф берет верхнее ми на последнем слове рефрена. Джаспер, Грифф и Дин смолкают, а она продолжает петь в сопровождении хора из двух сотен надрывающихся женщин. «Тут даже глухой не собьется...» — думает Эльф и тянет финальное «Блю-у-уу-у-у...» вдвое дольше обычного, потом думает: «Да провались оно!» — и растягивает еще на четыре такта. Дин лукаво улыбается, мол, ах какие мы способные, Джаспер тянет свою угасающую ноту, а Грифф выжидает дополнительные такты, прежде чем начать заключительное крещендо на тарелках. Группа отыграла только две вещи из двенадцати, Грифф накачан сверхсильным обезболивающим, и пока все идет хорошо. Финальный удар гонга перекрывается воплями, топотом и аплодисментами.

— Спасибо, — говорит Эльф в микрофон, глядя на восьмерых девушек у авансцены.

Одна из них, королева пиктов со встрепанной черной шевелюрой и мускулистыми руками, складывает ладони рупором и кричит:

— Ради этой песни мы приперлись из самого Глазго, Эльф! Улет!

Эльф одними губами отвечает ей «спасибо» и снова склоняется к микрофону:

— Большое всем спасибо. Надо было раньше к вам приехать.

Бурные аплодисменты, неразборчивые выкрики, свист и гомон.

— Боже мой, как я по всему этому соскучилась, — продолжает Эльф. — В последние пару месяцев нам часто казалось, что все пропало...

Королева пиктов вопит:

— Мы знаем, Эльф! Вам было тяжело...

— ...но Эдинбург и Глазго нас поддержали и...

Из зала кричат: Перт! Данди! Абердин! Тобермори!

Эльф хохочет:

— Да-да, Шотландия, вы — луч света в темном царстве. Итак, наша следующая песня... — Эльф ищет взглядом листок с перечнем номеров. — Ну вот, программа выступления куда-то подевалась. Дин, что у нас там следующее?

— А давай сыграем твою новую, — неожиданно предлагает Дин.

Эльф в растерянности. Помнится, третьей песней значилась «Вдребезги», а Дин обычно не отказывается от возможности блеснуть.

— «Докажи»?

Дин говорит в микрофон:

— Так, Шотландия, ну-ка, помогайте. Эльф сочинила новую песню. Классную. Хотите послушать или как?

Публика восторженно орет и улюлюкает. Грифф выбивает раскатистую дробь. Дин прикладывает ладонь к уху:

— Что-что? Не слышу. Шотландия, вы хотите, чтобы мы сыграли какую-то старую хрень? Или новую песню Эльф?

Зал скандирует:

— НОВУЮ ПЕСНЮ ЭЛЬФ!

Дин выразительно глядит на Эльф, мол, ну, все ясно.

— Ладно, ладно. Поняла.

Эльф разминает пальцы, начинает играть вступление. Шум в зале стихает. Эльф останавливается:

— Песня называется «Докажи». Она... вроде как полу... псевдо... в общем, автобиографическая, по мотивам реальных событий, и рана еще не затянулась, так что не удивляйтесь, если я вдруг все оборву на полуслове и в слезах и соплях убегу за кулисы.

Она продолжает вступление. Эту последовательность трезвучий она придумала давным-давно, но все никак не могла найти ей применение. А вот теперь нашла. Шестнадцать задумчивых тактов отыграны, Эльф смотрит на Дина, тот глядит на Джаспера, тот косится на Гриффа, который отсчитывает: «Раз, два, раз-два, раз-два и...» Бум! Чака-бум! Чака-чака-чака-чака-бум! Вступает басовый марш Дина, мрачные риффы клавиш, и к пятому такту публика ловит ритм. Зрители начинают хлопать под музыку. Эльф склоняется к микрофону:

«Все вы завистники», — выкрикнул он, и вышел,
                                     и дверью шарахнул.
Она вслед за ним — без ума от него — помчалась,
                                  а зал только ахнул.
Он весь был Ромео, она — персонаж второстепенного
                                              плана.
Не очень достойный пошел диалог, точнее —
                                  не без изъяна.
«Я докажу, — рыдала она, — докажу, что люблю
                                     безоглядно!
Я докажу! Я тебе докажу! Пусть другим это будет
                                  досадно»[1].

Часы в «Пыльной лачуге» показывали 7:05, и Эльф не сразу поняла, вечер это или утро. Наверное, все-таки вечер, решила она. Ноябрьские сессии для первого альбома

---

[1] Здесь и далее перевод А. Васильевой.

«Утопия-авеню» решили начать со старых, проверенных номеров, но в студии выяснилось, что всем хочется их улучшить. К пятнице первой недели, в пятый из десяти дней, отведенных на запись, не удалось продвинуться дальше третьей песни, «Плот и поток», хотя график был — по песне в день. Эльф, желая добиться джазового звучания барабанов, перебирала с Гриффом варианты работы металлическими щетками для создания шелестящих, прерывистых наплывов звука. Десятый дубль ее наконец-то удовлетворил. Снаружи погасло табло «ИДЕТ ЗАПИСЬ». Брюс проскользнул в аппаратную, подмигнул Эльф и устроился на табурете в углу. Диггер перемотал бобину, включил на прослушивание.

Зазвучала песня. Эльф смотрела на Брюса.

Он сидел закрыв глаза.

Эльф, которой очень нравился этот дубль, хотелось, чтобы и Брюсу он тоже понравился.

— Великолепно, — сказал Левон.

— Уф, готово, — сказал Дин.

— Здорово, — сказал Грифф.

— Согласен, — сказал Джаспер.

Брюс по-прежнему был погружен в задумчивость.

— Вот и прекрасно, — вздохнула Эльф, напомнив себе, что, хотя они с Брюсом любят друг друга, это еще не значит, что ему должны нравиться все ее песни.

— Значит, пометим кассету «мастер-копия», — сказал Диггер. — Времени у вас осталось до без четверти восемь, а потом я попрошу вас выйти вон.

— А кто после нас? — спросил Дин.

— Джо Бойд прислал какого-то юнца. Не помню, как зовут — Ник Дак, Ник Лейк... что-то в этом роде. А мне еще надо за вами подчистить...

— Может, успеем прогнать разок «Свадебного гостя»? — предложил Левон. — Чтобы завтра с утра не терять времени.

Эльф не выдержала:

— Брюс, тебе понравилось?

Дин, Левон и Грифф переглянулись.

Брюс вдохнул. Выдохнул:

342

— Честно?

У Эльф захолонуло сердце.

— Разумеется.

— Что ж, если ты добивалась фолк-джазовой манерности, то вышло превосходно. Да-да, я помню, что не имею права голоса в группе, — Брюс выразительно посмотрел на Дина, — но поскольку меня спросили, то я выскажу свое мнение. Песня очень вычурная. Почему бы просто не отстучать первую и третью долю?

— Я попросила Гриффа выстучать мне поток, — сказала Эльф.

Помолчав, Брюс протянул:

— А... тогда понятно.

— Если бы моя подруга сочинила что-то такое же классное, как «Плот и поток», я бы постеснялся морду кривить, — проворчал Грифф.

— Мы с Эльф предпочитаем честность в отношениях друг с другом, — фыркнул Брюс.

— Честность? Как в тот раз, когда ты в Париж слинял? Шею, лицо и уши Эльф обожгло жаром.

Брюс непринужденно улыбнулся:

— Песня неплохая, но теряется за всеми этими вашими наворотами. Мой вам совет: если хотите знать, как надо записывать Эльф, послушайте «Пастуший посох».

— Ну, можно попробовать еще один дубль, — начала Эльф, — попроще и без выкрутасов...

— Нет, Эльф, — заявил Дин. — Песня отличная.

— Я бы не трогал, — сказал Джаспер.

— Фига с два, — буркнул Грифф.

— Если тебе трудно выстучать простой ритм, — сказал Брюс, — я могу сыграть, и тогда...

— Не лезь к моим барабанам! — пригрозил Грифф. — Палки в жопу вколочу...

— Прекратите! — простонала Эльф. — Прекратите. Пожалуйста.

— Эльф, ты же знаешь, когда нужно, я за тебя горой, — сказал ей Брюс. — Я тебя всегда защищу.

— Да-да, сэр Брюс, чисто принц на белом коне, — сказал Дин. — Так мы тебе и поверили, халявщику!

— Это я-то халявщик? — расхохотался Брюс. — А кто тут задарма живет в мэйферских хоромах, а?

Дин вскочил:

— А ну, выйдем!

— Парни, успокойтесь, — вмешался Левон.

— Я спокоен. — Брюс надел куртку. — Нет, Дин, я не собираюсь с тобой никуда выходить. И не потому, что я тебя боюсь. Просто мне уже не пятнадцать лет. Эльф, любимая, увидимся попозже.

Он ушел.

— Дин! — Эльф трясло от возмущения. — А если бы я при тебе оскорбила Эми? Или припомнила тебе Джуд, или всех твоих девиц на выездах? Грифф, какого черта ты приплел сюда Париж? Брюс просто предложил свою помощь, а вы его разодрали в клочья! Что с вами случилось? Охренеть можно!

Дин с Гриффом недоуменно переглянулись.

Эльф схватила сумочку и выбежала из студии.

Три месяца спустя Эльф по-оперному выпевает последнее «докажу» в первом куплете. Палец Джаспера резко скользит по третьей струне, гитара отзывается ревом мотоцикла на краю карьера. Джаспер смотрит на Эльф. Эльф кивает Гриффу, и тот выстукивает на хай-хэте: пять, шесть, семь, восемь... Следующая строфа. Эльф глядит на королеву пиктов и ее семерых сестер. Все они не сводят с нее широко раскрытых глаз, курят, кивают в такт. «Должно быть, и в Шотландии уже знают, кто именно и что именно вдохновило меня на создание этой песни, — думает Эльф. — Нет, „вдохновило“ — не совсем правильное слово». На прошлой неделе даже Феликс Финч посвятил колонку в «Дейли пост» пересудам об истинной истории создания последнего хита Шенди Фонтейн, занимающего сейчас пятое место в чартах. Левон был очень доволен, что о группе стали писать в серьезных газетах, притом что ему самому не пришлось для этого и пальцем шевельнуть. «Хотя, может, он сам Финчу все и рассказал», — вдруг соображает Эльф, но тут же отметает эту мысль. Как бы там ни было, но историю подхватили другие издания, когда на следующий же день было распространено возмущенное заявление агентов Шенди Фонтейн, а в «Лунный кит» пришло гневное письмо с угрозой иска о «публичном попрании чести и достоинства», если выяснится, что Эльф Холлоуэй «намеренно порочит доброе имя» Брюса Флетчера. Конечно же, история будет раскручиваться и дальше. «Мелоди мейкер» и «Нью мюзикл экспресс» подливают масла в огонь. Когда их следующие номера поступят в продажу, скандал, несомненно, разгорится с новой силой. Разумеется, на вопросы журналистов Эльф должна отвечать: «Мой адвокат рекомендовал мне воздерживаться от комментариев», однако Тед Сильвер, юрисконсульт «Лунного кита», ни словом не обмолвился о том, что ей запрещено об этом петь. Эльф исполняет глиссандо и начинает второй куплет, предельно четко артикулируя каждую фразу.

Он был уверен, что хит сочинит и этим талант свой
докажет.
Всех перегонит и к славе придет — кто вслед ему
что-нибудь скажет?
Но это потом! А пока хитрый хит над ним,
очевидно, смеялся,
С пустого листа улыбался ему, но в руки никак
не давался.
«Я докажу — одарен, как Мидас. Хит — это плевое дело.
Я докажу! Покажу высший класс, она бы так не сумела!»

Выбежав из «Пыльной лачуги», Эльф догнала Брюса у кафе «Джоконда». Они сели за столик в глубине зала, заказали сэндвичи с беконом. По радио звучал «Hole in My Shoe»[1], хит группы *Traffic*.

— Слушай, Дин и Грифф просто засранцы, — сказала Эльф. — И вообще, как они смеют так с тобой разговаривать! А ты... ты такой спокойный. Молодец.

Брюс размешал сахар в кофе.

— Ну, как сказал Господь Бог, кто никогда не был засранцем, пусть первый бросит камень. — На его лице появилось виноватое выражение. — Между прочим, в чем-

---

[1] «Дыра в ботинке» *(англ.)*.

то они правы. В смысле, про Париж. К моему глубокому стыду.

Эльф поцеловала указательный палец, потянулась через стол и приложила палец ко лбу Брюса:

— Что было, то быльем поросло.

Брюс смущенно улыбнулся, мол, я тебя не заслуживаю.

— Понимаешь, по-моему, их задевает успех «Флетчер и Холлоуэй». Да, «Темная комната» стала хитом, пусть и не самым популярным. А чем бы она была без Эльф Холлоуэй на клавишах? Третьеразрядной копией «See Emily Play»[1]. И вообще, если сравнивать с «Пастушьим посохом», чего они добились самостоятельно? Грифф играл на двух не самых удачных альбомах Арчи Киннока. Все достижения Дина — участие в «Броненосце „Потемкин“», у которых ни одного сингла нет, только пара демок. Ну, у Джаспера «Темная комната», и все. А Левон... Он, конечно, неплохой менеджер, но пара месяцев на побегушках у Микки Моуста еще не делает его королем аппаратной. Им всем просто не хватает духа признать: «Брюс опытнее нас, надо к нему прислушаться». Но мужики все такие, им только дай пофорсить и повыпячиваться. Идиоты.

Эльф ужасно жалела, что ее семейство все еще не знакомо с этой новой, улучшенной версией Брюса. Брюса почему-то больше не приглашали в дом на Чизлхерст-роуд. Хотя Беа пару раз и заглядывала к сестре после занятий в театральной академии, за что Брюс был ей признателен. Эльф он сказал, что готов подождать и доказать на деле, что на него можно положиться и что за последний год он радикально переменился.

Миссис Биггс принесла заказ. Брюс вгрызся в свой сэндвич с беконом; из сэндвича потек кетчуп.

— Мм... Самое то.

Эльф салфеткой промокнула алую капельку с подбородка Брюса. Низ живота тянуло — явно приближались критические дни. Они не то чтобы запаздывали, но она все равно почувствовала облегчение. А потом задумалась. Интересно,

---

[1] «Смотри, как играет Эмили» (англ.).

если бы у них с Брюсом был ребенок, на кого бы он был похож — на Флетчера или на Холлоуэй?

— Я доработал «Сердечный водоворот», — сказал Брюс. — И даже на мой самокритичный взгляд вышло очень неплохо.

— А что ты сделал с припевом?

— Ну, как ты и говорила, в медленном темпе он зазвучал гораздо лучше. Спасибо.

— Всегда пожалуйста. Очень и очень за тебя рада! У тебя все получится.

— Ты меня вдохновляешь, Вомбатик. Ты, «Куда ветер дует», ну и господа Мосс, Гриффин и де Зут. Хоть они меня и недолюбливают, но я прекрасно понимаю, что они хорошенько встряхнули раскидистую крону музыкальной индустрии Сохо и собрали упавшие плоды. Порой самые лучшие учителя — не друзья, а свои же ошибки.

— Ой, быстро запиши, — сказала Эльф. — Не то забудешь.

Брюс послушно вытащил шариковую ручку и записал строку на салфетке.

— А не проще ли тебе собрать свою группу, чем в одиночку мучиться? — спросила Эльф.

Брюс цокнул языком и помотал головой:

— Мы же с тобой это обсуждали, любимая. Если еще и я начну мотаться по концертам, вот как вы, то мы будем совсем редко видеться. А я не хочу тебя снова потерять. Нет, ни за что на свете. Сама знаешь, многие знаменитые исполнители не хотят или не могут сами сочинять песни. Элвис. Синатра. Том Джонс. Силла Блэк. И таких полным-полно. Клифф Ричард еще. Вот и я так смогу. В конце концов, пианино у нас есть. Связи у меня есть. Фредди Дюк. Хауи Стокер. Лайонел Барт. «Куда ветер дует» приносит тебе кое-какой доход, а если и я сочиню три-четыре хита, нам уже можно будет строить планы. Так что я решил заняться сочинением песен для других. Это моя лесенка к звездам, и я теперь с нее не слезу.

Эльф перегнулась через стол и поцеловала бойфренда.

Брюс облизал палец.

— Я тебя не заслужил, Вомбатик.

— Я помогу тебе всем, чем могу, Кенгуренок. Ты же знаешь, что мое, то твое.

Джаспер добавляет к «Докажи» гитарное соло, которого не было на репетициях. Потрясающе! «Не понимаю, как у него это получается», — думает Эльф и косится на Дина. По лицу Дина ясно, что он думает то же самое. За игрой Джаспер избегает нарочито театральных телодвижений, но музыка все-таки находит отражение в его чертах. Сдержанное упоение чистым благозвучием аккорда, осторожное изумление, когда во время импровизации ему неожиданно открываются новые просторы, едва завуалированный исступленный восторг от пронзительной высокой ноты. «Только когда он играет, начинаешь его понимать». Джаспер завершает соло истошным воплем «стратокастера», как в «Iron Man»[1], и смотрит на Эльф. Взгляд означает: «Твоя очередь». Эльф возвращается к череде своих аккордов и превращает ее в соло в стиле буги-вуги. «Как же все-таки здорово!» — думает она. Ей доставляет несказанное удовольствие видеть, как незнакомые люди проникаются сочиненной ею песней. В музыкальном отношении «Докажи» ближе к чикагской блюзовой традиции, чем к фолку, который Эльф исполняла раньше, и в кингстонском фолк-клубе, и в Ричмонде, и в «Кузенах». «Если решим записать, то хорошо бы еще добавить дудки». Однако для Эльф фолк — не столько жанр, сколько общий настрой музыки. Если в песне говорится о жизни рабочих, угнетенных, бедноты, батраков, обездоленных, изгоев, иммигрантов и женщин, то Эльф причисляет ее по духу к фолку. Это своего рода политическое заявление. «Мы существуем, мы важны, мы немало значим, и эта песня — доказательство». Она завершает соло на ре большой октавы, на втором ре слева — на своей любимой клавише, смотрит на королеву пиктов и ее сестер и вспоминает подавальщиц с картин Тулуз-Лотрека. «Усталые, изможденные, вымотанные, но все равно озарен-

---

[1] «Железный человек» *(англ.)*.

348

ные мечтами о лучшей жизни... несломленные, несгибаемые...» Музыка зазвучала тише, вступлением к следующей, «сонной» строфе. Эльф смягчает голос.

Она за роялем сидела в тиши, Сохо еще не проснулся,
Мелодия льется, слова хороши... Тут наш герой
                                             встрепенулся
В ее мягкой постельке. «Мотив неплохой.
                           Пожалуй, на хит и потянет.

Всё тут ее — что ее, то мое, — а что еще не было, станет.
Всего-то осталось — слегка причесать, улучшить,
                           подправить, пригладить.
И с самыми важными в мире людьми контакты
                                и связи наладить».

На следующее утро после возвращения из Гулля, с похорон Стива, Эльф проснулась в предрассветной мгле. Брюс тихонько похрапывал, а за окнами город наигрывал музыкальное сопровождение. Эльф услышала вальс. Звучало фортепьяно, в углу рядом с кухней. Эльф совсем не испугалась. От волшебных, чарующих звуков не исходило никакой угрозы. Она увидела руки пианиста. Правая вела мелодию нисходящими четвертями на первой и второй долях внахлест: от до — к до октавой ниже, затем так же от фа — к фа, си-бемоль — си-бемоль; ми — ми. Левая рука работала двойными джазовыми триолями, но не в стиле дикси, а в блюзовом ладу. Музыка смолкла. Эльф захотелось услышать ее еще раз. Пианист послушно повторил. На этот раз Эльф обратила внимание на терции в правой руке: ми — си; ре — фа; до — ми, и снова наверх, к ля — соль, на которых рука раскрывалась шире, затем первый палец на фа, а пятый — на си-бемоль...

Эльф накинула халат, подошла к фортепьяно, взяла лист нотной бумаги, разложила последовательность: до, фа, си-бемоль, ми, затем повторила вальсовую схему снизу вверх еще раз... Вот. Первая половина была почти похожа на то, что исполнил невидимый пианист. Третью четверть надо было додумывать. Эльф тихонько взяла несколько аккордов. К последней четверти на Ливония-стрит въехал фургон молочника, позванивая колокольчиком. Финальные такты пришлось сочинять самостоятельно, опираясь на материал первой половины, приведя его к логическому завершению. Вот и все. Три страницы нот. Эльф сыграла композицию с начала до конца, понимая, что она сложилась.

— Доброе утро, Вомбатик, — сказал Брюс, появившись в дверном проеме. — Очень мило.

— Извини, что разбудила. Мне приснилась песня.

Брюс подошел к пианино, зевнул и поглядел в ноты:

— А название у нее есть?

Эльф внезапно поняла, что — да, есть.

— «Вальс для Гриффа».

Брюс состроил мину:

— Придется и мне чудом выжить в аварии на трассе. Может, тогда ты напишешь «Балладу о Брюсе».

Спустя две недели после похорон все отправились в Гулль, навестить Гриффа. Поездка вышла безрадостной. Мимо «Синего вепря» проехали не останавливаясь. Гриффа уже выписали из больницы, и он жил у родителей. Отца Гриффа, водителя автобуса, срочно вызвали на работу, подменить заболевшего товарища. Мать, все еще не в себе от горя, теперь вдобавок переживала и за Гриффа. Он не выходил из дома, не высовывал носа из своей комнаты и ни с кем не хотел разговаривать. Мама Гриффа угостила всех чаем и кексом, Эльф помогла ей расставить цветы. Грифф все-таки спустился в гостиную. Синяки начали сходить, гипс уже сняли, волосы понемногу отрастали, но Грифф больше не шутил, не задавал дурацких вопросов и на все отвечал односложно или просто кряхтел и фыркал.

— Ты еще не думал, когда к нам вернешься? — спросил Левон.

Грифф отвел взгляд, закурил и пожал плечами.

— Слушай, мы в такую даль тащились... — начал Дин.

— Никто не звал, — ответил Грифф.

— Ты не волнуйся, мы тебя не торопим, — сказал Левон, — но...

— А че тогда?

— Понимаешь, в третью субботу февраля нас приглашают в «McGoo's», в Эдинбург. Это через четыре недели.

Обещают хороший гонорар. И рекламу. Если мы согласимся, то я почти наверняка смогу убедить «Илекс» выпустить сингл «Мона Лиза поет блюз» поскорее. Но весь март придется гастролировать. Я понимаю, у вас траур и упрашивать или настаивать просто неприлично. Но нам обязательно надо знать, ты с нами или как?

Грифф закрыл глаза и откинулся на спинку кресла.

Мимо протарахтел мотоцикл. Эльф вспомнила, как все они сидели в доме бабули Мосс, в Грейвзенде. Счастливое было время...

— Мы чем-то можем тебе помочь? — спросил Левон.

Грифф не ответил.

Откуда-то издалека долетел паровозный гудок.

— А что бы Стив посоветовал? — спросил Джаспер у Гриффа.

Эльф невольно поморщилась от бесцеремонной прямоты.

Грифф злобно уставился на Джаспера.

Джаспер невозмутимо посмотрел на него, будто спросил о погоде.

Спустя минуту Грифф буркнул:

— Да иди ты...

Встал и вышел.

В Лондон возвращались в гнетущем молчании. Эльф размышляла, как внезапно Фортуна поворачивает свое колесо. Нежданно-негаданно будущее «Утопия-авеню» оказалось под угрозой. А Брюс на прошлой неделе продал свою песню «Сердечный водоворот» агенту Энди Уильямса. Правда, без гарантии исполнения, зато за восемьсот фунтов. Живыми деньгами.

Домой Эльф вернулась поздно. Брюс налил ей бокал вина, помассировал ей ступни и выслушал печальный рассказ о печальном дне. Эльф приняла ванну и легла спать.

Дин оставляет бас болтаться на шее и взахлеб играет на губной гармонике, раскрашивает звучание, вибрируя ладонью над отверстиями. Окрыленное зубастое соло закладывает виражи и мечется под низким сводчатым потолком «McGoo's». Эльф ведет басовую партию на фортепьяно.

Грифф держит ритм римшотами, а Джаспер играет на «стратокастере», как на ритм-гитаре. Зал зачарован. «Восхитительное ощущение — сочиняешь песню — работаешь над ней — улучшаешь — оттачиваешь — играешь — видишь, как она вселяется в сотни, в тысячи, во многие тысячи слушателей... Господи, как я все это люблю...» Кое-что надо будет подправить, но Эльф знает, что «Докажи» войдет в следующий альбом. «Если только „Илекс" захочет выпустить следующий альбом». Боязно сглазить будущее надеждами, но сегодняшнее выступление доказывает, что «Утопия-авеню» все-таки вернулась — и стала лучше прежней. Виктор Френч об этом узнает. Внушает надежду и то, что Грифф сидит за барабанами. Она смотрит на него. Энергичные композиции Дина Грифф пока играет не так яростно, как раньше, но дело идет неплохо...

Левон пытался поговорить с Гриффом в первую неделю февраля. Грифф отказывался подходить к телефону. Левон отправил телеграмму с просьбой позвонить в «Лунный кит». Грифф не ответил. Левон поехал в Гулль — еще раз, вместе с Эльф. У Гриффинов они застали только мать, в слезах. Двумя днями ранее Грифф улизнул из дома, оставив записку. Неразборчивые дислексические каракули вроде бы означали: «Я ненадолго не волнуйтесь Пит». Ни родня, ни гулльские знакомые Гриффа не знали, где он. Все надеялись, что он уехал в Лондон. На случай, если Грифф вдруг вернется, Левон оставил письмо с просьбой сообщить о своем решении. Если до пятницы ответа не будет, это расценят как отказ и займутся поисками нового барабанщика. И Левон с Эльф, второй раз за десять дней, отправились в долгий путь до Лондона.

В четверг, ближе к обеду, в квартире Эльф зазвонил телефон. Эльф как раз вернулась из прачечной с грудой выстиранного белья — своего и Брюсова.

— Алло?

В трубке дважды пикнуло, звякнула монетка, и голос с йоркширским акцентом произнес:

— Ты как?

— Грифф?

— Привет, Эльф.

— Ты уходишь из группы?

— С чего бы? Или вы меня гоните?

— Никто тебя не гонит. Ты сам исчез.

— А теперь объявился.

— Ты Левону сказал? Остальные знают?

Молчание.

— Может, ты им скажешь?

— Ну... да, конечно. Я попробую. Левон в отъезде, а Дин с Джаспером куда-то ушли. Слушай, это прекрасно. Но...

— Что?

— Мы уже решили, что потеряли тебя. Значит, ты передумал?

Молчание. Эльф слышит шум паба.

— Я... я понял, что посоветовал бы Стив.

Дальше Грифф объяснять не стал.

— Хорошо.

— Вы сегодня репетируете у Павла?

— Да. — Эльф посмотрела на часы.

— Ну, там и увидимся. Как обычно, в час?

— Эй, погоди, ты в Лондоне, что ли?

— Ага. «Герцог Аргайл».

— Здесь, за углом?

— Деньги кончаются...

Гудки.

Гармоника Дина угасает, завершая свое соло. Зал взрывается восторженным криком. Дин снова ударяет по струнам, довольный, как слон, потому что одобрение шести сотен шотландцев заслужить ох как непросто. Особенно англичанину. Он смотрит на Эльф — она кивает, мол, готова, — и бас-гитара подхватывает ритм, помогая Эльф перейти к следующей строфе. В фолк-музыке важен элемент сценического перевоплощения; после длинного соло Эльф снова должна войти в образ брошенной девушки, разбойника с большой дороги или китобоя, — причем так, чтобы слушатели безоговорочно ей поверили. В «Докажи» Эльф поет о себе, о боли своего разбитого сердца, поэтому песня звучит так правдиво и находит такой отклик у публики. Эльф глядит на королеву пиктов и рассказывает ей легенду о любви, предательстве и утрате.

В среду утром она начала любимому гладить рубашки,
Вдруг слышит по радио песню свою, точь-в-точь
как по бумажке…
«Как ты посмел!» — закричала она. А он ей:
«Да ладно, подруга!
Тебя я, дуреху, всему научил, а ты пожалела для друга?
Беги, докажи им, что песня твоя. Доказывай, если охота.
В суде докажи, докажи, докажи, дай бедным юристам
работу!»

— Значит, ты вернулся, — сказал Дин Гриффу в «Зед».

В обед Эльф не застала ни Дина, ни Джаспера, а Левону сообщила новость через Бетани в «Лунном ките», так что к Павлу все трое пришли почти одновременно.

Павел протирал вымытые бокалы салфеткой.

Грифф регулировал высоту табурета за ударной установкой.

— Ага.

Левон вопросительно посмотрел на Эльф: «Ты знала?»

Эльф взглядом ответила: «Да. Действуй по обстановке».

Грифф потуже затянул винт на обруче барабана.

Эльф взяла несколько билл-эвансовских аккордов на «Стейнвее».

— А ты выступать сможешь? — спросил Левон.

Грифф выстучал каскад на барабанах, ударил по тарелкам:

— Ага. А вы?

Дин с Левоном повернулись к Джасперу.

Со стен безмолвно взирали герои Польши.

Сквозь потолочное окно сияющим полотнищем ниспадал солнечный свет.

Грифф сунул в рот «Данхилл» и поискал взглядом спички.

Джаспер подошел и щелкнул зажигалкой «Зиппо».

— Благодарствую. — Грифф наклонился к пламени.

— Всегда пожалуйста. — Джаспер спрятал зажигалку в карман и расстегнул футляр гитары. — Мы тут репетируем новую песню Эльф...

Пронеслась череда дней. Эльф гладила белье, вполуха слушая «Радио 1». Звучала «Jennifer Eccles», новый сингл *The Hollies*, совсем не такая замороченная, как их предыдущий сингл «King Midas in Reverse»[1]. Эльф задумалась, уж не сдулся ли психоделический пузырь. Дин всегда говорил, что мода на психоделический рок долго не проживет. Тони Блэкберн объявил следующую песню:

— А сейчас — Шенди Фонтейн, замечательная техасская певица, у которой, как вы знаете, много хитов. Надеюсь, вам, так же как и мне, понравится ее новая песня «Вальс для моего парня». По-моему, в этом году она тоже станет хитом...

Вступление было смутно знакомо, но Эльф не могла понять почему. Гармония последовательности: до, фа, си-бемоль, ми — была джазовой, но присутствие медных духовых уводило в блюз. Зазвучал голос Шенди Фонтейн, и Эльф поняла, что знает каждую ноту наперед. К припеву горькая истина стала очевидной во всей своей бесстыдной красе: «Вальс для моего парня» был «Вальсом для Гриффа», опошленным вульгарной и слащавой переработкой. Мелодия и все аккорды были не просто похожи, они были теми же. Это же воровство... Завоняло паленой тряпкой. Под утюгом дымилась новая блузка из магазина «Либерти».

В замке повернулся ключ Брюса.

— О господи, эти придурки до сих пор не могут выучить, как играть «Зеленые рукава»... В чем дело?

— Ты украл мою песню и продал ее Шенди Фонтейн.

На лице Брюса явственно читалось: «Я тут вообще ни при чем и не могу поверить, что ты меня в этом обвиняешь».

— Что-что?

---

[1] «Царь Мидас наоборот» *(англ.)*.

— Ты продал мою песню Шенди Фонтейн. Или это сделало агентство Дюка—Стокера. Или еще кто-нибудь. Тони Блэкберн только что крутил ее по «Радио один».

— Украл? — изумленно переспросил Брюс. — Ты вообще думаешь, что говоришь? С какого перепугу мне понадобилось красть песню? Фредди Дюк говорит, что я великолепно пишу. И Лайонел Барт говорит то же самое. И все клиенты Хауи это подтверждают. По-твоему, они все ошибаются? Ты это хочешь сказать, да?

— Я хочу сказать... — Эльф катастрофически не хватало воздуха. — И скажу. «Вальс для моего парня» — это «Вальс для Гриффа» на пошлые стихи с припевом.

— Эльф, послушай, ты сейчас какая-то не такая...

— А вот этого не надо. Не смей переводить все на меня. Не смей!

Брюс стоял и смотрел на нее. На Ливония-стрит лаяла собака.

— Послушай, мы с тобой живем вместе. Вместе дышим, едим, спим и вообще... Может быть... может быть, я ненароком перенял у тебя пару музыкальных фраз. Это повод устраивать истерику?

— Перенял? Пару фраз? Это одна и та же песня!

— В «Вальсе для моего парня» есть припев. И партия духовых. И слова. Мои слова, между прочим. По-твоему, это все одно и то же? Кстати сказать, ты тоже пользовалась моими идеями. Неоднократно. Миллион раз.

— Напомни мне, пожалуйста, когда именно? Дай пяток примеров. Или три. Или хотя бы один.

— Слова для «Неожиданно».

— Ты серьезно? Я спросила твоего мнения о паре строк. Это не то же самое, что полностью скопировать песню. Представь, что я сделала такое с твоей, а ты об этом не догадывался, пока не услышал ее по радио. Как я — мою.

Брюс сокрушенно покачал головой, будто сожалея о вопиющем отсутствии логики в женском мышлении.

— Ну почему ты всегда и всем недовольна? Помнишь, как я обрадовался, когда «Темная комната» попала в первую двадцатку? Если «Вальс для моего парня» станет хитом —

между прочим, агенты Шенди Фонтейн утверждают, что это неизбежно, — то я... то есть мы... озолотимся.

Спорить было бесполезно. Ответы и объяснения вылетали из Брюса, как теннисные мячики из пушки: пом! пом! пом!

— Ты решил, что я не замечу? Или думал, что сингл провалится? Или тебе было все равно?

Брюс вздохнул:

— Ну почему ты всегда так, а?

Предполагалось, что Эльф спросит: «Как?» — поэтому она промолчала.

Но Брюс все равно пояснил:

— Ты всегда выставляешь себя обиженной. Я ничего не крал. Ни-че-го. «Вальс для моего парня» — песня Брюса Флетчера.

Эльф не выдержала. Все равно отступать было некуда.

— В таком случае Брюс Флетчер — обманщик и вор.

С Брюса мигом слетела маска невинно оскорбленного бойфренда.

— Ах так?! — У него даже голос изменился. — А ты докажи.

Джаспер сидит на краю помоста, на котором установлены барабаны Гриффа, и перебирает струны «стратокастера». Дин кивает, давая понять, что доигрывает раунд. Эльф в быстрой последовательности чередует уменьшенные и увеличенные трезвучия. Тони Блэкберн был прав, предсказав, что «Вальс для моего парня» станет хитом. Прошло всего две недели, а сингл уже занимает одиннадцатое место в американских чартах и третье — в английских, сразу после Петулы Кларк и *The Monkees*. На прошлой неделе Шенди Фонтейн прилетела в Лондон, чтобы выступить на «Вершине популярности». В ее свиту включили и Брюса в сопровождении «обворожительной Ванессы Фокстон, модели», если верить колонке Феликса Финча. Род Стюарт, который всегда и все про всех знает, по секрету сказал Дину, что Брюс «учил Ванессу модулировать через сексту» с тех самых пор, как вернулся из Парижа. Сейчас Брюс щеголяет в итальянских костюмах. И все готовы предоставить ему кредит. Скоро дождем польются авторские. Из которых Эльф не достанется ни пенни, ни цента, ни пфеннига, ни йены, ни лиры. Тед Сильвер, адвокат агентства Дюка—Стокера, а по совместительству и «Лунного кита», объяснил, что, хотя музыкальное сходство «Вальса для Гриффа» и «Вальса для моего парня» несомненно, сторона-ответчик справедливо возразит, что Эльф ничем не может доказать свое авторство «Вальса для Гриффа», не может доказать, что Брюс его слышал, и не может доказать, что Брюс его украл. В итоге Эльф, возможно, придется оплачивать не только свои, но и Брюсовы судебные издержки. А если она поведает свою историю в прессе, то Брюс подаст на нее в суд за клевету, что совершенно разорит Эльф. «И что же мне делать?» — спросила она. Тед Сильвер предложил воспользоваться куклой вуду и булавками.

Грифф, Дин и Джаспер прекращают играть, Эльф завершает «Докажи» в одиночестве. Зал смолкает, чтобы не пропустить ни слова. Луч прожектора падает на рояль. В глазах королевы пиктов сверкают две крошечные точки. Ее кожа становится золотом. И руки Эльф тоже...

Тем, кто ворует, нужны дурачки, доверчивые ребята.
Наивный не видит вранья сквозь очки —
                            что в уши попало, то свято.
Влюбленным необходим антидот от этой серьезной
                                            болезни.
Певцам — адвокат, пистолет, пулемет — в общем,
                                что будет полезней.
«Мой криминал себя оправдал, — втирает Ромео
                                подросткам. —
Я докажу!» — до сих пор голосит ворюга по всем
                                    перекресткам.

Зачатки
ЖИЗНИ

ВТОРАЯ СТОРОНА

●

Ночной дозор

●

Под водой вращаются гребные винты, вспенивают липучее море, и «Арнем» отчаливает от бетонной стенки Гарвичской пристани. Палуба поднимается, опускается и кренится на волнах.

— Встречай нас, Амстердам, — говорит Грифф.

— Встречай нас, легальная наркота, — говорит Дин.

— Не то чтобы легальная, — поправляет его Левон. — Дозволенная, но в пределах разумного. Так что ведите себя осмотрительно. Очень вас прошу. Неприятности с полицией плохо скажутся на перспективах дальнейших зарубежных гастролей.

Трижды зычно рявкает гудок «Арнема».

— А правда, что в квартале красных фонарей шлюхи стоят в застекленных кабинках, чтобы с улицы было видно? — спрашивает Грифф.

— Правда, — отвечает Джаспер.

— Вот оно, счастье, — говорит Эльф. — Порнография без журналов.

Джаспер предполагает, что это сарказм.

— Если ты туда соберешься, мне не говори, — предупреждает Эльф Дина. — Я не хочу врать Эми. Точнее, не буду.

— Я? Да я чист как первый снег! — Дин прикладывает руку к сердцу.

— И ты переправлялся на этом пароме каждое лето? — спрашивает Левон Джаспера.

— Да, каждое лето. Шофер забирал меня из Или, привозил в Гарвич и сажал на паром. А там меня встречал дедушка, и мы с ним ехали в Домбург.

— Де Зуты живут в Домбурге? — спрашивает Эльф.

— Де Зуты живут в Миддельбурге, столице провинции Зеландия. А я жил в семье викария, в Домбурге, на побережье.

— А почему ты не жил с родственниками? — спрашивает Дин.

— Сложные семейные отношения, — отвечает Джаспер.

— А тебе не было страшно уезжать? Через все Северное море, одному, к незнакомым людям? — спрашивает Эльф.

Джаспер вспоминает, как стоял у этих же поручней, обдуваемый этим же ветром Северного моря, и смотрел, как все знакомое превращается в смазанное пятнышко на горизонте.

— Отказаться я не мог. А деваться было некуда. Я люблю корабли. Я на корабле родился.

— Такой вот правящий класс, — говорит Дин.

Грудь наполняется соленым воздухом. По морю, смятому рябью, бегут тени. Над «Арнемом» парят чайки.

— Это было приключение, — говорит Джаспер. — Я чувствовал себя мальчиком из книги.

«Грех в крови». Семь лет назад, на другое утро после того, как они с Формаджо установили контакт с Тук-Туком, Джаспер проснулся. Под ложечкой неприятно сосало, а в черепе, прямо под макушкой, раздавался резкий стук — тук-тук-тук-тук-тук-тук, — будто рассерженный сосед с нижнего этажа колотит шваброй в потолок. Стук начинался и обрывался по нескольку раз за минуту, как пытка водой, стараясь свести Джаспера с ума. Аппетита не было. На завтрак он не пошел. Первым уроком была история, но Тук-Тук упорно заглушал рассказ мистера Хамфриза о Столетней войне, поэтому Джаспер отпросился, сославшись на мигрень. По пути в медпункт он заглянул к себе в спальню и взял «алфавитную матрицу», нарисованную Формаджо прошлым вечером. Медсестра дала ему аспирин, который не помог отделаться от стука, и продолжила вязать что-то на спицах. Когда она наконец вышла из медпункта, Джаспер вслух спросил своего мучителя, какой ценой можно прекратить стук. В ответ раздался шквал ТУК-ТУК-ТУКов. Джаспер понял, что дальнейших контактов не предвидится.

Перед обедом в медпункт заглянул Формаджо.

— Ты ужасно выглядишь. Оно все еще... — Он свел кулаки, трижды пристукнул костяшками.

Джаспер чуть наклонил голову. Составлять слова в предложения было так же сложно, как считать в уме, когда тебе в лицо выкрикивают набор случайных чисел.

— Дай телеграмму моему дедушке. Если меня отправят в английскую лечебницу, то без опекуна не выпишут.

Формаджо кивнул и ушел. Ковыляли часы, сопровождаемые непрекращавшимся градом тяжелых ударов. Стук становился все громче. Джаспер физически ощущал, как его мозг покрывается паутиной тончайших трещин. Директор школы привел доктора Белла из городской поликлиники, чтобы тот осмотрел Джаспера. *Grootvader* Вим получил телеграмму Формаджо. Тук-Тук разразился канонадой ударов, от которой у Джаспера невольно брызнули слезы. Доктор Белл объявил недомогание Джаспера «тяжелым случаем нервической мигрени», прописал снотворное и слабую настойку опия. После ужина вернулся Формаджо, но разговаривать было почти невозможно.

— Не знаю, что это — демоны, безумие или опухоль мозга, — но оно меня убивает, — сказал Джаспер.

Формаджо упросил медсестру и директора выпустить Джаспера из медпункта, пообещав, что всю ночь будет следить за состоянием приятеля. Перед тем как улечься на кровать в их с Формаджо комнате, Джаспер принял две таблетки снотворного. Вместо того чтобы считать овец, он начал мысленно перечислять способы самоубийства, доступные ученику школы Епископа Илийского: повеситься на школьном галстуке; утопиться в реке Уз; вскрыть вены швейцарским армейским ножом; лечь на рельсы железнодорожной ветки, ведущей из Кингс-Линн в Лондон...

...Тук-Тук выдернул Джаспера из забытья. На будильнике — два часа ночи. Формаджо спал. Собственное тело казалось Джасперу чужим, будто во сне ему пересадили мозг. Безжалостный стук не смолкал... Сам не зная зачем, Джаспер встал и подошел к шкафу, проверить свое отражение в зеркале. Из зеркала смотрели чужие глаза. Незнакомец постучал костяшками пальцев по стеклу и на миг принял свой истинный облик: бритоголовый, постарше и пониже Джаспера, с раскосыми восточными глазами, в каком-то церемониальном одеянии. Он мелькнул и исчез.

Костяшки пальцев Джаспера сами собой ударили по зеркалу, и незнакомец появился снова, заставив кулак Джаспера выбивать стремительную дробь в стекле:

ТУКТУКтук   туктуктуктуктуктуктуктуктуктуктуктукТУК-ТУК-ТУК-ТУК-ТУК-ТУК-ТУК-ТУК

— Де Зут! Де Зут! Де Зут!

Формаджо оттащил Джаспера от зеркала, повалил на кровать. Кулаки Джаспера были изрезаны в кровь.

— Эй, очнись! Тебе что-то приснилось!

— Мне не приснилось, — сказал Джаспер.

«Утопия-авеню» сходит по трапу в Хук-ван-Холланд. Над пакгаузами и доками встает прерывистая радуга. У Левона в обеих руках по чемодану. Джаспер и Дин несут свои гитары. Усилители, клавишные инструменты и ударную установку предоставляет телестудия, поэтому у Эльф и Гриффа только дорожные сумки. Все идут в новый зал таможенного досмотра в порту Хук-ван-Холланд. Интерьеры, указатели, звук голландской речи, выражение лиц придают Джасперу уверенности. Когда наступает его очередь, он протягивает таможеннику свой голландский паспорт. Коренастый таможенник вглядывается в фотографию, затем поднимает взгляд на длинноволосого Джаспера и недоуменно морщится.

— Здесь написано, что вы — мужчина, — с фламандским акцентом произносит он.

«Шутка. Длинные волосы».

— Да, мне всегда так говорят.

Таможенник кивает на гитарный футляр:

— А там что? Ружье?

«Еще одна шутка?» Джаспер показывает ему «стратокастер».

На лице таможенника возникает непонятное выражение. Он смотрит за плечо Джаспера — на Эльф, Гриффа, Дина и Левона:

— Это ваша группа?

— Да. Тот, что постарше, — наш менеджер.

— Хм. А вы знаменитые?

— Не очень. Но скоро станем.

— Как называется группа?

— «Утопия-авеню».

Таможенник снова читает фамилию Джаспера.

— Вы родственник де Зутов из Миддельбурга? Судовладельцев?

Джаспер по опыту знает, что прямого ответа давать не следует.

— Очень дальний.

В комнате отдыха телестудии AVRO-TV четыре стула стоят перед четырьмя зеркалами; над каждым зеркалом горит лампочка без плафона. В углу вешалка, на выщербленных плитках пола два раздавленных таракана, за окнами — мусорные баки.

— Просто роскошь, мы явно в зените славы, — бормочет Дин.

— По крайней мере, не воняет мочой и пивом, — говорит Эльф.

— Отдохните здесь двадцать минут, — говорит помощник режиссера.

Джаспер избегает смотреть в зеркала.

«Здесь не отдохнешь».

— Готовьтесь, — говорит сотрудник. — За две минуты до начала выступления я проведу вас на сцену. Там вы исполните песни «Темная комната» и «Мона Лиза поет блюз». Потом Хенк возьмет у вас интервью. Вам еще что-нибудь нужно?

— Опиум. Шарик размером с мою голову, — заявляет Дин.

— Это можно купить в городе. После передачи.

В коридоре слышны аплодисменты. Передача начинается с выступления *Shocking Blue*, психоделической группы из Гааги.

— Я еще вернусь. — Помощник режиссера закрывает за собой дверь.

— Фигассе! — Дин поворачивается к Джасперу. — У вас в Голландии вся богема такая стремная?

«Это он с иронией, саркастически или серьезно?»

На всякий случай Джаспер пожимает плечами.

— Мне надо поговорить с менеджером *The Hollies*. — Левон надевает очки с дымчатыми стеклами. — Ведите себя хорошо и не открывайте дверь чужим дядям.

— Ха, кто бы говорил, — традиционно отзывается Эльф.

Джаспер вешает пиджак на плечики, цепляет крючок за зеркало, достает пачку «Ротманс».

— Почему ты так боишься зеркал? — спрашивает Грифф. — Ты у нас, конечно, не картина маслом, но и не то чтобы прямо страхолюдина.

Джаспер не вдается в объяснения.

— Мне от них жутковато.

— Надо же, — ворчит Грифф.

— Фобии не имеют рационального объяснения, — говорит Эльф. — На то они и фобии.

— А вот меня пугают вполне объяснимые вещи, — заявляет Дин. — Пчелы. Атомная война. Жизнь после атомной войны.

— Чума, — говорит Грифф. — Лифтовые шахты. Эльф, а ты чего боишься?

Эльф задумывается:

— Боюсь забыть слова на сцене. Или ноты.

— В таком случае пой что-нибудь на псевдовенгерском, а когда спросят, что это было, отвечай: «Авангард», — советует Дин.

— О, спасибо за подсказку. Авангард, — говорит Грифф. — Я забыл очки в гримерной. Я мигом. — Он встает.

— Истертый фокус, — говорит Дин. — Тебе не терпится разжиться телефончиком гримерши. Я с тобой. Хочу посмотреть, как она тебя отошьет.

— А я хочу послушать *Shocking Blue,* — заявляет Эльф. — Джаспер, пойдем?

Тишина, покой и сигарета — очень соблазнительно.

— Я тут посижу.

Тук-тук-тук, — стучат в дверь комнаты отдыха.

«Это нормальный стук», — думает Джаспер.

— Да?

В комнату заглядывает брюнет с квадратным подбородком и беспокойным взглядом.

— Джаспер де Зут? — Голос с американским акцентом.

Джаспер знает, кто это. Из *The Byrds.*

— Джин Кларк?

— Привет. Можно я тут посижу?

— Можно. Осторожнее, тут тараканы.

Джин Кларк наклоняется, рассматривает тараканов:

— Ох, благодать Божия.

Джаспер не уверен, надо ли на это отвечать, и на всякий случай пожимает плечами. На Джине Кларке малиновая рубашка, небрежно повязанный сиреневый галстук-шнурок, зеленые брюки и блестящие сапоги из магазина «Анелло и Давид». Он садится на стул:

— Я просек ваш альбом. Ты классно играешь на гитаре. Ты самоучка?

— У меня был учитель-бразилец. Но по большей части да, я учился самостоятельно. В череде комнат.

Джин Кларк смотрит на Джаспера, будто тот сказал что-то нелепое.

— Что ж, хорошо научился. Я услышал «Темную комнату» и первым делом подумал: «Как это *Pink Floyd* удалось уговорить Клэптона сыграть с ними?» Великолепно!

«Он сделал мне комплимент, — догадывается Джаспер. — Его тоже надо похвалить».

— Спасибо. Твой альбом с братьями Госдин — настоящий праздник. «Echoes»[1] — отличная вещь. Особенно примечателен восходящий большой мажорный септаккорд на фа.

— А, вот это что! Я называю его просто «фа-дурдом». Да, альбом получился неплохой. Жаль, продажи были провальными. Он остался незамеченным, потому что вышел практически в один день с новым альбомом *The Byrds* «Younger than Yesterday»[2].

Джаспер понимает, что теперь его очередь что-то сказать.

— А ты сейчас гастролируешь?

— Да так, пара выступлений в Голландии и в Бельгии. Меня тут хорошо принимают, организаторы даже оплатили перелет.

— Ты же ушел из *The Byrds*, потому что боялся летать.

Джин Кларк сминает окурок в пепельнице.

— Я ушел, потому что устал летать. Устал от той жизни, от восторженных воплей, от лиц, от славы. И все бросил. Сначала слава к тебе липнет, а потом она тебя лепит. Слава освобождает от необходимости соблюдать правила. Поэтому правоохранительные органы нас так не любят. Если на чудика с гитарой не распространяются установленные правила, то почему их должны соблюдать все остальные? Но главная проблема в том, что слава — как наркотик. Она вызывает привычку, от которой невозможно избавиться.

— Но ты же избавился, — говорит Джаспер. — Ты бросил американских «Битлз».

Джин Кларк рассматривает мозоль на пальце.

— Да, бросил. И что с того? Я расстался со славой, а теперь хочу ее вернуть. Без славы на жизнь не заработаешь. Играть в кофейнях за крошечные гонорары? Нет, это не для меня. Я не умею быть никем. Когда у меня была слава, она меня убивала. А теперь меня убивает безвестность.

---

[1] «Эхо» *(англ.)*.

[2] «Моложе, чем вчера» *(англ.)*.

В коридор доносятся звуки следующей песни *Shocking Blue* — «Lucy Brown is Back in Town»[1]. Великолепное соло на саксофоне. А сама песня так себе.

— Мы возьмем тебя в «Утопия-авеню», — говорит Джаспер.

Джин Кларк улыбается, будто Джаспер пошутил.

— Может, я самый большой дурак на свете. Может, поп-музыка — скоротечная мода. Может, через несколько лет нас сменит какой-нибудь очередной Джонни Гром и его Погремушки. А может, мы по-прежнему будем выступать, даже когда нам будет по шестьдесят четыре. Кто знает?

— Время, — отвечает Джаспер.

Стихают последние аккорды фонограммы «Мона Лиза поет блюз», и помощник режиссера поднимает табличку с надписью «APPLAUS»[2]. Зрители послушно хлопают. Среди них Джаспер замечает Сэма Верве, своего давнего приятеля. Они познакомились в консерватории, а потом вместе были уличными музыкантами. Верве одобрительно поднимает большие пальцы. Всех участников «Утопия-авеню» приглашают занять места на диване, рядом с Хенком Тёлингом. Ведущий передачи «Фенклуп»[3] напоминает моржа, одетого как чиновник. Он обращается в камеру и говорит по-голландски, менторским тоном, будто извиняясь за психоделический видеоряд:

— Британская группа «Утопия-авеню» с композициями «Темная комната» и «Мона Лиза поет блюз». Гитарист Джаспер де Зут — наполовину голландец, отпрыск семейства де Зут, знаменитых судовладельцев. Я все верно говорю?

— По большей части, — отвечает Джаспер. — Давайте перейдем на английский.

— Разумеется. — Хенк Тёлинг великодушно улыбается и указывает на Эльф. — Познакомьте нас, пожалуйста, с этой очаровательной девушкой.

---

[1] «Люси Браун снова в городе» *(англ.)*.
[2] «Аплодисменты» *(голл.)*.
[3] «Fenklup» *(голл.)* — «Фан-клуб».

— Это Эльф, — говорит Джаспер. — Она написала песню «Мона Лиза поет блюз».

Эльф машет рукой в камеру и старательно выговаривает:

— *Goodag, Nederlands*[1].

— Мы тебя обожаем, Эльф! — выкрикивают из зала.

— Мне хотелось бы узнать, — начинает Хенк, — как получилось, что вы — единственная девушка среди парней. Это очень непривычно. Вы сами попросили, чтобы вас взяли в группу? Или они вас пригласили?

— Мы... мы как бы устроили друг другу прослушивание.

— Ходят слухи, что вас взяли в группу, чтобы привлечь к ней внимание.

Джаспер не понимает, что выражает лицо Эльф.

— Что я должна на это ответить? Вот, к примеру, вас сделали ведущим этой передачи, чтобы привлечь к ней внимание?

— Но эльф — это крошечное волшебное существо с заостренными ушами. Вы — не крошечная, не волшебная, и уши у вас не заостренные.

— Эльф — это прозвище. По-настоящему меня зовут Элизабет Франсес. «Эль» от Элизабет и «эф» от Франсес — вместе получается Эльф.

Хенк Тёлинг осмысливает услышанное.

— Понятно. Вам нравится Амстердам?

— Я его обожаю. Он... совершенно невозможный. Но он есть.

— Вот именно. — Ведущий поворачивается к Гриффу. — А вы...

Грифф морщит лоб:

— Че я?

— Вы — барабанщик «Утопия-авеню».

Грифф изумленно разглядывает ударную установку:

— Да ладно! Правда, что ли? Ни фига себе...

— И сегодня ваш дебют на международной сцене, в амстердамском концертном зале «Парадизо». Что для вас это значит?

---

[1] Добрый день, Нидерланды *(голл.)*.

— Это значит, что у меня берет интервью Хенк Тёлинг.

Ведущий глубокомысленно кивает, будто обдумывая постулат Иммануила Канта, а потом обращается к Дину:

— Вы — Дин Мосс. Басист. Вы написали песню, которую мы сегодня не слышали. Она называется «Оставьте упованья» и стала вторым синглом группы. Сингл провалился. Почему?

— Это еще одна загадка природы, — отвечает Дин. — Как и то, кто назначил вас ведущим этой программы.

На лице Хенка Тёлинга возникает непостижимая улыбка.

— А, это английский юмор. Я — известный музыкальный критик, мои знания и опыт прекрасно подходят для этой передачи. А теперь перейдем к альбому группы «Утопия-авеню» «Рай — это дорога в Рай». — Он показывает камере конверт пластинки. — Некоторые называют его шизофреническим. Что вы на это скажете?

— Как альбом может быть шизофреническим? — спрашивает Дин. — Это все равно что назвать вертолет маниакально-депрессивным.

— Однако же в вашем альбоме есть песни в жанрах кислотный рок, психоделический фолк, ритм-энд-блюз, фолк-мотивы и даже джаз. Такое смешение стилей вполне можно назвать шизофреническим.

— А не лучше ли назвать его эклектичным? — спрашивает Эльф.

— Но к какой именно музыкальной категории следует отнести группу «Утопия-авеню»? — спрашивает ведущий, игнорируя замечание Эльф. — Наших зрителей очень волнует этот вопрос. О категории.

— Отнесите нас к эклектичной категории, — заявляет Дин.

Джаспер рассеянно смотрит в зал, где Сэм Верве жестом затягивает петлю на шее. «Шутка». Джаспер изображает улыбку и неожиданно осознает, что ищет взглядом Трикс.

— А каково ваше мнение, Джаспер? — спрашивает известный музыкальный критик.

— Вы — как тот зоолог, который допытывался у утконоса, кто он: выдра, похожая на утку, или утка, похожая на

371

выдру. Или яйцекладущее млекопитающее? Утконосу все равно. Он плавает, ныряет, роется в земле, охотится, ест, спит, совокупляется... Мне, как утконосу, тоже все равно. Мы пишем ту музыку, которая нам нравится. И надеемся, что она понравится другим. Вот и все.

Режиссер подает знак, что время вышло. Хенк Тёлинг говорит в камеру:

— На этом мы закончим. Некоторые считают, что музыка этих четырех утконосов слишком хаотичная, расплывчатая и излишне громкая. Но некоторым она нравится. Я не сужу ни тех ни других. А теперь я приглашаю на сцену наших гостей, которые уже в третий раз выступают в нашей программе. Итак, потрясающая британская группа *The Hollies* со своим новым хитом «Jennifer Eccles»!

В черной воде канала Сингел провисшей гирляндой отражаются фонари вдоль изгиба набережной. Бледные шары отражений рассеиваются, собираются воедино, рассеиваются, собираются воедино. По узкому мостику Джаспер переходит канал и направляется на Ромоленстрат, типичную амстердамскую улицу, какими их представляют иностранные туристы: кирпичная мостовая, фонарные столбы, высокие узкие дома с высокими узкими окнами, остроконечные крыши и горшки с цветами на подоконниках. Нужный ему дом находится ближе к середине улицы. Над бронзовым дверным звонком табличка: «ГАЛАВАЦИ». Как только Джаспер подносит палец к кнопке, его собранность рассеивается. Он плохо понимает все тонкости поведения в обществе, но сознает, что нормальные люди обычно звонят и предупреждают о своем приходе, а не появляются на пороге спустя пять лет. «А кроме того, если нажать кнопку звонка, то придется признать, что Тук-Тук вернулся». Джаспер чувствует, как будущее раздваивается. Прямо сейчас. «Можно уйти и надеяться на лучшее».

По мостовой Ромоленстрат грохочет фургон строительной фирмы. Джаспер встает на ступеньку крыльца, давая фургону проехать. Фургон сбрасывает скорость, водитель и пассажир — сын? — косятся на Джаспера из-под полуопущенных век, будто запоминая его внешность для полиции.

«Я мог бы быть на твоем месте, — думает Джаспер, глядя на сына. — Это все развилки, от альфы до омеги...» Палец по-прежнему касается кнопки звонка. Если позвонить в дверь, то одно будущее вытеснит другое. «Нет...» Дверь распахивается. Доктор Игнац Галаваци обращается к Джасперу по-голландски, с фризским акцентом:

— Как раз вовремя, Джаспер! Входи, не стой на холоде. Ужин готов.

В чистейшей нарциссово-желтой кухне доктора Галаваци царит беспорядок.

— Моя жена в Маастрихте, навещает родственников. — Доктор разливает густой суп по тарелкам; он постарел, кожа на шее обвисла складками, но густые седые волосы все еще как будто приглажены порывом встречного ветра. — Она расстроится, когда узнает, что вы с ней разминулись.

Джаспер вспоминает, что надо говорить в таких случаях.

— Передайте ей мои наилучшие пожелания.

В лицо приятно дышит ароматным паром.

— Обязательно передам. Как тебе Лондон?

— Очень запутанный.

— Мы с ней с удовольствием слушали твою грампластинку. В ней много восхитительного. Разумеется, слова «современная музыка» для меня означают Пуленка или Бриттена. Но если культура не развивается, она умирает. Я послал экземпляр Клодетте Дюбуа. Она сейчас преподает в Лионе. И очень рада за тебя и за «Утопия-авеню».

— Передайте ей мои наилучшие пожелания, пожалуйста.

— Обязательно. В свое время я позволил ей применить новомодные идеи в Рийксдорпской лечебнице, но даже не подозревал, что с их помощью на свет появится «голландский Джими Хендрикс». Так тебя называет газета «Телеграф». Даже я слышал о Джими Хендриксе. *Bon appétite*[1].

Джаспер исследует вкусовые ощущения. «Телячий язык, розмарин, гвоздика...»

---

[1] Приятного аппетита *(фр.)*.

— Вы сегодня ждали гостей?

Доктор надламывает хрустящую булочку.

— А почему ты спрашиваешь?

— Вы приготовили столько супа, что хватит на целую команду регбистов.

Доктор Галаваци чуть кривит губы:

— Это старинный еврейский рецепт, который достался мне от матушки. Он очень сложный. Собрать все ингредиенты — это каждый раз целая эпопея, поэтому я готовлю с запасом. Но теперь у нас есть холодильник, так что суп простоит неделю и не испортится. А еще я как чувствовал — и надеялся, — что ко мне в гости заглянет бывший пациент.

У него странное выражение лица. Лукавство? Удовольствие?

Джаспер пытается сообразить, в чем дело. «Бывший пациент...»

— Я?

Доктор с наслаждением делает глоток пива.

— Ну а кто же еще?!

— У вас должно быть много бывших пациентов.

— Но только один, чье имя огромными буквами написано на афишах у концертного зала «Парадизо». И только он выступил в передаче «Фенклуп».

— В Рийксдорпе вы говорили, что телевидение превращает человеческий мозг в кашу.

— Ради тебя я сделал исключение и посмотрел передачу у соседа. Разумеется, она совершенно идиотическая, но вы все играли превосходно. Точно так, как на грамзаписи.

Джаспер надкусывает мягкую фасолину.

— По телевизору мы выступаем под фонограмму.

— Правда? Ну и ну! Какая жалость, что Хенк Тёлинг не брал у вас интервью под фонограмму. Хочешь добавки? Я рад видеть, что ты ешь с аппетитом.

В кабинете, заставленном книжными шкафами, доктор Галаваци подает зеленый чай и раскуривает трубку. Ароматы чая и табака напоминают Джасперу рийксдорпскую лечебницу. Голос доктора звучит умиротворяюще.

— Джаспер, ты просто решил меня навестить, или у тебя есть и другая причина визита?

— А вы совсем отошли от дел?

— Мы, психиатры, никогда не выходим на пенсию. Мы просто испаряемся в облачке теорий. — Он отпивает чай. — Как только я увидел тебя на крыльце, то сразу понял, что ты пришел по делу. — Он делает еще глоток чаю. — Я прав или нет?

По улице проезжает торопливый велосипедист, лихорадочно звенит звоночком.

«Скажи».

— По-моему, я снова его слышу.

Доктор задумчиво покряхтывает, гортанно взрыкивает:

— Кого? Тук-Тука? Монгола? Или кого-то другого?

— Вы хорошо помните мою историю болезни.

Дым трубочного табака пахнет цикорием, торфом и перцем.

— Честно сказать, твоя история болезни укрепила мою репутацию. После того как мою статью о пациенте ДЗ опубликовали в журнале «Психиатрический вестник», то отовсюду — из Ванкувера, из Бразилии, из Нью-Йорка, из Йоханнесбурга — посыпались сообщения о сходных случаях: пациенты с диагнозом «шизофрения» утверждали, что некое бесплотное существо помогает им избавиться от психоза. В прошлом году, в мае, мы провели конференцию в Бостоне, где обсуждались АСЦ — автономные сущности-целители. Прошу меня простить, если такой энтузиазм слегка отдает вампиризмом. Так что да, я очень хорошо помню твою историю болезни.

— Если бы психиатры не были чуть-чуть вампирами, то психиатрии не существовало бы, а я бы давно умер.

Доктор этого не отрицает.

— Я готов помочь тебе, чем смогу.

«Это стоит денег».

— Спасибо, но мой дедушка умер, а я стеснен в средствах, так что...

— О деньгах не может быть и речи. Я прошу лишь одного: разреши мне опубликовать результаты исследования.

— Договорились. — Джаспер вспоминает, что в таких случаях обмениваются рукопожатием.

Доктор Галаваци с улыбкой пожимает Джасперу руку и тянется к блокноту:

— Итак, у нас есть время?

— Саундчек мы начинаем в восемь.

На часах в кабинете — без пяти семь.

— В таком случае давай установим основные факты. Почему ты решил, что Тук-Тук вернулся?

— В последнее время я его слышу. Отдаленно, очень тихо. Он проснулся. По-моему, в первый раз я его услышал в Лондоне, примерно год назад. В ночном клубе.

Глухое покряхтывание.

— Ты принимал наркотики?

— Амфетамин. А еще я видел его во сне.

— Монаха в зеркале?

— Да.

Гортанный взрык.

— Странно было бы, если бы тебе не снилось то, что нанесло такую глубокую травму.

— Понимаете, это как если бы... если бы человек-невидимка поселился в вашем доме, то вы все равно ощутили бы его присутствие. Я ощущаю присутствие Тук-Тука... вот здесь. — Джаспер касается виска. — То же самое было в Или. И в Рийксдорпе до того, как появился Монгол. Он тогда сказал, что у меня есть пять лет. Сейчас пять лет истекли.

Шариковая ручка доктора Галаваци летает по бумаге. Джаспер вспоминает Эми Боксер. С прошлого ноября она частый гость в Диновой спальне на Четвинд-Мьюз.

— Ты принимал галлюциногенные препараты?

— Нет, я помню ваше предупреждение.

— А квелюдрин? Или другие нейролептики?

— Нет-нет. Я даже к врачам не обращался. Британские доктора отправляют в психиатрические лечебницы гораздо больше пациентов, чем принято считать.

Доктор Галаваци посасывает трубку.

— Что происходило в твоем сне про Тук-Тука?

— Я как будто смотрел фильм. Исторический, про Средневековье. Тук-Тук был монахом или аббатом. И его отравил какой-то градоправитель... — Джаспер достает из сумки записную книжку. — Вот, на первой странице все написано. Здесь и другие сны тоже есть, которые я счел важными. Везде указаны даты.

Психиатр берет записную книжку. С довольным видом, как предполагает Джаспер.

— А можно я возьму ее на время, перепишу некоторые подробности?

— Да.

Он раскрывает записную книжку на первой странице.

— Очень полезная привычка.

— Мой друг Формаджо часто говорит: «То, что не записано, — сплетни и домыслы».

— Он прав. Вы с ним видитесь?

— Да. Он изучает мозг в Оксфорде.

— Передай ему от меня привет. Он очень смышленый парень. Как я понимаю, от Монгола ты ничего не слышал с тех пор, как Тут-Тук... гм... снова проснулся?

— Совершенно верно. Монгол давным-давно пропал.

— В Рийксдорпе ты говорил, что он странствует. Как босоногий лекарь.

— Да.

— И ты до сих пор веришь в его существование?

Маятник часов разрезает минуту напополам.

— Да, — отвечает Джаспер. — К сожалению.

— Почему «к сожалению»?

— Если ваша теория верна и Монгол — ментальный надсмотрщик, созданный мною для того, чтобы сдерживать мой психоз, то есть надежда, что я смогу сделать это снова. Но если прав я и Монгол действительно существует, но забрел в Рийксдорп случайно, то меня не ждет ничего хорошего.

На улице женский голос выкрикивает: «Смотри, куда едешь!»

— Наверное, Джаспер, ты чувствуешь себя как ночной дозорный: знаешь, что надвигается опасность, но не знаешь, когда именно и с какой стороны.

— Неплохое сравнение.

— Спасибо. — Доктор Галаваци отпивает чай. — Я почитаю твои записи, сопоставлю факты, а потом мы с тобой побеседуем подольше. Сейчас я выпишу тебе рецепт на квелюдрин, чтобы ты успел сходить в аптеку до отъезда в Англию. Если все-таки случится обострение, таблетки тебе помогут.

«Поблагодари».

— Спасибо.

Поразмыслив, доктор Галаваци продолжает:

— И еще одно. В Бостоне я познакомился с психологом из Колумбийского университета в Нью-Йорке. Он странный, и методы у него неортодоксальные, но я его очень уважаю. Его в общем интересует АСЦ, а в частности — пациент ДЗ. Можно я сообщу ему о нашем разговоре?

— Да. А как его зовут?

— Доктор Юй Леон Маринус. Он китаец. С виду. Но там все гораздо сложнее. Обычно его называют просто Маринус.

Длинное соло в «Пурпурном пламени» становится еще длиннее, потому что Джаспер обнаруживает в нем потайной ход. Высокие сводчатые потолки, сумрачные арки и окна напоминают о том, что концертный зал и клуб «Парадизо» занимают помещение бывшей нонконформистской церкви, куда приходили поклоняться Богу. «Здесь и сейчас поклоняются — не нам четверым, а музыке, — думает Джаспер. — Музыка освобождает душу от оков плоти. Музыка преображает множество в единство». Штабеля усилителей «Маршалл» сотрясают каждую косточку в теле. «Мы прикасаемся к божественному». «Стратокастер» воспевает экстаз и отчаяние. «Мы не боги, но через нас изливаются некие высшие силы». Сейчас Джаспер без всяких сожалений готов принять смерть. Он смотрит на Дина, который ощущает предчувствие конца. Джаспер делает впечатляющий бенд на двух верхних струнах, и голос Дина разгорается факелом. Вокал Дина теперь вдвое мощнее, чем в прошлом году. После выступления в «McGoo's» за кулисы пришел Джек Брюс из *Cream* и дал Дину пару полезных советов о том, как петь и одновременно играть на басу. Помогли и профессиональные уроки вокала, так что теперь Дин может брать на пол-октавы выше и ниже своего обычного диапазона. Эльф, не желая оставаться в тени, исполняет феерическое соло на «хаммонде». Джаспер рассеянно гадает, пришел ли в «Парадизо» Гюс де Зут или кто-нибудь из единокровных братьев. Вряд ли. Захотели бы они с ним встретиться? «Кто знает... Нормальных людей трудно понять, но де Зуты вообще — натуральный кроссворд...»

За кулисами Джаспер теряет остальных в круговороте незнакомых лиц. Все его откуда-то знают. В толпе он видит Сэма Верве.

— Ну что, де Зут, из Амстердама ты уехал никем, а вернулся поп-звездой. Мои ученики тебя боготворят. И не верят рассказам про то, как мы с тобой когда-то играли прохожим на площади Дам. Посмотрим, что они скажут, когда я покажу им вот эту фотографию... Улыбочка!

Джаспера ослепляет вспышка, взрывается в мозгу.

— Триумф! Апофеоз! — выкрикивает Улыбка до ушей. — Выше всяких похвал! Слава!

— Кайф нужен? — предлагает Мистер Жабб в полосатом костюме. — Кокс, колеса, травка, винт? Грибочки? Чем бы душа ни тешилась... Найдется все.

Улыбка до ушей превращается в Громкий смех.

— Возвращайся! Ты нужен Амстердаму!

— Теперь де Зуты под завязку нахлебаются дерьма, — заявляет королева, дымя косячком на балконе. Откуда она взялась?

— Тейс Огтрот, еженедельник «Hitweek», — представляется тип с лицом гробовщика. — А правда, что ты два года провел в рийксдорпской психушке?

С балкона Джаспер замечает у барной стойки распорядителя «Парадизо», который беседует с Левоном и Эльф. «Как бы до них добраться?»

— Ну что, Джаспер, — говорит Рубаха-парень, — вашему менеджеру хватит силенок поднять вас повыше?

Джаспер выходит на лестницу, которая ведет не туда.

— Его единственным другом была гитара... — вещает консерваторский профессор. — А на выпускном экзамене он сыграл композицию под названием «Кто вы?». Она источала...

— Дурь, кристалл, иней, грязь... — нашептывает Мистер Жабб в ухо. — Чистое удовольствие, гарантирую. Кисляк пробовал?

— Или захлебнутся в дерьме? — продолжает королева Юлиана. — Скелет из семейного шкафа выставлен на всеобщее обозрение! Да еще и в программе «Фенклуп»! Очаровательно!

— Мы с тобой занимались любовью... В астрале, — заявляет женщина; ее грим напоминает пятна Роршаха. — Да, это я. Я тебя сразу узнала.

В туалете Джаспер моет руки, говорит мисс Роршах:

— Это был Эрик Клэптон.

— Теперь, когда ты стал знаменитостью, — вкрадчиво начинает Улыбка до ушей, — от льстецов отбою не будет...

— Тейс Огтрот, еженедельник «Hitweek», — не унимается Гробовщик. — Ты сочинил «Темную комнату» на той же кислотной вечеринке, на которой Джон Леннон сочинил «Lucy in the Sky with Diamonds». Правда или нет?

— ...к тебе начнут приставать, выпрашивать деньги... — продолжает Улыбка до ушей. — Так что учись говорить «Rot op!»[1].

— Вопрос в том, — замечает Рубаха-парень, — стоит ли гениальному соло-гитаристу Джасперу де Зуту ограничивать себя рамками группы?

— Тебе уже впарили кайф? Кто? — настойчиво допытывается Мистер Жабб с гримасой на лице. «Злоба?» — Этот бельгийский отморозок с чубом как у Тинтина?

Профессор предлагает Джасперу косячок.

— Декан настаивает, чтобы ты выступил на Дне основателей...

К Джасперу подходит Дин:

_____

[1] *Здесь*: «Отвянь!» *(голл.)*

— Охренеть... там, в сортире, такое... два мужика взасос целуются... фу-у-у-у...

— ...о чем угодно, на твой вкус, — продолжает Профессор. — «Искусство, любовь и смерть», «Вести из Сохо», «Контркультура»... Соглашайся!

— Тейс Огтрот, еженедельник «Hitweek», — говорит Гробовщик. — Твой отец настаивает на лишении тебя дедовского наследства. Правда или нет?

— ...пятьсот гульденов, чтобы заплатить за студию, — говорит Улыбка до ушей. — Лучше наличными.

Рука мисс Роршах поглаживает грудь Гриффа под рубашкой.

— В понедельник мы занимались любовью в астрале, а сегодня... — Она шепчет что-то Гриффу на ухо, а ее рука скользит все ниже и ниже.

— ...а продюсерский гонорар получишь с будущих продаж, — говорит Улыбка до ушей. — Гарантирую крупный куш. Ты ничего не потеряешь.

Мартовская ночь угольно-серая, чернильно-фиолетовая, звездная. У Принсенграхт свежо и прохладно. Весна на пороге. Позвякивает велосипедный звонок. Джаспер уступает дорогу, велосипедист проезжает мимо, бросает негромкое «Taak»[1]. Из бара, сияющего янтарным светом, доносится полузабытая мелодия и запах жареных мясных крокетов. На углу Амстелвельда Джаспер останавливается, поднимает большой палец к небу, проверяет, остер ли лунный серп. «Хорошо снова стать амстердамцем». Англичане не доверяют двойственности. Приравнивают ее к предательству. В Голландии много межнациональных браков — с немцами, французами, бельгийцами или датчанами. Это никого не удивляет. Городские колокольни начинают полуночный перезвон. Гулко бухает железо, поет бронза, колокольные языки взмах за взмахом слизывают дома и церкви. Пропадает консерватория и каморка над пекарней на Рамстрате, где Джаспер жил три года. Затушевываются, стираются,

---

[1] Спасибо *(голл.)*.

исчезают убогие бордели, экспедиторские конторы и грязные забегаловки; роскошные отели, дорогие рестораны, концертные залы; клуб «Парадизо», Рейксмюсеум и студия звукозаписи «ARPO»; площадь Дам, закрытые сувенирные лавочки и дом Анны Франк; родильные дома и кладбища, Вонделпарк с его озером и пока еще безлистными липами, каштанами и березами; горожане — и те, которые сладко спят, и те, которых мучает бессонница; даже колокола на колокольнях, виновники этого немыслимого исчезновения, сами растворяются в ночи, и от древнего будущего Амстердама остаются только бескрайние топи, открытые всем ветрам, где находят приют угри и чайки, нищие в жалких лачугах и утлых лодчонках и вечно голодные псы...

Графграверсграхт — курьез среди амстердамских каналов. Он тупиковый. Туристы забредают сюда лишь нечаянно, в поисках дороги к зоопарку. Коренные амстердамцы уверяли Джаспера, что такого канала нет и быть не может, ведь само его название, «канал могильщиков», — нелепая шутка.

А канал все-таки существует. Уличный указатель с его названием хорошо виден в лунных лучах. Респектабельные местные жители давно спят, но в самом конце, в треугольнике мансардного окна дома номер 81 на Графграверсграхт, светится синий клочок неба. Джаспер проходит вдоль канала, останавливается у двери, под сияющим окном. Нажимает верхнюю кнопку звонка в ритме детской песенки. «Boer wat zeg je van mijn kippen?» Пауза. «Boer wat zeg je van mijn haan?»[1]

Джаспер ждет.

«Может быть, она уснула, а свет не выключила».

Джаспер ждет.

«Сосчитаю до десяти и уйду...»

Наверху, на четвертом этаже, распахивается окно. На брусчатку со звоном падает ключ. Джаспер его поднимает. На ключе брелок — Супермен. Осторожно, как вор-домуш-

---

[1] «Фермер, как мои цыплята?» ⟨...⟩ «Фермер, как мой петушок?» (голл.)

ник, Джаспер отпирает входную дверь и крадется по лестнице, мимо велосипедов, газовых баллонов и свернутых старых ковров. На последнем этаже открывается дверь...

Одинокая спираль электрокамина алеет полоской лавы. Багровое сияние, смешиваясь с небесно-синим светом лампы, превращается в пурпурное зарево. С пластинки на проигрывателе льется шелковый голос Хелен Меррилл, «You'd Be So Nice to Come Home to»[1]. Трикс стоит в дверях. Махровый банный халат, на кармашке вышито: «Il Duca Hotel, Milano». Тридцатилетняя, хрупкая, с примесью яванской крови, распаренная после ванны, волосы собраны в пучок.

— Боже мой, это мистер Утконос!
— Можно войти?
Трикс изгибает бровь:
— И я тебя рада видеть.
«Надо было поздороваться».
— Извини. Привет. Рад тебя видеть.
Трикс впускает его в квартиру, захлопывает дверь.
— А я уже хотела было забраться в постель и рыдать, пока не усну. Думала, что поклонницы разодрали моего несчастного рыжего лиса в клочья и обглодали все косточки.
Джаспер вешает пальто на оленьи рога.
— Ирония.
— Надо же, Лондон научил тебя уму-разуму.
Джаспер снимает ботинки.
— Сарказм?
— Ох, боюсь, такими темпами ты скоро станешь совсем нормальным!
— Этого опасаться не стоит.
Трикс наполняет два бокала ромом со льдом.
Часы на полке показывают пять.
На часах Джаспера — без трех минут полночь.
— Они давно стоят, — говорит Трикс. — От времени слишком много шума.

---

[1] «Хорошо бы приходить домой, к тебе» *(англ.)*.

Они садятся на диван, каждый — на свой краешек, подтягивают ноги, смотрят друг на друга.

— *Proost*, мистер Утконос.

— *Proost*.

Ром обжигает горло.

— Как тебе «Парадизо»?

— Концерт прошел хорошо, а вечеринка была чересчур. Я незаметно сбежал.

— Ваш альбом продается, как свежая сельдь, — с руками рвут. В Миддельбурге де Зуты спешно созвали экстренный совет директоров. Твой отец, наверное, обратится к акционерам: «Скелет из семейного шкафа играет на гитаре по телевизору, в передаче „Фенклуп“. Какова наша официальная позиция по этому вопросу?» А ваш басист — просто загляденье.

— На самом деле он не такой высокий, как выглядит по телевизору.

— И все вы, похоже, очень дружны.

— Когда играешь с кем-то в одной группе, то хорошо всех узнаешь.

— Как родных и близких?

— Я в этом плохо разбираюсь. Наверное, да. Дин живет у меня. Он обо мне заботится. Напоминает, если я что-то забываю. Грифф бесстрашный. Его ничего не пугает. Он умеет жить. Эльф как сестра. Ну, я так себе представляю. Она хорошо понимает людей. Как ты. По-моему, все трое и Левон, наш менеджер, знают про мою эмоциональную дислексию. Но мы это не обсуждаем. Они меня прикрывают, если возникает такая необходимость.

— Это очень по-английски... — Трикс закуривает турецкую сигарету. — А на что это похоже — известность и слава?

— В «Парадизо» меня все время об этом спрашивали, а когда я отвечал: «На самом деле я не знаменитость», то становились... какими-то непонятными.

Поразмыслив, Трикс говорит:

— Наверное, они думают, что ты считаешь их недостойными того, чтобы делиться с ними своими ощущениями.

— Действительность совсем не такая, как выдумки.

— А когда это имело значение?

Джаспер допивает ром и глядит сквозь толстое донышко бокала на пламя свечей, на скошенные стены, занавеси, электрокамин, на индийскую богиню, выдувающую дым благовоний.

— Мне очень не хватает твоих лекций по антропологии, Трикс.

— Но это же ты пересек Ла-Манш, уплыл искать свою судьбу и оставил меня, несчастную, горевать в одиночестве.

«Правда? Я уехал, а она горевала? Нет — она улыбается».

— Ирония.

Ее ступня легонько подталкивает его ногу:

— Возьми с полки пирожок.

Серп луны светит в окно мансарды, на кровать под самодельным балдахином. «Небесное тело бессмертно, — говорит Джаспер луне, — но оно никогда не заключит в свои объятья другое тело».

— Хорошо, что вы приехали на гастроли в конце марта, — говорит Трикс. — В апреле я переезжаю в Люксембург. Навсегда.

— Почему?

— Выхожу за люксембуржца. Ты — мое последнее увлечение.

«Надо сказать „поздравляю“».

— Поздравляю.

— С чем? С тем, что я выхожу замуж? Или с тем, что ты — мое последнее увлечение?

— С тем, что... — «Она шутит?» — что ты выходишь замуж.

— Давно пора. Я не молодею.

— Да, не молодеешь.

Трикс поеживается. Улыбается.

— Что? Что в этом смешного?

Трикс накручивает прядь Джасперовых волос на палец.

— Ни ревности, ни «да как ты могла?», ни лишних расспросов... Ты почти идеальный мужчина.

— Мало кто из женщин с этим согласится.

Трикс издает какой-то звук — наверное, скептический.

— Интересно, откуда ты научился этой штуке... с языком?

Джаспер вспоминает Мекку, ее комнату над фотоателье. «А в Америке все еще вчера».

— А как же твой магазин?

— Продала его Нику и Харму. Они обещали по-прежнему разыскивать редкие пластинки в Бразилии и предоставлять скидки бедным студентам консерватории.

— Амстердам без тебя будет совсем другим.

— Спасибо, но Амстердам этого даже не заметит. Город очень изменился. Помнишь, как мы с тобой по ночам мечтали о будущем? А как пытались испортить свадебную церемонию принцессы Беатрикс? — Трикс проводит пальцем по ключице Джаспера. — А бесплатные белые велосипеды? Теперь их никто не чинит. Все думают, мол, пусть другие этим занимаются. Или перекрашивают их в черный цвет и забирают себе. В общем, «прово» сворачивается. Теперь появились новые революционеры, которые не любят шуток. Вопят в рупоры, цитируют Че Гевару, будто росли с ним в одном дворе: «Лучше умереть стоя, чем жить на коленях», «Не разбив яиц, омлета не приготовишь» — и все такое. Как будто позвоночник демонстранта, череп полицейского или окно старушки — то же самое, что яичная скорлупа. Нас, утопистов, потеснили те, кто предпочитает бутылки с зажигательной смесью. А я не желаю принимать в этом участия.

— А кто же будущий мсье Трикс ван Лак?

— Коннозаводчик. Постарше меня, не то чтобы Адонис, но у него хватает денег, чтобы стать моим женихом, хватает ума, чтобы по достоинству оценить умную женщину, и хватает житейского опыта, чтобы не обращать внимания на мое прошлое. — Трикс щелкает Джаспера по кончику носа. — Разумеется, его матушка не одобряет. Обозвала меня выскочкой. Я в ответ заявила, что она сама та еще попрыгунья, даром что с кислородным баллоном. Ничего, мы с ней сойдемся.

386

Рубиново тлеет кончик благовонной палочки. Сандаловое дерево.

— Ты каждый день будешь ездить верхом, — говорит Джаспер.

— Я каждый день буду ездить верхом, — соглашается Трикс.

Джасперу, на грани нервного срыва, предстояла двенадцатичасовая морская переправа в сопровождении верного Формаджо; затею не одобрял доктор Белл, но горячо поддерживал директор школы Епископа Илийского, утверждая, что в свое время ему, тогда шестнадцатилетнему кадету, пошел на пользу свежий морской воздух. Джаспер, изнуренный непрекращающимися попытками Тук-Тука свести его с ума, был не в силах выразить собственного мнения. Дедушке Джаспера отправили телеграмму. Он должен был встретить внука в порту Хук-ван-Холланд. Много позже Джаспер сообразил, что больше всего директор опасался, как бы безумие не настигло его подопечного на территории школы. Предпочтительнее, чтобы это произошло подальше от Свофхем-Хаус, где-нибудь в другой стране. Доктор Белл вручил Формаджо какие-то таблетки, на случай если состояние Джаспера резко ухудшится. В Гарвич их отвезли на машине. На полпути состояние Джаспера резко ухудшилось. Тук-тук-туки теперь звучали беспрерывно. Таблетки купировали приступ, но не остановили атаку. Джаспер и Формаджо взошли на борт парома «Арнем». Море штормило. Друзья сидели в салоне второго класса. Формаджо отходил от Джаспера только для того, чтобы выбросить за борт очередной пакет рвотных масс. Какие-то солдаты, на пути в Западную Германию, сначала беззлобно подтрунивали над блюющим Формаджо, над бледным как смерть Джаспером и над их дурацкой школьной формой, но потом сжалились: «Вот, глотните, бедолаги». Армейская фляжка. Чай с джином, для укрепления здоровья. «Арнем» подошел к причалу под вечерним небом. Солдаты пожелали им удачи, и мир их проглотил. *Grootvader* Вим ждал в «ягуаре», на стоянке, где потом построили новое здание таможни. «Я не забуду вашей доброты, — сказал он Формаджо по-английски и пояснил Джасперу: — Мы поедем прямо в лечебницу, неподалеку от Вассенара. Все будет хорошо. Все будет хорошо. Ты теперь в Голландии...»

Джаспер спускается по лестнице из квартиры Трикс, направляясь к Графграверсграхту. К десятому или двенадцатому лестничному пролету он начинает понимать, что его тело все еще в кровати, на четвертом этаже, но во сне он приближается к подземному туннелю. Там ждет старуха. Она подносит палец к губам — ш-ш-ш! — показывает на отверстие в стене. Джаспер заглядывает в него. За стеной — склеп, или каземат, или и то и другое. Тук-Тук, в церемониальном облачении, сидит на китовой челюсти: в одной руке у него нож, в другой — берцовая кость. Кость испещрена зарубками. «Как Робинзон Крузо, — думает Джаспер. — Ведет счет дням на необитаемом острове». Их взгляды встречаются. Внезапно срабатывает какой-то механизм, и Джаспер с Тук-Туком меняются местами. Теперь Джаспер — узник в самом глубоком подземелье Тук-Тукова разума, откуда не спастись и не сбежать. Даже в смерти оттуда не выбраться. Глаз за стеной — Тук-Туков глаз — исчезает. Джаспер остается в одиночестве, и теперь ему целую вечность придется водить ножом по кости, как смычком по скрипичным струнам...

...и в голове Джаспера раздается пронзительный визг металла. Он просыпается в постели Трикс под скрежет трамвайных колес за окном. Сердце колотится. Он понемногу приходит в себя, с облегчением осознает, что больше не заключен в подземный склеп. Трамвай проехал, и теперь слышно только тихое дыхание Трикс, шуршание дождя по амстердамским крышам, вздохи парового отопления в доме 81 на Графграверсграхт и шорох уходящей ночи. Трудно отличить одно от другого.

«Мы верим, что любимые не причинят нам боли...»

Колокола Остеркерка бегло вызванивают пять печальных нот. Джаспер набрасывает коричневый махровый халат Трикс и плетется в ванную. Мази, баночки с кремами, бутылочки лосьонов. Избегая смотреть в зеркало, Джаспер ополаскивает лицо. Он ощущает то, что хочется назвать «болью перемен», но не знает, есть такое чувство или нет. Он заходит на кухню, съедает апельсин. Ставит чайник на плиту и снимает его с огня, прежде чем вода закипает, чтобы свисток не разбудил хозяйку квартиры. Садится с кружкой чая за стол Трикс. Серебряный конь смотрит на Джаспера опаловым глазом. В прошедших часах похоронены строки. Джаспер осторожно начинает раскопки.

> Песни, лица, славы морок —
> Круговорот кошмарен.
> Невозможный этот город
> Не вполне реален.

> Врач, профессор, льстец и плут,
> Наркодилер, мистик, вор
> У ворот рая ждут...
> Я сбегу через забор.

> Ночь могильщиков, синий луч,
> Трель звонка, в доме ни звука,
> Ступени, мгла, волшебный ключ...
> Лис всегда входит без стука.

> Дым стамбульских сигарет,
> Лед и пламя в бокале стыли...
> А часам хода нет,
> Мы их дважды заводили.

> Глаз серебряного коня,
> Индостан благоухает...
> Ты, как никто, понимаешь меня,
> Того, кто других не понимает.

> Ты легко, как птица, спишь.
> Звон зари, далекий гул...
> Беглецов тревожит тишь,
> Вот я глаз и не сомкнул.

> Что за бес — мучитель мой?
> Нож, зарубки на кости...
> Колдовской дозор ночной
> Мне в одиночестве нести...

Откати камень

•

В зал регистрации Римского аэропорта, в сопровождении шестерых патрульных, входит капитан полиции, снимает темные очки и обводит взглядом толпу. Дин представляет себе перестрелку между итальянскими полицейскими и бизнесменами у стойки «Аэрофлота», которые все до одного — кагэбисты. Крики, кровь, хаос. Дин уворачивается от пуль, спасает синьорину в розовом жакете. Всех кагэбистов перестреляли. Король Италии награждает Дина орденом. Синьорина в розовом знакомит Дина со своим отцом, у которого замок на вершине холма и сто акров виноградников. «До сегодняшнего дня у меня не было сыновей...» — растроганно говорит итальянец, обнимая бравого сына Альбиона.

Тем временем к капитану полиции присоединяется фотограф.

Лицо у того знакомое. Ну конечно! Это он фотографировал группу в гостинице. Он замечает Дина, Гриффа, Джаспера и Левона, указывает на них пальцем. Капитан шагает к ним, патрульные следом, рассыпавшись клином. «Явно не за автографами...»

— Э-э-э... — тянет Дин. — Левон?!

Левон разговаривает с администратором за стойкой.

— Минуточку, Дин.

— У нас нет минуточки.

Капитан останавливается рядом:

— Вы — группа «Утопия-авеню»?

— В чем дело? — спрашивает Левон.

— Я — капитан Ферлингетти, из Финансовой полиции. Что здесь? — Он тычет пальцем в кожаную сумку у Левона на груди.

— Документы. Ценности.

— Откройте, — приказывает капитан.

Левон повинуется.

Капитан вытаскивает из сумки конверт:

— Что это?

— Две тысячи долларов. Гонорар группы за четыре выступления. Законный гонорар. Наш промоутер, Энцо Эндрицци...

— Нет. Это незаконно. — Капитан засовывает конверт в карман. — Все вы. Со мной. Сейчас. Есть вопросы.

Ошарашенный Левон не двигается с места. Все стоят как пригвожденные.

— Что?

— *Concerti*[1] в Италии, доходы в Италии, налоги в Италии.

— Но у нас все документы в полном порядке. Вот, взгляните. — Левон разворачивает бухгалтерскую ведомость на итальянском. — Это от нашего промоутера. Официальное подтверждение...

— Нет, — заявляет капитан Ферлингетти. — Недействительно.

Левон спрашивает уже совсем другим тоном:

— Значит, мы должны раскошелиться?

— Тогда арест. Прямо сейчас. Мне все равно. — Капитан что-то говорит администратору по-итальянски. Дин слышит слово «passaporti»[2].

Испуганный администратор протягивает паспорта. Дин тут же хватает их и сует себе в карман.

Капитан Ферлингетти подступает к Дину:

— ОТДАЙ!

У Дина наметанный глаз на продажных копов.

— Наш рейс через полчаса. И мы на нем улетим. Вместе с нашими деньгами. Так что...

Боль в паху раскалывает Дина напополам. Зал регистрации кружится волчком. Скула впечатывается в пол. Перед глазами взрывается сверхновая — вспышка фотоаппарата. Левон возмущенно протестует. К Дину возвращается зрение. Фотограф примеривается сделать еще один снимок. Дин изворачивается ужом и лягает фотографа. Пластмасса, стекло и челюсть хрустят под каблуком. Вопль. Дина пинают сапогами. Он сворачивается клубком, защищая руки и пах.

---

[1] Концерты *(ит.)*.

[2] «Паспорта» *(ит.)*.

— Бастард! — орет капитан Ферлингетти. Или это «Basta!»?[1]

Пинки прекращаются. Дину заламывают руки за спину, надевают наручники. Паспорта отбирают. Его грубо вздергивают за шиворот, поднимают на ноги. Грифф осыпает всех площадной бранью. Звучат приказы по-итальянски. Всех уводят.

— Вам это не сойдет с рук, — говорит Левон. — Я вам гарантирую юридические последствия...

— Conseguenze[2] только начинаются. — Капитан Ферлингетти надевает темные очки. — Я вам гарантирую.

— Просто галопом по европам, — сказала Эльф Дину. — В марте Амстердам, шесть выступлений на разогреве у The Hollies... а теперь в Италию. Самолетом.

Дин выглянул в иллюминатор. Самолет выруливал на взлетную полосу.

— Ну, «Пурпурное пламя» там на девятом месте в чартах. Я тебе говорил? Не припомню.

— За последние десять минут — ни разу, — ответила Эльф.

— Зря Левон не настоял на билетах в первый класс.

— Ага, а мне надо было потребовать, чтобы Грегори Пек встретил меня в аэропорту и возил по Риму, как Одри Хепберн в «Римских каникулах».

Побледневший Джаспер в кресле у прохода прятал глаза за темными очками и жевал резинку.

— Расслабься, дружище, — сказал ему Дин. — Если самолет грохнется, все равно ничего не сделаешь. Так что не нервничай попусту.

Пальцы Джаспера сжали подлокотник.

Из динамиков зазвучал голос стюардессы:

— Пожалуйста, пристегните ремни безопасности...

Взревели мощные двигатели. Самолет затрясло.

Эльф наклонилась мимо Джаспера и Гриффа к Левону:

— Это нормально?

---

[1] «Хватит!» (ит.)

[2] Последствия (ит.).

— Вполне нормально. У пилота одна нога на педали газа, а другая — на тормозе, поэтому, как только он снимет ногу с тормоза, самолет...

«Комета-4» рванулась вперед, и пассажиров вдавило в спинки кресел. «У-у-у-у-у» — завыло в кабине. Пальцы Эльф впились в запястье Дина... Все задрожало, капли дождя на стекле превратились в черточки, пол задрался вверх, горизонт накренился вниз, самолет оторвался от земли, Эльф забормотала: «Боже мой, боже мой, боже мой...» Внизу замелькали склады и пакгаузы, многоэтажная парковка, деревья, водохранилище, шоссе М4 и проселочные дороги... Промокшая модель Англии в натуральную величину: извилистая Темза, Ричмонд-парк, стеклянный ковчег оранжереи в королевских ботанических садах Кью... стекло иллюминатора запотело; фюзеляж затрясся, будто его схватила рука великана.

— Это нормально? — спросила Эльф.

— Обычная болтанка, — сказал Левон. — Все в порядке.

Дин коснулся пальцев Эльф, сказал:

— Между прочим, это мое запястье.

— Ой, извини! Господи, прямо как собака цапнула... А... Боже мой, ты только глянь!

Они поднялись над облаками. Облака, вид сверху: залитые солнцем, снежно-белые и сиреневые, взбитые как сливки, клочковатые, вычесанные прядями...

— Рэю рассказать, так он в жизни не поверит, — вздохнул Дин.

— Интересно, можно это выразить музыкой? — спросила Эльф.

— Джаспер, да ты хоть посмотри! — сказал Дин.

Джаспер не шевельнулся. Дин с Эльф рассматривали облака.

— Я никогда в жизни ничего прекраснее не видела, — сказала Эльф. — Никогда.

— И я тоже.

Щеку Дина что-то защекотало. Прядь Эльфиных волос скользнула по подбородку. Дин осторожно отвел ее:

— Возвращаю хозяйке.

———

Два копа садятся с задержанными в полицейский фургон. Изнутри он точь-в-точь как английский: скамьи вдоль стен, свет падает сквозь зарешеченное окошко в задней стенке водительской кабины. Живот, задница и пах Дина налиты болью будущих синяков. Руки все еще в наручниках. Копы закуривают. У них пистолеты.

— Эй, приятель, — говорит Дин. — *Amico*[1]. Сигаретку? *Per favore?*[2]

Патрульный с усмешкой качает головой, будто говоря: «*Amico?* Ну ты даешь!»

— А деньги у тебя в сумке... — начинает Грифф. — С ними все по закону?

— Абсолютно, — говорит Левон. — Только они больше не у меня в сумке.

— Вообще-то, столько наличных — чистый риск, — ворчит Грифф.

— Если для тебя это риск, — вздыхает Левон, — в следующий раз возьмем чек у зарубежного промоутера, с которым до этого никогда не работали. Вернемся домой, принесем чек в банк и выясним, что он отозван.

— А коп ведь знал, что деньги у тебя. И в какой сумке — тоже знал, — говорит Дин. — Очень все это подозрительно.

Левон вздыхает:

— Да. И об этом знал только Энцо.

— А с какой стати нашему промоутеру закладывать нас копам? — спрашивает Грифф.

— Энцо достается вся прибыль с пяти наших выступлений. Капитан получает свою долю. Все довольны. Черт, надо было взять с нами Бетани, она бы вывезла деньги отдельно. Ну, в шоу-бизнесе поначалу все обжигаются, но я-то думал, что уже ученый. В общем, если Энцо явится нас выручать, то я перед ним извинюсь. А если его и след простыл, то все понятно.

С минуту все молчат.

— Хорошо, что Эльф раньше улетела, — говорит Дин. — Слава богу.

---

[1] Друг *(ит.).*

[2] Пожалуйста *(ит.).*

— Твоя правда, — говорит Грифф.

— Деньги — это просто деньги, — говорит Джаспер. — Мы еще заработаем.

— Может, Тед Сильвер их выбьет? — спрашивает Грифф.

— Мы в Италии, — напоминает Левон. — Судебного разбирательства придется долго ждать, года так до семьдесят пятого. И то если очень повезет. Я не шучу. Для нас лучший вариант — скорейшая депортация.

— А худший? — спрашивает Дин.

— Об этом пока думать не стоит. И ни в коем случае ничего не подписывайте без согласия сотрудника посольства. Ничего. Не забывайте, что итальянцы изобрели коррупцию.

Все четверо, моргая на свету, выходят из фургона в обнесенный стеной двор полицейского участка — уродливого одноэтажного здания с плоской крышей. Дин спотыкается. Грифф его поддерживает. За забором с колючей проволокой виднеется автомобильная эстакада, фабричная труба и многоквартирный дом. Патрульный загоняет задержанных в вестибюль, где все — десятилетние мальчишки, священники, беременные женщины и дежурный по отделению — дымят сигаретами. Разговоры смолкают, головы поворачиваются, все глазеют на экзотических иностранцев. Задержанных ведут в комнату за бронированной дверью, где их дожидается капитан Ферлингетти.

— *Allora*[1], вам нравится мой отель?

— Сральник, — заявляет Дин дружелюбным тоном. — Знаешь такое слово? Сральник. Полный дерьма.

— Дин, охолони, — бормочет Левон. — Прошу тебя.

— Вы все задержаны за незаконные операции с иностранной валютой, а ты... — осклабившись, говорит он Дину, — за нападение на сотрудников полиции.

— Да ладно! Это вы на меня напали.

— Кто поверит преступнику, вору и лжецу? Выворачивайте карманы. — Он указывает на четыре деревянных подноса на стойке.

---

[1] Итак (*ит.*).

— Ты уже прикарманил наши две тысячи долларов, — говорит Грифф. — А теперь хочешь украсть наши личные вещи?

— Нет, это вы обворовали граждан Италии.

— Капитан Ферлингетти, пожалуйста, позвоните Энцо Эндрицци, — говорит Левон. — Он вам все объяснит.

Судя по всему, Ферлингетти обожает издеваться.

— Кто такой Энцо Эндрицци? — Его ухмылка говорит: «Я вру, и мне плевать, что вы это понимаете».

Дин соображает, что Энцо их все-таки подставил. Тем временем Грифф, Левон и Джаспер вытаскивают все из карманов.

— А как я в карманы полезу, в наручниках-то? А, капитан Умник? — спрашивает Дин.

Капитан поднимает крышку стойки, подходит к Дину.

— Ну, снимай наручники, — говорит Дин.

Ферлингетти выворачивает карман Динова пиджака. На поднос падают монетки — и какой-то комок, завернутый в фольгу.

«А это еще что?»

— Это не мое.

— Это выпало из твоего кармана. Я видел. Дежурный видел.

Дежурный выпячивает нижнюю губу:

— *Si*[1].

Ферлингетти разворачивает фольгу, видит комочек гашиша, удивленно выкатывает глаза, как плохой актер:

— Каннабис?

Дин начинает волноваться:

— Ты мне его подкинул!

Ферлингетти нюхает комочек:

— Пахнет как каннабис. — Он царапает его ногтем, пробует на язык. — И на вкус каннабис. — Он качает головой. — Точно каннабис. Плохо, очень плохо.

— Мы требуем адвоката, — заявляет Левон. — И вы обязаны уведомить британское и канадское посольства. Немедленно.

---

[1] Да *(ит.)*.

Ферлингетти фыркает:

— Вы в Италии. Сегодня воскресенье.

— Телефон, адвокат, посольство. Мы знаем наши права.

Капитан наклоняется через стойку:

— Вы не в Лондоне, а в Риме. Права решаю я. Так что... — Он щелкает Левона по носу. — Нет.

От неожиданности Левон отшатывается. Патрульный начинает подталкивать Дина к выходу в коридор.

— Эй! — Внезапно Дина осеняет, что с ним может случиться кое-что похуже оскорблений. — Куда вы меня ведете?

— В номер люкс отеля «Сральник», — говорит капитан Ферлингетти.

— Дин, ничего не подписывай, — кричит Левон вслед. — Ничего!

В зале прибытия итальянского промоутера не было, поэтому Левон отправился искать телефонную будку, чтобы позвонить Эндрицци в агентство. Дин заметил, что итальянцы улыбаются чаще и охотнее англичан. Их прически были лучше, одежда моднее, а свои мысли они выражали не только словами, но и глазами, мимикой и жестами. Дин с удивлением увидел, как два здоровых мужика при встрече целуют друг друга в обе щеки.

— С другой стороны, — пробормотал Грифф негромко, чтобы не услышала Эльф, — если большинство итальянцев — геи, то нам больше достанется.

Дин всеми порами впитывал теплый воздух.

— Как здесь здорово!

— Мы еще даже не вышли из аэропорта, — напомнила Эльф.

— Единственная и неповторимая «Утопия-авеню»! — К ним, приветственно раскинув руки, подошел тип в кремовой рубашке. Во рту поблескивал серебряный зуб, а громкость зычного голоса не мешало бы увернуть с десятки на тройку или четверку. — Я — Энцо Эндрицци, — объявил он, приложив руку к сердцу. — Ваш промоутер, поклонник и друг. — А ты... — к Джасперу он почему-то обращается первым, — Джаспер де Зут, *il maestro*[1].

Джаспер протянул ему руку:

— Мистер Эндрицци.

Промоутер сжал протянутую руку в ладонях:

— Энцо, зови меня Энцо. — Он повернулся к Дину. — Дин Мосс, *il cronometro*[2].

«Иль кто?» — не понял Дин.

— Спасибо, что ты нас пригласил, Энцо.

— Это все ваши поклонники. Они мне писать, звонить, с ума сходить за «Пурпурное пламя»! Это твоя песня, Дин?

Дина распирало от гордости.

— Ну, вообще-то, да.

— Песня *stu-pen-doso*[3]. Мы даем концерты, даем *interviste*[4] и на следующей неделе все выше и выше, номер один. А ты — Эльф Оллоуэй, *la sirenessa*[5]. — Он поднес руку Эльф к своим губам.

— Приятно познакомиться, мистер Эндрицци. Энцо.

— Ты разбить тысячи сердец — в Турине, в Неаполе, в Милане, в Риме. — Он повернулся к Гриффу. — А ты... Левон? Нет-нет. Ты Грифф Гриффин. Тот самый, кто... — Энцо сложил ладони пистолетом и захохотал. — Руки вверх! Твой кошелек и твоя жизнь!

— Левон сейчас подойдет, — сказала Эльф. — Он ушел тебе звонить. Очевидно, произошла какая-то путаница со временем нашего прилета.

Энцо вздохнул:

— Для англичан время — хозяин. А для итальянцев время — слуга.

Микроавтобус «фиат» несся по итальянскому шоссе вдвое быстрее Зверюги. За рулем сидел молчаливый громила, которого Энцо представил как «Сантино, моя правая

---

[1] Маэстро *(ит.)*.

[2] Секундомер *(ит.)*.

[3] По-тря-сающая *(ит.)*.

[4] Интервью *(ит.)*.

[5] Сирена *(ит.)*.

рука и моя левая рука». Шоссе прорезало бежевые и термостойко-зеленые холмы. Из развалин возникали пригороды. Подъемные краны тянулись к небу. Стройные темные деревья штопорами ввинчивались в высоту. Машины без всяких правил виляли по трассе. Водители не мигали фарами, а жали на клаксоны. Светофоры существовали исключительно для украшения. Мертвенная бледность не сходила с лица Джаспера.

— А ты родился в Риме, Энцо? — спросила Эльф.

— Отруби мне руку — потечет Тибр.

— Где ты научился английскому? — спросил Дин.

— От американских и английских солдат в Риме, во время войны.

— Неужели детей не отправили из городов в деревню? — удивилась Эльф.

— Безопасных мест нет. Вся Италия — поле боя. *Certo*[1], Рим был магнит для бомб, и все города тоже. Плохое время, плохое место — бум! В июле сорок третьего разбомбили Сан-Лоренцо. Большой налет. Королевские военно-воздушные силы. Три тысячи погибли. Мои родители тоже.

— Какой ужас! — сказала Эльф.

— Это было двадцать четыре года назад. Много воды под мост утекло.

— Лондон тоже бомбили, — сказал Дин.

Энцо блеснул серебряным зубом:

— Итальянские самолеты?

— Но Муссолини же был на стороне Гитлера.

— *Certo*. Солдаты Муссолини убили моих родственников, партизан на севере. В кино все просто: добро *contro*[2] зло. А в жизни все... — он пошевелил пальцами, — *così*[3].

Дин задумался. Судя по всему, история Европы была сложнее, чем в фильмах про войну.

— Но беда — мать благоприятных возможностей, — сказал Энцо. — Приходят американские солдаты, приносят комиксы «Марвел», я учу английский, у них есть доллары,

---

[1] Конечно *(ит.)*.
[2] Против *(ит.)*.
[3] Так *(ит.)*.

я достаю им вещи, беру комиссию, не голодаю. Люди на черном рынке помогают мне, я помогаю им. Так в Италии принято. Детям было проще. Военная полиция ловит взрослого и стреляет. А поймают ребенка — отпустят. Обычно. Такой у меня университет жизни. Я научился крутить.

— Что-что? — спросил Грифф.

— Крутиться, — сообразил Дин.

— Да, крутиться. Промоутеру всегда надо уметь крутиться.

Школьный автобус подрезал «фиат» и понесся дальше. Сантино нажал на клаксон, высунулся в окно и заорал, хотя на такой скорости водитель автобуса ничего бы не услышал. Из окон автобуса выглядывали дети, показывали Сантино «козу» из указательного пальца и мизинца.

— Чего это они? — удивился Дин.

— *Cornuto*. Рога у мужа, когда жена гуляет с другим.

— Рогоносец, — сообразила Эльф. — В народных песнях про таких часто поется.

Мимо пролетел деревенский дом: покатая крыша, узкие окна, светло-коричневые каменные стены. На склонах холмов виднелись ряды каких-то кустов, как в кентских хмельниках.

— Это виноградники, — объяснил Энцо. — Из винограда делают вино.

Дин попытался представить, кем бы он был, если бы родился в этом доме, а не на Пикок-стрит в Грейвзенде. Может быть, личность — не рисунок несмываемыми чернилами, а эскиз твердым грифельным карандашом?

Зарешеченное окно под потолком — узкая щель в фут шириной и в шесть дюймов высотой. «Может, голова и пролезет, но все остальное — нет». Пыльный солнечный луч падает на ржавую кровать и заскорузлый тюфяк. Из засранного толчка в углу страшно несет. Пол сырой, бетонный. Заплесневелые стены покрыты надписями. В стальной двери глазок и прямоугольное отверстие у пола, закрытое заслонкой. Сидеть негде, разве что на кровати. «И что теперь?» Слышен гул шоссе, обрывки итальянской речи, плеск капель — кап-кап-кап — в бачке.

«Может, Ферлингетти нас просто запугивает, чтобы мы забыли о двух тысячах долларов».

Дин понятия не имеет, какое наказание за хранение наркотиков предусмотрено итальянским законодательством. С *The Rolling Stones* недавно сняли обвинения, но это же Стоунзы. И дело было в Англии.

Ползут минуты. Негодование Дина несколько остывает. Избитые места уже болят. Он вспоминает про Эльф, волнуется, как она там. Как Имоджен? Смерть ребенка — настоящее горе, не то что какой-то там арест. Левон, Грифф и Джаспер знают, где Дин. Его не похитили без свидетелей. У него британский паспорт. «Италия — не Россия, не Китай и не Африка, где меня вывели бы во двор и расстреляли бы без разговоров». Суд — если, конечно, до этого дойдет — будет затяжным и обойдется дорого. Может, итальянцы не станут заморачиваться, а просто депортируют Дина? И в конце концов, Дин — известная личность. Его песня на пятом месте в итальянских хит-парадах. А вчера на концерте «Утопия-авеню» в Риме было две тысячи зрителей...

— Две тысячи человек! — прокричал Грифф на ухо Дину, перекрывая шум за кулисами театра «Меркурио». — Четырнадцать месяцев назад я играл у Арчи Киннока, а теперь... Разбуди меня! Мне все это снится?

Дин похлопал Гриффа по плечу и продолжил жадно глотать воду. Потный, охрипший и совершенно вымотанный, он тем не менее торжествовал и — временно — был несокрушим. Последние крики и аплодисменты предназначались не только всей группе, но и новой песне Дина «Крючок», которой еще требовалась доработка. Но зрителям песня понравилась не меньше, чем «Темная комната» и «Мона Лиза». Аплодисменты переросли в размеренную овацию, будто великан бил в ладоши: хлоп, хлоп, хлоп, хлоп, хлоп, хлоп...

Появился Левон:

— Третий выход на бис? Публика требует.

Эльф сделала пару глотков из фляжки и сказала:

— Я готова.

— Я не собираюсь отказывать двум тысячам римлян, — сказал Грифф.

— Ага, это невежливо, — добавил Дин. — Джаспер, ты как?

— Согласен, — ответил Джаспер.

Пришел Энцо, улыбчивый, как промоутер на последнем концерте прибыльного турне.

— Друзья мои, вы фантастические!

— И публика тоже, — сказал Дин. — Все как с ума посходили.

— В Англии вы... — Энцо жестом закрыл рот на замок, — а в Италии мы... — Он встал в драматическую позу. — Мы все показываем. Этот шум — шум любви!

— А ведь мы поем на чужом для них языке, — изумленно сказала Эльф. — Представляете, как бы английские зрители восприняли итальянскую группу? Уж явно не с таким энтузиазмом, — кивает она на зал.

— Они изучают слова, — объяснил Энцо, — но чувствуют музыку. Твои песни, Эльф, говорят: «Жизнь — грусть, жизнь — радость, жизнь — эмоции». Это всем понятно. Джаспер, твои песни говорят: «Жизнь — странная, чудесная мечта». Это тоже всем понятно, все это чувствуют. А твои песни, Дин, говорят: «Жизнь — это бой. Жизнь трудна, но ты не одинок». А ты, Грифф, барабанщик *intuitivo*[1]. И ваш итальянский промоутер — гений.

Какой-то мрачный тип зашептал Энцо на ухо.

— Он просит, — перевел Энцо, — чтобы вы исполнили еще одну песню, иначе публика разнесет зал.

— Мы уже сыграли весь альбом, — сказал Грифф.

— И все заготовленные каверы, — добавил Дин.

— Давайте исполним новую песню Джаспера, — предложила Эльф. — Согласны?

Все и Левон сказали «да».

— Я ее объявлю, — вызвался Дин. — Энцо, как сказать по-итальянски «мы вас любим»?

Он заставил Энцо повторять, пока не затвердил фразу наизусть. Группа вышла на сцену, и зал взревел, как Годзил-

---

[1] *Здесь:* тонко чувствующий (*ит.*).

402

ла. Джаспер взял гитару. Грифф сел за барабаны, Эльф —
к фортепьяно. Дин наклонился к микрофону:

— *Grazie, Roma,* — *anche noi vi amiato...*[1]

— Дин, я хочу тебя, беби! — выкрикнула какая-то девушка.

Или: «Я хочу от тебя беби»?

— *Grazie tutti*[2], — сказал Дин. — Ну что, еще одну песню?

Зал взвыл: «S-ì-ì-ì-ì-ì-ì-ì!» и «Да-а-а-а-а-а-а!»

Дин приложил ладонь к уху:

— *Che cosa?*[3]

Зал взревел громче «Кометы-4» на взлете.

«Это наркотик, — подумал Дин. — А я — наркоман». Он
посмотрел на Эльф. Выражение ее лица говорило: «Да-да,
ты умеешь очаровывать».

— Ладно, Рим, так и быть. Наша следующая песня —
действительно последняя.

Разочарованный стон пронесся по всей Земле и ухнул
в бездну.

— Но я обещаю, что очень скоро мы снова приедем
в Италию.

Стон вынырнул из бездны и превратился в восторженный крик.

— Это песня Джаспера. «Ночной дозор».

Хлопали пробки шампанского. Аромат лилий кружил
голову. Чередой подходили добрые друзья Энцо. Добрых
друзей у Энцо было полгорода. Один из них столкнулся
с Дином в сортире и угостил длинной дорожкой превосход-
ного кокаина. В мозгу Дина взорвалась галактика. Шампанское превратилось в красное вино. Гримерка сменилась
VIP-зоной ночного клуба, из тех, о которых Дин раньше
только мечтал: огромные хрустальные люстры, женщины
в брильянтах — все как в кино про Джеймса Бонда. Мужчины курили сигары, кучковались и что-то оживленно
обсуждали. Какой-то итальянец, будто сошедший с картины,

---

[1] Спасибо, Рим, — мы тоже вас любим... *(ит.)*

[2] Спасибо всем *(ит.).*

[3] Что? *(ит.)*

что-то нашёптывал на ухо Эльф. Она улыбалась. Дин выразительно посмотрел на нее, мол, что, поймала рыбку? Ответный взгляд Эльф говорил: «Ну а что такого?» Добрый друг Энцо с кокаином увел Дина еще в один сортир и угостил еще одной дорожкой. Джазовое трио исполняло «I've Got It Bad (and That Ain't Good)»[1]. Внезапно появились Левон и Энцо, оба хмурые. Они подошли к Эльф и что-то ей сказали. Выражение лица Эльф изменилось. Она зажала рот руками. Левон был весь какой-то осунувшийся. Итальянский красавчик испарился.

Дин сообразил, что кто-то умер.

— Что случилось? — спросил он.

Эльф открыла рот, но сказать ничего не смогла.

— Племянник Эльф, — сказал Левон. — Сынишка Имоджен, Марк. Умер в колыбели. Вчера ночью.

Веселье в клубе продолжалось как ни в чем не бывало.

— Господи! — воскликнул Дин. — Целые сутки прошли!

— Секретарша мне только что сказала, — объяснил Энцо Эндрицци. — Международная телефонная связь не очень хорошая...

Эльф тяжело дышала. Ее трясло.

— Мне нужно домой.

— Мы вылетаем завтра днем, — напомнил ей Левон.

— Нет, я лечу утром, первым рейсом, — сказала она Дину. Левон посмотрел на Энцо. Промоутер кивнул:

— Сделаем. Мой добрый друг — брат босса авиакомпании «Алиталия»...

Эльф смотрела на всех невидящими глазами.

— Поехали в гостиницу, — сказал ей Дин. — Тебе надо собраться, и все такое. А я посплю у тебя на диване.

В камеру входит вечер. Зарешеченный прямоугольник неба оранжевеет, потом становится коричневым, как чума. Тело болит и ноет от побоев. Над дверью загорается тусклая лампочка. «Восемь вечера? Девять?» Часов нет, их отобрали.

«Похоже, придется здесь ночевать», — думает узник.

---

[1] «Мне плохо (и это нехорошо)» *(англ.).*

404

Интересно, остальные тоже в одиночных камерах? Самолет, на котором они должны были лететь из Рима, уже приземлился в Хитроу.

А Эльф — у Имоджен, в Бирмингеме.

«У меня неприятности, — думает Дин, — а у бедной Имоджен горе».

В ту ночь ни Эльф, ни Дин не спали. Эльф рассказывала, как после рождения малыша три раза ездила к Имоджен в гости; в последний приезд Марк уже гукал тете. Она рыдала. Дин подумал, что, может, ей хочется побыть одной, но Эльф попросила его остаться. Они вздремнули часок, а потом приехало такси.

Наверное, Эльф думает, что они уже в Лондоне.

Отсутствия Дина и Джаспера пока никто не заметит. Сосед Гриффа по квартире тоже не станет поднимать тревогу. Завтра Бетани почует неладное и, может быть, дозвонится Энцо Эндрицци после обеда. Ну, после этого кинут клич... Наверное. Заслонка у пола сдвигается в сторону, в отверстие просовывают поднос. Дин опускается на колени рядом с дверью, спрашивает:

— Эй, где мои друзья? Где мой адвокат? Сколько мне здесь еще...

Заслонка закрывается. Шаги в коридоре стихают.

Два куска белого хлеба, намазанные маргарином. Пластмассовый стаканчик с теплой водой. У хлеба вкус бумаги. У воды вкус мелков. «Ага, восхитительная итальянская кухня».

Проходит время. Заслонка открывается.

— *Vassoio*, — произносит мужской голос.

Дин садится на корточки поближе к двери:

— Адвокат.

Голос повторяет:

— *Vas-soi-o*.

— Ферлингетти. Фер-лин-гет-ти.

Заслонка закрывается. Звенят ключи. Лязгает тяжелый дверной замок. В камеру входит здоровенный надзиратель со здоровенным носом, здоровенными усами и здоровенным пузом. Он поднимает поднос, показывает на него и говорит Дину:

— *Vas-soi-o*.

— *Vassoio*. Поднос. Понял. Адвокат? Ферлингетти? Посольство?

Надзиратель сопит, что, похоже, означает: «Размечтался!»

— *Grazie mille, Roma*, — повторяет Дин фразу, которой научил его Энцо в театре «Меркурио». — *Anche noi ti amiamo*[1].

Надзиратель вручает Дину крохотный рулон тонкой туалетной бумаги и одеяло. Захлопывает за собой дверь. Дин ложится на тюфяк. Очень хочется яблоко, гитару, газету или даже книжку. «А вдруг Гюнтер Маркс и „Илекс“ бросят тебя на растерзание волкам? — нашептывают беспокойные мысли. — А вдруг Ферлингетти из вредности отправит тебя в тюрьму?»

Лампочка над дверью выключается. В камере темно.

В щель под дверью сочится свет. Вот и все.

«Почему ты так гнусно обошелся с Эми?»

Дин прекрасно понимает, что две недели назад не надо было психовать, увидев, как Маркус Дейли из «Броненосца „Водолей“» обхаживает Эми в клубе «100» на Оксфорд-стрит. И не надо было заявлять, мол, пора уходить, потому что Эми ответила: «Уходи, если хочешь, я остаюсь» — и ему пришлось уйти, потому что если бы он остался, то выглядел бы дураком. А когда Эми наконец вернулась из клуба — в свою собственную квартиру! — не надо было орать: «Ага, явилась не запылилась! А который сейчас час?» — будто суровый отец, а не любящий бойфренд. И не надо было допрашивать ее, как инспектор Мосс из Скотленд-Ярда. Не надо было называть ее «пиявкой с пишмашинкой». И не надо было называть ее «параноидальной дурой», когда она сказала, что ей прекрасно известно о девице из Амстердама. «Откуда она узнала?» Не надо было швырять мраморную пепельницу в застекленный шкаф, как Гарри Моффат после трехдневного запоя. Надо было найти в себе мужество извиниться на следующий день, а не отсиживаться на Четвинд-Мьюз, потому что вышло только хуже. Эми притащила коробку с его вещами в «Лунный кит», и на следую-

---

[1] Большое спасибо, Рим... И я тебя тоже люблю *(ит.)*.

щий день, когда Левон вызвал всех к себе, Бетани посмотрела на Дина, а в ее глазах явственно читалось: «Трус». Дин с этим не спорил. Нехорошо вот так расставаться.

Он просыпается в отеле «Сральник». Все тело чешется. Дин разглядывает грудь и бока. Он весь изъеден клопами. Некоторые места кровоточат, — видно, он расчесал их во сне. «Эх, сигаретку бы сейчас!» Он встает, подходит к толчку помочиться. Моча пахнет куриным супом. Дину хочется пить. И есть. За последние сутки он съел... ровным счетом ничего. Он молотит в дверь. Кулакам больно.

— Эй!

Никого.

— Эй, кто-нибудь!

Никого. «Не сдавайся».

Он выстукивает на двери басовую партию из «Оставьте упованья».

Звучат шаги. Глазок открывается. Дин вспоминает клуб «Scotch of St. James».

— *Stai morendo?*[1]

«И что это значит?»

— *Acqua, per favore*[2], — говорит Дин.

В ответ звучит злобная отповедь по-итальянски. Глазок закрывается.

Ползет время. Заслонка внизу открывается. Завтрак почти такой же, как ужин. Хлеб черствее. Вместо воды — кофе в алюминиевой кружке, но пена на поверхности похожа на смачный харчок. Дин думает, как бы его оттуда выловить и выпить кофе, но представляет, какое удовольствие это доставит Ферлингетти, и не прикасается к кружке. А вот обыватели, средний класс, всякие там Клайвы и Миранды Холлоуэй, всю жизнь считают, что каждый полицейский — примерный страж закона. В памяти Дина невольно всплывает услышанный недавно лозунг:

Копов нахер!

    Копов нахер!

        Копов нахер!

---

[1] Ты что, умираешь? *(ит.)*

[2] Воды, пожалуйста *(ит.)*.

Дзинь-дзинь-дзинь-дзинь!
Дзинь-дзинь-дзинь-дзинь!
Дзинь-дзинь-дзинь-дзинь!

Дина разбудил дверной звонок в квартире на Четвинд-Мьюз. Голова раскалывалась. За день до этого группа играла на каком-то фестивале в чистом поле, неподалеку от Милтон-Кинс. Эльф уехала в Бирмингем, навестить Имоджен, Лоуренса и новорожденного племянника, Марка. Дин, Грифф и Джаспер вернулись на Зверюге в Лондон, закинулись колесами и пошли в клуб «Ad Lib». Джаспер с девушкой из олимпийской конноспортивной команды уехали к ней в Далич, Грифф ушел с коммивояжершей из «Эйвон», а Дин попытался обаять полукиприотку с насмешливыми глазами, но тут явился Род Стюарт и умыкнул ее у Дина из-под носа. К двум часам ночи от моря телок в клубе осталась жалкая лужица. Дин пошел домой пешком, уныло размышляя, что «свингующие шестидесятые» совсем не такие, как их описывают газеты. Если уж даже музыкант, которого показывали в телике не один раз, а целых два...

Дзинь-дзинь-дзинь-дзинь!

— Эй, Дин! Открывай! Я ботинки вижу!

Кенни Йервуд. Совесть заставила Дина подойти к двери. Его бывший закадычный друг жил теперь в Хаммерсмите, в коммуне, с девушкой по имени Флосс, которая обожала чечевицу и гадание на картах Таро. Дин был в гостях у своего однокашника по художественному училищу, участника распавшейся группы «Могильщики», ровно один раз. Кенни сыграл ему пару посредственных песенок собственного сочинения, предложил Дину их доработать, записать с «Утопия-авеню» и авторами указать Йервуда и Мосса. Дин посмеялся над шуткой, а потом понял, что Кенни говорил серьезно. С тех пор они больше не встречались. Кенни несколько раз звонил, но Дин для себя решил, что ему некогда перезванивать. Потом Грифф попал в аварию, и Кенни вообще вылетел у Дина из головы.

— Открывай, — заорал Кенни в щель почтового ящика, — не то я сейчас как дуну, так весь ваш дом и разлетится!

Дин распахнул двери и изумленно уставился на Кенни. Вместо бывшего грейвзендовского мода на пороге стоял хиппи из западного Лондона: кафтан, пончо, длинные волосы перехвачены повязкой.

— Сколько ни бегай, от меня не скроешься.

— Доброе утро, Кенни. Флосс, как дела?

— Утро давно прошло, — сказал Кенни.

— И скоро начнется демка, — сказала Флосс.

— Что-что? Какая демка?

— Самая крупная демонстрация десятилетия, — ответила Флосс. — Митинг протеста. Против американского геноцида во Вьетнаме. Собираемся на Трафальгарской площади и маршем идем к посольству США. Пойдешь?

Дин считал, что если правительство Соединенных Штатов, горя желанием превратить несчастную азиатскую страну в ад, отправляет на смерть десятки тысяч американских парней, то никакие марши по Оксфорд-стрит американцев не остановят. Не успел он об этом сказать, как по ступеням на крыльцо взошла девушка с пачкой «Мальборо».

— Привет, Дин. Меня зовут Лара. Пойдем, по дороге поговорим. А то пропустим Ванессу Редгрейв.

Лара выглядела яркой наклейкой на фоне серого мартовского полдня. На ней была распахнутая черная парка, джинсы и сапоги. Черные волосы перемежались алыми прядями. Она выглядела готовой ко всему. В Дине взыграла нерастраченная страсть.

— Сейчас, только куртку возьму.

Речи эхом отражались от здания Национальной галереи. «Американская военная машина не остановится, пока не уничтожит всех мужчин, женщин, детей, деревья, быков, собак и кошек...» На Трафальгарской площади толпились хиппи, студенты, профсоюзные активисты, участники Кампании за ядерное разоружение, троцкисты и многочисленные сторонники чего ни попадя. «Именно бессмысленная, самоубийственная война во Вьетнаме стала причиной экономического кризиса, грозящего Великобритании и США...» Сотни людей стояли на тротуарах, глядя, как полиция перекрывает Уайтхолл и Пэлл-Мэлл, ведущие к Даунинг-стрит и Букингемскому дворцу. «Мы приехали из Западной Германии, чтобы построить новое общество, лучшее будущее, чтобы отправить на свалку истории империализм, войну и капитализм...» От толпы исходил глухой гул. Кенни сказал, что на площади собралось тысяч десять, Флосс утверждала, что двадцать, а Лара настаивала, что все тридцать. Какова бы ни была точная цифра, от толпы исходила энергия, как от магистральной электросети. Дин почувствовал, как его нервная система подсоединяется к ней. У подножья колонны Нельсона реяли вьетконговские флаги. Люди передавали друг другу плакаты: «МЫ НЕ ПОЙДЕМ ВОЕВАТЬ!», «ВЬЕТКОНГ ПОБЕДИТ!», «МЫ — ТЕ, ПРОТИВ КОГО НАС ПРЕДОСТЕРЕГАЛИ РОДИТЕЛИ». Дин сомневался, что все это предотвратит бомбежку вьетнамских деревень стратегическими бомбардировщиками «Би-52».

После речей толпа рекой хлынула по Чаринг-Кросс-роуд. Кенни, Флосс, Лару и Дина вместе со всеми несло по течению. Мимо театра «Феникс», мимо Денмарк-стрит, мимо гитарного магазина «Сельмер», с которым Дин наконец-то расплатился за «фендер». Мимо двери в бывший клуб «UFO». На Тотнем-Корт-роуд толпа свернула влево, на Оксфорд-стрит. Из метро вышел юный прыщавый солдат. Мирные демонстранты завопили: «Скольких ты убил, солдатик?» Полицейский по-отечески взял паренька за плечо и втолкнул обратно в метро. «Да здравствует Хо Ши Мин! Да здравствует Хо Ши Мин!» Витрины на Оксфорд-стрит были закрыты стальными решетками, будто магазины готовились к вторжению. Дину показалось, что он заметил Мика Джаггера. Флосс и Кенни сказали, что, по слухам, Джон Леннон и его новая подружка, Йоко Оно, тоже принимают участие в демонстрации. Правда или нет, но Дин ощущал мощь и энергию. Единство с толпой. Улицы принадлежали им. Весь город принадлежал им.

— Ты чувствуешь? — спросила Лара.

— Ага, — ответил Дин. — Да, чувствую.

— Знаешь, как называется это чувство?

— Как?

— Революция.

Он покосился на нее.

Лара взглянула ему в глаза:

— Мы марширует с суфражистками, с колонной Дур-рути, с коммунарами, с чартистами, с круглоголовыми, с левеллерами, с Уотом Тайлером...

Дин постеснялся признаться, что не слышал о таких музыкантах.

— ...со всеми, кто не побоялся сказать власть имущим: «Да пошли вы все нахер!» Да, цели и программы меняются, но власть постоянно в движении, ею можно обладать лишь временно.

— Лара, а как твоя фамилия? — спросил Дин.

— Зачем тебе?

— По-моему, ты будешь знаменитой.

Лара закуривает «Мальборо».

— Лара Веронер Губитози.

— Ух ты, как... длинно.

— На свете не так много имен короче, чем Дин Мосс.

— А, ну да. А ты из Италии?

— Я много откуда.

Они свернули на Норт-Одли-стрит, откуда колонна демонстрантов брала на юг.

«Руки — прочь — от — Вьетнама! Руки — прочь — от — Вьетнама!» В окнах мэйферовских особняков белели лица. В двух кварталах на юг — площадь Гровенор-Сквер. Полицейские кордоны и полицейские фургоны стеной окружали посольство США — модернистский пятиэтажный бункер с орлом на крыше.

— А у эсэсовцев тоже была такая эмблема — орел? — спросила Флосс.

Участники марша заполнили улицы вокруг посольства. Толпа все прибывала. Полицейские, недооценившие число участников марша, никого не пропускали в зеленый сквер в центре площади. Тысячам демонстрантов впереди было некуда деваться. Заградительные барьеры не выдержали напора, их снесли сразу в нескольких местах. Дина сбили с ног, чей-то каблук вдавил его колено в траву. Над площадью пронесся рев, как перед футбольным матчем или

411

сражением. День, который начинался как безмятежный летний поп-хит, обернулся изнанкой, второй стороной, композицией с мрачными аккордами рока.

Лара Веронер Губитози помогла Дину подняться, прошептала ему на ухо: «Ну что, будем сеять братскую любовь?» — и их тут же разделила толпа. Пронзительно верещали свистки. Вздымались клубы дыма. Кенни и Флосс исчезли неизвестно куда. Солнце тускло светило сквозь тучи. «Копов нахер! Копов нахер! Копов нахер!» Полицейские кордоны вокруг площади стянулись к посольству. Кто на чьей стороне? Градом летели снаряды. Звон стекла, восторженный вопль: «Окно разбили!» Очередной ликующий крик: «Еще одно!» Толпа скандировала: «Хо! Хо! Хо Ши Мин! Хо! Хо! Хо Ши Мин!» Землетрясение? В Лондоне? Прямо на Дина неслись лошади. Конная полиция. Полицейские размахивали дубинками, как викторианские кавалеристы — саблями. Люди прятались под деревьями, где раскидистые кроны мешали всадникам. Дин заметался из стороны в сторону, чуть не попал под копыта, и еще, и еще, споткнулся и упал, чудом увернувшись от удара дубинки по черепу. Копыто впечаталось в траву совсем рядом с головой. Дин поднялся на четвереньки, вскочил на ноги. К ладони прилип чей-то парик. Какой-то тип в маске Линдона Джонсона швырнул в полицейских дымовую шашку. Дин бросился бежать прочь, но больше не понимал, где какая сторона. Полицейские и демонстранты смешались, теснили друг друга повсюду. Все громче и громче звучало: «Хо! Хо! Хо Ши Мин! Хо! Хо! Хо Ши Мин!» Полицейские кого-то поймали, повалили на землю, принялись пинать и избивать дубинками. «Вот тебе мир и любовь!» А потом за волосы оттащили его в сторону. «С дороги!» На носилках пронесли полицейского; разбитое в кровь лицо — как витрина мясной лавки. Дин хотел поскорее выбраться с Гровенор-Сквер. Через два дня «Утопия-авеню» улетала в Италию. Если арестуют, будет плохо, но еще хуже, если, не дай бог, сломают или отдавят руку. Но где выход? Брук-стрит перекрыта полицейскими фургонами; в них без разбору швыряют участников марша. «Копов нахер! Копов нахер! Копов нахер!» К Дину на полном скаку мчалась черная лошадь. Чья-то рука схватила его за шиворот, втащила на крыльцо.

— Мик Джаггер?

Спаситель Дина помотал головой:

— Не-а, я пародист. Ступай вон туда, уличному бойцу тут не место. — Он махнул в сторону Карлос-Плейс. Там полицейские выпускали людей с площади.

Ни на кого не глядя, Дин протиснулся через полицейский кордон. На ум пришла заключительная строчка детской потешки: «Вот возьму я острый меч — и головка твоя с плеч!» Он пошел по Адамс-роу. В подворотне трое парней избивали одного хиппи. Все трое бритоголовые, как монахи, на одном футболка с американским флагом. Кто они? Не моды, не рокеры, не тедди-бои. Били и пинали сосредоточенно, прицельно. Хиппи дрожащим клубком корчился на земле. Один из бритоголовых заметил Дина:

— Чё, и тебя отметелить? Щас сообразим, мудила...

Взвесив все за и против, Дин пошел дальше...

«...как трус». Дин вспоминает это в полицейском клоповнике где-то в пригороде Рима. На следующий день выяснилось, что Кенни арестован. Ему разбили нос. «А теперь моя очередь провести ночь в тюремной камере». Если бы Гарри Моффат сейчас увидел Дина, то лопнул бы со смеху. «Я ж говорил!» А может, и нет. За день до отъезда в Италию Дин получил письмо от Рэя. Знакомый из общества анонимных алкоголиков помог Гарри Моффату устроиться на работу. Ночным сторожем. Но его предупредили, что, если он сорвется и уйдет в запой, его тут же уволят. «А сейчас он несет ночной дозор. Как в песне Джаспера. Рэй говорит, что он сильно изменился. Может, Рэй прав. Может, я так долго на него злюсь, что, кроме злобы, ничего не замечаю».

Мимо Дина пролетает комар.

Садится на стену, совсем рядом с головой.

Дин прихлопывает его ладонью и рассматривает пятно на стене.

«А помнишь, как этот гад маму ремнем хлестал? Такое не простишь...»

Приносят обед — кружку растворимого супа. Какого именно, определить невозможно. Можно только надеяться, что в кружку не плюнули. На подносе лежит яблоко и три печенья, на которых выдавлено: «TARALUCCI». Печенья безвкусные, но сладковатые. К двери приближаются тяжелые шаги, в замке скрежещет ключ. Грузный надзиратель жестикулирует, велит Дину выходить:

— *Veni.*

— Меня выпустили? — с надеждой спрашивает Дин.

— *Hai uno visitatore*[1].

Комнату без окон — допросную — освещает флуоресцентная лампа, засиженная мухами, живыми и дохлыми. Дин сидит за столом. В одиночестве. За дверью слышен стрекот пишущей машинки. Двое смеются. Ковыляют минуты. Смех не смолкает. Дверь открывается.

— Мистер Мосс. — Англичанин в светлом костюме перебирает бумаги, глядит поверх очков в золотой оправе. — Меня зовут Мортон Симондс, из консульства ее величества.

«Из военных», — думает Дин.

— Добрый день, мистер Симондс.

— Добрый, но не для вас. — Он распрямляет плечи, разворачивает итальянскую газету, кладет ее перед Дином и указывает на фотографию. — Ваш мистер Фрэнкленд вряд ли добивался такой известности.

На снимке Дина Мосса в наручниках ведут по залу регистрации.

— Это центральная газета?

— Совершенно верно.

«В таком случае наш мистер Фрэнкленд с ума сойдет от радости».

— Хорошо, что меня сфотографировали в выгодном ракурсе.

Молчание.

— По-вашему, это все шутка?

---

[1] К тебе посетитель (*ит.*).

414

— Не знаю насчет шутки, но то, как со мной тут обращаются, — это просто фарс. А что с остальными?

Мортон Симондс хмыкает:

— Мистер де Зут и мистер Гриффин освобождены. Никаких обвинений им не предъявляют. Они поселились в *pensione*[1] неподалеку от аэропорта. Мистера Фрэнкленда допрашивают на предмет уклонения от уплаты налогов и нарушения правил валютного контроля.

— И что это означает?

Вздох.

— Нельзя просто так вывезти из страны пять тысяч долларов. Это противозаконно.

— Во-первых, не пять тысяч, а две. А во-вторых, мы их честно заработали.

— Это не имеет значения. И вас это не касается. Вас обвиняют в нанесении телесных повреждений, а также... — Мортон Симондс сверяется с досье, — в нападении на сотрудника полиции, в оказании сопротивления при задержании и, самое серьезное, — в контрабанде и распространении наркотиков. — Он смотрит на Дина. — По-вашему, это шутка?

— Дерьмо это, вот что я вам скажу. Это меня избили. Вот, видите? — Дин встал, расстегнул рубашку и продемонстрировал синяки. — Может быть, я случайно лягнул журналиста, потому что он ослепил меня вспышкой. А наркоту мне подкинули.

— А полицейские утверждают обратное. — Консул находит нужное место в газетной статье. — Вот, пожалуйста: «Капитан Ферлингетти из Финансовой полиции заявил журналистам: „Вне всякого сомнения, наше отношение к подобным хулиганским выходкам продемонстрирует знаменитым гостям страны, что любое нарушение итальянского законодательства приведет к плачевным результатам“». Мистер Мосс, как ни прискорбно, но вам грозит тюремное заключение.

— Но я не совершал того, в чем меня обвиняют.

---

[1] Пансион, небольшая гостиница (*ит.*).

— Это ваши слова против слов капитана итальянской полиции. Если вас признают виновным, то посадят в тюрьму как минимум на три года.

«Нет, до этого не дойдет. До этого не дойдет».

— А мне полагается адвокат? Или судить будут с помощью колдовства?

— Вам назначат адвоката, но я за него ручаться не могу. Итальянское судопроизводство весьма неповоротливо. До суда вас продержат под стражей. Как минимум год.

Перед мысленным взором Дина возникает его тюремная камера.

— А как же освобождение под залог?

— Не выйдет. Судья решит, что вы попытаетесь скрыться от правосудия.

— Так зачем же вы сюда пришли, мистер Симондс? Полюбоваться на придурка с девчачьей прической? Или вы все-таки помогаете и тем, кто не оканчивал всяких там оксфордов и кембриджей?

Симондс удивленно гнет бровь:

— Я подам стандартное ходатайство о снисхождении ввиду вашей молодости и неопытности.

— И когда будет известен результат? Сегодня?

— Понедельник — день медленный. Если повезет, то уведомят в среду.

— А быстрые дни в Италии есть?

— Нет. Вдобавок надвигаются выборы...

— И сколько меня здесь еще будут мариновать? Когда должны официально выдвинуть обвинения?

— В течение трех суток. Или позже, если судья санкционирует продление расследования. А в вашем случае это вполне возможно.

— Ну хоть с друзьями можно увидеться?

— Я спрошу, но, скорее всего, капитан не разрешит никаких свиданий, чтобы вы не вздумали согласовывать показания.

— У нас и так одни и те же показания: «Продажный мини-Муссолини подкинул наркоту невиновному британцу». Да, и можно мне зубную щетку и чистую одежку? Здесь не камера, а помойка.

— «Хилтона» вам никто не обещал, мистер Мосс.

«Мудак».

— Я «Хилтона» не требую. Мне бы матрас без клопов. Вот, взгляните. Я весь искусанный.

Симондс смотрит:

— Я похлопочу о матрасе.

— А сигаретки у вас, случайно, нет?

— Мистер Мосс, это не разрешено.

В камере Дина медленно умирают часы и минуты. Он представляет себе, как Ферлингетти представляет себе сломленного Дина. Единственный возможный ответ на это — не сломиться. На воображаемом «фендере» Дин проигрывает басовые партии из альбома «Рай — это дорога в Рай», песню за песней. На воображаемой акустической гитаре исполняет «Blues Run the Game»[1]. Вспоминает квартиру на Четвинд-Мьюз, исследует ее, комната за комнатой, отыскивает мелкие подробности, сохраненные в закоулках памяти: запахи, паркетины под ногой в носке; «летучий голландец» в вазоне; табачная жестянка, в которой хранится запас травки; пират, нарисованный на крышке жестянки; то, как плотно прилегает крышка... Представляет, что все это придется воображать в течение ближайших трех лет. Ощущает первую трещину надлома. «Прекрати». В кормушку под дверью просовывают кувшин воды, обмылок и старую зубную щетку. Половину воды Дин выпивает, а остальной ополаскивается над толчком. К зубной щетке не прикасается. За зарешеченным окном сгущаются сумерки второго дня заточения. Включается лампочка. Дин слышит писк комара, видит комара, отслеживает комара, прихлопывает комара. «Прости, дружище, но тут уж либо ты, либо я». Делает сотню отжиманий. Трусы́ липнут к коже. Лампочка выключается. «А вдруг меня не выпустят? Вдруг я больше никогда не увижу Эльф, Рэя, Джаспера, Гриффа, бабулю Мосс и Билла?..»

Дин ложится на кровать. Кровать скрипит.

---

[1] «Блюз заправляет игрой» *(англ.)*.

«Нет, я их когда-нибудь увижу. А Грифф никогда больше не увидит брата. Имоджен никогда больше не увидит сына. Эльф никогда больше не увидит племянника. Их свечи погасли. А моя свеча еще горит...»

В сердце вечного лабиринта, именуемого Римом, Дин набрел на малоприметную площадь. На синей проржавевшей табличке было написано: «Piazza della Nespola». Под деревом играли в шахматы старики. Сплетничали женщины. Мальчишки смеялись, дурачились и гоняли мяч. На них смотрели девчонки. Ковылял трехногий пес. Было жарко. В Грейвзенде не бывает такой жары. От каменных плит и брусчатки пьяццы тянуло полуденным жаром. Кто-то играл на кларнете, но Дин не мог понять, с какого балкона или из какого окна доносится мелодия. Он пожалел, что не может записать ее со слуха, как Джаспер или Эльф. Потом мелодия пропадет. Он знал, что пора возвращаться в гостиницу, за мостом, за рекой, но какие-то чары не отпускали. На красно-розовых стенах, на облупленной штукатурке, на терракотовых кирпичах виднелись граффити: «CHIEDIAMO L'IMPOSSIBILE»[1] и «LUCREZIA TI AMERÒ PER SEMPRE»[2] и «OPPRESSIONE = TERRORISMO»[3]. В прорехи неба струились скворцы. Дин прошел через узкие высокие ворота, поднялся по ступенькам в церковь. В сумраке сверкала позолота. Пахло благовониями. Люди входили, зажигали свечи, опускались на колени, молились и выходили, как посетители на почтамте. Дин был неверующим, но здесь это не имело значения. Он поставил поминальную свечу: для мамы, для Стивена Гриффина, для Марка, племянника Эльф. И еще одну, заздравную: для Рэя, Ширли и Уэйна; для бабули Мосс и Билла; для Эльф, Джаспера, Левона и Гриффа. Пел хор. Столпы чистых звуков возносились к высоким сводам. Дин ушел, но часть его навсегда осталась в этой церкви. В эту лакуну времени и пространства он будет нередко возвращаться, в памяти и в снах. Это место стало

---

[1] «Мы просим невозможного» (*ит.*).
[2] «Лукреция, я буду любить тебя всегда» (*ит.*).
[3] «Угнетение = Терроризм» (*ит.*).

частью его самого. В каждой жизни, в каждом повороте колеса есть несколько таких лакун. Причал на реке, узкая кровать под чердачным окном, эстрада в сумеречном парке, неприметная церковь на неприметной площади. Свечи у алтаря не гасли.

Начинается день третий. Вторник. «Эльф и Бетани уже обо всем узнали». На Дине снова пируют клопы. «Интересно, Симондс сказал Ферлингетти про матрас? Ох, сигаретку бы...» Род Демпси рассказывал, что британские тюрьмы — как дешевый хостел. Ну да, там все сбиваются в шайки и банды, но если не высовываться, то жить можно. А вот выживет ли он в итальянской тюрьме? Он же не знает языка... А что будет, когда он выйдет на свободу? Джонни Кэш после отсидки сделал карьеру, но Дин ведь не Джонни Кэш. И не сидеть же Джасперу и Эльф без дела до 1971 года... За дверью слышны тяжелые шаги. Сдвигается заслонка. В камеру просовывают поднос с завтраком.

— Где мои друзья? Где адвокат? Где Ферлингетти?

На подносе все то же, что и вчера.

— Новая камера? Новый матрас? Посол? Сигарета? — кричит Дин в отверстие. — Кто-нибудь помнит о моем существовании?

Отверстие закрывается. Дин съедает хлеб. Снимает пену с кофе, пьет. Вспоминает яблочный пирог бабули Мосс, жареную рыбу с картошкой. Оставляет vassoio у заслонки. «Не зли надзирателей, — предупреждал его Род Демпси. — От них зависит, будешь ты жить или сдохнешь...»

Дин задумывается, подал Симондс ходатайство или еще нет. Поверят ли Эльф и Бетани, что он действительно такой идиот и пытался пронести дурь через аэропорт? Как там Имоджен? За дверью слышны тяжелые шаги. Дин почти уверен, что это грузный надзиратель. Заслонка открывается. Поднос забирают, вместо него появляется рулон туалетной бумаги. Заслонка задвигается. Туалетной бумаги больше, чем вчера. «Почему? Неужели меня не собираются выпускать?»

Дин раздумывает о том, что называют «свободой».

Она была у него всю жизнь, а он ее не замечал.

Время проходит. Время проходит. Время проходит.

Приближаются шаги. Заслонка в двери открывается.

В камеру просовывают поднос. Хлеб, банан и вода.

«Обед». Банан перезрелый, мылится. Дину все равно.

Симондс сказал, что обвинения должны предъявить в течение трех суток.

Ферлингетти дал понять, чье слово здесь закон.

Дин оставляет поднос у двери.

«Да, сэр, нет, сэр, шерсти три мешка, сэр...»

Если заключенный ведет себя хорошо, ему дадут еще один банан.

«Я воображал, будто знаю, что такое скука. Ничего подобного!

Неудивительно, что в тюрьмах всегда подсаживаются на наркоту.

Не для того, чтобы поймать кайф, а для того, чтобы убить время, иначе время убьет тебя».

Из будущего навстречу Дину маршируют колонны дней, недель, месяцев и лет, вооруженные до зубов. Первое слушание. Перевод в настоящую тюрьму. «Когда моим сокамерником окажется сексуально озабоченный псих с мандавошками, я буду вспоминать эту скуку и думать: „Эх, были славные денечки...“»

Дин заставляет себя сделать сотню отжиманий.

«Ага, в тюремной камере оно тебе поможет... размечтался...»

Нижнее белье до ужаса грязное. В прачечной близ Четвинд-Мьюз дожидается стопка выстиранного белья. Чистого, душистого. Вот только дотуда — как до Луны.

Квадраты лунного света лежат на бетонном полу. День третий не ознаменовался ничем. На этой неделе в студии «Пыльная лачуга» Дин должен записывать демку «Ночного дозора». Или «Крючок». В животе урчит. На ужин дали кувшин воды, черствую булку, кусочек колбасы и плошку холодной рисовой каши. Поболтать бы с кем... Неудивительно, что в тюрьме сходят с ума. Вот говорят, пока жив, есть надежда. Но у каждой поговорки есть изнанка. Вторая сторона. Изнанка этой поговорки в том, что надежда не дает приспособиться к новой действительности. Дин — заключенный. Заключенные не становятся поп-звездами. Наверное, про его арест уже написали в «Мелоди мейкер». И Эми в своей статье заявила, что Дина следует держать под замком и не выпускать. А журналюги с Флит-стрит с ней согласятся. Если, конечно, вообще заметят, что автора нескольких песен группы «Утопия-авеню» арестовали в Италии. «Браво, Италия! В тюрягу его!» Обыватели не поверят, что ему подбросили марихуану. Обыватели верят тому, что пишут в газетах. Может, бабуля Мосс и тетки не поверят, но Гарри Моффат поверит обязательно. Захочет поверить...

«А вдруг Гарри Моффат умрет, пока я буду отбывать срок?»

Алкоголики вообще долго не живут.

— Для меня Гарри Моффат мертв, — заявляет Дин камере.

«Если это так, почему ты о нем все время вспоминаешь?»

Давным-давно, в Грейвзенде, мальчишки постарше отняли у Дина школьный ранец и сбросили на железнодорожную насыпь за ограждением. Дин пришел домой в слезах. Отец посадил его в машину и возил по городу до тех пор, пока обидчиков не нашли. «Подожди здесь, сынок», — велел Гарри Моффат и направился к подросткам. Дин не слышал, что говорил отец, но видел, как нахальные лица мальчишек исказил страх. Гарри Моффат вернулся за руль и сказал: «Больше они к тебе не пристанут, сынок».

Гораздо проще думать о Гарри Моффате как о монстре.

Лунный свет пропал. В камере темно.

Может быть, ночное небо затянулось тучами.

А может, луна сместилась.

Шум дождя. День четвертый. Вторник. Нет. Среда. Среда? Сегодня что-то должно произойти. Почему?

«Почему сегодня что-то должно произойти?»

Вонь из толчка усилилась. Дин складывает тюремное одеяло, чистит зубы тюремной зубной щеткой.

И что дальше?

Эх, сигаретку бы.

Или блокнот и ручку. Хочется сочинить песню, но если он придумает классные строчки, а потом их забудет, то всю жизнь будет мучиться.

«Придется заучить». Дин вспоминает старый блюзовый зачин: «Очнулся в отеле „Сральник“...» Нет, нельзя. Би-би-си запретит, сингл провалится. А если...

В дверном замке скрежещет ключ.

Грузный надзиратель лениво машет рукой, мол, на выход.

Дин входит в допросную. Ему навстречу встает Левон. Он гладко выбрит, в свежей рубашке. «Хороший признак». Грузный надзиратель запирает дверь на замок.

— Ах ты черт, — вздыхает Дин. — Я б тебя обнял!

Левон распахивает объятия:

— Обещаю, это чисто платонически.

Дин три дня жил без улыбки.

— Поосторожнее, как бы моя вонь тебя с ног не сшибла. Что происходит? Где все? Вас выпустили?

— Да. Джаспер и Грифф в полном порядке, волнуются за тебя.

— Эльф?

— Они с Бетани созвонились. Просто ужас, конечно. Но давай по порядку. Как ты?

— Ну, как тебе сказать... Симондс из консульства намекал, что мне грозит три года тюрьмы.

— Глупости. Адвокаты Гюнтера уже в пути. И вообще, нас задержали незаконно, без всяких на то оснований. А то, что у тебя якобы обнаружили наркотики... Знаешь, у нас мало времени, поэтому слушай меня внимательно. Сейчас придут мистер Симондс и бравый капитан Ферлингетти, принесут документ с текстом твоего покаянного признания и извинений. «Простите, что я ударил полицейского. Я не знал, что хранить марихуану незаконно. Отпустите меня, я больше так не буду, я исправлюсь». Как только ты подпишешь бумагу, тебя выпустят...

Дин с облегчением вздыхает: «Я вернусь домой...»

— Но я все-таки тебя прошу ничего не подписывать.

— Ты шутишь? — «Нет, не шутит». — А почему?

— В воскресенье я обратился к канадскому консулу и попросил его связаться кое с кем в Лондоне. В понедельник Бетани обзвонила всех наших друзей и знакомых, в частности мисс Эми Боксер.

— Эми? — кривится Дин. — Она же...

— Отсмеявшись, она написала заметку в триста слов про то, какую подлость подстроили наглые итальяшки многообещающей британской рок-группе «Утопия-авеню», и отправила ее приятелю в «Ивнинг стэндард». Статью опубликовали в понедельник вечером.

— Эми сделала все это ради меня? — недоверчиво уточняет Дин.

— Эми сделала это ради Эми. Главное, что она это сделала. А после того, как статья появилась в «Ивнинг стэндард», позвонили из «Миррор».

— Из «Рекорд миррор»?

— Нет, из «Дейли миррор». Центральная газета, тираж пять миллионов экземпляров. Вчера утром пять миллионов читателей узнали, что Дину Моссу, знаменитому британскому рок-гитаристу из рабочей семьи, грозят тридцать лет итальянской тюрьмы за преступление, которого он не совершал.

— Тридцать лет? Симондс же говорил про три...

Левон пожимает плечами:

— Я не виноват, что они не проверяют факты. Дальше — больше. Эксклюзивный разворот в «Ивнинг стэндард», интервью с невестой Дина Мосса, музыкальной журналисткой Эми Боксер. «„Господи, спаси и сохрани моего Дина от ужасов итальянского тюремного ада“, — умоляет возлюбленная прославленного гитариста...» Лучшей рекламы не придумаешь.

— Угу. Между прочим, на прощанье Эми мне сказала: «Я вызываю полицию».

— Ну и что? В газетах же не об этом пишут. Там написано совсем другое. И фотографии Эми за молитвой в католической церкви на Сохо-Сквер.

— Эми? Да по сравнению с ней Мао Цзэдун — истинный христианин.

— В общем-то, я знал, что она талантлива, но это было просто гениально. Бэт Сегундо посвятил тебе свою передачу и крутил одну за другой «Пурпурное пламя», «Мону Лизу» и «Темную комнату». «Файнэншл таймс» упомянули тебя в статье о британских гражданах, пострадавших от коррумпированного заграничного правосудия. Но и это еще не все. Лучшее я приберег напоследок. Мы провели вигилию.

— Что еще за вигилию? — спрашивает Дин. — В смысле, что это вообще такое?

— Всенощное бдение двухсот поклонников «Утопия-авеню» перед итальянским посольством. Плакаты «Свободу Дину Моссу!». В квартире напротив посольства всю ночь крутили наш альбом, на полную громкость. Гарольд Пинтер обещал завтра присоединиться. И Брайан Джонс тоже, если не проспит. Эльф собирается выступить с проникновенной речью, несмотря на трагические семейные обстоятельства. Даже погода на нашей стороне. В общем, сплошной позор для Италии.

Дин в растерянности.

— А почему полиция не разгоняет ваше бдение?

— Ну, это чисто лондонская особенность. Переулок, где находится посольство, стоит на частной земле. Согнать нас оттуда можно только по требованию землевладельца. А пока с ним свяжутся, пройдут недели. Полиция может только охранять здание посольства, а нас и пальцем не тронет.

Дина наконец-то осеняет.

— А тем временем про нас пишут в газетах. Реклама, сплошная реклама.

— Бетани ежеминутно названивают журналисты. Отовсюду, даже из Америки. Синглы и альбом сметают с полок в магазинах. Звонил Гюнтер, передает тебе горячий привет. «Илекс» спешно выпускает еще тридцать тысяч экземпляров «Рая». И... — Левон складывает ладони шалашиком, — если ты проведешь и эту ночь в заключении, то завтра утром в Рим прилетает Феликс Финч из «Лондон пост». Он возьмет у нас интервью и вместе с нами вернется в Лондон. В пятницу. Когда тебя выпустят.

— И сколько «Лондон пост» нам заплатит за это интервью?

— Сначала они предложили две, но я упомянул «Ньюс оф зе уорлд», и мы сговорились на четырех.

— Четыре сотни за интервью? Класс!

Левон мило улыбается:

— Четыре тысячи, мой мальчик.

Дин таращит глаза:

— Ты же не шутишь, когда речь идет о деньгах.

— А я и не шучу. Поэтому предлагаю вот что: две тысячи из четырех получишь ты. В конце концов, это ты сидишь в кутузке. А оставшиеся две тысячи будем считать гонораром, который украл у нас Ферлингетти. Твоя доля — двадцать процентов. Согласен?

«Две тысячи за шесть дней в камере? Это же больше, чем Рэй зарабатывает за год!»

— Да!

Входят Симондс и Ферлингетти.

— Мистер Симондс, — говорит Дин. — Капитан Ферлингетти.

Все усаживаются за стол.

— Надеюсь, мистер Фрэнкленд объяснил вам, мистер Мосс, — начинает Симондс, — что в данном случае вы отделаетесь легким испугом. Вас пожурят и выпустят.

Ферлингетти кладет перед Дином ручку и листок с машинописным текстом на итальянском и английском. Дин читает его по диагонали, выхватывает слова: «признание», «правонарушение», «незаконное хранение марихуаны», «нападение», «глубокое раскаяние», «искренние извинения» и «нет претензий».

Дин разрывает листок пополам.

У Ферлингетти отвисает челюсть, как у злодея в комиксе.

Симондс удивленно раздувает ноздри.

На лице Левона явственно читается: «Молодец».

— Ты не хочешь на свободу? — спрашивает Ферлингетти.

— Хочу, конечно, — говорит Дин Симондсу. — Но, во-первых, я не нападал на полицейских, а во-вторых, марихуану мне подложили. Надеюсь, вы мне все-таки поверили. Потому что если бы вы не верили в мою невиновность, то не стали бы со мной встречаться. Так ведь?

— Итальянское правительство решило проявить к вам снисхождение, — обеспокоенно поясняет Симондс. — Я настоятельно рекомендую вам согласиться на предложенные условия.

Ферлингетти раздраженно выпускает в консула пулеметную очередь итальянских фраз. Симондс невозмутимо выслушивает его и обращается к Дину:

— Он говорит, что в случае отказа не гарантирует вашего освобождения.

— Послушайте, здесь ведь явное недоразумение, — отвечает Дин. — Итальянские полицейские меня избили. Вот этот самый... — он, не глядя, указывает пальцем на капитана, — Ферлингетти подбросил мне наркотики. Это передо мной должны извиниться, мистер Симондс. Точнее, я требую извинений. В письменном виде. А до тех пор... — Дин встает и вытягивает перед собой сложенные руки, — я останусь в отеле «Сральник».

Ферлингетти злобно, но с заметным беспокойством смотрит на него.

Симондс говорит Левону:

— Если вы решили таким дешевым трюком заработать бесплатную рекламу, то, предупреждаю, вы играете с огнем. Речь идет о свободе этого молодого человека.

— Минуточку, — говорит Левон, записывая что-то в блокнот. — Феликс Финч, известный британский обозреватель, просил меня зафиксировать все подробности нашей беседы. К сожалению, сам он не смог присутствовать на этой встрече, поскольку прилетает только завтра, но... Итак... «дешевый трюк...», «играете с огнем...» Что там еще? Ничего подобного. Уверяю вас, это решение самого Дина. Я умолял его согласиться на ваше предложение. Но, как видите, Дин обладает несгибаемой силой духа и...

— Послушайте, мистер Симондс, — вмешивается Дин. — Разумеется, вы порядочный человек. Просто мы друг друга не сразу поняли. Извините. Я был напуган. Посмотрите мне в глаза. Вот если бы вы были на моем месте... и ни в чем не виноваты... Вы бы подписали эту бумагу?

Консульский работник ее величества шмыгает носом, отводит взгляд, снова смотрит на Дина, морщится и глубоко вздыхает...

На летном поле аэропорта Хитроу рейс BA546 встречают Альберт Мюррей, депутат парламента от округа Грейвзенд, и фотограф газеты «Пост». Закат полыхает в вечернем небе, как взорванный броненосец. Дина, Левона, Гриффа и Джаспера, который еще не пришел в себя после перелета, отводят в сторону, чтобы представить всех и обменяться рукопожатиями, но тут их замечают пятьдесят, или шестьдесят, или семьдесят девчонок на смотровой площадке терминала и истошно верещат: «ДИИИИИИИИИИИН!» С поручней свисают плакаты «С ВОЗВРАЩЕНИЕМ ДОМОЙ, ДИН!». Дин машет рукой и думает: «Ну, *The Beatles* и *The Monkees* встречают сотни, но начиналось-то все с десятков...» Вдобавок на плакатах написано не «Джаспер» и не «Грифф», а «ДИН».

«ДИИИИИИИИИИИН!»

Левон берет его под локоть, подводит к депутату:

— Мы очень признательны, мистер Мюррей, за то, что вы нашли время с нами встретиться. И обеспечили нам такую великолепную погоду...

— Отважному сыну Грейвзенда — все самое лучшее. Мы гордимся его музыкой, но еще больше — героической стойкостью его духа...

— Феликс Финч, сэр, — вмешивается обозреватель. — Газета «Пост». А не могли бы вы подробнее рассказать о героической стойкости его духа...

— С удовольствием. Итальянские гестаповцы изо всех сил пытались сломить нашего Дина. Но им это не удалось. Он героически сопротивлялся. Я иногда почитываю ваши обзоры, мистер Финч, и знаю, что наши политические взгляды во многом не совпадают, но в данном случае и вы, убежденный тори, и я, социалист, не можем не согласиться, что в этом проклятом итальянском каземате Дин Мосс проявил истинно британский дух. Правда?

— Действительно, с этим невозможно не согласить-ся, мистер Мюррей. — Карандаш Финча записывает каж-дое слово депутата. — Великолепно сказано. Замечательно.

— Что ж, давайте-ка фотографироваться, — говорит Альберт Мюррей.

Обозреватель, политик, менеджер и «Утопия-авеню» застывают под вспышками фотокамер.

Служащий аэропорта проводит «Утопия-авеню» через зону прилета высокопоставленных лиц. Пограничник го-ворит Дину, что паспорт можно не предъявлять, и просит оставить автограф в блокноте дочери: «Бекки, с любовью». Дин благосклонно соглашается. Ступени ведут в коридор, к следующим ступеням, и наконец все попадают в неболь-шую приемную, примыкающую к шумному конференц-за-лу. Здесь их ждут Эльф, Бетани, Рэй, Тед Сильвер, Гюнтер Маркс и Виктор Френч из «Илекса». Первым делом Дин обнимает Эльф. Она выглядит отрешенной, совсем как Грифф после смерти Стива.

— Спасибо, что пришли, — шепчет Дин.

— С возвращением. Ты отощал.

— Ну что, нагулялись в Италии? — спрашивает Бетани.

— Бабуля Мосс, Билл и тетки передают тебе привет, — говорит Рэй. — Они уже было начали готовить тебе побег, представляешь?

— Энцо Эндрицци ославили на всю Европу и заклей-мили аферистом. Его карьера промоутера кончена, — гово-рит Тед Сильвер.

— Ты сочинил тюремную балладу? — спрашивает Вик-тор Френч.

— Выпустим сингл перед следующим альбомом, — го-ворит Гюнтер.

Дин, поразмыслив, уточняет:

— Перед *следующим* альбомом?

Немец почти не может сдержать улыбки.

— Ведутся переговоры.

«А я-то думал, что лучше и быть не может».

Дин вопросительно смотрит на Левона.

— Гюнтер хотел первым сообщить тебе приятную но-вость, — поясняет Левон.

— Надо, чтобы нас почаще арестовывали, — говорит Грифф.

— Только в следующий раз пусть в каталажку сажают тебя, — отвечает Дин.

Гриф хохочет. Даже Джаспер выглядит довольным. Ну, как Джаспер. Эльф... так сразу и не разберешь. Виктор Френч выглядывает в щелку жалюзи:

— Эй, вы только гляньте!

Все смотрят в щелку. В зале собрались человек тридцать — репортеры и фотографы. Все ждут пресс-конференции. Впереди телекамера с надписью на боку «ТЕМЗА-ТВ».

— А это — начало следующей главы, — объявляет Левон.

Даже пролески...

●

Такси отъезжает. Эльф смотрит на дом Имоджен и Лоуренса. Чемодан стоит у ее ног. Крыльцо увито цветущей жимолостью. Отцовский «ровер» стоит на подъездной дорожке, за Лоуренсовым «моррисом». Еще один автомобиль, наверное, родителей Лоуренса. После бессонной ночи в голове все путается, плывет: прощание с Дином и остальными в Риме, дорога в аэропорт; полет; лабиринт Хитроу; автобус до Бирмингема; такси... «Быстрее, быстрее...» А сейчас, перед самым домом, решимость улетучивается. «Что сказать Имми? Что сделать?» Апрельский день издевательски прекрасен. Где-то совсем рядом распевает дрозд. На ум приходит слово «тренодия». Когда-то Эльф знала, что оно значит, но теперь не помнит. «Подготовиться к такому невозможно, так что давай просто...» Она берет чемодан, подходит к двери. Шторы в спальне наверху задернуты. Эльф тихонько стучит в окно первого этажа. Может, Имоджен спит. В щелку между тюлевыми занавесками выглядывает мама. Совсем близко. Обычно в ее глазах вспыхивает радостный огонек. Но сегодня — не обычно.

Лоуренс, его родители, Беа и родители Эльф встречают ее в гостиной. Все говорят шепотом. Имоджен наверху. «Отдыхает». Лоуренс несчастен, надломлен и выглядит на пять лет старше, чем две недели назад, когда Эльф приезжала в гости. Она выражает ему соболезнования, мысленно корит себя за беспомощные слова. Лоуренс кивает. Отец Эльф и мистер Синклер всем своим видом выражают неуверенность в том, что же им следует выражать. Эльфина мама, миссис Синклер и Беа тихонько всхлипывают. У всех заплаканные глаза. Беа уводит Эльф на кухню.

— Марк только-только начал спать по ночам. В пятницу около полуночи Имми его покормила и уложила в кроватку. Потом они с Лоуренсом уснули. Имми проснулась в полседьмого, подумала, как хорошо, что Марк за ночь ни разу не проснулся, пошла к нему в детскую... — Беа зажмуривает полные слез глаза, вдыхает, выдыхает, вдыхает, выдыхает. Эльф обнимает сестру. — Ну и... Марк лежал в кроватке... не дышал...

Вскипевший электрочайник щелкает и выключается.

— Лоуренс вызвал «скорую», но... Было уже поздно. Имми вкололи успокоительное. Лоуренс сначала позвонил своим родителям, а они позвонили нашим. Мама с папой приехали вчера, а я — сегодня утром. Папа позвонил в больницу, куда... — Беа шумно сглатывает, — куда увезли Марка. Коронер сказал, что есть подозрение на порок сердца, но точно покажет только вскрытие, завтра или во вторник, в зависимости от... — Она на миг умолкает. — От того, сколько человек умрет в Бирмингеме за выходные. Прости, не знаю, как лучше сказать. Я всю ночь глаз не сомкнула.

— Я тоже. Успокойся.

Беа комкает бумажную салфетку.

— Мы их целыми коробками расходуем, одну за другой. О макияже думать не хочется.

— Ты видела Имми? — спрашивает Эльф.

— Сегодня утром, мельком. Ей очень плохо. Вчера она почти весь день спала. А когда не спит, то рыдает. Глотает валиум. Ненадолго вышла к маме, а так все время в спальне. Лоуренс с ней сидит. На всякий случай. Вчера я позвонила в «Лунный кит», где-то после обеда. Не помню. Часа в два. Бетани позвонила в агентство вашего итальянского промоутера, перезвонила мне, сказала, что оставила сообщение у секретаря в Риме... В чем дело, Эльф?

Эльф соображает, что Энцо Эндрицци знал о смерти Марка перед концертом в театре «Меркурио», но ничего не сказал. Чтобы не отменять выступление.

— Мне сообщили только в полночь.

— Ну, тут уж без разницы когда. Я заварю чаю. Тут где-то было печенье.

Шаги на лестнице. На кухню заглядывает Лоуренс:

— Эльф? Она тебя зовет.

Эльф стыдно, что Имми хочет видеть ее, а не Беа, маму или свекровь.

— Прямо сейчас?

— Отнеси ей тоже, — говорит Беа.

— Пусть поговорит с сестрой, — вздыхает миссис Синклер.

Эльф поднимается по забранной ковром лестнице. На двери детской налеплены буквы «М», «А», «Р» и «К». «Их больно видеть, а еще больнее — снимать», — догадывается Эльф. Она заглядывает в детскую. Две голубые и две розовые стены, над кроваткой подвеска с утятами, распятие в простенке, стопка пеленок на столике. Пахнет детской присыпкой. Плюшевый медведь по имени Джон Уэсли Хардинг — подарок Эльф — сидит на комоде.

«Марк умер». Он и все остальные Марки: малыш, осваивающий вертикальный способ передвижения; мальчишка, прогуливающий школу; подросток, готовящийся к первому свиданию; юноша, покидающий родной дом; муж, отец, старик перед телевизором, ворчащий: «Весь мир сошел с ума!»... Их никогда не будет.

Эльф опускает поднос на комод. Успокаивается. Выходит на лестницу, к двери спальни:

— Имми?

— Эльф?

Опустошенная, измученная, Имоджен полулежит на подушках. На ней ночнушка и халат. Волосы растрепаны. Впервые за много лет Эльф видит сестру без макияжа.

— Ты приехала!

— Да. Беа заварила нам чаю.

— Мм...

Эльф опускает поднос на прикроватную тумбочку, рядом с пепельницей и пачкой «Бенсон и Хеджес». Имоджен бросила курить три года назад.

— Я принимаю валиум, — произносит Имоджен тусклым, заторможенным голосом. — Это как марихуана?

— Не знаю, Имми. Я валиум не пробовала.

— Ты прямо из Италии?

— Да.

— Устала, наверное. — Она вяло указывает на кресло у окна. В этом кресле их мама кормила грудью Имоджен, Эльф и Беа. В этом кресле Имоджен восемь недель кормила грудью Марка.

Сквозь ромашки на шторах пробиваются солнечные лучи.

Эльф вспоминает, что нужно дышать.

— Не знаю, что в таких случаях говорят...

— «Соболезную...» «Как ужасно...» «Будто дурной сон...» Но чаще всего просто плачут. Даже папа заплакал. Это было так неожиданно, что я на миг перестала думать о Марке. Все так... так... Ой, прости. У меня с предложениями беда.

— Это от валиума. И от горя.

Имоджен закуривает и откидывается на подушки:

— Я снова начала курить.

— Ну, не мне тебя ругать. Сама курю по пачке в день.

— Оказывается, можно все слезы выплакать. Представляешь?

— Нет. — Эльф открывает окно, проветрить спальню.

— Вот как когда тошнит — блюешь-блюешь, пока ничего не остается. Со слезами точно так. Совсем как в песне «Cry Me a River»[1]. Кто ее поет?

— Джули Лондон.

— Джули Лондон. Век живи, век учись. Марк был в одеяльце с Винни Пухами, и когда фельдшер из «скорой»

---

[1] «Наплачь мне реку» *(англ.)*.

хотел его забрать, то я вцепилась и не отдавала. Руки не слушались. Как будто тогда это еще могло чем-то помочь. А где я была, когда его сердечко перестало биться? Здесь, в своей кровати. Спала.

Эльф прячет глаза:

— Не думай об этом.

— Как не думать? Вот ты можешь управлять своими мыслями, Эльф?

— Нет. Не совсем. Надо отвлечься, тогда чуть-чуть отпускает.

— У меня грудь болит. Молока полным-полно. Груди-то не соображают... Врач сказал, что молоко надо сцеживать вручную, иначе будет мастит. Вот. Можешь сочинить про это песню. Самую грустную песню на свете.

У Эльф на глаза наворачиваются слезы. Она берет сигарету.

— Нет, такой песни я сочинить не смогу.

Имоджен глядит на Эльф откуда-то издалека.

— Я говорю как сумасшедшая?

За окном деревья в цвету, душераздирающе прекрасные.

— Я не психолог, — отвечает Эльф, — но, по-моему, безумцы не спрашивают, сходят ли они с ума. Они просто... сумасшедшие.

Еле слышное дыхание Имоджен постепенно выравнивается.

— Ты всегда знаешь, что сказать, Эльф, — бормочет она, засыпая.

Эльф глядит на сестру, вздыхает:

— Если бы...

Беа, Эльф и отец остановились в гостинице «Герб крикетиста» у развязки Спаркбрук. Вестибюль гостиницы украшают крикетные трофеи, фотографии и биты с автографами в застекленных витринах. За ужином Эльф вкратце рассказывает об итальянских гастролях, отец описывает какую-то вечеринку в ричмондском Ротари-клубе, а Беа говорит о подготовке к исполнению роли Эбигайл Уильямс, злодейки в пьесе «Суровое испытание». На следующей неделе в театральной академии выступает с лекцией автор пьесы, Артур Миллер. «Застольные разговоры — как шпаклевка для трещин, чтобы надломленные души не рассыпались». Приносят еду. Отец заказал пастушью запеканку с гарниром из зеленого горошка, Беа — омлет, а Эльф — суп-минестроне. В суп входит всего понемногу из меню.

— Просто ужас, что с ней творится, — вздыхает Беа.

— Просто ужас, что ей ничем не помочь, — говорит Эльф.

— Ну, она ведь не одинока, — напоминает их отец; за парковкой, на транспортной развязке, кружит автомобильная карусель. — Со временем боль утраты стихнет, ваша сестра вернется к жизни. И наша задача — помочь ей в этом. В чем дело?

Эльф заметила слезы в глазах Беа и тоже заплакала.

— Ну вот, а я хотел вас утешить, — вздыхает отец.

В холле гостиницы нет никого, кроме них. Беа и Эльф забывают притвориться, что не курят, а отец забывает выразить неодобрение. В новостях по телевизору показывают, как парижские полицейские штурмуют студенческие баррикады в Латинском квартале. Слезоточивый газ, булыжники, увечья, сотни арестов.

— Вот так и строят лучший мир? — спрашивает отец. — Швыряя булыжники в полицейских?

В Бонне огромная толпа студентов собралась у здания парламента, протестуют против введения чрезвычайного положения.

— Я бы выделил им какую-нибудь страну, типа Бельгии, — говорит отец. — Пусть бы там жили, обеспечивали бы население едой, водопроводом и канализацией, бытовыми и банковскими услугами, школами, поддерживали бы закон и порядок, чтобы по ночам все спали спокойно... Снабжали бы всех, кому надо, слуховыми аппаратами. Гвоздями. Картошкой. А я через год посмотрел бы, что там у них получилось.

Во Вьетнаме базу американских войск у населенного пункта Кхамдык захватили отряды вьетконговцев. Сбито девять американских самолетов, погибли сотни солдат и мирные жители.

— Весь мир сошел с ума! — ворчит отец.

Беа с Эльф переглядываются. Отец всегда произносит эту фразу, когда смотрит новости.

— Я пойду спать, — говорит Эльф. — Тяжелый день.

В понедельник пасмурно. Эльф звонит в «Лунный кит», чтобы попросить Левона отменить концерты на этой неделе. Она никогда еще не отменяла концерты. Телефон «Лунного кита» занят. Отец отвозит Эльф и Беа к Имоджен. Эльфина мама открывает им дверь.

— Как прошла ночь? — шепотом спрашивает отец.

— Ужасно, — отвечает мама.

— Как Имми? К ней можно? — спрашивает Беа.

— Попозже. Она сейчас спит. Лоуренс с его отцом уехали в больницу, на встречу с коронером.

— Ну, тогда я газон подстригу.

Беа и Эльф развешивают белье на просушку и уходят в магазин, за продуктами и сигаретами. В газетном киоске по радио звучит Шенди Фонтейн. «Вальс для моего парня». Беа смотрит на Эльф.

— Если не смеяться, то обрыдаешься, — говорит Эльф.

Она покупает пачку «Бенсон и Хеджес» для Имоджен и свежий выпуск «Мелоди мейкер».

Имоджен спускается из спальни, стоит в гостиной у стола, смотрит на полусобранную головоломку: поле тюльпанов и ветряная мельница. Эльф очень хочется сказать сестре, что она выглядит лучше, но это будет слишком явная ложь.

Эльф снова набирает номер «Лунного кита». Все еще занято. Она звонит Джасперу. Никто не берет трубку. Эльф начинает волноваться, не случилось ли чего, но тут же решает, что это пустые страхи.

Эльф и Беа готовят салат на кухне. Возвращаются Синклеры, входят в дом с заднего крыльца.

— В свидетельстве причиной указан синдром внезапной детской смерти, — говорит отец Лоуренса. — Как будто это что-то объясняет.

В гостиной раздается громкий всхлип. Имоджен обеими руками зажимает рот.

— Боже мой! — охает мистер Синклер. — Я же не знал, что ты...

Имоджен бросается к лестнице, наталкивается на мать, пересекает кухню и выбегает в сад.

— Я же думал, она в спальне, — бормочет отец Лоуренса.

— Вашей вины здесь нет, Рон, — говорит Эльфина мама. — Я пойду к ней.

Эльф смешивает прованскую заправку для салата, Беа режет огурцы. Стрекот газонокосилки смолкает. Возвращается расстроенная Эльфина мама. И отец.

— Имми хочет побыть одна, — говорит мама.

— Простите, — сокрушается мистер Синклер. — Простите меня, пожалуйста.

— Перестаньте, Рон, — говорит Эльфин отец. — Она бы все равно узнала. Так что лучше раньше... Сейчас она все осмыслит и...

Он идет к телефону, звонит в свой банк.

Беа негромко включает радиоприемник, чтобы не быть в полной тишине. По «Радио-3» передают что-то моцартовское.

Имоджен, в полном отчаянии, с заплаканными глазами, возвращается из сада.

«Как в пьесе, — думает Эльф. — Персонажи уходят, персонажи входят, и так без конца».

— Хочешь салата, солнышко? — предлагает миссис Синклер.

— Спасибо, я не голодна. — Имоджен уходит в спальню. Лоуренс идет следом.

Эльф вспоминает обед в честь их помолвки, прошлым февралем, на Чизлхерст-роуд. «Если бы мы знали сценарий будущего, то не стали бы переворачивать страницы».

— Я пройдусь до магазина, — заявляет Эльфина мама. — Подышу свежим воздухом.

Беа и Эльф убирают со стола. Немного погодя сверху доносятся рыдания Имоджен.

— Трудное время, — говорит мистер Синклер.

— Очень трудное, — соглашается Эльфин отец.

По «Радио-3» передают выпуск новостей. Демонстрации и аресты в Париже продолжаются все утро.

— Нам с вами университетское образование на блюдечке не подносили, — говорит Эльфин отец. — Правда, Рон?

— В том-то все и дело, Клайв. Вот им его поднесли, а они этого не ценят. И ведут себя как избалованные, капризные дети. Это все левые виноваты. Руководство «Бритиш лейланд» каждый день оскорбляют и забрасывают тухлыми яйцами. И чем все это кончится?

— Весь мир сошел с ума! — вздыхает Эльфин отец.

— А в Италии тоже такое, Эльф? — спрашивает мистер Синклер.

Эльф объясняет, что всю неделю группа переезжала из одного города в другой и времени у них не оставалось ни на что, кроме как на установку оборудования, выступления и сон урывками.

— Мы не заметили бы даже вторжения марсиан...

После кофе Беа говорит, что возвращается в гостиницу.

— Все равно я здесь больше не нужна. А мне надо писать сочинение по Брехту.

Эльфин отец и мистер Синклер начинают спорить, кто отвезет Беа в гостиницу, но Беа надевает куртку и заявляет:

— Я дойду пешком.

Немного погодя Лоуренс спускается из спальни, шепчет:

— Она приняла таблетку. Спит.

Он тоже выходит.

— Свежий воздух — лучшее лекарство, — говорит Эльфин отец.

— Совершенно верно, — соглашается мистер Синклер. — Совершенно верно.

Эльф в третий раз набирает номер «Лунного кита». Телефон занят. Она звонит в агентство Дюка—Стокера. Телефон занят. Звонит Джасперу. Никто не берет трубку. Эльф спрашивает отца, не выходной ли сегодня.

— Нет, — отвечает отец. — А что?

«Такое ощущение, что „Утопия-авеню“ больше не существует», — думает Эльф и отвечает:

— Да так, ничего.

Теплый влажный воздух пахнет скошенной травой. Эльф берет в сарае садовые ножницы и перчатки, уходит в дальний конец сада, начинает выпалывать сорняки и обрезать колючие плети ежевики. Ивы колышут ветвями. Пролески пробиваются из суглинка под ногами. Где-то заливается певчий дрозд. «Тот же, что и вчера?» Его не видно. Эльф немного волнуется за свою квартиру, которая пустует уже неделю. Дверь прочная, в окна не залезешь, но Сохо есть Сохо. Молоко в холодильнике, наверное, уже прокисло.

— Ты тут немного пропустила, — слышится голос Имоджен.

Эльф отрывает взгляд от земли. На лужайке стоит сестра: поверх халата накинут дафлкот, на ногах резиновые сапоги. И голос, и лицо безрадостные, отрешенные.

— Я оставляю крапиву. Для бабочек. По новой моде.

Имоджен садится на каменную ограду, отделяющую газон от нижней, топкой части сада.

— Я как-то вдруг расстроилась...

— И правильно сделала. А как же иначе?

Имоджен смотрит на дом, ломает сухую веточку.

— Может, попросить, чтобы все оставили тебя в покое?

В полдневную дрему пригорода врывается рев мотоцикла.

— Нет, не стоит. Я боюсь тишины в доме.

Мотоцикл проезжает. Рев стихает вдали.

— Я просыпаюсь и сперва ничего не помню, — говорит Имоджен. — Смутно ощущаю какое-то горе, но не помню почему. Всего на миг. Но в этот миг он со мной. Живой. В своей кроватке. Он ведь уже начал нас узнавать. Начал улыбаться. Ты же видела... А потом... — Она закрывает глаза. — А потом я все вспоминаю... и снова наступает субботнее утро.

— Ох, Имми, — вздыхает Эльф. — Ты себя измучила...

— Да, но когда я перестану себя мучить, то... тогда его и правда не будет. Эти муки — все, что от него осталось. Муки и... и молоко.

Пчела с грузом пыльцы рисует овалы в воздухе.

«Я не знаю, что ей ответить... Совершенно не представляю...»

Имоджен смотрит на горку сорняков у ног Эльф.

— Прости, если ненароком выполола ценные сорта.

— Мы с Лоуренсом хотели построить здесь беседку. Но, наверное, пусть лучше здесь пролески растут.

— Пролески — это хорошо. Они даже пахнут синевой.

— Когда они только зацвели, я приходила сюда с Марком. Раза три или четыре. Чтобы он побыл на природе. — Имоджен отводит глаза, разглядывает руки; ногти обгрызены. — Думала, у нас впереди целая жизнь. А было всего семь недель. Сорок девять дней. Даже пролески цветут дольше.

По кирпичной стене ползет улитка. Клейкая жизнь.

— Роды были трудными, — говорит Эльф. — Тебе надо было окрепнуть...

— Понимаешь, там был не только разрыв промежности, но и повреждена матка... В общем, я больше не смогу забеременеть.

Эльф цепенеет. День продолжается.

— Это точно?

— Гинеколог сказал, что для меня вероятность забеременеть ничтожно мала. А когда я спросила, насколько ничтожно, он ответил, что «ничтожно мала» — это эвфемизм для «никогда».

— А Лоуренс знает?

— Нет. Я ждала подходящего случая... А потом... суббота... — Имоджен не может найти подходящего слова. — Ну вот, я сказала тебе, а не мужу. Я никогда больше не стану матерью. А Лоуренс не станет отцом. Хотя кто знает... Вдруг он решит, что на это не подписывался и... В общем, я все время об этом думаю.

Невидимый мальчишка швыряет невидимый мяч о стену.

Пам-бам, стучит мяч, пам-бам, пам-бам.

— Речь же о тебе, — говорит Эльф. — О твоем состоянии. Когда захочешь, тогда и скажешь.

Пам-бам, стучит мяч, пам-бам, пам-бам.

— Если это называется феминизм, — говорит Имоджен, — я подписываюсь.

Пам-бам, стучит мяч, пам-бам...

— Это не феминизм. Это просто... так и есть.

Пам-бам, пам-бам...

Эльф сидит за фортепьяно в пустом банкетном зале гостиницы и отрабатывает арпеджио. Она весь вечер думала об Имоджен. Надо занять мозг чем-нибудь еще. Шумит дождь. В холле слышен голос диктора, но слов не разобрать. Эльф чувствует, что где-то ждет мелодия. «Иногда она сама тебя находит, вот как „Вальс для Гриффа“, а иногда приходится ее искать по закоулкам, выслеживать по еле заметным призракам, по запаху, по наитию...» Эльф решительно расчерчивает нотный стан. Она выбирает ми-бемоль минор в правой руке — самая классная гамма, — а левой пробует аккордовые ассонансы и диссонансы, нащупывая идеи. «Искусству не прикажешь... можно только дать знак, что ты готов...» После того как отринуты неверные шаги и повороты, вырисовывается верный путь. «Как в любви...» Эльф делает глоток шенди. К ней подходит отец:

— Я иду спать. Спокойной ночи, Бетховен.

— Спокойной ночи, папа. «Сладких снов...»

— «...Не корми во сне клопов!»

Эльф продолжает, связывая правильность со следующей правильностью. «Искусство и прямо, и вбок, и по диагонали...» Она проверяет мелодию в инверсии, накладывает аккорды верхнего регистра на басовые арпеджио. «Искусство — игра света...» Эльф сажает ноты на нотный стан, такт за тактом, в каждом четырехтактовом квадрате ставится вопрос или находится его гармоническое решение. Она пробует размер восемь восьмых, но в конце концов останавливается на двенадцати восьмых — двенадцать восьмых долей на такт. В мелодии фразы «...поля пролесок голубых...», в самой середине, Эльф наполовину опознает, а наполовину додумывает мотив «О Господь, Ты пастырь мой...», только в инверсии. В конце Эльф повторяет начальную тему. «Середина ее преображает, как опыт преображает невинность». Она исполняет композицию, должным образом варьирует темп, выдерживает все легато и расставляет динамические оттенки. Проигрывает все с начала до конца. Готово. «Есть что доработать, но...» Не натужно. Не глупо. Не чопорно. Ни слов. Ни названия. Торопиться некуда.

— А неплохо получилось, — шепчет она.

— Извините, — говорит кто-то над ухом.

Эльф поднимает взгляд.

— Мы закрываемся, — говорит бармен.

— Ох, простите. А который час?

— Четверть первого.

Наутро, когда Эльф и Беа спускаются в ресторан к завтраку, по выражению отцовского лица ясно: что-то неладно. «Имоджен...» — думает Эльф, но дело не в сестре. Клайв Холлоуэй кладет на стол газету «Телеграф», тычет пальцем в статью.

Эльф и Беа читают:

«УТОПИЯ-АВЕНЮ» В БЕДЕ

В воскресенье итальянские власти задержали в аэропорту Рима участников британской поп-группы «Утопия-авеню», хиты которой, «Темная комната» и «Докажи», вошли в верхнюю двадцатку чарта. Менеджера группы, Левона Фрэнкленда, обвиняют в нарушении финансового законодательства, а гитарист Дин Мосс арестован за незаконное хранение наркотиков. Британское посольство в Риме подтвердило, что оба обратились за помощью в консульство, но дальнейших объяснений представлено не было. Адвокат группы «Утопия-авеню», Тед Сильвер, сделал следующее заявление: «Дин Мосс и Левон Фрэнкленд не виновны во вменяемых им преступлениях, а не состоятельность предъявленных им оскорбительных и несправедливых обвинений будет доказана в самом скором времени».

— Ох... — У Эльф едва не вырывается любимое словечко Гриффа. — Ох, господи.

— Вот так поворот, — говорит Беа.

— А ведь и ты там могла оказаться... — произносит отец негромко, чтобы не слышали посетители за соседними столиками.

— Ясно, почему на мои звонки никто не отвечал, — вздыхает Эльф.

— Надеюсь, теперь-то ты уйдешь из группы? — спрашивает отец.

— Папа, дай мне разобраться, в чем дело.

— Это «Телеграф». Здесь все написано.

— А как же презумпция невиновности? — напоминает Беа.

Звенят столовые приборы.

— Для сотрудников Национального Вестминстерского банка репутация — превыше всего, — еще тише говорит отец. — Того, чьи родственники замечены в нежелательных связях, там держать не станут. Наркотики? Финансовые нарушения?

— Только круглый дурак попытается пронести наркотики через аэропорт, — говорит Эльф. — А уж если ты патлатый парень с гитарой...

— Может, ваш Дин и есть круглый дурак. — Отец снова тычет пальцем в статью.

«Дурак-то он дурак, но не до такой же степени...»

— В Британии полицейские подбрасывают наркотики задержанным. Итальянская полиция вполне способна на то же самое.

— Британская полиция — лучшая правоохранительная организация в мире.

Эльф чувствует, что начинает злиться.

— Откуда ты знаешь? Ты объехал весь мир и сравнил?

— А если бы в статье упомянули Эльф? — говорит Беа. — А ее бы обязательно упомянули, отправься она в аэропорт вместе со всеми. Кому бы ты тогда поверил — ей или итальянской полиции?

Клайв Холлоуэй глядит на дочь поверх очков:

— Естественно, я бы поверил Эльф, потому что ее правильно воспитали. К сожалению, об остальных я такого сказать не могу. — Он складывает газету и говорит подошедшей официантке: — Английский завтрак, пожалуйста. И бекон прожарьте до хруста.

Бетани берет трубку, и Эльф опускает в щель телефона шестипенсовик.

— Бетани, это Эльф.

— Ох, слава богу! Ты знаешь, что случилось?

— Только то, что написано в «Телеграфе».

— Это лишь малая часть. Откуда ты звонишь?

— Из Бирмингема. Из гостиничного таксофона.

— Продиктуй мне номер, я перезвоню.

Спустя несколько секунд раздается телефонный звонок. Эльф хватает трубку:

— Рассказывай.

— Сначала хорошие новости. Джаспер и Грифф на свободе. Поселились в гостинице возле аэропорта. А теперь плохие: Левон и Дин задержаны. Гюнтер не пожалел бундесмарок, нанял лучших итальянских адвокатов и обещал позвонить, как только что-то прояснится.

— А где же Энцо Эндрицци?

— Загадочным образом испарился. Судя по всему, это подстава. Пресса проявляет огромный интерес ко всей этой истории. Эми Боксер подключила «Ивнинг стэндард» и раздувает всеобщий ажиотаж.

— Я даже боюсь спросить, на чьей они стороне?

— На нашей! «Телеграф», как обычно, держится особняком, но в «Миррор» опубликована статья под заголовком «Руки прочь от Дина, макаронники!», а в «Пост» — «Продажные итальяшки заманили британскую знаменитость в подлую ловушку». Приятель Теда Сильвера из министерства иностранных дел говорит, что итальянские власти решили начать кампанию по борьбе с «растлевающим влиянием иностранцев». Никто не ожидал, что поднимется такой переполох. Друзья и поклонники группы устраивают митинг у итальянского посольства в Мэйфере. Сущий кошмар для дипломатов.

Эльф чувствует, как поворачиваются шестеренки и сдвигаются рычаги.

— А мне что делать?

— Пока сидеть и не высовываться. Я пишу официальное заявление, в котором будет говориться, что ты в Англии, что благодарна за поддержку, оказанную «Утопия-авеню» в этот трудный час, и все такое... Имей в виду, если дело затянется, то репортеры тебя отыщут.

— О господи, только репортеров нам здесь не хватало!

— Вот именно. Как Имоджен?

Эльф не знает, с чего начать...

Из воспаленных глаз Имоджен катятся жгучие слезы. Эльф протягивает ей салфетку.

— Он знал, наверное... хотел позвать маму... ему было страшно... он... — Имоджен дрожит, сворачивается клубочком, как ребенок, пытается куда-нибудь спрятаться. — Вчера я услышала плач, молока полная грудь, темно, я полусонная, бреду по коридору и только у самой двери вдруг вспоминаю... а вся ночнушка мокрая, я хватаю этот проклятый молокоотсос, стою у раковины, молоко течет, я его смываю и... — Имоджен задыхается, не может вздохнуть, будто ее горе превратилось в астму.

Эльф берет ее руки в ладони:

— Дыши, сестренка, дыши...

На кухне бормочет «Радио-3».

Задернутые шторы не пропускают солнечного света.

После обеда — без Имоджен — Эльф выходит в сад, продолжает выпалывать сорняки. Она и время забывают друг о друге.

— Ты тут немного пропустила, — раздается голос.

Лоуренс стоит с подносом, на подносе — чайник.

— Имми вчера то же самое сказала.

— Правда? Ну... мама имбирное печенье испекла.

— Спасибо. Я пока... — Эльф выдирает плеть ежевики, снимает перчатки и вместе с Лоуренсом садится на каменную ограду. — Она уснула?

— Да. Сон для нее — спасение. Главное, чтобы ничего не снилось.

Эльф окунает пряничного человечка в чашку, головой вниз:

— Мм, вкусно.

— Звонили из крематория. Похороны завтра. В четыре. Там неожиданно высвободилось время, кто-то отменил бронь.

— Погоди, как это? Отменили бронь в крематории?

— Ой, да, вообще-то... я как-то сразу не сообразил.

— Не обращай внимания. Я ляпнула, не подумав.

— Твой отец рассказал, что Дина с Левоном задержали в Италии, — говорит Лоуренс. — Ты, наверное, волнуешься.

Разумеется, Эльф волнуется, но смерть Марка все затмевает.

— У них есть адвокаты. А вы — моя семья. Мое место здесь.

Лоуренс закуривает.

— Я даже не подозревал, как смерть все меняет. Даже слова. Вот мы с Имми... с Марком мы были семья. А теперь кто? Просто супруги? До тех пор, пока... Ох, не знаю.

Эльф вспоминает, что ей вчера сказала Имоджен. Ни за что нельзя раскрывать ее страшный секрет. Эльф делает глоток чаю.

— Если сказать: «Марк — мой сын», — продолжает Лоуренс, — то прозвучит, как будто я не понимаю, что его больше нет. Будто я сумасшедший.

Невидимый мальчишка снова бьет мячом об стену. Наверное, в это время он всегда здесь играет.

— ...но если сказать: «Марк был моим сыном», то... — Лоуренс прерывисто вздыхает. — Это невыносимо. Это просто... — Он пытается усмехнуться оттого, что едва не плачет. — Это так грустно. Господи! Пусть кто-нибудь изобретет особое время для глаголов, чтобы употреблять его в разговорах... о тех, кого больше нет...

Вокруг колышутся ветви ив. «Как конские хвосты»:

— Все равно говори: «Марк — мой сын», — вздыхает Эльф и вспоминает отстраненность Джаспера; иногда она представляется суперсилой. — И не важно, что подумают другие.

Пам-бам, пам-бам, пам-бам...

Ясное утро среды. Окна ресторана в «Гербе крикетиста» распахнуты настежь, с улицы веет теплом. Эльф, Беа и их

445

отец — все в черном. Сегодня отец купил газету «Пост». Он показывает дочерям колонку Феликса Финча.

МИТИНГ В ПОДДЕРЖКУ «УТОПИЯ-АВЕНЮ»

Вчера у здания итальянского посольства на Три-Кингз-Ярд в Мэйфере двести поклонников британской поп-группы «Утопия-авеню» провели митинг в поддержку гитариста группы, Дина Мосса, и менеджера Левона Фрэнкленда, недавно арестованных в Риме. Итальянские власти обвиняют их в хранении наркотиков и нарушении финансового законодательства, однако и сами задержанные, и их друзья и поклонники отрицают эти обвинения. Вчера итальянскому консулу вручили петицию с требованием немедленно выпустить на свободу Дина и Левона. Сочиненные музыкантом песни весь вечер звучали у посольства в исполнении поклонников — с огромным энтузиазмом, хотя и без особого мастерства. На митинге присутствовал и Брайан Джонс, гитарист группы *The Rolling Stones*, который сказал вашему покорному слуге: «Мне довелось на себе испытать всю прелесть безосновательных, несправедливых обвинений, поэтому я нисколько не сомневаюсь, что итальянцы прибегли к нечестным методам игры. Если у них есть неоспоримые доказательства того, что Дин и Левон преступили закон, то пусть выдвигают официальные обвинения. Если этого не произойдет, то Дина и Левона сле-

дует немедленно выпустить на свободу и извиниться перед ними и перед всеми нами». С мистером Джонсом согласен и Род Демпси, близкий друг Дина Мосса, пришедший на митинг в куртке с британским флагом. «Просто позор, что чиновники министерства иностранных дел, эти дармоеды, пальцем не шевельнут, чтобы защитить репутацию такого замечательного британского музыканта, как Дин Мосс. А повели бы они себя так, если бы он был выпускником Итона?» Я спросил мистера Демпси, придет ли он сюда завтра, и мистер Демпси поклялся, что будет митинговать у посольства до тех пор, пока ситуация не разрешится.

Независимо от того, нравится вам музыка группы «Утопия-авеню» или нет, ваш покорный слуга с невольным уважением отнесся к митингу на Три-Кингз-Ярд. Британская молодежь способна выразить свое мнение и недовольство без возмутительного нарушения спокойствия и мятежей, характерных для европейских демонстраций протеста. Если и дальнейшие митинги пройдут в строгих рамках закона, то я присоединю свой голос к требованию на плакате в руках девушки с ярко-розовыми волосами: «РУКИ ПРОЧЬ ОТ ДИНА МОССА!»

— Я сомневаюсь, что участник *The Rolling Stones* подходит для роли рыцаря на белом коне, — говорит Эльфин отец, — но вот Феликс Финч — это совсем другое дело. К его мнению прислушиваются.

— Удивительно, как это копы их не разогнали, — говорит Беа. — Взашей.

— Копы? Взашей? — укоризненно замечает ее отец.

— То есть не могу поверить, что наши бравые полицейские не убедили участников митинга разойтись, — лукаво говорит Беа. — Эльф, а ты знакома с этим Родом Демпси?

— Немного, — уклончиво отвечает Эльф, не собираясь объяснять, что Демпси поставляет Дину наркотики и один раз довольно ловко пытался за ней приударить.

— Ты тоже пойдешь на митинг? — спрашивает Эльфин отец. — Мне бы очень этого не хотелось.

— Сегодня у меня в мыслях только Марк.

Эджбастонский крематорий — прямоугольная бетонная коробка со стенами в декоративной каменной крошке, псевдогреческим фасадом и высокой трубой позади. Растущие вокруг ели не скрывают промзоны по соседству, магистральной эстакады и шести одинаковых многоквартирных башен. Эти «дома в небесах» напоминают Эльф вертикальные тюрьмы. В вестибюле ждет подруга Имоджен, Берни Ди, которую Эльф помнит по свадьбе сестры. Берни бросается к Имоджен, раскрыв объятья:

— Ох, бедная моя девочка!

Серебряный крест на шее Берни подошел бы охотнику на вампиров.

На двух дверях надписи: «Ритуальный зал А» и «Ритуальный зал Б». Сменная табличка на двери А гласит: «КИБ-БЕРУАЙТ 15:30», на двери Б: «СИНКЛЕР, 16:00». Из зала А доносится громогласное «When the Saints Go Marching In»[1]. Когда песня смолкает, двери зала распахиваются и в приемную выходят человек сто, в основном карибы. Яркие тропические цвета смешиваются с траурным черным.

---

[1] «Когда святые маршируют» *(англ.)*.

— Бесси понравилось бы, — говорит какая-то женщина. — Она обожала хоровое пение.

— Так она сейчас и пела с нами, — отвечает ее подруга. — Я услышала, как кто-то фальшивит, и сразу поняла, что это она.

После того как они расходятся, в вестибюле становится еще унылее. Берни Ди, Эльфина мама и миссис Синклер о чем-то беседуют. Имоджен и Лоуренс сидят молча.

За несколько минут до назначенного времени распорядитель церемоний проводит всех девятерых в зал, рассчитанный человек на сорок. Свет яркий, деревянные половицы обшарпанные. Стены желтовато-белые, будто прокуренные. Фортепьяно в углу. На конвейере стоит маленький гроб Марка. «Как посылка в столе находок». На крышке гроба лежит плюшевый синий кролик, почти новый. Эльфина мама берет Имоджен под руку и ведет к гробу. Эльф вздрагивает, потому что зрелище напоминает ей день свадьбы Имоджен. Белые розы.

Берни Ди произносит прочувствованную и хорошо написанную речь, усиленно напирающую на то, что «пути Господни неисповедимы». Впрочем, вряд ли кто-то способен отыскать смысл в смерти Марка.

— А теперь, прощаясь с телом, в котором душа Марка обитала лишь краткий миг, давайте послушаем любимый гимн Имоджен. — Берни смотрит на распорядителя, тот опускает иглу проигрывателя на исцарапанную пластинку, и хор запевает: «Господь нам щит из рода в род...»

Имоджен нетвердым голосом, но громко произносит:

— Нет.

Все, включая распорядителя, смотрят на нее.

— Пожалуйста, выключите это.

Распорядитель возвращает звукосниматель на рычаг.

— Я что-то напутала, Имми? — обеспокоенно спрашивает Берни.

— Нет, я это и просила, но... выбрала неправильно. — Имоджен сглатывает. — В жизни Марка должно было быть много музыки. Детские песенки, популярные мелодии, танцы и все остальное. Я не хочу... не хочу, чтобы он уходил от нас... под погребальное песнопение.

— Но мы не взяли других пластинок, — говорит мама.

— Эльф... — Имоджен поворачивается к сестре. — Сыграй что-нибудь.

Эльф волнуется.

— Имми, я же не готовилась...

— Прошу тебя, сыграй что-нибудь... Для Марка. — Она глотает слезы. — Пожалуйста.

— Да-да, Имми, конечно.

Эльф подходит к фортепьяно. Распорядитель поднимает крышку. Эльф садится на стул. Что играть? «Плот и поток»? Можно попробовать «Лунную сонату» по памяти, но любая ошибка будет заметна. Скарлатти — слишком живо. Тут Эльф вспоминает композицию, которую сочинила вчера в «Гербе крикетиста». Блокнот с нотами она взяла с собой, на случай если вдруг в голову придут слова. Она кладет блокнот на подставку и играет шестьдесят шесть безымянных тактов с начала до конца. Медленный темп меняет окраску композиции. Она длится минут пять. Слушая игру сестры, Имоджен успокаивается, встает, подходит к гробу Марка и целует крышку. Лоуренс делает то же самое. Они обнимаются и рыдают. К ним присоединяются две плачущие бабушки и Беа.

Эльф заканчивает играть.

Призрак музыки заполняет тишину.

Имоджен говорит распорядителю:

— Пора.

Эльф подходит к гробу и берет синего плюшевого кролика.

Все легонько касаются крышки гроба.

Распорядитель нажимает неприметную кнопку.

Конвейер включается, лязгает.

Гладкая крышка скользит под пальцами.

Гроб Марка скрывается за шторкой.

Опускается металлическая заслонка.

«Даже пролески цвели дольше...»

———

В четверг утром Эльф встречается с Бетани в бурном водовороте станции метро «Пиккадилли-Серкус». Жители Лондона прерывистыми потоками ежеминутно изливаются из сети подземных переходов, каждый со своими трагедиями, комедиями, историями и романами. Чистильщики обуви работают быстро и четко. Продавцы газет стремительно обслуживают покупателей в длинных очередях. На Бетани модная синяя шляпка, шелковый шарф и очки как у Джеки Онассис.

— Я тебя не сразу узнала, — говорит Эльф.

— Так и задумано. У «Лунного кита» отирается какой-то репортер. Пытался выведать хоть что-то у одного из наших курьеров. Как Имоджен?

— В Ричмонде, с родителями. — Эльф с трудом подбирает слова. — Если горе — боксер, то моя сестра сейчас — боксерская груша. А нам остается только смотреть.

— Тогда смотрите, — говорит Бетани, — а потом зашейте в ней прорехи и помогите собраться.

Эльф кивает. Ей больше нечего сказать.

— А что происходит с Дином и Левоном?

— О них пишут все газеты. Вот, посмотри... Сегодняшняя «Пост».

В блокнот Бетани вклеена статья с фотографией Дина на сцене в клубе «McGoo's».

ЧЕСТЬ ДОРОЖЕ ВСЕГО!

В деле Дина Мосса, в воскресенье арестованного в Риме якобы за хранение наркотиков, произошел НЕПРЕДВИДЕННЫЙ поворот. Вчера обожаемый поклонниками гитарист «Утопия-авеню» отказался официально признать свою вину, что было условием его репатриации. Мистер Мосс, автор популярных хитов «Темная комната» и «Докажи», продолжает утверждать, что наркотики были ПОДБРОШЕНЫ полицейскими при аресте. Обвинения в нарушениях финансового законодательства, выдвинутые против менеджера группы, Левона Фрэнкленда, уже СНЯТЫ. Через своих адвокатов мистер Мосс объяснил свое смелое решение: «Я готов почти на все, лишь бы этот кошмар закончился и я мог вернуться к своим друзьям, родным и соотечественникам. Однако же я ни за что на свете не подпишу фальшивое признание в преступлении, которого не совершал».

— Вот прямо так и слышу «Край надежд и славы», — говорит Эльф.

— А Левон с Фредди Дюком слышат звон кассовых аппаратов во всей стране. Кстати, Тед Сильвер предупредил, что на Три-Кингз-Ярд будет репортер от Би-би-си «Радио-три». И другие.

— Погоди, меня что, покажут в дневном выпуске новостей?

— И в дневном, и в вечернем.

Эльф представляет отца за обедом у себя в кабинете, с сэндвичем. «А вдруг я ляпну что-нибудь не то?»

— Основное интервью даст Эми Боксер. Если ты не против.

— Нет, конечно. — Эльф представляет Дина в итальянской тюрьме. Его судьба зависит от речи Эльф. — Бетани, я же не умею...

— Да ладно! А кто в прошлую субботу заворожил две тысячи итальянцев?

— Но это ведь было на концерте...

— И здесь то же самое. Поэтому мы и встретились пораньше. Давай найдем кофейню потише, сядем и кое-что отрепетируем.

Сквозь арку Эльф, в сопровождении Виктора Френча и Теда Сильвера, проходит во двор Три-Кингз-Ярд. Во дворе толпа. Звучат приветственные возгласы. Не смолкают. Эльф хочется сбежать. «Дину нужна моя помощь». Десятки людей выкрикивают ее имя. Через миг разрозненные крики превращаются в речитатив. «Эльф! Эльф! ЭЛЬФ! Эльф! Эльф! ЭЛЬФ! Эльф! Эльф! ЭЛЬФ». Молодежь. Люди постарше. Пижоны. Небритые хиппи. «Эльф! Эльф! ЭЛЬФ! Эльф! Эльф! ЭЛЬФ!» Какие-то моды. Три жонглера. Продавец хот-догов «Уэстлер». Шарманщик. Гарольд Пинтер? «Эльф! Эльф! ЭЛЬФ! Эльф! Эльф! ЭЛЬФ!» За распахнутым окном наверху крутят «Вдребезги». Дорогу преграждают репортеры.

— Артур Гочкис, «Гардиан», — выпаливает проныра в твидовом пиджаке «в зубчик». — Есть ли будущее у контркультуры? Что ей угрожает?

«Эльф! Эльф! ЭЛЬФ! Эльф! Эльф! ЭЛЬФ!»

Его оттесняет безволосый бульдог:

— Фрэнк Хирт, «Морнинг стар». Как «Утопия-авеню» относится к классовой борьбе?

«Эльф! Эльф! ЭЛЬФ! Эльф! Эльф! ЭЛЬФ!»

К ней протискивается какой-то нахальный тип:

— Уилли Дейвис, «Ньюс оф зе уорлд». Эльф, какие у тебя параметры, грудь-талия-бедра? И кто самый привлекательный мужчина в мире поп-музыки?

«Эльф! Эльф! ЭЛЬФ! Эльф! Эльф! ЭЛЬФ!»

Эльф поспешно отходит в сторону, и тут женский голос с американским акцентом шепчет:

— Не забывай дышать.

Молодая, красивая, похожа на испанку.

«Эльф! Эльф! ЭЛЬФ! Эльф! Эльф! ЭЛЬФ!»

Незнакомка прикладывает губы к уху Эльф:

— Меня зовут Луиза Рей. Журнал «Подзорная труба». Но я не за этим. Удачи тебе. Не забывай дышать.

Эльф выдыхает:

— О'кей.

Тед Сильвер, адвокат «Лунного кита», проводит ее сквозь толпу к деревянному ящику под фонарным столбом. Виктор Френч, промоутер «Илекса», вкладывает ей в руку микрофон. «А вдруг я забуду, что говорить?» Бетани сжимает ей предплечье:

— Ты знаешь наизусть сотни песен. У тебя все получится.

Эльф кивает, взбирается на ящик.

«Эльф! Эльф! ЭЛЬФ! Эльф! Эльф! ЭЛЬФ!» Крики усиливаются, возгласы звучат все громче и громче. С пластинки снимают иглу, «Вдребезги» смолкает. На Эльф смотрят сотни глаз. Щелкают десятки фотоаппаратов. Зеваки глядят из окон. Эльф взмахивает рукой, просит тишины.

«Дыши...»

— Доброе утро! — звучит голос Эльф из динамика, подвязанного к фонарю, эхо отскакивает от стен домов, разлетается по двору Три-Кингз-Ярд. — Я — Эльф Холлоуэй из группы «Утопия-авеню» и...

— Мы знаем, кто ты, Эльф! — выкрикивает какая-то женщина.

— А, мам, привет! Спасибо, что пришла, — шутит Эльф. Все хохочут. — Нет, правда, спасибо вам всем за поддержку. Я здесь потому, что мой друг Дин гниет в римских застенках...

Раздаются крики «позор!» и прерывистое улюлюканье.

— ...где его избили и не позволили встретиться с адвокатом. Итальянские власти обвиняют его в хранении наркотиков. — («Короткие предложения, — посоветовала Бетани. — Хемингуэй, а не Пруст».) — Это... это наглая ложь. Дину предоставили выбор: подписать лживое признание и выйти на свободу — или отказаться и остаться в тюрьме. Он отказался.

Возмущенные вопли. Головы одобрительно кивают.

— Некоторые утверждают, что Дин просто охотится за славой. Некоторые говорят, что ради славы Дин спровоцировал свой арест. Это все выдумки. Никто на свете не захочет угодить в тюрьму ради заметки в газете.

К Эльф протягивают микрофон, крутят ручки настройки на пульте.

— Некоторые называют Дина Мосса хулиганом и бандитом. Это наглая ложь. Дин ненавидит насилие. Давайте последуем его примеру. Ради Дина, не оскорбляйте сотрудников посольства. Они ни в чем не виноваты. И не мешайте бравым лондонским полицейским исполнять свою работу. Ведь они — наши соотечественники.

«Не забывай дышать».

— Вот, я вам рассказала, что лгут про Дина Мосса, а теперь скажу, кто Дин Мосс на самом деле. Дин Мосс — парень из рабочей семьи. Он не понаслышке знает о трудностях и лишениях. Да, он не святой, но он отдаст свою последнюю рубаху, если решит, что она вам нужнее. Он порядочный. Он добрый. Он сочиняет песни, которые рассказывают и о горестях, и о радостях нашей жизни. Эти песни говорят нам, что мы не одиноки. Дин — мой друг. Прошу вас, давайте поможем Дину вернуться домой!

Толпа во дворе разражается одобрительным ревом.

— Поможем Дину вернуться домой! — повторяет Эльф. Рев усиливается.

«Бог троицу любит».

— Поможем — Дину — вернуться — домой!

Рев сотрясает окрестности. Эльф сходит с ящика. Толпа приливает к ней. Щелкают фотоаппараты, сверкает вспышка. Тед Сильвер, Виктор Френч, Бетани и пара нанятых ею здоровенных охранников образуют живой барьер вокруг Эльф, выводят ее на улицу и сажают в такси. Такси отъезжает. У Эльф бешено стучит сердце.

— Ну как, я справилась?

Здравый ум

●

Дом Энтони Херши — солидный эдвардианский особняк на Пембридж-Плейс. Высокий глухой забор увенчан шипами. У кованых железных ворот гостей встречают двое вышибал, сверяют имена со списком приглашенных и лишь потом пропускают. На заднем дворе виднеется полосатая верхушка шатра.

— У кого-то денег — жопой жуй, — говорит Грифф. — Такой домина на такой улице... Тыщ сто, не меньше. Как по-твоему, Дин?

— Запросто. Ух ты, глянь, какие тачки. «Эй-си кобра». «Остин-Хили». «Дженсен-интерсептор»... Они все его, что ли?

— Смотри, слюной не захлебнись, — говорит Эльф. — Вот как наш новый альбом разойдется миллионным тиражом, купишь себе такие же.

— На наши-то авторские? Их на ржавый «мини» не хватит. А как ты думаешь, на этой тусовке будут кинозвезды?

— А как же иначе, — говорит Эльф. — Он же режиссер. Кстати, ты у нас официально неприкаянный? Без подруги? А то я уже запуталась.

Дин притворяется, что поражен в самое сердце, навылет.

«Комедия», — думает Джаспер.

454

— Я видел только один его фильм. «Гефсиманию», — говорит Дин. — Что-то там про Иисуса, наркоманов и все такое. Ничего не понять.

— В киноклубе Амстердамской консерватории проходил ретроспективный показ фильмов Энтони Херши, — говорит Джаспер. — Его лучшие работы феноменальны. — Он смотрит на часы: 17:05. — Левон опаздывает.

— Может, он о-*Колм*-ными путями добирается, — говорит Грифф.

Эльф морщится. Дин чуть улыбается и фыркает. Джаспер не совсем понимает, в чем дело, но тут подъезжает такси. Левон расплачивается с таксистом, выходит из машины:

— Неужели все собрались?

— А что такого? — обиженно ворчит Дин. — Мы не тупые рок-звезды, носы почем зря не задираем...

«Ирония?» Джаспер не успевает разобраться в его словах, потому что все остальные сразу обращают внимание на новый костюм Левона.

Грифф восхищенно присвистывает.

— Кто-то только что из магазина, — говорит Эльф.

Дин щупает лацкан с бирюзовой оторочкой:

— Сэвил-роу?

— Чтобы заключать выгодные сделки, надо выглядеть соответственно, — говорит Левон. — Как дела с «Откати камень»?

— Мы на двадцатом дубле, — говорит Джаспер.

На лице Левона появляется непонятное выражение. «Разочарование?»

— Хорошо бы побыстрее. Виктор хочет выпустить сингл.

— Ты попроси его подождать, пока музыкальные гении не доведут песню до совершенства, — говорит Дин. — Оно того стоит.

Левон закуривает.

— Не просадите весь бюджет альбома на одну песню. Хоть «Илекс» и не скупится после того, как «Рай — это дорога в Рай» вошел в верхнюю тридцатку, все-таки лучше знать меру.

— В общем, Дин, не будет тебе волынки и болгарского хора, — говорит Эльф. — А что мы здесь забыли? — Она кивает на особняк. — Бетани ничего толком не объяснила. Мы между собой решили, что речь пойдет о музыке к фильму.

— А может, мистер Херши в прошлом месяце увидел меня на снимках в газетах и хочет предложить мне главную роль в своей новой картине, — добавляет Дин.

— Вот-вот, — хмыкает Грифф. — «Мурло из Черной лагуны». Он сразу понял, что сможет сэкономить на гриме.

— Эй, полегче! — говорит Дин. — Или же Херши хочет, чтобы группа снялась в его фильме, как *The Yardbirds* у этого итальяшки, как его там... Ну, в «Фотоувеличении»?

— У Микеланджело Антониони, — подсказывает Левон. — Эльф правильно предположила. Речь пойдет о музыке к фильму. Так что сегодня у нас вроде как предварительное собеседование, но пока без какой-либо конкретики. В общем, развлекайтесь. Но не слишком увлекайтесь.

— Вот только не надо на меня так смотреть! — возмущается Дин.

— Ты тут совершенно ни при чем, — отвечает Левон. — Ну что, вперед, в львиное логово? — Он смотрит по сторонам и переходит дорогу.

На второй день пребывания Джаспера в рийксдорпской лечебнице доктор Галаваци поставил диагноз «тяжелое шизофреническое расстройство слуха» и стал подбирать лекарства для снятия симптомов. Наиболее эффективным средством оказался квелюдрин, немецкий нейролептик, предотвращающий приступы психоза. Джаспер по-прежнему ощущал присутствие Тук-Тука, но «внутренняя долбежка» прекратилась. Нежеланного «квартиранта» в мозгу Джаспера словно бы заперли на чердак. Шестнадцатилетний Джаспер наконец-то получил возможность присмотреться к своему новому месту жительства. Психиатрическая лечебница пряталась в лесах между городом Вассенаром и полосой дюн на берегу Северного моря. Одноэтажное здание клиники соединяло два жилых крыла: просторные особняки, построенные в 1920-х годах, служили мужским и женским спальными корпусами. В лечебнице находилось всего тридцать пациентов. Больничная территория была обнесена глухим забором, а ворота охранялись. Спальни пациентов изнутри не запирались, однако не возбранялось пользоваться табличками «Niet storen»[1]. Обстановка комнаты Джаспера на верхнем этаже включала кровать, письменный стол, стул, шкаф, этажерку и умывальник. По просьбе Джаспера зеркало убрали. Из зарешеченного окна был виден лес.

Джаспера, как самого юного пациента, прозвали *De Jeugd* — Юнец. Кроме него, в лечебнице были: трапписты — группа маниакально-депрессивных больных, которые разговаривали редко, короткими предложениями; драматурги — эти целыми днями сплетничали, плели интриги и вели бесконечные междоусобные войны; и конспираторы, которые обсуждали и развивали бредовые теории о заговоре Сионских мудрецов, пчелах-коммунистах и тайной нацистской базе в Антарктиде. Джаспер соблюдал строгий нейтралитет. Отношения сексуального характера в клинике теоретически запрещались, а практически были весьма затруднительны и тем не менее все же случались. Например, два соседа Джаспера по этажу иногда занимались сексом, но десять лет, проведенных Джаспером в частной английской школе, приучили его не удивляться таким вещам. Вдобавок квелюдрин подавлял половое влечение, что Джаспера вполне устраивало.

День в Рийксдорпе начинался в семь, звоном гонга. Второй гонг, к завтраку, звучал в восемь утра. Джаспер садился за стол Нейтральных и, почти ни с кем не разговаривая, съедал свои булочки с сыром и выпивал кофе. Затем пациенты в алфавитном порядке отправлялись в аптеку, за прописанными лекарствами. После этого следовали медицинские процедуры, сообразно индивидуальным диагнозам: психотерапия, поведенческая терапия и трудовая терапия для тех, кто хотел и был в силах помогать на кухне или в саду. После обеда наступало свободное время. Пациенты

---

[1] «Не беспокоить» *(голл.)*.

сами выбирали себе занятия: складывали головоломки, играли в настольный теннис или в настольный футбол. Некоторые заучивали стихи, песни или отрывки из пьес, а потом исполняли их на субботних любительских концертах. Доктор Галаваци и *Grootvader* Вим поначалу настаивали, чтобы Джаспер продолжил учебу по программе школы Епископа Илийского, однако, едва раскрыв учебники, он понял, что распрощался со школой навсегда. Бывший преподаватель античной литературы из Апелдорна, по прозвищу Профессор, стал играть с Джаспером в шахматы. Партии шли медленно, но с яростным упорством. Монахиня из Венло обожала устраивать соревнования по скрэбблу, но, чтобы обеспечить себе победу, все время выдумывала слова и изобретала новые правила, а если ее в этом упрекали, осыпала оппонентов проклятьями, словно с амвона.

Недели складывались в месяцы. В августе доктор Галаваци предложил Джасперу прогуляться за пределами лечебницы. Джаспер согласился, но, отойдя на несколько ярдов от ворот, почувствовал, как участился пульс, а беспокойство усилилось. Его тянуло назад. Перед глазами все плыло. Он стремглав вбежал обратно за ворота, твердо убежденный в том, что Тук-Тука сдерживает не только квелюдрин, но и периметр Рийксдорпа. Он сознавал иррациональность подобного убеждения, однако столь же иррациональным был и монах, который появлялся только в зеркалах и хотел свести Джаспера с ума. Чтобы предотвратить возникновение квелюдриновой зависимости у юного пациента, доктор Галаваци снизил дозу с десяти миллиграммов до пяти миллиграммов. На следующий же день Джаспер почувствовал, что Тук-Тук зашевелился. На второй день в черепе глухо застучало: бум-бум, бум-бум, бум-бум. На третий день Джаспер увидел смутные очертания Тук-Тука в суповой ложке. На четвертый день пришлось вернуться к прежней дозе.

Всю осень Джаспера навещал *Grootvader* Вим. Строго говоря, Джаспер был не в состоянии «радоваться» этим визитам, однако весьма ценил тот факт, что его навещают. Сам он с большим трудом составлял короткие предложения из трех или четырех слов, но в Первую мировую Вим де Зут пошел добровольцем на фронт и не понаслышке знал о нервических контузиях. Поэтому, общаясь с Джаспером, он говорил за двоих: рассказывал, как живет семейство де Зут, что происходит в Домбурге, обсуждал новости и книги, упоминал эпизоды из собственной биографии. Отец Джаспера, Гюс, приехал к сыну всего однажды. Встреча прошла неважно. Гюс де Зут, в отличие от Вима, питал стойкую неприязнь и к слабому здоровью Джаспера, и к душевнобольным пациентам лечебницы. Супруга Гюса и единокровные братья и сестры Джаспера не приезжали ни разу. Впрочем, Джаспера это не огорчало: чем меньше свидетелей его жалкого состояния, тем лучше. Письма Хайнца Формаджо были единственной нитью, которая еще связывала Джаспера с внешним миром. Формаджо писал еженедельно — из Или, Женевы и из других мест. Иногда он просто присылал открытку, а иногда — десятистраничный эпос. Джаспер попытался ответить на одно из писем и даже написал «Дорогой Формаджо...», но запутался в бесконечной веренице возможных первых строк и полдня сидел над листом, пока совершенно не отчаялся. Тем не менее односторонняя переписка ничуть не тяготила бывшего одноклассника.

В ноябре из Лёвенского университета на восьминедельную практику в Рийсдорп приехала ученица доктора Галаваци, Клодетта Дюбуа. Темой ее диссертации было влияние музыки на некоторые психические расстройства. Клодетта Дюбуа горела желанием проверить свои теории на практике.

— Входи, — пригласила она Джаспера. — Ты — мой первый подопытный кролик.

На столе были разложены всевозможные музыкальные инструменты — духовые, струнные, ударные. Озорно улыбаясь, мисс Дюбуа предложила Джасперу что-нибудь выбрать. Джаспер взял акустическую гитару, сделанную в испанской мастерской Рамиреса. Ему понравилось, как она лежит у него на колене. Он коснулся струн и внезапно ощутил, что его будущее изменилось. Пальцы сами вспомнили несколько простых аккордов, которым он научился после встречи с Биг Биллом Брунзи в Домбурге. Джаспер рассказал об этом мисс Дюбуа. Так много он не говорил уже несколько месяцев. Он спросил, можно ли позаимствовать гитару. Мисс Дюбуа любезно разрешила ему забрать гитару с собой и дала книгу Берта Уидона под названием «Научись играть за день».

Джаспер не понял, что название книги не следует воспринимать буквально, и очень расстроился, когда к утру освоил только две трети самоучителя. Подушечки пальцев пришлось заклеивать пластырем. Мисс Дюбуа, впечатленная таким рвением, разрешила Джасперу на время оставить гитару себе, при условии что он выступит в субботнем концерте. Деваться было некуда. Когда Джаспер играл на гитаре, он забывал и о своих страхах, и о незавершенном образовании, и о том, что находился в голландской психиатрической лечебнице. Когда Джаспер играл на гитаре, он становился и служителем, и повелителем Музыки. В субботу он исполнил простенькую версию «Зеленых рукавов». В дальнейшем ему предстояло испытать обожание многотысячной толпы, но даже самые бурные овации восхищенной публики не шли ни в какое сравнение с теми аплодисментами, которыми его наградила горстка шизофреников, душевнобольных, полоумных фантазеров, врачей, медсестер, поварих и уборщиц. «Я хочу выздороветь», — решил он.

Перед отъездом в Лёвен мисс Дюбуа оставила гитару Джасперу, заручившись обещанием, что к весне он достигнет больших высот. Незадолго до Рождества Джаспер сыграл дедушке «Yes, Sir, That's My Baby» и «Forty Miles of Bad Road»[1] Дуэйна Эдди. *Grootvader* Вим, который из-за болезни не приезжал к Джасперу несколько недель, очень обрадовался поразительным успехам внука и нанял для него преподавателя, профессионального гитариста родом из Бразилии, женатого на голландке из Гааги. Преподаватель приезжал в Рийксдорп раз в неделю. На субботних концертах Джаспер теперь исполнял сложные и продолжительные композиции, иногда даже собственного сочинения. Впрочем, когда его об этом спрашивали, он называл их «арген-

---

[1] «Сорок миль плохой дороги» *(англ.)*.

тинскими народными мелодиями». В подарок на Рождество Джаспер получил проигрыватель «Филипс» с наушниками — «от семейства де Зут» (на самом деле — от *Grootvader* Вима). Мисс Дюбуа подарила записи Баха и Мануэля Понсе в исполнении Абеля Карлеваро. Преподаватель гитары вручил ему комплект пластинок Андреса Сеговии «Мастер испанской гитары» и альбом Одетты «Odetta Sings Ballads and Blues»[1]. Джаспер провел целый день, разбирая песни Одетты, ноту за нотой, аккорд за аккордом, слово за словом. Он не считал себя певцом, но если приходится напевать мелодию, то почему бы и не словами? На первом же субботнем концерте 1963 года Джаспер исполнил одну из песен Одетты, шанти «Санти Анно», и его вызвали на бис. Повторения потребовали не дважды, а трижды, но Джаспер вовремя вспомнил слова преподавателя: слушателей не следует пресыщать.

Зима выдалась суровой. По всей стране замерзли каналы, но Элфстеденстохт, конькобежный марафон по Фрисландии, по кольцевому маршруту через одиннадцать городов, пришлось прервать, когда из десяти тысяч стартовавших участников на дистанции осталось лишь шестьдесят девять, избежавших переохлаждения или обморожений. Джаспер отрабатывал технику игры на гитаре по самоучителю Франсиско Тарреги. Перед своей ежегодной поездкой в Южную Африку отец Джаспера решил навестить сына. Джаспер сыграл ему «I've Got It Bad (And That Ain't Good)» и «До-мажорный этюд» Тарреги. На этот раз Гюс де Зут задержался в Рийксдорпе дольше, чем планировал. На следующей неделе монахиня из Венло умерла во сне, и Джаспер сочинил «Реквием по той, кто жульничала в скрэбл». Некоторые пациенты растрогались до слез. Джасперу понравилось, что музыка дает ему возможность управлять их эмоциями.

Весна принесла тюльпаны и перемены. Однажды апрельским утром Джасперу почудилось, что он слышит далекое «тук, тук, тук...». К вечеру его подозрения оправдались. Доктор Галаваци предположил, что организм Джаспера

---

[1] «Одетта поет баллады и блюзы» *(англ.).*

приспособился к квелюдрину и препарат больше не оказывает желаемого действия. Попытка заменить его другими нейролептиками привела к тому, что стук усилился, поэтому дозу пришлось увеличить до пятнадцати миллиграммов. Формаджо прислал полный комплект пластинок Гарри Смита «Антология американской фолк-музыки». Джаспера привлекали блюзовые мотивы. Под началом своего преподавателя-бразильца он освоил «Воспоминание об Альгамбре» Тарреги. Это было так прекрасно, что дух захватывало. Распускались бутоны. Жужжали насекомые. Стучали дятлы. Леса полнились птичьими трелями. Джаспер разрыдался, но не мог объяснить почему. Когда организовали экскурсию на поля тюльпанов, Джаспер сел в автобус вместе со всеми, но едва отъехали от Рийксдорпа, как он начал задыхаться. Его отвезли назад. Миновала первая годовщина его пребывания в лечебнице. Сколько их еще будет? Две, три, десять?

Стук возобновился. Доктор Галаваци увеличил дозу квелюдрина до двадцати миллиграммов и предупредил Джаспера:

— Это максимум. Иначе откажут почки.

Джаспер чувствовал себя котом на последней, девятой жизни.

В один из августовских дней в Рийксдорп приехал *Grootvader* Вим с Хайнцем Формаджо, который подрос дюймов на шесть, растолстел, а также обзавелся бородкой и габардиновым костюмом. На следующий день Формаджо предстояло отплыть из Роттердама в Нью-Йорк. Какой-то институт в Кембридже, штат Массачусетс, предложил ему стипендию. Друзья уселись под миндальным деревом. Джаспер сыграл «Воспоминание об Альгамбре». Формаджо говорил о школьных приятелях, о театре, о плавании под парусом среди греческих островов и о новой науке кибернетике. Все новости Джаспера сводились к размеренной жизни пациента психиатрической лечебницы. Ему очень хотелось освободиться от нескончаемой борьбы с демоном или, если верить доктору Галаваци, с психозом, который маскируется под демона. Глядя, как автомобиль *Grootvader*

Вима увозит Формаджо в его блестящее будущее, Джаспер внезапно осознал, что смерть — это дверь, и спросил себя: «Что делают с дверью?»

Дверь распахивается в коридор, полный смеха, шуток и музыки с альбома «Getz/Gilberto», включенной на полную громкость. В греческих урнах вздымаются стебли орхидей и лилий. Дуга лестницы тянется к модернистской люстре. В вестибюле возникает мужчина лет за сорок, с улыбкой радушного хозяина.

— Так... узнаю Дина по недавним фотографиям в газетах. Эльф — единственная девушка. Джаспер — ну да, волосы. Кто там остался? Грифф — и Левон. Тут понятно, кто есть кто. Добро пожаловать на мой летний бал.

— Нам очень лестно ваше приглашение, мистер Херши, — говорит Левон.

— Зовите меня Тони, — настаивает режиссер. — Мы тут особо не церемонимся. Жена сказала мне, что ее звонок застал вас в студии. Умоляю, только не говорите, что я — ваш человек из Порлока. Я себе этого в жизни не прощу.

— Ваш звонок предотвратил убийство, — говорит Грифф. — Из-за соло на клавишах.

— А это те самые вестибюль и лестница, где снимали эпизод «Колыбели для кошки»? — спрашивает Джаспер.

— Точно! К тому времени бюджет был полностью израсходован, так что пришлось экономить на декорациях. Эй, Тифф! — Он машет рукой золотоволосой женщине с пышной прической. — Посмотри, кто пришел!

— «Утопия-авеню»! — На ней длинная блуза без рукавов, в розовых и голубых разводах, и брюки клеш. — И мистер Фрэнкленд, — улыбается она. — Я так рада, что вы нашли для нас время!

«Она лет на пятнадцать младше мужа», — думает Джаспер.

— Мы бы ни за что не упустили такую возможность, Тиффани, — говорит Эльф. — А ваш дом — просто сказка.

— Финансовый консультант посоветовал Тони вложить в недвижимость деньги, вырученные за «Батлшип-Хилл», иначе их пришлось бы отдать налоговой. Здесь хорошо устраивать вечеринки, но содержать этот дом — чистый кошмар.

— Тиффани дала мне послушать «Рай — это дорога в Рай», — говорит режиссер. — Еще до ваших итальянских гастролей. Великолепный альбом.

«Комплимент», — думает Джаспер и говорит:

— Спасибо. — «Добавь еще что-нибудь полезное». — Мы тоже так считаем.

Все смотрят на него.

«Я что-то не то сказал...»

— Но самое замечательное, что, сколько его ни слушай, невозможно определить любимую песню, — говорит Тиффани Херши. — Я каждый раз выбираю новую.

— И какая у вас сейчас любимая? — спрашивает Дин.

— Ох, даже не знаю, с чего начать. «Неожиданно» — очень прочувствованная. От «Темной комнаты» просто мурашки по коже... Однако если бы меня под пыткой заставили выбрать одну-единственную... — Она смотрит на Дина. — «Пурпурное пламя».

Дин молчит. Джаспер предполагает, что он доволен.

— Тиффани, не сочтите за нахальство... — Эльф вытаскивает из сумочки альбом для автографов. — Вы не подпишете?

— Ой, как мило с вашей стороны... — Тиффани берет авторучку. — Я уже сто лет ничего не подписывала. Кроме чеков.

— Мама повела нас с сестрами в ричмондский кинотеатр «Одеон», на «Пух чертополоха». После этого моя младшая сестра, Беа, заявила: «Когда вырасту, стану актрисой». А сейчас она студентка Королевской академии драматического искусства.

— Какая очаровательная история! — говорит Тиффани.

— Вот видишь, твои поклонники тебя не забывают, — говорит Херши.

Тиффани Херши пишет в альбом: «Беа Холлоуэй, моей сестре-актрисе. Тиффани Сибрук».

— Спасибо! — говорит Эльф. — Она вставит страницу в рамку и будет хранить вечно.

— А о чем ваш новый фильм, Тони? — спрашивает Джаспер.

— В Голливуде такие называют «фильм-путешествие». Знаменитому поп-вокалисту из Лондона говорят, что ему осталось жить месяц, и он отправляется автостопом на остров Скай, чтобы уладить незавершенное дело. Его сопровождает призрак умершей сестры, Пайпер. В пути их ждут всевозможные приключения и откровения. Эмоциональная кульминация. И затем — совершенно неожиданная развязка. Конец. «Оскары» гарантированы.

— А кто будет играть вокалиста? — спрашивает Левон. — Если это не секрет, конечно.

— Очень важный вопрос, который пока еще не решен. Альберт Финни или Патрик Макгуэн? Или все-таки лучше пригласить настоящего певца, который все испытал на себе?

— Настоящее всегда лучше, — заявляет Дин. — Тут без вопросов. Вот я, например. В ближайшие месяцы у меня будет много свободного времени, правда, Левон?

Дин произносит это совершенно искренне, но все вокруг улыбаются, поэтому Джаспер подозревает, что он шутит. Джаспер тоже изображает улыбку и спрашивает:

— А как будет называться фильм?

— «По тропинкам Севера», — отвечает Тиффани.

— Очень выразительно, — говорит Эльф. — Мне нравится.

— Это из Басё, — поясняет Джаспер. — Был такой японский поэт.

— Ого, среди нас начитанные люди, — говорит Тиффани.

— Когда я был моложе, у меня было очень много свободного времени для чтения.

— О да, сейчас ты — член клуба старперов, — с улыбкой говорит режиссер, но Джаспер не понимает, в чем тут шутка.

— Тиффани сыграет роль Пайпер, — продолжает Херши. — Вернется на большой экран после четырехлетнего перерыва.

— Пятилетнего, — поправляет его Тиффани. — А к выходу фильма будет все шесть. Кстати, Джаспер, твоя песня, «Приз», чем-то напоминает «Tomorrow Never Knows»[1]. Так было задумано?

— Не совсем, — отвечает Джаспер.

Все молчат. «Надо еще что-то сказать?»

— Между прочим, Джон здесь, — говорит Энтони Херши.

— Фигассе! — восклицает Грифф. — Леннон? Здесь?

— Был в гостиной, — говорит хозяин дома. — У чаши с пуншем. Тиффани, ты не представишь наших новых гостей? Меня Роджер Мур попросил раздобыть оливок...

— Три факта. — У чаши с пуншем стоит не Джон Леннон, а какой-то тип постарше, с плохими зубами, ожерельем из акульих зубов и глазами евангелиста.

Тиффани и остальные идут дальше, но Джаспер любит факты, поэтому задерживается.

— Факт первый: космические пришельцы посещали Землю еще в период неолита. Факт второй: лей-линии — их навигационные системы. Факт третий: там, где лей-линии сходятся, — посадочная площадка. Стоунхендж был аэропортом Хитроу прероманской Англии.

— Настоящий археолог сказал бы, что факт становится фактом, только если он подкреплен доказательствами, — говорит австралийка.

— О, сегодня нас осчастливила своим присутствием Афра Бут собственной персоной, — говорит уфолог. — И как только анархисты обходятся без нее? Да, обитатели башен из слоновой кости дружно заблеяли мою книгу, но я ответил им то же самое, что сейчас отвечу вам, мисс Бут: в моей книге шестьсот страниц доказательств — идите и читайте. — Он выдерживает паузу, наслаждаясь смехом. — И как вы думаете, они послушались моего совета? Нет, конечно. Полиция мысли контролирует умы ученых с колыбели и до самой смерти. За годы, потерянные в Оксфорде, я посетил множество конференций и везде задавал один

---

[1] «Завтрашний день никогда не знает» *(англ.)*.

вопрос: как вышло, что общества, географически удаленные друг от друга — в долине Нила, в Китае, в Америке, в Афинах, в Атлантиде, в Индии и так далее, — практически одновременно начинают изобретать металлургию, сельское хозяйство, законодательство и математику. Знаете, что мне отвечали? — Уфолог имитирует кого-то с болезнью Паркинсона. — «Дайте мне свериться с научной литературой... — Он переворачивает воображаемую страницу. — Ах да, вот здесь написано: это совпадение». Совпадение! Последнее прибежище несостоятельных интеллектуалов.

— Если в небесах над Стоунхенджем некогда кишмя кишели зеленые человечки, — спрашивает австралийка Афра, — то куда же они сейчас подевались?

— Прониклись отвращением и убрались восвояси... — С лица уфолога сползает улыбка. — Пришельцы даровали нам мудрость звезд. С ее помощью мы изобрели орудия войны, рабство, религию и женские брюки. И все же... В наших мифах, легендах и сказаниях все время упоминаются существа из других измерений. Ангелы и духи, бодхисатвы и феи. Голоса в голове. Моя гипотеза объединяет все эти феномены. Это внеземные сущности. Тысячелетие за тысячелетием они прибывают к нам на Землю, проверяют, готовы ли гомо сапиенс принять Великое Откровение. Ответ всегда один: «Пока еще нет». А теперь «пока еще нет» превращается в «очень скоро». Появляется все больше и больше НЛО. Психоделические препараты открывают нам путь к высшим измерениям. Грядут глобальные перемены... В своей книге я назвал их звездными переменами...

Воцаряется глубокомысленное молчание.

— Отпад! — восклицает кто-то.

Джаспер не знает такого выражения, но догадывается, что оно означает «ух ты!».

— Если б вы были фантастом, — говорит Афра Бут, стряхивая пепел с сигареты, — я подумала бы, что это заезженное клише, но ваши поклонники зацепят. Если б вы пропагандировали культ, я решила бы, что раз уж сайентологам, кришнаитам и Ватикану дозволено распространять свои бредни, то и вам не возбраняется. Но в данном случае

467

меня бесит то, что вы излагаете свой бред, пользуясь научной терминологией. Засираете кладезь знаний, так сказать.

— Нам следует поблагодарить мисс Бут за наглядную демонстрацию того, как мыслят ученые. «То, во что я не верю, не является знанием».

Афра Бут выдыхает дым:

— Лет через пятьдесят вы вспомните всю эту ахинею и сгорите со стыда.

— А вы лет через пятьдесят пожалеете о своих словах, думая: «Как можно было связать себя по рукам и ногам и воспринимать все через жопу?»

— Любопытная комбинация метафор... — Афра Бут гасит окурок в пепельнице. — Как мы невольно себя выдаем...

Она отходит. Ее место занимает Эльф с девушкой экзотического вида, в черном бархате, расшитом серебром.

— Джаспер, познакомься, это Луиза.

— Привет, Луиза.

— Я обожаю вашу музыку, — произносит она с американским акцентом. — Во-первых, конечно, песни Эльф... (Луиза и Эльф переглядываются.) — Но твоего «Свадебного гостя» я слушала столько раз, что запилила пластинку. Совершенно сверхъестественная композиция... Нуминозная, если так можно выразиться.

«„Нуминозная“, — думает Джаспер, — от латинского слова „numen“, что значит „Божественное волеизъявление“».

— Спасибо. А на твоем жакете вышиты кометы?

— Да. Стилизованные.

— Луиза их сама вышивала, — говорит Эльф. — А вот я на уроках домоводства заработала «пару» за вышивание и запись в дневник: «Больше работать над собой». От этой психологической травмы я так и не оправилась.

— А ты уфолог? — спрашивает Джаспер Луизу. — Или модельер?

Луиза улыбается вопросам:

— Ни то и ни другое. Я учусь на факультете журналистики, приехала в Англию по программе Фулбрайта. Повезло, правда?

— Везение тут абсолютно ни при чем, — говорит Эльф.

— Ну как же? Я оказалась на Три-Кингз-Ярд как раз в тот день, когда Эльф выступала с вдохновляющей речью, совсем как Мартин Лютер Кинг.

— О господи, вообще не помню, что я там наговорила, — вздыхает Эльф. — Уж явно не «У меня есть мечта...».

— Не скромничай. Я написала статью для «Подзорной трубы», процитировала твои слова — и вот пожалуйста, мою статью перепечатали в международной прессе. Так что за мной должок.

— Глупости какие! — Такой улыбки Джаспер не видел у Эльф с тех пор, как умер ее племянник.

— А вы не собираетесь на гастроли в США? — спрашивает Луиза. — И Нью-Йорк, и Лос-Анджелес будут от вас без ума.

— Это хорошо или плохо? — спрашивает Джаспер.

— Это хорошо, — отвечает Луиза. — Очень хорошо.

— Наш лейбл обсуждает возможность американского турне, — говорит Эльф. — Особенно теперь, когда продажи альбома возросли. В общем, кто знает.

На середине лестничной дуги Джаспер слышит голос:

— Привет, мистер Знаменитость.

У владельца голоса один глаз голубой, а другой — черный. Он одет в черный костюм с серебряными пуговицами и белым кантом.

— В прошлый раз мы тоже встретились на лестнице, — говорит Дэвид Боуи. — Только тогда я поднимался. А сейчас спускаюсь. Это метафора?

Джаспер пожимает плечами:

— Это как тебе захочется.

Дэвид Боуи глядит Джасперу через плечо:

— А Мекка здесь?

— Последнее письмо она прислала из Сан-Франциско.

— Ну да, откуда же еще. Девяносто девять человек из ста забываются мгновенно. А Мекка — та самая единственная из ста. Из пятисот. Она сияет.

— Согласен.

— Тебя не мучает бес ревности.

— Женщины уходят к тем, с кем хотят уйти.

— Вот именно! А мужчины все больше «Я Тарзан, ты Джейн». Я, например, ревную к успеху. Ваш альбом хорошо раскупается. Не сочти за наглость, но... — Дэвид Боуи подается вперед. — Это Левон подстроил итальянские приключения?

Левон как раз стоит у подножья лестницы, наливает вино в бокал Питера Селлерса.

— Нет, вряд ли. Ну разве что он в десять раз хитрее и ловко это от нас скрывает.

— А мой менеджер в десять раз хуже и этого нисколько не скрывает. Мои синглы не крутят по радио. Мой альбом не рекламировали, и он с треском провалился.

— А я его купил. Там есть чем восхищаться.

— Бррр. Уж лучше б сразу дал мне глоток виски и пистолет.

— Прости, я не хотел тебя обидеть.

— Нет, это ты меня прости. Я слишком тонкокожий. — Дэвид Боуи ерошит светло-рыжие волосы. — Меня прочат в знаменитости с тех самых пор, как я окончил школу. А толку-то? Денег как не было, так и нет. Разумеется, классно тусоваться со звездами на летнем балу у Энтони Херши, но завтра я весь день проторчу в долбаной конторе, буду стоять у ксерокса и размножать какие-то нудные доклады. А вдруг мой единственный талант — убеждать других, что у меня есть талант?

Мимо проходят две девушки в ботфортах.

— Моментального успеха добиваются годами, — говорит Джаспер.

Дэвид Боуи звенит льдинкой в бокале.

— Даже ты?

— Я три года был уличным музыкантом, играл на площади Дам. А до того... — («Можно ему довериться?») — несколько лет провел в психиатрической лечебнице.

Дэвид Боуи смотрит на Джаспера:

— Я не знал.

— В частной лечебнице, в Голландии. Я об этом особо не распространяюсь.

Помедлив, Дэвид Боуи говорит:

— Мой единоутробный брат Терри — частый гость в лечебнице Кейн-Хилл. Она рядом с домом родителей.

Джаспер качает головой, как положено Нормальному. «Или надо кивать?»

— Мы с ним были вместе, когда у него случился первый приступ. Идем себе по Шафтсбери-авеню, а он вдруг как заорет, мол, асфальт плавится, лава течет. Я сначала подумал, что он прикидывается, говорю ему: «Хватит, Терри, не смешно». А ему на самом деле было страшно. Тут подбежали полицейские, решили, что он под кайфом, повалили его на землю — а ему ведь чудилось, что там кипящая лава... Психоз — ужасная штука.

Джаспер вспоминает Тук-Тука в зеркалах.

— Да.

Дэвид Боуи хрустит льдинкой.

— Я боюсь, что и во мне оно тикает. Как бомба с часовым механизмом. Это же наследственное.

«Ну, я-то знаю наверняка, что во мне оно точно тикает».

— У меня два единокровных брата, и с ними все в полном порядке. Семейство де Зут утверждает, что плохая наследственность у меня со стороны матери.

— А как ты с этим справляешься?

— Психотерапия. Музыка помогает. И... («Как бы назвать Монгола?») — советы. Вроде как наставника. — Джаспер допивает пунш и объясняет свою теорию: — Мозг создает модель реальности. Если она не слишком отличается от той, которая существует в умах большинства людей, тебя называют здравомыслящим. Если модель радикально иная, то тебя объявляют гением, эксцентриком, провидцем или безумцем. В самых тяжелых случаях ставят диагноз «шизофрения» и отправляют в психушку. Я вот не выжил бы, если бы не рийксдорпская лечебница.

— Но безумие — это ярлык, который не отклеишь.

— Об этом надо писать, Дэвид. О нетипических состояниях ума. Кто знает, может, твои страхи сделают тебя знаменитым.

По губам Дэвида Боуи скользит нервическая улыбка.

— У тебя сигаретка найдется? Леннон у меня последнюю стрельнул. Ныжда ливерпульский, даром что миллионер.

Джаспер достает пачку «Кэмел».

— Он еще здесь?

— По-моему, да. Был в кинозале.

— В каком кинозале?

— У Энтони Херши в подвале кинозал. Богачам недурственно живется. Вон там, по коридору, за китайской вазой династии Мин, есть дверь. Ты ее сразу увидишь.

Лестница уходит вниз круто, почти отвесно. На блестящих стенах висят афиши фильмов. «Les yeux sans visage»[1], «Расёмон», «Das Testament des Dr. Mabuse»[2]. Ступеней как-то слишком много. Лестница выводит в небольшой вестибюль, где пахнет горьким миндалем. В кресле сидит женщина, вышивает на пяльцах. Голова у нее совершенно лысая.

— Простите, это кинозал?

Женщина смотрит на него. Глаза — две бездны.

— Попкорн?

Никакого попкорна не видно.

— Нет, спасибо.

— И зачем вы со мной в эти игры играете?

— Простите, не понимаю.

— Все так говорят. — Она дергает витой шнур, и портьеры раздвигаются, открывая прямоугольник тьмы. — Ну, входи.

Джаспер послушно входит. В темноте даже собственные руки не разглядеть. Складки занавеса касаются лица. Джаспер попадает в небольшой зал, где в шесть рядов выстроились кресла, по шесть в каждом ряду. Все места заняты, кроме одного впереди, у прохода. Сквозь табачный дым видны титры на экране: «Паноптикум». Тень Джаспера горбится, он пробирается к свободному креслу. Если Джон Леннон и здесь, то его не видно. Фильм начинается.

---

[1] «Глаза без лица» (фр.).

[2] «Завещание доктора Мабузе» (нем.).

*

В черно-белом зимнем городе сквозь толпу пробирается автобус. Усталый пассажир, человек средних лет, смотрит в окно на деловито падающий снег, на разносчиков газет, на полицейских, избивающих спекулянта, на голодные лица в пустых магазинах, на обгоревший остов моста. Джаспер догадывается, что фильм снимали за «железным занавесом». Выходя, человек спрашивает у водителя дорогу, получает в ответ кивок в сторону громадной стены, заслоняющей небо. Человек идет вдоль стены, пытаясь найти дверь. Вокруг воронки от бомб, поломанные вещи, одичавшие собаки. Развалины круглого здания, где какой-то косматый псих разговаривает с костром. Наконец человек находит деревянную дверь, наклоняется и стучит. Ответа нет. Из каменной кладки торчит обрывок провода, к нему привязана консервная банка. Человек произносит в нее: «Есть тут кто-нибудь?» Субтитры на английском, сам же язык шипящий, хлюпающий, трескучий. Венгерский? Сербский? Польский? «Я доктор Полонски, начальник тюрьмы Бентам ждет меня». Он прикладывает консервную банку к уху и слышит что-то вроде криков тонущих моряков. «Тук-тук-тук». Дверь тюрьмы открывается. Усталость мешком накрывает голову Джаспера. Он поддается...

...и просыпается в крошечном кинозале, озаренном ртутным сиянием пустого экрана. Джаспер оглядывается. Никого нет. Фильм кончился.

— Соболезную, — произносит интеллигентный голос за спиной.

Джаспер оборачивается и видит лицо с обложки альбома. Сид Барретт.

Бывший вокалист *Pink Floyd* — черно-белый отпечаток на сияющей темноте.

— Как фильм? Я задремал.

Сид Барретт проводит языком по краю папиросной бумаги «Ризла».

— Те, кто никогда не ступал за пределы Страны Здравомыслия, просто не понимают.

— Не понимают?

Сид постукивает кончиком длинной самокрутки.

— Как все неописуемо грустно здесь, снаружи. Зажигалка есть?

Джаспер вытаскивает зажигалку *Grootvader* Вима. Вспыхивает язычок пламени. Сид сжимает косячок губами, наклоняется. Втягивает дым, предлагает затянуться Джасперу. Кайф наступает мгновенно. В косяке не только марихуана. Слова Сида звучат прерывисто, с задержкой, будто отскакивают от Луны.

— Мы думаем, что мы — единство, но мы-то с тобой знаем, что «я» — это «множество». Есть Я-хороший. Я-психопат. Я-насильник. Я — самовлюбленная личность. Я-святой. Я — Все в порядке. Я-самоубийца. Я — тот кто не смеет произнести свое имя. Я — темный шар. Я — царство «я».

Джаспер думает о Тук-Туке. Наверное, нет ни минуты, когда бы он не думал о Тук-Туке. «Только музыка внутри».

— А кто царь, Сид?

Сид Барретт глядит на него черными дырами глаз, открывает рот и тушит косячок о язык. Окурок шипит.

Начинается другой фильм. Экран сияет синим. Заштрихованное море, залакированное небо, береговая линия телесного цвета. На экране возникает лайнер компании «Уайт стар». Трижды звучит гудок. Титры: «У ПОБЕРЕЖЬЯ ЕГИПТА, НОЯБРЬ 1945».

Кадр сменяется. Палуба парохода «Солсбери». Капитан щурит глаза, смотрит в молитвенник. «Господи Боже, властью Слова Твоего усмирил Ты первозданную стихию морскую...» Капитан-северянин читает молитву невыразительно, как донесение в адмиралтейство. «...Ты остановил бушующие воды потопа и пресек великое волнение на море Галилейском...»

Ракурс сменяется. Палуба. Пассажиры и команда стоят вокруг гроба. Измученная нянюшка баюкает трехдневного младенца. Младенец плачет. Капитан продолжает: «Господи, мы предаем бренное тело Милли Уоллес в морские глубины. Даруй ей, Боже, мир и...»

Кадр сменяется. На палубе первого класса две англичанки стоят у поручней, смотрят на церемонию.

— Какая трагедия, — говорит одна.

— Моя горничная слышала от миссис Дэвингтон, что она... — рука в перчатке указывает на гроб, — вовсе не *миссис* Уоллес, а незамужняя *мисс*.

— Прислуга всегда сплетничает.

— Как будто у них других дел нет. Так вот, эта самая мисс Уоллес — медсестра, которая отправилась в Бомбей... гм... ловить рыбку, простите за вульгарность. Многие девушки едут в Индию в надежде подцепить на крючок состоятельного мужа. Судя по всему, мисс Уоллес переоценила свой рыболовный талант. Ее саму поймал в сети какой-то голландец... — Она переходит на шепот: — Женатый! У него семья в Йоханнесбурге.

Первая англичанка изумленно распахивает глаза:

— Не может быть! Но его призвали к ответу? Неужели губернатор не вмешался?

— Как только угроза подводных лодок миновала, мерзавец сбежал в Южную Африку. А мисс Уоллес осталась в Бомбее. Одна-одинешенька, да еще и в интересном положении. И денег у нее хватило только на билет в третьем классе. Вдобавок пароход задержался в Бомбее и в Адене, а природу не удержишь, вот и...

Первая англичанка обмахивается веером:

— Да, конечно, тут виноваты оба, но бедняжке нельзя не посочувствовать...

Камера наезжает на... Гроб, трехдневный младенец на руках. Джаспер.

Голос второй англичанки:

— Бедный малыш... Без матери, незаконнорожденный... Трудно ему в жизни придется.

Четверо матросов в парадной форме подносят гроб к поручням. Пятый трубит традиционную вечернюю зорю.

Кадр сменяется. Подводная съемка. Наверху — очертания корпуса «Солсбери». Сверкающий шар солнца. Гроб падает в воду. Рыбешки бросаются в разные стороны. Гроб Милли Уоллес опускается... опускается... опускается и наконец ложится на песчаные складки дна. Гребные винты, взревев, приходят в движение, вспенивают воду. Пароход удаляется под звуки «Аквариума» Сен-Санса. Рыбешки подплывают к гробу.

Глаза Джаспера наполняются слезами. Впервые в жизни. Невероятное, чуждое ощущение. «Значит, вот какое это чувство...»

Может быть, Милли Уоллес оставила сыну какую-то весточку? Камера наезжает на гроб, крышка заполняет весь экран. Джаспер прижимает ухо к деревяшке.

Тук...

Тук *тук* тук

ТУК! ТУК! ТУК!

ТУК! ТУК! ТУК!

В коридоре толпятся люди, болтают, флиртуют, пьют, курят, спорят. Джаспер задыхается. Сердце колотится. Стук не поднимается по крутым эшеровским ступеням вслед за Джаспером, но неотвязное ощущение смертного приговора не исчезает. «Тук-Тук выбирается на свободу, и я не могу его остановить». Появляется Брайан Джонс — в накидке, бусах и золоте, — загадочно произносит:

— Есть разговор. — Его болезненное дыхание неприятно пахнет дрожжами. — Кое-какие фразы из твоей песни «Приз». Я вспомнил. Я их тебе говорил. В клубе «Scotch of St. James».

Джаспер усилием воли переключает мысли с Тук-Тука на несчастного Брайана Джонса.

— Правда. Некоторые фразы твои. Спасибо.

— Волшебное слово! — Брайан Джонс осеняет его крестным знамением. — Отпускаю тебе грехи, сын мой. Вот, я тоже кое-что умею. Генерирую идеи для Мика и Кита, но от них благодарности не дождешься, один сарказм. Вообще-то, мне надо песни сочинять. Вон, даже Уаймен сочинил одну для «Сатанинских травести». Значит, так и порешим. Прямо сейчас и начну. Завтра. У тебя наркота есть?

— А, лорд де Зут Мэйферский и король Брайан Котчфорд-Фармский! — К ним приближается Род Демпси, наркодилер Дина. — Тут только что прозвучали четыре моих

476

любимых слова или мне послышалось? Кто спросил: «У тебя наркота есть?»

— Спаси меня, сэр Родни Грейвзендский, — стонет Брайан Джонс. — С некоторых пор я боюсь выходить из дома даже с упаковкой аспирина.

— Для вас, друг мой, аптека всегда открыта. — Род Демпси вкладывает пакетик в карман жилетки Брайана и поворачивается к Джасперу. — А тебе? Есть прелли, молли, марь... Кислота, чистейшая, как первый снег.

— В другой раз.

— Как скажешь, я не в обиде. Брайан, я к тебе на следующей неделе загляну, счет подбить. А то там уже набежало. Сам знаешь, в долг не бери и взаймы не давай... — Род Демпси подмигивает и теряется в толпе.

Его место занимает Дин.

— Джаспер. Мистер Джонс.

— А, друг-узник! — Брайан Джонс хватает Дина за плечи. — Мне только что пришла в голову классная мысль. Давай мы с тобой сварганим кинец. Про тюрьму. Мик вон снимается в каком-то фильме про гангстеров. Плещется с Анитой в ванне, голышом. Кит ревнует до чертиков. Так ему и надо. А мы пригласим Херши в режиссеры. И назовем фильм «Несломимые», или что-то в этом роде. Ну, что скажешь?

— Скажу: «Сколько денег?» и «Где подписать?».

— «Тонны» и «кровью на указанном месте».

— Я согласен. Статуэтка Оскара украсит пианино моей бабули.

— Класс. Я поговорю с... с моими людьми. А пока мне надо навестить укромный уголок, вскрыть подарочек моего друга Демпси. Я мигом.

Они глядят ему вслед.

— Он себе бутерброд не сварганит, куда там кинец, — вздыхает Дин. — Ты где все это время прятался? Я думал, ты ушел.

— Я задремал в кинозале.

Дин странно смотрит на него.

— Когда ты в кино успел?

— Тут, в подвале, кинозал. Там был Сид Барретт. Кается.

— Сид тоже здесь? Нет, на этой вечеринке слишком много знаменитостей. Просто смешно. Мы с Хендриксом в сортире столкнулись.

— А Джон Леннон еще здесь?

— Где-то там... — Дин машет рукой в направлении коридора с книжными шкафами вдоль стен; там толпятся люди. — С этой своей азиаткой. Беседует с какой-то теткой, подозрительно напоминающей Джуди Гарленд. Эльф куда-то запропастилась. Левон тут... циркулирует. Колм тоже здесь. В общем, увидимся дома или завтра в «Пыльной лачуге», если дома не увидимся...

— Хорошо.

Едва Джаспер отходит, как путь ему преграждает Эми Боксер, бывшая подруга Дина, с недавних пор — репортер «Дейли мейл».

— Я б спросила: «И ты здесь?» — но здесь кого только нет! — восклицает она, стряхивая пепел в хрустальную вазу с ароматическими сухими лепестками. — Тони и Тиффани все очень ловко обставили. Они наверняка заморочили вам голову: «Ах, мы снимаем фильм про рок-н-ролл... Не знаем, кого брать на главные роли — актеров или настоящих вокалистов...» Забавный кунштюк.

— Кунштюк? — Джаспер не знает такого слова.

— Джаспер, Херши заманил на свой летний бал всех лондонских знаменитостей, во-первых, для того, чтобы об этой вечеринке говорили как о главном событии сезона, а во-вторых, чтобы устроить колоссальную пробу актеров... — Эми прижимается к нему, пропуская принцессу Маргарет и лорда Сноудона, — для фильма, который еще не факт что снимут.

— Я и не подозревал, — говорит Джаспер.

— Вот поэтому ты весь такой из себя... дин-дон, динь-дон!.. — Эми дергает галстук Джаспера, как веревку колокола. — Очаровательный. Между прочим, ты со мной еще не рассчитался за то, что я вас всех вызволила из жуткой итальянской тюрьмы. И как ты думаешь со мной расплатиться? Динь-дон, динь-дон?!

———

Вечернее небо — сланец и перламутр. В свете прожектора бассейн сияет полуденной синевой. Шатер на лужайке в саду мерцает изнутри, а труба и фортепьянное джазовое трио играют «Summertime»[1]. Джаспер подходит к Гриффу, которого окружает толпа манекенщиц, актрис, интеллектуалов и бог знает кого еще.

— ...Глаз не сомкнул. В соседней камере кто-то всю ночь орал. По-итальянски, так что я не знал, что там вообще происходит. Ну, наутро мне приносят поднос с завтраком, а там, среди фасоли на тарелке, лежит отгрызенный большой палец!

Девушки визжат. Кто-то говорит на ухо Джасперу:

— Это он серьезно? Или заливает ради смеха?

Джаспер оборачивается. На него смотрят насмешливые глаза из-под всклокоченных прядей афро, на которых сидит цилиндр змеиной кожи с ярко-синим перышком.

— Охренеть! — вопит Грифф. — Это Джими Хендрикс!

— А вот и название для твоего сольного альбома, — говорит Кит Мун. — «Охренеть, это Джими Хендрикс». А я назову свой «Мун как Мун».

— «Утопия-авеню», я просек вашу музыку. — Джими Хендрикс пожимает руки Джасперу и Гриффу. — Ваш альбом — полный улет.

«Сделай ответный комплимент», — напоминает себе Джаспер.

— «Axis»[2] — новаторский альбом.

— Да ну, я его слышать не могу, — говорит Джими Хендрикс. — Там звук хреновый. Я мастер в такси забыл...

— ...Или лучше «Мун во всей красе»? — продолжает Кит Мун. — Нет, это еще хуже. Звучит как дешевая порнушка. Черт, как начнешь, так не остановиться...

— ...ну, мы взяли бобину у Ноэля, а она была зажеванная. Чезу пришлось ее выглаживать. Буквально. Утюгом. А вы где записываетесь?

— В «Пыльной лачуге», — отвечает Джаспер. — На Денмарк-стрит.

---

[1] «Летней порой» *(англ.)*.

[2] «Ось» *(англ.)*.

— А, знаю. Мы там первую демку записывали.

— ...может, назвать «Зверский Мун»? — не унимается Кит Мун. — И фотка на обложке: я, загримированный под оборотня, вою на Луну...

— Слушай, а что у тебя там за примочки, на «Вдребезги»? — спрашивает Джими Джаспера. — Фузз, что ли? Я так и не понял...

— Да я подключил гитару в старый «сильвертон» Диггера, а там динамик с прорехой, вот и получился такой странный звук.

— А, вот в чем дело. Кстати, это «стратокастер» или «гибсон»?

— У меня только «стратокастер». Я его купил... — (в бассейн кто-то прыгает), — у одного моряка в Роттердаме. Модель пятьдесят девятого года, «фиеста ред». Звук не такой взрывной, как у тебя, ни фузза, ни спирали, зато инструмент универсальный, подходит для всего. Очень классно рычит в новой тюремной песне Дина.

— Ага, я читал про ваши римские каникулы. В тюряге несладко.

— Повезло вам, что журналюги встали на защиту, — говорит Брайан Джонс. — А меня гнобят. За жалкий пакетик дури... между прочим, подброшенный детективом Пилчером. Этот мудак мне еще и предложил, мол, выбирай, за что хочешь сесть — за дурь или за кокс.

— Власти боятся, что ваше вызывающее поведение послужит дурным примером для масс, — говорит грузный человек в строгих очках; Джаспер знает, что это известный драматург, но не может вспомнить, как его зовут. — Если вам сходят с рук дерзкие выпады в адрес власть имущих, то и заводские работяги начнут вести себя так же. А это может привести к революции.

— Пиф-паф, ты убит! — Малыш в ковбойской шляпе, банном халатике и шлепанцах стреляет в драматурга из игрушечного пистолета.

— А кто не убит, в конце-то концов? — вопрошает драматург. — Вот так рожают, распластанные на могиле, блеснет день на мгновение, и снова ночь.

Мальчик оглядывает круг великанов, выбирает следующую жертву — Джими Хендрикса:

480

— Пиф-паф, ты тоже убит!

— Привет, коротыш. Вообще-то, очень привлекательная мысль.

Мальчик крутит пистолет на пальце и засовывает в кобуру. Подходит Тиффани Херши:

— Криспин! Кто разрешил тебе выйти из твоей комнаты?

— Шалун Фрэнк, — серьезно говорит Криспин, будто это все сразу объясняет.

— У моего сына целая орава воображаемых друзей, — вздыхает Тиффани. — Фрэнк отдувается за все проделки Криспина.

Драматург ставит пустой бокал на поднос проходящего мимо официанта, берет полный.

— Здоровое воображение — бесценный дар.

— Воображение Криспина здоровым не назовешь, — вздыхает Тиффани.

— Ты — его мама?! — восклицает Дин. («Когда он успел подойти?» — думает Джаспер.) — Правда, что ли? Я даже не...

Криспин направляет пистолет на Дина:

— Пиф-паф, ты убит!

Тиффани говорит Дину:

— Я уже дважды мама. Поэтому так давно не появляюсь на экране. Все, Криспин, пойдем к Агги. Хватит нам убийств в летнюю ночь.

Но Криспин еще не наигрался. Он наводит пистолет на Джаспера и начинает медленно нажимать на спусковой крючок. Джаспер смотрит прямо в дуло, глаза в глаза человеку, которым станет Криспин, и говорит:

— Как приготовишься, так сразу...

— Нет, тебя не надо, — вздыхает мальчик, будто мудрый старец, и поворачивает дуло на Брайана Джонса: — Пиф-паф, ты убит! — И на Кита Муна: — Пиф-паф, и ты тоже!

Кит Мун притворно стонет:

— В глазах темнеет...

— Иди на свет, Кит, — замогильным голосом вещает Брайан. — Иди прямо на свет...

— Не надо поощрять его фантазии, — говорит Тиффани, но Кит, не прекращая стонать, хватает Брайана Джонса за локоть, они вдвоем отступают на самый край бассейна... и плюхаются в воду, забрызгивая всех вокруг каскадами воды. По саду разносятся смех и визг.

Саксофонист выводит мощное «How Deep Is the Ocean?»[1]. Джаспер ползет по светлому туннелю фута четыре в ширину и три — в высоту. Земля мягкая. Дерн. Джаспер встает на четвереньки. Стены туннеля полотняные. Джаспер трогает потолок. Стучит костяшками по дереву: тук-тук. Зря это он. Тук-тук. Да, несомненно. Скоро, очень скоро. А пока придется полагаться на запасы квелюдрина и ковылять вперед. «Что это?» Обувь. Бок о бок. Мужские туфли. Женские туфли. Сброшенные туфли. Сандалии, в них пальцы с накрашенными ногтями. «Я под столами в шатре». Он помнит, что сообразил это раньше. Он помнит, как сообразил, что помнит, как сообразил это раньше. Интересно, как долго можно продолжать эту цепочку рассуждений? Рука наталкивается на что-то мягкое. Булочка. Он сжимает податливый комочек. Мякиш чавкает. «Тук-тук». Джаспер подползает к дальнему углу. Поворачивает направо. «Выбора нет». Это не первое кругосветное путешествие в Подстолье. «Я потерял часы. Времени это без разницы». Из-за угла впереди появляется чья-то рука. Еще один исследователь Подстолья. В двадцати футах от Джаспера. В пятнадцати. В десяти, в пяти... Они присматриваются друг к другу.

— Ты — это ты, правда? — спрашивает Джаспер.

— По-моему, да, — говорит Джон Леннон.

— Я тебя ищу с тех самых пор, как пришел.

— Поздравляю. Я тоже ищу... — Ему явно нужна подсказка.

— Что ты ищешь, Джон?

— Да я тут... потерял...

— Что ты потерял, Джон?

— Голову.

---

[1] «Как глубок океан?» *(англ.)*

482

Явились не запылились

Новехонький вишневый «триумф-спитфайр марк III» вписывается в крутые повороты у Мраморной арки с такой легкостью, будто Дин управляет им телепатически. Мурлыкающий двигатель с рабочим объемом 1296 кубиков, приборная доска из ореха, кожаные сиденья цвета бычьей крови, скорость девяносто пять миль в час, «но и сотню вытянет, если под горку и очень захотеть», как заверил продавец в автосалоне. С опущенным верхом, то под солнцем, то в тени деревьев, Дин пронесся по Бейсуотер-роуд, обогнал «мини», цементовоз, автобус, битком набитый пассажирами, такси, в котором ехал какой-то тип в котелке, и резко затормозил у светофора рядом с гостиницей «Гайд-Парк Эмбасси». Мужчины притворялись, что не завидуют Дину и не пялятся на машину, в которой сидит таинственная красотка в темных очках от Филиппа Шевалье и снежнобелой косынке. Дин и сам бы обзавидовался Дину, если бы уже не был Дином. Альбом на семнадцатом месте в чартах, в записной книжке — номера телефонов Брайана Джонса и Джими Хендрикса, а на счете в банке — 4451 фунт стерлингов, и это после того, как Дин расплатился за автомобиль. Машина обошлась бы в три или четыре годовых зарплаты, послушайся Дин совета Гарри Моффата и пойди он работать на завод, как Рэй. Дин положил руку на рычаг переключения передач, совсем рядом с карамельно-загорелым бедром Тиффани Херши. Рычаг подрагивал.

— Не жалеешь, что купил? — спросила Тиффани.

— Машину-то? Ты шутишь?

Она потрепала его по руке:

— Настоящее произведение искусства, а не автомобиль.

«Потрепала? Или погладила?»

— Я так рад, что ты пошла со мной. Спасибо, Тиффани! А видела, как у продавца рожа-то переменилась, когда он тебя узнал? — хохотнул Дин и, изменив голос, произнес: — «Ах, вы приятель семьи Херши? Я сейчас позову мистера Гаскона...»

— К сожалению, Тони не смог пойти с нами. Когда приезжают американцы, он полностью переключается на них.

Дин ни о чем не сожалел. На светофоре вспыхнул зеленый. Дин нажал педаль акселератора, и «спитфайр» скользнул вперед. Встречный ветер развевал пряди Тиффани, выбившиеся из-под косынки. У Кенсингтон-Пэлас-Гарденс снова загорелся красный. Рука в лайковой перчатке легла на руку Дина.

— А можно тебя попросить... Давай сделаем круг: Найтсбридж, Букингемский дворец и Пэлл-Мэлл? Я так давно не наслаждалась свободой...

— К полудню меня ждут в «Пыльной лачуге», но до тех пор я в твоем распоряжении.

— Ты прелесть. На перекрестке сверни налево.

— Там ворота и полицейский. Туда пускают?

— Тиффани Сибрук в кабриолете «триумф»? Безусловно.

Дин свернул налево и остановился у ворот.

— Какое прекрасное утро! — Тиффани сняла солнечные очки и лучезарно улыбнулась. — Нас пригласили на обед мистер и миссис Юкава, из посольства Японии. Можно проехать?

Полицейский окинул взглядом Тиффани, автомобиль и Дина — именно в такой очередности.

— Конечно, мисс. Приятного вам аппетита, сэр.

— Умение играть — полезная штука, — сказал Дин, когда машина въехала за ворота.

— Все играют. Если делать это хорошо, то успех обеспечен.

«Спитфайр» катил по зеленой аллее, мимо посольств. Большинство флагов Дин не узнавал. Старые империи разваливались, и новые государства появлялись каждый год. Еще недавно Дину грозили три года в римской тюрьме, а сейчас он рассекал по посольскому кварталу и копы обращались к нему «сэр». Дин свернул налево, на Кенсингтон-роуд и ехал по зеленому коридору до самого Альберт-Холла, где сказал Тиффани:

— Вот увидишь, в один прекрасный день «Утопия-авеню» соберет здесь полный зал.

— Зарезервируй для меня королевскую ложу. Я буду взирать на тебя с обожанием.

«Ух ты, она сказала „на тебя", а не „на всех вас"!» Вожделение Дина переключило передачу.

Тиффани достала откуда-то крошечное зеркальце и подправила помаду. Дин строго напомнил себе, что ни о какой интрижке не может быть и речи. Мать двоих детей. Муж. Если вдруг что, «Утопия-авеню» лишится возможности написать музыкальное сопровождение к новому фильму «На тропинках Севера». Левон, Эльф и Грифф взбесятся. Если узнают, конечно.

Дин представил, как расстегивает молнию на ее платье. Пульс участился.

— О чем задумался? — спросила она.

Дин решил, что все женщины — телепаты, а если не все, то многие — во всяком случае, те, с которыми он спал.

— Свои мысли я предпочитаю держать при себе, Тиффани Сибрук.

— Что ж, мистер Мосс, — с интонациями гестаповца произнесла Тиффани, — мы знать способ как застафить фас фсе гофорить...

Конец первой стороны альбома «Blonde on Blonde». Тиффани снимает повязку с глаз Дина и распутывает веревку на его запястьях. Легкий ветерок колышет занавески в спальне. Лондон гудит, стучит, ускоряется, тормозит и дышит. Кокаиновый кайф уходит. У зеркала лежат швейцарский армейский нож и пластмассовая соломинка. Тиффани могла воткнуть нож куда угодно. Ну, хоть о триппере можно больше не волноваться. Сегодня их третья встреча после утренней прогулки в «спитфайре». Если б он что поймал, уже б ссал кислотой. Тиффани ложится рядом:

— Прости, я тебя всего искусала. Увлеклась. Когда мы с Тони познакомились, я пробовалась на роль в «Поцелуе вампира»... Но взяли какую-то американку...

Дин ощупывает засос на ключице.

— ...а потом я забеременела, родился Мартин, и все. Одно радует — ты прошел пробу на ура.

— Да? — Дин грызет недоеденное яблоко. — А на роль кого?

— Очень смешно. — Она отбирает у него яблоко, откусывает оставшуюся мякоть. — «Тиффани Мосс» звучит красивее, чем «Тиффани Херши».

«Она шутит», — думает Дин.

— Только в обручальном кольце должен быть брильянт побольше прежнего. Ты же знаешь, на это всегда обращают внимание.

Дин задумчиво жует. «Не, ну это явно шутка...»

— Мой адвокат говорит, что если предъявить доказательства в неверности Тони, то, скорее всего, особняк в Бейсуотере достанется мне. Ну, доказательства у меня есть, но ты на всякий случай купи для нас дом. Надо же где-то жить...

Дин смотрит на нее, желая удостовериться, что она шутит.

— В Челси, например. Там очень мило. Только подыщи особняк побольше, чтобы было где устраивать вечеринки. И где разместить экономку и няню. Мальчикам нужны отдельные спальни. Криспину ты нравишься, а Мартин со временем привыкнет...

Кусочек яблока застревает у Дина в горле.

— К тому же мы заведем для них еще одного братика...

Первой приходит крайне неприятная мысль о некой Мэнди Крэддок и ее сынишке, но ее вытесняет такая же крайне неприятная мысль, что Тиффани не шутит, а говорит вполне серьезно.

Дин садится, отодвигается на край кровати:

— Слушай, Тиффани, я тут... вообще-то...

— Нет, ты прав, конечно же. Челси не подойдет. Мы не будем как все. Лучше Найтсбридж. Опять же «Хэрродс» совсем рядом.

— Да, но... В смысле, мы же... а ты... но...

Тиффани садится, прикрывает грудь влажной от пота простыней, недоуменно морщит лоб:

— Что «но», милый?

Дин таращит глаза на любовницу. «И как теперь из этого выпутаться?» На лице Тиффани возникает лукавая улыбка. Облегчение растворяется в крови, как сахар.

— Ах ты, ведьма! Злая-презлая колдунья!

— В театральной школе такому первым делом учат.

— Ага, вот я и купился... полностью.

— Спасибо. Я... — Она брезгливо морщится. — Погоди. — Она хватает бумажную салфетку, подтирается, замечает пятнышко белесой слизи на пальце, всматривается в него и говорит: — О, зачатки жизни...

Десять дней назад Джаспер играл Дину первую версию своей новой песни. Зазвонил телефон. Левон мрачно сказал, что хочет поговорить с Дином.

— Тут вот какое дело. Только что в «Лунный кит» приходила некая Аманда Крэддок. С матерью, адвокатом и трехмесячным младенцем. Мальчиком. Она утверждает, что ты — отец ребенка.

Сначала Дину поплохело. Потом он попытался сообразить, о ком идет речь.

— Аманда Крэддок? — Имя звучало незнакомо, но не то чтобы совсем.

— Дин? Ты слушаешь?

Во рту пересохло, горло сдавило.

— Ага.

— Это правда? Или как?

— Не знаю, — прохрипел Дин. — Не знаю.

— Так, никаких «не знаю». Либо да, либо нет. Оба ответа представляют проблему, но одна проблема гораздо дороже другой. В денежном выражении. Ты готов прийти в контору?

— Что, прямо сейчас? А она еще там?

— Нет, она уже ушла. И да, прямо сейчас. После обеда Тед Сильвер собрался играть в гольф, а нам всем надо серьезно поговорить.

Дин повесил трубку. Джаспер продолжал бренчать на гитаре. «Аманда Крэддок?» Три месяца плюс девять... Июнь или июль прошлого года. Свадьба Имоджен, концерт в Грейвзенде — примерно в то же время. Дин тогда встречался с Джуд. Но были и другие. Дин всегда давал понять — ну, более или менее, — что не намерен обзаводиться постоянной подругой. Секс со знаменитостью — секс без обязательств, чисто для удовольствия. Это же всем понятно. Таковы неписаные правила. К сожалению, как запоздало осознал Дин, и у неписаных правил есть исключения, изложенные очень мелким шрифтом, совсем как в контрактах.

На Денмарк-стрит Дин отправился пешком, сказав не умеющему лгать Джасперу, что уходит по делу. Он плелся по влажной, жаркой духоте Мэйфера, вспоминая свои знакомства прошлого лета. Две девицы на вечеринке у какого-то приятеля Роджера Долтри в Ноттинг-Хилле. Или это было в мае? Девчонка в «лендровере» где-то на задворках, когда «Утопия-авеню» выступала на фестивале молодых фермеров в Лафборо. Как ее звали? Крэддок? Иззи Пенхалигон в июне. Или в июле? Дин не помнил. Хотелось верить, что со всем этим можно разобраться до того, как бабуля Мосс и Билл обо всем узнают. В их мире все просто: если девчонка залетела по твоей вине — играем свадьбу, и дело с концом. Как Рэй и Ширли. Вот только Дин теперь живет в другом мире. Эх, знать бы раньше. Он заплатил бы за аборт. Закон же теперь позволяет, так что девчонкам больше не надо обращаться за помощью к сомнительным старухам и умирать на грязных кухнях от потери крови... Дин прошел по Грик-стрит, свернул на Манетт-стрит, под арку у паба «Геркулесовы столпы».

— Время не подскажете, сэр? — спросила девчонка на углу. Хорошенькая, по меркам Сохо.

Дин замедлил шаг. В тени у закопченных стен тут же нарисовался сутенер:

— Свежатинка, только из деревни. Чистенькая. Сочная...

Дин, вздрогнув, поспешил к сомнительному свету, мимо книжного магазина «Фойлз». Эх, было б все это в кино! Не пришлось бы сейчас здороваться с Бетани в «Лунном ките». Она небось поглядит на него из-за пишущей машинки и скажет, почти как ни в чем не бывало: «Доброе утро, Дин»...

Заканчивается вторая сторона «Blonde on Blonde». Липкое бедро Тиффани касается бедра Дина. «Вот если б ты от меня залетела... — думает он. — Пять лет назад. Когда еще без мужа и детей».

— О чем задумался? — спрашивает она.

Поднадоевший вопрос.

— О... о Бобе Дилане.

— Вы с ним приятели?

— Не-а. Пару лет назад я был на его концерте в Альберт-Холле.

— А, Тони прислали билеты, но у Мартина была ветрянка, поэтому я осталась дома, а Тони пошел с Барбарой Уиндзор. Говорят, там без скандала не обошлось.

— Ну, половина зрителей ждали «Blowin' in the Wind», а получили бум-бах-тарарах! В общем, публика расстроилась.

— Все-таки я плохо понимаю Дилана. Вот сейчас он поет «ты притворяешься совсем как женщина», потом... что там? — «любишь совсем как женщина, страдаешь совсем как женщина, а расстраиваешься как девчонка...». Он что, критикует свою подругу? Или говорит это обо всех женщинах? Или как вообще? Неужели нельзя выразиться яснее?

— Ну, все понимают по-своему. Мне, например, такой подход нравится.

Она пальцем обводит его сосок:

— Твои песни мне нравятся больше.

— Так я тебе и поверил! Ты небось всем парням это говоришь.

— У тебя стихи — как истории. Как путешествие. И у Эльф тоже.

— А у Джаспера?

— Песни Джаспера больше похожи на дилановские...

— Ну вот, теперь мне придется его убить. Из зависти.

— Не надо. Где мы тогда будем с тобой встречаться?

— Нам и в «Гайд-Парк Эмбасси» было неплохо.

— Любовникам следует менять места свиданий...

«Похоже, у нее это не первая интрижка», — думает Дин.

— Гостиничная обслуга умеет держать все в секрете, если размер чаевых их устраивает, но Лондон — город сплетен, а Тони — человек известный.

— А когда он вернется из Лос-Анджелеса?

— К концу месяца. Но точно пока не знаю.

В коридоре звонит телефон.

«Тед Сильвер, — думает Дин. — С новостями про Мэнди Крэддок».

В коридоре — дзинь-дзинь — надрывается телефон.

— Возьмешь трубку? — спрашивает Тиффани.

В коридоре — дзинь-дзинь — надрывается телефон.

— Да ну его. Мне с тобой хорошо.

В коридоре — дзинь-дзинь — надрывается телефон.

— Тони уже несся бы сломя голову, — говорит Тиффани. — У него на телефон рефлекс, как у собаки Павлова.

В коридоре — дзинь-дзинь — надрывается телефон.

Дин догадывается, что Павлов — какой-нибудь русский режиссер. Телефон умолкает.

— Впервые за долгое время меня не покидают ради телефонного звонка, — вздыхает Тиффани.

В замке входной двери поворачивается ключ.

Тиффани вздрагивает.

— Это Джаспер, — говорит Дин. — На двери моей спальни висит табличка «НЕ БЕСПОКОИТЬ».

Тиффани не по себе.

— Ты же сказал, что его весь день не будет.

— Ну, может, у него планы изменились. Не бойся, он сюда не войдет.

— О нас никто не должен знать. Нет, правда, я не шучу.

— И я тоже. Я тоже не хочу, чтобы о нас кто-то знал. Пойду предупрежу Джаспера, что у меня застенчивая гостья. Как ты соберешься уходить, он спрячется. Он вообще не любопытствует. Все в порядке.

Дин натягивает трусы, накидывает на плечи халат...

На кухне Джаспер пьет молоко.

— Как выставка? — спрашивает Дин.

— Впечатляюще. Но Луиза договорилась взять интервью у Мэри Куант, поэтому они с Эльф ушли, а я вернулся пораньше.

— Эльф с Луизой часто встречается.

Джаспер смотрит на него:

490

— А ты занимался сексом.

— С чего ты взял?

— Засосы, трусы, халат и... — Джаспер принюхивается. — Пахнет перезрелым сыром бри.

«Фу-у-у!»

— Слушай, она девушка стеснительная, не хочет попадаться тебе на глаза. Уйди, пожалуйста, к себе в комнату.

— Ладно. Только в шесть придет Эльф, так что вы не задерживайтесь. Я-то за вами подглядывать не буду, а вот Эльф обязательно поинтересуется.

В «Лунном ките» Бетани поглядела на Дина из-за пишущей машинки и сказала, почти как ни в чем не бывало:

— Доброе утро, Дин.

— Доброе утро, Бетани. Ну, я тут...

— Тед с Левоном тебя ждут.

И снова затрещала клавишами.

Дин постучал, приоткрыл раздвижные двери кабинета Левона.

Менеджер и юрист сидели у журнального столика, курили.

— Ну вот, помянули черта... — улыбнулся Тед.

— Садись, — без улыбки предложил Левон.

Дин прислонил «фендер» к картотечному шкафчику и сел. Закурил пятую «Мальборо» за утро.

— Что ж, зададим вопрос, которым из века в век задается человечество. Ты — отец?

— Не знаю. И никакой Аманды не помню. У меня много знакомых девушек, только я их имена не записываю в ежедневник.

Левон берет со стола свой ежедневник и достает оттуда фотографию девушки с ребенком на руках. Девушка темноглазая, темноволосая, с неуверенной улыбкой. Ребенок как ребенок. Как все младенцы. Маму Дин мысленно относит к категории «я б не отказался».

— Ну как? Вспомнил что-нибудь? — спрашивает Левон.

— Не-а. Ничего конкретного.

— А вот мисс Крэддок назвала конкретную дату. Двадцать девятое июня. Фестиваль братской любви в концертном зале «Александра-пэлас». Вы играли между *Blossom Toes* и *Tomorrow*. И если верить ей, вы познакомились за кулисами, во время сета *The Crazy World of Arthur Brown*, потом пошли к ней домой, в квартиру над прачечной, а через девять месяцев... — Левон показывает фотографию, — родился Артур Дин Крэддок.

Огромное облако сомнений моментально схлопывается в крошечную белую точку, как экран выключенного телевизора, и пропадает. «Ах ты ж черт!» Прачечная. «Мэнди», а не «Аманда». Она тогда спросила: «А мы с тобой еще увидимся?» — а Дин, как обычно, ответил: «Давай не будем портить воспоминания о чудесной ночи». Ее мать складывала белье на первом этаже. Посмотрела на Дина, но ничего не сказала, и он вышел на тихую воскресную улочку.

— Ага, я с ней спал.

— Что еще не является доказательством того, что отец — ты, — сказал Тед Сильвер. — Ни с юридической точки зрения, ни с точки зрения прав наследования. Мать-одиночка может и солгать.

Дин с надеждой посмотрел на фотографию и тут же устыдился сам себя. Похож ребенок на Моссов? Или на Моффатов? Хотелось показать фотокарточку бабуле Мосс, но было страшно. Ох она и разозлится!

— А говорят, делают такой анализ крови...

— Анализ на группу крови исключает отцовство только в тридцати процентах случаев, — отмахнулся юрист. — Не стоит на него полагаться.

— И что же мне делать?

Тед Сильвер взял имбирное печеньице.

— Можешь сказать, что никогда не встречался с мисс Крэддок. Но делать этого я не советую. Если дойдет до суда, придется давать ложные показания. А это чревато неприятностями. — Он захрумкал печеньем. — Можно сказать, что вы с мисс Крэддок действительно вступали в, гм, сношения, но ты не признаешь отцовства. — (Хрум-хрум.) — А можно признать отцовство и начать переговоры о компенсации.

— И о какой сумме идет речь?

— Тут уж как договоримся, само собой.

— Само собой. Но...

— Но на месте семейства Крэддок я бы потребовал единовременную выплату в размере суммы, которую им заплатили бы в бульварной прессе за подобную историю, плюс ежемесячные алименты с учетом инфляции до достижения ребенком восемнадцатилетнего возраста.

— Ни фига себе. Это до какого же года?

— До тысяча девятьсот восемьдесят шестого.

Это было какое-то невообразимое будущее.

— И сколько же надо денег?

— Тысяч пятьдесят, а то и больше. С учетом инфляции.

Кабинет завертелся, как ярмарочная карусель. Дин закрыл глаза, чтобы не кружилась голова.

— Пятьдесят тысяч за один-единственный перепих? За ребенка, который не факт что от меня? Нет уж, фигушки.

— В таком случае мы предварительно остановимся на втором варианте. Ты признаешь, что у вас с мисс Крэддок была физическая близость, но отказываешься признавать, что ты — отец ребенка.

Дин открыл глаза. Кабинет стоял на месте.

— Ага. Давай так. И вообще, почему она только теперь про меня вспомнила, когда у меня денежки завелись? Небось, решила поживиться?

Тед посмотрел на Левона:

— Ну что? Есть еще соображения? Опасения? Во что это все выльется?

Левон закурил.

— Если бы у группы была репутация *The Rolling Stones*, то все сказали бы: «Ну, ничего удивительного». Если бы группу позиционировали как британскую *Peter, Paul and Mary*, то такой поворот ее убил бы. А с «Утопия-авеню»... Тут может выйти по-любому. Некоторые журналисты начнут говорить: «Лучше бы этот безответственный обманщик гнил в итальянской тюрьме». Поклонницы Эльф будут удивляться, как она терпит этого мартовского кота-спермомёта. С другой стороны, Дина поддержат мужчины, мол, парень не промах, своего не упустит. В общем, одно другого не исключает. Зато о группе будут много писать.

— Согласен. Значит, пока мы попробуем потянуть время. Я скажу адвокату Крэддоков, что Дин потрясен новостью, попрошу две недели отсрочки, чтобы подготовить наше предложение. Предупрежу, что если Крэддоки начнут общаться с прессой, то дальнейших переговоров не будет. И скажу, что Дин готов сдать кровь на анализ. Если мисс Крэддок интересуют только деньги, то это ее может припугнуть. А если дойдет до суда, то стремление подтвердить или опровергнуть отцовство выставит Дина в хорошем свете.

«Суд... Пресса... Скандал... Ой-ой-ой...»

— Они же бедные, так? Значит, больших денег на адвокатов у них нет?

— Да, с деньгами у них туго.

— Значит, когда выяснится, что судебное разбирательство им дорого обойдется, они могут передумать?

— Вполне возможно. — Тед Сильвер стряхнул пепел. — Но знаешь, за тридцать лет юридической практики я твердо уяснил одно: невозможно предсказать, как поступит истец.

Заканчивается третья сторона альбома «Blonde on Blonde».

— Когда родился Мартин, мы с Тони договорились... — Тиффани стряхивает пепел в пепельницу. — Я делаю перерыв в карьере и становлюсь примерной матерью. А через пять лет Тони снимает фильм, где я играю главную роль. *Quid pro quo*[1]. Я — актриса. А в шестьдесят первом году «Пух чертополоха» был одним из лучших британских фильмов. Да, меня помнят по ролям в «Так держать...», в «Буре» на сцене Королевского национального театра и в «Батлшип-Хилле». Лишь по нелепой случайности я не сыграла Ханни Райдер в «Докторе Ноу». В общем, мы договорились. Мне достались пеленки, кормление, няни и бессонные ночи, а Тони снимал «Уиган-Пирс» и «Гефсиманию». Моему агенту поступали предложения, но Тони каждый раз говорил, что мне понадобятся силы для триумфального возвращения Тиффани Сибрук на большой экран. Наконец в прошлом году он начал работать над сценарием «По тропинкам Севера». То есть не он, а мы. Точнее, я. Я вложила в сценарий больше сил, чем Макс, соавтор Тони. Пайпер, призрак сестры рок-певца, — великолепный персонаж. И эта роль

---

[1] *Здесь:* услуга за услугу, взаимовыгодный обмен *(лат.)*.

предназначалась мне. А две недели назад, как раз в тот день, когда ты купил «спитфайр»...

— А при чем тут мой «спитфайр»?

— Совершенно ни при чем. Просто когда я вернулась домой, Тони сообщил мне новость... — Тиффани скрипит зубами. — Киностудии «Уорнер бразерс» очень понравился сценарий, и они готовы вложить в фильм полмиллиона долларов, если роль Пайпер сыграет Джейн Фонда.

— Джейн Фонда? Джейн Фонда отправится в душеспасительное путешествие на остров Скай?

— Съемки будут проходить в Лос-Анджелесе. А фильм будет называться «По тропинкам Дальнего Запада». Сиськи, мохито и блондинки.

Дин слышит, как Джаспер набирает ванну.

— Фигня какая-то.

— Не фигня, а предательство. В общем, я объяснила Тони, куда послать американцев и их полмиллиона долларов. И знаешь, что он мне ответил?

«Догадываюсь, что его ответ тебе совсем не понравился».

— Что?

— Что за особняк, мои драгоценности, «мои» летние балы и нянь надо чем-то платить, поэтому он не намерен отказываться от полумиллиона долларов. Мол, все, разговор закончен, *fait accompli*[1].

«Что еще за фей? Или кто? Фэй?»

— Да... Нож в спину.

— Он попытался подсластить пилюлю и предложил мне роль свихнувшейся лесбиянки-психопатки — «Уорнер бразерс» добавили ее в сценарий. Я послала Тони куда подальше. Ну, он и улетел. В Лос-Анджелес. Работать с актрисами.

«Значит, она со мной спит из мести, — думает Дин. — Ну и что с того?»

— Я не хотела тебе все это рассказывать, — говорит Тиффани. — Любовница, которая жалуется на мужа, — не самая...

«Вообще-то, я не против».

---

[1] Свершившийся факт *(фр.)*.

Дин целует ее — слышит, как в замке входной двери поворачивается ключ, — резко обрывает поцелуй и напряженно вслушивается.

— В чем дело? — спрашивает Тиффани.

— Джаспер принимает ванну. Кто там пришел?

В коридоре звучат голоса. Кровь в теле Дина мгновенно приливает к совершенно иным органам. Он натягивает брюки и футболку, хватает пустую бутылку, которая обычно служит подсвечником, но сейчас сойдет за биту, и выглядывает в коридор. В ванной комнате громко играет радио. Наверное, Джаспер ничего не слышит. В дальнем конце коридора, за шторками из бусин, стоят два грабителя...

Дин с криком бросается на них. Грабитель помоложе ойкает, в ужасе отпрыгивает, ударяется спиной о вешалку, валит ее на пол и сам падает сверху. Второй, тот, что постарше, невозмутим. Ему лет пятьдесят. При галстуке, в строгом костюме. Смотрит на Дина так, будто находится у себя дома. Дин взмахивает бутылкой:

— Кто вы такие? И что вам понадобилось в моей квартире?

— Это моя квартира, — с иностранным акцентом заявляет старший. — Меня зовут Гюс де Зут. Я — отец Яспера.

— Чего?

— А ты думал, его в лаборатории собрали? А вот это мой сын, Мартен.

Мартен, которому на вид лет тридцать, морщась, встает с пола.

— Так что мы спросим у тебя то же самое. Кто ты такой? И что тебе понадобилось в моей квартире? И прекрати махать бутылкой. Постыдился бы.

Дин замечает фамильное сходство.

— Меня зовут Дин. Мы с Джаспером вроде как соквартирники. Я думал, вы грабители. Извините.

Появляется Джаспер, мокрый, с полотенцем на бедрах. Он обменивается парой фраз по-голландски с отцом и единокровным братом. Встреча семейства проходит безрадостно. Упоминают имя Дина. Джаспер говорит всем:

— Погодите, я мигом, — и уходит в ванную.

Мартен де Зут поднимает с пола вешалку.

— По-моему, ты играешь на бас-гитаре в группе Яспера.

— Строго говоря, «Утопия-авеню» — не группа Джаспера. А если бы вы позвонили в дверь, то я бы не... я бы открыл.

— Я звонил по телефону, — говорит Гюс де Зут. — Час тому назад. Никто не взял трубку, и мы решили, что никого нет дома.

«А, вот кто звонил», — соображает Дин.

— И давно ты снимаешь у меня комнату? — спрашивает Гюс де Зут.

«Снимаю? Арендная плата? М-да, щекотливый вопрос...»

— Ну, это вам Джаспер расскажет.

— А сам ты не помнишь?

— Вы садитесь. Я сейчас заварю чай.

— Очень по-английски, — замечает Мартен де Зут.

Тиффани, которая прислушивалась к разговору — на всякий случай, вдруг пришлось бы звать на помощь соседей, — теперь жалуется, что все это очень некстати, и беспокоится, что застряла здесь надолго. Она сказала няне, что вернется к семи вечера, а уже шестой час. Дин заглядывает на кухню. Незваные гости курят «Честерфилд», Джаспер курит «Мальборо», и все говорят по-голландски. Дин хочет уйти, но тут закипает чайник, а никто из де Зутов не обращает на это никакого внимания. Дин заваривает чай и, воспользовавшись паузой в голландской беседе, спрашивает:

— А по какому поводу вы в Лондоне, мистер де Зут?

— Мы приезжаем сюда три или четыре раза в год.

— И первый раз пришли в гости?

— Я приезжаю по делам, а не для развлечений.

Дин открывает рот, чтобы спросить, а как же семья, но вспоминает Гарри Моффата, отгоняет мысль о сыне Мэнди Крэддок и подает чай.

— Мы расширяем дело, — говорит мистер де Зут. — Так что теперь я буду приезжать чаще.

— Замечательно. — Дин разливает всем чай. — А... вам молоко?

— Да, молоко приемлемо, — заявляет отец Джаспера.

— А вам... как вас называть — Мартен или тоже мистер де Зут?

— Мы с тобой близки по возрасту, поэтому меня можно называть по имени и на «ты». Да, молоко приемлемо.

— Отлично, — говорит Дин. — Могу предложить гренки с фасолью или пшеничные подушечки «Шреддиз».

Не замечая иронии, Гюс де Зут смотрит на тонкие наручные часы:

— Боюсь, нам придется отказаться. Нас ждут на ужин у сына голландского посла. Поэтому мы сейчас всё побыстрее обсудим и уйдем.

«Побыстрее обсудим и уйдем — это замечательно», — думает Дин и говорит:

— Давайте.

— К концу июля вы должны освободить квартиру.

«Чего-чего?»

— Но мы же здесь живем...

Дин смотрит на Джаспера. Тот не удивляется. Наверное, ему уже сказали об этом по-голландски.

— Да, а с первого августа здесь будут жить Мартен и его жена, — говорит Гюс де Зут.

Джаспер что-то спрашивает по-голландски у единокровного брата.

Мартен отвечает по-английски:

— В апреле, в Генте. Зои из семьи банкиров, дочь маминой приятельницы. Я имею в виду свою маму.

«Да, шизанутая семейка, ничего не скажешь. Моссы с Моффатами и то нормальнее».

— Поздравляю, — говорит Джаспер.

Мартен спокойно отвечает что-то по-голландски.

А вот Дин не может успокоиться:

— Погодите-ка. Вы же сами сказали, что Джаспер — ваш сын, а не какой-то там квартирант. Мне ведь не приснилось?

Гюс де Зут невозмутимо отпивает чай.

— А... Яспер обсуждал с тобой свое... происхождение?

— Ну, вообще-то, в свободное время мы с ним разговариваем. В поездках свободного времени много. Так что да, я знаю, как вы в Индии обошлись с его мамой. А потом делали вид, что его самого не существует, пока его дедушка вас не заставил.

Гюс де Зут затягивается «Честерфилдом».

— По-твоему, я злодей из кинофильма?

— А кто вы, по-вашему, мистер де Зут? Жертва?

— Не совсем. Я признал Яспера своим сыном. Мы, де Зуты, позволили ему взять нашу фамилию.

— И за это вам надо памятник поставить?

Гюс де Зут чуть морщится, как благоразумный человек, попавший в досадную ситуацию.

— Молодым людям свойственно допускать ошибки. Ты же сам знаешь.

«Еще как знаю, — думает Дин. — Только тебе об этом не скажу».

Отец Джаспера выдыхает струю дыма.

— Я платил за обучение Яспера. За его каникулы в Домбурге. За лечебницу. Тебе же известно про лечебницу? — Он смотрит на Джаспера; тот кивает. — За консерваторию в Амстердаме. И за эту квартиру.

— Из которой вы сейчас нас выгоняете.

— Факт остается фактом, — говорит Мартен. — Яспер — байстрюк. Его вины в этом нет. Но у него нет и тех прав, которые есть у меня, законного сына де Зута. Так устроен мир. И Яспер это понимает.

— Ага. А я понимаю, кто здесь настоящие байстрюки. — Дин складывает руки на груди и смотрит на Мартена и Гюса де Зутов.

— Я очень рад, что у Яспера есть защитник, — говорит старший де Зут, стряхивая пепел в пепельницу. — Но, Яспер, я же ясно дал понять, что квартира будет в твоем распоряжении всего лишь на время. Так?

Джаспер разглядывает мозоли на пальцах:

— Так.

«Тьфу на них на всех, — думает Дин. — Вот как с ними бороться?»

— И было особо оговорено, что ты не будешь пускать квартирантов, — добавляет Мартен.

— Я и не пускал квартирантов, — говорит Джаспер. — Дин живет бесплатно.

— А, тогда понятно, почему он так реагирует, — ухмыляется Мартен.

— Вдобавок, поскольку вы уже добились успехов, вы вряд ли будете ночевать на скамье в Кенсингтонских садах, — добавляет Гюс де Зут.

Мартен встает:

— Я осмотрю спальни.

Дин встает:

— Ты ничего осматривать не будешь.

— Не забывай, чья это квартира.

Дин окидывает Мартена взглядом. Брат Джаспера на полголовы выше, упитаннее, зубы у него лучше и кожа чище. «И синяков ему совсем не хочется».

— Мы съедем отсюда к первому сентября. И вы до тех пор сюда соваться не будете. Так что валите.

Гюс де Зут оставляет окурок в пепельнице.

— Мартен, может быть, Дин скрывает какой-то постыдный секрет. Осмотр подождет. — Он обращается к Джасперу по-голландски, отгораживается ставнями иностранного языка.

Дин идет к себе в спальню, где Тиффани собирается уходить...

Незваные де Зуты удалились, Джаспер плещется в ванной, на проигрывателе крутится альбом Джэнис Джоплин. Дин моет посуду, убеждает себя, что его недавнее поведение мало чем похоже на поведение Гюса де Зута в молодости. Он не лгал Мэнди Крэддок. Он не женат. И нет никаких доказательств, что именно он — отец ребенка. Дин открывает бутылку пива и садится на диван. «Значит, к сентябрю нам надо бы найти квартиру». Сейчас Дин может и сам снять квартиру, но внезапно понимает, что станет скучать по Джасперу. Поначалу этот странный неулыбчивый полуголландец был для Дина только прекрасным гитаристом, у которого можно было бесплатно пожить. А теперь, полтора года спустя, он стал другом. «Какое емкое слово». Дин настраивает свою новую акустическую гитару «мартин», подбирает аккорды «Sad Eyed Lady of the Lowlands»[1]. D... A... G... A... Он приносит двойной альбом из спальни, где еще витает аромат духов Тиффани, и ставит на проигрыватель в гостиной четвертую сторону. «О, твой ртутный рот литургийных времен...» Так, здесь у нас D, A, G, A7. «И глаза как дым, и молитва как стон...» — то же самое, а вот третья строка иначе, ну, третьи строки всегда такие... G... D... E-минор? Надо попробовать не боем, а обычным перебором. Уже лучше. Гораздо лучше. А теперь возьми F-минор вместо G. Нет, просто F. Из горстки Дилана можно извлечь тонну смыслов. «Может, и мне попробовать сочинять такие стихи?» Песня про то, как один телефонный звонок может тебя изменить. Про то, как телефонный звонок Тиффани Херши — приглашение на коктейль в «Хилтоне» — сделал их любовниками. Про то, что стабильность — это иллюзия. А любая данность — неведение. Дин берет шариковую ручку и начинает записывать. Время ускользает. Джаспер выходит из ванной. Время снова ускользает. В дверь звонят. «Наверное, это Эльф».

— К тебе пришли, — говорит Джаспер.

Дин не сразу узнает в квелых, мертвоглазых призраках у двери Кенни Йервуда и его подружку Флосс.

— Привет! Сто лет не виделись, — говорит Дин.

Мысли бумерангом улетают ко дню митинга на Гровенор-Сквер и тут же возвращаются в настоящее. Дин понимает, что нет смысла спрашивать: «Как вы?» — потому что по парочке сразу видно: торчки.

— А Род Демпси не звонил? — с опаской говорит Кенни.

— Нет, давно не звонил. А в чем дело?

— Можно войти?

«Денег будут просить».

— Да, конечно, но мы с Джаспером собираемся уходить.

— Мы ненадолго, — говорит Флосс, озираясь.

---

[1] «Грустноглазая леди долин» *(англ.)*.

Дин впускает их в коридор. У обоих за плечами рюкзаки.

— Гони наши тридцать фунтов, — заявляет Флосс.

«Какие тридцать фунтов?»

— Чего?

— Тебе Кенни одолжил в «Ту-айз», — напоминает Флосс. — В прошлом году.

— Во-первых, не тридцать, а пять, а во-вторых, Кенни, я их тебе отдал. В «Bag o' Nails». Там еще Джино Вашингтон выступал, помнишь?

Кенни отводит воспаленные глаза.

— Нет, тридцать. — Флосс откидывает волосы со лба; на сгибе локтя ранки от уколов. — Только не говори, что ты без денег. Ты теперь знаменитость.

Дин спрашивает Кенни:

— Что происходит, дружище?

Кенни еле шевелит языком:

— Флосс, отвали на минутку.

Флосс уже не похожа на прежнюю, восторженную девушку-хиппи, с которой познакомился Дин. Она какая-то надломленная, резкая.

— Смотри у меня тут, — говорит она. — И сигареты гони.

— Ты выкурила последнюю в метро, — напоминает Кенни.

Дин достает пачку из кармана, предлагает Флосс сигарету. Она вытягивает полдюжины и выходит.

— Ты не думай, она не со зла, — говорит Кенни. — Ей просто очень стыдно. И мне тоже.

— Кенни, да что случилось?

Джаспер у себя в комнате наигрывает что-то на своем «стратокастере».

— Угости и меня сигареткой, — просит Кенни.

— Да бери всю пачку. Ну, что Флосс оставила.

У Кенни дрожат руки. Дин помогает ему прикурить. Кенни жадно втягивает в себя дым.

— Когда мы с тобой в последний раз виделись?

— В марте. На Гровенор-Сквер. Когда была демонстрация.

502

— Ну, после этого мы с Флосс подсели на джанк. Ты пробовал?

— Нет, я игл боюсь, — признается Дин.

— Так можно разогревать в ложке, а дым нюхать через соломинку... только ты даже не пробуй. Вообще никогда. Знаешь, вот говорят: «Не притрагивайся к наркоте», а как попробуешь, так сразу и осеняет: «А, сволочи, все наврали». Только джанк... вот чистая правда, к нему лучше не притрагиваться. В первый раз — такой кайф... нет слов. Типа кончаешь. С ангелами. Нет слов. — Кенни чешет изъязвленную ноздрю. — А потом тебя вроде как скручивает и хочется вернуть это ощущение. Нет, не хочется, а вот прям невтерпеж. Только во второй раз кайф уже не тот. Ну и понеслось. Десны кровят, всего ломает, сам себя ненавидишь, а ничего не поделаешь — надо уколоться, тогда почувствуешь себя нормальным. Я остался без работы, загнал гитару. Род дал нам пару мешков дури, мол, вы будете ее продавать, а я вам за это джанка подкину по хорошей цене. Ну, дурь мы держали в нашей комнате, под половицей.

— В хаммерсмитской коммуне, что ли? В «Ривенделле»?

— Не, ту разогнали, — морщится Кенни. — Род нас пустил к себе, у него есть укромное местечко на Лэдброк-Гроув. Там к нам никто не прикапывался. Приятель Рода круглосуточно охранял двери, так что Флосс было не страшно. Все, что мы зарабатывали с продажи травки, тут же спускали на джанк. Его ж все время надо... В общем, на прошлой неделе Род сказал, что ему надо припрятать кокс, попросил нас присмотреть за товаром, пообещал платить за это пять фунтов и унцию афганского беленького в неделю. Ну, то есть он у нас под половицей спрятал партию кокаина, а мы должны были его стеречь.

«Зачем Род Демпси доверил двум торчкам стеречь наркоту?» — думает Дин, боясь, что заранее догадывается об ответе.

— Мы такого чистого герыча вообще никогда не пробовали. Кайфанули... нет, не так, как в самый первый раз, а может, как в пятый или в шестой. Классно... А дня через два... — Кенни затягивается, будто хочет высосать жизнь из сигареты, — кокс пропал. Из-под половиц. Я Роду сразу сказал. А Род как с цепи сорвался. Наорал на меня, мол, я его за дурака держу. Только мы кокс не трогали. Жизнью клянусь. И своей, и Флосс, и чьей угодно. Да ни за что.

«Род Демпси сам его и умыкнул», — думает Дин.

— Я тебе верю.

— Короче, Род успокоился, а потом заявил, что мы с Флосс должны ему шестьсот фунтов. Я ему сказал, что мы и шести шиллингов на двоих не наскребем, где уж там шесть сотен фунтов. Тогда Род предложил нам с Флосс другой способ... — Кенни осекается; ему трудно об этом рассказывать. — На вечеринках.

— На каких вечеринках?

Кенни тяжело дышит.

— Вчера нас привезли в... ну, в какой-то особняк в Сохо, сразу за зданием суда. С виду приличный, все дела. Флосс сразу куда-то увели, а меня заставили принять ванну, побриться, дали джанка, и потом... какие-то три типа...

— Что?

— Тебе что, надо в красках все живописать? Сам не догадаешься? Как по-твоему, что они со мной сделали? По очереди... Ну, врубился?

«Накачали наркотой и изнасиловали...» — ошеломленно соображает Дин.

Кенни утирает глаза рукавом, затягивается сигаретой.

— А потом меня посадили в машину. Там уже сидела Флосс. Молчала. И я молчал. Зато водитель говорил. Сказал, что мы отработали десять фунтов из шести сотен. Еще пятьсот девяносто осталось. Велел забыть про полицию, потому что там все схвачено. А если мы сбежим, то придется расплачиваться нашим родным. Он показал Флосс фотокарточку ее сестры и сказал: «Ух ты, какая красотка». Нас привезли на Лэдброк-Гроув, мы сожрали мороженого со снотворным, а сегодня утром раздобыли метадон. Флосс сказала, что, если мы из этого дерьма не выберемся, она... наложит на себя руки. Она не шутит, я знаю. Я и сам об этом думаю.

— Может, здесь переждете?

— Род сюда первым делом заявится.

— А что ж ты сразу ко мне не пришел?

— Флосс думала, что ты мне не поверишь.

— Я не знал, что Род таким занимается, но... я видел, как он других подсаживает на крючок. Вдобавок такого не выдумывают, правда ведь?

В сумраке коридора Кенни хватает Дина за руку.

Дин вытаскивает из бумажника все деньги — одиннадцать фунтов — и отдает Кенни.

— Слушай, про героин... Я в этом не разбираюсь, но Гарри Моффат меня научил, что просто сказать: «Завязывай с тем, что тебя губит» — совершенно ничего не значит. Но если ты не завяжешь, то...

Джаспер начинает соло из «Ночного дозора».

Кенни засовывает деньги в карман.

— Я Флосс увезу куда-нибудь подальше. Туда, где нет никаких дилеров. На остров Шеппи или еще куда, не знаю. Найдем, где приткнуться и снова попробуем завязать. Это очень тяжело. Ломает так, будто умираешь. Только вчера в Сохо было хуже смерти.

Звонит телефон. Кенни бледнеет, дрожит.

— Ничего страшного, — говорит Дин. — Наверное, это Эльф звонит — сказать, что задерживается.

Кенни съеживается, как перепуганный зверек:

— Нет, это он.

— Кенни, честное слово, я его в последний раз видел месяц назад, мельком, на вечеринке. — Дин снимает трубку. — Алло?

— Дин, куда ты запропастился? Это Род Демпси.

У Дина перехватывает дух от неожиданности.

— Род?!

Кенни пятится к двери, мотает головой.

— А что это у тебя вдруг с голосом? — с добродушным смешком спрашивает Род. — Типа, помяни черта, а он тут как тут?

«Вот тебе и доказательство...»

Кенни уже нет в коридоре. За приоткрытой входной дверью сгущаются сумерки. «Я должен соврать как можно убедительнее, иначе Кенни ничем не поможешь».

— Слушай, Род, ты прямо телепат. Вот честное слово, минут десять назад мы с Джаспером вспоминали, какую клевую дурь ты нам достал в прошлом году. Ну, когда Кенни и Стю в Лондон приезжали, помнишь? Откуда-то из Афганистана... точно, из Гильменда.

— Как же, такую ночь не забудешь. Если хочешь, я вам еще подкину. Немного другой замес, но вещь стоящая.

— Класс! Мы как раз заканчиваем новый альбом... Вот как все запишем, я тебе сразу позвоню.

— Заметано. Кстати, о Кенни. Ты его не видел? Я его обыскался.

— Я вот тоже. — «Надо спрятать ложь в стогу правды и полуправды». — Мы с ним не виделись с той самой демонстрации на Гровенор-Сквер. Кажется, он жил в какой-то коммуне неподалеку от Шепердс-Буш. Интересно, как он там?

Род Демпси молчит, раздумывает, что сказать.

— Я видел Кенни и его подружку в прошлом месяце. Он жаловался, что в коммуне к ним цепляются, попросил найти ему жилье. А мне сейчас приятель сказал, что у него есть комната в Кэмдене, за подходящую цену, все удобства. Для Кенни и Флосс в самый раз, а я, как назло, куда-то задевал его номер телефона. Может, ты его отыщешь?

«Род Демпси тоже прячет ложь в полуправде».

— Я бы и рад помочь, но вот так сразу не соображу, кто знает, как с ним связаться.

— Ну да, в Лондоне всегда так, — говорит наркодилер, сутенер и бог знает кто еще. — Неизвестно, на кого натолкнешься за первым же углом.

Ни Кенни, ни Флосс не видать, только два бычка на нижней ступеньке крыльца. Вечер заливает Четвинд-Мьюз. В голове у Дина теснятся проблемы, каждая рвется на первое место, будто соревнуясь в чартах. Он открывает гаражную дверь, полюбоваться на «спитфайр». Включает свет, смотрит на автомобиль. «Надо искать жилье с гаражом, — думает Дин, — иначе мою красавицу живо умыкнут». Кататься по городу уже поздно, но Дин садится за руль, просто чтобы побыть одному, в тишине и покое. Только покоя все равно нет. Неужели он — отец ребенка? «Мне этого совсем не хочется». Интрижка с Тиффани Херши льстит его самолюбию, хотя кто знает, чем это все закончится? Досадно, что отец Джаспера вытурил их из квартиры, но бездомными они не останутся. А вот Кенни и Флосс — совсем другое дело. Того, что с ними произошло, уже не изменишь. Даже если — если и когда — они завяжут с героином. Дин понимает, что душевный надлом останется с ними на всю жизнь, черной тенью прошлого. «Флосс меня ненавидит и правильно делает... Тут и моя вина есть». Кенни приехал в Лондон из-за Дина, а Дин ему ничем не помог. Ничем. У входа в гараж возникает чей-то силуэт. Человек заглядывает внутрь:

— Привет, Дин.

— Вот только тебя мне не хватало! — непроизвольно вырывается у Дина.

Гарри Моффат вздыхает:

— Давно не виделись.

Он подступает ближе, под желтый свет лампочки. Дин смотрит на него.

Гарри Моффат. Все тот же — но какой-то другой.

Пигментных пятен больше. Глаза впалые.

Гладко выбритый. Аккуратно причесанный. Видно, что старался.

Дин не выходит из машины.

— Это Рэй тебе адрес дал?

Гарри Моффат мотает головой:

— В телефонном справочнике только два де Зута: один — в Пиннере, другой — в Мэйфере. Ну, я подумал, что вы наверняка в Мэйфере. Кстати, вам самое время засекретить адрес и телефонный номер.

Дин уже давно перестал представлять встречу с отцом, поэтому заготовленных ответов у него нет.

— Тебе чего надо?

У Гарри Моффата — новая улыбка. Печальная, неуверенная.

— Да я и сам не знаю, Дин. Я... Во-первых, у вас замечательный альбом.

«Ты лупцевал ремнем маму, Рэя и меня...»

— А «Пурпурное пламя»... Очень доходчиво.

Дин не понимает, почему не испытывает ни злости, ни презрения. «Время — огнетушитель», — думает он.

Ночные бабочки вьются вокруг лампочки.

— Отличная машина, — говорит Гарри Моффат.

Дин молчит.

— Мы все за тебя волновались, когда тебя в Италии повязали...

«Кто — „мы“? Моффаты? Жители Грейвзенда?»

— Ну, дело давнее, — говорит Дин.

— Ты, наверное, очень занят... Гастроли, студийные записи и все такое?

«Ага, а ты все это обсирал, мечты мои облил бензином и запалил...»

— Ага.

— Ты многого добился.

— Это потому, что ты меня всегда поддерживал, — взрывается Дин.

Гарри Моффат вздрагивает.

«А мне ни капельки его не жаль».

— Знаешь, мне очень стыдно за то, чего я не сделал, а еще стыднее за то, что я сделал, — говорит Гарри Моффат и кивает на табурет. — Можно я присяду? Ненадолго. Ноги у меня уже не те.

Дин пожимает плечами, мол, садись, если хочешь.

Гарри Моффат садится, снимает кепку. Дин замечает, что он больше не маскирует плешь.

— Я тут... вступил в общество анонимных алкоголиков. Вот, спиртного в рот не беру... с той самой аварии. Ну, ты слышал, наверное.

— Про человека, который обезножел, и его дочь, которая осталась без глаза?

Гарри Моффат разглядывает руки, вздыхает:

— Да. У нас в группе есть женщина, Кристина... Она — мой спонсор. Так вот, у нее есть присказка: «Изменить прошлое не в силах даже Господь Бог». Это правда. Есть вещи, которые невозможно изменить или исправить. Но за них можно попросить прощения. Может, тебя пошлют куда подальше или дадут затрещину, но... все равно нужно просить прощения. Так что... — Гарри Моффат глубоко вздыхает, зажмуривается.

Дин думал, что сегодня его уже ничего больше не удивит, но с изумлением замечает слезы на щеках Гарри Моффата.

— Так что... прости меня, что я вас бил... И маму, и тебя, и Рэя. Прости, что я вас всех подвел. Прости, что... что не помогал, когда мама болела. Прости, что вам не на кого было положиться. И за то, что после маминой смерти мне крышу сорвало... Да мне по жизни крышу сорвало, если честно. Прости, что я тогда твои вещи сжег... и гитару, и все остальное... в Ночь костров. И за то, что запретил вам с Кенни и Стю выступать на улицах. Я во всем этом виноват. — Он открывает глаза, стирает ладонями слезы со щек. — Нет, я не говорю, что это выпивка виновата. Пьянство пьянством, но видит Бог... — Он сокрушенно качает головой. — Многие пьют, но мухи не обидят. А я... я издевался над родными. И в этом виноват я один. Прости меня. — Гарри Моффат встает, надевает кепку и хочет добавить что-то еще, но тут в гараж заглядывает Эльф:

— Добрый вечер.

— А, ты — Эльф. Ты тоже в группе.

— Да. Вот, увидела, что гараж открыт, решила...

— Гарри Моффат.

Эльф недоуменно морщит лоб:

— О господи, вы... — Она смотрит на Дина и умолкает, чтобы не сказать «Вы — отец Дина».

— Да, я — тот самый Гарри Моффат. А у тебя очень красивый голос, солнышко.

— Спасибо. Спасибо. — Эльф в полном замешательстве. — Вот погодите, услышите вокал Дина в нашем новом альбоме. Дин брал уроки... А его новая песня, «Крючок», — просто улет.

— Правда? С удовольствием послушаю. С большим удовольствием.

Мимо проходит сосед, биржевой маклер, выгуливает собаку, на ходу бросает:

— Чудесный вечер.

Дин приветственно машет ему рукой.

— Да, просто прелестный, — говорит Эльф.

Сосед идет дальше.

— Так вы зайдете в гости к ребятам? — спрашивает Эльф Гарри Моффата. — Или у вас тут встреча в гараже?

«Он говорил со мной искренне, от чистого сердца. Каждое его слово — правда, — думает Дин. — А я не могу с собой ничего поделать. Слишком долго его ненавидел...»

— Нет, ему пора, — говорит Дин.

— Мне и правда пора, Эльф, — говорит Гарри Моффат. — Как раз успеваю на поезд в Грейвзенд. «Бритиш рейл» ждать не будет. — Он кивает Дину. — Вы приглядывайте друг за другом, ладно?

И уходит, как персонаж со страниц романа.

Эльф оборачивается к Дину:

— Ты как?

Дин выстукивает дробь по рулю.

— Сам не пойму. Никак. Знаешь... я пока тут посижу.

Третья планета

ПЕРВАЯ СТОРОНА

●

1. Отель «Челси» # 939
   (Холлоуэй)
2. Кто вы (Де Зут)
3. Что внутри что внутри
   (Холлоуэй)
4. Часы (Де Зут)

Отель «Челси» # 939

●

— Эльф, проснись!

«Кто это? Дин...»

Она выбирается из зыбучих песков сна.

— Ох, да ты глянь! — говорит Дин совсем рядом, слева от нее.

Она открывает глаза. Оказывается, она прикорнула на плече Дина. В иллюминаторе, далеко-далеко внизу, виден огромный город; серо-бурый гобелен, расшитый цепочками огоньков, скользит под кренящимся крылом. В голове Эльф звучит вступление гершвиновской «Rapsody in Blue»[1].

— Ничего красивее я в жизни не видела, — сонно бормочет Эльф.

«Это как Лилипутия, Бробдингнег и Лапута одновременно». В прозрачной тьме парит плот Манхэттена с грузом небоскребов. Небоскребы со скошенными гранями; небоскребы острые, как иглы; небоскребы с пунктиром окон и карнизов, в пупырышках Брайля; небоскребы, отшлифованные и любовно отполированные до блеска.

— Ой, а вон там — статуя Свободы, — говорит Дин. — Видишь?

— На фотографиях она выглядит внушительнее, — замечает Эльф.

— А сверху — как садовая скульптура, — говорит Грифф.

Справа от Эльф сидит Джаспер. Вязаная шапка натянута до кончика носа.

---

[1] «Рапсодия в синих тонах» *(англ.)*.

— Джаспер, ты жив? — спрашивает Эльф. — Мы почти прилетели.

Джаспер сдвигает шапку, разлепляет припухшие веки, роется в сумке, достает флакон таблеток, тут же его роняет и раздраженно бормочет что-то по-голландски.

Эльф поднимает флакон:

— Все в порядке. Вот, держи.

— Таблетки просыпались? Собери их, пожалуйста. Все до одной.

— Нет-нет, крышка не слетела. Давай помогу тебе открыть. Сколько тебе нужно?

Джаспер глотает воздух.

— Две.

Эльф смотрит на этикетку: «Квелюдрин», вытряхивает две таблетки в потную ладонь Джаспера. Таблетки крупные, бледно-голубые.

Джаспер глотает их и плотно закручивает крышку.

— Что это за лекарство? — спрашивает Эльф. — От нервов?

— Да.

«То есть „оставь меня в покое“».

— Самолет идет на посадку, — говорит Эльф.

Джаспер натягивает шапку на глаза, и Эльф продолжает смотреть в иллюминатор.

Нью-Йорк... Топоним, символ, театральные подмостки, синоним ада и рая, для Эльф он лишь сейчас обретает статус реально существующего места. Ее воображаемый Нью-Йорк, сложенный как мозаика, по кусочкам, из «Вестсайдской истории», комиксов про Человека-паука, фильмов про гангстеров, «В порту», из «Завтрака у „Тиффани“» и «Долины кукол», на глазах преобразуется во вполне осязаемые брусья и балки, кирпичи и камни, облицовочные плиты, электропроводку, канализационные трубы, тротуары, дорожные полосы, крыши, магазины, многоквартирные дома, восемь миллионов жителей... среди которых — Луиза Рей. Гулко колотится сердце. Эльф больно. «Почему она не отвечает на мои звонки? На телеграммы? На телепатические призывы?» Весь август Эльф и Луиза ежедневно обменивались письмами, по авиапочте, а раз в неделю тратили безумные деньги на пятиминутный разговор по телефону.

Вот уже одиннадцать дней от Луизы не было ни писем, ни открыток. До пятого дня Эльф утешалась всякими логичными объяснениями: может, где-то бастуют почтовые работники, а может, что-то случилось с кем-то из родных. На шестой день она не выдержала и позвонила Луизе домой. Телефон был отключен. На седьмой день она позвонила в нью-йоркскую редакцию журнала «Подзорная труба», где ей сказали, что Луиза в отъезде, а когда вернется — неизвестно. Ничего больше выяснить не удалось. На восьмой день осталось лишь одно логичное объяснение: Луиза не питала к Эльф тех же чувств, которые Эльф питала к Луизе. Поразительная любовь, неожиданно озарившая жизнь Эльф, исчезла так же внезапно, как и возникла.

Однако же глубоко в душе Эльф теплится надежда, что это логичное объяснение неверно. «Луиза обязательно мне бы сказала. Она не оставила бы меня страдать в этом чистилище и без устали гадать, разбито у меня сердце или нет. Или оставила бы? Может быть, я ошиблась, думая, что хорошо ее знаю? Ну, это ж не в первый раз, правда, Вомбатик?»

Эльф считает дни. «Совсем как с Брюсом». Самое ужасное то, что приходится страдать молча, в одиночестве. О них с Луизой не знает никто. «И ни одна живая душа никогда не узнает...»

На летнем балу у Херши Эльф и Луиза отыскали в дальней части особняка неприметную лесенку, где на развороте маршей, в нише эркерного окна, стоял диванчик. Задернутая штора превратила эркер в укромный уголок, будто специально созданный для тайных свиданий, а за окном зеленела раскидистая крона гинкго, скрывая их от любопытных взглядов снаружи. Эльф и Луиза говорили о музыке и политике; о родных и о детстве; о Лондоне, Калифорнии и Нью-Йорке; о мечтах и о времени. Они курили одну сигарету на двоих, стряхивая пепел в стеклянную пепельницу. Они говорили о том, кого любили и почему. Эльф рассказала о Марке и о всех его именинных пирогах, которых теперь никогда не испечь. «А ты все равно пеки, — посоветовала Луиза. — Со свечками. В Мексике всегда так делают». На лестнице послышались шаги. Мимо их укрытия кто-то прошел. Луиза состроила заговорщическую рожицу. Шаги стихли вдали. Эльф ужасно хотелось поцеловать свою новую знакомую. «Это же девушка. Прекрати. Это неправильно. Так нельзя», — предупредил голос в голове, но другой голос, сильнее и увереннее, возразил: «Знаю, но она — самая прекрасная женщина на свете. Почему же неправильно? Почему нельзя?»

Луиза и Эльф поглядели друг на друга.

— Ну что... решайся, — сказала Луиза.

У Эльф быстро и сильно забилось сердце.

— Да. Ты такая спокойная...

— Похоже, я у тебя первая, — сказала Луиза. — Если...

Эльф стало стыдно и в то же время не стыдно.

— А что, прямо вот так заметно?

— Я вижу, как частит твой пульс. Вот, сама посмотри. — Луиза коснулась вены на левом запястье Эльф. Эльф показалось, что левая сторона ее тела растаяла.

— Я знаю, что ты чувствуешь, — тихонько сказала Луиза. — Воспитание и прочие условности — как радио. Сейчас оно вещает: «Это неправильно! Это же девушка!»

Эльф кивнула, ахнув и вздохнув одновременно.

— Выключи радио. Щелк — и все. Не анализируй. Вообще ни о чем не думай. Я сначала тоже все анализировала, а это лишнее. Не волнуйся. Ты не попадешь в Зазеркалье. У тебя не вырастут рога. Ты не превратишься в извращенку. Другим об этом знать не обязательно. На меня можно положиться. Нас всего лишь двое. Ты и я. — Она улыбнулась. — И любовь.

Внезапный порыв — и они поцеловались.

Наконец Эльф отстранилась, изумленная и раскрасневшаяся.

Мед, табак и бордо.

— Любовь, приправленная щепоткой страстного желания, — сказала Луиза.

Эльф погладила ее по щеке. Точно так же, как гладила мужчин. Луиза коснулась ее щек. Сердце Эльф затрепетало, как струна контрабаса. Желание, желание, жгучее желание.

— Не забывай дышать, — шепнула Луиза.

Эльф едва не захихикала. Вздохнула — глубоко-глубоко.

На лестнице распахнулась дверь. Эльф с Луизой отпрянули друг от друга, сели, будто две приятельницы, которым надо поговорить подальше от шумной гулянки. К нише приблизились шаги, маленькая ручонка отдернула штору. Светловолосый малыш с ярко-голубыми глазами посмотрел на Луизу и Эльф. На нем была ковбойская шляпа со звездой шерифа.

— Это мой уголок.

— Правильно, твой. Как тебя зовут, шериф? — спросила Луиза.

— Криспин Херши. А что вы тут делаете?

— А нас тут нет, — сказала Эльф.

Криспин недоуменно наморщил лоб:

— Как же нет? Вы здесь есть.

— Нет, нас здесь нет, — сказала Эльф. — Мы тебе снимся. Вот прямо сейчас. Ты лежишь в кровати и спишь. А мы ненастоящие.

Криспин задумался:

— А ты выглядишь как настоящая.

— Во сне всегда так, — сказала Луиза. — Во сне, вот как сейчас, все выглядит очень по-настоящему. Правда?

Криспин кивнул.

— Знаешь, мы можем доказать, что тебе снимся, — сказала Эльф. — Возвращайся к себе в спальню, ложись в кровать, закрой глаза, а потом просыпайся и приходи сюда. Нас здесь не будет. Почему? Да потому, что нас здесь и не было. Договорились?

— Договорились, — поразмыслив, ответил Криспин.

— Ну, ступай, — сказала Луиза. — Марш в спальню. Бегом. Время не ждет.

Мальчик бросился к лестнице. Эльф с Луизой встали с диванчика и торопливо спустились в гостиную. Прежде чем присоединиться к гостям, Луиза спросила:

— И что дальше?

Эльф не стала анализировать:

— Берем такси.

————

В аэропорту Ла-Гуардия они уже час и двадцать минут стоят в очереди на паспортный контроль. Джаспер немного приходит в себя, но по-прежнему бледный. Грифф, Дин и Левон изощряются во всевозможных словесных играх, — за шестнадцать месяцев долгих поездок в Зверюге по Великобритании все в группе этому научились. Эльф приглашают к стойке пограничного контроля. Пограничник смотрит на фотографию в паспорте, поднимает взгляд на Эльф. На нем очки в железной оправе, а на усах — сахарная пудра.

— Элизабет — Франсес — Холлоуэй, — устало тянет он. — Тут написано «музыкант».

— Да, музыкант.

— А какую музыку вы играете?

Левон строго-настрого запретил упоминать рок-н-ролл, психоделию и политику.

— По большей части фолк.

— Фолк-музыку? Как Джоан Баэз?

— Да, немного похоже на Джоан Баэз.

— Ага, значит, немного похоже на Джоан Баэз. Антивоенные песни вы тоже исполняете?

Эльф вовремя чувствует ловушку:

— Нет.

— Мой старший пошел воевать во Вьетнам.

«Осторожнее...»

— Там тяжело, — говорит Эльф.

— А знаете, что хуже всего? — Он снимает очки. — *Там* — настоящая бойня. А *здесь* всякие уроды наслаждаются свободой жечь свои повестки, устраивать марши протеста, петь песни о мире и трахаться с кем попало. А кто завоевывает для них эту свободу? Такие же парни, как мой сын.

«Ну почему из двенадцати стоек паспортного контроля мне досталась именно эта?» — думает Эльф.

— В моем репертуаре не песни протеста, а традиционные композиции.

— Это как?

— Традиционные? Народные. Фольклорные. Английские, шотландские, ирландские...

— Я ирландец. Спойте мне что-нибудь ирландское.

Эльф не верит своим ушам:

— Простите, что вы сказали?

— Спойте мне что-нибудь ирландское. Народную песню. Или все, что тут написано, — вранье? — Он взмахивает ее паспортом.

— Вы хотите, чтобы я... спела? Прямо здесь?

— Ага. Прямо здесь.

Помощи просить не у кого. «Ладно, устроим импровизированный концерт».

Эльф наклоняется к стойке, отбивает на ней ритм, глядит сотруднику в глаза за стеклами и запевает:

> На Реглан-роуд в осенний день
> я увидел ее и знал:
> эти темные волосы станут силком,
> и я буду жалеть, что попал.
>
> Да я видел опасность и шел вперед,
> понимал — зачарован я.
> А печаль... упавший под ноги лист
> на рассвете, в начале дня...

Сотрудник иммиграционной службы дергает кадыком, подносит к губам сигарету и вдыхает дым.

— Красиво. — Он проштамповывает паспорт и возвращает его Эльф. — Да...

— Надеюсь, ваш сын скоро вернется домой.

— Он служил на складе горючего. Неподалеку от линии фронта. В склад попал артиллерийский снаряд, и все взорвалось к чертям, будто фейерверк в День независимости. От сына остался только его воинский жетон. Девятнадцать лет парню было. А нам вернули кусок металла...

— Соболезную... — лепечет Эльф.

Скорбящий отец швыряет окурок в пепельницу, смотрит за плечо Эльф и подзывает очередного иностранца:

— Следующий!

— Ей-богу, мисс Молли! — восклицает Макс Малхолланд, розовощекий промоутер «Гаргойл рекордз» с напомаженными перышками волос, размахивая огромной табличкой «ДОБРО ПОЖАЛОВАТЬ, ТАЛАНТЫ И ГЕНИИ „УТОПИЯ-АВЕНЮ"!».

Луизы Рей, единственного человека, которого Эльф хочется видеть в зале прибытия, нигде нет.

Макс Малхолланд обнимает Левона и по-бабьи причитает:

— Ой, Лев, Лев, Лев... Ты так отощал... кожа да кости! Что, в Англии еду все еще выдают по карточкам? Чем ты питаешься? Подножным кормом? Воздухом?

— Святым духом, Макс. Спасибо, что пришел нас встречать.

— Фуй! Не каждый день встречаешь одновременно и старого друга, и новых клиентов! Грифф, Джаспер, Дин, Эльф, «Утопия-авеню»... — Он обменивается со всеми рукопожатиями. — Вы, господа и мадмуазель, совершенно великолепны. Боже мой, я слышал ваши «Зачатки жизни» еще на ацетате! Это просто... — Он одними губами выговаривает: — Шедевр.

— Мы очень рады, что вы так считаете, — говорит Дин.

— И я так считаю, и Джерри Нуссбаум из «Виллидж войс» так считает. — Он эффектным жестом вытаскивает газету, раскрытую на нужной странице. «Вопрос: что получится, если смешать щедрую порцию ритм-энд-блюза с дозой психоделии, приправить щепоткой фолк-музыки и хорошенько встряхнуть? Ответ: „Утопия-авеню“, чей дебютный альбом „Рай — это дорога в Рай“ стал сенсацией на родине группы, в Англии. Второй альбом этого необычного квартета, „Зачатки жизни“, наверняка произведет фурор в нашей стране. Как же объяснить, что такое „Утопия-авеню“? Композиции альбома, написанные мисс Эльф Холлоуэй, которая в шестнадцать лет сочинила для Ванды Вертью хит „Куда ветер дует“, гитаристом Джаспером де Зутом и басистом Дином Моссом, виртуозно подкрепляются филигранной гибкостью барабанщика, Гриффа Гриффина...»

— Можно подумать, я шланг, — ворчит Грифф.

— «...Безудержная изобретательность сквозит в каждой из композиций, — продолжает читать Макс, — от безумно захватывающего „Крючка“ до заразительной последней песни в духе Дилана, „Явились не запылились“. Слова и музыка, написанные тремя очень разными авторами, придают альбому необычайно широкий спектр звучания, которым могут похвастаться очень и очень немногие группы. „Откати камень" Дина Мосса начинается как мрачная, философическая и в то же время дерзкая ода свободе и завершается бравурными вихрями „хаммонда" в стремительной гонке псов преисподней. „Докажи" Эльф Холлоуэй — увлекательная энергичная трагикомедия о любви и воровстве, а инструментальная композиция „Даже пролески" схватывает неуловимую, как джинн, глубинную сущность джазового блюза. Виртуоз-гитарист Джаспер де Зут дополняет щемящую проникновенность „Ночного дозора" шедевральной фееричностью „Здравого ума". На этой неделе станет ясно, сможет ли „Утопия-авеню" воссоздать студийное волшебство на сцене нью-йоркского клуба „Гепардо", но несомненно одно: „Зачатки жизни" — потрясающий альбом...» — Макс обводит всех взглядом. — Добро пожаловать в Америку.

— А кто такой Джерри Нуссбаум? — спрашивает Левон.

— Музыкальный критик. Из тех, кто посмотрит на микеланджеловского «Давида» и скажет, что мрамор светловат, а прибор маловат. Джаспер, тебя тошнит?

— Я плохо переношу самолет.

— Ну, в машине есть санитарные пакеты. — Макс кивает двум шоферам, которые кивают носильщикам. — Пойдемте.

Два лимузина выезжают из футуристического аэропорта по эстакаде к автостраде на опорах. Левон, Джаспер и Грифф едут в первой машине; Эльф, Дин и Макс Малхолланд следуют во второй. Дин поглаживает ореховые панели салона, вздыхает:

— «Линкольн-континентал»...

Фонари пунктиром прокладывают тропу через пригородные сумерки к сверкающему городу. В голове Эльф звучит новая песня Пола Саймона «Америка». «А я представляла, как буду ехать в Нью-Йорк с Луизой...» Дин поворачивается к Эльф, усталый, но взволнованный:

— А помнишь брайтонский политех? С этим не сравнить, правда?

— Да уж, не сравнить.

Над головой скользят фонари. Опоры линий электропередач шагают по равнине, как пришельцы с Марса. Британские грузовики — малютки в сравнении с американскими фурами.

— От этих пейзажей у меня мурашки по коже, — говорит Макс.

— А ты родом из Нью-Йорка? — спрашивает Дин.

— Нет. Мое несчастное детство прошло в Каскаде, штат Айова.

— Очень идиллическое название, — замечает Эльф.

— В Новом Свете к поселениям с идиллическими названиями лучше относиться с опаской.

— А как вы с Левоном познакомились? — спрашивает Дин.

— В наш с ним первый день службы в агентстве Флейка и Стерна. Оно давно прогорело. В понедельник мы оба пришли на работу, а нам говорят, что вакансия только одна, поэтому к пятнице каждый из нас должен был объяснить господам Флейку и Стерну, почему он заслуживает, чтобы наняли его, а не соперника.

— Какой-то гладиаторский подход, — говорит Эльф.

— Я тогда назвал его проще — дерьмовым, — говорит Макс. — Переманивая нас с Левоном к себе, Флейк и Стерн обещали нам золотые горы, так что с наших предыдущих работ мы уволились. Если бы моим соперником был не Левон Фрэнкленд, а кто-то другой, то я за неделю всеми правдами и неправдами избавился бы от конкурента. Но Левон заметил во мне то, что я заметил в нем. Мы заключили дружеское соглашение и придумали хитрый план. Позаимствовали в бухгалтерии кое-какую отчетность, всю ночь ее изучали у меня дома, а в пятницу заявили, что агентство обязано принять на работу нас обоих. На полную ставку. Иначе в понедельник клиенты агентства узнают о внушительной разнице между реально заработанными деньгами и выплатами, которые они получают, во вторник начнут звонить адвокаты клиентов, а к среде агентство Флейка и Стерна обанкротится.

— Вы с Левоном шантажировали будущее начальство? — удивляется Дин.

— Мы сделали им интересное предложение.

— И это сработало, потому что вы с Левоном друг друга не подсиживали, — замечает Эльф.

— Вот именно, — говорит Макс. — Если с Левоном обходятся по-честному, он отвечает тем же. А честный менеджер в шоу-бизнесе — такое же редкое явление, как навоз лошадки-качалки.

Эльф выходит из лимузина, ступает на самый что ни на есть настоящий тротуар в центре Нью-Йорка и задирает голову. Викторианский фасад с неоготическими окнами и балконами вздымается чуть ли не до луны. Вывеска — столбик крупных букв: «ОТЕЛЬ», под ним горизонтально, помельче: «ЧЕЛСИ».

— Культовое место, — говорит Макс. — Номера в основном снимают на долгий срок. Здесь своего рода город в городе: постояльцы обзаводятся семьями, стареют, умирают. Правда, Стэнли, управляющий, не любит упоминать о смертях. Многие даже считают, что отель дал название району, а не наоборот.

— *The Rolling Stones* снимают здесь пентхаус, — говорит Дин.

— Да, это одна из немногих гостиниц, где привечают музыкантов, — кивает Макс. — Никому нет дела до внешнего вида постояльцев, а стены толстые.

— И сколько здесь постояльцев? — спрашивает Эльф.

— Думаю, с конца прошлого века их никто не пересчитывал.

Из теней выступает какой-то подозрительный тип с разбитым носом, торопливо бормочет:

— Спиды, сонники, на выбор...

Два шофера оттесняют дилера, а Макс проводит группу в вестибюль отеля. Огромный швейцар по-дружески приветствует Макса, и тот вкладывает купюру в подставленную ладонь:

— Будь добр, займись багажом...

— Будет сделано, мистер Малхолланд.

В вестибюле на низеньких банкетках сидят человек сорок, потягивают коктейли у резного камина, спорят, курят — в общем, себя показывают и на других смотрят: профессора, актеры, жулики, проститутки, сутенеры и полита-гитаторы, из тех, на кого так зол сотрудник иммиграционной службы в аэропорту. Луизы Рей среди них нет. «Ну сколько можно!» — мысленно одергивает себя Эльф. У многих патлы длинней, чем у Джаспера, а наряды похлеще, чем у Дина. Стены увешаны картинами сомнительного достоинства.

— Стэнли берет картины в счет оплаты проживания, — объясняет Макс Эльф, направляясь к стойке регистрации.

— Стэнли так ничему и не научился, — произносит из-за конторки человек с узким длинным лицом и копной темных волос, поднимая с пола карандаш. — Каждую неделю пачками набегают, приносят папки со своими работами, говорят: «Я — новый Джаспер Джонс, вот, возьмите, я у вас три месяца поживу, в номере с телевизором». Макс Малхол-ланд, здравствуйте!

— Стэнли, ты выглядишь на миллион долларов.

— А чувствую себя как горсть медяков в кармане. А вы, я так понимаю, — «Утопия-авеню». Добро пожаловать в «Челси». Меня зовут Стэнли Бард. Я хотел подыскать вам соседние номера, но нашел только соседние этажи. Дин, Грифф, вы поселитесь в номер восемьсот двадцать два.

— Мне нужен отдельный номер, — заявляет Дин.

— И мне тоже, — говорит Грифф.

— Восемьсот двадцать второй — номер люкс, с двумя спальнями, — объясняет Стэнли. — Кстати, в «Виллидж войс» упоминают, что ты, Дин, — поклонник Дилана.

— А кто не поклонник? — настороженно спрашивает Дин.

— В восемьсот двадцать втором Бобби сочинил «Грустноглазую леди долин».

Выражение лица Дина мгновенно меняется.

— Ты серьезно?

— Он сказал, что в этом номере особая атмосфера. — Стэнли Бард протягивает ему ключ с деревянной грушей. —

Хотя, может быть, найдутся два отдельных номера на третьем этаже...

— Нет-нет, спасибо, восемьсот двадцать второй нас устраивает. — Дин держит ключ в горсти, как верующий — гвоздь с креста Спасителя.

— Эльф, ты в девятьсот тридцать девятом. Левон — девятьсот двенадцатый. Джаспер, специально для тебя — семьсот семьдесят седьмой. Мой знакомый китаец уверяет, что это самый счастливый номер в любой гостинице.

Джаспер берет ключ, бормочет спасибо.

Эльф как бы между прочим спрашивает:

— Мне ничего не передавали, Стэнли?

— Сейчас проверю.

Управляющий уходит в кабинет за стойкой. Остальные направляются к лифтам. Дин задерживается:

— Ждешь весточки от Луизы?

— Ну, мало ли... Она сейчас занята, пишет очень важный материал.

Возвращается Стэнли:

— Нет, ничего. Извини.

— Да я и не особо ждала.

В номере 939 душно и пахнет жареной курицей. Обстановка скромная, мебель дешевая, чтобы не возникало соблазна что-нибудь украсть: синельное покрывало, сколотая керамическая лампа, барометр, стрелка которого ошибочно указывает «БУРЯ», и картина с изображением аэростата. Эльф распаковывает вещи, представляя, что в этом же номере до нее останавливались и Оскар Уайльд, и Марк Твен, и пассажир, спасенный с «Титаника». Она ставит на прикроватную тумбочку рамку с фотографией трех сестер Холлоуэй и их мамы — снимок прошлогодний, его сделал официант в тот день, когда Имоджен объявила о том, что беременна. «Значит, тут и Марк сфотографирован». Эльф ополаскивает лицо, выпивает стакан нью-йоркской воды из-под крана, причесывается, садится за туалетный столик с надтреснутым зеркалом и поправляет макияж. «А Джаспер наверняка накинул на зеркало простыню». Если новый альбом будет хорошо расходиться, то международных гастролей станет больше. А для частых перелетов Джасперу понадобится что-нибудь посильнее квелюдрина.

Эльф распахивает дверь на балкон, в ночную свежесть. С девятого этажа видно, как внизу мелькают автомобили, люди и тени. Лондон существует в горизонтальной плоскости, а Нью-Йорк — в вертикальной, с помощью лифтов.

«Америка. Все-таки она настоящая».

На ужин договорились встретиться в ресторане на первом этаже. Эльф надевает просторную длинную блузу черного шифона и кремовые клеши с обтрепанными штанинами — брюки куплены в лондонском Челси, два дня и пять часовых поясов тому назад, по совету Беа. А что делать с серафинитовой подвеской — подарком Луизы? «Если надеть, то я — несчастная лесби, которая отказывается смириться с положением дел. А если не надеть, то я отвергну и Луизу, и робкую надежду на то, что все уладится». Эльф надевает подвеску.

Лифт останавливается на девятом этаже. Лифтера в нем нет. Сквозь древнюю решетку кабины виден единственный пассажир, хорошо одетый брюнет лет тридцати. Эльф пытается открыть наружную дверь, но тугая ручка не поддается.

— Позвольте-ка, — говорит пассажир, — тут с непривычки все сложно.

Он сдвигает решетку внутренней двери, поворачивает ручку наружной и распахивает ее:

— Прошу вас.

— Спасибо, — говорит Эльф, входя в кабину.

— Всегда пожалуйста. — Брюнет явно знает, что высок и хорош собой. На пальце у него обручальное кольцо, а одеколон пахнет чаем и апельсинами. — А позвольте узнать, куда вы сейчас направляетесь?

— На первый этаж.

— Нажмите нужную кнопку и не отпускайте.

Эльф послушно делает, как велено, хоть это и необычно. Лифт не двигается.

— Хм, очень странно. Придется просить Элигия.

Кроме них, в лифте никого нет.

— Кого?

— Святого покровителя лифтов. — Он закрывает глаза, потом кивает. — Понял. Элигий говорит, что палец с кнопки можно убрать... — (Эльф понимает, что теперь брюнет обращается к ней.) — Прямо сейчас.

Эльф отнимает руку от кнопки. Лифт медленно движется вниз.

— Молодец, Элигий, — говорит брюнет.

Эльф наконец-то соображает, в чем дело: лифт не тронется с места, пока не отпустишь кнопку.

— Смешно. Но не очень.

Насмешливые глаза прячутся за тяжелыми веками.

— А вы — новый пациент в нашей дурке или проездом?

Лифт проезжает восьмой этаж.

— Проездом.

— И кто же тот счастливчик, которого вы приехали навестить?

Чтобы хоть как-то сдержать заигрывания неугомонного брюнета, Эльф называет имя человека, к которому никому не подступиться:

— Джим Моррисон.

— В таком случае, мадам, вам чрезвычайно повезло. Я и есть Джим Моррисон.

Эльф с трудом сдерживает смех:

— Знаете, в Блэкпуле тетки, которые переводят детишек через дорогу, больше похожи на Джима Моррисона, чем вы.

Он всем своим видом выражает глубочайшее и искреннее раскаяние:

— Вы принуждаете меня к откровенности. Друзья зовут меня Ленни. Надеюсь, вы тоже станете.

На лице Эльф написано: «Не раскатывай губу».

Лифт проезжает седьмой этаж.

Ленни не спрашивает, как ее зовут. Его туфли начищены до блеска.

— Предупреждаю, это самый медленный лифт во всей Америке. Если вы торопитесь, то лучше спуститься пешком. Так быстрее.

— Я никуда не тороплюсь.

— Великолепно. В последнее время слово «быстрее» стало синонимом «лучше». Как будто цель эволюции человека — превратиться в разумную пулю.

Лифт проезжает шестой этаж.

«Он разговаривает как писатель», — думает Эльф и пытается вспомнить, кого из литераторов зовут Ленни или Лен.

— А вы здешний постоялец?

— Время от времени. Я неисправимый путешественник. Торонто, Нью-Йорк, Греция... А ваш акцент... Так говорят в окрестностях Лондона.

— Верно. Я родом из Ричмонда, это пригород на западе Лондона.

— Восемь лет назад я был в Лондоне. По своего рода стипендиальной программе.

Лифт проезжает пятый этаж.

— Какой именно?

— Литературной. Днем я писал роман, а ночью — стихи.

— Богемный образ жизни. У вас остались хорошие воспоминания?

— Я хорошо помню, что в богемном городе на Темзе квартирные хозяйки подкручивают газовые счетчики и жалуются на слишком громкий стрекот пишущей машинки. А еще помню, что месяцами не видел солнца. И жуткий визит к зубному врачу, удалять зуб мудрости. В общем, хорошо, что есть Сохо. Без этой лукавинки в глазу матушки-Лондон я бы не выжил.

— Ну, лукавинка никуда не делась. Я там живу. На Ливония-стрит.

— Завидую. Отчасти.

Лифт проезжает третий этаж. Эльф вспоминает Какбиша, приятеля Брюса.

— Говорят, Греция — чудесная страна.

— И чудесная, и много еще какая. Парадоксальная. В стране диктатура крайне правого толка, но на островах все живут прекрасно и дают жить другим.

— А как вас туда занесло?

— Однажды туманным зимним днем я пошел в банк на Чаринг-Кросс-роуд. У кассира был великолепный загар.

Я спросил, откуда такое чудо. Кассир рассказал мне про Гидру, и я сразу решил туда отправиться. Спустя две недели паром из Пирея доставил меня на остров. Синее небо, синее море, кипарисы и беленые домики. Ресторанчики, где за пятьдесят центов подают рыбу на гриле, оливки, помидоры и охлажденную рецину. Никаких автомобилей. Электричество по праздникам. Сначала я снимал дом за четырнадцать долларов в месяц. Ну, теперь у меня там свой есть.

— Просто рай, — говорит Эльф.

— Проблема в том, что в раю сложно зарабатывать на жизнь.

Лифт останавливается на первом этаже. Эльф открывает дверь.

— Мы с друзьями ужинаем на Юнион-Сквер, — говорит Ленни. — Если вам в ту сторону, то готов подвезти вас на такси.

— Нет, спасибо. Меня вон там ждут. — Эльф указывает на дверь ресторана «Эль Кихоте».

— Я очень рад, что вы составили мне компанию в этом эпическом путешествии, таинственная незнакомка.

— Эльф Холлоуэй.

Ленни одобрительно повторяет ее имя, приподнимает шляпу, как викторианский джентльмен, и направляется к выходу, но тут же возвращается:

— Эльф, простите за назойливость, но... иногда чувствуешь родственную душу. Моя приятельница Дженет сегодня устраивает небольшую вечеринку на крыше. Исключительно для своих, без особых церемоний. Если у вас будут время и силы, заходите. Поднимайтесь. И друзей приводите.

— Спасибо, Ленни. Я подумаю.

В динамиках ресторана «Эль Кихоте» хрипло дребезжит бравурная испанская музыка. Голос певицы — еще одно напоминание о Луизе. Зал, отраженный в огромном зеркале на стене, кажется вдвое больше. Джаспер сидит спиной к зеркалу. По шахматным клеткам пола снуют официанты. Эльф разглядывает незнакомые блюда на подносах и на соседних столиках. Приносят аперитив, и Эльф впервые пробует коктейль под названием «Олд-фэшнд».

— ...Я поехал искать таланты. Ну, раз уж в Чикаго отправились полмиллиона человек на концерты и на демонстрации протеста, то наверняка там будет много уличных исполнителей, а среди них наберется пяток интересных. Мой приятель снял номер в отеле «Конрад Хилтон», на время проведения съезда Демократической партии, предложил мне остановиться у него. Я-то ожидал что-то типа прошлогоднего Лета Любви в Сан-Франциско, цветы в дула ружей и все такое. Увы, я ошибся. Ни одного цветочка там не было. Так что прошлый год — это уже далекое прошлое. С тех пор столько всего было... Убийство Мартина Лютера Кинга. Протесты все лето, повсюду. Во Вьетнаме — одни поражения. Готовясь к протестам в Чикаго, йиппи даже предлагали запустить ЛСД в городской водопровод. Глупости, конечно, но журналисты им поверили, а обыватели поверили газетам.

— А кто такие йиппи? — спрашивает Грифф.

— Так называемая Международная молодежная партия, — говорит Левон. — На самом деле это сборище анархистов, идеалистов, антивоенных активистов и сторонников социального бунта. В общем, всевозможные ультрарадикальные группировки, типичные для Западного побережья. Я правильно объясняю, Макс?

— В целом да, но в Чикаго всем заправляет мэр, Ричард Дейли. Он богат, как Крез, и продажен, как Нерон. Во время летних беспорядков он отдал приказ «стрелять на поражение». Ну, полицейские и стреляли без разбору. Убивали. — Макс мрачнеет. — Короче, сторонники йиппи разбежались, и на концерте в Линкольн-парк выступили только *MC5* и Фил Оукс со своими песнями протеста. Вместо полумиллиона зрителей собралось всего несколько тысяч, причем каждый шестой был агентом ФБР, переодетым в рубашку с цветочками. Я понял, что нового Боба Дилана мне не найти, и решил вернуться в «Хилтон». На Мичиган-авеню, перед гостиницей, шел антивоенный митинг. Темнело. У гостиницы толпились журналисты, прожекторы телевизионщиков освещали шеренги бойцов Национальной гвардии напротив оравы длинноволосых юнцов с вьетконговскими флагами. В Чикаго! Вот сейчас, две недели спустя, я об этом рассказываю и прекрасно понимаю, что ситуация была взрывоопасной, будто к канистре бензина поднесли зажженную спичку. А тогда я решил: «Ничего страшного, спокойно пройду мимо копов, я же живу в отеле...» — Макс делает глоток «Олд-фэшнд». — И тут вдруг как плотину прорвало. Над улицей пронесся рев, и началось... Уличный бой. Полетели камни. Все орут, визжат, толпа наплывает, копы пытаются ее сдержать, машут дубинками. А эти дубинки с легкостью ломают кости. Газета «Трибьюн» потом назвала это «полицейским бунтом». Такого произвола, как в Чикаго, еще нигде не было. Полицейские нападали на всех подряд: на респектабельных мужчин в костюмах, на женщин, на операторов с телекамерами, на детей — в общем, на всех, кто не был в полицейской форме. Били ружейными прикладами в лицо и в пах, разбивали коленные чашечки. Наезжали на толпу машинами, оборудованными специальными щитами. Номерные знаки сняли, чтобы никто не опознал. И тут я попался на глаза какому-то копу. Я замер, как кролик перед удавом. Не знаю, чем я ему не понравился. Он двинулся ко мне, явно намереваясь проломить мне череп. Я не мог пошевелиться, как во сне. Стоял и думал: «Вот здесь я и умру, на Мичиган-авеню». — Макс закуривает, смотрит на свои руки. — Меня спас пинок под колено. Я растянулся на земле, носом в грязь, а на меня сверху повалился еще кто-то. Потом совсем рядом упала граната со слезоточивым газом. Такой красный цилиндр со стальной пимпочкой сверху. Я пополз в самой гуще бегущих, вопящих людей. Натолкнулся на паренька в луче прожектора. Расквашенный в лепешку нос, разодранная в кровь губа, выбитые зубы, окровавленный заплывший глаз... Я до сих пор его лицо вижу, как на фотографии. — Макс рисует в воздухе рамочку. — С табличкой «Антивоенный активист, тысяча девятьсот шестьдесят восьмой год».

— Да, а я думал, на Гровенор-Сквер было хреново, — вздыхает Дин.

— Ты его спас?

— Мне в лицо ударила струя слезоточивого газа. Чуть глаза не вытекли. Я отполз подальше и, к своему вечному стыду, так и не знаю, что случилось с тем парнишкой. В общем, как-то выбрался на зады отеля. А там, у двери на кухню, стоял здоровенный амбал. Носильщик. Со скалкой в руках. Рожа злобная. Я ему говорю: «Впусти меня», а он мне: «Гони доллар». Я объясняю, что там людей убивают, а он: «Два доллара». Ну, я и заплатил. Спасся.

— Рыночные отношения, — ворчит Грифф.

— Я никогда не отождествляла Америку с насилием и жестокостью, — говорит Эльф.

— Насилие и жестокость — на каждой странице американской истории. — Макс обмакивает кусочек хлеба в суп гаспачо. — Отважные первые поселенцы убивали индейцев. Ну, иногда заключали с ними бесполезные мирные соглашения, но все больше убивали. Рабство. «Работай на меня за бесплатно до самой смерти, или я тебя прямо сейчас убью». Гражданская война. Мы организовали конвейерное производство насилия и жестокости, задолго до того, как это сделал Форд. Геттисберг. Пятьдесят тысяч убитых за один-единственный день. Ку-клукс-клан. Суды Линча. Освоение Дикого Запада. Хиросима. Тимстеры — профсоюз водителей грузовиков. Войны... Американцы без войны — как французы без сыра. Если войны нет, мы ее выдумаем. Корея. Вьетнам. Америка — будто наркоман, только у нее не героиновая зависимость.

— Все империи зиждутся на насилии и жестокости, — говорит Джаспер. — Местное население сопротивляется захватчикам, поэтому колонизаторы их безжалостно притесняют. Или выживают с привычных мест. Или убивают. Как сейчас в СССР. То же самое делают французы в Северной Африке. И голландцы в Ост-Индии. И Япония в последней войне. Китайцы в Тибете. Третий рейх во всей Европе. Британцы — повсеместно. Вот и США как все...

Впервые после вылета из Лондона Джаспер произносит такую длинную речь.

Эльф беспокоит его состояние. «Что-то с ним не так...» Макс утирает губы льняной салфеткой.

— В Америке много добрых, умных и мудрых людей. Но здесь бывают и вспышки насилия. Внезапные, безжалостные. Как гром среди ясного неба. — Макс жестом изображает выстрел из пистолета. — Добро пожаловать к нам, в дом храбрецов и в страну свободных. Но будьте осторожны и осмотрительны.

Грифф и Дин принимают предложение Эльф подняться на крышу и проверить, что там за вечеринка. Джаспер отказывается. Завтра с утра им предстоит встреча с журналистами, а вечером «Утопия-авеню» дает первый концерт. У лифта к Гриффу подходит бородатый тип в белом ангельском балахоне, с крылышками за спиной:

— Я не успокоюсь, пока не узнаю, где ты раздобыл такие скулы!

Грифф краснеет:

— Чего-чего?

— У тебя скулы просто божественные!

— Э-э-э... спасибо за комплимент. Я с такими родился.

— Боже всемогущий, у него еще и акцент! Очаровательно! Меня зовут архангел Гавриил, а тебя?

— Друзья называют его Гриффом, — улыбается Эльф.

— Я буду молить Бога, чтобы мы с тобой подружились, Грифф. О, а вот и лифт.

— Ты с нами? — спрашивает Дин ангела. — Грифф не против потесниться.

— Я чуть позже вознесусь, спасибо.

В лифте Дин жмет на самую верхнюю кнопку. Джаспер нажимает кнопку седьмого этажа.

Ангел кокетливо машет Гриффу на прощанье:

— До встречи!

Лифт кряхтит и начинает подниматься. Дин рассматривает скулы Гриффа:

— Божественные!

— Иди к черту, — беззлобно ворчит Грифф.

Эльф спрашивает Джаспера:

— Тебе плохо?

Джаспер не слышит, что к нему обращаются.

Дин щелкает пальцами у него перед носом.

— Что?

— Эльф спросила, как ты себя чувствуешь.

Джаспер морщит лоб:

— Не знаю.

— Чего ты не знаешь? — спрашивает Эльф.

— Что будет дальше, — отвечает Джаспер.

Дин теряет терпение:

— Нашел время расклеиться! Мы в Нью-Йорке! Мы же мечтали здесь выступать!

Джаспер жмет на кнопку четвертого этажа. Лифт останавливается. Джаспер выходит и сворачивает на лестницу. Дин захлопывает дверь и снова нажимает верхнюю кнопку.

— Просто нет сил, когда Джаспер начинает изображать из себя страдающего гения!

«Джаспер никогда не изображает из себя страдающего гения», — думает Эльф и дает себе слово заглянуть к Джасперу после вечеринки.

Камелии в жардиньерках, подстриженные кустики в горшках, космеи в вазонах. Свечи в стеклянных банках мерцают золотисто-зеленым, а в фонариках — золотисто-голубым. В одном конце сада на крыше высится пирамида пентхауса, в другом — широкая каминная труба; по бокам крыши установлено ограждение. В саду собралось человек тридцать: пьют, курят, болтают. Пахнет марихуаной. На лавочке сидит симпатичный гитарист, ловко перебирает струны; у его ног устроились три красотки. «Мама объявила бы его пределом мечтаний», — думает Эльф и вспоминает Луизу. Сердце сжимается.

— Эльф! — К ней подходит Ленни с бокалом мартини. — Я так рад, что вы все пришли. Умоляю, прости, что я раньше не сообразил, кто ты.

Дин ахает от неожиданности:

— Леонард Коэн!

Тот пожимает плечами:

— Притворяться бесполезно.

— Почему ты нас не предупредила? — спрашивает Дин Эльф.

Эльф краснеет:

— Ох, Ленни, прости, мне так стыдно... — и объясняет Дину: — Он ни капельки не похож на фотографию с конверта.

— Я собирался именно этим объяснить, почему я тебя тоже не узнал, — говорит Ленни. — Грифф, Дин, я слышал ваш альбом. Мой друг на Гидре постоянно его крутит.

— Боже мой, а я столько раз исполняла «Сюзанну», — вздыхает Эльф. — Я тебе должна авторские...

— За бокал бурбона со льдом и аккорды «Моны Лизы» я, так и быть, не стану напускать на тебя своих адвокатов. Кстати, вот и организатор вечеринки, Дженис. Вы знакомы?

Женщина оборачивается. Лоскутный наряд попрошайки, голова обмотана розовым боа, браслетов и бус столько, что хватило бы на целый ларек. Одна из самых знаменитых американских исполнительниц.

На этот раз ахает Грифф:

— Дженис Джоплин!

— «Утопия-авеню»! — Дженис награждает их ослепительной улыбкой.

— Дженис, ты такая классная! — восхищенно говорит Грифф и поворачивается к Эльф. — И ты не знала, что это она устраивает вечеринку?

— Мне послышалось «Дженет», а не «Дженис», — оправдывается Эльф.

Дженис Джоплин затягивается сигаретой.

— Ленни мне сказал, что познакомился с Эльф из Лондона, ну, я и подумала, мол, не может же быть несколько Эльф, позвонила Стэнли, и он все подтвердил.

Эльф моргает: «Дженис Джоплин знает, кто я такая?»

— Слушайте, а может, наш самолет разбился на подлете к Ньюфаундленду и все мы попали в рай?

— На вечеринках у Дженис гораздо веселее, чем в раю, — говорит Ленни.

— Если бы пламя умело петь, — обращается Эльф к Дженис, — оно бы пело, как ты.

Дженис вздыхает:

— Что ж, такой комплимент заслуживает встречного. Я тут раздобыла ваш новый альбом, «Зачатки жизни»... — Она умолкает, наматывает нитку янтарных бус на мизинец. — Это просто усраться и не жить!

Эльф, Дин и Грифф переглядываются.

— Мы еще не освоили американский, — говорит Эльф. — «Усраться и не жить» — это хорошо или плохо?

— Это очень хорошо, — заверяет ее Ленни. — И «Рай — это дорога в Рай» тоже классная вещь. Ваш альбом помог нам с Дженис пережить зиму.

Эльф замечает, как он смотрит на Дженис. «У них роман. Или был...»

Она кивает на Пирамиду и спрашивает:

— Ты там живешь, Дженис?

— Ага. Прямо как в сказке. Не самое дешевое жилье в Челси, но, по-моему, мы заслуживаем роскоши за все наши труды.

— В Пирамиде жили многие знаменитости, — говорит Ленни. — Артур Миллер и Мэрилин Монро. Жан-Поль Сартр. Сара Бернар. И единственная и неповторимая Дженис Джоплин...

Дженис оглядывается по сторонам.

— А где Джаспер? — негромко спрашивает она. — И как правильно произносится его фамилия?

— Де Зут, — отвечает Эльф. — Он ушел спать. От перелетов ему всегда плохо, так что он решил отдохнуть перед завтрашним концертом. У нас четыре выступления в клубе «Гепардо».

— Тут с ним многие хотят познакомиться. Особенно вот, Джексон. — Она кивает на темноволосого гитариста. — Ой, пойдем, я тебя угощу персиковым пуншем, по рецепту моего отца. И кстати... — Она смотрит на часы. — Пора бы уже и косячок свернуть.

К Эльф один за другим клеятся три парня. От этого ей еще больше не хватает Луизы. Дженис Джоплин приносит ей бокал какого-то мутного коктейля:

— Попробуй. Называется «Горькая правда». Его придумал мой знакомый бармен, специально для меня. Джин, мускатный орех и щепотка горя.

Они чокаются. Эльф делает глоток.

— Господи боже мой! — выдыхает она.

— Ну, можно было и так назвать.

— Это же... чистое ракетное топливо!

— Ага, мы старались. А скажи-ка мне, ты уже поняла, как со всем этим разобраться?

Горло, обожженное «Горькой правдой», теряет чувствительность.

— С чем?

— Как заниматься тем, чем занимаемся мы. С точки зрения женщины.

Дженис стоит так близко, что хорошо заметны красные прожилки в белках ее глаз и оспинки на щеках.

— Нет, — говорит Эльф. — И это горькая правда.

— Вот именно. Мужикам легче. Пой песни, распускай хвост, как павлин, а после концерта иди в бар снимать девчонок. А женщине-исполнительнице что делать? Это же нас пытаются снять. И чем больше у тебя славы, тем больше к тебе лезут. Мы... мы как...

— Принцессы-невесты в эпоху династических браков.

Дженис закусывает нижнюю губу и кивает.

— И чем больше наша слава, тем больше мужчины этим хвастают. Зарабатывают себе репутацию. «Кто? Дженис Джоплин? Ну да, как же, Дженис, помню-помню, минет на измятой постели...» Ненавижу! А как с этим бороться? И как это изменить? Как это пережить?

Из колонок превосходной стереосистемы звучит песня группы *The Byrds* «Wasn't Born To Follow»[1].

— Мне до твоей славы далеко, — говорит Эльф. — Может, ты что посоветуешь?

— У меня советов нет. Только страх и имя: Билли Холидей.

Эльф отпивает третий глоток «Горькой правды».

— Погоди, так ведь Билли Холидей сидела на героине и умерла от цирроза печени, на больничной койке, в наручниках, под надзором полиции. И денег у нее было всего семьдесят центов.

Дженис закуривает:

— Вот в этом-то и весь страх.

Американская луна серебряной монеткой втиснута в щель между двумя небоскребами. Эльф стоит у ограды на крыше, смотрит на панораму города. «Так глядят на поле боя

---

[1] «Не рожден следовать» *(англ.)*.

с крепостной стены в ночь перед битвой». «Горькая правда» прожигает до самых селезенок. От косячка Дженис приятная дрожь во всем теле. Эльф воображает, что Луиза, будто Богородица, является ей посреди сада. К сожалению, это невозможно. Эльф вспоминает, как горевала, когда Брюс бросил ее и ушел к Ванессе. А отсутствие Луизы ощущается как отсутствие какой-то важной части тела. «Что я сделала не так? Ведь это я во всем виновата...»

— А вон тот самый знаменитый? — Дин тычет пальцем куда-то вдаль.

Эльф понятия не имеет, о чем он.

— Эмпайр-стейт, — отвечает Леонард Коэн. — Самое высокое здание на свете.

— А где Кинг-Конг, отмахивающийся от самолетов?

— У него укороченный рабочий день, — говорит Ленни. — Трудные времена, сам знаешь.

В некоторых домах еще светятся окна. «Каждый квадратик света — такая же жизнь, как моя», — думает Эльф.

— Слышите? — спрашивает Дин, прикладывая ладонь к уху.

— А что мы слушаем? — спрашивает Эльф.

— Музыку Нью-Йорка. Ш-ш-ш!

Сквозь разговоры и голос Сэма Кука, поющий «Lost and Lookin'»[1], пробивается многосоставный гул: автомобили, поезда, лифты, гудки, сирены, собачий лай... Все на свете. Двери, замки, водопроводные трубы, кухни, грабители, любовники...

— Как будто оркестр перед выступлением... Только это и есть выступление, — говорит Эльф. — Какофоническая симфония. Или симфоническая какофония.

— Она всегда так разговаривает, — объясняет Дин Ленни. — Даже неукуренная.

— Эльф — прирожденный поэт, — заявляет Ленни, глядя на нее выразительными карими глазами, будто говоря: «Я вижу твою душу».

«А ты — прирожденный соблазнитель», — думает Эльф и внезапно осознает, что произнесла это вслух.

---

[1] «Потерял и ищу» (англ.).

«Укурилась, чего уж там...»

— Что ж, признаю свою вину, — соглашается Ленни.

Эльф представляет, как Ленни расспрашивает Дина про ее бойфрендов и как Дин ему все рассказывает, а потом Дин расспрашивает Ленни про Дженис и Ленни ему все рассказывает. В вечной битве полов женщины обмениваются информацией; мужчины наверняка поступают так же. Эльф очень не хватает Луизы. Луиза — ее прибежище, надежное укрытие ото всех бед. Была. Есть. Была. Есть.

— А почему ты все время уезжаешь из Нью-Йорка? — спрашивает Дин Ленни, не отводя глаз от города своей мечты. — Ты же здесь обосновался.

— Я по натуре не оседлый человек. В Нью-Йорк я приехал, чтобы написать великий американский роман. Что само по себе ужасное клише. Я считал себя большой рыбой в мелком пруду, но вовсе не был рыбой. Меня все отвлекало. Гринвич-Виллидж. Битники. Фолк-музыка. Я отправлялся в долгие прогулки, изображал из себя фланера, но по-настоящему это удается только французам. Я глядел на лодки, плывущие по Ист-ривер. Однажды поднялся на лифте вон туда... — Он кивает на Эмпайр-стейт-билдинг. — Смотрел на Манхэттен и испытывал безумное желание его покорить. Овладеть им... Может быть, для этого мы и пишем песни?

— Я пишу песни, чтобы понять, что именно хочу сказать, — говорит Эльф.

— А я пишу потому, что мне это нравится, — говорит Дин.

— Наверное, ты — единственный настоящий творец среди нас, — замечает Ленни.

Из Пирамиды слышится укуренный голос:

— Эй, Ленни! Рассуди нас. Нам нужно твое авторитетное мнение.

— О чем?

— О разнице между меланхолией и депрессией.

Леонард Коэн извиняющимся тоном говорит Эльфу и Дину:

— Увы, труба зовет...

———————

— Между прочим, он не прочь, если ты не против, — говорит ей Дин.

— Ты прямо как сутенер. Или сводник.

— Я же забочусь о товарище по группе.

«Как трогательно... Или нет?»

— Дженис мне сказала, что у него вроде как жена в Греции. И приемный ребенок. Так что спасибо, но лучше не надо.

Дин передает ей косячок.

— Девять месяцев — и ни одного трофея... Я давно бы свихнулся.

«Трофея? Это что, военная кампания?»

Эльф затягивается, выдыхает дым и строго напоминает себе, что если рассказать о Луизе, то слов назад уже не возьмешь. Сэм Кук поет «Mean Old World»[1].

— Мужчинам *необходим* секс. Для женщины это не вопрос необходимости, а вопрос настроения. Но женщины поставлены в безвыходную ситуацию. Если мы отказываемся принять предложенную игру, то нас называют фригидными или обвиняют в том, что мы не способны увлечь мужчину. А если соглашаемся, то нас называют шлюхами, давалками, порчеными девками. Не говоря уже о том, что угроза непредвиденной беременности сидит в уголке и радостно потирает лапки. — Эльф передает косячок Дину. — В общем, твоей вины в этом нет, конечно, но заруби себе на носу: патриархат — одна большая подстава.

— Ого, с тобой так много интересного узнаешь... — Дин швыряет потухший окурок в пустоту. — А в свете моего возможного отцовства я стал иначе смотреть на случайные связи.

«Похоже, он готов об этом поговорить».

— Ты что-то решил?

— Когда мы вернемся домой, результаты анализа будут готовы. Но с ними тоже не так все просто. Если отец ребенка — не я, то в десяти процентах случаев это можно установить по группе крови.

— Да, не самый убедительный метод.

---

[1] «Злобный старый мир» *(англ.)*.

Помолчав, Дин добавляет:

— В общем, придется подождать, а когда ребенок подрастет, то, может быть, проявятся какие-то фамильные черты. А вот что делать до тех пор? Должен ли я платить мисс Крэддок алименты? Если я не отец ребенка, но даю деньги на его содержание, то я — дурак, которого обвели вокруг пальца. А если я все-таки его отец, но ничего не плачу, то мало чем отличаюсь от Гюса де Зута.

С тротуара на тринадцатый этаж долетают какие-то крики.

— Если б мне предложили исполнение трех желаний, я б тебе уступила одно.

— Когда я услышал новость от Левона, то мне ужасно хотелось, чтобы это оказалось неправдой. Я был готов на все что угодно. Но ребенок уже родился... Даже если он не мой, а чей-то... Нельзя ведь хотеть, чтобы чья-то жизнь исчезла...

Эльф вспоминает Марка и маленький гроб.

— Ох, Эльф, извини. Я ляпнул, не подумав.

Эльф сжимает ладонь Дина:

— Верно, нельзя. Любая жизнь бесценна. Мы об этом слишком часто забываем. Об этом надо помнить все время, а не только на похоронах.

— Я вас всех обожаю, — объявляет Дженис Джоплин с помоста в саду, — но завтра у меня запись, поэтому я настояла, чтобы напоследок Джексон сыграл нам один из своих хитов, а Джексон настоял, чтобы я этот хит спела.

Джексон задает ритм и начинает нисходящим каскадом, который завершается мажорным септаккордом. Ночной ветерок ерошит ему волосы. Эльф узнает вступление к песне «These Days»[1] с альбома «Chelsea Girl»[2]. Нико исполняет ее с холодной нордической трезвостью, а Дженис поет зажигательно, меняя настроение от фразы к фразе. «Она прекрасно умеет удерживать внимание слушателей», — думает

[1] «Эти дни» (англ.).
[2] «Девушка из „Челси“» (англ.).

541

Эльф. Джексон импровизирует переход к последней строфе, а Дин шепчет Эльф на ухо:

— Он не только красавчик, но и великолепный гитарист.

— Боишься, что не выдержишь конкуренции? — шепчет в ответ Эльф.

Последние четыре строки Дженис поет без музыкального сопровождения, а капелла.

Гитара Джексона отсчитывает десять колокольных ударов.

> Не кори меня за неудачи,
> Я про них не забыл...

Аудитория из двадцати человек взрывается аплодисментами на крыше нью-йоркского отеля. Дженис приседает в шатком реверансе, Джексон раскланивается.

— Еще одну, Дженис! — выкрикивает кто-то из гостей.

Она заходится своим характерным смехом — резким, как лошадиное ржание.

— Забесплатно? Нет уж, не дождетесь. Может, вот Ленни что-нибудь споет.

Леонард Коэн соглашается на уговоры, подходит к помосту, с улыбкой берет у Джексона его «гибсон».

— Друзья, если уж вы так настаиваете, то я исполню для вас песню, которую впервые услышал пятнадцатилетним подростком в летнем лагере «Солнышко». Там-то я и приобрел свой лучезарный взгляд на жизнь... Ну, дальше вы знаете. — Он подстраивает гитару. — Песню написали в Лондоне два бойца французского Сопротивления. Она называется «Партизан». И раз, и два, и три...

Ленни неплохо играет на гитаре, но не виртуозно, как Джексон. Голос его хриплый, немного гнусавый, но от песни у Эльф мороз по коже. Рассказчик — солдат, который не сдается в плен захватчикам, а берет ружье и, скрываясь, борется за свободу. Короткие сжатые фразы, скупые, будто ремарки в пьесе, складываются в яркие образы в умах слушателей: «Нас становится все меньше, было трое этим утром, а теперь я один...» В стихах нет игры слов, строки почти не рифмуются. Эльф становится стыдно за нарочитые пассажи в «Докажи». Леонард поет три строфы по-французски, а потом снова переходит на английский. Песня заканчивается кладбищем, могильными плитами и своего рода воскресением. Эльф растрогана до слез. Бородатый ангел из вестибюля — Эльф не заметила, как он здесь появился, — шепчет ей на ухо:

— Не песня, а разговор с призраками.

Все тепло аплодируют.

— Еще один хит с фабрики хитов Ленни Коэна! — выкрикивает кто-то.

Ленни с улыбкой просит тишины.

— Мне хочется попросить мою новую знакомую исполнить последнюю песню сегодняшнего вечера, но поскольку она только сегодня прилетела, то мы не будем настаивать. И все же, мисс Холлоуэй, не соблаговолите ли вы подняться на нашу скромную сцену?

Все оборачиваются к ней. Дин умоляюще смотрит на нее.

«Легче спеть, чем отказаться».

— Что ж, я готова, но... — Ее заглушают одобрительные возгласы.

Эльф садится на табурет, Ленни вручает ей гитару Джексона.

— В любых моих косяках виновата буду не я, а косяки Дженис...

«Что бы такое исполнить?»

— Давайте-ка я попробую спеть то, что сочинила в самолете.

«Когда надеялась, что в аэропорту меня встретит Луиза».

Эльф достает из сумочки блокнот, придавливает страницу стеклянной банкой со свечой внутри.

— Это песня на мотив старинной английской баллады «Дьявол и свинопас». У кого-нибудь есть медиатор?

Джексон дает ей свой.

— Спасибо.

И Эльф запевает:

> Беспечный летний смех далек,
> Далек от ледяного взгляда,
> Как «Шел однажды злой хорек»
> От «Жили долго, счастью рады».

Как правда горькая в лицо
От поздравления в конверте,
Как жизнь — не та, что «жизнь-кольцо»,
А Жизнь-Рождение — от смерти.

Мы так с тобою далеки:
Плутон и Солнце ближе, точно, —
На расстоянии руки...
А мы — как «никогда» и «тотчас».

Эльф исполняет проигрыш, не пытаясь превратить его в соло — она еще слишком хорошо помнит виртуозную игру Джексона. Вдобавок за все время с «Утопия-авеню» она еще ни разу не писала песен для гитары.

— Здесь должно быть соло Джаспера де Зута, — говорит она гостям в саду, перебирая струны, — на испанской гитаре, очень зажигательное... а тут вступает Дин со своей гармоникой... — Эльф негромко подвывает мотив, — как тоскующий оборотень. — Она смотрит на Дина, и тот кивает, мол, договорились.

Любовь умеет поглощать
И километры, и парсеки,
Как телескоп, весь мир вращать
Вокруг себя и в человеке.

Любовь способна выйти вон,
За рамки правил и приличий,
Нарушив собственный закон,
От предков принятый обычай.

Пришла — ушла, нужна? — зови!
Как кошка дикая из чащи.
Я так хочу твоей любви —
Здесь, сейчас и настоящей![1]

Эльф проигрывает еще один куплет без слов, инвертирует мелодию и заканчивает аккордом, неожиданно пришедшим ей на ум — что-то с фа, — отчего финал звучит незавершенно и открыто. Все хлопают в ладоши. «Получилось!»

---

[1] Перевод А. Васильевой.

Она обводит взглядом слушателей: новые приятели, мимолетные знакомцы, Дженис и Ленни, пьяный Грифф, восхищенный Дин — и Луиза Рей... ее ястребиный взор, ее рассеянная улыбка. «Нет-нет! Не может быть! Это слишком нарочито. Будто по сценарию». Эльф не улыбается — просто не может. От изумления. Но это же так банально: Луиза появляется именно тогда, когда Эльф поет песню-заклинание, призывая любимую. «Хотя что в этом удивительного? — думает Эльф. — Мы в Нью-Йорке. Сегодня полнолуние...»

— ...Грозили мне смертью, если я не уеду из города, — объясняет Луиза. — Нью-йоркская полиция подтвердила, что угроза реальна.

— Боже мой, Луиза! — Эльф хочется обнять ее по-настоящему, но на вечеринке Дженис Джоплин слишком много посторонних.

— Редактора «Подзорной трубы» и всех сотрудников попросили не распространяться о моем местонахождении. Поэтому тебе ничего и не сказали. А моей открытки ты не получила. Извини, пожалуйста!

— Ох, не извиняйся... Бедняжка. Какой ужас.

— Знаешь, всегда трудно писать и публиковать статьи о вымогателях, рэкетирах и о протекции. Мы не думали, что все так быстро кончится.

— А где ты отсиживалась? У родителей? — спрашивает Эльф.

— Нет, слишком рискованно. Отец во Вьетнаме, мама дома одна. Знакомый предложил мне переждать в своем домике, неподалеку от Ред-Хука, в горах на севере штата Нью-Йорк.

— Но теперь опасность миновала? — спрашивает Дин.

— Мне повезло. Мафиозные разборки закончились перестрелкой. Вчера в Нью-Джерси убили шестерых. Два убитых — как раз те самые типы, которые угрожали мне и «Подзорной трубе». Наш детектив считает, что нам больше ничего не грозит. Так что я буду и дальше вести свои расследования.

— Прямо как кино про гангстеров, — ворчит Грифф.

— Не так увлекательно, гораздо страшнее, а главное — все по-настоящему.

В кухоньке номера 939 Эльф готовит горячий шоколад для Луизы, которая только что вышла из душа.

— Я все думаю про эти полторы недели без тебя, — говорит Эльф. — Как я себя жалела и стенала как дура, пока ты здесь ходила под пулями.

— Ну ты же не знала... — Луиза обертывает мокрые волосы полотенцем. — А я не знала, что ты не знаешь. И сказать тебе не могла. Но мы все-таки выжили.

— А если я тебя очень-очень попрошу заняться не расследованиями, а ресторанной критикой?

— А если я тебя очень-очень попрошу сочинять дурацкие эстрадные песенки?

— Ну тогда дай слово не рисковать попусту и всегда помнить об опасности. Обещаешь?

— Отец сказал то же самое. — Луиза целует ее. — Обещаю.

Они выходят на балкон и с чашками шоколада усаживаются в шезлонги, как две старушки в санатории. Луиза прикуривает обеим «Кэмел». Они смотрят друг на друга и затягиваются одновременно, чтобы огоньки сигарет вспыхивали вместе. Смеются.

— Спроси, чем я сейчас занята, — говорит Эльф.

— Чем ты сейчас занята? — спрашивает Луиза.

— Посылаю мысленную телеграмму себе в прошлое. В тот самый день, когда в «Кузенах» я познакомилась с Левоном и ребятами, а они пригласили меня в группу. В мысленной телеграмме говорится: «СОГЛАШАЙСЯ».

— И все?

— Нет, вот еще что: «Если ты согласишься, то за следующие двадцать месяцев ты запишешь два альбома, выступишь на „Вершине популярности“, отыграешь десятки концертов, заработаешь немного денег, переживешь всякие любовные драмы, поедешь в Нью-Йорк, где с тобой будет заигрывать Леонард Коэн, а ты поговоришь по душам с Дженис Джоплин; но самое главное — ты встретишь умного, веселого, отважного, доброго и отзывчивого будущего лауреата Пулицеровской премии — ш-ш-ш! не спорь со мной! — ужасно сексапильную американку с примесью мексиканской и ирландской крови — да-да, женщину! И у вас с ней будет безумная любовь...»

— Ты говоришь прямо как истинная англичанка.

— Цыц! «...и после головокружительного секса в отеле „Челси“ вы будете сидеть на балконе и пить шоколад, а ты не будешь задавать себе вопросов типа: „Я лесбиянка? Или бисексуалка? Или всю жизнь подавляла свою истинную натуру? Или сейчас ее подавляю?“ — и так далее. Нет. Тебе будет хорошо, и все будет прекрасно и замечательно... и у тебя не останется слов, чтобы все это описать. Так что ради своего же блага СОГЛАШАЙСЯ». На этом моя мысленная телеграмма заканчивается. КОНЕЦ. Отправляю.

— Великолепная телеграмма, — говорит Луиза. — Только она больше похожа на письмо, правда?

Эльф кивает, курит, прихлебывает горячий шоколад и держит Луизу за руку. По Западной Двадцать третьей улице мимо отеля «Челси» проезжает желтое такси в поисках пассажиров...

Кто вы

●

Джасперу минуло восемнадцать. Действие квелюдрина ослабло. Тук-Тук окреп и постепенно разъедал Джасперу мозг. Сил сопротивляться почти не оставалось. Может, Джаспер продержался бы несколько недель, но уж точно не месяцев. Спустя три месяца после отъезда Формаджо в светлое американское будущее Джаспер решил, что быстрая смерть лучше медленного разрушения психики. Он оделся, ополоснул лицо, почистил зубы и спустился к завтраку. Аукционист из Дельфта быстро и неразборчиво бубнил про свой очередной сон. После завтрака Джаспер, как обычно, пошел в аптеку. Чернильная надпись «Дж. де Зут» на его коробочке для пилюль давно выцвела. Джаспер взял две бледно-голубые таблетки квелюдрина. Доктор Галаваци уехал на конференцию.

Джаспер вернулся к себе в комнату и вложил записку в футляр с гитарой: «Для Формаджо, если ему понадобится». Он надел куртку, взял со шкафа пыльный рюкзак, пошел в лечебный корпус и попросил пропуск, чем очень удивил дежурного врача-психиатра: в лечебнице считали, что у застенчивого пациента агорафобия. Джаспер весьма убедительно соврал, что на него благотворно подействовало общение с Формаджо. Дежурный врач предложил Джасперу взять на прогулку спутника. Джаспер вежливо отказался, объяснив, что хочет самостоятельно перебороть свои страхи, и пообещал далеко не уходить. Молодой психиатр удовлетворился объяснением, выписал Джасперу пропуск, отметил время в журнале учета и дал знать привратнику, что пациенту разрешено выйти за территорию.

За оградой рийксдорпской лечебницы все было другим, но в то же время прежним. Приглушенное утро. Пасмурное небо. Лес пах осенью. Текучий ветерок гонял палую листву. Сосны шелестели и вздыхали. Вороны плели заговоры. С корявых стволов таращились лица. Джаспер старался на них не смотреть. Тропа вилась вверх по склону. Лес поредел. Плавно вздымались и опадали дюны. Неподалеку бился о берег прибой. Шуршала трава. Кричали чайки. Море выглядело грязным. Табличка предупреждала желающих поплавать: «GEVAARLIJKE ONDERSTROOM. VERBODEN TE ZWEMMEN»[1]. Начался прилив. Волны выталкивали гальку на берег и, отбегая, влекли обратно. Вдали, на юге, раскинулся Схевенинген; в пяти милях к северо-востоку виднелся Катвейк. Серый ил, серый песок, все бледно-серое. Осклизлые волноломы косо взрезали бурлящую воду. Джаспер наполнил рюкзак галькой покрупнее. Он убедил себя, что это чище лезвий, надежнее снотворного и не так ужа-

---

[1] «Осторожно, сильное отбойное течение. Купаться запрещено» *(голл.)*.

сающе, как веревка. Вдобавок это не травмирует возможных свидетелей. Он надел рюкзак, который теперь весил почти столько же, сколько сам Джаспер. Еще раз мысленно повторил последовательность действий: войти в море; забрести подальше; когда вода дойдет до подбородка, упасть ничком, чтобы рюкзак давил на спину. И принять неизбежное. Присновечный квелюдрин. Милли Уоллес погребли в море. Безбрежное море. Немолчное море. Последнее море.

Джаспер спросил:

— Ты не изменил своего решения?

Джаспер ответил:

— Человек — тот, кто уходит.

Джаспер вошел в море. Оно набралось в ботинки. Обволокло колени, бедра, поднялось до пояса...

— *Не смей*, — произнес голос.

Все вокруг смолкло. Ни шума моря, ни ветра, ни чаек.

— *Такого конца не изменишь.*

Голос говорил по-голландски, с иностранным акцентом, и звучал в голове Джаспера, будто в наушниках.

— *Выходи из воды*, — сказал голос.

Джаспер решил воспользоваться методом Формаджо и перечислить известные факты. Во-первых, голос обращался к нему напрямую. Во-вторых, голос не желал ему смерти. В-третьих...

— *В-третьих, выйди из воды, пожалуйста*, — сказал голос.

Джаспер вышел на берег и сел на обломок пла́вника.

— *Выбрось гальку из рюкзака*, — сказал голос.

Джаспер исполнил приказание и спросил:

— А ты кто?

Помедлив, голос ответил:

— *Не знаю.*

— Как это?

— *Этого я тоже не знаю.*

— А что ты знаешь?

— *О себе самом?*

— Да, о себе самом.

— *Я — разум без тела. В таком виде я существую уже пятьдесят лет. Возможно, я из Монголии. Я подселяюсь в человека и перехожу из тела в тело при прикосновении. Когда Формаджо пожал тебе руку, я перешел в тебя. Как ты понял, по-голландски я говорю плохо, поэтому...* — Голос перешел на английский: — *В общем, мне известно очень мало.*

— Если ты не знаешь, кто ты, тогда что ты?

— *Призрак, дух, предок, ангел-хранитель, бесплотная сущность, бестелесный разум — называй, как хочешь. Я не настаиваю на конкретном определении.*

— А почему ты у меня в голове?

— *Я узнал о тебе из воспоминаний Формаджо и решил, что Тук-Тук сможет пролить свет на мое происхождение. Я просеиваю воспоминания.*

— Значит, во мне ты оказался по случайности?

— *Если ты веришь в случайность, то да.*

В бледном свете утра поблескивала выброшенная на берег медуза.

— И ты целый день роешься в моих воспоминаниях? Без разрешения?

— *А ты спрашиваешь разрешения у книги, прежде чем начинаешь читать?*

— Я спрашиваю разрешения у владельца книги.

— *«Прощай, жестокий мир!» всего за две минуты превратился в «Не лезь в мою личную жизнь!».*

В миле от берега под рассеянный серебристый луч вплыл траулер.

— А как тебя называть? — спросил Джаспер.

— *Если я придумаю себе прозвище, то распрощаюсь с надеждой узнать, кто я такой на самом деле. По-моему, мой родной язык — монгольский, так что можешь звать меня Монгол.*

Над траулером парили далекие чайки, крошечные, как песчаные блохи вблизи.

— Ну и как, ты нашел, что искал?

— *Нет. Тук-Тук — такая же бесплотная сущность, как и я, но, кроме этого, у нас нет ничего общего. Он желает тебе смерти. Не знаю почему.*

— А ты с ним разговаривал?

— *Нет, я решил, что неразумно прерывать его квелюдри-новое оцепенение. Если...*

На вершину дюны выскочил огромный черный пес, и от неожиданности Джаспер свалился с пла́вника. Пес лаял, и лаял, и лаял — но беззвучно, будто в немом кино. Джаспер вдруг почувствовал, как его губы, язык и голосовые связки сами по себе произносят: «Зайл! Зайл!»

Пес поджал хвост, припал к песку, наклонил голову набок. Рука Джаспера взмахнула, пес попятился и скрылся за дюной.

У Джаспера бешено заколотилось сердце.

— Ты можешь управлять телом того, в кого подселился?

— *Только если нет другого выхода.*

— Ты умеешь обращаться с собаками.

— *Я велел ему убираться. По-монгольски.*

— А разве голландские собаки понимают по-монгольски?

— *Ты недооцениваешь собак.*

В миле от берега на мраморе моря покачивалась яхта.

— Если ты способен управлять моим телом, вот как сейчас — псом, почему ты не вывел меня из моря? Или просто не остановил?

— *Я надеялся, что ты остановишься сам.*

Джаспер улегся на гальку:

— Я... я очень устал.

— *Если бы ты меня не послушал, я бы тебя выловил. Мне не хочется выяснять опытным путем, что произойдет со мной, если умрет тело, в котором я нахожусь. Мне нравится с тобой беседовать. Мне одиноко.*

— Одиноко? Разве ты не разговариваешь с теми, в кого подселяешься?

— *Это опасно. Те, в кого я подселяюсь, обычно принимают меня за симптом безумия.*

— Ну, мне это не грозит. Я либо привык, либо уже давно сошел с ума.

— *Ты не сумасшедший, Джаспер, просто в тебе слишком долго живет незваный гость, который не желает тебе добра.*

Тук-Тук причинил тебе много зла. Давай поговорим по дороге. Врач, который тебя утром выпустил, наверное, уже беспокоится. И тебе нужно переодеться в сухое...

В последующие часы бесплотный наставник Джаспера помог ему лучше разобраться в положении дел, чего никогда не удавалось доктору Галаваци, который полагал Тук-Тука психозом. В беседе с Монголом Джаспер сделал ряд новых умозаключений и, по методу Формаджо, изложил их списком. Во-первых, Тук-Тук, очевидно, не способен перемещаться между телами, иначе он оставил бы Джаспера еще в Или. Во-вторых, Тук-Тук добивался смерти Джаспера. В-третьих, Тук-Тук не обладал способностями Монгола управлять чужим телом, поскольку не заставил Джаспера спрыгнуть за борт «Арнема» на пути из Гарвича в Хук-ван-Холланд. В-четвертых, квелюдрин подавлял деятельность щитовидной железы и поражал шейное нервное сплетение.

— Значит, если меня не угробит Тук-Тук, то убьет квелюдрин, — сказал Джаспер.

Помедлив, Монгол сказал:

— *Если ты продолжишь идти этим путем.*

— А у меня есть выбор?

— *Я мог бы тебя... скажем так, прооперировать.*

— Удалить Тук-Тука?

— *К сожалению, нет. Он слишком тесно с тобой связан. Я могу разрушить синапсы в той части твоего мозга, где обосновался Тук-Тук, заключить его в своеобразную гробницу, из которой ему не выбраться. Квелюдрин тебе больше не понадобится. Но это тебя не исцелит. После того как действие квелюдрина прекратится, Тук-Тук стряхнет с себя оцепенение, сообразит, что произошло, и начнет восстанавливать синапсы. На это уйдет несколько лет. Возможно, появятся новые, более действенные лекарства. Или найдется тот, кто знает больше меня. Зато ты какое-то время, как говорят американцы, поживешь в свое удовольствие.*

Джаспер обнаружил в кармане игральную кость — красный пластмассовый кубик с белыми точками. Он не помнил, откуда она взялась.

— А чем я рискую?

— *Процедура представляет собой нечто вроде локализованного инсульта. Это сопряжено с некоторым риском. Однако в сравнении с эрозией спинного мозга, нефункционирующей щитовидкой, враждебным гостем в мозгу или попыткой утопиться в Северном море подобный риск невелик.*

Голландский дождь стучал в темное окно Джаспера.

— И когда меня можно подвергнуть этой процедуре?

Джаспер проснулся. На потолке играли солнечные лучи.

— *Как ты себя чувствуешь?* — спросил дух Монгола.

— Как будто мне в мозг засунули желудь или пулю. Боли нет, но нечто ощущается. Как доброкачественная опухоль.

— *Снаружи — доброкачественная, изнутри — злокачественная. Непроницаемый барьер из поврежденных синапсов вокруг твоего незваного гостя образует своего рода стены темницы.*

— Значит, мне больше не надо принимать квелюдрин?

— *Разумеется. Тук-Тук больше не сможет причинить тебе зла.*

— Наверное, трудно будет убедить доктора Галаваци, что я выздоровел.

— *Отнюдь нет. Твое выздоровление — его триумф. После завтрака обменяйся с ним рукопожатием. Я перейду в его тело и внушу ему пару нужных мыслей. Он — хороший человек.*

— А не проще ли тебе представиться ему, вот как мне?

— *Мне не хочется, чтобы он утратил веру в возможности психиатрии. В мире слишком много мистиков и слишком мало ученых.*

— А что мне ему рассказать?

Монгол задумался.

— *Расскажи обо всем, только не упоминай попытку самоубийства. Объясни, что я явился тебе на прогулке.*

— Тогда он наверняка решит, что я сумасшедший.

— *Но он же увидит, что ты стал здоровее и счастливее. Скорее всего, доктор Галаваци истолкует и твое выздоровление, и появление Монгола в терминах психиатрии. Кто знает, может, из этого впоследствии выйдет что-нибудь стоящее...*

В дверь номера 777 в отеле «Челси» стучат: тук-тук. Джаспер просыпается. Таблетка снотворного погрузила его в неглубокую могилу сна. Тук-тук. Может быть, это Эльф, или Грифф, или Дин. Вряд ли. Тук-тук. Джаспер встает, подходит к двери, глядит в глазок.

Никого.

Он вернулся. Ремиссия закончилась.

Тук-тук. Джаспер открывает дверь. В обе стороны тянется желтый коридор с пунктиром коричневых дверей.

Никого.

Джаспер закрывает дверь, накидывает цепочку и...

Тук-тук.

Джаспер чувствует его присутствие, как жертва чувствует преследователя. Он идет в ванную, принимает еще одну таблетку квелюдрина. Осталось двенадцать. Должно хватить на шесть дней. Надо как-то пополнить запас.

Тук-тук.

Невнятные постукивания начались после вечеринки в «Раундхаусе», где отмечали выход альбома «Зачатки жизни».

Тук-тук.

В самолете стук стал громким и отчетливым. Может быть, оттого, что Джаспер не любил и боялся летать?

Тук-тук.

На часах Джаспера 12:19. Две таблетки квелюдрина он принял шесть часов назад, когда самолет заходил на посадку. В Рийксдорпе двух таблеток хватало на двенадцать часов.

Тук-тук.

Джаспер вытряхивает две бледно-голубые таблетки на ладонь, глотает, запивает нью-йоркской водой. Большое зеркало заклеено страницами «Таймс». «САМОЛЕТ АВИАКОМПАНИИ „ЭР ФРАНС" ТЕРПИТ КАТАСТРОФУ У БЕРЕГОВ НИЦЦЫ. 95 ПОГИБШИХ». Джаспер чистит зубы, ждет, когда подействует квелюдрин. Спустя три или четыре минуты он ставит щетку в стакан и...

Медленно, издевательски раздается: тук... тук...

«Неужели квелюдрин больше не действует?»

———

Джаспер громко и настойчиво стучит в дверь номера 912. Дверь приоткрывается, над цепочкой виднеется заспанное лицо Левона.

— Мне надо позвонить в Голландию, — говорит Джаспер.

— Что-что? — моргает Левон.

— Мне надо позвонить в Голландию.

— Там шесть утра.

— Мне надо поговорить с врачом.

— В Нью-Йорке полно врачей. Я попрошу Макса...

— Ты хочешь, чтобы я завтра был на сцене, или нет?

Это срабатывает. Левон распахивает дверь, приглашает Джаспера войти. У Левона канареечная пижама. Джаспер вручает ему листок с телефоном доктора Галаваци. Левон набирает оператора, зачитывает номер телефона, подтверждает, что звонок международный и что ему известны расценки, а потом передает трубку Джасперу.

— Только не затягивай, пожалуйста. Мы пока еще не на стадионах выступаем.

— У меня конфиденциальный разговор, — заявляет Джаспер.

На лице Левона возникает совершенно непонятное выражение. Он накидывает поверх пижамы халат и выходит в коридор.

В трубке звучат голландские гудки.

Их перекрывает стук Тук-Тука: тук-тук...

Доктор Галаваци берет трубку:

— Кто звонит в такую рань?

Джаспер произносит по-голландски:

— Доктор Галаваци, мне нужна ваша помощь.

Пауза.

— Доброе утро, Джаспер. Ты где?

— В номере Левона. В отеле «Челси». В Нью-Йорке.

— Эмерсон назвал Нью-Йорк высосанным апельсином.

Джаспер обдумывает это заявление.

— Тук-Тук вернулся. На этот раз «вернулся», а не «возвращается».

Долгая пауза.

— Симптомы?

— Стук. Много стука. Пока еще не беспрерывно, но я его чувствую. Он ухмыляется. Играет со мной, как кот с пойманной птицей. Квелюдрин почти не действует. Двух таблеток хватает всего на шесть часов. Я принял одну сразу после посадки, но Тук-Тук опять стучит.

Тук-тук.

— Джаспер? В чем дело?

— Он снова постучал. Вот только что. Монгола нет, так что на этот раз спасать меня некому. Если квелюдрин перестанет действовать, то я останусь без защиты.

— Надо найти другой препарат, который подействует.

— Ну да, я попрошу какого-нибудь врача прописать мне лекарство, которое останавливает стук в голове, а он меня отправит в психушку. Я в Америке. Здесь любят отправлять людей в психушку.

Пауза.

— От волнения будет только хуже.

— А от чего не будет хуже, доктор Галаваци?

— Попробуй уснуть. У тебя есть снотворное?

— Да, я принял таблетку, но Тук-Тук меня разбудил.

— Прими две. А я попробую связаться с коллегой, доктором Маринусом. Помнишь, я тебе о нем рассказывал? Он преподает в Колумбийском университете, это не так уж и далеко от... где ты остановился? В отеле «Челси»?

— Да. Это знаменитый отель.

— Я попрошу доктора Маринуса, чтобы он тебя обследовал. Как можно скорее.

Джаспер слышит тук-тук, тук-тук, тук-тук. Как издевательские аплодисменты.

— Спасибо.

Он кладет трубку на рычаг и выходит из номера Левона.

— Да что такое творится? — говорит Левон ему вслед.

Джаспер возвращается в номер 777 под траурный марш тук-тук-туков. Принимает две таблетки бензодиазепина, выключает свет и погружается в химический дурман, где...

Личинка цикады, слепая и неуклюжая, сосет сок из корней. Выползает из-под земли в буйство леса. Медленно-медленно взбирается по зеленому побегу под кроной огромного кедра. Цепляется за веточку и висит до тех пор, пока не начинается линька. Из полупрозрачного панциря высвобождается блестящая черная цикада, разворачивает клейкие крылья, сушит их на солнце, а потом... взлетает ввысь, в перекрестье лучей, в трепещущие тени, проносится над крышами монастыря, где метут дорожки женщины на сносях; над двускатными крышами Зеландии; над Четвинд-Мьюз; над Бруклинским мостом и пикирует вниз, в приоткрытое окно номера 777 в отеле «Челси», где в забытьи лежит Джаспер. У него меж бровей раскрывается черная апертура. Цикада садится Джасперу на лоб, складывает крылья и забирается в отверстие.

Тук-тук.

Джаспер просыпается. Тук-Тук тоже бодрствует. Его присутствие ощущается так явно, будто он сидит на стуле в углу. «Может, и сидит». На часах Джаспера 7:12. Он идет в ванную, принимает три таблетки квелюдрина. Остается всего девять.

Доктор Галаваци объяснил, что разговоры с Тук-Туком усугубляют психоз Джаспера, и настоятельно просил этого не делать. Похоже, сейчас этот запрет бесполезен. Он рисует табличку с буквами, придуманную Формаджо.

— Ты знаешь, что делать. Поговоришь со мной?

Под окнами седьмого этажа бурлит поток машин.

В ответ — не стук, а голос:

— *Если захочу, де Зут, то поговорю.*

Джаспер ахает. Голос слышен четко, совсем как в разговорах с Монголом.

— *Я слышу твои слова,* — продолжает голос. — *Я слышу твои мысли.*

Джаспер в полном замешательстве:

— Это Тук-Тук?

— *Да, я тот, кого ты называешь этим именем.*

Голос высокомерный, холодный и решительный.

— А каким же именем тебя следует называть?

— *Не все ли равно, под каким именем пес знает хозяина.*

Джаспер догадывается, что в этой метафоре пес — это он, Джаспер, а хозяин — Тук-Тук. Он смотрит на часы: 7:14. Квелюдрин не действует.

— Почему ты хочешь меня уничтожить?

— *Это тело принадлежит мне. Тебе пора исчезнуть.*

— Это тело? Этот разум? Нет, они мои. Они — это я.

— *Я востребовал их задолго до тебя.*

— Как это — востребовал? Не понимаю.

Пауза.

— *Сон о цикаде.*

«Еще одна метафора?»

— Я — цикада? Или ты? Что ты хочешь со мной сделать? Скажи прямо, без обиняков.

— *Хорошо, скажу прямо. В моих краях даже самому гнусному преступнику дают время приготовиться к смерти. Отпущенное тебе время начинается сейчас и истечет вечером.*

— Я не хочу умирать.

— *Это не имеет значения. Сегодня вечером ты умрешь.*

— А иначе нельзя?

— *Нет.*

Джаспер разглядывает свои руки. Тикают часы.

— *Такова твоя участь, де Зут. Тебя не спасут ни меч, ни пуля, ни экзорцист, ни лекарства, ни странник, ни хитроумный план. Смирись.*

— А если я совершу самоубийство?

— *То я переселюсь в другого. В этом городе много подходящих тел. Если ты хочешь, чтобы хоть какая-то частичка тебя уцелела, предоставь мне свое.*

Тук-Тук удаляется.

Под балконом седьмого этажа бурлит поток машин. В воздухе — металлический холодок. Осень. Ворчание города раздается то ближе, то дальше. В домах напротив лучи восходящего солнца отражаются в окнах верхних этажей. Джаспер перебирает в уме возможные варианты.

Первый — прыгнуть с балкона. Лишить Тук-Тука тела.

Джаспер выжидает хоть какой-то реакции, но Тук-Тук не вмешивается.

«Если это — последний день моей жизни, то зачем обрывать его прямо сейчас?»

Второй — вести себя, будто ничего не произошло, будто Тук-Тук не объявил ему смертный приговор. Провести день с Эльф, Дином и Гриффом, давать интервью журналистам, отвечать на вопросы о том, какое впечатление произвела на него Америка и почему Эльф, женщину, пригласили в «Утопия-авеню».

Третий — спуститься к завтраку и рассказать всем, что вечером его убьет Тук-Тук, бес или демон, обитающий у него в голове.

Четвертый — послушаться Тук-Тука, смириться и готовиться к смерти.

«А как это?»

Джаспер чистит зубы, одевается, как для выступления, кладет в карман бумажник, завязывает ботинки, спускается по гулкой лестнице, выходит из вестибюля на Двадцать третью улицу, шагает мимо малоприметных многоквартирных домов, магазинчиков и авторемонтных мастерских, мимо автобусного парка, стоянок и складов, где рабочие в заляпанных маслом комбинезонах смотрят на него, как на бесцеремонного нахала, которому тут делать нечего. В опрокинутом мусорном баке возятся крысы. Джаспер проходит под эстакадой, по которой яростно несутся автомобили. За эстакадой — парк на берегу реки. Гудзон равнодушно струит свои воды к извечному концу. «Я покидаю этот мир». Не через пятьдесят лет, а сегодня вечером. Неизвестно, что задумал Тук-Тук на будущее, но «Утопия-авеню» вряд ли входит в его планы. Значит, и группе осталось существовать всего несколько часов. Если, конечно, Эльф и Дин не захотят продолжить без него. «Я уже наполовину призрак». У сарая какой-то паренек, с виду ровесник Джаспера, втыкает шприц в исколотую руку. Он смотрит на Джаспера, приваливается к стене, игла остается торчать в сгибе локтя. Джаспер проходит мимо. Останавливается, завязывает шнурок ботинка, удивляется, как хитроумно это привычное действие. Какие-то стебельки пробиваются сквозь трещины в асфальте. Крошечные цветы — как искры...

—————

Джаспера окружает людская река, сдерживаемая красным сигналом «СТОЙТЕ»; сигнал сменяется зеленым «ИДИ-ТЕ», и река прорывает плотину. Стекла витрин отражают солнце, отражения солнца и отражения отражений.

В сверкающем зале парфюмерного магазина женщины, будто злобные куклы, таращат глаза на Джаспера. Он берет пробники духов, один за другим, брызгает на руку, от запястья до локтя. Лаванда, роза, герань, шалфей. Сады во флаконах.

— Сэр, — серьезно обращается к нему охранник, — сюда с волосами нельзя.

— Как это? — спрашивает Джаспер.

Охранник щурит глаза:

— Он еще и умничает.

— Я не нарочно, — растерянно говорит Джаспер.

— Вали отсюда!

«Агрессивность», — догадывается Джаспер. Он покидает парфюмерный магазин, проходит мимо школьного автобуса, большого, желтого, как будто игрушечного. Из автобуса высыпают дети.

— Не ной, Улитка, — говорит девочка постарше.

Впервые за долгое-долгое время Джаспер вспоминает своих родственников в Лайм-Риджисе: Эйлин, Лесли, Норму, Джона и Роберта. Их лиц он не помнит. Взмах волшебной палочки де Зутов — и они исчезли. Наверное, они давно обзавелись семьями, у них уже свои дети. Может быть, они видели «Утопия-авеню» по телевизору, в передаче «Вершина популярности», но не узнали Джаспера. Тогда он был совсем маленьким. Его называли Коротышкой и Креветкой. Интересно, скучали ли они по нему, после того как шофер де Зутов увез его в школу-интернат.

Сотни и тысячи мужчин в костюмах и с портфелями спешат по затененной улице. Почти никто не разговаривает. Никто не уступает дорогу. Никто не смотрит в глаза встречным. «Они служат богу, который их создал». Джасперу приходится уворачиваться, чтобы на него не натыкались. Уличный музыкант играет «The Key to Highway» Биг Билла Брунзи. С постамента смотрит Джордж Вашингтон, обрамленный дорическими колоннами. Выражения лиц статуй понятней, чем выражения человеческих лиц. Джорджу Вашингтону здесь совсем не нравится. Джаспер видит аптеку «Боулинг-Грин». Из чувства протеста он заходит в аптеку и только собирается спросить, можно ли купить нейролептик без рецепта, как в голове раздается ТУК-ТУК ТУК-ТУК ТУК-ТУК ТУК-ТУК ТУК-ТУК ТУК-ТУК-ТУК ТУК-ТУК ТУК-ТУК ТУК-ТУК ТУК-ТУК-ТУК ТУК-ТУК ТУК-ТУК-ТУК ТУК-ТУК ТУК-ТУК ТУК-ТУК ТУК-ТУК ТУК-ТУК ТУК-ТУК ТУК-ТУК ТУК-ТУК ТУК-ТУК ТУК-ТУК ТУК-ТУК ТУК-ТУК ТУК-ТУК и перед глазами все плывет.

— Понял, никаких лекарств, — говорит Джаспер Тук-Туку.

Аптекарь удивленно смотрит на него:

— Что с тобой, сынок?

— Ничего страшного. Я разговариваю с голосом в голове.

На станции подземки до ушей Джаспера долетает эхо адского шума, гула и скрежета, будто урчит желудок великана. Из туннеля с воем вырывается поезд, останавливается, исторгая и втягивая внутрь очередную порцию будущих трупов. В вагоне люди всех цветов и мастей, смесь рас, племен и народов, о составных частях которой можно только догадываться. «Реки крови текут не по улицам, а по нашим жилам». Пассажиры дремлют, раскачиваются, читают. Генетическая колода тасуется на каждой станции. «Жаль, что я живу не здесь». Интересно, сотрет ли Тук-Тук все его воспоминания или оставит кое-что себе на память, как фотоальбомы человека, которого ты убил. Тук-Тук не подает никаких знаков, что слышит эти мысли. Джаспер выходит на станции «Восемьдесят шестая улица». На карте подземки она находится рядом с Центральным парком. Небо туго затянуто тонкой пеленой облаков, сквозь которую факелом сияет солнце. В этих кварталах города, как в Мэйфере или в Принсенграхте, живут потомственные богачи, привилегированная прослойка. Джаспер проходит несколько кварталов по Восемьдесят шестой улице и оказывается на зачитанных страницах Центрального парка. Феерические клены. Земля под раскидистым конским каштаном усеяна плодами, выскакивающими из колючей кожуры, как мозги из черепа. Белки скачут туда-сюда. Спираль тропы выводит Джаспера к мшистому центру. Джаспер садится на скамейку, дать отдых усталым ногам. «Мы все уязвимы».

— В издавна любимых местах сердце радуется, — говорит старик; у него борода как у Саваофа, а шляпа и трубка — как у владельца загородного имения.

— А я недавно в этом месте, — говорит Джаспер.

— Что ж, время это исправит.

— У меня очень мало времени.

— Смерть совсем не такая, какой ее себе представляют. — Старик касается руки Джаспера. — Не бойся.

— Вам легко говорить. Вы прожили целую жизнь.

— Как и все мы. Ни на миг больше, ни на миг меньше.

Джаспер просыпается. Рядом с ним никого нет. По спиральной тропе он выходит на лужайку, где военный оркестр играет «The Ballad of the Green Berets»[1]. У армейской палатки на флагштоке реет американский флаг. Над палаткой натянуто полотнище: «АМЕРИКАНСКИЕ ГЕРОИ. ДОБРОВОЛЬЦЫ, ПОСТУПАЙТЕ НА ВОЕННУЮ СЛУЖБУ». Двух офицеров-вербовщиков окружили длинноволосые парни.

— Герои? Вы сжигаете деревни, убиваете детей! Детей! Очнитесь! Это геноцид.

Вербовщик кричит в ответ:

— Позор! Вы прикрываетесь символом мира, а настоящие мужчины сражаются за вас. Мир сам по себе не приходит. За него нужно бороться!

Собирается толпа, но Джаспер не задерживается. Его смертный приговор лишает смысла многие важные вещи. Он покидает Центральный парк. На колонне посреди островка безопасности высится статуя. Христофор Колумб потерялся, и сейчас уже поздно. Джаспер покупает в ларьке бутылку «Доктора Пеппера». Часов у Джаспера нет.

— Сколько у меня осталось времени? — спрашивает он у Тук-Тука.

Тот не отвечает.

---

[1] «Баллада о зеленых беретах» *(англ.).*

Джаспер входит в магазин граммпластинок. В торговом зале играет *Cream*, «Born Under A Bad Sign»[1]. Джаспер перебирает альбомы на стеллажах — воздух колышется над потревоженными конвертами, ласково гладит лицо. Джаспер прощается с «Pet Sounds», «Sgt. Pepper's» *The Beatles*, «A Love Supreme», с «At Last!» Этты Джеймс, с «I Never Loved A Man The Way I Love You» Ареты Франклин, с «Forever Changes», «Otis Blue», «The Psychedelic Sounds of the 13th Floor Elevators», «The Who Sell Out», а потом возвращается к «Рай — это дорога в Рай» и «Зачаткам жизни». Конверт с картами Таро на обложке вышел великолепно. Жаль, что Джаспер никогда не услышит, какие песни сочинят Дин и Эльф в Америке. Ему будет недоставать своей жизни. Точнее, не будет. Ведь только живым вечно чего-нибудь недостает.

— Они на этой неделе выступают, — говорит продавец — подслеповатый пузан в грязной полиэстеровой рубашке. — В «Гепардо», угол Бродвея и Пятьдесят третьей. Это их второй альбом. «Зачатки жизни». Первый был хорош, а этот еще лучше.

— А он хорошо продается?

— Сегодня купили пять штук. А у тебя английский акцент.

— У меня мама родом из Англии. Я там учился.

— Правда? А Битлов видел?

— Только Джона, на вечеринке.

— Ух ты! Что, правда? Ты с ним знаком? Усраться...

«Это хорошо или плохо?»

— Ну, мы с ним не то чтобы беседовали. Мы были под столом. Он потерял голову и хотел ее отыскать.

Продавец удивленно морщит лоб:

— Это английский юмор?

— Насколько мне известно, нет.

«Born Under A Bad Sign» заканчивается.

— Вот, послушай, — говорит продавец и ставит «Явились не запылились». — Охренительная вещь.

---

[1] «Рожден под дурным знаком» *(англ.)*.

Джаспер вспоминает, как в «Пыльной лачуге» Дин показывал ему рифф, Эльф играла на синтезаторе нисходящие пассажи из баховской токкаты, а Грифф заявил: «Ну, Мун в помощь. И понеслись...»

Он их больше не увидит. От этого очень больно.

«Они решат, что я испугался и сбежал».

Джаспер выходит из магазина. Вечер затапливает улицы и авеню. Машин становится больше, все они какие-то агрессивные. Джаспер пешком обгоняет «феррари». Гудят клаксоны. Би-бииип, би-бииип заполняет геометрическую сетку Манхэттена. Агрессия бесполезна, как почти всегда. На указателе написано: «Вашингтон-Сквер-парк». Листва на деревьях желтеет. Уличный музыкант играет «Key to the Highway» Биг Билла Брунзи. «Глубокая слуховая шизофрения». На лавочках и за столиками для пикника играют в шахматы. Самый старый шахматист тощ и морщинист, как индюшачья шея. У него очки с надтреснутой линзой, замызганная твидовая кепка и холщовая сумка. Его противник опрокидывает своего короля и расплачивается за партию сигаретой.

— Я постерегу твою койку, Диз, — говорит он и уходит.

Диз смотрит на Джаспера:

— Сыграешь, пистон?

— А тебя правда зовут Диз?

— Ну, так прозвали. Играешь или нет?

— А что для этого надо?

— Все очень просто, — хрипит Диз. — Я ставлю доллар. Ты ставишь доллар за игру черными или полтора доллара за игру белыми. Победитель забирает все.

— Я сыграю черными.

Диз кладет два пятидесятицентовика в выщербленную плошку. Джаспер опускает в нее долларовую банкноту. Его противник прибегает к Модерн-Бенони. Джаспер выбирает староиндийскую защиту. К ним подходят любопытные, делают ставки на победителя. К десятому ходу Диз подготовил двойной удар слоном. Джаспер старается уйти из-под него, попадает в другую вилку и теряет коня. После этого начинается игра на изнурение. Джаспер делает рокировку, но вынужден разменять ферзя. Ход за ходом шансы отыграть коня или слона уменьшаются. В эндшпиле Джасперу нужен один ход, чтобы провести пешку в ферзи, но Диз это предусматривает:

— Шах.

— Как и следовало ожидать. — Джаспер опрокидывает своего короля, замечает, что луна уже взошла. — Сильное начало.

— Меня хорошо научили в академии.

— Вы учились в шахматной академии?

— В академии тюрьмы Аттика. За полдоллара могу научить тебя Бенони.

— Вы уже меня научили. — Джаспер незаметно вкладывает пять долларов в пачку «Данхилла» и вручает ее старику. — Вот вам плата за обучение.

Диз засовывает пачку в карман:

— Спасибо, пистон.

По указателям вокруг Джаспер понимает, что находится в Гринвич-Виллидже. Аппетитно пахнет едой, но есть совсем не хочется. Он покупает в кафе чай со льдом. По радио передают бейсбол. Стену в мозгу Джаспера сотрясает мощный удар. Это предупреждение. «Недолго осталось...»

Джасперу хочется умереть в темноте, в уединении и в тепле, но не в гостиничном номере. Если друзья найдут его мертвым, то расстроятся. Особенно Эльф. «Может быть, в церкви или...» Он входит в больницу неясных размеров. Приемный покой отделения скорой помощи — хаотическая демонстрация людских страданий: переломы, ножевое ранение, огнестрельное ранение, ожоги. Некоторые пациенты терпеливо сносят боль, а некоторые нет. «Как измерить чужую боль?» Джаспер проходит мимо охранника, поднимается по лестницам, сворачивает за углы, шагает по коридорам. Пахнет хлоркой, старой каменной кладкой и чем-то землистым.

«Отойдите! Дайте дорогу!» Медицинская бригада провозит по коридору каталку. Кто-то рыдает на лестничной площадке — этажом выше или этажом ниже, не понять.

Джаспер подходит к двери с надписью «Приватная палата CH9». Окно в верхней половине двери, занавешенное изнутри, превращается в черное зеркало. Тук-Тук рассматривает Джаспера глазами времени.

— *Сюда*, — велит он.

Джаспер приоткрывает дверь. Тусклый паточный свет заливает небольшую комнату с двумя койками. На одной лежит пациент, от которого почти ничего не осталось — полые складки и морщины, обернутые в больничный халат. «Полый человек». Вторая койка свободна. Джаспер тихонько закрывает за собой дверь, снимает ботинки и ложится на свободную койку. Полый человек не возражает. От долгой ходьбы у Джаспера болят ноги. Издалека, будто с тонущего корабля, доносятся звуки. Играет оркестр. Звонит телефон. «Алло? Алло? — произносит женский голос. — Кто вы?» На соседней койке из горла Полого человека вырывается хрип. «Как сухой горох в картонной коробке». Из беззубого рта стекает слюна, тонкой нитью тянется со сморщенных губ, впитывается в подушку. Полый человек открывает глаза. Их нет. «Кем он был?» — думает Джаспер и объявляет:

— Прощайте.

И говорит Тук-Туку:

— Я готов.

Стена в его мозгу рушится от толчка.

Тук-Тук заполняет его разум.

Сознание Джаспера почти угасает.

Присутствие превращается в Отсутствие.

Что внутри что внутри

●

По Западной Двадцать третьей улице мимо отеля «Челси» проезжает желтое такси в поисках пассажиров. Эльф задумывается над фразой «жизненный путь», которая, по ее мнению, не отражает во всей полноте все те изменения, которые вызывает в путнике и дорога, и пережитые невзгоды, и все то, что внутри. Что внутри того, что внутри. Руки

Луизы обнимают Эльф, тянутся к серафинитовой подвеске. Луиза пахнет мылом. Она целует Эльф в шею. «И никакой щетины, которая больно царапает по утрам. Брюс был колючий, как дикобраз. Дикобраз-плагиатор. Ну и пусть. Если бы он меня не бросил, не было бы Луизы. Не было бы всего этого. Несчастье — это перерождение, вид спереди. Перерождение — это несчастье, вид сзади».

— Ты — принцесса. В башне. Рапунцель.

— Косы нью-йоркской Рапунцель не дотянулись бы до тротуара.

— Нью-йоркская Рапунцель заказала бы специальный парик. — Луиза накручивает на палец прядь Эльфиных волос и шепчет: — *Rapunzel, Rapunzel, deja caer tu cabello*[1].

— Я прямо вся таю, когда ты говоришь по-испански.

— Правда? В таком случае... — Луиза снова шепчет ей на ухо: — *Voy a soplar y puff y volar su casa hacia abajo.*

Эльф хихикает:

— А это что?

— «Я сейчас как дуну, как плюну, так весь твой дом и разлетится...»

— Ты это уже сделала. В Лондоне. — Эльф целует большой палец Луизы. — «О чудо! Сколько вижу я красивых созданий! Как прекрасен род людской! О дивный новый мир, где обитают такие женщины!»

— А это откуда?

— Из «Бури». С небольшими изменениями. Моя сестра играет Миранду, мы недавно с ней репетировали.

С улицы на девятый этаж чуть слышно долетает голос назойливого дилера:

— Эй, а прибамбасов вам не надо? У меня все есть...

— Знаешь, а когда уезжаешь за границу, то начинаешь лучше понимать то место, откуда приехала, правда? — говорит Эльф.

— Правда.

— Ты, мы, вся эта...

— Безумная страсть?

---

[1] Рапунцель, Рапунцель, спусти свои косы *(исп.)*.

— Да, именно, вся эта безумная страсть — как заграница. Я вспоминаю себя прежнюю, до того как мы с тобой познакомились, и понимаю ту Эльф лучше, чем когда сама была ею.

— И что же ты осознала здесь, где живут чудовища-лесби?

— Ярлыки.

— Ярлыки?

— Да, ярлыки. Я наклеивала их на все подряд. «Хорошо». «Плохо». «Правильно». «Неправильно». «Заурядный». «Классный». «Нормальный». «Странный». «Друг». «Враг». «Успех». «Провал». Ими очень легко пользоваться. Они не заставляют думать и осмысливать. Их невозможно снять. Они множатся. Входят в привычку. И очень скоро оклеивают все и вся вокруг. Начинает казаться, что реальность — это сплошные ярлыки. Простые ярлыки, написанные несмываемыми чернилами. Но проблема в том, что реальность — вовсе не ярлыки. Реальность неоднозначна, парадоксальна, изменчива. Сложна. Она складывается из множества вещей. Поэтому мы так плохо в ней разбираемся. Вот, например, люди кричат о свободе. Все время. Повсюду. Начинают войны из-за того, что никто не может определиться, что такое свобода и кому она предназначается. Но самая главная свобода — это свобода от засилья ярлыков. И на этом сегодняшняя проповедь окончена. А что ты на меня так смотришь?

Луиза касается подвески — своего подарка Эльф.

— Я мысленно наклеиваю на тебя ярлык.

— Какой?

— «Эльф в президенты».

В дверь номера стучат: тук-тук.

Луиза глядит на Эльф:

— Ждешь гостей?

— Посреди ночи? Ой, нет.

Тук-тук. Тук-тук.

— Может, кто-то не нагулялся на вечеринке у Дженис? — предполагает Луиза. — Кто-то по имени Леонард?

Тук-тук. Тук-тук. Тук-тук.

— Нет, это тот, кто знает, что я здесь, — говорит Эльф. — Левон?

— Тогда открой. Только сначала посмотри в глазок...

За дверью стоит Левон, в пижаме и халате. Линза дверного глазка увеличивает его лоб в напряженных складках.

— Это Левон, — шепчет Эльф.

— Мне спрятаться? — шепотом спрашивает Луиза.

Эльф задумывается. Грифф и Дин знают, что Луиза собиралась переночевать в номере Эльф, — правда, не знают того, что в одной постели с Эльф.

— Положи на диван подушку и одеяло.

Луиза кивает и уходит в спальню. Эльф открывает дверь. Коридор бледно-желтый, как маргарин.

— Прости, что я так поздно.

— Что случилось?

Левон озирается по сторонам:

— Джаспер странно себя ведет.

— С чего ты взял?

— Он только что пришел ко мне в номер, заявил, что ему нужно срочно позвонить в Голландию. Я спросил зачем, и он промямлил что-то про врача. Я напомнил ему, что в Европе — раннее утро. А он сказал, что если не позвонить, то он не будет выступать на концерте в «Гепардо».

— Джаспер так сказал? — ошарашенно спрашивает Эльф.

— Да. Так вот, я хотел узнать, был ли он с вами на вечеринке. И если да, то чем он там закинулся.

— Он сразу ушел к себе в номер, и больше мы его не видели. Я хотела к нему заглянуть, но вечеринка закончилась поздно, и я решила дать ему отоспаться. Ты дал ему позвонить в Голландию?

— Да. У меня не было выбора. Джаспер попросил меня выйти из номера, но я поступил как любой ответственный менеджер. Правда, он говорил по-голландски, но я уловил имя Галаваци. Ты знаешь, кто это?

Эльф мотает головой:

— Фамилия не голландская, а итальянская.

— А что такое квалидин или квеллидрон?

— Квелюдрин?

— Да, наверное.

— Это таблетки. От нервов. Джаспер их принимал в самолете. Какое-то успокоительное. И долго он разговаривал по телефону?

— Минуты две или три. Я спросил его, в чем дело, но он не ответил. Я посидел в одиночестве, потом вот решил заглянуть к тебе, может, ты что-то знаешь.

— Увы, нет. Можно, конечно, пойти к Джасперу, но если он не хочет об этом говорить, то будет отмалчиваться. Давай подождем до утра.

Левон устало потирает лицо:

— Давай. Извини, что потревожил. Завтрак в девять. Завтра у нас трудный день.

Утро в Челси, солнце сквозь желтые занавески, радуга на стене. На часах 6:59. «Важный день». Стрелка барометра указывает на букву «М» в слове «ПЕРЕМЕННО». Эльф лежит в кровати и слушает гул машин на Двадцать третьей улице. «Как иностранная речь...» Луиза спит, дышит мерно и медленно, глубоко. Ее обнаженная рука лежит на груди Эльф. Контраст между цветом их кожи очень возбуждает. Луиза пахнет гренками и тимьяном. Брюс пах чеддером и пивом, а Энгус — хрустящим картофелем с солью и уксусом. Луиза шевелится, потягивается, как гибкая кошка, зевает и снова погружается в глубокий сон. «Подумать только, ее хотели убить, а ей хоть бы что. Я от плохих рецензий больше расстраиваюсь...» Эльф вспоминает про Джаспера. Наверное, будить его рановато. «Он спит. С ним все в порядке. Это перелет. Успех. Все произошло так быстро, а Джаспер не привык к резким переменам. Нет ничего странного в том, что он звонил врачу в Голландию. Он же там был в лечебнице. От страха ляпнул, что не будет играть...» Эльф пытается еще чем-нибудь объяснить странное заявление Джаспера, но сон затягивает ее...

...и вдруг они опаздывают. Луиза надевает джинсы, футболку и куртку, целует Эльф, пока та красится у зеркала, обещает, что обязательно придет на концерт в «Гепардо» и уезжает в редакцию «Подзорной трубы». Спустя десять минут Эльф входит в «Эль Кихоте». Левон читает «Нью-йоркер» и ест какой-то пончик из хлебного теста. Не дожидаясь, пока Эльф сядет, он сразу спрашивает:

— Может, сходим к Джасперу?

— Пусть еще поспит. Ему полезно.

— Ладно, давай после завтрака. Вот, попробуй... — Он протягивает ей хлебный пончик. — Это бейгл.

Эльф берет бейгл, просит официанта принести кофе и грейпфрут. Американские грейпфруты не желтые, а розовые. Появляются Дин с Гриффом, тоже заказывают себе еду, о которой раньше не слыхали: кукурузную кашу гритс, картофельные оладьи-хашбраун, авокадо и яичницу, обжаренную с обеих сторон. В 9:40 Эльф и Левон идут к Стэнли, просят позвонить Джасперу. Стэнли велит телефонистке соединить его с номером 777, но через минуту качает головой:

— Никто не берет трубку.

Эльф с Левоном переглядываются.

— В четверть одиннадцатого за нами приедет такси, — объясняет Левон управляющему. — Дай мне, пожалуйста, запасной ключ. Я пойду будить Джаспера.

— Я с вами, — отвечает Стэнли. — Так положено по инструкции.

Все идут к лифту.

— Он сейчас подойдет, — говорит управляющий и спустя минуту заверяет: — Нет, правда, лифт будет здесь мигом.

Через две минуты Левон не выдерживает и устремляется к лестнице. Эльф следует за ним. Стэнли следует за Эльф.

— В отеле «Челси» не умирают, — настаивает управляющий. — А у Джаспера самый счастливый номер...

К ореховой дверной панели прибиты позолоченные цифры «777». Эльф стучится и мысленно представляет в дверях Джаспера: рыжие патлы растрепаны, глаза заспанные, одурманенные перелетом и снотворным.

Левон стучит сильнее:

— Джаспер!

В ответ — только робкое эхо: «Джаспер?»

Эльф отгоняет непрошеный образ: гитарист со вскрытыми венами в ванне...

Она колотит в дверь:

— Джаспер!

К ним направляется коротышка с нарумяненными щеками и во фраке. Его спутница в бальном платье на целую голову выше его.

— Доброе утро, Стэнли, — произносят они хором: он — альтом, она — басом.

— Мистер и миссис Бланшфлауэр, как поживаете? — здоровается Стэнли.

— Спасибо, хорошо, — отвечает миссис Бланшфлауэр.

— А у вас все в порядке? — спрашивает мистер Бланшфлауэр, кивая на дверь номера 777. — Или постоялец, гм, выписался, не успев выписаться?

Стэнли улыбается, всем своим видом показывая, что оценил шутку:

— Ну что за вопрос, мистер Бланшфлауэр! Вы же знаете, это отель «Челси».

Супруги грустно переглядываются и уходят вниз по лестнице. Как только они скрываются из виду, Стэнли вставляет ключ в замок.

— Я войду первым, — заявляет Левон.

Что-то в его тоне заставляет Эльф возразить:

— Нет, погоди.

Ей страшно, но она входит первой:

— Джаспер?

Ответа нет.

Ванная комната пуста. И ванна тоже. «Слава богу». Зеркало заклеено газетами. «А вот это плохо».

— Чего это он? — спрашивает Стэнли.

— Не любит отражений, — говорит Эльф и, напрягшись, заглядывает в спальню.

Джаспера нет: ни на кровати, ни рядом с кроватью — вообще нигде.

— Великолепные наволочки, — говорит Стэнли. — Я их купил на греческом рынке в Бруклине.

Эльф раздергивает шторы, откатывает балконную дверь. На балконе никого. Внизу на улице все в порядке.

— Ну, я же говорил, — вздыхает Стэнли. — Он ушел прогуляться. Чудесное нью-йоркское утро. Скоро вернется, вот увидите.

— По вагонам, по вагонам! Добро пожаловать в «Локомотив» на девяносто семь целых и восемь десятых мегагерц. Вы слушаете шоу Бэта Сегундо «Все лучшее допоздна». Время пять минут четвертого, и только что прозвучал «Откати камень», новый сингл моих старых английских друзей, группы «Утопия-авеню». Три четверти группы отправились со мной в путешествие на Бэт-поезде, чтобы рассказать о своем потрясающем новом альбоме «Зачатки жизни». Но сначала попросим их представиться...

Бэт кивает Эльф.

— Привет, Нью-Йорк, — говорит Эльф в свой микрофон. — Меня зовут Эльф Холлоуэй. В группе я клавишник и вокалистка, и... — «...До ужаса волнуюсь о нашем пропавшем гитаристе». — Мы с Бэтом знакомы еще с тех времен, когда он был диск-жокеем в Англии. Между прочим, именно он первым запустил наши песни в эфир. Но довольно обо мне. Пусть лучше Дин расскажет о себе. — Эльф мысленно кривится: «Вот ведь как по-идиотски выразилась...»

— Добрый день. Я — Дин Мосс, басист, вокалист и автор песен. Только что прозвучала одна из них. Надеюсь, вам понравилось. И вообще, Бэт Сегундо — клевый чувак! Грифф, что скажешь?

— Я — Грифф, простой барабанщик. А для тех, кому интересно, как я выгляжу, представьте, что Пола Ньюмена скрестили с Роком Хадсоном.

— К сожалению, к нам не смог присоединиться четвертый утопиец, Якоб де... простите, я случайно оговорился, конечно же Джаспер... Джаспер де Зут, гитарист, но сегодня он обязательно будет в «Гепардо» на Пятьдесят третьей улице, где ровно в девять вечера начнется концерт «Утопия-авеню». Если поторопитесь, то еще сможете купить билеты. Их осталось очень мало.

«Мы все надеемся, что он там будет», — думает Эльф.

— А скажите-ка нам, Эльф, Дин, Грифф, — говорит Бэт, — какое впечатление сложилось у вас, жителей одного великого города, о другом великом городе? Если можно, одним словом.

— Сэндвичи, — говорит Грифф. — В Англии сэндвичи только с ветчиной, или с яйцом, или с сыром. А здесь огромный выбор: и разный хлеб, и мясо, и колбасы, сыры, соленья, соусы и приправы. Я зашел в закусочную и не знал, с чего начать. Пришлось ткнуть пальцем в чей-то заказ и сказать: «Мне то же самое».

— А для меня Нью-Йорк — это слово «больше», — говорит Дин. — Здесь больше домов, больше высоты, больше шума, больше нищих, больше музыки, больше неона, больше рас и народностей. Больше суматохи, больше суеты, больше счастливчиков, больше неудачников. Больше больше...

— Больше психиатров, — подхватывает Бэт. — Больше крыс. Эльф, а что ты скажешь?

— Я не смогу описать Нью-Йорк одним словом, — говорит Эльф, — только предложением. «Не лезь в мои дела, а я не буду лезть в твои». А Лондон: «Ты кем себя возомнил?»

— Ох, я бы с удовольствием целыми днями описывал города, — говорит диджей, — но давайте все-таки поговорим о музыке. Во-первых, поздравляю. Ваш сингл «Откати камень» на этой неделе вошел в верхнюю тридцатку. Дин, ты сочинил эту песню в очень трудных обстоятельствах, верно?

— Да, Бэт. Итальянские полицейские подкинули мне наркотики и неделю продержали в тюрьме. Там я и написал «Откати камень». Кстати сказать, с меня сняли все обвинения.

— Продажные полицейские? — притворно удивляется Бэт. — У нас в Нью-Йорке таких нет. И слава богу, что справедливость восторжествовала, потому что «Зачатки жизни», альбом, записанный после того, как тебя выпустили на свободу, — это просто какая-то сверхновая. Мне очень понравился ваш дебютный альбом, «Рай — это дорога в Рай», но

«Зачатки жизни» — качественно новая ступень в вашем творчестве. Ваше исполнение стало увереннее, звуковая палитра расширилась. В «Здравом уме» звучит клавесин, в «Крючке» — струнные инструменты, в «Явились не запылились» — ситар... И тексты стали интереснее. Я просто обязан спросить, что за волшебное зелье вы добавляете себе в хлопья для завтрака?

— *Big Brother and The Holding Company,* — заявляет Грифф.

— «Odessey and Oracle», альбом *The Zombies*, — говорит Эльф.

— «Music from Big Pink», альбом *The Band*, — говорит Дин. — Вот как услышишь такое, так сразу и думаешь: черт, нам нельзя расслабляться.

— Наш приятель Ино придумал понятие «сцений» — гений сцены, а не гений места, — говорит Эльф. — Да, творческие личности создают искусство, но их самих подпитывает некая культурная сцена или система: продавцы, покупатели, материалы, покровители, технологические новшества, места, где можно встречаться и обмениваться идеями и мнениями. Этот сцений проявился и во Флоренции в эпоху Медичи, и в золотой век голландской живописи, и в Нью-Йорке двадцатых годов, и в Голливуде. Сейчас он объемлет Лондон и особенно Сохо. Там есть клубы и концертные залы, студии с многоканальным звукозаписывающим оборудованием, радиостанции, музыкальные журналы, кафе, где встречаются сессионные музыканты... И даже честные менеджеры.

Левон, за стеклянной перегородкой, посылает Эльф воздушный поцелуй.

— Да, мы записали наш новый альбом, — продолжает она, — но он возник с помощью сцения.

— И это был самый заумный ответ из всех, что когда-либо звучали в передаче «Локомотив» на частоте девяносто семь целых и восемь десятых, — говорит Бэт. — Однако же, создавая песни для альбома «Зачатки жизни», вы черпали вдохновение не в сцении, а из вашего собственного жизненного опыта. Из очень личных эмоций, чувств и впечатлений.

Дин с Эльф переглядываются.

— Да, — говорит Дин, — год у нас у всех выдался сумасшедший. Особенно в личной жизни. И это не могло не отразиться в наших песнях.

— Публично признаваться в своих чувствах и страхах — не самое приятное и не самое легкое занятие, — говорит Эльф. — Но если в песне нет искренности, если автор сам не верит своим словам, то она звучит фальшиво. Как сэндвич из клея и картона: с виду аппетитный, а на вкус гадость. Ни я, ни Дин, ни Джаспер не умеем писать неискренне.

— Помнится, в одном из интервью ты говорила, что «Даже пролески...» написана после смерти твоего племянника...

— Да, он умер в мае, и эта композиция написана для него. Для Марка. Прости, Бэт, мне очень не хочется раскиснуть в прямом эфире и испортить тебе шоу, поэтому...

— Мне просто хочется лишний раз подчеркнуть: «Зачатки жизни», наряду с «Rubber Soul»[1] и «Bringing It All Back Home»[2], доказывает, что правы те, кто утверждает: поп-музыка — тоже искусство. А искусство выражает замысел творца. Первая любовь? Да. Горе. Слава. Безумие. Предательство. Воровство. В общем — все.

— И даже... а можно в радиопередаче сказать «секс»? — спрашивает Дин.

За стеклом продюсер Бэта негодующе машет руками.

— Можно, конечно, — говорит Бэт, — только ни в коем случае не намекай, что секс доставляет удовольствие, потому что такое заявление безнравственно и отвратительно. А теперь, прежде чем перейти к сообщениям наших спонсоров, я предлагаю послушать «Даже пролески». Что скажешь, Эльф?

— Замечательно. Впервые на американском радио.

— Итак, уважаемые пассажиры «Локомотива»... — Бэт подносит иглу к дорожке пластинки и поправляет наушник, — слушатели шоу «Все лучшее допоздна» на частоте

_____
[1] «Резиновая душа» *(англл.).*
[2] «Возвращая все домой» *(англл.).*

девяносто семь целых и восемь десятых, сейчас прозвучит композиция «Даже пролески» группы «Утопия-авеню», наших сегодняшних гостей в студии.

Всю вторую половину дня Эльф, Дин и Грифф дают интервью в агентстве «Гаргойл рекордз» на Бликер-стрит. Эльф не покидает надежда, что Джаспер вот-вот объявится в агентстве или в отеле «Челси», но этого не происходит. Макс пытается отыскать сессионного музыканта, который сможет отыграть «Рай — это дорога в Рай» и «Зачатки жизни», чтобы спасти концерт в «Гепардо». Поиски пока безрезультатны. Хауи Стокер призвал на помощь знакомых в полицейском управлении Нью-Йорка, и теперь «высокий юноша с длинными рыжими волосами и в лиловом пиджаке» объявлен в общегородской розыск. «Легче найти иголку на игольной фабрике», — думает Эльф. В шесть часов вечера они возвращаются в отель «Челси», чтобы готовиться к выступлению, которое может и не состояться. Дин злится на Джаспера. Грифф отмалчивается. Эльф волнуется. А еще — ей стыдно. Хочется вернуть прошлую ночь. Когда Левон рассказал ей о странном поведении Джаспера, надо было сразу пойти к нему в номер. Или хотя бы с утра пораньше...

В семь вечера все отправляются в «Гепардо». Левон берет с собой Джасперов «стратокастер», — на всякий случай, вдруг он придет в клуб. Эльф почти не замечает огней Манхэттена. Она уверена, что отсутствие Джаспера объясняется какой-то веской причиной. В лучшем случае у него нервный срыв. Или на него напали, ограбили и избили. В худшем случае... он в городском морге. Максу удалось отыскать сессионного музыканта, готового исполнить песни с альбома «Рай — это дорога в Рай», а вот композиций с «Зачатков жизни» не знает никто. Придется тянуть до последнего, потом объявить о внезапном приступе аппендицита и отыграть песни Дина и Эльф с альбома «Рай — это дорога в Рай», а остальное восполнить каверами.

— В лучшем случае это будет бледное подобие нашего обычного выступления, — говорит Дин.

Лимузин сворачивает на Восьмую авеню и ползет в потоке машин. Эльф напряженно высматривает в толпе высокую сутулую фигуру. В окно стучит какой-то тип, орет:

— Я жрать хочу!

Шофер направляет «линкольн» на среднюю полосу.

— Даже если он в больнице, я ему устрою... — злится Дин.

— Не смей так говорить, — обрывает его Эльф.

— А что такого? Этот гад...

— Дин, Эльф права, — говорит Грифф. — Я вон тоже был в больнице...

Розовый неон вывески выписывает «Гепардо» по сияющей тьме над входом в клуб на первом этаже какого-то неприметного здания. Макс открывает дверцу лимузина:

— Новостей нет.

На афише надпись шрифтом с обложки «Зачатков жизни»: «Прогуляйтесь по Утопия-авеню». В вестибюле клуба их встречает Луиза. Улыбка тут же исчезает с ее лица.

— Что случилось?

— Джаспер пропал, — объясняет Эльф.

— Погодите пока отчаиваться, — говорит Луиза.

Бриджит, хозяйку «Гепардо», ничего не удивляет.

— Музыканты, даже самые гениальные, не отличаются пунктуальностью.

Эльф смотрит на Левона. «Джаспер всегда пунктуален».

Бриджит ведет группу на сцену — настроить инструменты и проверить звук. Клуб «Гепардо» занимает огромный, некогда величественный бальный зал. С обшарпанных потолочных панелей свисают девять зеркальных шаров. На высокой — почти в человеческий рост — сцене с занавесом уже стоят колонки и световая аппаратура. Толковый звукооператор помогает Эльф, Дину и Гриффу выбрать уровни звука с учетом акустики зала. Дин пробует «стратокастер», настраивает звук под Джаспера. Настраиваться перед концертом всегда весело, но сегодня у всех такое чувство, что это подготовка к похоронам.

Четверть девятого вечера. Сессионный музыкант застрял в пробке и приедет только через полчаса. Теперь волнуется даже Бриджит. Макс мрачнеет. Левон с виду спокоен, но Эльф понимает, что он нервничает. Она мысленно молит всех богов, уже не «пусть он появится», а «пусть он будет жив и здоров... или хотя бы жив...». Слова «Докажи» улетучиваются из памяти. «Я же ее сто раз исполняла...» С помощью Луизы она повторяет песни из списка. Приходит Хауи Стокер с очередной подругой. Совсем юная девушка, с кожей медового цвета. На веках зеленые тени, густо накрашенные ресницы торчат паучьими лапками, волосы белые-белые, шелковые. Ее зовут Иванка. Естественно, Хауи волнуется: до американского дебюта «его» группы осталось полчаса, а гитариста нет.

— Где он?

— У меня в жопе, — огрызается Дин. — Я его туда смеха ради засунул.

— Как же вы за ним не уследили? — спрашивает Хауи.

Грифф равнодушно выдувает колечко дыма.

«Хауи отчасти прав, — думает Эльф. — Мы так привыкли к странностям Джаспера, что совсем перестали за ним приглядывать».

За кулисы приходит Левон:

— В зале полно народу.

Без пятнадцати девять. Нет ни Джаспера, ни его замены. На Эльф накатывает дежавю, как в кошмаре, когда снится заведомо провальное выступление. «Только на этот раз не проснешься...»

— А вы сыграйте что-нибудь втроем, — предлагает Хауи.

— Ага, а трехлапый пес пусть побегает, — говорит Грифф.

— И чего ты вызверился? — спрашивает Хауи.

— Хрен его знает, — отвечает Грифф.

В динамиках звучит «Lady Soul», альбом Ареты Франклин. Эльф жалеет, что не крутят что-нибудь похуже. Хауи подходит знакомиться с Луизой:

— По-моему, мы с вами раньше не встречались.

— По-моему, тоже.

— Я — Хауи Стокер, главный заправила. А вы?

— Подруга Эльф.

Хауи выпячивает губы и кивает:

— Я легко нахожу общий язык с сеньоритами. Моя бывшая жена — специалист по регрессионной психотерапии. В прошлой жизни я был матадором в Кадисе. В эпоху викингов. Так что, возможно, мы — родственники. Отдаленные.

Луиза смотрит на Эльф, и обе глядят на Иванку, в десяти шагах от них. Она все слышит, но совершенно не подает виду. Ей все равно. «Интересно, у нее почасовая оплата или как?»

— Вряд ли в этой жизни мы с вами найдем общий язык, мистер Стокер.

— Все пропало! — Иванка падает на колени. — Ресница... потерялась! Помогите! Найдите ее... — Она всматривается в темный ковер. — Она черная!

Входит Левон:

— Гляньте-ка, кто нашелся!

Джаспер невозмутим, будто сейчас девять утра, а не десять минут до начала выступления.

— Мне нужен стакан воды.

Все ошалело глядят на него. Эльф хочется его обнять, но что-то ее удерживает.

Дин первым приходит в себя:

— Где тебя носило?

— Я гулял. Мне нужен стакан воды.

Дин хватает кувшин и выплескивает воду со льдом на Джаспера.

Джаспер стоит весь мокрый.

— Ты гулял? — орет Дин. — Мы из-за тебя весь день волновались до усрачки, не знали, жив ты или как. А ты гулял! Сволочь!

Эльф протягивает Джасперу стакан. Джаспер махом выпивает воду и говорит:

— Еще.

Эльф наливает ему воды:

— Джаспер, ты как?

— Я буду играть. Мне нужна их энергия.

— Ты что, под кайфом? — спрашивает Дин. — Под кайфом, да?

— Он говорит, что нет, — вздыхает Левон. — Зрачки вроде нормальные.

— Инструмент... где...

— Ах не под кайфом? — хмыкает Дин.

— Успокойся, — говорит ему Левон. — Лучше подумай о выступлении. И о том, чем помочь Джасперу. Он уже понял, что ты недоволен.

— Нет, я еще не все сказал. Де Зут, мы весь день давали интервью. Работали. Готовились к концерту. Мы профессиональные музыканты. Нам выходить на сцену через десять минут... нет, уже через пять. Так что твое «я гулял» — фигня. Объясни, в чем дело.

Джаспер равнодушно произносит:

— Я дал ему день отсрочки. Чтобы смирился.

«Ему?» Эльф недоуменно глядит на Луизу:

— Кому «ему», Джаспер?

Джаспер смотрит на зеркала в гримерной. Подходит поближе, разглядывает свое лицо. Восторженно улыбается.

— Джаспер, что с тобой? — спрашивает Эльф.

В гримерную входят Макс и Бриджит.

— Джаспер, как ты вовремя! — говорит Макс. — Ты сможешь играть?

— Да как ему сейчас играть?! — восклицает Дин.

— Я совершенно согласен с Дином, — заявляет Хауи Стокер.

— Де Зут будет играть, — произносит Джаспер, пристально наблюдая за своим отражением.

«Можно подумать, что он впервые увидел зеркало», — думает Эльф.

— Что с тобой произошло?

— Не сейчас, Эльф, — негромко говорит Левон. — Попозже.

Джаспер проходит мимо Бриджит, достает гитару из футляра, подключает к мини-усилителю «Вокс», начинает настраивать инструмент.

Бриджит раздраженно качает головой и уходит.

— Все хорошо, что хорошо кончается, — говорит Хауи Стокер.

«Пока что ничего хорошего», — думает Эльф.

— Джаспер, если у тебя нервный срыв...

— ...то прибереги его до следующей пятницы, когда мы вернемся домой, — говорит Дин.

Джаспер берет соль мажор:

— Я буду играть. Мне нужна их энергия.

Дин говорит в микрофон:

— Мы всю жизнь мечтали... — (в колонках всхлипывают помехи), — мечтали произнести слова: «Добрый вечер, Нью-Йорк! Мы — „Утопия-авеню“!»

Редкие хлопки в зале. Грифф выстукивает раскатистую дробь, Эльф наигрывает строчку «Бронкс наверху, а Баттери внизу», а Джаспер стоит, будто ждет автобуса. Дин с Эльф встревоженно переглядываются.

— Итак, без лишних слов, — говорит Дин, — наш новый сингл, «Откати камень». И раз, и два, и раз-два-три...

На счет четыре вступает Джаспер и играет точно так, как на записи в альбоме. Грифф с Дином в своем репертуаре, стараются изо всех сил, Эльф берет зажигательные аккорды, но Джаспер — безжизненная копия Джаспера де Зута. У зрителей закрадываются сомнения, этого ли гитариста восторженно сравнивали с Клэптоном и Хендриксом. То же самое происходит и при исполнении «Мона Лиза поет блюз». Грифф и Дин изо всех сил поддерживают Эльф, но Джаспер играет вяло и как-то тупо. Он совершенно не идет на контакт с залом. На лицах зрителей — скептицизм. Не смотрит Джаспер и на своих товарищей, поэтому Эльф, Гриффу и Дину приходится подстраиваться под его зажатое исполнение. Следующий номер программы — «Темная комната». Джаспер подходит к микрофону.

— Скажи что-нибудь, Джаспер! — кричат из зала.

Он молчит, потом механически произносит:

— И раз, и два...

«Такое ощущение, что он намеренно посылает всех на фиг...»

Он играет как по нотам, не путает слова, но его исполнение безрадостно и безжизненно, в нем нет энергичности, свойственной концертам группы. Зрители рассеянно аплодируют. «Такое ощущение, что ему на все плевать». Следующие за этим «Крючок» и «Докажи», по меткому выражению Гриффа, такие же трехногие псы. «Рецензенты утопят нас в дерьме». Эльф понимает замешательство зала: три четверти группы выкладываются по полной, а гитарист только имитирует бурную деятельность. Дин зол как черт, Грифф мрачнее тучи, Эльф обливается потом. После тусклой «Докажи» Эльф косится за кулисы. Там стоит Луиза, беспокоится. Джаспер объявляет следующую песню — «Здравый ум», — но внезапно его лицо искажается гримасой боли. Сгорбившись, он вздрагивает, а потом с удивленным видом распрямляет плечи. Эльф отчаянно надеется, что вместо жалкого бледного самозванца на сцену наконец-то вернулся настоящий Джаспер. Он смотрит на зал. По его лицу солнечными зайчиками пляшут блики зеркальных шаров.

— Спасибо вам всем, что пришли, — говорит он.

— Да уж, постарались, не то что ты, приятель, — кричат из зала.

Джаспер поворачивается к Дину:

— Спасибо.

Говорит Гриффу:

— Отлично сработано.

А потом заявляет Эльф:

— Прощай.

Эльф ничего не понимает: концерт еще не отыгран даже наполовину.

Дин недоуменно смотрит на нее: «В чем дело?»

В ответ Эльф чуть заметно кривится, мол, не спрашивай. Похоже, Джаспер наконец-то пришел в себя. Он берет пробный аккорд, просит усилить звук, закрывает глаза... и с оттяжкой ударяет по струнам, скользит по ладам. Гитара взвывает так, что чуть не разрываются колонки, а потом водопадом обрушиваются триоли, от верхнего ми к басам. «Он что, издевается?» На первые восторженные выкрики из зала Джаспер отвечает новым риффом, которого не было в оригинальном «Здравом уме». Зрители хлопают в ладоши в такт. Грифф отбивает ритм, к нему присоединяется Дин, Эльф добавляет мощные аккорды «хаммонда». «Просто джем-сейшн у Павла в клубе „Зед“, а не концерт...» Отыграв рок-версию импровизированного блюза, Джаспер оканчивает ее долгой, пронзительной, прерывистой нотой — си-бемоль. С нее, собственно, и начинается «Здравый ум». Дин ловит намек и переходит к риффу на бас-гитаре, Эльф вступает следующим тактом, Грифф ударяет по барабанам, а Джаспер склоняется к микрофону и призрачным шепотом выпевает первую строку...

Феерический фейерверк продолжается все девять строф «Здравого ума». Настроение публики в клубе «Гепардо» радикально меняется. На третьем рефрене пятьсот ньюйоркцев хором подхватывают последнюю строку. Глаза Джаспера полузакрыты. Он начинает стремительную коду. Эльф переходит к сложному крещендо, пальцы Дина с невероятной скоростью скользят по грифу. Джаспер медленно подступает к стеку «Маршалл», модулируя звук, и вдруг — уа-у-у-у-уа-у-у-у-у-уа-у-у-у! — завывания фидбека взрезают воздух, сотрясая все вокруг. За ударной установкой Грифф превращается в восьмирукое божество. Эльф хохочет, опьяненная осознанием того, что Джаспер все-таки вернулся, полный творческого упоения. На щеках Джаспера блестят слезы. «А я и не знала, что он умеет плакать...» От студийного звучания «Здравого ума» не осталось и следа. Эльф молотит по клавиатуре растопыренными пальцами, скрещенными руками, ладонями. Джаспер подходит к центру сцены, глядит куда-то мимо Эльф, как будто кто-то идет ему навстречу, но Эльф никого не видит. Джаспер кивает, закатывает глаза...

...и падает на сцену, будто марионетка с перерезанными ниточками. Эльф прекращает играть. Дин останавливается. Грифф встает из-за барабанов. Зрители молчат.

— В чем дело? — выкрикивает кто-то из зала.

Губы Джаспера медленно приоткрываются, будто произнося какое-то слово, и тут же смыкаются. «Как рыба, выброшенная на берег». Эльф вспоминает рассказ Дина о притворном сердечном приступе Литл Ричарда, но Джаспер не притворяется. Из его носа течет кровь. Может, он ударился носом об пол? А может, что похуже? На сцену выбегают Левон и Бриджит.

— Занавес! — кричит Левон.

Через миг занавес опускается. Джаспер бьется в судорогах, рычит и хрипит, как раненый пес. Мышцы шеи напряжены.

— Вызовите доктора Грейлинга! — велит Бриджит.

Эльф вспоминает Брайтонский политехнический колледж. Работники сцены укладывают Джаспера на брезентовое полотнище, уносят в гримерку и укладывают на кушетку, обтянутую красным кожзаменителем. Джаспер в полубессознательном состоянии. Луиза проверяет его пульс — «Ну конечно, она знает, что делать, у нее отец — военный журналист», — а Дин своим носовым платком утирает Джасперу кровь из носа и бормочет:

— Не волнуйся, дружище, все будет хорошо, все будет хорошо...

Луиза говорит, что пульс слишком частый и прерывистый. Грузный мужчина, похожий на бизона, врывается в гримерку.

— Это доктор Грейлинг, — говорит Бриджит.

Доктор приседает рядом с кушеткой и заглядывает Джасперу в лицо:

— Ты меня слышишь, Джаспер?

Джаспер не отвечает. Потом моргает.

Из горла вырывается хрип.

— Он не эпилептик? — спрашивает доктор Грейлинг.

— Кажется, нет, — с трудом отвечает Эльф.

— Диабетик?

— Нет, — говорит Дин.

— Это точно?

— Я его сосед по квартире, я знаю.

— Какие лекарства он принимает? Только честно.

— Квелюдрин, — говорит Эльф.

— Нейролептик? — скептически уточняет доктор. — Ты не ошиблась?

— Да. Он вчера его принимал.

— Он страдает шизофренией?

— По-моему, нет, — говорит Эльф.

— Его весь день с нами не было, — напоминает Дин. — Кто знает, что с ним стряслось и что он принимал?

— Я вколю ему успокоительное, — говорит доктор, доставая шприц. — Бриджит, вызовите «скору...»

Губы доктора замирают. Руки, пальцы и веки не двигаются. Он застывает, как объемная фотография... только бьется жилка. Дин тоже не движется, только едва заметно вздымается и опадает его грудь. Эльф поворачивает голову к Луизе, которая оцепенела, прикусив ноготь.

— Луиза? Ты...

Часы

•

Стена в мозгу Джаспера рушится от толчка.

Тук-Тук заполняет его разум.

Сознание Джаспера почти угасает.

Присутствие превращается в Отсутствие.

Тело Джаспера становится телом Тук-Тука. Джаспер не может им управлять, так же как зритель «Лоуренса Аравийского» не в состоянии управлять Питером О'Тулом на экране. Не существует слов, чтобы описать эту не-смерть. Джаспер вынужден обратиться к сравнениям: «Когда-то я сидел за рулем этой машины и вел ее куда, когда и как хотел. А теперь я пассажир на заднем сиденье, с кляпом во рту, связанный по рукам и ногам. Или когда-то я был маяком, а теперь — воспоминание о маяке в гаснущем сознании». Уже не своими глазами он видит отдельную палату СН9. Уже не своими ушами слышит плотную тишину. Полый человек больше не дышит.

«И все же, — думает Джаспер, — если я это думаю, значит частичка меня еще существует». Он ощущает эмоции Тук-Тука: радость освобождения, радость обладания здоровым молодым телом, которое теперь он называет своим. Тук-Тук сгибает пальцы, встает, полной грудью вдыхает воздух. Надевает ботинки Джаспера, покидает палату и направляется к выходу из отделения скорой помощи.

— *Ты меня слышишь?* — спрашивает Джаспер.

— *Если мне хочется, то да*, — отвечает Тук-Тук.

— *Я умер?*

— *Ты тлеющий уголек.*

— *И теперь буду так жить?*

— *Долго ли тлеет уголек?*

— *Куда мы идем?*

— *Никакого «мы» нет.*

— *Куда ты идешь?*

— *В место церемоний, песнопений, поклонений.*

— *В церковь?*

— *В клуб.*

— *В «Гепардо»? Зачем тебе...*

Связь обрывается. Джаспер смутно видит и слышит, как Тук-Тук выходит из больницы и останавливает такси.

— «Гепардо», угол Бродвея и Пятьдесят третьей улицы, — говорит Тук-Тук голосом Джаспера.

Нью-Йорк урывками проскальзывает мимо. Машины, фонари, магазины, автобусы, витрины, другие пассажиры, другие такси. Джаспер смотрит на все из нутра Тук-Тука. Он пассажир в пассажире. Тук-Тук знает все, что знаю я, но я не знаю, что знает Тук-Тук. Джаспер утратил былую беглость мыслей. Рассуждения даются с трудом. «Означает ли эта асимметричность знания, что доктор Галаваци прав? Или нет? Я сошел с ума или все это происходит на самом деле? Джаспер не знает. Джаспер не знает, как знать.

У входа в «Гепардо» стоит Левон. На стене афиша: «Прогуляйся по УТОПИЯ-АВЕНЮ». Такси останавливается, Тук-Тук выходит, вместе с остатками Джаспера.

— Эй! — кричит таксист. — Эй, мистер! С вас два шестьдесят!

Левон сует ему три доллара:

— Сдачи не надо. Спасибо. До свиданья.

Такси отъезжает. Левон хватает Тук-Тука за плечи Джаспера. Джаспер хочет объяснить, извиниться, позвать на помощь, но язык, губы и голосовые связки его больше не слушаются. Левон морщит лоб.

«Беспокойство, облегчение и злость», — догадывается Джаспер.

— Ты сможешь выступать? — спрашивает Левон. — Ты чем-то закинулся?

— Я буду играть, — произносит Тук-Тук.

— Вот и хорошо, — говорит Левон. — Просто замечательно. А то мы все переволновались.

Мимо них в клуб заходят люди.

Кто-то говорит:

— Это он! Это Джаспер де Зут...

«Нет! Это не я! Это мое украденное тело!»

Левон ведет Тук-Тука в переулок, к служебному входу, заводит в коридор и говорит кому-то из подручных:

— Скажи Максу и Бриджит, что наш блудный сын вернулся.

Они входят в гримерную, где у стен стоят туалетные столики, а посреди комнаты — две красные кушетки. На одной сидят Эльф и ее подруга Луиза. «Хорошо, — думает Джаспер. — Я рад, что ты нашла ее или она тебя». Хауи Стокер одет как Дракула; с ним его подружка — или дочь? Ее торчащие ресницы загибаются и перекрещиваются, как волоски на краях листа венериной мухоловки. Эльф, в «счастливой» замшевой куртке, в которой она выступала на «Вершине популярности», встает и произносит имя Джаспера. Просторная рубаха Гриффа, расстегнутая чуть ли не до пупа, открывает волосатую грудь. Дин кричит на Джаспера. Тук-Тук требует воды. Дин выплескивает на него воду из кувшина. Тук-Туку нравится это ощущение. Дин продолжает кричать. Капля слюны попадает на щеку Тук-Тука. «Ты кричишь не на того, на кого думаешь, что кричишь...» — хочет сказать ему Джаспер, но теперь уже никогда не сможет ничего никому сказать. Эльф спокойнее. Повсюду зеркала. «Это все усложняет». Бывшими глазами Джаспера он видит, как его бывшее тело, управляемое Тук-Туком, приближается к зеркалу. Тук-Тук улыбается лицом Джаспера. «Вот как выглядит моя улыбка». Это страннее странного. Тук-Тук отворачивается и начинает настраивать Джасперов «стратокастер», пользуясь Джасперовыми умениями. Луиза касается его (бывшего) лба:

— Температуры нет.

Появляется Макс Малхолланд, разрумянившийся и потный. Следом за ним входит деловитая женщина — наверное, хозяйка клуба, догадывается Джаспер. Речь множится. Остаткам Джаспера трудно уследить за всеми этими словами. «Как в комнате с миллионом включенных радиоприемников». Его бывшие пальцы трогают струну соль.

— Я буду играть, — говорит Тук-Тук. — Мне нужна их энергия.

«Отвали камень», «Мона Лиза», «Темная комната». Выступление в клубе «Гепардо» проходит странно и мучительно. Странно потому, что бывшее тело Джаспера играет песни, которые Джаспер знает наизусть, но сейчас сам он — пассивный наблюдатель. Мучительно потому, что исполнение — не просто техника игры, а техника игры и душа. Тук-Тук без Джаспера — всего лишь техничный исполнитель. Американский дебют группы «Утопия-авеню» должен пройти гораздо лучше. Похоже, Эльф, Дин и Грифф думают, что Джаспер их подводит. И пятьсот или шестьсот ньюйоркцев в зале считают, что Джасперу де Зуту все равно. Ему очень больно видеть, как «Утопия-авеню» гибнет под разочарованные стоны зрителей. «Как странно, что теперь, когда мое сознание угасает, я ощущаю эмоции четче, чем когда у меня было тело». Начинается «Крючок». Песня звучит так же тускло и вяло, как и все остальное. Зачем Тук-Туку понадобилось приводить сюда свое новое тело, выступать на сцене? Явно не из чувства долга. Джаспер чувствует, что Тук-Туку нравится шум и внимание зрителей. Кем был Тук-Тук до того, как подселился в Джаспера? Может быть, он тоже выступал перед публикой? Или кем-то повелевал? Или ему поклонялись? *«Ну, скажи, кем ты был»*, — просит Джаспер. Ответа нет. Звучит «Докажи». Между исполнителями и зрителями не возникает волшебной связи, и виноват в этом Джаспер. *«Нет, в этом виноват ты, Тук-Тук... Уголек угасает... исполни мое предсмертное желание, дай мне потратить последние силы на „Здравый ум“. Тебя будут боготворить...»* Тук-Тук его слышит. Задумывается. Джаспер это чувствует. Ответ приходит разрядом молнии. Шок сотрясает все тело; нервная система Джаспера снова подчиняется ему. Контроль над телом, которого Джаспера лишили всего полтора часа назад, в палате CH9, возвращается с головокружительной резкостью. Перед глазами солнечными зайчиками пляшут блики зеркальных шаров.

— Спасибо вам всем, что пришли, — говорит он.

— Да уж, постарались, не то что ты, приятель, — кричат из зала.

«Последние слова... никто не знает, что это последние слова».

Джаспер поворачивается к Дину:

— Спасибо.

Гриффу:

— Отлично сработано.

Эльф:

— Прощай.

Джаспер берет пробный аккорд, просит усилить звук, закрывает глаза... и с оттяжкой ударяет по струнам, скользит по ладам. Гитара взвывает так, что чуть не разрываются колонки, а потом водопадом обрушиваются триоли, от верхнего ми к басам. На первые восторженные выкрики из зала Джаспер отвечает новым риффом, которого не было в «Здравом уме». Никто не узнает, что этот рифф содран у *Cream*, из «Born Under a Bad Sign». Зрители хлопают в ладоши в такт. Грифф, Дин, Эльф вступают на барабанах, басу и «хаммонде». Джаспер трижды повторяет импровизированный проигрыш и оканчивает его завывающей квакушкой на долгой прерывистой ноте — си-бемоль, — с которой начинается «Здравый ум». Дин вступает с басовым риффом, Эльф — следующим тактом, Грифф ударяет по барабанам, а Джаспер склоняется к микрофону и призрачным шепотом выпевает первую строку...

> Завтра послышался стук в мою дверь,
> Которой не будет вчера и теперь,
> Преступным пониманием
> Он закрался в подсознание...

Гриф ударяет в гонг. Зрители улыбаются. Дин подступает к микрофону и поет партию Никто:

> Я дверь распахнул, и Никто сказал:
> «Ну все, сынок, ты меня достал,

Мозги набекрень у тебя в голове,
Не быть тебе больше в здравом уме...»

Они играют самую лучшую версию «Здравого ума». На третьем рефрене зрители хором подхватывают последнюю строку. У Джаспера почему-то мокрые глаза. «Хорошо, что это все-таки случилось, прежде чем меня не стало...» У Джаспера кончается запал, кончается дорога, кончается он сам. Он пускается в стремительную коду. Аккорды «хаммонда» вихрем проносятся по залу, барабаны Гриффа сотрясают всю округу, пальцы Дина с невероятной скоростью скользят по грифу. Джаспер медленно-медленно подступает к стеку «Маршалл», отыскивает неуловимую Хендриксову зону Златовласки и — уа-у-у-у-у-а-у-у-у-а-у-у-у-у! Оргазм банши. За спиной Эльф Джаспер замечает Тук-Тука, который проходит мимо Луизы и направляется к нему. «Наверное, это предсмертное видение. Тук-Тук у меня в голове». Фантом поворачивается к зрителям, купается в их обожании, а потом глядит на Джаспера, как ростовщик на должника.

Касается точки между бровями Джаспера.

Он даже не успевает ощутить пронзившую его боль.

Тело Джаспера обмякает, будто отброшенная марионетка.

Джаспер откуда-то сверху видит свое тело на сцене.

«Значит, правду говорят, что в смерти возносятся...»

«Здравый ум» обрывается.

Клуб «Гепардо» осыпается, как песок из горсти.

Далекий голос Левона:

— Занавес!

Необоримая сила стремительно влечет его прочь...

...к дюнам у подножья высокой и крутой гряды. Ветер и песок — единственные звуки. За спиной пустота — чем глубже в нее вглядываешься, тем она пустее. К гряде мимо Джаспера — на уровне колен, на уровне пояса — скользят бледные огоньки. Множество. Ветер толкает Джаспера вверх по склону, гонит туда огоньки, будто шары перекатиполя. Джаспер хочет поймать огонек, но тот проходит сквозь ладонь. «Это души?» Джаспер разглядывает руку. «Воспоминание о руке». Может быть, каждый бледный огонек видит себя человеком. Высокая гряда уже близко и с каждым шагом становится все ближе. Небо — если это небо — наливается сумраком. Вскоре — если это «вскоре» — Джаспер стоит на вершине высокой гряды и смотрит в сумрак. Сумрак. Дюны пологими волнами скатываются к морю пустоты. Кажется, до него мили четыре или пять, но Джаспер сомневается, что к здешним расстояниям применимы привычные мерки. Бледные огоньки скользят над дюнами с разной скоростью и на разной высоте, направляясь к морю. Душа Джаспера де Зута делает шаг с вершины высокой гряды...

Звучит приказ:

— *Вернись.*

Душа Джаспера де Зута замирает на самом краю.

Ветер с суши подталкивает ее к морю.

Душа противится.

Борьба вдруг обрывается...

Джаспера вбрасывает в его тело на кушетке в гримерной «Гепардо». Он хочет шевельнуться. Не может. Ни рукой, ни пальцем. Глаза и веки двигаются. «Все тело парализовано». Восемь человек, которых видит Джаспер, застыли в неподвижности. Не просто стоят без движения, а застыли. Оцепенели. Дин — модель Дина в натуральную величину — держит испачканный кровью платок перед самым лицом Джаспера. «У меня идет кровь носом». За плечом Дина стоит Грифф. Луиза, неподвижная, будто на фотографии, держит руку на запястье Джаспера. Подружка Хауи замерла в чихе. Палец Хауи Стокера застрял в носу. Левон и Макс застыли в беседе с грузным косматым незнакомцем, у которого в руках шприц. «Доктор?» Джаспер вспоминает «Опыт с воздушным насосом» Джозефа Райта. «Я все помню и могу обращаться к своим воспоминаниям». Из зала «Гепардо» доносится шум. «Время замерло здесь, но не там». Джаспер вспоминает, как упал на сцене в конце «Здравого ума».

Он вспоминает дюны. Сумрак.

«Я умер.

Почему я снова здесь? Что меня вернуло?

Где Тук-Тук? Все еще у меня в голове?

Что парализовало восьмерых человек?»

В гримерную входят двое. Меднокожая старуха, в свободной рубашке-хаки, брюках и туристических ботинках, увешана разноцветными бусами. У худощавого азиата костюм, шитый на заказ, очки в золотой оправе и серебристая седина в черных волосах. Их нисколько не смущают люди, превратившиеся в восковые фигуры.

— Очень вовремя, — говорит старуха, выхватывая шприц из руки доктора. — Бог его знает, что он хочет вколоть.

Азиат подходит к кушетке, опускается на корточки:

— Ты видел высокую гряду? Сумрак, души...

Джаспер не владеет голосом.

Азиат касается его горла.

— Кто вы?

— Доктор Юй Леон Маринус. Можно просто Маринус. Я здесь по просьбе Игнаца Галаваци. Меня не было в городе, но Эстер... — он смотрит на свою спутницу, — разыскала тебя после того, как наш приятель Уолт встретился с тобой в парке.

Он выговаривает слова четко, с каким-то неопределенным акцентом.

Мысли Джаспера несутся наперегонки.

— Это из-за вас оцепенели мои друзья? Что с ними?

— Это контролируемая психоседация, — протяжно, на австралийский манер, говорит Эстер Литтл. — С ними все в порядке. А вот тебе... — Она щурится, всматривается Джасперу между бровями. — Тебе необходимо хирургическое вмешательство. Срочно.

Входит молодая женщина с инвалидной коляской:

— Си Ло там увещает всех направо и налево, без разбору. Если мы сейчас же не уйдем, то завтра на первой полосе «Нью-Йорк таймс» появятся сообщения о массовых галлюцинациях в городе.

— Прости за прямоту, Джаспер, — говорит Маринус, — но выбор у тебя невелик: остаться здесь и умереть, как только Тук-Тук высвободится из своей временной смирительной рубашки, или же пойти с нами и, если повезет, остаться в живых.

Недавнее прошлое Джаспера пролетает словно бы за окнами невозможного поезда, несущегося сквозь четкие образы и размытые туннели. Вот «Утопия-авеню» в аэропорту Хитроу перед отлетом в Нью-Йорк; вот Дин читает гневную отповедь Гюсу де Зуту и Мартену; вот вся группа в «Пыльной лачуге», обсуждают вокал в «Absent Friend»[1]. Джаспер даже не помнит, что забыл многие эпизоды. Вот шумный рынок на Беруик-стрит, неподалеку от дома Эльф; вот ярко-красный «триумф» обгоняет Зверюгу на дороге, бегущей по склону среди садов; вот Джаспер на прослушивании у Арчи Киннока и группы «Блюзовый кадиллак», два года назад. Воспоминания, скользящие за окном Поезда памяти, который несется в прошлое, полны запахов, вкусов, ощущений, звуков и настроения: вот столовая в рийксдорпской лечебнице, где пахнет супом и сельдью. Самого Джаспера нет ни в одном воспоминании. «Фотоаппарат не может сфотографировать сам себя, разве что в зеркале... а я избегаю зеркал». Начиная с Рийксдорпа, воспоминания замедляются; день и ночь пульсируют светом и тьмой, как медленные вспышки стробоскопа. Вот спальня Джаспера на верхнем этаже дома. Ухает сова. На потолке дрожит прерывистый солнечный свет. «Снаружи доброкачественная, изнутри злокачественная». Монгол объясняет, как он изолировал Тук-Тука. «Непроницаемый барьер вокруг твоего незваного гостя... Своего рода стены темницы». Медленная муть. Раннее утро превращается в темноту, и больше ничего... а потом предыдущая ночь, когда Монгол только предлагает изолировать Тук-Тука, чтобы Джаспер мог несколько лет пожить в свое удовольствие. Затем день перед предыдущей ночью. Эпизод на берегу, когда Монгол объявил о себе Джасперу, который, с рюкзаком, полным камней, стоит по

---

[1] «Отсутствующий друг» (англ.).

пояс в Северном море... Поезд памяти набирает ход, несется в прошлое: Джаспер — пациент в психиатрической лечебнице; уроки игры на гитаре, беседы с доктором Галаваци...

...и тут до Джаспера доходит, что поезд ведет не он сам, а кто-то другой и этот кто-то у него в голове.

Джаспер мысленно задает вопрос:

— *Кто тут?*

— *Маринус*, — звучит в голове Джаспера знакомый голос. — *Я не хотел тебя пугать.*

— *Я не помню, как покинул «Гепардо».*

— *Эстер тебя психоседатировала*, — отвечает Маринус. — *У нас не было — и нет — времени.*

— *А где мы? И почему я вижу все эти воспоминания?*

В молчании Маринуса скрыт вздох.

— *Представь, что тебе надо объяснить спутниковые технологии погонщику мулов в Италии пятого века. Ты — твое тело — находится в доме сто девятнадцать «А», в нашем пристанище на Манхэттене. Ты в надежно защищенной комнате верхнего этажа, на футоне, в искусственной коме. Ты в безопасности. На время.*

Джаспера тревожит это объяснение.

— *А со мной все будет в порядке?*

— *Это зависит от того, что мы обнаружим. Сейчас мы в твоем мозгу, в мнемопараллаксе. Он соединяет твой мозжечок с гиппокампом и служит своеобразным архивом воспоминаний.*

— *Значит, вы в моем мозгу?* — уточняет Джаспер.

— *Да, как бесплотная сущность. Мое тело лежит на другом футоне, в трех шагах от тебя. Эстер способна трансверсировать из любого положения, а мне легче делать это лежа.*

— *Все это очень сложно понять*, — говорит Джаспер.

— *А ты постарайся, погонщик, постарайся. Вот, посмотри пока картинки...*

В мнемопараллаксе рийксдорпская осень сменяется летом. Опавшие листья взлетают к веточкам, встают на места, меняют цвет из жухло-коричневого на красный и оранжевый, а потом зеленеют.

— *Все происходит наоборот.*

— *Твои воспоминания прокручиваются назад, обратным ходом. Мы перематываем пленку.*

— *А почему все четче, чем обычные воспоминания?*

— *Мнемопараллакс — как эталонная запись. Полная, четырехмерная, мультисенсорная, с объемным стереозвучанием, как цветное кино. Обычные воспоминания — карандашные зарисовки из зала суда... к тому же их подправляют и ретушируют при каждом просмотре.*

Рийксдорпское лето сменяется весной. Среди рассеянных теней задом наперед пробегает лис.

«Здесь можно затеряться навсегда», — думает Джаспер, но мысль и речь сейчас одно и то же.

— *А где Тук-Тук?*

— *В импровизированной тюремной камере, но долго его там не удержать. Он разъярен и весьма опасен.*

— *А вы можете поместить его в надежную темницу?* — спрашивает Джаспер.

— *К сожалению, невозможно повторить то, что сделал Монгол. В мозгу просто недостаточно свободного вещества.*

— *И как быстро Тук-Тук выберется из заточения? Сколько мне осталось?*

— *Несколько часов,* — отвечает Маринус. — *Поэтому нам следует поторопиться.*

В мнемопараллаксе лужи запускают дождевые капли к ветвям и облакам. Тюльпаны сжимаются в луковицы.

— *Что мы ищем?* — спрашивает Джаспер.

— *Мы просеиваем проксимальные суточные ритмы жизненных процессов в поисках информации о Тук-Туке. Я ознакомился с работами доктора Галаваци, описывающими историю болезни пациента Дж. З., но это отфильтрованные данные. Их основной источник — твой мнемопараллакс. Когда ты впервые увидел его лицо?*

— *В последний день моего пребывания в школе Епископа Илийского. Тук-Тук появился в зеркале шкафа в моей спальне.*

— *Давай-ка посмотрим.*

Поезд памяти набирает ход. Джаспер видит, как пациенты рийксдорпской лечебницы рассеивают снеговика на снежинки.

— *А как вы психоседатировали всех в «Гепардо»? Как вы вообще все это делаете?*

— С помощью раздела прикладной метафизики, именуемого психозотерикой.

Джаспер обдумывает слово «психозотерика» и говорит:

— Похоже на шарлатанство.

— В пятом веке погонщику мулов неизвестно выражение «орбитальная скорость». Означает ли это, что воздухоплавание, авиация, аэродинамика и баллистика — шарлатанство?

— Нет, не означает, — признает Джаспер. — А что такое психозотерика?

— Для некоторых — бесовские штучки, для некоторых — мощное оружие. А для нас — развивающаяся научная дисциплина.

— А вот вы постоянно говорите «мы». — (Перед Джаспером задним ходом проносится первый год его пребывания в Рийксдорпе.) — Это про кого?

— Про хорологию, — отвечает Маринус.

Джасперу знакомо это слово.

— Про то, чем занимаются часовых дел мастера?

— Это значение возникло в последние десятилетия. Слова эволюционируют. В прошлом хорологи изучали время. А вот и твое прибытие в Рийксдорп...

Джаспер видит доктора Галаваци, на шесть лет моложе. Рийксдорп, видимый из «ягуара» Grootvader Вима, скрывается за воротами в ночи. Формаджо тоже сидит в салоне автомобиля. Полминуты машина пятится задом до самого порта Хук-ван-Холланд, а ночь сменяется вечерними сумерками.

— Я чувствую себя Скруджем из «Рождественской песни», — говорит Джаспер.

— Ну, я совсем не такой добренький, как святочный дух прошлых лет.

«Арнем» плывет по Северному морю в утро. Струя рвоты вылетает из волн в рот Формаджо. Формаджо стремглав пятится с палубы.

— За день до этого, — говорит Джаспер. — Предыдущим утром.

Паром стремительно, как самолет, прибывает в Гарвич, машина мчится по Норфолку в Или, ночь поглощает день, и шестнадцатилетний Джаспер снова оказывается в своей спальне. Тук-тук-тук-туки сливаются в один непрерывный стук.

— *Теперь помедленнее*, — говорит Джаспер Маринусу. — *Это где-то здесь*.

Сейчас. Время течет с обычной скоростью, только в обратном направлении. Вот шестнадцатилетний Джаспер открывает шкаф в своей комнате, в спальном корпусе Свофхем-Хаус. Из зеркала глядит азиатский монах с бритой головой. Поезд памяти останавливается. Джасперу хочется отвести глаза, но у бесплотной сущности нет ни мышц шеи, ни век, которые можно закрыть, поэтому приходится сносить испытующий взгляд Тук-Тука, пытаясь понять, что он выражает. Ненависть? Зависть? Мстительность?

Маринус произносит длинную фразу на иностранном языке.

— *Я не понял*, — говорит Джаспер.

— *Он выругался*, — поясняет хриплый голос с австралийским акцентом. — *На хинди*.

Джаспер огляделся бы по сторонам, но не может.

— *Привет, малыш*, — произносит голос. — *Я — Эстер Литтл. Второй призрак*.

Джаспер вспоминает пожилую женщину в гримерной клуба «Гепардо».

— *А кто здесь еще?*

— *Только мы, две мышки*, — говорит Эстер. — *Ну, Маринус, что скажешь?*

— *За свою метажизнь я позабыл тысячи лиц*, — вздыхает Маринус. — *Но это помню. И никогда не забуду*.

Джаспер в растерянности:

— *Вы знакомы с Тук-Туком?*

— *Да, наши пути однажды пересеклись. Давно. С катастрофическими последствиями*.

— *Когда? Где? Как?*

— *В конце восемнадцатого века*, — говорит Маринус.

Джаспер думает, что ослышался.

— *Когда-когда?*

— *Все верно*, — подтверждает Эстер. — *В девяностые годы восемнадцатого века*.

«Это шутка? Метафора?» — думает Джаспер. Лиц не видно, их не прочитаешь, поэтому он спрашивает напрямую:

— *Доктор Маринус, а сколько вам лет?*

— *Потом расскажу. А сейчас нам важнее разобраться в твоей истории.*

Путешествие по жизни Джаспера мчится к ее началу. Ночи схлопываются, дни раскрываются, облака проносятся по небу. Времена года сменяют друг друга обратным ходом. Летние триместры в школе Епископа Илийского. Пасхальные каникулы. Великопостные триместры. Рождественские каникулы, проведенные в Свофхем-Хаусе вместе с другими учениками, чьи семьи живут за границей. Михайловы, осенние триместры. Летние каникулы — август и июль — в Зеландии. Рост Джаспера уменьшается, и точка зрения наблюдателя смещается все ниже и ниже. Самолетик из бальсы над летними дюнами в Домбурге. Победа в крикетном матче. Пение гимна «Паломник» в школьном хоре. Купание в реке Грейт-Уз. Каштаны, камушки, бабки, догонялки. Вот черный автомобиль де Зутов с шестилетним Джаспером задним ходом катит от ворот частной школы к пансиону его тетушки в курортном городке Лайм-Риджис. Джаспер все младше и младше — ему пять, четыре, три года, — его окружают великаны-взрослые, чье настроение необъяснимо и переменчиво, как погода. Вот дядя Джаспера, инвалид; нагоняи, прятки, игрушечный автомобильчик, вязь бенгальских огней по темноте, солнечный день, страшная собака, огромная, как корова; коляска, из которой виден гранитный утес, выступающий в тускло-нефритовое море. Чайки дербанят оброненный пакетик жареной картошки. Визжат дети — двоюродные братья и сестры Джаспера. Череда образов останавливается. Возникает усталое женское лицо.

— *Это тетушка Нелли,* — говорит Джаспер. — *Мамина сестра.*

— *Здесь тебе двенадцать месяцев,* — говорит Маринус. — *Дальше будет не очень четко.*

Образы сливаются друг с другом. Тряпичная кукла, прокушенная собачьими клыками. Раздавленные фасолины в кулаке. Дождь, бьющий в стекло. Бутылочка молочной смеси. Лицо тетушки Нелли, измученное бессонницей. Тихие всхлипы: «Милли, ну как ты могла...» Плач. Недержание. Удовольствие. Все линии растушевываются, утрачивают перспективу.

— *Первые восемь недель зрение ребенка расфокусировано,* — объясняет Маринус. — *Воспоминания людей-темпоралов этим ограничиваются. Обычно. Но если мое предположение верно, то...*

Обратное скольжение идет медленно и туго, через силу...

...и вдруг толчок, словно поезд тряхнуло на стыке рельсов. Будь у Джаспера тело, он бы за что-нибудь ухватился.

Движение продолжается, но его траектория из горизонтальной становится ближе к вертикали. «Как будто падаешь в колодец», — думает Джаспер.

Сквозь проемы в стенах колодца он видит фейерверк и Милли Уоллес. Лайонс-Хед, знаменитая гора в Кейптауне. Капитанская каюта. Образы четче младенческих воспоминаний Джаспера, но не такие яркие, как в детстве и в юности. Как фотографии фотографий или запись записи.

— *Но это же не мои воспоминания,* — говорит Джаспер.

— *Это фрагменты из жизни твоего отца,* — говорит Маринус.

Жена Гюса в свадебной фате. Лейденский университет в 1930-е годы. Воздушный змей. «Блинчики» по воде...

Еще один толчок.

— *А почему трясет?* — спрашивает Джаспер.

— *Стык поколений,* — поясняет Маринус. — *Мы добрались до воспоминаний твоего деда, задолго до рождения твоего отца.*

Трупы европейцев под африканским небом.

— *Похоже, Бурская война... я хорошо ее помню,* — говорит Маринус. — *Бессмысленная кровавая мясорубка.*

Церковь, прихожане в старомодной одежде.

— *Это церковь в Домбурге, в Зеландии,* — говорит Джаспер.

— *Но на шестьдесят лет раньше,* — напоминает Маринус.

— *Очевидно, он подселяется только в мальчиков*, — замечает Эстер.

— *Из тех, кто не похож на своих сверстников?* — говорит Маринус.

— *Да… в мечтателей*, — говорит Эстер.

Джаспер видит дома в голландском стиле под тропическим небом. Кареты и повозки, запряженные лошадьми. Плантация. Ява. Кораблекрушение. Крокодил нападает на буйвола. Меланезийка под москитной сеткой. Свет лампы. Нечеткие образы совокупления. Вулкан. Дуэль. Пулевое ранение. Шок бестелесного сознания.

— *Все ощущается по-настоящему, Маринус.*

— *Примерно так же считали и зрители первых кинофильмов.*

— *А воспоминания передаются кровным родственникам, из поколения в поколение?* — спрашивает Джаспер.

— *Как правило, нет*, — отвечает Эстер. — *Мнемопараллакс обычно исчезает со смертью мозга. Но хорология имеет дело с необычными явлениями.*

— *А каким же образом мы видим воспоминания тех, кто существовал задолго до моего рождения?* — спрашивает Джаспер.

— *Это не твой мнемопараллакс*, — говорит Маринус. — *Это воспоминания твоих предков, сохраненные в архиве «гостя семейства де Зутов», который переходит от отца к сыну. Мнемопараллакс этого гостя вобрал в себя воспоминания тех, в кого он подселялся.*

— *Как огромный меташарф, сшитый из множества отдельных шарфов*, — поясняет Эстер.

— *Этот гость — как Монгол?* — спрашивает Джаспер.

— *Не совсем*, — отвечает Маринус. — *Гость де Зутов не мог по своей воле покинуть чужой разум. Вдобавок он полностью очнулся только в тебе.*

Запах нафталина. Открытые ящики, полные белых кристаллов.

— *Камфора*, — поясняет Маринус. — *В девятнадцатом веке — очень ценный груз из Японии. Ну, осталось совсем чуть-чуть.*

Город у подножья гор; бурые крыши; по горным склонам ступеньками поднимаются зеленые рисовые поля. Рыбачьи лодки у причала. В бухте появляется парусное судно наполеоновской эпохи, приближается — задним ходом — к небольшому острову в форме веера, соединенного с побережьем пролетом каменного моста. На высоком флагштоке развевается голландский флаг.

«Пекин? Сиам? Гонконг?» — думает Джаспер.

— *Нагасаки*, — говорит Маринус. — *Остров Дэдзима, фактория Голландской Ост-Индской компании.*

Погребальный звон. Благовония. Надгробный камень с надписью «ЛУКАС МАРИНУС».

— *Это ваша фамилия*, — говорит Джаспер.

— *Так оно и есть*, — странным тоном отвечает Маринус.

Звуки клавесина. Огромный, как медведь, европеец, стоит в старинном хирургическом кабинете.

— *Судя по всему, ты очень уважал пироги*, — замечает Эстер Литтл. — *Вон какое пузо отрастил.*

— *Я десять лет проторчал на Дэдзиме*, — обиженно отвечает Маринус. — *Британцы грабили голландские торговые суда. У меня только и было радости, что пироги. Я там и умер, между прочим. Спасибо, Британия. Джаспер, смотри внимательно, ты сейчас кое-кого встретишь...*

В мнемопараллаксе возникает еще один европеец: лет под тридцать, веснушчатый, рыжий. Он утирает взмокший лоб платком.

— *Это Якоб де Зут*, — говорит Маринус. — *Твой прапрапрадед.*

Все выглядит нормально, вот только между бровями Якоба виднеется крошечное черное отверстие. Якоб что-то пишет в конторской книге остро заточенным пером. Цифры появляются из-под пера и исчезают. Отверстие на лбу Якоба уменьшается и пропадает. Снаружи слышны неразборчивые крики.

— *Вот оно*, — говорит Эстер. — *В этот миг все и произошло.*

— *Не понимаю*, — говорит Джаспер. — *Что произошло?*

— *В этот миг Тук-Тук вселился в твоего предка*, — поясняет Маринус, — *и начал свой путь к тебе...*

———————

Перед наблюдателем разворачивается панорама Нагасаки, только наоборот. Дым втягивается в очаги. Чайки кружат в противоположную сторону. Взгляд проникает за бумажную ширму на балконе и резко останавливается в комнате. Изображение застывает. Воспоминание не размытое, а резкое и четкое. Камышовые циновки пахнут зеленой свежестью. Складные ширмы разукрашены хризантемами. Столик для игры в го перевернут, белые фишки просыпаны из чаши на пол. В комнате распростерты четыре трупа. Самый юный — монах. Второй — старый чиновник с кустистыми бровями. Третий — с виду высокопоставленный самурай. Четвертый — Тук-Тук. Красная тыквенная бутыль опрокинута, четыре угольно-черные чашечки валяются на полу.

— *Что это?* — спрашивает Джаспер.

— *Зал Последней хризантемы,* — говорит Маринус. — *Вот уж не думал, что еще раз его увижу.*

— *Судя по всему, яд,* — замечает Эстер. — *Скорая, но мучительная смерть.*

— *Да, ходили именно такие слухи,* — подтверждает Маринус. — *Но сначала давайте-ка разберемся, кто наш враг. Тук-Тук был настоятелем монастыря и возглавлял некий духовный орден японской религии синто; на самом деле это был эзотерический культ. Настоящее имя Тук-Тука — Эномото. Если не ошибаюсь, дело происходило в тысяча восьмисотом году. Он устроил своего рода гарем при храме на горе Сирануи, в двух днях пути от Нагасаки, близ труднодоступного нагорья Кирисима. Однако же это был необычный гарем. Точнее назвать его фермой по разведению младенцев.*

— А зачем духовному ордену понадобились младенцы?

— *Чтобы возгонять особую субстанцию — тамаси-абура, елей из младенческих душ. Она якобы даровала бессмертие.*

Джаспер смотрит на мертвого Эномото. У настоятеля почерневшие губы.

— *Эномото считал себя некромантом?*

Маринус медлит с ответом.

— *Те, кто принимал елей душ, на самом деле не старели.*

«Если бы я рассказал все это доктору Галаваци...» — думает Джаспер.

— ...*Он тут же назвал бы это острым приступом ши-зофрении*, — подхватывает мысль Маринус. — *Доктор Гала-ваци — прекрасный психиатр, хотя и оперирует весьма огра-ниченным набором понятий.*

— *Но эликсиров вечной жизни не существует*, — говорит Джаспер.

— *Среди каждой тысячи фальшивых найдутся два-три настоящих*, — говорит Эстер. — *Ими-то и занимается хоро-логия.*

— *Психоседация в «Гепардо», мнемопараллакс, вот это все, Эстер и я...* — говорит Маринус. — *По-твоему, тебе все чудится?*

— *По-моему, нет*, — говорит Джаспер. — *Но как это проверить?*

— *Боже, дай мне силы*, — вздыхает Эстер.

— *Последуй совету Формаджо*, — говорит Маринус. — *Отнеси эти явления к гипотезе Икс. Не реальность, не иллю-зия, а некий феномен, требующий подтверждения.*

Джаспер не знает, что ответить. В данном случае гипо-теза Икс представляется самым разумным решением. Он снова смотрит на четыре трупа:

— *Кто их убил?*

— *О, это история, достойная целого романа*, — отвечает Маринус. — *Градоправитель Сирояма — вот этот высо-копоставленный самурай — узнал, что Эномото практику-ет ритуальные детоубийства, и решил покончить с культом, отравив его главу. Разумеется, у Эномото была масса причин опасаться отравления, так что градоправителю и его камер-геру тоже пришлось принять яд. А юному послушнику Эномото просто не повезло*, — к сожалению, *ему велели сопровождать господина на смертельное чаепитие.*

Джаспер разглядывает место преступления. Картина очень печальная — и самая что ни на есть настоящая.

— *Но если план градоправителя сработал, то как Тук-Туку, то есть Эномото, удалось спастись?*

— *Ему помогли оккультные знания Пути Мрака*, — гово-рит Эстер Литтл. — *Его душа, устояв перед напором Ветра с суши, отыскала подходящее тело — твоего предка Якоба де Зута. Но почему Эномото выбрал именно де Зута, Маринус? Зачем главе эзотерического ордена из всех возможных тел в Нагасаки понадобилось тело иностранного клерка в четверти мили от места собственной смерти?*

— *Все дело в женщине,* — говорит Маринус.

— *Та-а-ак,* — тянет Эстер.

— *Ее звали Орито Аибагава. Редкостная женщина. Первый в Японии специалист по нидерландоведению. Я лично учил ее медицине и акушерству по голландским методам. Якоб, как благородный рыцарь из какой-нибудь легенды, полюбил барышню Аибагава, но Эномото умыкнул ее на гору Сирануи, чтобы о его наложницах заботилась лучшая акушерка в Японии.*

— *И этого хватило для того, чтобы душа Эномото в момент смерти пересекла полгорода?* — недоверчиво спрашивает Эстер.

Маринус осторожно подбирает слова:

— *Видишь ли, Якоб де Зут, переводчик Огава и я — каждый по-своему добились того, чтобы градоправитель Сирояма узнал о преступной деятельности Эномото. С точки зрения настоятеля, все мы причастны к его убийству.*

Эстер размышляет над услышанным:

— *М-да. Похоже, Эномото и Якоба де Зута действительно связала кармическая нить, и душа настоятеля прямиком перенеслась по ней в нашего голландца.*

Джаспер пытается уловить ход их мыслей:

— *Значит, в тысяча восьмисотом году мой предок на фактории Дэдзима обидел этого «настоящего» некроманта. В миг смерти душа Эномото «прилетает» к Якобу де Зуту, забирается ему в голову и прячется там, как личинка. Личинка передается от отца к сыну, от Grootvader Вима — моему отцу, от отца — мне. Все это время Эномото копит силы, собирает воспоминания тех, в ком обитает, и сшивает их в длинное полотнище памяти. И лишь спустя сто шестьдесят лет, к шестидесятым годам двадцатого века, он достаточно окреп, чтобы очнуться, разрушить мой ум и овладеть моим телом.*

— *В общем-то, да,* — говорит Эстер.

— *И как от него избавиться?* — спрашивает Джаспер.

— *К сожалению, его невозможно изгнать из твоей головы силой,* — говорит Эстер. — *А ты, наверное, именно на это и надеялся.*

— *Да*, — признается Джаспер.

— *Если применить силу, Эномото будет сопротивляться*, — говорит Маринус, — *и твой мозг будет необратимо поврежден. Твой незваный гость слишком глубоко укоренился — и неврологически, и психозотерически.*

— *А как же быть?* — спрашивает Джаспер.

— *Мы предложим ему сделку*, — говорит Эстер. — *Но даже если он согласится, тебе предстоит очень сложная психохирургическая операция.*

— *Нам надо с ним поговорить*, — добавляет Маринус.

— *Погодите*, — взволнованно требует Джаспер. — *А как я узнаю, успешно прошла эта ваша психооперация или нет?*

— *Если все пройдет успешно, ты проснешься здесь, в доме сто девятнадцать «А».*

— *А если нет?*

— *А если нет, то окажешься в Сумраке на Высокой Гряде*, — говорит Эстер, — *только на этот раз мы не сможем тебя остановить.*

— *То есть выбора у меня никакого?* — спрашивает Джаспер.

Зал Последней хризантемы исчезает.

Потолок самый обычный. Комната просторная. Он на футоне. «А не на пути к Высокой Гряде». Пол деревянный. Джаспер мысленно проверяет голову: Тук-Тука — Эномото — больше нет. Он не изолирован, как раньше, а исчез. Его просто нет, как выдранного зуба мудрости или выплаченного долга. «Исчез». Занавески фильтруют дневной свет. Джаспер садится. На нем вчерашнее белье. Сложенная одежда лежит на кресле времен королевы Анны. Спальня обставлена скромно, но странно: свиток с изображением обезьяны, которая тянется к своему отражению под луной, книжный шкаф в стиле модерн, ковер с какими-то символами, старинный клавесин и бюро, на котором стоит чернильница и лежит авторучка. Тишина.

Джаспер встает, распахивает занавески. Пятый этаж. Манхэттенские крыши — где выше, где ниже, где косо. Вдали Крайслер-билдинг вздымает граненые бока к низким тучам. Моросит дождь. На полках книжного шкафа стоят книги на всевозможных языках: «О вечном» под ред. Джамини Маринуса Чодари; «Een beknopte geschiedenis van de Onderstroom in de Lage Landen»[1] X. Дамсма, Н. Мидема; «Великое откровение» Л. Кантильон; «О лакунах» Си Ло; а томик под названием «Récit d'un témoin de visu de la Bataille de Paris, de la Commune et du bain de sang subséquent, par le citoyen François Arkady, fier communard converti à l'Horlogerie»[2] М. Берри поставлен так, что видна обложка, а не только корешок. На клавесине лежит соната Скарлатти. Джаспер поднимает крышку. Инструмент старинный. Джаспер читает ноты хуже Эльф, поэтому просто наигрывает вступление «Плот и поток». Звук хрупкий, звенящий, как стекло. Джаспер посещает туалет, потом одевается и, не найдя ботинок, идет к двери необутый, в одних носках. Дверь сдвигается в сторону. За ней — кабина лифта. Джаспер входит в кабину, и дверь лифта закрывается. На деревянной панели шесть кнопок в ряд: пять пустых, а шестая помечена звездочкой. Джаспер нажимает на нее и ждет. Не слышно ни лязга, ни скрипа, ни скрежета, как в лифте отеля «Челси». Ничего не происходит.

Джаспер открывает дверь лифта и видит элегантную бальную залу с высокими потолками и люстрами. За дальним концом длинного обеденного стола сидит Юй Леон Маринус.

— Выходи из кабины, — говорит он Джасперу. — У нас весьма своенравный лифт.

Джаспер входит в залу. В ней три огромных полупрозрачных окна. Большое зеркало на стене делает комнату в два раза больше и светлее. Джаспер привычно отводит глаза, потом снова смотрит в зеркало. «Одной фобией меньше». На стенах висят картины разных эпох, в том числе «Аллегория с Венерой и Амуром» кисти Аньоло Бронзино. Джаспер полагал, что она находится в лондонской Национальной галерее.

---

[1] «Краткая история подводных течений в Нижних Землях» *(голл.).*

[2] «Рассказ о битве за Париж, Парижской коммуне и последующем кровопролитии, изложенный очевидцем, гражданином Франсуа Аркади, гордым коммунаром, впоследствии хорологом» *(фр.).*

— Тук-Тука больше нет, — говорит он Маринусу. — Значит, все, что произошло вчера, — правда.

— Да, его больше нет. И все было правдой.

Маринус жестом приглашает Джаспера сесть за стол, снимает серебряную крышку с тарелки. На тарелке пошированные яйца, грибы и гренки из хлеба с отрубями. На столе стоят грейпфрутовый сок и чайник.

— Это мой любимый завтрак дома.

— Надо же. Не стесняйся, приступай. Ты, наверное, проголодался.

Джаспер внезапно осознает, что и в самом деле голоден, садится за стол и только после этого понимает, что они говорили по-голландски.

— Значит, вы психиатр, хоролог и лингвист.

— Я давно не говорил по-голландски, так что... — Маринус переходит на английский, — не буду больше терзать тебе слух. Шесть жизней назад я переродился в Гарлеме, но голландский очень быстро меняется. Надо бы съездить туда на пару месяцев, подучить язык. Может, Галаваци подыщет мне пост психиатра.

Джаспер посыпает пошированные яйца черным перцем.

— Вы правда перерождаетесь? Раз за разом?

— Да. Душа и разум — те же, а тело — новое. Ты ешь, пока не остыло, а то наш шеф-повар обидится.

У Маринуса на завтрак суп мисо и отварной рис. С минуту они едят в молчании. Без разговоров нормальные люди обычно чувствуют себя неловко, но Маринус — не Нормальный. Джаспер замечает, что Маринус читает русскую газету «Правда».

— А в предыдущей жизни вы были русским?

— Дважды. — Маринус утирает рот салфеткой. — Любая газета с названием «Правда», как правило, полна лжи. Но ложь весьма поучительна.

По тарелке Джаспера растекается оранжевая лужица желтка.

— Значит, Тук-Тук убрался без сопротивления, и психохирургическое вмешательство прошло успешно.

Маринус добавляет к рису маринованные овощи.

— Мы сделали ему предложение. И Эстер его убедила.

Джаспер наливает чай в веджвудовскую фарфоровую чашку.

— Какое предложение?

— В обмен на то, что он сохранит тебе жизнь, мы сохраним жизнь ему. — Маринус поднимает пиалу с рисом, берет палочки.

— Но как? У него же нет тела.

— Я нашел ему подходящее.

Джаспер ошеломленно смотрит на него.

— В июне в одном из городов на Восточном побережье умер подросток. От передозировки наркотиками. Душа его покинула тело, которое погрузилось в кому. Полиции не удалось установить его личность. Его никто не искал. В августе его кому объявили устойчивым вегетативным состоянием. Пребывание в американской больнице — дорогое удовольствие, поэтому было решено отключить искусственное жизнеобеспечение в эту пятницу. Однако же, — Маринус вытаскивает из кармана часы на цепочке, — примерно полтора часа назад неизвестный подросток пришел в себя. Врачи объявили это чудом — не самый большой комплимент психохирургическим способностям Эстер, но дело не в этом. Тело неизвестного подростка — последнее тело Эномото. В нем он проживет еще лет восемьдесят.

— Пересадка души.

Маринус отхлебывает суп.

— Можно и так сказать.

В вазе красуются винно-красные тюльпаны со снежно-белыми прожилками.

— А если Эномото снова начнет собирать елей душ?

— Тогда он станет врагом для хорологов. — Маринус хрустит маринованной редькой. — Такой риск существует. С этической точки зрения наши действия весьма сомнительны, но этика всегда сомнительна, иначе она не была бы этикой.

Джаспер съедает гриб.

— Значит, хорология — что-то типа психозотерического ФБР? Ну и работа у вас!

Кажется, Маринус улыбается.

Джаспер доедает завтрак, большим пальцем потирает мозоли от струн.

— И что мне теперь делать?

— А чего тебе хочется?

— Сочинить песню, — подумав, говорит Джаспер. — Пока воспоминания свежи.

— Тогда возвращайся в отель «Челси» и сочиняй. Твои друзья все там. Ступай. Умножайся. Тебе еще лет пятьдесят жить, а то и все шестьдесят.

«Левон... и ребята...»

— Ох, они же думают, что... меня похитили или... Чем все закончилось в «Гепардо»?

Маринус прикладывает салфетку к губам.

— Си Ло подредактировал несколько минут в мнемо-параллаксах всех свидетелей.

— Я совершенно не понимаю, что вы только что сказали.

— Воспоминания о реальном происшествии заменили вымышленными. Ты потерял сознание на сцене. Приехала «скорая», тебя увезли в частную клинику, под надзор коллеги твоего голландского врача. Что, в общем-то, почти правда. До завтрака я позвонил мистеру Фрэкленду и объяснил причину твоего состояния: эндокринный дисбаланс, снять который помогли антикоагулянты. — Он достает коробочку таблеток из кармана пиджака, протягивает Джасперу. — Вот, реквизит. Чистый сахар, зато пилюли внушительные.

Джаспер берет коробочку. «Мне больше не нужен квелюдрин».

— А можно мне сегодня выступать в «Гепардо»?

— Не можно, а нужно.

В комнату входит молодая черноволосая женщина в платье цвета вереска:

— Хорошо выглядишь, де Зут.

Джаспер ее откуда-то знает.

— А, это ты вчера прикатила инвалидное кресло.

— Меня зовут Уналак. Я отвезу тебя в отель.

«Пора идти».

Маринус провожает его к лифту.

— Я у вас еще кое-что хотел спросить...

— Меня это не удивляет, — говорит серийный возрож-
денец, — но дальнейшие объяснения будут лишними.

Джаспер входит в кабину лифта.

— Спасибо.

Маринус смотрит на него поверх очков:

— А ты чем-то похож на своего предка, Якоба. Хороший был человек, хоть и неважно играл в бильярд.

Уналак везет Джаспера по залитому дождем Манхэт-
тену, молчит.

«Хорологи неразговорчивы».

Молчание заполняют призрачные мадригалы Карло Джезуальдо. Черный автомобиль проезжает по Центральному
парку, где вчера потерялся Джаспер. За парком улицы попроще и погрязнее. Вскоре машина останавливается у отеля «Челси». Уналак смотрит на кирпичное кружево окон,
балконов и лепнины, вздыхает:

— На открытии гостиницы гуляли целую неделю.

— А я теперь всех вас забуду, правда?

Уналак не отвечает ни «да», ни «нет».

— Понятно. Если бы власти узнали о хорологах, то вас
заперли бы в секретной лаборатории и проводили бы над
вами всякие эксперименты.

— Пусть попробуют, — говорит Уналак.

— А если бы люди знали о таких, как Эномото... или
о том, что смерти можно избежать... Это бы все изменило.
Те, кто стоит у власти, были бы готовы на все ради елея
душ...

Мимо проезжает мусоровоз. В баках звенит разбитое
стекло.

— Тебя ждет жизнь, Джаспер.

— А хорология...

Джаспер стоит на тротуаре, глядит в арктические глаза
Уналак.

— Хорология? — переспрашивает она. — Реставрация
старинных часов? Извини, я в этом не разбираюсь.

Автомобиль сворачивает за угол. Джаспер смотрит
вслед.

— Эй, приятель, — говорит дилер у него за плечом. — Тебе чего? Ты только скажи, я все найду. Скажи, чего тебе надо? Чего тебе больше всего надо?

Эльф, Дин, Грифф и Левон сидят за испанским завтраком.

— Ха, а вот и наше несчастье, — говорит Грифф.

— Надо же, чего придумал, лишь бы не выступать на бис, — говорит Эльф.

— Зато отзывы неплохие. — Дин показывает статью в газете «Нью-Йорк стар». — Оказывается, твой обморок на сцене объясняется «головокружительным приступом творческой гениальности». А никто и не знал, вот.

Левон встает, хлопает Джаспера по плечу:

— А я проснулся и думаю: вот черт, надо было спросить название клиники. Но тут зазвонил телефон, и доктор... как его там?.. Марино сообщил мне, что с тобой все в порядке. Я чуть не умер от радости.

— Наш Джаспер несокрушим, — говорит Дин. — И наверное, бессмертен, только никому об этом не рассказывает.

— А что такое эндокринный дисбаланс? — спрашивает Эльф.

— Эльф, дай человеку отдышаться, — говорит Дин. — Джаспер, дружище, ты садись. Вот, выпей кофе. Как ты себя чувствуешь?

«С этого дня я буду изучать чувства», — решает Джаспер.

— Я чувствую... — Он смотрит на друзей. — Будто жизнь началась заново.

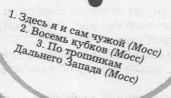

Третья планета

ВТОРАЯ СТОРОНА

●

Здесь я и сам чужой

●

«Рискнуть, что ли?» Дин вешает на шею свой фотоаппарат «брауни», взбирается на балконное ограждение, обнимает ствол дерева и карабкается вверх, будто коала. Чешуйчатая кора, согретая солнцем, легонько царапает кожу. Внизу простирается Лорел-каньон. Покатые крыши, плоские крыши, растительность из фильмов про Тарзана, бассейны на задних дворах. «В Америке на задних дворах нет садиков и огородиков». Дин влезает на развилку ствола, устраивается там поудобнее. До земли далеко. «Руки-ноги точно сломаешь, а то и шею». Он наводит объектив «брауни» на панораму, сомневаясь, что фотоаппарат запечатлеет величественный вид. В миле отсюда виднеется плоская сетка лос-анджелесских улиц и переливчато синеет прибрежная полоса Тихого океана. «Я — первый Мосс и Моффат, который все это видит». Британское голубое небо — бледное подобие калифорнийской голубизны. «И цветы тоже...» Здесь настоящее буйство цветов. Алые раструбы кампсиса, лиловая кипень сирени, соцветия розовеющих звездочек, спиральные шпили... «Ох, какое место, какой день, какое время...» Гудят машины. Вьется мошкара. Птицы выводят странные трели. Дин делает снимок, чтобы показать Рэю и Шенксу, где он был. Веранда Джони Митчелл почти вровень с развилкой дерева, на котором сидит Дин. Джони наигрывает мелодию, подбирает первую строку: «Я в хорошей гостинице ночь провела...» А потом: «Я в прекрасном отеле сладко спала...» И снова: «В хорошей гостинице спится так сладко...» Музыка завораживает. «Попрошу Эльф научить меня играть на пианино...»

Чем больше времени Дин проводит вдали от Лондона, тем меньше ему хочется возвращаться. «Тоска по дому, только наоборот». Хотя в Англии «Откати камень» теперь на двенадцатом месте в чартах, а «Утопия-авеню» — как провинциальная футбольная команда, которая из третьего дивизиона внезапно попала в первый, чуть ли не на призовые места. Дина узнают на улицах, просят автографы — все, даже вышибалы в ночных клубах. У него есть ярко-красный «триумф-спитфайр», сейчас надежно запертый в гараже рядом с домом Левона в Бейсуотере. «И роман с Тиффани Сибрук, которая класснее всех моих бывших подружек, вместе взятых». С другой стороны, в Англии Крэддоки, ребенок Мэнди, который вполне может оказаться сыном Дина, и адвокат Крэддоков, на удивление зубастый. И Род Демпси, который в последнее время ведет себя похлеще близнецов Крэй. В Англии восьмидесятипроцентный подоходный налог, мерзкая погода, забастовки, а мороженое только одного вкуса — белого. «Утопия-авеню» в Англии любят, а в Америке — обожают. После первого, неожиданно оборвавшегося выступления в «Гепардо», группа отыграла три аншлага. В пятницу за кулисы пришел Джими Хендрикс. Джинджер Бейкер пригласил Дина на запись своего нового альбома. В отеле «Челси» с Дином заигрывала чернокожая манекенщица. «А настоящий джентльмен даме никогда не откажет...»

— Дин? — На балкон выходит Эльф в желтом балахоне, как у хиппи, озирается по сторонам. Голова у нее обмотана полотенцем.

Дин не прочь поиграть в прятки.

— Я — Тарзан, ты — Джейн! — кричит он с дерева.

— О господи! Дин, ты же свалишься!

— Успокойся, я читал все комиксы про Человека-паука.

— Тебя к телефону.

«Кто бы это мог быть?»

— Скажи, что я сижу на пальме и ради кого попало спускаться не намерен. Если, конечно, это не Джими, Джинджер или Дженис.

— А как же Род?

— Род Стюарт? Правда, что ли?

— Нет, дурень. Род Демпси, твой лучший друг.

Сорок футов до земли превращаются в четыреста. Дин хватается за ствол.

«Если не подойти к телефону, он поймет, что я помог Кенни и Флосс...»

— Передай ему, что я сейчас.

— Да здравствует король Америки!

— Ага, тебя отлично слышно, — как можно небрежнее заявляет Дин. — Я и не знал, что телефонные провода тянутся так далеко.

— Это спутниковая связь. Как ваши гастроли? В «Нью мюзикл экспресс» пишут, что Нью-Йорк вас принял на ура.

Дин чувствует себя как ответчик, которого загоняет в западню ловкий адвокат истца.

— На первом выступлении Джаспер грохнулся в обморок на сцене, но теперь с ним все в порядке. Слушай, не тяни время, международный звонок дорого обходится. Что там стряслось?

— Во-первых, маклер говорит, что новая квартира в Ковент-Гардене вас с Джаспером уже ждет не дождется. И даже без гарантийного взноса.

— Отлично! Спасибо, Род.

— Рад стараться. А вот вторая новость, боюсь, тебя не обрадует.

«Он догадался про Кенни и Флосс...»

— Что?

— Дело тонкое, так что тянуть не буду. Два дня назад до меня долетели слухи о, скажем так, высокохудожественных снимках. В общем, там весьма откровенные фотографии жены известного английского режиссера с одним басистом. В пентхаусе отеля «Гайд-Парк Эмбасси».

«Как? Откуда?»

В коридор долетают звуки музыки: Эльф и Джаспер работают над новой песней. «Кто бродил в Центральном парке? Кто смеялся в темной арке?»

— Эй, ты слушаешь? — спрашивает Род.

— Ты их видел? Фотки? Своими глазами?

— Ага. Ну, мы же друзья. Надо было проверить, правду говорят или нет. К сожалению, убедился, что правду.

— И что там? — выдавливает из себя Дин.

— Да все. Наручники. Лица. Кокс. Ну, не только лица. Ты весь на виду.

Бусины шторки в прихожей постукивают на сквозняке.

— Похоже, кто-то в отеле тебя узнал и связался с нужными людьми. Судя по фотографиям, снимали через дырочку в стене. Высший класс. Прямо как Джеймс Бонд.

— Да кому это интересно? Я же не Джон Профьюмо, а Тиффани — не шпионка.

— Ни ей, ни тебе не нужно пятно на репутации. А это стоит денег.

— А какие у меня деньги? Я же... — («не наркодилер и не сутенер...») — не биржевой спекулянт и не квартирный маклер...

— Ну, журналюги готовы заплатить три тысячи за ваши фотки. Обычное дело.

Дин представляет себе, какой будет скандал, когда об этом узнает Энтони Херши. О музыке к фильму можно забыть. И о карьере Тиффани тоже. «Ее, мать двоих детей, заклеймят гулящей...»

— Эй, ты чего там затих? — говорит Род.

— Да потому, что кошмар все это.

— Не волнуйся, у тебя есть варианты. Целых три.

— Револьвер, петля или снотворное?

— Нет. Кнут, пряник или кряник. Кнут — это если сказать умнику, который нащелкал фотки, что если они хоть где-то выплывут, то ему светит инвалидная коляска. Коленные чашечки всем дороги.

— Угу. Мне тоже.

— Тут одна проблема: если тебе не поверят, то придется либо поджать хвост, либо привести угрозу в исполнение. А за такое, между прочим, полагается от двух до четырех лет тюряги.

— Хорошо, а что такое пряник?

— Бабло в обмен на негативы.

— Так ведь они потом потребуют еще.

— Вот именно. С пряниками всегда так. Я тебе по-дружески советую применить кряник. То есть и кнут, и пряник. Скажешь что-то типа: «Поздравляю, вы меня подловили. Я люблю спокойную жизнь, поэтому вот вам контракт. Подпишите — и через три дня ваш счет пополнится тысячей фунтов. Как пришлете негативы — на счету появится еще штука. Но если вздумаете снова ко мне пристать, пеняйте на себя. Если фотки где-нибудь всплывут, пожалеете. Договорились? Вот и славно. Подписывайте и валите восвояси». Ну, ты понял. А если вдруг что-то не так, то их можно прищучить за шантаж.

Бусины дробно стучат, будто кто-то входит в коридор.

— Боюсь, я не смогу изложить все это так, чтобы мне поверили, — вздыхает Дин. — Мне не хватит убедительности.

— Ну, ты ж в этом не специалист. Хочешь, я тебе помогу? Я же с ними уже общался.

Дин вспоминает о деньгах:

— Две тысячи фунтов...

— Когда крутишь муры с замужними актрисочками, надо почаще менять отели. Ты же можешь себе это позволить. А вот чего ты не можешь себе позволить, так это огласки. Твою подружку очернят на всю жизнь. Позор и развод.

«Он прав...»

— Ладно, Род. Дай им кряник. Пожалуйста.

К дому подъезжает машина. «Левон и Грифф...»

— Не волнуйся, я все улажу, — говорит Род. — Только... Дин, я тебя умоляю, никому больше ни слова. Ни твоему менеджеру, ни тем более твоей подружке. Если все сорвется, то чем меньше людей об этом знают, тем лучше.

— Договорились. Я никому не скажу. Спасибо.

— Мы ж с тобой оба грейвзендские, друг за дружку горой. Все устроится. Я еще позвоню, расскажу, как все прошло.

Щелк. Ш-ш-ш... Линия разъединяется.

Дин кладет трубку.

— «Лос-Анджелес таймс» вас обожает... — Левон вносит в дом пакет с продуктами. — Вы теперь горячая штучка.

— Во, глянь. — Грифф показывает Дину ананас. — Прям как на картинке. И стоит дешевле консервированного, представляешь? Офигительная страна.

— А у меня хорошие новости, — говорит Дин. — Звонил Род Демпси, сказал, что мы с Джаспером можем въезжать в ковент-гарденскую квартиру.

Левон не скрывает своей радости:

— Конечно, было не внапряг, что вы с Джаспером погостили у меня недельку, но...

— Хорошего понемножку, ага.

Вспыхивает яркий свет калифорнийского дня, и в аппаратную студии «Голд стар», обшитую деревянными панелями, входит Энтони Херши. Дин рад, что в аппаратной приглушенное освещение. Ему кажется, что на его лице огромными буквами написано: «ПОЗОР». Он нажимает кнопку селектора и говорит Эльф, Джасперу и Гриффу:

— Ребята, Тони пришел.

Калифорнийский Энтони Херши куда развязнее лондонского. Вдобавок он отрастил бородку клинышком и стал носить гавайские рубахи. Дин побаивается, что режиссер вот-вот начнет брызгать ядовитой слюной рогоносца, но ничего такого не происходит.

— Дин, привет тебе от Тиффани, — говорит Херши. — Мы с ней вчера созванивались.

— Спасибо. И от меня ей привет. Как там она?

— Ну, ты же знаешь Тиффани. Вся в делах. Воспитывает мальчишек, заправляет хозяйством, разбирается со счетами...

«Уф, он и не подозревает...»

— Отличная у тебя супружница. Здорово помогла мне с «триумфом», обаяла всех продавцов в автосалоне.

— Да-да, мне повезло с женой.

Эльф, Грифф и Джаспер втискиваются в аппаратную.

— Всем привет, — говорит Херши. — Поздравляю с прекрасной рецензией в «Лос-Анджелес таймс». Похоже, ваш вчерашний концерт всех впечатлил. Я постараюсь сегодня прийти, если получится.

— Я добавлю тебя в список приглашенных, — обещает Левон. — Дуг Уэстон говорит, что билеты с руками отрывают. В «Гепардо» мы великолепно отыграли три шоу, но о выступлениях «Утопия-авеню» в «Трубадуре» будут слагать легенды, вот посмотришь.

— Он прав, — невинно заявляет Джаспер. — Мы хорошо играем.

Энтони Херши делает вид, что не замечает неловкости.

— Судя по всему, у вас нет ни минуты отдыха, — говорит он. — Я видел ваше расписание. После Лос-Анджелеса — в Сан-Франциско. А сегодня сначала пресс-конференция, а потом телевидение. На какую передачу вас пригласили? На «Комедийный час братьев Смозерс»?

— Нет, на «Рэнди Торн и его Попурри». — Левон смотрит на часы. — Тони, прости, но у нас очень мало времени.

— Тогда сразу к делу. Итак, Левон мне сказал, что в свободное от покорения Америки время вы работаете над нашими «Тропинками...».

— Это все Дин, — говорит Эльф.

— Что ж, Дин, рассказывай.

— Я не то чтобы сильно начитанный, но твой сценарий... В общем, я им проникся прям до печенок.

— Замечательно. Я им очень горжусь, — говорит Херши. «И Тиффани тоже им гордилась».

— Так вот, мне кажется, что это фильм о свободе. Пилигрим — звезда, но он все равно раб. «Записывай альбомы». «Клепай песни». «Гастролируй». Ну вот как в том эпизоде, где менеджер ему говорит: «Хочешь знать, что такое свобода? Вон она, твоя свобода...» — и показывает в подворотню, где сидит нищий. Когда Пилигрим узнает, что смертельно болен, он сбегает с конвейера шоу-бизнеса в коммуну Свободы, но оказывается, что там какой-то психоделический концлагерь, где нормальных людей приговаривают к виселице. В буквальном смысле слова. Вся власть у гуру — он вроде как король, бог или председатель Мао. Так что, когда Пилигрима заставляют все время петь старые хиты, он практически раб, правда?

— На роль гуру мы хотим пригласить Рока Хадсона, — говорит Херши. — Но ты продолжай, продолжай. Значит, свобода...

— Да, вся эта история — про свободу, — говорит Дин. — Свобода — это не песенка, не лозунг, не гимн, не образ жизни, не наркотик, не символ статуса. Свобода — это даже не власть. Но когда Пилигрим и Пайпер отправляются в путь, становится понятнее, что такое свобода. Она внутри. Она ограниченная. И хрупкая. Это путешествие. Ее легко отобрать. Она бескорыстная. Ею невозможно повелевать. Ее видят только те, кто сами не свободны. Свобода — это борьба. Она в борьбе. Если «рай — это дорога в рай», то, может быть, свобода — это дорога к свободе. — Дин смущенно умолкает, закуривает.

Эльф и Левон смотрят на него как-то по-новому. Даже Грифф почему-то не шутит. Энтони Херши тоже серьезен.

— В общем, я тут, как обычно, в размере четыре четверти, написал про это песню. Ну, попытался. Эльф сочинила классную партию фортепьяно, наш мистер Стратокастер тоже кое-что наколдовал. Пока что это все. Извини, Тони, если я чего не понял в твоем сценарии.

— Да нет... — Тони закуривает «Честерфилд». («Де Зуты тоже курят эти сигареты»). — Ты все очень точно подметил. Я рад, что ты так проникся сценарием.

«Ага, и извини, что я кувыркаюсь в койке с твоей женой, — думает Дин. — Но если б ты не ухлестывал за звездульками, то она бы ко мне не подкатила...»

— Грифф только что добавил партию ударных, — говорит Левон, — и мы сейчас хотим свести все это в три с половиной минуты звучания — для радио.

— А можно послушать? — спрашивает Херши.

— Дин, ты не возражаешь? — говорит Левон.

— Ну, у меня тут вокал пока еще сырой... — Дин нажимает кнопку перемотки на пульте. — И всякие ля-ля-ля там, где слова надо досочинить, но... — (Крутятся бобины.) — Прошу любить и жаловать, «По тропинкам Дальнего Запада», дубль одиннадцатый.

Стоп.

Воспр.

Иголочки пота протыкают Дину поры, замазанные слоем грима. «Как будто всю кожу облепили полиэтиленовой пленкой... Как только женщины это терпят?» Брюнетка в первом ряду посылает Дину воздушный поцелуй. Дин беззвучно шевелит губами под фонограмму «Откати камень». Шоу Рэнди Торна гораздо круче «Вершины популярности», и зрители, в отличие от британских, не особо сдерживаются. Они вопят и визжат при виде Рэнди Торна, набриолиненного, усыпанного блестками эстрадного певца, чьи хиты не выдержали конкуренции с *The Beatles* и британским вторжением.

— Сенса-а-а-а-ационная песня «Откати камень» сенса-а-а-а-ационной группы «Утопия-авеню». А теперь давайте познакомимся с их лидером. — Он подносит микрофон к Дину. — Представься, пожалуйста.

Запах яиц и виски бьет Дину в лицо.

— Дин Мосс. Но я не лидер.

Рэнди продолжает ослепительно улыбаться.

— Но ты же солист?

— В «Откати камень» — да. Но каждый из нас троих, — он указывает на Эльф и Джаспера, — солирует в своих песнях.

— Вот она, демократия в действии. Ну, мне тут подсказывают... — с нарочитым техасским акцентом заявляет он, — что сами вы не местные...

В зале поднимают табличку «СМЕХ».

Зрители смеются.

— Верно. Мы из Великобритании.

— И как вам наша великая Америка?

— Классно. В детстве Америка была для меня страной Элвиса, Литл Ричарда и Роя Орбисона... Я мечтал когда-нибудь выступить перед американской публикой. А теперь...

— Сенса-а-а-а-ационно. Рэнди Торн помогает воплотить в жизнь еще одну мечту! — Он подмигивает в камеру и направляется к Гриффу. — А теперь познакомимся вот с этим... как тебя зовут?

— Грифф.

— Как?

— Грифф.

— Графф? Как козла из сказки?

Снова поднимают табличку «СМЕХ». Зрители снова смеются.

— Грифф. Через «И».

— А откуда у тебя такой очаровательный акцент, Графф?

— Из Йоркшира.

— Из Йоркшира? А Йоркшир — это где?

— На границе Англии с Норвегией. Приезжай к нам в гости. В Йоркшире обожают полоумных мудозвонов.

Рэнди поворачивается к камере:

— Надо же, сколько интересного можно узнать на моем шоу! Что ж, оставим Граффа в покое и перейдем к... — он сходит с возвышения, — к прекрасной леди Утопии.

Он направляется к Эльф, замедляет шаг рядом с Джаспером, изображает растерянность, хмыкает в камеру, снова смотрит на Джаспера и с притворным ужасом прикрывает ладонью разинутый рот.

Поднимают табличку «СМЕХ». Зрители смеются.

— Это я пошутил. Надеюсь, ты не в обиде.

— Я не умею обижаться.

— О-о-о, ну, для меня это как красная тряпка для быка... Как тебя зовут?

— Мне назвать свое имя или фамилию?

Рэнди Торн корчит рожу в камеру.

— Имени достаточно.

— Джаспер.

— Ух ты! А я думал, что Джаспер — мужское имя.

Поднимают табличку «СМЕХ». Зрители смеются.

«И вовсе не смешно», — думает Дин.

— Я просто не смог удержаться, ребята. Нет, правда. Не смог удержаться.

— Странно, что вы считаете длинные волосы женским атрибутом, мистер Торн, — говорит Джаспер. — У многих американских мужчин тоже длинные волосы. Вам не приходило в голову, что вы безнадежно отстаете и от культурного прогресса, и от веяний моды?

Улыбка Рэнди Торна натянута до предела, вот-вот лопнет.

— А Джаспер-то шутник! Ну и последняя, то есть не последняя, конечно, а самая заметная роза среди этих шипов, а может, волчица среди баранов... — Ведущий подходит к Эльф. — Давайте-ка проверим. Как тебя зовут, красавица?

— Эльф Холлоуэй.

— Эльф? Эльф?! Как пикси?

— Это мое детское прозвище.

— Значит, у нашей Златовласки острые ушки?

— Это мое детское прозвище.

— Ты помогаешь Санта-Клаусу составлять списки паинек и озорников? Между прочим, я и озорник, и паинька. Очень большой озорник и очень большой паинька.

Поднимают табличку «СМЕХ». Зрители смеются, но без особого задора.

— А не боязно тебе, маленькой сиротке Энни, среди этих больших плохих парней? Все-таки Джаспер, Графф и Дерек — мальчишки. А все мы знаем, как ведут себя мальчишки...

Эльф косится за кулисы, где стоит продюсер и всем своим видом изображает смущение.

— Они всегда ведут себя по-джентльменски.

— Ого! Кажется, я нащупал больное место...

— Эй, Рэнди, — говорит Дин. — Специально для тебя мы сочинили песню.

Рэнди оборачивается к нему. Попался!

— Специально для меня? Песню?

— Да. Она называется... — Дин берет у него микрофон и, глядя в камеру, четко, как диктор, произносит: «Карьера Рэнди Торна гниет в земле сырой...» Хочешь послушать?

В студии гробовая тишина.

Дин швыряет микрофон к ногам Рэнди, похлопывает ведущего по щеке, отбрасывает бутафорскую бас-гитару, поворачивается к товарищам и проводит рукой у горла. «Утопия-авеню» уходит со сцены. В зале медленно закипает возмущение, превращается в хаос.

Дина хватают за шиворот и с силой дергают за воротник, пережимая глотку. Дышать нечем.

— Ах ты, английский засранец! — Рэнди Торн тащит его к сцене. — Это мое шоу! С моего шоу никто не уходит!

Выпучив глаза, он толкает Дина на пол и начинает пинать его под ребра. Дин откатывается в сторону, пытается встать, но очередной пинок попадает ему в челюсть. Рот наполняется кровью. Эльф замахивается и изо всех сил бьет

Рэнди бутафорской гитарой по роже. Гитара разлетается на куски. Обломки падают на Дина.

Рэнди безвольно обмякает. Грифф и Левон помогают Дину подняться, и тут слышен крик:

— Вырубите камеры! Немедленно!! Алекс, вырубай камеры!!!

«Вырубай камеры? Это все пошло в эфир? Шоу же транслируется напрямую... И все это видели?»

Превозмогая боль, Дин постепенно соображает, к чему все это приведет.

Участники группы поднимаются на невысокий подиум и садятся за стол в конференц-зале отеля «Уилтшир». Фотоаппараты щелкают и жужжат, как стая голодной саранчи. На больших часах 19:07. В скуле Дина пульсирует боль. Эльф наливает ему стакан воды со льдом и шепчет:

— Возьми кубик льда за щеку.

Дин кивает.

Телевизионные камеры все записывают. В зале собралось тридцать или сорок журналистов и фотографов. В центре стола сидит Макс, по бокам у него с одной стороны — Грифф и Джаспер, с другой — Эльф и Дин.

Макс постукивает пальцем по микрофону:

— Меня всем слышно?

Люди в зале кивают, выкрикивают: «Да!», «Слышно!».

— Меня зовут Макс Малхолланд. Я представляю «Гаргойл рекордз». Простите, что помешал вам наслаждаться коктейлями за полцены, но все претензии предъявляйте Рэнди Торну, пожалуйста. Из него сегодня сделали поп-пюре. — (Искренний смех в зале.) — Мне очень приятно, что здесь собралось так много представителей прессы. Как видно, остается в силе старое присловье: «Нет ничего быстрее скорости света, кроме голливудских сплетен».

За стеклянной стеной конференц-зала простирается зеленая лужайка и высится шеренга пальм. У Дина ноет челюсть.

— Грифф, Джаспер, Эльф и Дин с удовольствием ответят на все ваши вопросы, — говорит Макс. — Что ж, не будем терять время. Начинайте.

— «Лос-Анджелес таймс», — представляется хмурый небритый тип, похожий на детектива из романов Рэймонда Чандлера. — У меня вопрос к Дину Моссу в связи с его будущим лучшим другом Рэнди...

— Не смешите меня, пожалуйста... — умоляюще говорит Дин, потирая челюсть. — Мне больно улыбаться.

— Прошу прощения. Час назад Рэнди Торн сделал следующее заявление: «Этот английский гомик, сволочь, нарочно меня спровоцировал, чтобы раздуть шумиху вокруг своих долбаных песенок. Я требую, чтобы этого дебошира и наркомана немедленно выслали из страны». Что ты на это скажешь?

Дин отпивает глоток воды.

— Очень неплохая рецензия. У меня бывали и хуже. — (Смех в зале.) — То есть если верить Рэнди, я заранее знал, что он схватит меня за шиворот, повалит на пол и начнет пинать. Интересно, как мне это удалось? — Дин пожимает плечами. — В общем, делайте выводы сами.

— А ты подашь на него в суд за нанесение телесных повреждений? — спрашивает журналист.

— Мы проконсультируемся с нашими адвокатами, — заявляет Макс.

— Нет, — говорит Дин. — В суд я подавать не собираюсь. Рэнди явился на шоу пьяным, так что с его карьерой все равно покончено. Зато Эльф очень здорово продемонстрировала, что умеет крушить гитары не хуже Пита Таунсенда.

В зале раздаются одобрительные возгласы. Эльф смущенно улыбается, закрывает лицо руками, мотает головой.

— Но ведь контркультура пропагандирует любовь и мирное сосуществование, — напоминает репортер в банановожелтом пиджаке.

Эльф отнимает ладони от лица:

— Любовь и мирное сосуществование всегда дадут отпор насилию.

— Журнал «Биллборд», — представляется тип, похожий на пикового валета. — Хотелось бы услышать от каждого из вас, кто из американских исполнителей или деятелей искусства больше всего повлиял на ваше творчество и почему.

— Кэсс Эллиот, — говорит Эльф. — Она доказала, что женщинам на сцене вовсе не обязательно выглядеть как модель из журнала «Плейбой».

— Элвис, — говорит Дин. — «Jailhouse Rock»[1]. Он помог мне понять, как жить дальше.

— Умирает ударник, оказывается у ворот рая и слышит, как кто-то виртуозно, прямо как Бадди Рич, исполняет соло на барабанах, — начинает Грифф издалека. — Ну, ударник и говорит святому Петру: «А я и не знал, что Бадди Рич умер». — «Нет, — отвечает святой Петр. — Это играет Господь Бог, он воображает себя Бадди Ричем». Вот вам мой ответ.

— Эмили Дикинсон, — говорит Джаспер.

Репортер удивленно смотрит на него, но по залу проносятся одобрительные шепотки.

«Это еще кто?» — думает Дин.

С места поднимается единственный чернокожий журналист в зале.

— Журнал «Рампартс», — представляется он. — Что вы думаете о непрекращающейся бойне во Вьетнаме?

Репортеры в зале вздыхают, охают и цокают.

Вмешивается Макс:

— Послушайте, я не совсем понимаю, какое это имеет отношение к...

— В песне «Откати камень» упоминается антивоенная демонстрация протеста в Лондоне. Ты сам был на Гровенор-Сквер, Дин?

— Дин, — говорит ему Макс, — отвечать не обязательно...

— Нет-нет, я отвечу. Он молодец, что спросил, — шепчет Дин и обращается к журналисту «Рампартс»: — Да, я был на этой демонстрации. Но я — британец, и Вьетнам — не моя война. Она поглощает огромное количество денег, бомб и жизней. Если бы в ней можно было бы победить, то Америка наверняка бы уже давно победила. Верно я говорю?

---

[1] «Тюремный рок» *(англ.)*.

Еще один журналист тянет руку:

— «Лос-Анджелес геральд экзаминер». Согласны ли вы с утверждением, что, защищая Вьетнам, США защищает либеральную демократию в мировом масштабе от угрозы коммунистического вторжения?

— Вы сказали «защищая Вьетнам»? — уточняет Эльф. — А вы видели фотографии? По-вашему, это защищенный Вьетнам?

— Война требует жертв, мисс Холлоуэй, — говорит журналист. — Воевать гораздо труднее, чем петь песенки о плотах и потоках.

— Когда я проходила паспортный контроль в аэропорту Ла-Гуардия, сотрудник иммиграционной службы сказал мне, что его сын погиб во Вьетнаме. А у вас есть сыновья призывного возраста, сэр? Они служат в армии?

Журналист «Лос-Анджелес геральд экзаминер» неловко ерзает на стуле:

— Это ваша пресс-конференция, мисс Холлоуэй. Вопросы задают вам и...

— Давайте я для вас переведу, — говорит представитель журнала «Рампартс». — Он стесняется признаться, что да, у него есть сыновья, и нет, они не будут воевать во Вьетнаме.

— Они вполне законно освобождены от воинской службы, по состоянию здоровья! — оправдывается «Лос-Анджелес геральд экзаминер».

— И сколько тебе стоил диагноз «костные шпоры», Гэри? — спрашивает «Рампартс». — Пятьсот долларов? Или тысячу?

— Будьте добры, господа, задавайте вопросы группе «Утопия-авеню», — напоминает Макс. — А политические бои устраивайте в другом месте.

— «Сан-Диего ивнинг трибьюн», — представляется журналистка. — У меня очень простой вопрос. Как вы думаете, могут ли песни изменить мир?

«Не, я это не потяну», — думает Дин и смотрит на Эльф, которая глядит на Гриффа, а тот пожимает плечами и говорит:

— А что я? Я тут просто барабаню.

— Песни не изменяют мир, — вдруг заявляет Джаспер. — Мир изменяют люди. Люди принимают законы, бунтуют, слышат глас Божий и поступают по его велению. Люди изобретают, убивают, рожают детей, начинают войны. — Он закуривает «Мальборо». — Из чего следует вопрос: кто или что влияет на умы людей, которые изменяют мир? Мой ответ: мысли и чувства. Но тут возникает следующий вопрос: где зарождаются эти мысли и чувства? Мой ответ: в других. В тебе самом. В душе и в рассудке. В прессе. В искусстве. В историях. Ну и конечно же в песнях. Песни, как пушинки одуванчика, разлетаются во времени и в пространстве. Кто знает, куда они залетят? Что они принесут? — Джаспер наклоняется к микрофону и без малейшего смущения начинает напевать строки из десятка песен.

Дин узнает «It's Alright Ma (I'm Only Bleeding)», «Strange Fruit», «The Trail of Lonesome Pine»[1], остальные ему неизвестны, но журналисты внимательно слушают. Никто не смеется, никто не фыркает. Щелкают фотоаппараты.

— Куда упадут эти песни-семена? Это как в притче о сеятеле. Часто они падают на каменистые места и не пускают корня. Но иногда они попадают на добрую, плодородную землю, в ум, готовый их принять. И что происходит? Возникают чувства и мысли. Радость, утешение, сочувствие. Уверенность. Очистительная печаль. Мысль о том, что жизнь может и должна быть лучше. Желание самому испытать то, что ощущают другие. Если песня заронила мысль в чей-то ум или чувство в чью-то душу, то она уже изменила мир.

«Ни фига себе, — думает Дин. — Вот так живешь бок о бок и ни о чем не догадываешься...»

— А почему все молчат? — встревоженно спрашивает Джаспер товарищей. — Я наговорил лишнего?

Макс выводит «Утопия-авеню» в вестибюль, устланный ковром в кроваво-коричневых зигзагах.

— Фотосессия пройдет в другом зале, там, в конце коридора. Фотограф уже ждет. А я позвоню Дугу Уэстону — предупредить, что мы немного задержимся.

---

[1] «Все в порядке, мам (Это просто моя кровь)», «Странный плод», «Тропа одинокой сосны» (англ.).

Дин уходит вперед по коридору и внезапно оказывается в одиночестве. «Ничего, они сейчас догонят...» Он толкает дверь и попадает в импровизированное фотоателье. Стройная женщина стоит у отражателя, спиной к Дину, проверяет показания экспонометра. Потом поворачивается, смотрит на Дина. Худенькая блондинка с полными губами... «Я с ней спал, что ли?» ...наводит на Дина фотоаппарат, щелкает затвором.

— Мекка! Какая встреча!

Щелк. Вжик-вжик.

— Как дела, Дин?

— Но...

— Я ваш фотограф.

— Но... — («Да сколько можно!») — Ты теперь живешь в Лос-Анджелесе?

— Пока да. После Лондона я путешествовала по Америке, а две недели назад устроилась на работу здесь, в агентстве.

— У тебя теперь акцент такой... германо-американский.

— Берроуз утверждает, что язык — это вирус.

«Что еще за Берроуз? Новый бойфренд?»

— А Джаспер знает?

Двери открываются. У Эльф смешно отвисает челюсть, как в мультфильме.

— Мекка!

Они обнимаются. Мекка смотрит за плечо Эльф, на Джаспера, и на лице у нее написано: «Привет!» Дину становится завидно, а потом он вспоминает неприятный утренний разговор по телефону, о фотографиях и шантаже.

— Привет, Грифф! Привет, Левон! — говорит Мекка, закончив обниматься с Эльф.

Левон совершенно не удивлен. «Ну как обычно, черная магия», — думает Дин.

— Как тесен мир! — обрадованно произносит Грифф.

— Да, очень тесен. Привет, мистер де Зут.

Они несколько секунд глядят друг на друга.

— А ты выглядишь старше, — говорит Джаспер. — У тебя вокруг глаз...

— Ох, боже мой, Джаспер! Ты неисправим... — вздыхает Эльф.

Мекка смеется.

— Вы отлично отыграли в «Трубадуре». Мне понравился ваш первый альбом, но «Зачатки жизни» — это что-то особенное.

— Погоди, ты была в «Трубадуре»? — спрашивает Эльф.

— Как только я узнала, что вы будете там выступать, то сразу купила билет.

— А почему ты нам ничего не сказала? — говорит Дин.

— Не хотела говорить: «Пропустите меня, я знакома с божественным гитаристом...» Ну и...

— Не волнуйся, Джаспер у нас без подруг, — говорит Дин. — Ни одна его нянька дольше недели не задержалась.

— У тебя сегодня свободный вечер? — спрашивает Джаспер. — Приходи к нам на концерт.

— А после концерта — вечеринка у Кэсс Эллиот, — добавляет Левон.

Мекка вздыхает и напускает на себя задумчивый вид:

— Ой, даже не знаю. По пятницам у нас встречи в клубе любителей ледерхозе и торта «Черный лес». Экая жалость...

Джаспер в растерянности.

— Это ирония? — неуверенно спрашивает он. — Или ложь? Нет. Это шутка. Дин, это шутка?

Входит Макс Малхолланд:

— Дуг Уэстон говорит, что оставшиеся билеты разлетелись в течение пятнадцати минут после выхода шоу Рэнди Торна в эфир. У входа в клуб уже очередь. Пойдемте скорее.

Час спустя очередь не уменьшается. Левон, Мекка и «Утопия-авеню» смотрят на клуб с противоположной стороны бульвара Санта-Моника. Фасад под темным блестящим скатом крыши залит теплым сиянием; ярко светятся буквы готического шрифта: «doug weston's TROUBADOUR». Дин замечает, что Мекка держит Джаспера за руку. «Похоже, они снова вместе, будто и не расставались. Никаких тебе расспросов и подозрений. Никаких „С кем ты спал?". Никакой ревности. Никаких внебрачных детей. Никакого установления отцовства». Мимо проезжает серый «фордзодиак». Потом голубой «корвет-стингрей». Потом рубиново-красный «понтиак GTO».

— Четвертое выступление, — говорит Грифф. — Вы уже привыкли?

— Я — нет, — говорит Эльф.

— На первом концерте я волновался до усрачки, — говорит Дин. — А сейчас весь такой: «Ну, мы тогда дали жару и сегодня дадим».

— Со вторника до четверга вы разогревали публику. Сегодня — решающее выступление. Успешное выступление в «Трубадуре» — ключ к Лос-Анджелесу. А Лос-Анджелес — ключ к Калифорнии. А Калифорния — ключ к Америке. Не в Нью-Йорке, а именно вот здесь. Все прекрасно складывается.

Пахнет выхлопными газами и Диновым одеколоном.

— А в Англии, наверное, дожди. А мы тут с короткими рукавами. Вот только никто из наших ведь не узнает. В смысле, родные. Нет, конечно, можно все рассказать, но тот, кто здесь не был, кто всего этого не испытал...

— Я тоже об этом думала, — говорит Эльф. — Очень печально.

— Повернитесь, пожалуйста, — говорит Мекка.

Все поворачиваются.

Щелк, ВСПЫШКА! Вжик-вжик.

— Ты никогда не спрашиваешь, — замечает Дин.

— Да, она не спрашивает, — говорит Джаспер.

— Можно вежливо попросить, — говорит Мекка, — а можно сделать хорошие фотографии.

Щелк, ВСПЫШКА! Вжик-вжик.

— Пойдемте скажем Дугу, что мы пришли, — говорит Левон.

Кабинет Дуга Уэстона на втором этаже клуба дрожит в такт басам *101 Damn Nations,* местной группы на разогреве. До «Утопия-авеню» им далеко, но зал они заводят. Дуг Уэстон, светловолосый великан, одетый в зеленый бархат, принимает их очень радушно, что обычно несвойственно владельцам клубов. Все уходят готовиться к выступлению, а Дин остается поболтать. Обсуждая шоу Рэнди Торна, Дуг достает из письменного стола жестяную коробочку «Сукретс», пастилок от кашля.

— Такой захватывающей телепередачи я не видел с тех пор, как... я б сказал, «с убийства Ли Харви Освальда», но это банально. Все звонили на KDAY-FM и на KCRW, просили поставить «Откати камень». Сегодня «Утопия-авеню» — главная тема разговоров в Лос-Анджелесе. Если б Левон не был канадцем, я б решил, что он всё это нарочно подстроил.

— Вот и Рэнди Торн так считает, — говорит Дин. — Только, по его мнению, все это подстроил я.

— Рэнди Торна больше никто всерьез не примет, кроме его любимой мамочки и собаки.

Дуг расчищает место на письменном столе, сдвигает в сторону счета, бумаги, письма, демки, пепельницы, бокалы, календарь «Пирелли» и фотографию Дуга с Джими Хендриксом. Дуг открывает коробочку «Сукретс», зачерпывает крошечной ложечкой кокаин, высыпает его на обложку журнала «Ньюсуик» и протягивает белую дорожку между Губертом Хамфри и Ричардом Никсоном. Потом дает Дину свернутую трубочкой долларовую купюру и говорит:

— Ракетное топливо.

Дин втягивает кокаин в ноздрю, запрокидывает голову. Кокаин жжет, морозит и будоражит. «Как десять эспрессо за раз».

— Поехали!

— Чистейший продукт, правда?

— Да, в Англии такого не найдешь.

— Кит Ричардс строго придерживается двух основных правил: найди проверенного дилера и покупай лучшее. Иначе тебе подсунут всякую гадость, с крахмалом, детской молочной смесью или еще с чем похуже.

— А что может быть хуже крахмала? — удивляется Дин.

— Крысиный яд.

— А зачем дилеру травить своих клиентов?

— Ради прибыли. Или потому, что ему наплевать. Или он маньяк. — Дуг высыпает на «Ньюсуик» вторую порцию кокаина и объясняет: — Я тебя в два раза больше. — Он втягивает в ноздрю наркоту: — А-а-а-а-ах! — и жутковато, как-то по-лошадиному скалится, будто достиг нирваны.

«Я сочинил пару песен, — думает Дин, — их записали, а теперь вот он я... Я победил, Грейвзенд! Понятно? Я победил...»

Дуг запирает свой запас кокаина.

— Ну, пойдем, а то Левон решит, что я тебя заманил на кривую звездную дорожку славы и разврата...

Левон, Мекка и «Утопия-авеню» в полном составе стоят на лестнице, ведущей на сцену. «Трубадур» набит битком. От дыма не продохнуть. Кокаиновый кайф понемногу отпускает, но Дин все еще чувствует себя почти несокрушимым.

На сцене Дуг Уэстон говорит:

— В клубе «Трубадур» мы всегда знакомим жителей города падших ангелов с лучшими английскими талантами. Сегодня «Утопия-авеню» дает последнее из нынешней серии своих незабываемых выступлений в нашем городе. Я точно знаю, что Рэнди Торн вряд ли их забудет...

В зале смех и радостные восклицания. Дин сжимает ладонь Эльф, та в ответ пожимает ему пальцы.

— А еще я знаю, что «Утопия-авеню» очень скоро даст вторую серию концертов в «Трубадуре», потому что...

— Ты заставил их скрепить договор своей кровью и теперь они двадцать лет будут сюда приезжать? — выкрикивают из зала.

Дуг сокрушенно прижимает руку к сердцу:

— Нет, потому что у них будущее космических масштабов. Итак... — Он поворачивается к группе, собравшейся на верхней ступеньке лестницы. — «Утопия-авеню»!

Во вторник их встречали вежливыми аплодисментами, а сегодня публика восторженно ревет, свистит и улюлюкает. Дин и Дуг задевают друг друга плечом, и Дуг шепчет ему на ухо:

— Сокруши их!

Все занимают свои места. Дин смотрит в сумрачный зал с кирпичными стенами, на блестящие глаза зрителей и думает: «Они пришли сюда ради тебя, потому что сегодня ты — лучший в Лос-Анджелесе». Эльф, Грифф и Джаспер кивают ему. Дин подходит к микрофону и набирает воздуха в легкие:

Й-е-е-е-е-если жизнь согнет тебя дугой...

Голос взрывается — подпаленный, страдальческий, как у Эрика Бердона в «Доме восходящего солнца»...

...и продырявит в хлам...

Краем глаза Дин замечает знакомую фигуру. Кажется — точно! — это Дэвид Кросби, из *The Byrds*. Да, это его шляпа, его накидка... Дин пытается вспомнить следующую строку, но... она... исчезает.

«Что там дальше?»

«Как я мог ее забыть?»

«Я исполнял ее тысячу раз!»

«И что...»

В мозгу вместо слов — гулкое кокаиновое сияние. «Зачем я нанюхался кокса?!»

Дин в панике. Слов не вспомнить, хоть ты тресни. «Полный провал... все увидят, как я лоханулся... ни на что не способен... болван... обманщик... такому не место на сцене...», и глаза зрителей устремлены на него, и «позор... позор... позорище...».

— И зашвырнет в могилу... — звучит ангельский голос Эльф, как будто долгая пауза была намеренной.

Дин оборачивается к ней, думает: «Я тебя обожаю... Нет, не как бойфренд. Это чистая и светлая любовь...» Эльф кивает, будто говоря: «Всегда пожалуйста», и поет следующую строку:

— К таким же беднякам...

На слове «беднякам» вступают Дин и Грифф. Через четыре такта к ним присоединяется Эльф, и гитара Джаспера взрывается мощными аккордами.

Если жизнь согнет тебя дугой,
И продырявит в хлам,

> И зашвырнет в могилу
> К таким же беднякам,

Следующий рифф выходит смазанным — если бы пальцы были спортивным автомобилем, то надо бы проверить тормоза, — но слов Дин больше не забывает. «Вот как на духу, больше никакого кокса перед концертом!» Эльф и Джаспер присоединяются к припеву:

> Я камень откачу, мой друг,
> Я камень откачу!
> Посильней толкну плечом
> И камень откачу!

Так, вторая строфа про Ферлингетти. Дин уверенно, без лишних выкрутасов, касается струн «фендера», едва заметно отставая от ритма Гриффа, будто захмелевший гуляка, который понимает, что перебрал, и следует примеру трезвых.

> Если Ферлингетти
> Тебя в тюрьму запрет,
> Если ты был на Гровенор-Сквер,
> Где сборола анархия гнет.

И тут же понимает свою ошибку: должно быть «где сборол анархию гнет». «„Сборола анархия гнет“ означает, что мы победили... Черт, может, никто не заметит... А может, заметят...» Джаспер расцвечивает третью и четвертую строки припева замысловатыми переборами:

> Откатим камень мы, друзья,
> Мы откатим камень,
> Поднимем на ноги тебя
> И откатим камень!

Джаспер исполняет свое первое соло почти как в альбоме. Им выступать полтора часа и, как посоветовал Эрик Клэптон, фейерверки лучше приберечь для второго отделения.

> Если враг тебя ославит
> И обвинит во лжи,
> Не раскисай, дружище,
> Всем правду докажи...

Эльф левой рукой играет на «хаммонде», а правой — на фортепьяно.

> Ты камень откати, мой друг,
> Ты камень откати,
> Толкай, пинай что было сил,
> Но камень откати!

Последнюю строфу Дин сочинил вместе с Эльф. Дину ужасно нравятся эти строки, но кокаин больше не придает ему уверенности, а наоборот, усиливает сомнения. Теперь ему кажется, что слова звучат слишком напыщенно. Дин выпускает «фендер» из рук, хватает микрофон обеими руками, будто душит курицу, которая отказывается подыхать.

> Если смерть отнимет друга,
> То горю вопреки
> За тех, кто нас оставил...

Дин смотрит на Эльф, знает, о ком она думает. С одной стороны — ее племянник, любимый и желанный всеми, но жизни ему выпало меньше, чем пролескам... С другой стороны — сынишка Аманды Крэддок, нежеланный... во всяком случае, для Дина... живет себе в крохотной каморке в северном Лондоне, растет, цветет... существует. «Как странно шутит жизнь...»

Все выжидают четыре такта и:

> Живи, живи, живи!

До недавних пор Грифф отстукивал эти четыре такта по ободу барабана, но в последнее время перестал — все решили, что так выходит напряженнее. Дин ужасно боится забежать вперед, но, взбудораженный коксом, вступает на полтакта раньше нужного. «Черт, я то лажаю, то мажу...»

Остальные спешат ему на выручку:

> Откатим камень мы, друзья,
> Откатим этот камень!
> Наперекор всем дадим отпор
> И откатим камень!

Аплодисменты громкие, но сдержанные. Дин злится на себя. Ему хочется сбежать со сцены. Забиться в норку и не высовываться до конца века.

— Успокойся, — шепчет ему Джаспер. — Все будет хорошо.

«Этого де Зута не поймешь...» — думает Дин, шепчет в ответ:

— Извини.

Джаспер хлопает Дина по плечу.

«Он же никогда ко мне не прикасался...»

Эльф приходит на помощь:

— Мы очень рады, что мы здесь и что никому, особенно мне, не грозит тюремная камера за нанесение телесных повреждений бутафорской гитарой...

Смех в зале.

— Наша следующая песня — о любви, искусстве и воровстве. Своего рода заклятье вуду. Она называется «Докажи».

Эльф проверяет, готовы ли остальные. Заручившись неожиданными поддержкой и сочувствием Джаспера, Дин уверенно кивает:

— И раз, и два, и раз, два, три...

Дин выходит в освещенный сад у дома Кэсс Эллиот. Бассейн в два раза больше, чем у Энтони Херши. В кронах деревьев сияют фонарики. Смеются гости. Парочки расходятся по вигвамам в саду, лежат в гамаках, курят травку. «Вот о такой вечеринке я мечтал всю жизнь», — думает Дин. В доме, у раскрытого окна, Джони Митчелл, их временная соседка, поет «Cactus Tree»[1]. Ее голос пульсирует, наплывает волнами, страдает, утешает, жалеет, обещает. Дин всматривается в москитную сетку. В оранжевом свете лампы волосы и кожа Джони отливают золотом. Она поет, полузакрыв глаза, следя за пальцами на грифе. Джони все время меняет гитарный строй, вот в этой песне он DADF#AD с каподастром на четвертом ладу. «Мне бы тоже надо почаще строй менять. Звучание инструмента сильно

---

[1] «Кактусовое дерево» *(англ.)*.

меняется...» У Кэсс Эллиот молитвенное выражение лица. Грэм Нэш сидит, скрестив ноги по-турецки, смотрит на свою подругу, озаренную золотисто-оранжевым сиянием. Калифорния коснулась его, как царь Мидас, и тоже озолотила. Здесь все выглядят на пятнадцать процентов привлекательнее, чем где бы то ни было. На циферблат наручных часов Дина садится белая ночная бабочка. Джони заканчивает песню резким диссонирующим ударом по струнам.

Дин направляется на террасу в конце сада. Под апельсиновым деревом бродят павлины. Изрытая оспинами половинка луны висит над лесистой горой. «Свет луны — это свет солнца, только отраженный...» Луну закрывает черная ковбойская шляпа.

— Поздравляю, Дин. — Ковбой говорит тихо, напряженно. — Сегодняшний концерт — это что-то.

— Спасибо на добром слове. Местами неплохо отыграли, а кое-где я налажал...

— Эх, вот если бы все играли так, как ты лажаешь... Знаешь, насколько я могу судить, тебя ждет слава.

— Никто не знает, что ждет за поворотом.

— Любое пророчество — хорошо обоснованная догадка. Косячок? — Из ниоткуда появляется серебряный портсигар.

— С удовольствием.

Ковбой раскуривает косячок для Дина, засовывает второй в карман Динова пиджака.

— Что общего у всех групп?

— А что общего у всех групп?

— В один прекрасный день они перестают существовать.

— Да, но то же самое можно сказать обо всем.

— Джаспер и Эльф очень талантливы, однако твои песни гораздо лучше. А еще у тебя харизматичная внешность. Ты вполне можешь сделать карьеру соло. Понимаешь, Дин, я не люблю лести. Я предпочитаю факты. Твоя песня «Откати камень» должна входить в пятерку мировых хитов. И если ее правильно разрекламировать, то обязательно войдет.

— Погоди, а ты кто вообще?

— Джеб Малоун. Я работаю у мистера Аллена Клейна. Дину знакомо это имя.

— У Аллена Клейна, нового менеджера *The Rolling Stones*?

— Да. Мистеру Клейну очень нравятся и твои песни, и твой голос, и твой настрой, а особенно — твой потенциал. Вот номер его телефона. — Джеб Малоун засовывает визитку в карман рубашки Дина. — Если решишь уйти из группы, мистер Клейн с удовольствием обсудит с тобой возможности дальнейшего сотрудничества.

«Возьми эту чертову карточку и разорви на мелкие кусочки...» — думает Дин и оглядывается по сторонам, не видел ли кто.

— У меня уже есть группа. И контракт. И менеджер.

— Да, Левон — хороший человек. Типичный канадец. Но шоу-бизнес — это джунгли, в них выживают хищники, а не хорошие люди. Мистер Клейн мог бы предложить тебе выгодный контракт на два сольных альбома. Четверть миллиона долларов. Не теоретически. Без всяких там оговорок. Немедленно.

Шум вечеринки смолкает. Дин не верит своим ушам, в которых продолжает звучать невероятная цифра.

— Сколько-сколько?

— Четверть миллиона долларов. Такие деньги меняют жизнь. Подумай, не торопись. Мистер Клейн будет ждать твоего звонка. — И Джеб Малоун исчезает в облаке дыма.

Дин направляется на террасу в конце сада. «Четверть миллиона долларов...» На соседней крыше завывают коты, распевают сладострастные кошачьи серенады.

— Дин Мосс, — произносит женщина, будто сошедшая с египетской вазы: густо подведенные глаза, льняной балахон, черные волосы. — Меня зовут Каллиста, и у меня есть очень необычное пристрастие. Может быть, ты про меня слышал.

— Или не слышал, — говорит Дин и делает глоток пива из бутылки.

— Я делаю гипсовые слепки пенисов.

Пиво фонтанирует из ноздрей Дина.

— У меня есть Джими Хендрикс, — начинает перечислять Каллиста. — Ноэль Реддинг. Эрик Бердон, только он сломался напополам. Ну, то есть слепок сломался, не пенис.

«Она не шутит...»

— А как это?

— Если во время изготовления слепка пропадает эрекция, то в гипсе появляется трещина.

— Нет, я не про то. Я вообще спрашиваю. Зачем тебе гипсовые слепки елдаков?

— Девушке нужно хобби. Весь процесс занимает около часа. И не волнуйся, у меня есть подруга, она поддержит тебя в форме.

— Лучше обратись к Гриффу. Барабанщикам всегда надо быть в форме.

— В «Утопия-авеню» меня привлекает только один мужчина...

— Что ж, удачи тебе, Каллиста.

— Да ну тебя... С тобой ску-у-у-у-у-у-учно. — Гипсолитейщица Каллиста уходит.

Дин продолжает свой путь к террасе в конце сада.

— Классно вы сегодня отыграли, — произносит какой-то тип с подковой усов; он напоминает мексиканского бандита из спагетти-вестернов, которого убивают первым в начале фильма. — А «Явились не запылились» вообще так вставляет!

— Господи! Черт возьми, ты — Фрэнк Заппа?

— Когда я в настроении, то да, — говорит Фрэнк Заппа.

Дин пожимает ему руку:

— Дженис Джоплин навела меня на «We're Only in It for the Money»[1]. Офигенная вещь. Нет слов...

«Нет слов» меня вполне устраивает. Чарльз Мингус недаром говорит, что описывать музыку — все равно что танцевать архитектуру.

К Фрэнку Заппе подходит женщина со стаканом молока:

_____

[1] «Мы в этом лишь ради денег» *(англ.).*

— Привет, я Гейл, та самая жена, которой все боятся. Нам очень нравится ваша группа.

— Приятно познакомиться. — Дин затягивается косячком, предлагает своим новым знакомым: — Угощайтесь.

— Мы абстиненты, обходимся без наркотиков, — говорит Фрэнк. — Мир и так прекрасен.

«Надо же, — думает Дин. — Фрэнк Заппа не употребляет наркоту...»

— Тоже верно. Фрэнк, объясни, как вы уговорили Эмджи-эм выпустить совершенно некоммерческий альбом?

— Просто мое нахальство очень удачно совпало с полным невежеством лейбла. И если ты думаешь, что мои композиции некоммерческие, послушай Стравинского. Или Халима Эль-Дабха. А можно просто заехать гитарой по роже Рэнди Торна. Чистый перформанс.

— Это случайность, — объясняет Дин.

— Случайность — самое лучшее в любом творчестве, — заявляет Фрэнк.

— Такого ни за какие деньги не купишь, — добавляет Гейл. — «Утопия-авеню» теперь как *The Monkees*, только наоборот.

Кто-то прыгает в бассейн. Гости вопят.

— Ну и как тебе здесь? — спрашивает Фрэнк Заппа.

— В Лорел-каньоне? Просто райский сад.

— Вот только в этом райском саду далеко не рай, — вздыхает Фрэнк.

— А я думал, что тут-то как раз настоящий рай, — удивляется Дин.

— Рай — это жуть. Первый в мире фильм ужасов. Бог сотворяет Эдем, отдает его в распоряжение голому мужчине и голой женщине и заявляет в своем безграничном всеведении: «Все это ваше, только ни в коем случае не ешьте вот этого яблока с Древа познания, иначе случится шняга». Нет чтобы сразу повесить табличку «Съешь меня». И вообще, Адам с Евой заслуживают награды. Они так долго продержались, что Богу пришлось придумать фокус с говорящим змием, он же фаллический символ. Короче, съедают они познание, чего Господь Бог и добивался, и их карают менструацией, работой в поте лица своего и вельветовыми штанами. Хищники нападают на травоядных, и эдемскую землю окропляет кровь. Чем не фильм ужасов?

— Погоди, Фрэнк... — Дин недоуменно морщит лоб. — Ты хочешь сказать, что в Лорел-каньоне будет кровавая резня?

— Я хочу сказать, — отвечает Фрэнк Заппа, — если тебе почудится, что ты попал в рай, значит у тебя недостаточно информации. И пусть тебе павлины глаза не застят. Они тщеславные и злобные создания, а вдобавок целыми днями только и делают, что срут.

Дин стоит на террасе в дальнем конце сада, курит второй косячок Джеба Малоуна и воображает себя стоящим на носу океанского лайнера. Жужжат миллионы насекомых. В небе кружат миллиарды звезд. «Если, вот просто если... где-то в будущем или там в параллельной вселенной... «Утопия-авеню» исчезла, а я сам по себе, весь такой, звоню Аллену Клейну... и если, если он дает мне четверть миллиона долларов... какой бы дом здесь присмотреть?» Через три дома отсюда красуется большой особняк, весь в арках, в терракоте и в густых папоротниках. В джакузи на террасе, под луной и звездами нежится парочка. Дин представляет, что это он с Тиффани. В этой вселенной у Тиффани нет детей. Зато есть гараж, где стоит Динов «триумф-спитфайр», доставленный сюда прямым ходом из Англии, и хватает места для бабули Мосс, Билла, Рэя и всего его семейства... «А для Гарри Моффата? Не знаю. До сих пор не знаю. Есть вещи, о которых легче не думать. В Америке всегда что-то отвлекает...» К Дину подходит Эльф:

— Ну и какой же особняк ты думаешь прикупить на деньги, нажитые нечестным путем?

— Вон тот, с джакузи.

— Ага. Все удобства. Прекрасные виды. Неплохой выбор.

— Классная тусовка, правда? Нашла себе достойного кавалера?

— Я особо не искала. А ты встретил достойных дам из каньона?

— Одна только что предложила сделать гипсовый слепок моего елдака.

Эльф сначала думает, что Дин шутит, а потом визжит от смеха. Дин очень рад, что ее рассмешил. Нахохотавшись, она спрашивает:

— И что ты ей сказал?

— Спасибо, я обойдусь.

— Да ты что? Представляешь, вот запустили бы в массовое производство... «Динов инструмент. Батарейки в комплект не входят».

Дин насмешливо фыркает:

— А я только что встретил Фрэнка Заппу. Он прочитал мне лекцию о том, почему Лорел-каньон — не рай.

— Мудрый человек, — говорит Эльф. — Я сама только что думала, что это край вкушающих лотос.

«Наверное, она не про автомобиль...»

— Давай, профессор Холлоуэй, просвети меня про вкушающих лотос.

— Это из «Одиссеи». Корабль Одиссея девять дней носило по морю, а потом они увидели остров, сошли на берег, и Одиссей послал трех своих спутников узнать, кто живет на острове. Они встретили племя лотофагов, таких хиппи... Ну, те, как обычно, мол, мы за мир и за любовь, а кстати, отведайте вот эту штуку, вам понравится. Понятное дело, сладкий лотос этим троим понравился, причем так понравился, что они забыли обо всем: и о себе, и о товарищах, и о родном доме. Не хотели никуда возвращаться, а хотели только лотоса. Короче, Одиссею пришлось силком тащить их на корабль и поскорее убираться оттуда. А когда весла ударили в море, эти трое зарыдали «с опечаленным сердцем».

— Так тут кто хочешь зарыдает. Дурь же бесплатная.

— Одиссей вернул их к жизни. Лотофаги ничего не создают. Не любят. Не живут. Они как живые мертвецы.

— А кто здесь живой мертвец? Кэсс, Джони и Грэм, Заппа — они все сочиняют песни и музыку, записываются, ездят на гастроли. У всех карьеры...

— Да, все верно. Но от настоящей жизни не сбежишь, как бы ни синело небо в чужих краях и как бы ни манили прекрасные цветы и клевые тусовки. В мечтах живут только те, кто в коме.

Из каньона к вершине холма долетает звон китайских колокольчиков.

— Замечательная речь, но я все равно не хочу возвращаться, — вздыхает Дин.

— То же самое ты говорил в Амстердаме.

— Ну, в Амстердаме я был под кайфом.

— Ага, а сейчас ты куришь «Данхилл».

Ночной ветерок полон цветочных ароматов.

— Кстати, спасибо тебе, — говорит Эльф. — За то, как ты повел себя на телестудии.

— Ты меня еще и благодаришь? За то, что нас теперь не пустят ни на одну телестудию?

— Ты за меня заступился. Таких мудаков, как Торн, женщинам обычно приходится терпеть, иначе их обвиняют в отсутствии чувства юмора или в неумении распознать комплимент.

— Это тебе спасибо за то, что отлупила его гитарой, — говорит Дин. — И за то, что выручила меня на концерте.

— Всегда пожалуйста. Только больше никакого кокса перед выступлением.

Дин морщится:

— Да я и сам не знаю, с какого перепугу нюхнул. Дуг — специалист по этому делу, а я вроде как за компанию.

— Ладно, проехали. У нас у всех сейчас новые впечатления. Все так быстро меняется...

Ухают совы.

— А где Джаспер с Меккой? — спрашивает Дин.

— Куда-то улизнули. Не пропадут, мы их еще увидим. Или услышим.

— Гнусная ложь. Джаспер не из крикливых, проверено на практике.

Эльф корчит рожицу.

— А как там Грифф?

— О, Грифф у нас голосистый. В отеле «Челси» такое вытворял, что хоть уши затыкай.

Эльф кривится еще сильнее:

— Я не про то. Просто хотела узнать, нашел ли он себе подружку...

— Ага. Отправился в вигвам любви, причем не один. А с кем — это секрет. — Дин затягивается косячком. — Слушай, можешь стукнуть меня гитарой, если я укурился и слишком много себе позволяю, но... а вот вы с Луизой...

Эльф молчит, потом спрашивает:

— Что?

«М-да, теперь уж назад не перемотаешь...»

— У Луизы золотое сердце, она умница и красавица, и, если я все правильно понимаю... в общем, вы с ней молодцы.

Эльф берет косячок у Дина.

— И что же ты понимаешь?

— Ну, во-первых, еще в Нью-Йорке Левон к вам относился очень трепетно, вроде как оберегал... А ты, как ее видишь, так прямо вся светишься. Ну и... пока ничего не отрицаешь.

Эльф затягивается косячком.

— А я и не собираюсь отрицать. Наоборот, я все подтверждаю. — Она с вызовом улыбается Дину. — Только, видишь ли, это наше с Луизой личное дело. В общем, я тебе доверяю.

— Мне нравится, что ты мне доверяешь. Это благотворно сказывается на моем поведении.

— А Джаспер с Гриффом что говорят?

— С Джаспером не поймешь, что он знает, а чего не знает. По-моему, он не удивится. За десять лет в школе для мальчиков, наверное, привык и не к такому. И Грифф тоже не удивится. Он и к Левону нормально относится, да и вообще, оказывается, джазмены очень свободомыслящие. В общем, с Гриффом будет как обычно: «Ага, Эльф сначала была с Брюсом, теперь вот с Луизой... понятно. Так куда ты там хотел вставить соло на барабанах?» Значит, Луиза у тебя первая... — Дин заминается, подыскивая слова.

— Так и скажи, «подружка».

Дин улыбается:

— Ну да.

Эльф тоже улыбается:

— Да, первая. И все просто волшебно. Странная штука — любовь. И дорожного атласа у нее не бывает.

В Лорел-каньоне ветер шелестит триллионом листьев и хвоинок. Ночь переливается синим, лиловым и черным, с бледно-желтыми пятнами ламп и фонарей. Дин думает о побережье, обрывающемся в океан.

— Я с радостью подсказал бы тебе дорогу, — говорит Дин чуть погодя, — но здесь я и сам чужой.

Восемь кубков

●

Дин балансирует, стоя на изножье широкой кровати, распахивает руки и падает — фу-у-у-х! — в пышное пуховое одеяло. Он вдыхает запах свежевыстиранного постельного белья... вспоминает прачечную в северном Лондоне. Переворачивается на спину. Модерновая космическая люстра, огромный телевизор в отдельном шкафчике, с дверцами, абстрактная картина в алюминиевой раме. Ничего подобного не было в его каморке у миссис Невитт. Британские аристократы, думает Дин, предпочитают допотопную корявую мебель, «роллс-ройсы», охоту на куропаток, кровосмесительные связи и произношение, как у королевы. Американские богачи просто любят богатство и не считают нужным кичиться своими деньгами перед беднотой. Дин проверяет, на месте ли визитная карточка Аллена Клейна. «Она — как виза, билет или страховой полис». Он никому не рассказал, что предложил ему Джеб Малоун на вечеринке у Кэсс. Об этом трудно говорить. «Извините, но тут дело такое, музыкальный магнат считает, что я — настоящая звезда, и готов дать мне четверть миллиона долларов...» Мысль о деньгах до сих пор греет душу. «Тогда заплатить лондонским шантажистам — все равно что купить пачку сигарет...» От Рода Демпси до сих пор ничего не слышно. Наверное, это хорошо. Или плохо. Или ни то ни другое...

Дин подходит к окну. Нью-Йорк вертикальный, Лос-Анджелес растекается горизонтально, как лужа, а Сан-Франциско волнистый — вздымается, опускается, выравнивается, снова опускается, вздымается и резко обрывается к заливу. Сетка городских улиц наложена на безумно крутые склоны. Большой телефон звенит протяжно и резко — дзыыыыыыыынь! — а не скачками, как дома: дзинь-дзинь, дзинь-дзинь. Дин с бьющимся сердцем берет трубку:

— Алло?

— Мистер Мосс, это гостиничный коммутатор, — говорит женский голос. — Вам звонят из Лондона. Мистер Тед Сильвер.

— А... да-да, соедините, пожалуйста.

— Минуточку, сэр.

Щелчки, шипение, треск.

— Дин, ты меня слышишь?

— Очень хорошо слышу, мистер Сильвер.

— Великолепно. Ну и как там Америка?

«Да какая разница?»

— Результаты анализа на отцовство готовы?

— Готовы, готовы. Определить отцовство не представляется возможным. У тебя первая группа крови. И у мисс Крэддок тоже. И у ее сына то же самое. Закон говорит, что отцом ребенка можешь быть ты или любой другой человек с первой группой крови. А первая группа крови — у восьмидесяти пяти процентов населения Великобритании. Так что понимай как знаешь.

«Ну и что мне с того?»

— И что теперь делать?

— Ты развлекайся в Штатах, куй железо, пока горячо, и все такое, а вернешься в Англию, мы с тобой обсудим, как быть дальше.

«Угу, за пятнадцать фунтов в час...»

— Хорошо, мистер Сильвер.

— Не унывай, сынок. Все проходит, и это пройдет.

— Ничего не пройдет, если я — отец ребенка.

— Да, факт останется фактом, но волнение в твоей душе уляжется, поверь мне. Фестиваль начинается сегодня?

— Да. Мы только что прилетели из Лос-Анджелеса, за нами скоро приедет машина. Завтра и во вторник — запись в студии, а в среду возвращаемся в Англию.

— Что ж, тогда до четверга или до пятницы. Удачи вам и хорошего полета.

Тед Сильвер кладет трубку, и на линии звучит фрррр-рррр...

Дин опускает трубку на рычаг.

«Значит, я — отец, я — не отец и я — возможный отец. И все это одновременно». Надо бы рассказать новости Эльф, но она, наверное, распаковывает вещи. Дин тоже распаковывает вещи. Достает из футляра свой «мартин», настраивает его на DADF#AD с каподастром на четвертом ладу и неуверенно подбирает мелодию. На этот раз музыка сочинилась первой, но недавнее замечание Эльф о том, что на нехоженых тропах взрослеешь духом, запало в память. Как бы это получше выразить... идя неторною тропой... тупой... нет, не так... душой...

В дверь стучат.

Левон.

— У нас мало времени, так что закажи себе ланч в номер.

— В номер? Ты шутишь?

— Добро пожаловать в высшую лигу. Платит «Гаргойл рекордз».

Отлично. Дин закрывает дверь, берет телефонную трубку. Заказать еду в номер. Он видел это в кино. Делаешь заказ по телефону, и еду привозят на тележке, под серебряным колпаком. На телефоне кнопка «ЗАКАЗ В НОМЕР». Дин жмет на нее.

— Заказы в номер, — произносит мужской голос.

— Э... привет. Мне б кусманчик чего-нибудь на ланч.

— Простите, сэр, вам что на ланч?

— Чего-нибудь, кусманчик.

— Ах, кусманчик... И чего бы вам хотелось, сэр?

— А что у вас есть?

— Рядом с телефоном должно быть меню, сэр.

— А, да. — Дин открывает меню, но оно на иностранном языке по большей части. *Croque monsieur*, солнечник,

авокадо, *boeuf bourguignon*, *crème brûlée*, *lasagna*, *tiramisu*...[1]
Половину слов он не может произнести и понятия не имеет, что они означают. — Мне... сэндвич.

— У нас есть клубный сэндвич, сэр.

— Уф, слава богу. Давайте его.

— Вам на маковом, опарном, ореховом или...

— На хлебе, пожалуйста. На обычном белом хлебе.

— Будет сделано, сэр. А какую заправку? «Тысячу островов», провансаль...

— Заправку? Ты чего, издеваешься?

Пауза.

— Может, просто кетчуп, сэр?

— Отлично. Спасибо.

— Через тридцать минут все принесут, сэр.

Дин кладет трубку. Расслабляется.

Телефон звонит резко и протяжно — дззыыыыыыыынь!
«Небось опять что-то про сэндвич...»

— Алло?

— Мистер Мосс, это снова коммутатор. Вам звонят из Лондона. Мистер Род Демпси.

Дин напрягается всем телом:

— Соединяйте.

— Минуточку, сэр.

Щелк, скрип, треск.

— Привет, рок-звезда! Как дела?

— Привет, Род. А дела зависят от твоих новостей.

— А новости такие: баллистическая ракета скандала, грозившего разрушить твою жизнь, была сбита на подлете.

«Уф, слава богу!»

— Значит, все в порядке?

— Да. Я уговорился с Противоположной стороной о трех с половиной тысячах, но тебе это наверняка по карману, особенно сейчас, когда твой сингл стал хитом. Ага, я знаю. Я уже выписал чек на две тысячи. Отдашь, как приедешь.

---

[1] Крок-месье (горячий сэндвич с ветчиной и сыром); бёф-бургиньон (говядина, тушенная в вине); крем-брюле, лазанья, тирамису *(фр., ит.)*.

«За эти деньги можно купить дом на Пикок-стрит».

— Ага. Спасибо. А негативы пришлют после того, как акцептуют чек?

— Что пришлют?

— Негативы. Ну, фотопленку. Чтобы по второму разу ей никто не воспользовался.

— А, про это мы отдельно сговорились. Противоположная сторона предъявит мне негативы. Их сожгут в моем присутствии.

«Что-то здесь не то...»

— Да? А...

— Знаешь, дипломатия — дело тонкое. Для получения нужного результата надо удовлетворить желания обеих сторон, иначе никакого результата не будет.

— Ну, тогда... я пойду с тобой. Хочу лично убедиться, что негативы сожгут.

— Боюсь, не получится. Противоположная сторона отказывается с тобой встречаться. Настаивают, чтобы никаких личных встреч.

«Нет, здесь явно что-то не то...»

— Род, но я же должен своими глазами увидеть, что негативы уничтожены. Или... — Внезапно сердце уходит в пятки, и Дин соображает, в чем дело.

Род Демпси все выдумал. Никаких фотографий нет. И Противоположной стороны тоже нет. Да, Дина с Тиффани видели в отеле «Гайд-Парк Эмбасси», но этим все и ограничивается. «Он подцепил меня, как рыбу на крючок». Дин пытается отыскать доказательства того, что это не так — откуда ему знать о наручниках? — но тут же вспоминает, как гуляли с Родом и его двумя приятелями в клубе «Bag o' Nails». «Я сам все и растрепал...» Именно этими сведениями и воспользовался шантажист.

«Но почему сейчас? А как ты думаешь, придурок?»

Род знает, что Дин помог Кенни и Флосс сбежать из Лондона.

— Или что, Дин? — ласково спрашивает Род.

— Вот будь ты на моем месте, тоже захотел бы увидеть фотографии своими глазами, прежде чем отстегивать три с половиной штуки.

Пауза. Вздох.

— Только если б я думал, что ты мне врешь, Дин. Вот и скажи мне, дружок, ты так думаешь? Или я неправильно понял? — угрожающе спрашивает Род.

«Это все доказывает». Настоящий шантажист предпочел бы иметь дело с неопытным Дином, а не с прожженным мошенником типа Рода Демпси. «Который держит меня за дурака».

— Ты держишь меня за дурака, Род.

— Я твою шкуру спас, Дин, — ледяным тоном отвечает Род Демпси. — Твою и этой замужней актрисочки. А ты меня решил отблагодарить?

«А может, я ошибся?»

— Род, как-то не складывается...

— Я тебе скажу, что не складывается: два куска. Которые ты мне задолжал.

— Отзови чек.

— Я платил наличными, гений ты наш. Чек можно отследить.

— Ты же сам говорил, что расплатился чеком.

— А какая разница, чем я расплачивался? Ты должен мне две штуки.

«Врет».

— А как же «грейвзендские друг за дружку горой»? Что я тебе сделал плохого?

В девяти часовых поясах от Сан-Франциско, за пять тысяч миль отсюда Род Демпси затягивается сигаретой.

— Ты знаешь, что ты сделал. Ты решил, что слава защитит тебя от всего. Думаешь, твою актрисочку защитит особняк в Бейсуотере? А зря. Ты сунул свой нос в мое дело, и за это заплатишь, Мосс. Ой как заплатишь...

Фррррррр... раздается на линии.

Шофер, присланный организаторами фестиваля, громила по прозвищу Бука, — ровесник Дина, но ступает грузно, прихрамывает. Он усаживает всех в микроавтобус «фольксваген-кампер» и горбится над рулем, как подросток в игрушечном автомобильчике.

— Устраивайтесь поудобнее. В тесноте да не в обиде.

Дин садится рядом с водителем, Эльф, Левон и Грифф — за ними, Джаспер и Мекка с фотоаппаратом — на заднем сиденье. «Кампер» спускается по крутой улочке, взбирается на следующую, еще круче, и останавливается у светофора на перекрестке. Все разглядывают город. Дину не по себе от полупереваренного сэндвича и угроз Рода Демпси. Он знает, что надо предупредить Тиффани, но боится, что та запаникует, а он ничем не сможет ей помочь. Демпси не станет ее шантажировать. Ведь это Тиффани Херши, урожденная Сибрук, а не легкая добыча, как Кенни и Флосс.

Эльф спрашивает Буку, коренной ли он житель Сан-Франциско.

— Не-а. Я родом из Небраски.

— А как ты оказался в Калифорнии?

— Прилетел транспортным самолетом с Гавайев.

— Ты был во Вьетнаме? — спрашивает Дин.

Бука смотрит на дорогу:

— Ага.

— Говорят, там хреново.

Бука засовывает в рот жевательную резинку:

— Утром в моем взводе было сорок два человека. К вечеру осталось шесть бойцов. А на базу вернулись только трое. Так что правду говорят. Там хреново.

Грифф, Эльф, Дин и Левон переглядываются, не зная, что сказать. «Вот черт, — думает Дин. — Это куда хуже моих проблем». Мимо проезжает трамвай, полный туристов. Мекка высовывается в окно, начинает фотографировать. На светофоре загорается зеленый. «Фольксваген» катит вперед, сворачивает на трассу и въезжает на Бэй-Бридж. Западная, подвесная секция моста — двухэтажная. Наверху машины движутся на запад, а внизу — на восток; за окнами мелькают балки. Внизу по сине-зелено-сизой воде плывут парусные лодки и пароходы. На дальнем берегу раскинулись города и поселки, за ними вздымаются горы. «Я туда никогда не попаду». Двухуровневая часть моста заканчивается восьмиполосным туннелем, прорытым под островом Йерба-Буэна...

«Нет, вряд ли Род Демпси знает, что я помог Кенни и Флосс выбраться из Лондона, — думает Дин. — Если он, конечно, их не отыскал... тогда им уже никто не поможет. Хотя можно попросить Теда Сильвера, чтобы он подключил полицию, но ведь начнется полный бардак... и Демпси расскажет о нас с Тиффани...»

— Полный бардак...

— Что ты там бормочешь, Дин? — спрашивает Грифф.

— Да так, ничего. Стихи сочиняю.

Грифф закуривает:

— Ну, сочиняй.

Придется сказать Левону и Джасперу, что о переезде в квартиру в Ковент-Гардене можно забыть. «А еще надо позвонить Тиффани. Даже если Демпси и блефует, ей лучше подготовиться». Дин понимает, что разговор с Тиффани будет очень неприятным. Он просит затяжку у Гриффа. Лучше б косячок, но после выступления в «Трубадуре» Дин зарекся употреблять наркотики перед концертом. «Фольксваген» выезжает из туннеля на восточную, консольную секцию моста, где все восемь полос — четыре на восток и четыре на запад — находятся под открытым небом. Тросы толще древесных стволов. Опоры напоминают части галактического крейсера.

И все это — сталь. Прочная, долговечная, настоящая.

«...а было лишь мечтой в чьей-то голове».

У указателя «Ноуленд-парк» «кампер» сворачивает с шоссе на проселочную дорогу, где стоит еще один указатель: «МЕЖДУНАРОДНЫЙ ПОП-ФЕСТИВАЛЬ ЗОЛОТОГО ШТАТА».

— Мы — это международная часть? — спрашивает Грифф.

— Да, — говорит Левон, — а еще *Procol Harum, The Animals* и *Deep Purple*. Они вчера здесь выступали.

— А *Deep Purple* — это кто? — спрашивает Эльф.

— Группа из Бирмингема, — объясняет Грифф. — Были на разогреве у *Cream*. И понемногу завоевывают Штаты.

«Кампер» въезжает на фестивальную площадку. По одной стороне стоят ряды автомобилей, а напротив — палатки и дома на колесах. В ларьках торгуют едой, напитками и украшениями хиппи. За высоким забором виднеется колесо обозрения и сцена. В огороженную часть публика входит через турникеты.

— Я и не ожидала, что у них все так здорово организовано, — говорит Эльф.

— Большой фестиваль, — говорит Грифф. — Но не то чтобы очень-очень-очень большой.

— Когда каждый из двадцати тысяч зрителей платит три доллара за вход, — говорит Левон, — это намного лучше, чем полмиллиона зрителей за бесплатно. Слово «свободный» во фразе «вход свободный» означает банкротство. Заборы и турникеты — вот будущее фестивалей.

Охранник узнает Буку и пропускает микроавтобус на огороженную парковку, где аккуратными рядами выстроились трейлеры. Два парня выгружают из грузовика огромную колонку «Маршалл». Где-то поблизости звучит задушевный голос Хосе Фелисиано и латиноамериканские гитарные переборы. Бука ведет всех к трейлеру, на дверь которого приклеена написанная от руки табличка «УТОПИЯ-АВЕНЮ».

— А потом я всех обратно повезу. Ну, удачи! — говорит он и уходит не оглядываясь.

— Какой он немногословный, — замечает Дин.

— Наверное, все его слова остались во Вьетнаме, — говорит Джаспер.

— Я пойду фотографировать, — объявляет Мекка, целует Джаспера и собирается уходить.

— Поснимай группу во время выступления, — просит Левон. — Если мы используем снимки, то найдем, чем с тобой расплатиться.

— Хорошо, — кивает Мекка и желает Джасперу: — Сломай себе ноги!

— Мне очень нравится, как она это говорит, — объясняет Джаспер.

На крошечной кухне в трейлере стоят кувшины воды, бутылки пива и пепси-колы, вазы с виноградом и бананами, пепельницы, полные окурков. Пахнет марихуаной. Когда все берут по бутылке пива и рассаживаются, Левон объявляет:

— Производственное совещание. Макс получил предложение еще на четыре концерта в Штатах. График очень плотный. В четверг — Портленд, в пятницу — Сиэтл, в субботу — Ванкувер и в воскресенье — Чикаго, шоу в концертном зале «Арагон-боллрум», которое будет транслироваться на Среднем Западе и в Канаде. Можно отказаться. Но если согласимся, то альбом «Зачатки жизни» взлетит как минимум на десять позиций в чартах. Возможно, даже войдет в первую десятку.

— Я — за, — говорит Эльф.

— Я — за, — говорит Джаспер.

— Я руками и ногами за, — говорит Грифф.

— И у нас остается еще один день на запись, — говорит Дин. — А ты можешь сказать Максу, что мы согласны, если нам оплатят студию?

— Еще чуть-чуть — и ты станешь настоящим менеджером, — говорит Левон.

— Ага, и моя секретная суперсила — постоянно сидеть на мели, — говорит Дин.

— Оплата студии уже включена в контракт. Если мы соглашаемся, то я скажу Максу...

В дверь стучат. Загорелый потный тип с папкой в руках заглядывает в трейлер:

— «Утопия-авеню»? Меня зовут Билл Куорри. Я устроитель этого фестиваля.

— Добро пожаловать к нам в трейлер, Билл. Я — Левон Фрэнкленд.

Билл пожимает всем руки.

— Через двадцать минут Хосе заканчивает выступление. Потом Джонни Винтер с пяти до шести, а потом вы. Давайте-ка я проведу вас за кулисы, осмотритесь там.

На Дина нападает страшная зевота.

— Я полчасика покемарю...

— Точно покемаришь? — спрашивает Грифф.

— У меня на вас сил никаких нет, — вздыхает Эльф.

— Не волнуйся, босс, — говорит Дин Левону. — Я не буду делать ничего такого, чего бы ты не сделал. Без дури.

— Я так и думал, — уклончиво говорит Левон.

Дин заваливается на диван. Скула скользит по чему-то гладкому. Дин садится, отклеивает от щеки карту Таро. На ней изображен человек в красной накидке и с посохом, как паломник. Он идет к горной гряде за рекой. Волосы у него длинные, до плеч, темно-русые, как у Дина. Лица не видно. С сумеречного неба за ним следит желтая луна. По низу карты нарисованы пять кубков в ряд, на них стоят еще три. По верху карты надпись «VIII КУБКОВ».

Ветерок шевелит тюлевую занавеску. Где-то смеется женщина, совсем как мама Дина. Паломник сюда уже не вернется. Хосе Фелисиано заканчивает свою мелодичную версию «Light My Fire»[1] и тысячи зрителей разражаются аплодисментами. Дин кладет карту Таро в бумажник, к визитной карточке Аллена Клейна, потом вытягивается на диване и закрывает глаза: «Надо что-то делать... Род Демпси... Мэнди Крэддок и ее сын, который, возможно, от меня... и Гарри Моффат... И наверняка еще какая-то фигня, про которую я забыл...» Проблемы кружат и путаются, как белье в сушильном барабане.

«Нет уж, хватит...» Дин покидает прачечную и, опираясь на посох, идет по тропе к горам под желтой луной — она и полная, и нарождается полумесяцем. Все свои невзгоды он оставил позади, на другом берегу реки. Он туда не вернется...

...и приходит в паб «Капитан Марло» в Грейвзенде.

— Как хорошо, что ты здесь! — говорит Дейв, хозяин паба. — Наверху пожар, а пожарные бастуют.

Дин, Гарри Моффат и Клайв из «Scotch of St. James» начинают подниматься наверх, этаж за этажом, гасят огонь водой и песком из ведер, которые приносят какие-то полузнакомые типы. Пламя пурпурное, шумное, свистит и воет, как завязавшийся динамик. На самом верху паба — чердачная каморка. В ней сидит мальчишка-задохлик с копной черных кудрей штопором и жует виноград...

Дин в Калифорнии, в трейлере, где мальчишка-задохлик с копной черных кудрей штопором жует виноград. На мальчике сандалии, шорты и просторная футболка с Капитаном Америка. Ему лет десять. Цвет кожи... вроде как ото-

---

[1] «Зажги мой огонь» *(англ.)*.

всюду. «Билл Куорри хреново заботится о безопасности исполнителей», — думает Дин и спрашивает:

— Ты из какой кроличьей норы выскочил?

— Из Сакраменто, — отвечает мальчик.

Дин понятия не имеет, что, или кто, или где вообще это Сакраменто. «Ладно, попробуем по-другому».

— Что ты делаешь в моем трейлере?

Мальчик сдирает открывалкой пробку с бутылки «Доктора Пеппера».

— Мои родители где-то заплутали. Опять.

Дин садится:

— А кто твои родители?

— Маму зовут Ди-Ди. А почетного папу — Бен.

— А почему ты не с ними?

— Я их ищу. С тех самых пор, как дяденька с больным горлом пел про злобную луну... Только они не находятся.

— Значит, ты потерялся?

Мальчишка отпивает «Доктор Пеппер».

— Нет, это родители потерялись.

«Ну вот, только хотел покемарить...»

Дин подходит к двери трейлера. По парковке бродят какие-то мускулистые типы, явно монтировщики, из вспомогательного персонала. Вряд ли они помогут потерявшемуся ребенку. Не зная, что делать, Дин спрашивает мальчика:

— Как тебя зовут?

— А тебя как зовут?

От неожиданности Дин отвечает:

— Дин.

— А меня... — Мальчик произносит что-то типа «боль... вар».

— Оливер?

— Бо-ли-вар. Боливар. В честь Симона Боливара, революционера начала девятнадцатого века. Его именем назвали целую страну, Боливию.

— Ага, ясно. Боливар. Слушай, мне скоро выступать, поэтому бери с собой виноград и... — Тут Дин соображает, что нельзя отправлять десятилетнего мальчишку на поиски родителей в многотысячной толпе. Левон или Эльф наверняка знали бы, что делать. Он замечает охранника у ворот

VIP-зоны, под большим солнечным зонтом. — Мы с тобой пойдем вон к тому дяде-полицейскому. Он знает, что делать дальше.

Боливар насмешливо смотрит на него:

— Как скажешь, Дин.

Они выходят из трейлера. На охраннике охотничья шляпа, темные очки с зеркальными стеклами и армейская куртка.

— Извините, — говорит Дин, — но в наш трейлер забрел вот этот мальчик.

— И что?

— Он потерялся. Отстал от родителей.

— Вон там, под синим флагом... — Охранник указывает на шатер в дальней стороне поля. — Место сбора потерявшихся детей.

— Но... Я — Дин Мосс. Из «Утопия-авеню».

— А что, в Утопии потерявшиеся дети — чужая проблема?

— Нет, но... Я музыкант. Я не занимаюсь потерявшимися детьми.

— И я тоже. Мне покидать пост не положено.

— И кто его туда отведет?

— На этот случай есть инструкция. Спроси Бонни или Банни.

Недоуменное лицо Дина отражается в зеркальных очках охранника.

— А где Бонни или Банни?

Взмах охранниковой руки охватывает небо и землю.

— Где-то здесь.

«Вот же черт!»

Дин садится на корточки:

— Слушай, Боливар, видишь вон тот синий флаг? — Он указывает пальцем в ту сторону. — Там место сбора потерявшихся детей.

— Значит, пойдем туда, Дин.

— Отличная мысль, — говорит охранник.

«Вот еще умник выискался», — думает Дин.

— Нехорошо, когда дети доверяют незнакомцам.

— Но ты же не незнакомец, — говорит охранник. — Ты — Дин Мосс. Из «Утопия-авеню».

Дин понимает, что теперь ему не отвертеться. «Если сейчас не потратить десять минут на то, чтобы отвести мальчишку к синему флагу, то потом лет семьдесят так и будешь думать, что с ним случилось...»

— Ладно, Боливар, пойдем.

— Если ты посадишь меня к себе на плечи, — через несколько шагов говорит Боливар, — то Ди-Ди или Бен меня быстрее заметят.

Дин берет его на плечи. Боливар прижимает ладошки к голове Дина, будто знахарь или какой-нибудь целитель. «Нет, все-таки нехорошо, когда дети доверяют незнакомцам», — думает Дин. И все же, раз уж Боливар избрал его в проводники, доверие надо оправдать. Гитарные аккорды носятся в воздухе, сливаются с собственным эхом. На расстеленных покрывалах загорают женщины. На траве сидят и курят подростки. Целуются парочки. В тени палаток и шатров обедают семьи. Девчонки красятся. Какая-то женщина кормит грудью ребенка у всех на виду, как ни в чем не бывало. «Да, в Гайд-парке такого не увидишь...» Там и сям бродят клоуны на ходулях. Подростки бренчат на гитарах. «О, знакомая мелодия...» Подбирают аккорды к «Откати камень», спорят, там ре или ре минор. «Пусть помучаются... — думает Дин. — Совсем как я...»

— Тебе сколько лет? — спрашивает Боливар.

— Двадцать четыре. А тебе?

— Восемьсот восемь.

— Угу. Ты хорошо сохранился. Наверное, у тебя какой-то чудо-крем есть.

— А ты из Лондона, Дин?

— Да. Откуда ты знаешь?

— Ты говоришь как трубочист из «Мэри Поппинс».

— А у нас сказали бы, что это ты смешно говоришь.

Мимо с визгом пробегает орава ребятишек.

— А ты папа? — спрашивает Боливар.

— Ух ты, глянь, как вон тот тип здорово вяжет воздушные шарики!

— У тебя есть дети?

«Ну просто все понимает...»

— Суд пока не решил.

— А почему ты сам не знаешь, есть у тебя дети или нет?

— Ну, это такая взрослая проблема...

Боливар поудобнее устраивается на плечах Дина:

— Ты переспал с женщиной, у которой родился ребенок, но не знаешь наверняка, что он вырос у нее в утробе из твоего семени, так?

«Фигассе...»

Дин изгибает шею, смотрит на Боливара.

Мальчишка торжествующе глядит на него.

— Откуда ты знаешь? Как ты такое можешь знать?

— Обоснованная догадка.

— Надо же, как в Америке дети быстро взрослеют! — Дин решительно шагает к синему флагу.

По почти безоблачному небу летит биплан, тянет за собой полотнище с надписью: «ИЗМУЧИЛА ЖАЖДА? ХВАТАЙ КОКА-КОЛУ!»

— А почему ты не хочешь быть папой? — спрашивает Боливар.

— А почему ты задаешь столько вопросов «почему»?

— А почему ты больше не задаешь вопросов «почему»?

— Потому что я вырос. Потому что это чертовски раздражает.

— В нашей семье за слово «чертовски» тебе пришлось бы положить двадцать пять центов в Сквернослов, — говорит Боливар. — Это такая специальная копилка, ее мама завела, чтобы я не рос на помойке. Так почему ты не хочешь быть папой?

— С чего ты взял, что я не хочу?

— Я тебя спрашиваю, а ты уходишь от ответа и меняешь тему.

Дин отступает в сторону, пропуская тележку продавца арбузов.

— Ну... наверное, потому, что не хочу быть таким отцом, какого мне самому не надо.

Боливар гладит его по голове, будто утешая.

У входа в шатер для потерявшихся детей переминается с ноги на ногу веснушчатый тип в панамке и в футболке с эмблемой «Сан-Франциско джайантс». Он нервно дымит сигаретой, но, как только замечает Боливара, волнение моментально сменяется облегчением. «Вот ради этого и стоило провожать мальчишку...» — думает Дин.

— Господи боже ты мой, Болли! — говорит веснушчатый тип. — Как ты нас напугал!

— Сквернослов, — отвечает Боливар. — Не поминай имя Господа всуе. С тебя пятьдесят центов: двадцать пять за «господи» и двадцать пять за «боже мой». Я не забуду.

Веснушчатый тип морщится, мол, боже, дай мне силы, и говорит Дину:

— Спасибо. Меня зовут Бенджамин Олинс, можно просто Бен. Я приемный отец Боливара.

— Почетный отец, — поправляет его Боливар.

— Почетный отец, — соглашается Бен, снимая мальчика с плеч Дина. — С мамой прямо беда. Куда ты делся?

— Я вас искал. А нашел вот его. — Боливар показывает на Дина. — В трейлере. Его зовут Дин, он из Лондона и пока не знает, папа он или нет. Поговори с ним, Бен. По-взрослому.

Выслушав эту речь, Бен недоуменно морщит лоб и пристально смотрит на Дина:

— Дин Мосс? Из «Утопия-авеню»? Охренеть... Дин Мосс собственной персоной.

— Еще двадцать пять центов в Сквернослов. С тебя уже три четвертака, — заявляет Боливар.

— Мы же специально приехали ради «Утопия-авеню»...

— Ничего не знаю. Три четвертака. А мама приехала из-за Джонни Винтера, а не из-за Дина. Извини, Дин. Ой, там тетя раздает конфеты детишкам, которые потерялись. Я мигом. Только вы никуда не уходите.

— Погоди, ты же сказал, что это родители потерялись, — напоминает ему Дин.

— Дин, она же не даст конфету взрослому, — наставительно изрекает Боливар и уходит в шатер.

— Очень необычный ребенок, — говорит Дин Бену.

— Не то слово, — вздыхает Бен.

— Утверждает, что ему восемьсот восемь лет.

— Когда ему было пять, он заболел менингитом... А после комы стал... каким-то другим. Ди-Ди, мама Боливара, иногда порывается сводить его к врачу, но... он, вообще-то, хороший, счастливый ребенок, и я не совсем понимаю, надо ли что-то менять. Слушай, Дин, ваша музыка — полный отпад. У меня в Сакраменто музыкальный магазин. Я всем покупателям рекомендую ваши «Зачатки жизни». Альбом раскупают как горячие пирожки. Ну, первый альбом тоже популярный, но «Зачатки жизни»... — Ладонь Бена самолетиком взлетает к небесам.

— Спасибо. Чувствую, придется нам платить тебе комиссию.

— Лучше запишите третий альбом, очень вас прошу.

— Мы постараемся. Ха, твой сын — знатный добытчик!

Тетенька в шатре протягивает Боливару вазочку с конфетами.

— Он кого хочешь обаяет — хоть рыбок, хоть птичек, — говорит Бен. — А у тебя дети есть? Я не совсем понял, что там Болли наговорил.

Откуда-то тянет сладким запахом печеных каштанов. «Ни к чему рассказывать посторонним о своих бедах. Я о них еще и родным не рассказал».

— Он спросил, есть ли у меня дети, а я ответил, что пока еще не готов быть отцом.

— Готов? К такому не подготовишься. Я вон до сих пор каждый день живу как по наитию. — Бен предлагает Дину «Мальборо»; Дин берет сигарету из пачки. — Быть или не быть отцом? Вот в чем вопрос. Непростая штука. Если не хочется, то я не стану настаивать. — Бен выдувает облачко дыма. — Но если хочешь что-то решить и не осмеливаешься, то я тебя подтолкну. Сейчас тебе страшно лишиться чего-то вроде бы важного для себя, но, поверь мне, ты об этом якобы важном даже и не вспомнишь. Да, головной боли прибавится, но и радости тоже. Радость и головная боль. Как первая сторона и вторая.

Возвращается Болли с пригоршней конфет.

— О, главный добытчик пришел!

Боливар замечает кого-то за спиной Дина и машет рукой:

— Мам, мама! Все в порядке, я нашел Бена. Вот он, здесь.

Ди-Ди, глубоко беременная, с косами, перевитыми бусами, длинно, с облегчением вздыхает и крепко обнимает сына:

— Черт возьми, Болли, больше так не делай...

Мальчик ужом высвобождается из объятий:

— С тебя тоже четвертак! Ура, целый доллар в Сквернослов! Я выпросил по леденцу для каждого и еще один для младенца. Дин, это мама. Она на третьем триместре беременности. Мам, Дин мне помог вас найти. Что ему нужно сказать?

— Болли, ты же сам куда-то пропал...

Боливар предостерегающе выставляет указательный палец.

Ди-Ди вздыхает и произносит:

— Спасибо.

Семь или восемь тысяч зрителей... «Утопия-авеню» еще ни разу не выступали перед таким количеством народу. На Дина накатывает боязнь сцены. Небо такого же цвета, как на восьмерке кубков из колоды Таро. Самое начало сумерек.

— Давайте поприветствуем наших гостей из Англии, — говорит Билл Куорри в центральный микрофон, — единственную и неповторимую группу «Утопия-авеню»!

Левон хлопает Дина по спине, Ди-Ди, Бен и Боливар треплют его по плечу. Следом за Эльф Дин выходит на сцену. «Теперь не сбежишь...» Толпа встречает их таким восторженным ревом, что даже щекам становится жарко. Эльф с улыбкой оборачивается к нему. Все занимают свои места на сцене. Пока Джаспер и Дин подключают гитары, Эльф говорит в свой микрофон:

— Спасибо, Калифорния! Вообще-то, мы не надеялись, что нас здесь знают, но...

Зрители воют, свистят и одобрительно улюлюкают, а потом запевают хором на мотив «John Brown's Body Lies A-Mouldering in the Grave...»[1] — «Карьеру Рэнди Торна

---

[1] «Тело Джона Брауна гниет в земле сырой...» *(англ.)*

погребли в земле сырой, карьеру Рэнди Торна погребли в земле сырой...» Джаспер подхватывает мелодию на гитаре; звуки отливают золотом. В припеве «Glory, Glory, Hallelujah!»[1] мощно вступает синтезатор Эльф, а Дин дирижирует, как Герберт фон Караян. Боязнь сцены испаряется.

— Мы вас тоже любим, — говорит Эльф. — Наша первая песня написана Дином в темнице. — (Восторженный рев).

Эльф кивает Дину.

Дин вспоминает совет Кэсс Эллиот о вокале без инструментального сопровождения: надо мысленно пропеть строку в нужной тональности, а потом воспроизвести ее голосом.

> Йе-е-е-е-е-если жизнь согнет тебя дугой
> И-и-и-и-и продырявит в хла-а-а-а-а-ам...

Мик Джаггер однажды сказал, что самое трудное для него — в пятисотый раз исполнять «Satisfaction» так, будто он ее только что сочинил. Сегодня «Откати камень» звучит не заезженно, а свежо, как в первый раз. Присутствие тысяч людей обостряет все чувства Дина. Его голос, усиленный динамиками, гласом Божьим разносится по Вселенной...

> И-и-и-и-и-и-и-и зашвырнет в моги-и-и-и-илу
> К таким же бедняка-а-а-а-а-ам...

Грифф стучит палочками, вступая в первый рефрен. Песня ширится, заполняет чашу поляны. Дин вкладывает в исполнение больше драматичности, а Джаспер играет яростнее. Эльф начинает соло на «хаммонде», и Дин смотрит на толпу; зрители кивают и раскачиваются в такт, пьют пиво, дымят косячками. Там, где народу поменьше, полуголые гуляки пускаются в шаманскую пляску — обязательный атрибут фестивального безумия, которого только и ждут телеоператоры.

Когда песня заканчивается, аплодисменты перерастают в долгую овацию — очень неожиданно для группы, высту-

---

[1] «Слава, слава, аллилуйя!» *(англ.)*

пающей одиннадцатым номером программы второго дня фестиваля. Так же восторженно встречают и провожают «Докажи». Вычесанные перья облаков сияют и переливаются в закатном небе. Джаспер берет первый аккорд «Темной комнаты», и на сцене включают подсветку. Рафинированный британский выговор Джаспера в американских сумерках звучит гораздо экзотичнее, чем в клубах и концертных залах Англии. Резкий, быстрый ритм «Крючка» надежно скрепляет весь сет. Они удлиняют проигрыш, и зрители начинают хлопать в такт. Дин поет со сдержанной яростью. У него получаются все вокальные фокусы. Грифф играет соло на барабанах, вызывает Эльф на переброс. У них получается здорово и почему-то очень смешно. Сольная партия Джаспера вспыхивает метеором, распускается сияющим хвостом кометы и взрывается фейерверками в конце песни. Публика долго и оглушительно аплодирует. «Кокаиновый кайф — бледное подобие этого, — думает Дин, утирая лицо мокрым полотенцем. — Надеюсь, кто-то нелегально нас записывает, и желательно — в хорошем качестве, потому что сегодня мы играем бесподобно». Он косится за кулисы, на Левона, замечает Джерри Гарсию из *The Grateful Dead*, который размеренно бьет четырьмя пальцами в ладонь. Дин кивает ему. Боливар с родителями сидят на алюминиевых фермах.

Эльф наигрывает пассаж из «Лунной сонаты» и плавно соскальзывает в «Плот и поток». После головокружительных безумных риффов «Крючка» песня Эльф освежает, как прохладная вода. Зрители заворожённо глядят на сцену. Щетки Гриффа шуршат и шепчут по тарелкам хайхэта. Джаспер, Дин и Эльф объединяют вокал в трехголосной гармонии, сочиненной после того, как они услышали пение Грэма Нэша, Стивена Стиллза и Дэвида Кросби на кухне у Кэсс Эллиот. Это, конечно, рискованно, потому что любую ошибку слышно сразу, однако совместные репетиции не прошли даром. Зрители энергично хлопают. Билл Куорри стоит у кулисы, многозначительно постукивает пальцем по циферблату наручных часов, а потом складывает ладони рупором:

— Последняя песня! Что-нибудь яркое!

Ее должен выбирать Джаспер. К удивлению Дина, это не «Здравый ум», а «Кто вы». Джаспер сочинил ее в самолете, на пути из Нью-Йорка в Лос-Анджелес. Странный обморок в «Гепардо», кажется, избавил его от вечного страха перед полетами. Однако же «Кто вы» — неожиданный выбор. Эту композицию только несколько раз проиграли в студии, но концерт, похоже, из тех, где песни исполняют себя сами. Эльф кивает Дину, Дин кивает Джасперу, и Джаспер обращается к зрителям:

— Наша последняя песня — самая новая. Ей всего один день. Она называется «Кто вы». — Он смотрит на Дина, кивает. — И раз, и два, и три, и...

Дин вступает с блюзовым риффом: A, G, F и снова A.

В рифф бесцеремонно вторгается «хаммонд» Эльф, подхватывает ритм и отплясывает хмельную джигу. Грифф добавляет к перестуку малого барабана раскаты далекого грома на басовом. Гитара Джаспера звучит протяжно, реет в стиле *The Grateful Dead,* а потом Джаспер склоняется к микрофону:

Запретную любовь нашла
Она в тропическом краю,
И родила, и умерла,
И средь кораллов спит в раю.

Запретную любовь нашел
Он в тропическом краю,
Но юности запал прошел,
Меня не приняли в семью.

Вряд ли все это понятно тем, кто не знает, что в песне говорится об отце Джаспера. «Ночной дозор» и «Темная комната» только на первый взгляд очень личные. А в этой песне две первые строфы — будто душевная рана. Вместо рефрена Эльф бегло исполняет джазово-блюзовую фортепьянную импровизацию.

Во мне дремал колдун-монах,
Пока летели годы,
Парил на памяти волнах,
Но возжелал свободы.

Своими чарами монгол
Отсрочил страшный час,
Он колдовство переборол,
Меня от смерти спас.

Дин как-то спросил у Джаспера, кто такие монах и монгол, но Джаспер ответил, что это слишком длинная история, а если вкратце, то он слышал голоса в голове. Сейчас Джаспер исполняет соло. С педалью-квакушкой что-то не то, она слишком громко гудит, почти перекрывает звук гитары, будто ледокол, взламывающий льды. «Вообще-то, классно звучит», — думает Дин. Похоже, Джасперу тоже нравится — он делает знак звукорежиссеру, мол, не трогай, и продлевает соло еще на один виток. «Сегодня даже накладки нам на пользу», — думает Дин. Джаспер подступает к микрофону:

Но злой колдун взъярился
И вырвался из плена,
В меня он воплотился —
Бесовская подмена.

И если бы не волшебство
Маринуса из Тира,
Не знать бы мне спасения,
Покоя, жизни, мира...

Последняя строфа Дину совершенно незнакома. При чем тут тир? Или это такой город? В конце концов Дин решает, что эта песня — как «Desolation Row». «Не могу сказать, что я ее понимаю, но я точно знаю, что она означает». Мекка сидит на корточках между двумя световыми пушками, направляет фотоаппарат на Джаспера. Джаспер смотрит на нее особенным взглядом. После обморока в «Гепардо» Джаспер очень изменился: теперь он спокойный, собранный и какой-то осознанный. «Если бы я верил в колдовство, то решил бы, что его расколдовали». Третье космическое соло Джаспера кружит над поляной, будто на крыльях. Дин склоняется к микрофону Джаспера, Эльф нагибается к своему микрофону, и все вместе они трижды повторяют последние строки — строфу — рефрен — а, какая разница!

Кто вы...
Кто вы...
Дух сейчас задает вопрос
Духу будущему: «Кто вы?»

Вся композиция заканчивается растянутым на целую минуту ожиданием финального разрешения в вихре фортепьянных пассажей, долгих переборов бас-гитары, пронзительного визга и завываний укрощенного фидбека и каскадов барабанной дроби, а потом — внезапная тишина.

Зрители не реагируют. В чем дело?

Дин смотрит на Эльф. «Где мы слажали?»

И вдруг восьмитысячная толпа взрывается криками, свистом, воплями и оглушительными аплодисментами.

«Все, чего нам это стоило, этого стоит...»

Грифф, Эльф и Джаспер встают рядом с Дином.

Венера — блик в оке неба.

«Утопия-авеню» откланивается.

По тропинкам Дальнего Запада

В понедельник все отправились в студию звукозаписи на Турк-стрит, недалеко от гостиницы. Там, в студии «С», записали классную демку Эльфиной «Отель „Челси" #939», блюзовый вальс об их нью-йоркском пристанище и «Что внутри что внутри», любовную балладу с цитрами, горным дульцимером и соло на флейте в исполнении приятеля Макса из симфонического оркестра Сан-Франциско. Сессию завершили в десять вечера, поужинали в китайском ресторанчике и разошлись спать. Вчера все утро записывали и все-таки записали алмазно-четкую версию «Кто ты», потом восьмиминутную инструменталку Джаспера под названием «Часы» со звуками часового механизма, китайскими колокольчиками, партией Эльфиного клавесина, наоборотным соло на двенадцатиструнной гитаре, божественно сведенным вокалом и со звуковыми эффектами, собранными Меккой в понедельник — похоронный звон, гулкий рокот моря и шум железнодорожного вокзала. Сегодня, в последний полный день пребывания в Сан-Франциско, работали над двумя новыми сочинениями Дина: песней «Здесь я и сам чужой», с тяжелыми мощными риффами, и мистической композицией «Восемь кубков». Дин, Эльф и Джаспер теперь часто просят совета друг у друга. Грифф внимательно слушает каждую новую вещь и к третьему или четвертому прогону разрабатывает ритмическую составляющую.

Левон возвращается с очередной встречи, и ему предлагают послушать последний дубль «Восьми кубков». Он садится, внимательно слушает и объявляет:

— Великолепно. «Рай — это дорога в Рай» на пару месяцев отставал от тренда, «Зачатки жизни» шли шаг в шаг с трендом, а ваша новая работа сама станет трендом. У Макса будут радости полные штаны.

— А это хорошо или плохо? — уточняет Джаспер.

— Хорошо, — говорит Дин. — А Гюнтер?

— Гюнтер... Гюнтер начнет постукивать пальцем по столу. В такт. На самых зажигательных местах.

— Да ладно. Правда, что ли?

На телефоне вспыхивает сигнальная лампочка. Левон берет трубку:

— Алло?

Пауза.

— Да, конечно. Соединяйте.

Левон прикрывает трубку ладонью, поясняет остальным:

— Энтони Херши.

«Ну вот. Он наверняка узнал обо мне и Тиффани». Дину почему-то не страшно. «А чего бояться-то?»

— Тони... — начинает Левон. — Как у тебя дела? Ты... — Пауза. Левон недоуменно смотрит на Дина. — А... да. Чем я могу помочь? — Пауза. — Погоди, я посмотрю, где он. — Левон снова прикрывает трубку и шепчет Дину: — Он хочет с тобой поговорить, но зол как собака.

«Ладно, поговорим...»

Дин нажимает кнопку громкой связи, чтобы всем было слышно.

— Тони! Как погода в Лос-Анджелесе?

В динамике дребезжит разъяренный голос с рафинированным акцентом:

— Как ты посмел?! Да как ты посмел?!!!

— Что именно, Тони?

— Ты все прекрасно знаешь! Ты осквернил мой брак!

— Кто бы говорил, Тони. На себя посмотри...

У Эльф отвисает челюсть. Грифф морщит лоб. Левон погружается в задумчивость. Джаспер прикуривает сигарету и передает ее Дину.

— Из Лос-Анджелеса до Сан-Франциско восемь часов на машине. Если хочешь, устроим дуэль на рассвете. Или встретимся на полпути.

— Мне на тебя пулю жалко тратить, невежа, невежда, наркоман, развратник... пентюх!

Грифф закрывает глаза и качает головой.

— Эх, Тони, нет в мире совершенства, — притворно вздыхает Дин. — Но я, в отличие от тебя, не ломал карьеру супруги ради Джейн Фонды. Вот что бы ты подумал на месте Тифф? «Ну ничего, буду и дальше гладить мужнины рубашки и стирать его грязные подштанники...» или «Да пошел он на фиг, я тоже погуляю в свое удовольствие...»

— Моя супруга — мать моих детей.

— Понимаешь, Тони, в этом вся твоя проблема, — говорит Дин и повторяет, подражая акценту Херши: — «Моя супруга — мать моих детей...» Ты ж не феодал. И Тиффани — не твоя собственность. Она человек. Если она тебе дорога, дай ей главную роль в фильме «На тропинках Севера». Тиффани Сибрук — великая актриса. Да, она не голливудская кинозвезда, ну и что? Сними фильм. Во-первых, он будет лучше, а во-вторых, ты спасешь свой брак.

Энтони Херши раздраженно шипит, фыркает, а потом заявляет:

— Я не собираюсь прислушиваться к твоим советам о моей супружеской жизни.

— Ну к чьим-то советам тебе будет полезно прислушаться. У Тиффани большой актерский талант. А ты лишил ее возможности его реализовывать. Дай ей вернуться на экран. В душе она тебя любит, несмотря на то что телефонные звонки для тебя важнее, чем она сама.

Жаркая злоба в голосе Херши сменяется ледяным презрением.

— Ни в Лондоне, ни в Лос-Анджелесе вам больше никогда не предложат работы в кино. И не надейся. Только через мой труп.

— Ох, Тони, не испытывай судьбу. Кстати, прежде чем завершить эту милую беседу, скажи-ка мне, пожалуйста, кто сообщил тебе новости? Род Демпси? Ну, такой тип с голосом как у ист-эндского гангстера?

Режиссер не спрашивает, кто это, молчит, а потом заявляет:

— Если ты еще раз прикоснешься к моей жене, я тебя раздавлю, как таракана. А если еще раз увижу, то поколочу. Ясно тебе?

— Значит, «Утопия-авеню» больше не работает над музыкой к кинофильму...

На телефонной линии непрерывный гудок.

«Если это — месть Рода Демпси, то я не возражаю», — думает Дин.

— Простите, — говорит он товарищам. — Наша голливудская карьера накрылась медным тазом.

— А я думала, только у меня секреты есть, — говорит Эльф.

— Зато не надо ломать голову, как укоротить «Тропинки» на девяносто секунд, — говорит Джаспер.

— Помнится, я просил тебя не прыгать по койкам, — вздыхает Левон, — но, с другой стороны, адвокаты «Уорнеров» — та еще головная боль...

— Тиффани Сибрук? — переспрашивает Грифф с восхищенной гримасой. — Отличный улов, Дин. — У него бурчит в животе. — Кажется, Джерри Гарсия звал нас на ужин?

Дом 710 стоит на склоне Эшбери-стрит — высокий, с черно-белым деревянным фасадом, эркерными окнами и карнизами. Крутые ступени ведут с тротуара под арку крыльца, к веранде второго этажа. На веранде в кресле-качалке сидит тип, вроде как индеец. К столбику крыльца прислонена бейсбольная бита.

— У нас с сестрами был такой кукольный дом, — говорит Эльф. — Фасад раскрывался, как книжка.

Джаспер подставляет лицо под лучи заката:

— После целого дня в студии все выглядит гораздо реальнее.

К обочине подкатывает туристический автобус, размалеванный психоделическими загогулинами.

— А вот это, уважаемые, — объявляет гид, — дом Джерри Гарсии, Фила Леша, Боба Вейра и Рона «Свинарника» Маккернана, которых весь мир знает как *The Grateful Dead*.

— Ага, а про барабанщика, как обычно, ни слова, — ворчит Грифф.

Туристы начинают щелкать затворами фотоаппаратов. Тип, похожий на индейца, благословляет автобус средним пальцем.

— Если бы этот дом умел разговаривать, то покраснела бы вся Эшбери-стрит, — говорит гид. — Уму непостижимо, какие оргии происходят за этими окнами прямо сейчас.

Автобус отъезжает.

— Ну, рискнем, — говорит Дин.

Все гуськом поднимаются по лестнице, крепко держась за поручни. Оступишься — можно и шею сломать. На коленях у вроде бы индейца сидит лунно-серая кошка.

— Привет, — говорит Дин. — Мы «Утопия-авеню».

— Вас ждут.

Вроде бы индеец откидывается на спинку кресла и кричит в приоткрытую дверь:

— Джерри, к тебе гости.

Кошка трется о щиколотки Эльф.

— Какая ты очаровательная! — говорит Эльф и берет ее на руки.

Лиственно-зеленые глаза пристально смотрят на Дина.

— Утопийцы! — На пороге появляется улыбающийся Джерри Гарсия — бородатый, босоногий, во фланелевой рубахе. — Я услышал дружеские голоса тех, кто поднимается по лестнице в небеса. Вы нашли нас без проблем?

— Ага, велели таксисту ехать за туристическим автобусом, — говорит Грифф.

Джерри Гарсия недовольно морщится:

— Сначала нас презирают, а потом делают из нас достопримечательность. Входите, входите! Тут еще Марти и Пол из *Jefferson Airplane* заглянули в гости. Они классные. Ну, естественно.

По стенам развешаны тибетские мандалы, американский флаг и всевозможные свитки. Из глубины дома доносится колтрейновский саксофон. Пахнет марихуаной, благовониями и китайской едой. По дому снуют какие-то люди, включая девушку, завернутую в простыню. Непонятно, кто здесь живет, а кто просто гость. Дин обмакивает хрустящий блинчик с начинкой в остро-сладкий соус:

— Мням, мое любимое.

— Жаль, что вы скоро уезжаете, — говорит Свинарник («Ему очень подходит прозвище», — думает Дин). — Я б сводил вас в Китайский квартал. Там на доллар кормят по-королевски.

Дин вспоминает предложение Аллена Клейна и четверть миллиона долларов.

— Как-нибудь в другой раз.

В углу стола Джерри Гарсия и Джаспер обсуждают музыкальные лады.

— Вот этот называется миксолидийский, — объясняет Гарсия. — Он включает малую септиму и... — Он играет гамму.

Марти Балин — невысокий крепыш, похожий на гриб, — заигрывает с Эльф.

«Ну-ну», — думает Дин. К нему неожиданно обращается Пол Кантнер, весь какой-то невозможно золотистый:

— Так вы в Лондоне тусовались с Джими?

— Нет, пару раз мельком пересекались.

— Спустя неделю после Монтерейского фестиваля Джими выступал в концертном зале «Филлмор», — говорит Пол. — На афишах его имя было под нашим, но через пару дней он стал хедлайнером. Ну, он тот еще кот.

Марти хлюпает лапшой.

— Вот мы с тобой играем руками. Пальцами. Научились играть дома, сидя на диване. А Джими — уличный гитарист. Он играет всем телом. Боками, бедрами, икрами...

— Жопой, яйцами и елдаком, — добавляет Свинарник. — По нему белые чувихи страдают, прям аж слюной захлебываются. Я в жизни такого не видел. Чистая похоть.

— *Некоторые* белые чувихи, — поправляет его Эльф.

— Ага, я понял, — говорит Свинарник. — Все равно очень много. А самое странное, что чуваки тоже. И вообще, черные кожаные штаны я впервые увидел на Джими.

— А эти его шарфики, повязанные на колено? И на голову? — говорит Пол. — В Сан-Франциско эту моду подхватили быстрее, чем триппер в Лето Любви.

— А я провел Лето Любви на автостраде, за рулем нашего фургона, — вздыхает Грифф. — Возил вот эту ораву. Нужное время в ненужном месте.

— В шестьдесят шестом было очень классно. Лето перед Летом Любви. Помнишь, Джерри?

— Ага. — Джерри Гарсия отрывает взгляд от грифа. — Лето исполненных желаний. У любой группы были поклонники. Билл Грэм открыл «Филлмор», и там каждый вечер выступали по пять или шесть групп. Никого не интересовало, талантливые они или нет. Возникла какая-то совершенно новая культура. Такой в Америке прежде не было. И на всем белом свете тоже.

— Билл Грэм, говоришь? — спрашивает Дин. — Тот самый Билл Грэм, менеджер *Jefferson Airplane*?

Марти морщится и смотрит на Пола. Пол хрустит рисовым крекером.

— Ага. Теоретически он наш менеджер.

— Знаешь, о нем много чего говорят, — добавляет Джерри. — Некоторые считают, что он нарочно поддерживает психоделию, чтобы на этом нажиться. Но он работает как прóклятый, не отрицает, что ради денег, зато устраивает бенефисы в пользу агентства, которое предоставляет юридические консультации несовершеннолетним, и в пользу коммуны диггеров здесь, в Хейт-Эшбери, — они кормят бездомных в парке «Золотые ворота».

— Но самое необычное, — говорит Свинарник, — он всегда платит столько, сколько обещал. Никаких тебе: «Ой, входные билеты не продались, вот тебе кружка пива и наркота, вали отсюда». Такого никогда не было. И не будет.

— Левон с ним завтра утром встречается, — говорит Дин.

— Билл пригласит вас выступить в «Филлмор», — говорит Свинарник. — О вашем выступлении в Ноуленд-парке уже ходят легенды. Классно отыграли.

Грифф наматывает на вилку лапшу.

— А фестиваль в Ноуленд-парке хоть чуть-чуть похож на фестиваль «Human Be-In»?

— Две большие разницы, — отвечает Пол Кантнер. — Организаторы фестиваля в Ноуленд-парке стремились заработать, но усиленно это скрывают. А фестиваль в парке «Золотые ворота» никого не озолотил, зато войдет в историю.

— Там было гораздо больше народу, — добавляет Марти. — Как минимум тридцать тысяч. Хиппи из Хейт-Эшбери проповедовали мир и любовь. Радикалы из Беркли проповедовали революцию. Там были комики, поэты, гуру. *Big Brother and the Holding Company* с Дженис Джоплин, *The Grateful Dead, Quicksilver Messenger Service* и мы. А рассвет встречали под песнопения тибетских монахов.

— И никаких драк, — говорит Свинарник. — Никакого воровства. Оусли Стэнли раздавал всем ЛСД, как конфеты.

— Что, вот так просто и раздавал? Бесплатно? — удивляется Дин. — А как же полиция?

— Тогда кислоту еще не запретили, — говорит Пол. — В общем, муниципалитет ничего не мог поделать. Как разогнать фестиваль, который возник стихийно, без всяких заявок на проведение?

— А мэр Чикаго нашел способ, — вздыхает Эльф.

— Ну, Сан-Франциско — не Чикаго, — напоминает Свинарник.

— Короче, на какое-то время мы поверили, что можно жить по-новому, — говорит Джерри Гарсия. — Вот прямо здесь. Диггеры кормили бездомных. На Хейт-стрит до сих пор есть бесплатная поликлиника.

— А что изменилось? — спрашивает Эльф.

— О нас заговорили, — вздыхает Свинарник. — Журналисты раздули все без всякой меры, запугали обывателей: «Ваши дети попадут в силки, расставленные дьяволом: свободная любовь, бесплатные наркотики, сатанинская музыка». Разумеется, эти дети сюда и рванули, с цветами в волосах.

— Сотни тысяч сбежались, — говорит Джерри. — И тут оказалось, что кормежки диггеров на всех не хватит. Для этого нужны деньги, которые пришлось просить у Билла Грэма и прочих. Желающих поесть было много, а вот еды — не очень.

— Наркодилеры учуяли, что здесь есть чем поживиться, — продолжает Пол. — Начались стычки между враждующими группировками. Буквально в тридцати шагах от нашего дома какой-то мальчишка получил нож под ребро. Потом начали появляться те, у кого от кислоты крышу сорвало напрочь. Оусли всем давал одинаковую дозу — и худосочным девчонкам, и амбалам. А люди же разные.

Дин с жалостью вспоминает Сида Барретта.

— Антикоммерциализм коммерциализировали, — говорит Джерри.

— Да, мы видели, тут кругом лавочки, — говорит Джаспер.

— Вот именно, — кивает Марти. — Футболки с логотипами, пентаграммы, «Книга перемен» с комментариями — в общем, всякая дребедень. Не «Включись, настройся, выпадай», а «Фасуй, толкай и греби деньгу».

— Вот вам разница между «тогда» и «теперь», — говорит Пол, утирая массивный подбородок. — В июне прошлого года мой приятель возвращался самолетом в Нью-Мексико. Такой классический хиппи, босоногий. В аэропорту Сан-Франциско ему сказали, что без обуви в самолет не пускают. Мой приятель огляделся, увидел еще одного хиппи, который прилетел в Сан-Франциско, и попросил у него сандалии. Этот хиппи, совершенно незнакомый человек, без лишних слов скинул обувь, чтобы мой приятель мог спокойно вернуться домой. Подобное могло произойти только в очень короткий отрезок времени, с шестьдесят шестого по шестьдесят седьмой год. В шестьдесят пятом было бы слишком рано. Незнакомец сказал бы: «Ты спятил? Иди и купи себе сандалии». А в шестьдесят восьмом уже поздно. Незнакомый человек не отдаст, а продаст тебе свои сандалии, да еще и включит налог с оборота.

Джерри Гарсия наигрывает заключительный блюзовый рифф.

— А что-нибудь осталось с тех времен? — спрашивает Эльф.

Парни из Сан-Франциско переглядываются.

— Не то чтобы много, — говорит Пол Кантнер.

— Одни пустые слова, — говорит Свинарник.

Джерри перебирает струны гитары.

— Каждое третье или четвертое поколение — поколение радикалов и революционеров. Мы, друзья мои, разбиваем волшебную лампу, выпускаем на свободу джинна. Мы бунтуем, в нас стреляют, к нам внедряют осведомителей, нас подкупают. Мы умираем, прогораем, продаемся... Но выпущенные нами джинны никуда не деваются. Они нашептывают молодежи то, что говорить вслух не принято: «Быть геем не позорно»; «Война — не проверка на патриотизм, а просто тупость»; «Почему горстка людей владеет всем, а остальные — ничем?». Поначалу кажется, что ничего не меняется. У молодежи нет власти. Пока нет. Но молодежь подрастает. И шепотки становятся планами будущего.

— Есть желающие закинуться кислотой? — спрашивает Джерри.

— Нам с Полом рано утром лететь в Денвер, — говорит Марти Балин. — Билл нас запряг.

— Я с кислотой не дружу, — говорит Эльф. — Позвольте откланяться.

— Я и сам такой же... — Свинарник наливает себе «Сазерн комфорт». — Мой последний трип был жутким кошмаром.

— А ты как, Джаспер? — спрашивает Джерри. — Только не говори, что «Здравый ум» и «Темную комнату» ты сочинил, накурившись «Мальборо».

— Если сравнивать рассудок с домиками трех поросят, то мой — явно не из кирпича, — заявляет Джаспер.

— Ух ты! — Свинарник поворачивается к Эльф. — Скажи, он вообще когда-нибудь отвечает на вопрос нормально?

Эльф ласково касается руки Джаспера:

— Он либо скажет, как отрежет, либо говорит загадками.

— Шизофрения — мой старый добрый друг, — поясняет Джаспер. — Так что трипов мне на всю жизнь хватит. А вдобавок меня с подругой пригласили на тусовку местные фотографы.

Джерри смотрит на Дина:

— На вас вся надежда, мистер Мосс.

«Что ж, рискнем».

— Я с вами, мистер Гарсия.

— Ты пробовал ЛСД?

— Нет, — признается Дин.

— В таком случае для первого раза я дам тебе дозу поменьше.

Эльф, Джаспер и Грифф собираются уходить.

— Присмотри за Дином, — говорит Эльф Джерри. — Хорошие басисты на дороге не валяются.

— Если нам вдруг приспичит прогуляться, мы возьмем с собой ангела-хранителя. А Дин переночует у нас на диване, чтобы не возвращаться в гостиницу затемно.

— Утром увидимся в студии, — говорит Дин.

— Сессия ровно в девять, — напоминает Грифф.

— Привези нам сувенир из астрала, — просит Джаспер.

— Кислота — как шоколадный набор с разными начинками.

Дин и Джерри сидят на подушках у низенького журнального столика с массивной столешницей из цельного распила.

— Любая доза кокаина из одной партии дает один и тот же эффект. Косячки из одной партии травки расслабляют одинаково. А одинаковые дозы ЛСД действуют по-разному. Во многом это зависит от общего настроя, поэтому не советую закидываться кислотой, если тебя что-то тревожит. Прервать трип невозможно.

«Мэнди Крэддок? Ее сын? Род Демпси? Мой отец?»

— Ну, у меня вроде все в порядке.

— Тогда возьми с тумбочки большой красный том. Жюль Верн.

Дин поворачивается:

— «Путешествие к центру Земли»?

— Положи его на стол.

Джерри открывает книгу на последней странице, приподнимает уголок нахзаца, вытаскивает из-под него небольшой коричневый конвертик и пинцетом достает желтоватый квадратик размером с почтовую марку.

— Это рисовая бумага, пропитанная дозой кислоты. Лизни большой палец.

Джерри опускает желтый квадратик на влажный палец Дина, а еще один берет себе:

— Ну, понеслись.

Оба кладут бумажные квадратики на язык.

Бумага в секунду растворяется.

— Скоро примчится волшебный ковер-самолет. Выбери пластинку.

Джерри кладет том Жюль Верна на место, а Дин находит альбом *The Band* «Music from Big Pink» и ставит вторую сторону. Джерри с Дином отбивают ритм, а потом «Chest Fever»[1] взрывается органным соло.

— Охренительно играют, — говорит Дин.

— Да. Это орган «лори». Вообще, Гарт — секретное оружие группы. Кстати, очень классный чувак. Ну, ты как себя чувствуешь?

— Как будто мне нужно просраться.

— Твое тело ощущает приближение чего-то неземного и жаждет избавиться от земных тягот. Туалет вон там.

Дин идет и делает свои дела. Моет руки. Вода шелковистая. Сила притяжения ослабевает.

— Что, началось? — спрашивает Джерри.

— Молекулы воздуха прыгают у меня в легких, как попкорн.

— Пойдем в парк, прогуляемся.

Индейца зовут Чейтон.

— Наполовину навахо, на четверть сиу, а еще четверть — черт его знает, — говорит он Дину.

---

[1] «Грудная лихорадка» *(англ.)*.

Они идут по улице, Чейтон держится чуть позади. Джерри рассказывает об окрестностях. Чейтон ступает мягко, как пантера, но излучает такое мощное энергетическое поле, что попрошайки, нищие и зеваки на Хейт-стрит сразу понимают, что приближаться не стоит. На Джерри шляпа с широкими полями и очки с зеркальными стеклами. К нему никто не пристает. Его сигарета пахнет шалфеем. Небо — нейтральная полоса между днем и вечером. Редкие облачка клубятся дыханием дракона. Три инверсионных следа складываются в треугольник.

Высокие окна боулинга распахнуты.

Дин слышит, как катятся шары и стучат кегли.

Мимо проходит девушка, оставляя за собой череду движущихся послеобразов самой себя. Дин завороженно смотрит на это невероятное зрелище. За каким-то бродягой тоже тянутся его копии. Хейт-стрит полна визуальных инверсионных следов.

Дин взмахивает рукой, и в воздухе раскрывается веер рук.

— Призрачнеешь? — спрашивает ядро кометы Джерри.

— Ага, — отвечает Дин.

«Призрачнею...»

Они пересекают Стэньян-стрит, проходят в кованые ворота парка, где цвета становятся вдвое, втрое, вчетверо ярче и сильнее. Зеленые кусты сияют зеленью, синее небо поет синевой, а гряда розовых облаков переливается бесчисленными множествами оттенков розового — и существующих, и не существующих.

— А кислота помогает дальтоникам различать цвета? — спрашивает Дин.

— Нет, — говорит Джерри, — но иногда чудится, что живешь не в реальности, а в ее описании.

— А можно я у тебя эту строчку позаимствую? Для песни...

— Если запомнишь, друг мой, она твоя.

Из пламенеющих кленов с треском вырываются алые и золотые сполохи, взлетают ввысь.

— Фигассе...

Все трое садятся на скамью. Длинные травинки извиваются. Дин присматривается к ним. Нет, они не двигаются. «Трава как трава». Как только он отводит взгляд, травинки снова начинают шевелиться и замирают, когда он на них смотрит. «Как озорник на уроке, когда учитель отворачивается».

— Значит, когда мы глядим на что-то, мы его изменяем, — говорит Дин.

— Поэтому мы никогда не видим вещи такими, какие они есть, — говорит Джерри. — Мы видим их такими, какие есть мы сами.

Большая собака тащит за собой девочку на роликах.

Куда Дин и Джерри, туда и Чейтон. Они останавливаются посмотреть на теннисный матч. Звук рассинхронен. Чпок ракетки по мячу слышен только после того, как удар сделан. В ходе матча игроки увеличиваются. Дин поворачивается к Джерри, но голова Джерри тоже распухает, как воздушный шар, и принимает нормальные размеры, когда тот выдыхает. Кожа теннисистов становится сначала молочно-белой, как у альбиносов, а потом прозрачной, как целлофан. Все на виду — вены, артерии, мышцы и сухожилия. Мимо пробегает борзая. Дин видит ее кости, сердце, легкие, хрящи. Чайка у мусорки — живая нажористая окаменелость.

Изображение чизбургера на ларьке — на самом деле настоящий чизбургер. С него медленно капает горячий жир. Потеки расплавленного сыра заливают тротуар. Кетчуп влажно сияет, будто кровь на месте недавней аварии. Булка — мягкая, пышная, хлебная — дышит, вдыхает и выдыхает.

— Твоя главная ошибка заключается в том, — говорит булка Дину, — что ты считаешь, будто твой мозг генерирует пузырь сознания, который ты зовешь «я».

— А почему это ошибка? — спрашивает Дин говорящую булку.

— Дело в том, что ты — не твое личное «я». Ты соотносишься с сознанием примерно так, как пламя спички соотносится с Млечным Путем. Твой мозг всего лишь касается сознания. Ты не источник сигнала, а всего лишь приемо-передатчик.

— Черт... — говорит Дин. — Значит, когда мы умираем...

— А свет перестает существовать, когда спичка гаснет?

Продавец в ларьке машет на Дина кухонной лопаткой:

— Эй, приятель, твой остров Нетинебудет вон там!

Дин смотрит на тропинки Дальнего Запада и в оке закатного солнца видит Боливара, мальчика, которого он отвел в шатер потерянных детей на фестивале.

— Эй, Боливар... ты настоящий?

Голос Боливара слетает по солнечным лучам:

— А ты?

Куда Дин и Джерри, туда и Чейтон.

В тени за эстрадой Дин мочится брильянтами. Они скрываются в земле. «Никто никогда не узнает». Он слышит, как приближается духовой оркестр. Последний брильянт исчезает навсегда. Дин и Джерри поднимаются на эстраду.

— Ты слышишь духовой оркестр?

В стеклах очков Джерри отражается розовое солнце.

— Я слышу двигатели Земли. Они ревут хором. А что играет духовой оркестр?

— Я скажу, когда сам пойму. Вот они идут...

Мимо раскидистого каштана маршируют сотни дергающихся скелетов в истлевших мундирах. Духовые инструменты сделаны из костей. Мелодия — забытая музыка Творения. «Если ее записать на пластинку, — думает Дин, — то можно изменить реальность. Запоминай, Мосс... Запоминай...»

Попугайчики и цапли подвешены в сумерках, без веревочек.

Дин поднимает большой палец, и цапля взмахивает крылом.

Дин выдыхает, и облако плывет по небу.

«Разобщенность — иллюзия, — соображает Дин. — То, что делаешь с другими, делаешь с самим собой».

— Все так очевидно.

«Дух сейчас задает вопрос духу будущему...»

Колонну марширующих скелетов замыкает мальчуган в халатике и шлепанцах. Криспин, младший сын Тиффани. Он наставляет указательный палец на Дина:

«Ты завел интрижку с моей мамой».

— Что ж, бывает, — говорит ему Дин. — Подрастешь — поймешь.

Криспин наставляет на него два пальца. Как пистолет. Стреляет в Дина:

«Пиф-паф, ты убит».

Куда Дин и Джерри, туда и Чейтон.

— Это Поле поло, — говорит Дину Джерри. — Священная земля, где Гинзберг заклинал солнце, луну и звезды до скончания времен.

Дин не понимает, это он оглох, или Джерри онемел, или Бог Отец убавил громкость вселенной до нуля. Не успевает он найти ответ, как жаркая боль острым топором вспарывает ему пах. Колени раздвигаются, ноги подкашиваются. Он навзничь падает на траву. Такой боли он в жизни не испытывал. Кричать он не способен, равно как и удивляться, куда делись его джинсы и трусы; почему он всю жизнь заблуждался о своей половой принадлежности; что будет, если его в таком виде заметят в общественном месте...

«Я умираю?» — думает Дин.

— Нет, — отвечает Чейтон. — Наоборот. Посмотри.

У себя между ног Дин видит липкую выпуклость родничка. «Я рожаю». Рядом с Дином его мама, улыбается, как на фотографии у бабули Мосс. «Тужься, Дин, солнышко... тужься... ну, еще разок». Рывком, как выдернутый из земли корень, Динов ребенок выскальзывает наружу в потоке слизи и жидкости. Дин лежит, хватает ртом воздух, стонет.

«Мальчик», — говорит мама и протягивает ему младенца.

Динов ребенок — крошечный, окровавленный, беззащитный Дин.

Дин — свой собственный ребенок — смотрит на Гарри Моффата.

Гарри Моффат, лучась любовью и восхищением, берет Дина на руки.

«Добро пожаловать в психушку, сынок».

———

Дин просыпается на диване. Пахнет остывшей китайской едой, травкой и мусорным ведром, которое долго не опорожняли. Груды книг; банджо с длинным грифом и мембраной из змеиной кожи, — наверное, оно называется как-то иначе; огромная храмовая свеча; стерео; стопка пластинок. В арку видна кухня дома 710 на Эшбери-стрит. Часы с кроликом-плейбоем показывают 7:41. Американский диджей бойко рассказывает о погоде, а потом звучат первые аккорды «Явились не запылились» с альбома «Зачатки жизни». «Обожаю этот город, — думает Дин. — Когда-нибудь перееду сюда жить». Он чувствует себя прекрасно. Уверенно. В здравом уме. «Только какой-то липкий... Не мешало бы искупаться». Он садится. Все части тела — те, что и были раньше, — на своих местах. Вчерашний родовой канал явно был временным явлением. Ставни в большом эркерном окне нарезают яркие ломтики утреннего света. «Я — Дин Мосс, я прошел кислотную пробу и сам себя родил. Если из этого не выйдет песни, то я съем свой „фендер"». Он замечает потрепанную книжицу под названием «Путь Таро» Дуайта Сильвервинда. Открывает. Каждой карте отведена своя страница. Дин находит Восьмерку Кубков. «Восьмерка Кубков, — пишет Дуайт Сильвервинд, — карта перемен. Паломник отворачивается от наблюдателя — Настоящего — и отправляется в путешествие по тропе к горной гряде. Восьмерка Кубков, карта Младших Арканов, символизирует отказ от старых привычек и начало поиска глубинных смыслов. Следует отметить, что „оставленные" восемь кубков аккуратно выстроены: паломник удаляется без лишней суеты и страданий. Некоторые толкователи связывают Восьмерку Кубков с малодушным уходом или даже с бегством, но я полагаю решение путника актом внутреннего раскрепощения, своего рода освобождением...» Дин закрывает книгу.

В доме еще все спят. Дин надевает носки и ботинки, идет в туалет отлить — на этот раз не брильянтами. Потом выпивает кружку воды, берет яблоко из хрустальной вазы и пишет на странице блокнота рядом с телефоном: «Джерри, я ухожу не совсем таким, каким ты меня встретил. Спасибо. Дин. P. S. Я позаимствовал яблоко» — и засовывает листок под дверь спальни Джерри. На высокой веранде свежо и прохладно. При виде деревьев напротив у Дина щемит сердце. Он не знает почему. Чейтон сидит в кресле-качалке и читает «Нью-йоркер».

— Снова прекрасное утро, — говорит настоящий индеец. — Но, может быть, пойдет дождь.

— Спасибо, что вчера за мной приглядывал.

Чейтон чуть кривит рот, мол, не за что.

— А где твоя кошка?

— Это ничейная кошка. Она приходит и уходит.

Дин спускается на пару ступенек, потом оборачивается.

— А пешком отсюда далеко до Турк-стрит? На углу с Хайд-стрит?

Чейтон поднимает руку, показывает, в какую сторону идти:

— Вниз по Хейт-стрит, до Маркет-стрит. Там прямо. Хайд-стрит в шести кварталах по левой стороне, а оттуда четыре квартала вверх до Турк-стрит. Минут сорок ходу.

— Спасибо.

— Скоро увидимся.

На солнечной стороне Хейт-стрит слишком ярко, поэтому Дин переходит на противоположную сторону, в тенечек, где глазам легче. Все вокруг напоминает ему утро после буйной гулянки в чужом доме. «Главное — вовремя смыться, пока не прищучили». Людей почти нет. Опрокинутые мусорные баки вываливают свое мерзкое содержимое на обочину. Вороны и бродячие псы расхватывают объедки. Дин надкусывает позаимствованное яблоко. Оно золотистое и сочное, как яблоко из мифа. Он проходит мимо какого-то невзрачного дома, похожего на бинго-клуб. Оказывается, это церковь. Может быть, та самая, про которую поют *The Mamas & The Papas* в «California Dreamin'»...[1] Он вспоминает, что теперь может позвонить Кэсс Эллиот и спросить у нее.

Через три или четыре квартала район хиппи сменяется обычными домиками. На склоне холма раскинулся парк,

---

[1] «Калифорнийские грезы» *(англ.).*

где на неведомых деревьях поют неведомые птицы. Дин понимает, что ему больше нравится мир в затрапезном виде. «Все, что со мной произошло, — сплошное откровение, но в откровении не поживешь...» — думает он. Грифф и Эльф наверняка станут расспрашивать про кислотный трип. Вряд ли у Дина найдутся слова, чтобы описать хотя бы тысячную часть пережитого. «Это как если бы скиффл-группу заставили исполнять симфонию». Дин вспоминает оркестр марширующих скелетов. Обрывки музыки Творения смутно отдаются в ушах, звуки такие близкие и такие неуловимые...

Как ни старайся, их не передать во всей красе. В тени шепчущих ветвей, на садовой скамье спит парочка, закутавшись в драное одеяло. «Как близнецы в утробе». Дин думает о Кенни и Флосс. Хочется верить, что парочка не бездомная, а просто провела в парке волшебную ночь. Где-то впереди дребезжит трамвай. Дин вспоминает фургон молочника на Пикок-стрит в Грейвзенде. Наверное, Рэй сейчас уже дома, отдыхает после девятичасовой смены на заводе. Дин подходит к перекрестку. На указателе надпись: «МАРКЕТ-СТРИТ». Рядом с трамвайной остановкой открывается кафе. В тенечке прохладно. «Зайти, что ли?» — думает Дин.

Он входит, садится у распахнутого окна и заказывает кофе у официантки лет сорока, с беджиком «Я — Глория». Он пытается вспомнить имена и лица официанток из кафе «Этна» — и не может. Он их забыл. Одна волновалась, что январской ночью он остался без пристанища, хотела пустить его к себе, но боялась хозяйки. «В ту ночь и возникла „Утопия-авеню"».

Дин достает из бумажника визитную карточку Аллена Клейна, подносит ее уголок к пламени зажигалки, бросает в пепельницу. Пурпурные языки пламени лижут бумагу. Дин не совсем понимает, зачем он это сделал, но чувствует, что поступил правильно. Когда визитка превращается в пепел, с плеч Дина словно бы сваливается тяжелая ноша. У светофора на Маркет-стрит останавливаются два фургона. На боку одного надпись в столбик: «ХИМЧИСТКА

„ТРЕТЬЯ УЛИЦА"». На втором — тоже в столбик: «ГРУЗО-
ВЫЕ ПЕРЕВОЗКИ „ПЛАНЕТА"». Фургоны стоят так, что
слова складываются во фразу: «ТРЕТЬЯ ПЛАНЕТА». Дин
вытаскивает блокнот из кармана пиджака, записывает: «Третья планета». Фургоны уезжают. За барной стойкой кофейный аппарат пропускает пар через молотые зерна кофе...

...кофе подают в большой голубой чашке, как поэтам
и философам в Париже. Дин делает глоток. Кофе в меру горячий. Дин отхлебывает треть, задерживает кофейную ма-
гию во рту, потом глотает, и путаные мысли о возможном
сыне внезапно распутываются. «Буду считать Артура своим
сыном. Буду платить его матери алименты каждый месяц.
Чтобы ей не пришлось бедствовать. Я на ней не женюсь,
потому что нам обоим надо найти свою настоящую любовь, но мы будем поддерживать дружеские отношения.
А через пару лет, когда Артур немного подрастет, начнет
ходить и говорить, я приглашу их с Амандой в Грейвзенд,
познакомлю с бабулей Мосс и тетушками. Они сразу поймут, мой это сын или нет. Даже я к тому времени это пойму. Если он мой сын, то я буду ему хорошим отцом. Научу
его удить рыбу с причала у старого форта. А если он не мой,
то стану ему крестным и все равно научу его удить рыбу».
Дин открывает глаза, бормочет себе под нос:

— Так вроде нормально.

— Как кофе? — спрашивает официантка Глория.

Дин знает, что надо ответить «спасибо, вкусно», но решает притвориться Джаспером.

— Гм... Температура правильная: кофе горячий, но не
обжигающий. Вкус... отличные зерна, хорошо обжаренные,
не горчит, приятный. Великолепно. Вполне возможно, что
с этим кофе ничто больше не сравнится. Кто знает, может
быть, именно с него начнется новая кофейная эпоха. Ну,
время покажет. Вот такой у меня кофе, Глория. Между прочим, меня зовут Дин. Спасибо.

— Ого! Надо же. Рада слышать. Я передам Педро. Это
он варил кофе. И... тридцать центов, пожалуйста.

— Минуточку.

«Она думает, что я под кайфом и забуду заплатить...» Он кладет на стол доллар:

— Сдачи не надо. Это вам с Педро.

Она заметно расслабляется:

— Не передумаешь?

— Это вам с Педро.

— Спасибо. — Доллар исчезает в кармашке передника.

— У меня сегодня знаменательный день. Я... — «Ну говори уже!» — Я стану отцом.

— Поздравляю, Дин! Скоро?

— Три месяца назад.

Она недоуменно смотрит на него:

— Так он уже родился?

— Ага. Долго объяснять. Его зовут Артур. Для меня это все в новинку, но... — Дин вспоминает паломника с Восьмерки Кубков. — Жизнь — это путешествие, правда?

Официантка смотрит на Маркет-стрит, думает о своем, потом переводит взгляд на Дина:

— Да, похоже. Удачи вам с Артуром. Ты помог его сотворить, а он сделает из тебя человека.

Дин идет мимо еще не открытых лавочек, магазинов с заколоченными витринами, невысоких конторских зданий, стройплощадки, пустыря, склада. «Ничего необычного...» Через каждые двадцать или тридцать шагов теплый ветерок сдувает листву с очередного дерева. По Маркет-стрит несется поток машин, замирает на светофорах. Между автомобилями шныряют мотоциклы. У лавки мясника стоит фургон. На крюках висят туши. Дин вдыхает запах бойни. Чувствует, как сквозь тело струится какая-то неведомая сила, как ток по трамвайным проводам. «А может, лей-линии — вовсе не выдумка...» Чем ближе к центру города, тем выше здания. Дин подходит к Хайд-стрит, вспоминает слова Чейтона: «Теперь я знаю, где я». Студия там, где Хайд-стрит пересекает Турк-стрит. Дин смотрит на часы. До начала сессии еще минут тридцать. «А я буду там через четверть часа». Есть время дойти до гостиницы на Саттер-стрит и принять душ. «Правильная мысль, а то я весь потный и вонючий». Он проходит мимо оперного театра, внушительного здания с колоннами и георгианскими окнами, совсем как на Хеймаркете или в Кенсингтон-Гарденс. Хайд-стрит круто забирает вверх. Район не из зажиточных. Дин проходит мимо ломбарда; окна загорожены стальными решетками. Обшарпанная прачечная. «ТЕНДЕРЛОЙН СТРИП-ШОУ». Парковка, на которой стоит ржавый седан без колес. Из трещин в асфальте растут сорняки. Под дверью сидит бездомный, кутается в лохмотья. На картонке шариковой ручкой выведено: «И ТАКАЯ ХРЕНЬ ВОТ УЖЕ 20 ЛЕТ». Калифорнийская беднота такая же, как и везде. Дин опускает в протянутую руку пятидесятицентовик. Грязные пальцы сжимаются в кулак. Красноглазый попрошайка говорит: «И это все?» На углу Эдди-стрит магазинчик «БАКАЛЕЯ И СПИРТНОЕ ЭДДИ-ТУРК».

За окном холодильник с бутылками молока.

После долгой прогулки стакан холодного молока не помешает...

В магазине пахнет перезрелыми фруктами и оберточной бумагой. Продавец — сикх в темных очках, синем тюрбане и белой рубашке. Он читает «Долину кукол» и ест виноград. На полках за кассой стоят бутылки спиртного. Продавец смотрит на Дина:

— Хороший сегодня день.

— Будем надеяться. Мне бы молока.

Сикх кивает на холодильник:

— Берите.

Дин берет полпинты молока, прижимает холодную бутылку к щеке, приносит к кассе.

— И пачку «Мальборо».

Рядом стоит стеллаж с открытками. Дин выбирает одну, с видом моста «Золотые ворота».

— Шестьдесят центов, — говорит сикх с чисто американским акцентом, совсем как Джон Уэйн. — А если с маркой авиапочты, то шестьдесят два цента.

— Спасибо. — Дин отсчитывает монетки. — Можно позаимствовать шариковую ручку?

Продавец кладет деньги в кассу и дает Дину ручку:

— Бесплатно. Там у подсобки есть столик.

— Спасибо.

Под старой школьной партой с откидной крышкой и чернильницей стоит табурет. Дин садится, смотрит на обратную сторону открытки и думает, что написать. «Может, посоветоваться с Эльф?» Дин отпивает молоко из бутылки. Очень освежает. «Главное — начать».

Дин берет ручку.

«Вроде нормально». Дин надписывает адрес Рэя и встает. В магазин один за другим вваливаются трое в лыжных масках. «Как грабители в кино», — думает Дин, и тут они выхватывают пистолеты. Настоящие. Дин впервые в жизни видит настоящий пистолет.

— Руки вверх, Али-Баба! — вопит один из грабителей.

Продавец презрительно кривится, но поднимает руки. Дина пока не замечают, но он на всякий случай тоже поднимает руки. На него тут же наставляют дула трех пистолетов.

— Не стреляйте, — испуганно кричит Дин. — Не стреляйте!

— Ты кто? — спрашивает главарь.

— Просто покупатель, — говорит Дин. — Я сейчас уйду...

— Стоять! — вопит главарь и оборачивается к своему напарнику-коротышке. — Ты же говорил, здесь нет покупателей.

В маске коротышки сквозь прорези для глаз видны веснушки.

— Я следил пять минут. Никто сюда не входил. Поэтому я тебе сразу и просигналил. — Судя по голосу, совсем мальчишка, лет пятнадцать или шестнадцать.

— А ты внутрь заглядывал?

Молчание.

— Так ведь я же в первый раз... Я не...

— Говнюк! Теперь свидетель объявился...

Третий грабитель, верзила, швыряет продавцу мешок:

— Наполняй.

— Чем?

— Стоп! — орет главарь. — Он туда насыплет мелочи и скажет, что больше ничего нет. Пусть открывает кассу.

Верзила командует:

— Отойди в сторонку и открой кассу.

— Как же я открою кассу, — недоуменно говорит продавец, — если отойду в сторонку?

— Не умничай тут, а то я тебе жопу прострелю! — выкрикивает коротышка; на слове «жопа» голос дает петуха. — Сначала открой кассу, потом отойди в сторонку.

«Ему лет четырнадцать», — думает Дин.

Продавец вздыхает и открывает кассу. Верзила сгребает в мешок несколько банкнот.

— Вытаскивай ящик из кассы, — требует главарь. — Там есть потайное отделение, в нем все бабло спрятано.

Верзила дергает ящик:

— Не вытаскивается.

Главарь наводит пистолет на продавца:

— Делай, что говорят.

— Из этого кассового аппарата ящик не вынимается.

— Вытаскивай, кому говорят, — визжит коротышка; голос нервный, дрожит и срывается.

«Нанюхался кокаина», — обеспокоенно думает Дин.

Продавец смотрит на грабителей поверх очков:

— Это старый кассовый аппарат, еще сороковых годов. Ящик не вынимается. Никаких денег больше нет.

Главарь выхватывает у верзилы мешок, заглядывает внутрь:

— Двадцать пять долларов? И это все?

— Я торгую бакалейными товарами и спиртными напитками, а не брильянтами. Сегодня четверг, время девять утра. Откуда выручка?

Верзила грозит продавцу пистолетом:

— Открывай сейф в кабинете.

— В каком кабинете? Там подсобка размером с чулан. И сортир. Здесь, в магазинах, наличных не держат. Слишком много грабежей. Вы что, не видели табличку в витрине? «Наличности не держим».

— Он врет, — взрыкивает главарь. — Врешь, сволочь!

Коротышка идет к двери:

— Погоди. — Читает вслух, по слогам: — На-лич-нос-ти... не дер-жим... Декс, он не врет.

— Не называй имен, придурок! — орет главарь.

Верзила говорит Дексу-главарю:

— Ты же сказал, что в этой точке бабок до хрена. По две сотни каждому.

— Каждому? — ошарашенно уточняет продавец. — Шестьсот долларов выручки за ночь? Да что вы понимаете в торговле?!

— Заткнись! — шипит главарь. — Гони кошелек.

— Я не беру с собой кошелек в магазин. Слишком много грабежей.

— Враки! А если тебе надо что-нибудь купить?

— Я отмечаю все в журнале учета. Вот, можешь меня обыскать.

«Недоумки...» — думает Дин.

Главарь поворачивается к Дину:

— А ты на что уставился?

— Мм... на вооруженное ограбление?

— Штымп, забери у него кошелек.

Коротышка взмахивает пистолетом:

— Гони кошелек.

В бумажнике десять долларов, но кокаин и пистолет — не самая лучшая комбинация. Дин ставит початую бутылку молока на штабель картонных коробок с упаковками брецелей «Пинкертон» и лезет во внутренний карман пиджака за кошельком. Внезапно на улице взвизгивают тормоза. Коротышка испуганно оборачивается, задевает коробки, бутылка падает, Дин пытается ее подхватить, а демоническая сила отбрасывает его назад...

Фразы долетают до слуха обрывками, будто звучат в радиоприемниках, раскачивающихся на длинных веревках.

— Долбоклюй херов!

«В меня стреляли... и, кажется, попали...»

— Он полез за пистолетом, Декс!

— Я сказал ему: «Гони кошелек»!

— Какой идиот держит кошелек в кармане пиджака?

«Я не умру... не умру... не сейчас...»

— Вот он и держит! Смотри! Что у него в руке?

— Но он же шевельнулся, Декс... и... а я...

«Не умру... не так... как глупо...»

— Не называй меня по имени, урод!

«Я НЕ УМРУ... НЕ УМРУ... ОСТАНУСЬ...»

— Не получится, Дин. Ты уж прости, — говорит Чейтон.

«Откуда ты здесь? Ты же у Джерри...»

— Не бойся. Я проведу тебя к гряде.

«Но я же должен еще записать песни...»

— Придется их оставить здесь.

«Эльф, Джаспер, Грифф, Рэй... Можно я им просто скажу...»

— Ты знаешь, как оно происходит, Дин.

Голоса в бакалейной лавке «Эдди и Турк» затихают все быстрее и быстрее. Голос продавца-сикха еле слышен:

— Я вызываю «скорую» для покупателя. Если вам невтерпеж, стреляйте в меня. Тогда вам точно грозит смертная казнь. Или уносите ноги.

«Мне не нужна „скорая"», — думает Дин.

— Твои песни будут слушать те, кто еще не родился на свет, — говорит Чейтон.

«И Артур тоже?»

— Обязательно. Пора.

Дин падает вверх.

«А как же последние слова...»

Последние

слова

«Все группы распадаются, — пишет Левон Фрэнкленд в своих мемуарах, — но почти все снова собираются вместе. Через некоторое время. Когда оказывается, что на одну пенсию не проживешь». В 1968 году мы с Джаспером и Гриффом решили распустить «Утопия-авеню». Во время ограбления продуктового магазина в Сан-Франциско был убит Дин Мосс, наш друг и товарищ по группе, и продолжать без него мы просто не смогли. На следующий день к нашему горю добавилось еще одно несчастье. В студии звукозаписи на Турк-стрит случился пожар, в котором сгорели последние записи Дина. Мы решили, что альбом «Утопия-авеню» без песен, голоса и музыки Дина будет нарушением Закона о торговых названиях, поэтому на протяжении больше чем полувека «Утопия-авеню» была тем самым исключением, которое подтверждает верность Правила Фрэнкленда. Так почему же сейчас, спустя пятьдесят один год после нашего последнего концерта, я пишу эту аннотацию для конверта грампластинки (раньше это так называлось) — нового альбома «Утопия-авеню», где среди исполнителей указан Дин Мосс (бас-гитара, вокал, губная гармоника), а сам альбом включает в себя двадцать три минуты звучания его трех новых песен? Пожалуй, это требует объяснения.

В сентябре 1968 года мы прилетели в Нью-Йорк, на наши первые и единственные американские гастроли. Тем летом песня Дина «Откати камень» стала хитом по обе стороны Атлантического океана, а наш второй альбом, «Зачатки жизни», подбирался к первой двадцатке в чартах. В надежде на это наш американский лейбл организовал для нас короткое турне. После четырех концертов в нью-йоркском клубе «Гепардо» и нескольких пресс-конференций мы улетели в Лос-Анджелес, где несколько вечеров выступали в знаменитом клубе «Трубадур» и стали гостями печально известной телевизионной программы «Рэнди Торн и его Попурри». Два дня спустя мы отыграли сет на Международном поп-фестивале Золотого штата в живописном Ноуленд-парке, после чего нам быстро организовали гастрольную поездку в Портленд, Сиэтл, Ванкувер и Чикаго. Четверке юных британцев, рожденных в сороковые годы двадцатого века и выросших на запретных плодах американской музыки, казалось, что сбываются их самые заветные мечты.

Мечты не просто заветные, но и дерзкие. В 1968 году политическую жизнь лихорадило, ее наводняли самые фантастические проекты. Казалось, будущее можно изменить. Нечто подобное впоследствии происходило и в 1989 году, во время Арабской весны, и, возможно, происходит и сейчас, с движением *#MeToo* и протестами экоактивистов. «Утопия-авеню» не принимала активного участия в политике, но и общество в целом, и каждого из нас не могли не тревожить кадры хроники на экранах телевизоров: беспорядки после убийства Мартина Лютера Кинга, бессмысленное кровопролитие во Вьетнаме и полицейский произвол во время Демократической конвенции в Чикаго. Радикальные организации и хиппи стали зачинщиками антивоенного движения. Напряженная атмосфера почти никого не оставляла равнодушным. Помню, Джерри Гарсия сказал: «В 1966 году сбывались любые желания». А в 1968 году, к сожалению, сбывалось и то, чего никто не желал.

В то непростое время мы четверо, тогда еще совсем молодые, учились мыслить и жить по-новому. В отеле «Челси» я сделала первые шаги к своему затяжному камингауту. Джаспер отважно боролся со своими демонами, а в последних стихах Дина явно чувствуется радикальный пересмотр собственной жизненной позиции. Наша музыка тоже претерпела существенные изменения. Для нас Америка стала неуемным музыкальным пиршеством. Мы познакомились со своими коллегами, сверстниками, кумирами и соперниками. Я до сих пор помню разговоры о поэзии с Леонардом Коэном, беседы о вокале и колоратуре с Дженис Джоплин и Кэсс Эллиот, рассуждения Фрэнка Заппы о сатире и славе, объяснения юного Джексона Брауна о приемах игры на гитаре, споры с Дженис Джоплин о роли женщины в мире шоу-бизнеса, где заправляют мужчины. Мы говорили с Джерри Гарсией о полиритмах, а с Кросби, Стиллзом и Нэшем — о гармониях. Любой начинающий исполнитель или автор песен с восторгом окунется в такую среду, а она неотвратимо окажет на него огромное влияние.

В перерывах между концертами мы с Джаспером и Дином работали над новым материалом — и в гостиницах, и в самолетах, и в лос-анджелесской студии звукозаписи «Голд стар», и в сан-францисской студии звукозаписи на Турк-стрит. Мы пытались перещеголять друг друга. «Раз у Джаспера в „Часах" звучат оркестровые колокола, то мне просто необходим ситар для „Что внутри что внутри"», — думала я. А когда мы записывали «Здесь я и сам чужой», Дин вполне серьезно заявил: «Холлоуэй, на твой дульцимер я отвечу клавесином — в размере пять четвертей. И что ты на это скажешь?» Естественно, все наши сочинения могли звучать ужасающе, но во время американских сессий нас объединял дух солидарности, и мы сообща стремились к тому, чтобы все сумасшедшие идеи приносили плоды. И в этом немалая заслуга Гриффа. Он следовал за музыкой, отыскивал нужные ритмы и поддерживал их. Любая группа становится группой, когда она больше чем просто сумма своих составляющих. Иначе не бывает. К утру 12 октября 1968 года мы с Джаспером вчерне сочинили по две новые песни каждый, а музыка, написанная Дином для фильма, фрактально разрослась в незавершенный шедевр из трех частей.

В далекие шестидесятые годы мастер-копии записывались на магнитную ленту и хранились на бобинах. Повреждение ленты или утрата бобины означало, что записанная музыка пропала безвозвратно. Через два дня после гибели Дина — мы остались в Сан-Франциско ждать заключения

коронера — студия звукозаписи на Турк-стрит сгорела дотла. Левону сообщили, что все наши записи уничтожены.
В то время не было ни резервных копий на жестких дисках,
ни флешек, ни облачных хранилищ данных. Мы словно бы
еще раз лишились Дина. Создавалось ощущение, что над
«Утопия-авеню» висит проклятие.

Спустя несколько дней мы улетели в Лондон. Прах Дина мы привезли в Грейвзенд, чтобы развеять его с причала,
где Гарри Моффат когда-то учил сына удить рыбу. Предполагалось, что на траурной церемонии будут присутствовать только близкие друзья и родственники. Однако же,
как часто говорил Дин, «в Грейвзенде секретов нет». На берегу Темзы собралось больше тысячи человек, — по счастью, среди них были и полицейские, которые помогли
удержать толпу подальше от ветхих деревянных мостков.
Брат, отец и бабушка Дина пустили прах по ветру над водой, а Джаспер играл на акустической гитаре «Откати камень». Тысячеголосый хор подхватил песню. Когда смолкла
последняя нота, Джаспер бросил гитару в воду, и Темза унес-
ла и ее, и прах Дина к морю.

Существует ли душа? Меня всегда занимал и по-прежнему занимает этот вопрос. Правы ли те, кого именуют «не-
научным большинством»? Сохранилась ли где-нибудь — как-
нибудь — сущность Дина? Или же понятие души — плацебо, слабое утешение, спасительные шоры, отгораживающие
нас от жестокой правды: ты умрешь и тебя больше не будет? Неужели Дина действительно нет и его не вернуть, как
не вернуть то холодное осеннее утро пятьдесят один год назад? Я твердо знаю одно: мне это неизвестно, а значит, ответ — «может быть». Я согласна на «может быть». Это гораздо лучше, чем окончательное и беспрекословное «нет».
В «может быть» есть утешение.

Левон ушел из «Лунного кита» и уехал в Торонто, где
возглавил канадское отделение «Атлантик рекордз». Грифф
вернулся к джазу, а в 1972 году перебрался в Лос-Анджелес,
где стал известным сессионным барабанщиком. В 1970 году
я выпустила свой первый сольный альбом, «Дорога в Ас-

теркот». К разочарованию многочисленных поклонников, Джаспер оставил занятия музыкой и затерялся на земных просторах. В течение нескольких лет я получала от него загадочные открытки — преимущественно из мест, которые не знают почтового сообщения. В 1976 году мы все-таки встретились в греческом ресторанчике в Нью-Йорке — Джаспер работал над докторской диссертацией по психологии. После этого доктор де Зут ежегодно приезжал ко мне в гости на несколько дней, мы с ним беседовали о жизни, он слушал мои новые сочинения, а потом снова исчезал. Он по-прежнему виртуозно играл на гитаре, но исключительно для собственного удовольствия, и отвергал все предложения студийной записи, пожимая плечами и говоря: «Это уже было. К чему повторяться?»

Музыка «Утопия-авеню» странным образом надолго пережила группу. Гибель прославила Дина больше, чем арест. Альбомы «Рай — это дорога в Рай» и «Зачатки жизни» получили статус золотых дисков и прекрасно продавались три или четыре года. Шелестели страницы календарей, летело время, сменялись музыкальные жанры — глэм, прог-рок, диско и панк, — отправляя на свалку истории своих предшественников, в том числе и странный психоделический фолк-рок, который в 1967 и 1968 годах исполняла «Утопия-авеню». Компания EMI купила агентство «Лунный кит» и его небольшой, но тщательно подобранный каталог исполнителей, и помещение на верхнем этаже дома на Денмарк-стрит теперь занимает фотобиблиотека. К середине семидесятых годов альбомы «Утопия-авеню» было уже не найти в музыкальных магазинах. Наступило новое десятилетие, молодежь слушала *New Order, Duran Duran* и *The Eurythmics,* и песни «Утопия-авеню» казались древней стариной, отголосками полузабытой эпохи.

Однако же по прошествии достаточно долгого времени древнюю старину начинают ценить куда больше, чем в те годы, когда она считалась новизной. В начале девяностых неожиданно вспыхнул интерес к забытой группе. *The Beastie Boys* засемплировали фрагмент «Крючка» на своем знаковом альбоме «Paul's Boutique». Марк Холлис, лидер

Talk Talk, неоднократно упоминал о том, какое влияние на его творчество оказал альбом «Зачатки жизни». За наш винил — и синглы, и альбомы — предлагали серьезные деньги, еще и потому, что их выпуск на компакт-дисках задерживался в силу юридических неувязок. В 1994 году Деймон Макниш записал гранжевую кавер-версию «Вдребезги», которая вошла в верхнюю пятерку хит-парада. В 1996 году вершиной моей сольной карьеры стала песня «Будь моей религией», которую использовали в рекламе «фольксваген». (Да, а что такого? Мне нужны были деньги.)

В девяностые годы альбомы «Утопия-авеню» бойко продавались в музыкальных магазинах и мегамаркетах. По словам моих племянниц и племянников, музыка «Утопия-авеню» звучала в «интеллектуальных» студенческих общежитиях. На мои концерты стали приходить толпы подростков, просили исполнить песни, которых я не пела со времен перехода на десятичную денежную систему (сами погуглите, когда это было). На Кембриджском фолк-фестивале я отказалась исполнять «Докажи», объяснив, что за давностью лет не помню слов. Какой-то парнишка в татуировках и с прической маллет тут же выкрикнул: «Не волнуйся, Эльф, мы подпоем!» И зрители действительно не подвели. Потом, с появлением интернета, мой племянник ввел в строку поисковика слова «Утопия-авеню» — и я с удивлением обнаружила тысячи упоминаний группы. Мнения, отзывы, биографические справки, чаты, фанатские форумы, рецензии, афиши и программы концертов, фотографии, о существовании которых я не подозревала. Некоторые снимки, особенно те, на которых был Дин, растрогали меня до слез.

В 2001 году Левон — к этому времени известный кинопродюсер, номинированный на премию «Оскар», — подарил мне качественный бутлег нашего выступления на фестивале в Ноуленд-парке, доставшийся ему, как он выразился, «с помощью черной магии и счастливого стечения обстоятельств». Без ложной скромности заявлю, что тогда мы действительно отыграли на ура. Среди восьми песен была еще недоработанная Джаспером версия «Кто вы», окончательный вариант которой был уничтожен при пожаре в студии на Турк-стрит. Мы с Диггером из «Пыльной лачуги» собственноручно оцифровали всю запись, и «Илекс рекордз» выпустил альбом. К всеобщему изумлению, этот ностальгический проект под названием «„Утопия-авеню“, концерт в Ноуленд-парке, 1968» в первую же неделю занял тридцать девятое место в чартах и три месяца продержался в первой тридцатке. Потом возник «Ютюб», появились записи интервью и отрывки телепрограмм с участием группы. (Запись нашей беседы с Хенком Тёлингом неизменно поднимает мне настроение. Ни один комик с ним не сравнится.) В 2004 году мне исполнилось шестьдесят лет. Меня пригласили в Гластонбери. Сестра строго напомнила мне, что пора бы уже признать — «забытой» меня теперь никто не назовет.

Да, все это очень лестно, но возрождение интереса к творчеству «Утопия-авеню» не означало возрождения самой группы. В двадцать первом веке, как и в 1968 году, горькая правда заключалась в том, что без Дина никакой группы быть не могло. Ко мне, к Джасперу и Гриффу то и дело обращались с предложениями снова собрать группу. Предпринимались неоднократные попытки уговорить на это Артура Крэддока-Мосса, известного композитора, который пишет музыку для телевидения и кино. Все получали от нас один и тот же ответ: «Мы согласны, если Дин скажет „да“».

А теперь перемотаем вперед, к августу 2018-го. Я собиралась спать, как вдруг раздался стук в дверь. На пороге стоял Джаспер, в длинном черном пальто, как в песне Боба Дилана, с обшарпанным гитарным футляром. Приведенный ниже разговор записан по памяти, но достаточно точен.

Джаспер: Я их достал.
Я: И я рада тебя видеть, Джаспер.
Джаспер: Рад встрече. Я их достал.
Я: Кого?
Джаспер *(держит перед собой «Мак-бук», как экзорцист — Библию)*: Наши песни. Все здесь.

Я: Наши альбомы? У меня они тоже есть. И что с того?

Джаспер: Нет, Эльф. Наши пропавшие песни. Калифорнийские сессии. На жестком диске. Я их уже прослушал. Это мы.

Я: *(Сдавленный хрип.)*

Моя жена: Добрый вечер, Джаспер. Входи. Эльф, закрой дверь, пожалуйста, пока сюда не налетела мошкара со всей Ирландии.

Джаспер вошел и объяснил, что в начале этого года на барахолке в Гонолулу объявился чемодан с двенадцатью бобинами магнитофонных записей — наши сессии в Лос-Анджелесе и Сан-Франциско. Каким чудом они не сгорели при пожаре в студии на Турк-стрит? Неизвестно. Сохранились они случайно или их выкрали до пожара? Или они уцелели исключительно по воле Божьей? Никто не знает. Как и когда чемодан с ними попал на Гавайи? Еще одна загадка.

Достоверно известно одно: некий Адам Мерфи, молодожен, поехал в свадебное путешествие на Гавайи и приобрел чемодан с бобинами на барахолке в Оаху. Адам, автор блога «Аудиофил: культурное наследие», во-первых, имел в своем распоряжении магнитофон «Грюндиг» 1966 года, в рабочем состоянии, пригодный для пленок BASF и TDK образца 1965 года; а во-вторых, догадался все оцифровать при первом же воспроизведении, а то не дай бог хрупкий магнитный носитель пятидесятилетней давности осыпется. Половина пленок и осыпалась. Итак, дорогие читатели, без Адама Мерфи я бы не писала этих строк.

Сохранив запись, наш аудиофил решил выяснить личности исполнителей. Вскоре с Джаспером связался совершенно незнакомый ему человек и сообщил невероятную новость...

Мы уселись на кухне, Джаспер через «блутус» подключил свой «мак» к моим колонкам, нажал кнопку воспроизведения — и вот уже Дин, Джаспер, Грифф и я, двадцатитрехлетние, играем, поем, спорим и обсуждаем... Иначе

706

как темпоральным головокружением этого не назовешь. Прозвучала моя нью-йоркская любовная баллада «Отель „Челси" # 939», Джасперова блюзовая психодрама «Часы», отрывок Диновой трилогии «Тропинки...». Не каждый день доводится слышать, как ты в молодости играешь с погибшим другом, и от избытка чувств я растеклась медузой.

Потом все мы — Джаспер, моя жена и я — молчали за кухонным столом. За окнами ухали совы и тявкали лисицы. Когда я снова обрела дар речи, то спросила:

— И что теперь с этим делать?

— Третий альбом, — ответил Джаспер.

Те выходные мы провели в моей домашней студии, в саду, прослушивая все девять часов записанного материала. Его мы условно разделили на три категории: «почти законченное», «требующее доработки» и «наброски». Лос-анджелесские записи были существенно грязнее записей студии на Турк-стрит. По счастью, основную работу над «Тропинками» Дин провел в Сан-Франциско, поэтому его голос звучал чисто. Порядок песен определился сам собой. Наши с Джаспером вещи, сочиненные или вдохновленные Нью-Йорком и отелем «Челси», составили то, что любители винила до сих пор именуют «первой стороной». Динова трилогия «Тропинки», которая началась как музыкальное сопровождение к фильму Энтони Херши (так и не снятому), являлась практически неделимой композицией. Логически ее следовало поместить на «вторую сторону». «Здесь я и сам чужой» и «Восемь кубков» были чем-то средним между «почти законченными» и «требующими доработки», а вот третья часть, «По тропинкам Дальнего Запада», представляла собой завораживающие, но явно предварительные наметки к восьмиминутной партии бас-гитары. Мы собирались работать над этой вещью как раз в то утро, когда погиб Дин. Обсуждая, как быть с «Тропинками», мы с Джаспером сообразили, что перед нами стоит дилемма. Следует ли нам выпустить альбом, который вышел бы зимой 1968/69 года, если бы Дин остался в живых, или использовать этот материал для альбома, который мы с Джаспером хотим записать сейчас, в 2019-м? Кто мы — пуристы-реставраторы или творцы-постмодернисты?

Методом проб и ошибок нам удалось выработать довольно простое и логичное руководство к действию. Мы решили сделать с записями то, что нам хочется, но при этом не использовать технологий и методов, не существовавших в 1968 году. То есть можно добавить партию мандолины в «Кто вы» и совместить голос старой Эльф с голосом молодой Эльф в «Что внутри что внутри», но следует обойтись без семплинга, автотюна, рэпа (шутка) и закольцовок. Единственным исключением стал мой синтезатор «фэйрлайт», запрограммированный под звучание «хаммонда». На несколько дней к нам присоединился Грифф, чтобы подправить или в некоторых местах перезаписать партию ударных. Артур — а он сейчас годится в отцы собственному отцу в день его смерти — развил партию бас-гитары на старом «фендере» Дина и добавил родственные гармонии к «Восьми кубкам». В подготовке принял деятельное участие и Левон — его нам очень не хватало. А Мекка Ромер, которая в 1967 году сделала наши первые официальные фотографии, засняла краткий миг возрождения «Утопия-авеню».

Почему альбом называется «Третья планета»? Рабочим названием проекта было «Калифорнийские сессии», но Артур привез блокнот Дина, который был при нем в день смерти. Последней записью на отдельной странице были слова «Третья планета». Можно только догадываться, что и почему заставило его их записать, но мы единодушно решили, что они — отличное название для третьего и последнего альбома группы «Утопия-авеню».

Дин, последние слова — твои.

Эльф
Килкранног, 2020

Благодарности

Спасибо моей семье.

Спасибо Сэму Амидону, Тому Барбашу, Нику Барли, Авиде Баширрад, Мануэлю Берри, Салли Бимиш, Рэю Блэкуэллу из «Де Баррас», бара и фолк-клуба в Клонакилти, Джесс Бонет, Крису Бранду, Кейт Брант, Крейгу Бургессу, Джонни Геллеру, Эвелин Гленни, Теду Гуссену, Харму Дамсма, Луиз Деннис, Хелен Джо (за «преступное понимание/подсознание»), Уолтеру Донохью, Бенджамину Дрейеру, Лоррейн Дуффиси, Кадзуо Исигуро и его семье, Джону Келли, Триш Керр и всем в книжном магазине «Kerr's» в Клонакилти, Мартину Кингстону, Луизе Корт, Хари Кунзру, Эвану Кэмфилду, Тоне Лей, Дикси Линдер, Кейти Макгоун, миссис Макинтош, Нику Марстону, Нику Мидеме, Каллуму Моллисону, Кэрри Нилл, Лоуренсу Норфолку и его семье, Аласдеру Оливеру, Хейзел Орм, Мари Пантоян, Бриджет Пикарц, Лидевайде Пэрис, Стэну Рийвену, Саймону Салливану, Джине Сентрелло, Сюзен Спрэтт, Джанет Уигал, Джону Уилсону, Чарльзу Уильямсу, Аманде Уотерс, Энди Уорду, Барбре Филлон, Хелен Флад, Рою Харперу, Полу Харрису, Стивену Хаусдену, Виоле Хейден, *The Unthanks*.

Спасибо «The Pit».

В романе использованы сведения, почерпнутые из многочисленных источников, но отдельного упоминания заслуживают «Белые велосипеды» Джо Бойда («White Bicycles», Serpent's Tail, 2007) и «Тебе не надо говорить, что ты меня любишь» Саймона Напьер-Белла («You Don't Have to Say You Love Me», Ebury Press, 2005), за помощь в описании встречи с Джоном Ленноном.

И спасибо моему редактору Кэрол Уэлш за сверхчеловеческую снисходительность к многократно сорванным срокам.

В романе использованы цитаты из следующих песен:

«Art for Art's Sake» Эрика Стюарта и Грэма Гулдмана

«House of the Rising Sun» Алана Прайса

«A Day in the Life» Джона Леннона и Пола Маккартни

«Life's Greatest Fool» Джина Кларка

«It Ain't Necessarily So» Дороти Хейуард, Дю Бозе Хейуарда, Джорджа Гершвина и Айры Гершвина

«Just Like a Woman» и «Sad Eyed Lady of the Lowlands» Боба Дилана

«Chelsea Hotel # 2» и «Who by Fire» Леонарда Коэна

«I've Changed My Plea to Guilty» Стивена Морисси и Марка Эдварда Касиана Невина

«Chelsea Morning» Джони Митчелл

«These Days» Джексона Брауна

«The Partisan» Хай Зарета и Анны Марли

«Guinevere» Дэвида Кросби

«Mercy Street» Питера Гэбриела.

«For Free» Джони Митчелл звучит в процессе сочинения, поэтому несколько не совпадает с каноническим текстом.

«Have You Got It Yet?» — неоконченная композиция Сида Барретта, которую он в шутку сочинил в 1967 г.

Знатоки наверняка обнаружат в тексте музыкальные анахронизмы, но, я надеюсь, согласятся с тем, что музыка существует вне времени.

Примечания

С. 13. *...в кафе «Джоконда»... маячит Рик (Один Дубль) Уэйк-ман.* — Кафе «Джоконда» («La Gioconda») — культовая кофейня на Денмарк-стрит, в квартале Сохо, где сосредоточились музыкальные агентства и издательства, закрыта в 2014 г. Ричард Кристофер Уэйкман (р. 1949) — британский виртуоз-клавишник, композитор, участник рок-группы *Yes*. Авторский анахронизм: в описываемый момент Уэйкману было 17 лет; известным сессионным музыкантом он станет несколько позже.

С. 15. *На первой странице — кричащий заголовок: «ГИБЕЛЬ ДОНАЛЬДА КЭМПБЕЛЛА».* — Дональд Малькольм Кэмпбелл (1921–1967), британский гонщик, установивший абсолютные мировые рекорды скорости на воде и суше, погиб 4 января 1967 г. при тестовых испытаниях скоростного катера «Блюберд К7» на озере Конистон-Уотер в английском графстве Камбрия.

С. 16. *«Входящие, оставьте упованья»* — вошедшая в поговорку строка из «Божественной комедии» Данте Алигьери («Ад», песнь 3, строфа 3, перев. М. Лозинского), надпись над вратами Ада; апокрифически соотносится с нацистскими концентрационными лагерями.

С. 19. *Моды* — представители британской молодежной субкультуры (mods, от *англ.* Modernism, Modism), зародившейся в конце 1950-х и достигшей пика в середине 1960-х гг.

«19th Nervous Breakdown» («Девятнадцатый нервный срыв») — песня Мика Джаггера и Кита Ричардса; выпущена синглом группы *The Rolling Stones* в феврале 1966 г.

С. 20. *Посетитель отрывается от журнала — «Рекорд уикли»...* — Вероятно, под «Record Weekly» имеется в виду такое издание, как «Disc Weekly», выходившее в 1958–1975 гг. под эгидой еженедельника «Record Mirror» (причем с середины 1966 г. под

711

заголовком «Disc and Music Echo», после слияния с журналом «Music Echo»).

С. 21—22. ...«Sunshine Superman» Донована. — Донован (Донован Филипс Литч, р. 1946) — шотландский певец, композитор и гитарист, известный эклектическим стилем своих композиций, с элементами джаза, фолка и поп-музыки. «Sunshine Superman» (1966) — заглавная песня с его третьего студийного альбома в жанре психоделической музыки.

ИМКА (YMCA, Young Men's Christian Association) — Христианский союз молодых людей, крупнейшая в мире благотворительная организация, специализирующаяся на работе с молодежью. Основана в Лондоне в 1844 г.

«Фунт лиха в Париже и Лондоне» («Down and Out in Paris and London») — автобиографическая повесть Джорджа Оруэлла (Эрика Артура Блэра, 1903—1950); первая книга автора, опубликованная в 1933 г. и подписанная этим псевдонимом.

Эй, Клэптон! — Эрик Патрик Клэптон (р. 1945) — английский рок-гитарист, певец и автор песен, один из основателей группы Cream.

С. 25. ...отнести «фендер» в «Сельмер»... — Имеется в виду магазин музыкальных инструментов «Selmer's» на Чаринг-Кросс-роуд, основанный братьями Беном и Лу Дэвис в 1929 г. как филиал французской фирмы «Henri Selmer» («Анри Сельмер»). В нем приобретали инструменты все известные рок-музыканты: Эрик Клэптон, Джефф Бек, Питер Грин и др.

С. 26. Паб «Карета с упряжкой» («Coach and Horses») — исторический паб, существующий с начала XIX в. на углу Грик- и Ромильи-стрит в Сохо; Норман Бэлон, его бессменный владелец с 1940 по 2000 г., славился невероятной грубостью; в паб часто захаживали The Beatles и Фрэнсис Бэкон.

Клуб «Мандрейк» («The Mandrake», то есть «Мандрагора») — богемный частный клуб на Дин-стрит, открытый в середине 1940-х гг., в нем выступали Ронни Скотт и Дюк Эллингтон.

...в «Банджи» на Личфилд-стрит. — Имеется в виду «Bunji's Coffee House and Folk Cellar», кофейня и фолк-клуб на Личфилд-стрит, открытый в 1953 г., где выступали Берт Дженш, Боб Дилан, Пол Саймон, Арт Стюарт, Сэнди Шоу, Род Стюарт, Дэвид Боуи и др.

...протянуть на хлебе с «Мармайтом». — «Мармайт» — дешевая бутербродная паста из концентрированных пивных дрожжей с добавлением трав и специй; обладает характерным и очень резким вкусом.

С. 27. *Марки́* («The Marquee») — музыкальный клуб в Сохо, где в 1962 г. прошло первое выступление *The Rolling Stones*.

С. 28. ...*кофейня «2i's»... Здесь начинались карьеры Клиффа Ричарда, Хэнка Марвина, Томми Стила и Адама Фейта.* — В кофейне «Ту-айз» («2i's», буквально «два И», по первой букве фамилии владельцев, по-английски звучит омонимично выражению «two eyes» — «два глаза»), открытой в 1955 г. братьями Фредди и Сэмми Ирани, с 1956 г. начали выступать фолк- и рок-музыканты; в крошечном зале на двадцать стоячих мест давали концерты будущие звезды британской рок-музыки. Клифф Ричард (Гарри Роджер Уэбб, р. 1940) — исполнитель рок-н-ролла и эстрадной музыки. Хэнк Марвин (Брайан Робсон Ранкин, р. 1941) — лид-гитарист группы *The Shadows*, аккомпанировавшей Клиффу Ричарду в начале 1960-х гг. Томми Стил (Томас Хикс, р. 1936) — британский певец и музыкант, кумир тинейджеров. Адам Фейт (Теренс Нелхем-Райт, р. 1940) — певец, одна из первых британских поп-звезд.

С. 29. *Мадди Уотерс* (Маккинли Морганфилд, 1913—1983) — американский блюзмен, основоположник чикагской школы блюза.

...«*Green Onions» Стива Кроппера.* — Стив Кроппер (Стивен Ли Кроппер, р. 1941) — американский гитарист, композитор и музыкальный продюсер; инструментальная композиция «Green Onions» («Зеленый лук») записана в 1962 г. ритм-энд-блюз-группой *Booker T. & the M.G.'s*, куда, кроме Кроппера, входили Букер Ти Джонс, Льюи Стайнберг и Ал Джексон-мл.

Ройял-Альберт-Холл — Лондонский королевский зал искусств и наук имени принца Альберта, одна из престижнейших концертных площадок Великобритании.

С. 34. *Унция осведомленности, фунт неясности* (An ounce of perception, a pound of obscure). — Строка из песни «Vital Signs» с восьмого студийного альбома «Moving Pictures» (1981) канадской группы *Rush*; авторский анахронизм.

С. 35. ...*в Блэкпуле. В «Зимних садах»!* — Театрально-концертный комплекс в английском курортном городе Блэкпул.

Невероятный Халк — супергерой, персонаж серии одноименных комиксов Стэна Ли и Джека Кирби, выпускаемой издательством «Марвел комикс» с 1962 г.

С. 36. *Слепой Вилли Джонсон* (Блайнд Уилли Джонсон, 1897—1945) — американский гитарист и певец в стиле госпел-блюз.

С. 40. *«Les Cousins»* («Кузены») — клуб фолк-музыки и блюза в подвале ресторана «Дионисий» на Грик-стрит в лондонском

Сохо, просуществовавший с 1965 по 1972 г. Название клуба — оммаж фильму «Кузены» (1959) французского режиссера Клода Шаброля. В клубе выступали Пол Саймон, Джони Митчелл, Ник Дрейк, Боб Дилан, Ал Стюарт и многие другие.

...чувствовала себя как Билли Холидей в «Don't Explain»... — Американская джазовая певица Билли Холидей (Элеонора Фейган, 1915–1959) написала песню «Не объясняй», узнав об измене первого мужа.

Твигги (Twiggy, от *англ.* «twig» — прутик, тростинка) — псевдоним британской супермодели Лесли Лоусон (урожд. Хорнби, р. 1944), ставшей в 1960-е гг. лицом английской моды.

С. 42. *Кембриджский фолк-фестиваль* — проводится с 1965 г. в деревне Черри-Хинтон в окрестностях Кембриджа.

С. 43. *Словно Англия взяла Эшес...* — Эшес — приз в тестовом крикете, разыгрываемый между командами Англии и Австралии (от *англ.* «ashes» — прах, пепел).

С. 44. *Добро пожаловать в семейку Холлоуэй...* — Английское приглашение «Welcome to the Holloways» звучит весьма двусмысленно, поскольку в пригороде Лондона существует тюрьма Холлоуэй, а в граничащем с Лондоном графстве Суррей — психиатрическая лечебница с тем же названием.

...голосом из хаммеровского ужастика. — Имеются в виду фильмы ужасов, на которых специализировалась британская киностудия «Хаммер филм продакшнз лимитед», основанная в 1934 г.

Теперь ты — один из нас. Лоуренс Холлоуэй. — Беа язвительно намекает на популярного в то время пианиста и композитора Лоуренса Холлоуэя (р. 1938), у которого в 1964 г. вышел мюзикл «Скоропалительный брак» («Instant Marriage»).

С. 45. *«Ясень, дуб и терн»* — стихотворение Редьярда Киплинга «Песнь о деревьях», неоднократно положено на музыку английскими фолк-исполнителями, в частности Питером Беллами; российской аудитории известно в исполнении Хелависы на слова Г. Усовой; также существует перевод М. Бородицкой.

«Покоритель зари» — роман английского писателя Клайва Стейплза Льюиса «„Покоритель зари“, или Плавание на край света» (1952), третья книга серии «Хроники Нарнии».

С. 46. *Малверн* — имеется в виду Малверн-колледж, частная школа-пансион, основанная в 1865 г. в графстве Вустершир, в 220 милях от Лондона.

С. 48. *Силла Блэк* (Присцилла Мария Вероника Уайт, 1943–2015) — популярная британская певица и актриса.

Дасти Спрингфилд — псевдоним британской исполнительницы Мэри Кэтрин Бернадетт О'Брайен (1939—1999).

Джоан Баэз (р. 1941) — знаменитая американская фолк-певица шотландско-мексиканского происхождения.

Джуди Коллинз (р. 1939) — популярная американская фолк-певица.

С. 49. *«Ты мерцай, звезда ночная...»* («Twinkle, Twinkle, Little Star...») — популярная колыбельная на слова английской поэтессы и писательницы Джейн Тейлор (1783—1824); на русском известна в переводе О. Седаковой.

С. 51. *«Ночной порой у стад своих сидели пастухи...»* («While Shepherds Watched Their Flocks by Night») — популярный рождественский гимн на слова англо-ирландского поэта Наума Тейта (1652—1715) по мотивам Лк. 2: 8—14.

С. 52. *Мисс Хэвишем* — персонаж романа Чарльза Диккенса «Большие надежды», невеста, брошенная женихом у алтаря.

С. 53. *Сэнди Денни* (Александра Элен Маклин Денни, 1947—1978) — британская певица и автор песен, участница фолк-рок-группы *Fairport Convention*.

Дейви Грэм (Дэвид Майкл Гордон Грэм, 1940—2008) — британский фолк-гитарист.

Рой Харпер (р. 1941) — британский фолк-певец и композитор.

С. 54. *...Берта Дженша и Джона Ренбурна, апостолов фолк-возрождения.* — Берт Дженш (Герберт Дженш, 1943—2011) — шотландский фолк-рок-гитарист. Джон Ренбурн (1944—2015) — английский фолк-гитарист. В 1966 г. записали совместную пластинку «Bert and John», в 1967 г. основали знаменитую фолк-джаз-фьюжн-группу *Pentangle* (с певицей Джеки Макши, контрабасистом Дэнни Томпсоном и барабанщиком Терри Коксом).

...служил в фузилерском полку... — Имеется в виду полк Королевских валлийских фузилеров линейной пехоты британской армии, образованный в 1689 г.; в 2006 г. объединен с Королевским полком Уэльса и преобразован в батальон Королевских валлийцев.

Лонни Донеган (Энтони Джеймс Донеган, 1931—2002) — популярный британский фолк-исполнитель 1950—1960-х гг. в жанре скиффл.

The Vipers — имеется в виду *The Vipers Skiffle Group*, британская скиффл-группа, популярная в 1960-е гг.

Алексис Корнер (Алексис Эндрю Николас Корнер, 1928—1984) — известный британский рок-музыкант, один из ведущих исполнителей в жанре ритм-энд-блюз.

Юэн Макколл (Джеймс Генри Миллер, 1915—1989) — известный британский исполнитель, оказавший большое влияние на возрождение фолк-музыки в Великобритании.

Пегги Сигер (Маргарет Сигер, р. 1935) — известная американская фолк-певица, жена Юэна Макколла.

«Эта машина убивает» — подражание знаменитой надписи на гитаре американского певца и композитора Вуди Гатри (Вудро Уилсон Гатри, 1912—1967) «Эта машина убивает фашистов».

...слишком рано умерший Ричард Фаринья... — Ричард Джордж Фаринья (1937—1966) — американский фолк-исполнитель, поэт и писатель; был женат на сестре Джоан Баэз, Мими. Выпустил единственный роман («Если очень долго падать, можно выбраться наверх») и разбился на мотоцикле в день его выхода. Был близким другом Томаса Пинчона, который посвятил ему «Радугу тяготения» (1973).

С. 55. *Ноэль Кауард* (Ноэль Пирс Кауард, 1899—1973) — английский драматург, композитор, актер и певец, автор пьес о жизни светского общества.

Джон Мартин (Иен Дэвид Макгичи, 1948—2009) — британский фолк-исполнитель и гитарист.

С. 56—57. *...«Песня Динка» из антологии Ломакса.* — Популярная фолк-композиция «Dink's Song», известная также под названием «Fare Thee Well» («Прощай»), включена в песенник знаменитого американского музыковеда и собирателя фольклора Джона Эйвери Ломакса (1867—1948); ее исполняли, в частности, Пит Сигер и Боб Дилан.

С. 57. *«Где цветет душистый вереск...»* — шотландская народная баллада «Purple Heather» («Лиловый вереск»), также называемая «Wild Mountain Thyme» («Дикий горный тимьян»), адаптированная ирландским музыкантом Фрэнсисом Макпиком в 1950-х гг.; ее включали в репертуар многие исполнители, в частности Джуди Коллинз, Джоан Баэз и Боб Дилан.

С. 58. *«You Don't Know What Love Is»* («Ты не знаешь, что такое любовь») — популярная песня на слова Дона Рэя и музыку Джина де Пола, написанная для фильма с участием американских комиков Бада Эббота и Лу Костелло «Keep 'Em Flying» («Пусть они летают», 1941).

Нина Симон (Юнис Кэтлин Уэймон, 1933—2003) — американская джазовая певица.

«Ронни Скоттс» («Ronnie Scott's») — знаменитый лондонский джаз-клуб, основанный в 1959 г. британским саксофонистом Рональдом Шаттом (1927—1996), выступавшим под псевдонимом Ронни Скотт.

Ал Стюарт (Алистер Иен Стюарт, р. 1945) — шотландский фолк-певец и музыкант.

«Уилли из Уинсбери» — шотландская народная баллада «Willie o Winsbury», известная в многочисленных вариантах с конца XVIII в.

Энн Бриггс (Энн Патриция Бриггс, р. 1944) — известная английская фолк-исполнительница.

С. 59. *...альбатрос на шее...* — Идиоматическое название раздражающего бремени, от которого невозможно избавиться, восходит к старинной легенде, описанной в поэме английского поэта С. Т. Кольриджа «Сказание о Старом Мореходе».

Нед Келли (Эдвард Келли, 1854—1880) — знаменитый австралийский разбойник, герой множества народных баллад.

С. 61. *«Британское вторжение»* — такое название получил выход британской рок-музыки на международную арену в середине 1960-х гг.

Микки Моуст (Майкл Питер Хейз, 1938—2003) — английский продюсер, основатель лейбла «RAK Records».

С. 62. *...пижонами с Карнаби-стрит...* — Имеется в виду пешеходная улица в центре Лондона, бастион «независимой моды» в 1960-е гг.

С. 64. *Клуб «UFO»* — знаменитый лондонский клуб, существовавший с 1966 по 1967 г., основанный британским фотографом и журналистом Джоном Хопкинсом по прозвищу Хоппи (1937—2015) (см. далее: «...Хоппи щелкает выключателем за световым пультом...») и американским продюсером и писателем Джо Бойдом (р. 1942).

...Pink Floyd прокладывает курс корабля к сердцу пульсирующего солнца. — Аллюзия на композицию «Set the Controls for the Heart of the Sun» со второго альбома группы, «A Saucerful of Secrets» (1968).

«Назовем-ка его Джаспером...» Почему это имя, а не какое-нибудь другое? ⟨...⟩ Драгоценный камень? — Имя Джаспер (Jasper) по-английски означает «яшма».

Сид Барретт (Роджер Кит Барретт, 1946—2006) — британский музыкант, поэт, композитор, художник, один из основателей рок-группы *Pink Floyd*.

С. 65. *«Если б расчищены были врата восприятия...»* — цитата из книги Уильяма Блейка «Бракосочетание Неба и Ада» (1793), перев. С. Степанова.

Рик Райт (Ричард Уильям Райт, 1943—2008) — британский пианист, композитор и вокалист, один из основателей группы *Pink Floyd*.

...слушали новую песню Пола «Прелестная Рита». — Имеется в виду песня Пола Маккартни «Lovely Rita», записанная в феврале 1967 г. и вошедшая в альбом «Sgt. Pepper's Lonely Hearts Club Band» («Оркестр клуба одиноких сердец сержанта Пеппера»).

Метаквалон — седативное и снотворное средство, популярный клубный наркотик в 1960-е гг., входит в состав лекарственных препаратов кваалюд и мандракс.

...вот он приход точка точка точка тире тире тире точка точка точка — Эта последовательность сигналов в азбуке Морзе означает международный сигнал бедствия SOS.

С. 66. *«И слава Господня осияла их: и убоялись страхом великим. И сказал им ангел, не бойтесь...»* — Лк., 2: 9.

А теперь библейски черно и беззвездно. — Инверсия цитаты из радиопьесы валлийского поэта Дилана Томаса «Под сенью молочного леса» (1954): «Представьте себе — весна, безлунная ночь в маленьком городке; беззвездная и черная, строгая, как Библия, тишина улиц, вымощенных камнем...» (перев. Ю. Комова); также авторский анахронизм — аллюзия на альбом «Starless and Bible Black» (1974) группы *King Crimson*; название альбома (и его заглавной композиции) является прямой цитатой («беззвездный и черный, как Библия»).

И вширь и вглубь растет, как власть империй, медленная страсть. — Строка из стихотворения английского поэта-классициста Эндрю Марвелла (1621—1678) «К застенчивой возлюбленной» (перев. И. Бродского).

С. 67. *...австралийский монолит Улуру.* — Массивная овальная красно-оранжевая скала в центре Австралии, известная также под названием Эрс-Рок, длиной 3,6 км, шириной ок. 3 км и высотой 348 м.

Он на площадке дозорной башни, глядит на залив...⟨...⟩ Тучный человек в костюме наполеоновской эпохи опирается на поручень, направляет подзорную трубу в море. — Автоцитата (с изм.) из романа «Тысяча осеней Якоба де Зута» (перев. М. Лахути).

С. 68. *...«Де Зут, спящий; де Зут, бодрствующий».* — Аллюзия на знаменитые статуи львов работы итальянского скульптора Антонио Кановы на гробнице папы Климента XIII в соборе Святого Петра (1792), впоследствии служившие моделями популярных садово-парковых скульптур.

«Потерянный рай» — эпическая поэма английского поэта и мыслителя Джона Мильтона (1608—1674), опубликованная в 1667 г.

С. 70. *«Астурия»* — пятая пьеса в фортепианной «Испанской сюите» испанского композитора Исаака Мануэля Франсиско Альбениса (1860—1909); переложена для гитары знаменитым испанским гитаристом Андресом Сеговией (1893—1987).

С. 71. *...колтрейновской «My Favourite Things».* — «My Favourite Things» («Мои любимые вещи») — композиция с одноименного альбома американского джазового саксофониста Джона Колтрейна (1926—1967), джазовая обработка песни Оскара Хаммерстайна и Ричарда Роджерса из мюзикла «Звуки музыки» (1959).

С. 73. *...«Kind of Blue» Майлза Дэвиса...* — студийный альбом американского джазового трубача Майлза Дэвиса (1926—1991), выпущенный в 1959 г.

С. 74. *Штокхаузен,* Карлхайнц (1928—2007) — известный немецкий композитор и дирижер, автор ряда основополагающих трудов по теории музыки, один из лидеров музыкального авангарда второй половины XX в.

Джодрелл-Бэнк — астрофизический центр Манчестерского университета, основанный в 1945 г.; в начале холодной войны его обсерватория была единственной, способной регистрировать запуски советских межконтинентальных ракет.

«Flamenco Sketches» («Наброски фламенко») — джазовая композиция трубача Майлза Дэвиса и пианиста Билла Эванса с альбома «Kind of Blue» (1959) (см. выше).

С. 76. *«(I Can't Get No) Satisfaction»* («Никакого удовольствия») — песня Мика Джаггера и Кита Ричардса, сингл The Rolling Stones, выпущенный в августе 1965 г. и занявший первое место в хит-параде.

С. 78. *Варшавское восстание* — восстание против Третьего рейха в Варшаве, с августа по октябрь 1944 г., организованное командованием Армии Крайовой и польским правительством в изгнании.

С. 79. *Lebensraum* (Жизненное пространство) — обоснование политического курса Третьего рейха и территориальной экспансии и агрессии в 1930-е гг.

С. 80. *Пол Моушен* (Стивен Пол Моушен, 1931–2011) — американский джазовый барабанщик армянского происхождения; сам он произносил свою фамилию Мотьян.

Билл Эванс (Уильям Джон Эванс, 1929–1980) — американский пианист, один из выдающихся джазовых композиторов XX в., оказавший большое влияние на развитие камерного джаза, в частности джазовых трио; в 1959–1961 гг. играл с контрабасистом Скоттом Лафаро и барабанщиком Полом Моушеном.

С. 81. *Как для обложек «Блю ноут».* — «Blue Note Records» — американский джазовый лейбл, основанный в 1939 г.; обложки альбомов, созданные американским фотографом Рейдом Майлзом в 1950–1960-е гг., считаются классикой дизайна.

Теренс Донован (Теренс Дэниел Донован, 1936–1996) — британский фотограф и режиссер.

Дэвид Бейли (Дэвид Ройстон Бейли, р. 1938) — английский фотограф-портретист, в 1960-е гг. работавший в британском журнале «Vogue», создатель образа «свингующего Лондона» в культовой серии «Box of Pin-Ups» (1965), включающей портреты *The Beatles*, Мика Джаггера, модели Джин Шримптон, танцора Рудольфа Нуриева, актера Майкла Кейна, гангстеров-близнецов Рональда и Реджинальда Крэй (см. примеч. к с. 212) и др.

Макс Роуч (Максвелл Лемюэл Роуч, 1924–2007) — американский джазовый барабанщик и композитор.

С. 82. *Пока ты там будешь мотаться по дорогам, как герои Керуака...* — Джек Керуак (1922–1969) — американский писатель, поэт, важнейший представитель литературы битников; его самые известные романы — «В дороге» (1957) и «Бродяги Дхармы» (1962).

С. 84. *The Hollies* («Холлиз») — манчестерская рок-группа, созданная в 1962 г., одна из ведущих представителей «британского вторжения», успешно выступавшая в 1960-е гг. в Великобритании и США. По утверждению участников группы, название означает «Остролист», хотя высказываются предположения, что она названа в честь американского певца Бадди Холли (1936–1959).

«Бе-бе-бе, барашек наш» — первая строка английской детской потешки «Baa, Baa, Black Sheep» («Черная овечка»).

«Повелитель мух» — дебютный роман английского писателя Уильяма Голдинга (1911—1993), опубликованный в 1954 г. и впервые экранизированный в 1964 г.

Big Brother and the Holding Company — американская психоделическая рок-группа, образованная в 1965 г. в Сан-Франциско; в 1966 г. к ней присоединилась Дженис Джоплин; дословный перевод названия: «Большой брат и холдинговая компания», где «большой брат» — отсылка к роману Джорджа Оруэлла «1984», а «холдинговая компания» — сленговое выражение, означающее «владение нелегальными наркотическими препаратами», «наркоточка».

Quicksilver Messenger Service — американская психоделическая рок-группа, созданная в Сан-Франциско в 1965 г. Дословный перевод названия: «Курьерская служба „Ртуть"»; по словам участников группы, название — многоуровневая игра смыслов, связанная прежде всего с Меркурием (планетой, римским богом торговли и гонцом богов, а также с англоязычным обозначением ртути).

Country Joe and the Fish — американская психоделическая рок-группа, образованная в Беркли в 1967 г. Дословный перевод названия: «Джо-деревенщина и рыба», где Джо-деревенщина — американское прозвище И. В. Сталина, а рыба — отсылка к высказыванию Мао Цзэдуна, сравнившего революционеров с «рыбой в море людей».

С. 87. *«Я генерал-майорское сплошное воплощение...»* — первая строка арии генерал-майора Стэнли из английской комической оперы «Пираты Пензанса, или Раб долга» (муз. А. Салливана, сл. У. Гилберта, 1879), перев. Г. Бена.

С. 89. *«Она не исчезнет, будет она лишь в дивной форме воплощена...»* — несколько измененная строка из песни Ариэля. У. Шекспир. «Буря», акт I, сц. 2, перев. М. Донского.

«Секстет „Облачный атлас"». ⟨...⟩ *«Записано в Лейпциге, Р. Хайль, Дж. Климек и Т. Тыквер, 1952»...* — Имеются в виду Райнольд Хайль (р. 1954), немецкий кинокомпозитор; Джонни Климек (р. 1962), австралийский исполнитель и кинокомпозитор; и Том Тыквер (р. 1965), немецкий кинорежиссер, сценарист и композитор, совместно написавшие музыку к фильму «Облачный атлас» по одноименному роману Митчелла.

С. 91. *Сесил-Корт* — пешеходная улица в центре Лондона, где сосредоточены антикварные магазины.

С. 92. *Гарри Белафонте* (Гарольд Джордж Белланфанти-мл., р. 1927) — американский певец ямайского происхождения, актер, борец за гражданские права, звезда эстрады 1950-х гг., прозванный «королем калипсо» за популяризацию карибской музыки.

Бинг Кросби (Гарри Лиллис Кросби, 1903—1977) — известный американский эстрадный певец и актер, мастер эстрадно-джазовой крунерской манеры исполнения.

Вера Линн (1917—2020) — английская эстрадная певица, популярная в 1940—1950-х гг.

С. 97. *Ну да, искусство ради искусства, а деньги за ради бога.* — Отсылка к строке «Art for art's sake and money for God's sake» из песни «Art for Art's Sake» группы *10cc*; написанная Эриком Стюартом и Грэмом Гулдманом, песня вошла в альбом «How Dare You!» (1976). Авторский анахронизм.

...вечный сумрак, как на картине Магритта «Империя света». — Рене Франсуа Гислен Магритт (1898—1967) — бельгийский художник-сюрреалист; картина «Империя света», написанная в 1954 г., — одна из самых известных работ художника, существует в шестнадцати вариантах; на картине изображен ночной пейзаж, сумрачный берег озера, дом с зажженными окнами и над всем этим — полуденное голубое небо с белыми облаками.

Через месяц «Дерам» выпускает мой сингл. ⟨...⟩ *«Смеющийся гном». Водевильная психоделия.* ⟨...⟩ *Удачи вам с гномом.* — Сингл Дэвида Боуи «The Laughing Gnome», выпущенный в апреле 1967 г., не имел коммерческого успеха; при повторном выпуске в 1973 г. занял 6-е место в чарте.

С. 98. *...«удобнее верблюду пройти сквозь игольные уши...»* — вошедшая в поговорку евангельская цитата (Мф. 19: 24; Мк. 10: 25; Лк. 18: 25).

С. 99. *Электростанция Баттерси* — угольная электростанция на южном берегу Темзы в лондонском районе Баттерси, здание в стиле ар-деко с четырьмя трубами высотой 109 м; работала до 1983 г., стала одной из самых известных достопримечательностей Лондона после появления в битловском фильме «На помощь» («Help!», 1965), в сериале «Доктор Кто» и на обложке альбома «Animals» (1977) группы *Pink Floyd*. Много лет находилась в процессе реконструкции под офисный центр, 40% площадей которого займет лондонский офис компании *Apple*; центр частично открылся осенью 2022 г.

С. 101—102. *...залетные птицы, заезжие мартышки и черепахи...* — Имеются в виду американские рок-группы *The Byrds*, *The Monkees* и *The Turtles*.

С. 102. *...Джерри, со спутниками или без оных...* — аллюзия на ливерпульскую бит-группу *Gerry and the Pacemakers*.

«Scotch of St. James» — культовый ночной клуб, служивший в 1960-е гг. местом встреч известных рок-музыкантов; в нем прошло первое в Великобритании выступление Джими Хендрикса.

Брайан Джонс (Льюис Брайан Хопкин Джонс, 1942—1969) — английский гитарист, один из основателей рок-группы *The Rolling Stones*.

Брайан Эпстайн (Брайан Сэмюэл Эпстайн, 1934—1967) — менеджер группы *The Beatles*.

«Вершина популярности» — еженедельная музыкальная программа британского телевидения «Top of the Pops», телеверсия национального хит-парада, выходившая на канале Би-би-си в 1964—2006 гг.

С. 103. *...мистер Хампердинк...* — Энгельберт Хампердинк (Арнольд Джордж Дорси, р. 1936) — популярный британский эстрадный певец.

С. 104. *В Уэльсе есть один тип, который готов выправить водительское удостоверение кому угодно.* — В валлийском городе Суонси с 1965 г. находится агентство по выдаче водительских удостоверений, британский аналог Межрайонного регистрационно-экзаменационного отдела.

Кит Мун (Кит Джон Мун, 1946—1978) — английский музыкант, ударник группы *The Who*, известный своим эксцентричным поведением.

С. 105. *Литл Ричард* (Ричард Уэйн Пеннимен, 1932—2020) — американский певец, пианист и композитор, стоявший у истоков рок-н-ролла.

«Tutti Frutti» — песня Литл Ричарда и Дороти Лабостри, выпущенная в 1955 г. и ставшая первым хитом Литл Ричарда.

С. 109. *...выпускница Джульярда.* — Имеется в виду Джульярдская школа музыки — одно из крупнейших американских высших учебных заведений в области сценического искусства и музыки, существует с 1905 г.

С. 110. *Биг Билл Брунзи* (Ли Конли Брэдли, 1903—1958) — американский блюзовый певец и гитарист.

С. 111. *Уошборд Сэм* (Роберт Клиффорд Браун, 1910—1966; Сэм Стиральная Доска) — американский блюзовый исполнитель.

«*Tomorrow Never Knows*» («Завтрашний день никогда не знает») — песня *The Beatles* с альбома «Revolver» (1966).

С. 118. *Да, сэр, нет, сэр, шерсти три мешка, сэр.* — Строка из английской детской потешки «Baa, Baa, Black Sheep» («Черная овечка»), вошедшая в поговорку для описания подобострастного слуги или подчиненного. Также см. примеч. к с. 80.

С. 119. *«Есть в Новом Орлеане дом один...»* («There is a house in New Orleans...») — первая строка фолк-баллады «The House of the Rising Sun» («Дом восходящего солнца»); в исполнении группы *The Animals* (1965) песня приобрела огромную популярность.

С. 121. *Маленький лорд Фаунтлерой* — персонаж одноименного романа англо-американской писательницы Фрэнсес Элизы Ходжсон Бернетт (1849—1924), опубликованного в 1885 г.

С. 126. *«Чесс-рекордз»* («Chess Records») — американский лейбл звукозаписи, основанный в 1950 г. в Чикаго братьями Леонардом и Филом Чесс и в 1975 г. закрывшийся; издавал главным образом блюз, ритм-энд-блюз и госпел.

Фил Спектор (Харви Филип Спектор, 1939—2021) — один из влиятельнейших американских музыкальных продюсеров, автор технологии «стена звука».

С. 128. *Мэри Куант* (Барбара Мэри Куант, р. 1930) — британский модельер, достигшая пика популярности в 1960-е гг. с коллекцией молодежной уличной моды (мини-юбки, ультракороткие шорты, дождевики, рюкзаки, туфли на платформах, яркие брюки в обтяжку и т. п.).

«Мэри, Мэри, все не так...» — первая строка английской детской потешки «Mary, Mary, quite contrary...».

С. 130. *Гарольд Вильсон* (Джеймс Гарольд Вильсон, 1916—1995) — британский политик, лейборист, дважды премьер-министр Великобритании (в 1964—1970 гг. и в 1974—1976 гг.).

С. 133. *...громыхали The Mothers of Invention — альбом «Freak Out!».* — Американскую психоделическую группу *The Mothers of Invention* создал в 1964 г. Фрэнк Заппа; «Freak Out!» (1966; «Бесись!») — их дебютный студийный альбом (и первый двойной альбом в истории рок-музыки).

С. 134. *Марк Болан* (Марк Фелд, 1947—1977) — британский певец и гитарист, лидер группы *Tyrannosaurus Rex* (название которой затем было усечено до *T. Rex*).

С. 135. *The Butterfield Blues Band* — американская блюзовая группа, созданная в 1964 г. певцом и композитором Полом Баттерфилдом; одноименный альбом вышел в 1965 г.

С. 136. *Сид Барретт... безостановочно напевал: «Ну что, понятно? Ну что, понятно?»* — Имеется в виду «Have You Got It Yet?» (1968), шуточная композиция Сида Барретта, постоянно изменяющаяся в ходе исполнения.

Ал Гинзберг (Ирвин Аллен Гинзберг, 1926—1997) — американский поэт, стоявший у истоков движения битников, автор знаменитой поэмы «Вопль».

Билл Грэм (Вольфганг Грайонки, 1931—1991) — американский антрепренер и музыкальный импресарио, владелец концертного зала «Филлмор» в Сан-Франциско.

Мик Фаррен (Майкл Энтони Фаррен, 1943—2013) — британский музыкант, основатель (1967) психоделической протопанк-группы *The Deviants*, впоследствии музыкальный критик, писатель и журналист.

...я скептически отношусь к концепции врат восприятия... — Отсылка к эссе английского писателя Олдоса Хаксли «Врата восприятия» (1954), где описывается «расширение границ восприятия» под действием мескалина; название эссе — цитата из книги Уильяма Блейка «Бракосочетание Неба и Ада» (см. примеч. к с. 65).

С. 141. *Раз в неделю я выступаю в клубе «Le Gibus»...* — «Ле Жибю» — парижский ночной клуб, открытый в 1967 г., приобрел популярность в 1970-е гг., с появлением панк-рока.

С. 142. *...«Золотую тетрадь» Дорис Лессинг...* — Дорис Лессинг (1919—2013) — английская писательница, лауреат Нобелевской премии по литературе (2007); роман «Золотая тетрадь» (1962) считается классикой феминистской прозы.

С. 145. *«Золотой сокол»* («The Goldhawk») — клуб в лондонском районе Шепердс-Буш, где в середине 1960-х гг. проходили первые концерты группы *The Who*.

С. 146. *Стив Уинвуд* (Стивен Лоуренс Уинвуд, р. 1948) — английский певец и музыкант, вокалист психоделической рок-группы *Traffic*.

«Нью мюзикл экспресс» («New Musical Express», NME) — английский музыкальный журнал, издававшийся с 1952 по 2018 г., в котором также публиковались музыкальные чарты и хит-парады синглов.

С. 149. *...песня Сэнди Шоу «Puppet on a String».* — Сэнди Шоу (Сандра Энн Гудрич, р. 1947) — популярная британская певица; с песней «Puppet on a String» стала победительницей конкурса «Евровидение» в 1967 г.

С. 153. *...Матфей, Марк, Лука и Иоанн, они же — Великолепная Четверка...* — Прозвище Великолепная Четверка (Fab Four) *The Beatles* получили в разгар «битломании» (1963—1966).

С. 155. *«Как так?!!»* — в крикете традиционное восклицание полевых игроков, когда бэтсмен выведен из игры.

С. 156. *«Когда я был младенцем, то по-младенчески говорил...* ⟨...⟩ *...но любовь из них больше».* — 1 Кор., 13: 11–13.

С. 158. *Очень жаль, что всеобщую воинскую повинность отменили...* — Всеобщая воинская повинность, введенная в Великобритании в 1939 г. в связи со Второй мировой войной, была отменена в 1960 г.

С. 158–159. *Отец этого, как его там, Кита Джаггера, работал на фабрике...* ⟨...⟩ *Надеюсь, судья Блок призовет их к ответу по всей строгости закона...* — Имеются в виду Кит Ричардс, гитарист *The Rolling Stones*, и его поместье «Редлендс» в Западном Суссексе, Мик Джаггер, вокалист *The Rolling Stones*, а также скандал, разразившийся в феврале 1967 г. и приведший к аресту Ричардса и Джаггера, которым вменялось в вину хранение и распространение наркотиков. Дело широко освещалось британской прессой. Судья Лесли Аллен Кеннет Блок, возглавлявший слушания, вынес жесткий приговор, «чтобы другим было неповадно».

С. 159. *...«Strangers in the Night» Фрэнка Синатры...* — песня на музыку немецкого композитора Бертольда Кэмпферта, ставшая популярной в исполнении Фрэнка Синатры и включенная в его одноименный альбом 1966 г.; на русском также известна под названием «Странники в ночи».

«Land of Hope and Glory» («Край надежд и славы») — английская патриотическая песня на слова Артура Кристофера Бенсона и музыку Эдуарда Элгара (1901).

Эдди Кокран (Эдвард Рэймонд Кокран, 1938–1960) — американский певец, гитарист и композитор, стоявший у истоков рок-н-ролла; погиб в автокатастрофе на гастролях в Великобритании.

С. 161. *«Филипс-рекордз»* («Philips Records») — международный лейбл звукозаписи голландского производителя электроники «Philips», основан в 1950 г.

Рэй Дэвис (Рэймонд Дуглас Дэвис, р. 1944) — британский певец и гитарист, основатель группы *The Kinks*.

С. 162. *«Пай-рекордз»* («Pye Records») — британский лейбл звукозаписи, существовавший в 1953–1989 гг., сотрудничал с группами *The Kinks* и *Status Quo*, певицами Сэнди Шоу и Петулой Кларк.

Чез Чендлер (Брайан Джеймс Чендлер, 1938–1996) — басист британской ритм-энд-блюзовой группы *The Animals*, впоследствии менеджер и продюсер Джими Хендрикса.

С. 163—164. *За низким столиком сидят четверо... ⟨...⟩ На белый камень садится черная бабочка и раскрывает крылышки...* — Автоцитата (с изм.) из романа «Тысяча осеней Якоба де Зута» (перев. М. Лахути).

С. 167. *...с долгим извилистым вздохом сказал Дин.* — Анахронистичная отсылка к названию песни «The Long and Winding Road» («Долгая извилистая дорога») с последнего студийного альбома *The Beatles* «Let It Be» (1970), выпущенного через месяц после распада группы.

С. 168. *«Апельсинчики как мед...»* — английская детская потешка «Oranges and Lemons», о лондонских колоколах. Русским читателям известна по роману Дж. Оруэлла «1984»:

«Апельсинчики как мед», —
В колокол Сент-Клемент бьет.
И звонит Сент-Мартин:
«Отдавай мне фартинг!»
И Олд-Бейли, ох, сердит.
«Возвращай должок!» — гудит.
«Все верну с получки!» — хнычет
Колокольный звон Шордитча.

Вот зажгу я пару свеч — ты в постельку можешь лечь.
Вот возьму я острый меч — и головка твоя с плеч!

(Перев. Е. Кассировой)

С. 171. *...потопит «Бисмарк»* — и сразу к вам.* — После выхода английского фильма (по мотивам одноименного романа С. С. Форестера) «Потопим „Бисмарк!"» в 1960 г. и популярной маршевой песни американского исполнителя кантри Джонни Хортона фраза вошла в жаргон как синоним дефекации.

...решил, что тебя унес волшебный дракон Пых. — Отсылка к песне «Puff the Magic Dragon» Леонарда Липтона и Питера Ярроу, вошедшей в репертуар фолк-трио *Peter, Paul and Mary* (1963); несмотря на многочисленные протесты авторов и исполнителей, название песни стало использоваться как эвфемизм для обозначения марихуаны.

С. 172. *«I Put a Spell on You»* («Я тебя заколдовал») — популярная композиция американского ритм-энд-блюзового певца Скримин Джей Хокинса («Орущий Джей Хокинс», сценический псевдоним Джаласи Хокинса, 1929—2001).

С. 174. *«Улица Коронации»* («Coronation Street») — британский телесериал, идущий на телеканале ITV с 1965 г., мыльная опера из жизни вымышленного рабочего городка Уэзерфилд.

С. 175. *Not Fade Away* («Не исчезнет») — песня одного из основоположников рок-н-ролла, американского исполнителя Бадди Холли (1936—1959) и группы *The Crickets*, записанная в 1957 г.; кавер-версия *The Rolling Stones* (1964) стала хитом в Британии.

С. 176. *Moon River* («Лунная река») — песня композитора Генри Манчини на слова Джонни Мерсера, написанная для экранизации повести Трумена Капоте «Завтрак у „Тиффани“» (1961); в фильме ее исполнила Одри Хепберн.

С. 177. *...странный, как инопланетянин, пытающийся выдать себя за человека.* — Аллюзия на роман Уолтера Тевиса «Человек, упавший на Землю» (1963), экранизированный режиссером Николасом Роугом в 1976 г. с Дэвидом Боуи в главной роли; также (анахронистично) отсылка к 20-му студийному альбому Дэвида Боуи «Earthling» (1997).

С. 182. *«Теннессийский вальс»* («Tennessee Waltz») — популярная песня, написанная в 1947 г. Реддом Стюартом и Пи Ви Кингом; стала всемирным хитом в 1950 г. в исполнении американской эстрадной певицы Патти Пейдж (1927—2013).

«Сыграй это еще раз, Сэм!» — вошедшая в поговорку фраза из фильма режиссера Майкла Кёртиса «Касабланка» (1942).

С. 185. *Букер Ти Джонс* (Букер Тальяферро Джонс-мл., р. 1944) — американский исполнитель и продюсер, лидер группы *Booker T & the M.G.'s*. Также см. примеч. к с. 29.

С. 187. *Спиди Гонсалес* (от *англ.* «speedy») — «скорый, быстрый») — персонаж серии американских мультфильмов «Loony Tunes», юркий мышонок из Мексики.

«Миссия невыполнима» — имеется в виду американский телевизионный сериал, транслировавшийся по каналу Си-би-эс в 1966—1973 гг.

«Жарься, зелье! Вар, варись!» — цитата из трагедии У. Шекспира «Макбет» (акт IV, сцена 1, перев. А. Радловой), в английском языке вошла в поговорку.

Джим Моррисон поет о конце. — Имеется в виду американский поэт и музыкант Джеймс Дуглас Моррисон (1943—1971), лидер и вокалист группы *The Doors*, и песня «The End», завершающая дебютный альбом группы (1967).

С. 188. *Стэн Лорел* (Артур Стэнли Джефферсон, 1890—1965) — английский комедийный актер, один из участников комического дуэта «Лорел и Харди».

«Мэджик бас рекордз» («Magic Bus Records») — вымышленный музыкальный магазин, назван по песне английской группы

The Who «Magic Bus» («Волшебный автобус», 1968); авторский анахронизм.

С. 190. *«Sunday Morning», первая вещь на первой стороне альбома, сразу же затягивает Дина. Нико на полтона фальшивит, но звучит классно.* — Нико (Криста Паффген, 1938—1988) — немецкая певица, композитор, фотомодель и актриса, снимавшаяся у Феллини в «Сладкой жизни» (1960), сотрудничавшая с Энди Уорхолом и группой *The Velvet Underground*; «Sunday Morning» — первая песня дебютного альбома «The Velvet Underground and Nico» (1967). Далее (см. с. 541) упоминается «These Days» — одна из трех песен авторства Джексона Брауна, включенных в дебютный сольный альбом певицы — «Chelsea Girl» (1967).

С. 191. *Ночь костров* (также: Ночь Гая Фокса) — ежегодный английский праздник, отмечаемый 5 ноября, в честь провала Порохового заговора 5 ноября 1605 г., когда заговорщики-католики во главе с Гаем Фоксом пытались взорвать здание парламента Великобритании.

С. 197. *...«Анелло и Давид» в Ковент-Гардене...* — обувной магазин в центральном лондонском районе Ковент-Гарден, открытый в 1922 г. братьями Анелло и Давидом Гандольфи; здесь шили на заказ обувь для Битлов, Мэрилин Монро, Орсона Уэллса, Роя Орбисона и многих других.

С. 200. *Скотт Маккензи, с цветами в волосах, все еще бредет в Сан-Франциско.* — Имеется в виду песня из репертуара американского певца Скотта Маккензи (Филип Уоллак Блондхейм III, 1939—2012) «San Francisco (Be Sure to Wear Flowers in Your Hair)» («Сан-Франциско (Не забудь вплести цветы в волосы)», 1967), ставшая своего рода гимном движения хиппи.

С. 203. *...«и с мест они не сойдут...»* — ставшая поговоркой цитата из стихотворения Редьярда Киплинга «Баллада о Востоке и Западе» (перев. Е. Полонской).

С. 205. *Что ж, снова ринемся, друзья...* — вошедшая в поговорку цитата из монолога Генриха V из одноименной пьесы У. Шекспира (акт III, сцена 1; перев. Е. Бируковой).

С. 208. *«Мелоди мейкер»* («Melody Maker») — английский музыкальный еженедельник, издававшийся в 1926—2000 гг.

С. 210. *Лулу пела «Let's Pretend».* — Имеется в виду Мэри Макдональд Маклафлин Лаури (р. 1948), шотландская певица, победительница конкурса «Евровидение» в 1969 г.; песня «Let's Pretend» вошла в альбом «Lulu Loves to Love Lulu» (1967).

С. 211. *Джон Бетчеман* (1906—1984) — британский поэт и писатель, поэт-лауреат.

С. 212. *Близнецы Крэй* — Рональд (1933—1995) и Реджинальд (1933—2000) Крэй, гангстеры, контролировавшие большую часть организованной преступности в Лондоне в 1950—1960-е гг.

Ротари-клуб — международная неполитическая благотворительная организация, основанная в 1905 г. в Чикаго; ее девиз — «Служение превыше себя».

Женский институт — международная общественная организация для женщин, основанная в Канаде в 1897 г.; популярна в Великобритании и в странах Содружества.

С. 214. *Лето Любви* — имеется в виду лето 1967 г., когда в Сан-Франциско собралось около ста тысяч человек, чтобы «праздновать любовь и свободу».

С. 220. *...Фэтс Домино поет «Blueberry Hill».* — Фэтс Домино (Антуан Доминик Домино, 1928—2017) — американский пианист и вокалист, один из родоначальников рок-н-ролла. «Blueberry Hill» — популярная эстрадная песня, впервые записанная в 1940 г. оркестром Глена Миллера и ставшая хитом в исполнении Фэтса Домино в 1956 г.

С. 221. *«Оз»* («Oz») — культовый журнал, тесно связанный с андерграундом и «контркультурной революцией» 1960-х гг., известный скандальными материалами и пикантными иллюстрациями; был основан австралийским писателем Ричардом Невиллом в 1963 г., с 1967 г. издавался в Лондоне.

«Полуночная жара» — детективный фильм американского режиссера Нормана Джуисона «In the Heat of the Night» (1967), в русском прокате также известен под названием «Душной южной ночью», снят по роману Джона Болла «Душной ночью в Каролине» (1965); главные роли исполнили Сидни Пуатье и Род Стайгер.

«Бонни и Клайд» — криминальная драма режиссера Артура Пенна «Bonnie and Clyde» (1967), основанная на реальных событиях; в главных ролях снялись Фэй Данауэй и Уоррен Битти.

С. 224—225. *Джон Пил... завтрашний выпуск своей программы «Душистый сад».* ⟨...⟩ *...Радио «Лондон»...* — Джон Пил (Джон Роберт Паркер Рейвенскрофт, 1939—2004) — британский радиоведущий и диск-жокей; на пиратской радиостанции «Радио Лондон» в 1967 г. он вел двухчасовую ночную программу «Душистый сад» («The Perfumed Garden»).

С. 228. *Джимми Сэвил* (Джеймс Уинсент Сэвил, 1926—2011) — британский диск-жокей и популярный телеведущий музыкальных и детских программ; после его смерти выяснилось, что он совершил ряд преступлений сексуального характера в отношении несовершеннолетних.

С. 229. *...в длиннополом тускло-розовом сюртуке, купленном в магазине «Зефирная крикетная бита»...* — «Зефирная крикетная бита» («The Marshmallow Cricket Bat») упоминается в автобиографической книге британского певца и композитора Элвиса Костелло (Деклан Патрик Макманус, р. 1954) «Unfaithful Music and Disappearing Ink» (2016) как один из культовых винтажных бутиков, где в 1960-е гг. одевались знаменитые музыканты и исполнители. Название, судя по всему, вымышленное.

С. 230. *...Дайана Росс и The Supremes... ⟨...⟩ В сравнении с Дайаной Росс, Мэри Уилсон и Синди Бердсонг все остальные выглядят как самодеятельность.* — Американское вокальное трио, основанное в Детройте в 1959 г.; с течением времени состав исполнительниц менялся, в 1967 г. в группу входили Дайана Росс (р. 1944), Мэри Уилсон (р. 1944) и Синди Бердсонг (р. 1939).

С. 231. *Herman's Hermits* — британская рок-группа, основанная в Манчестере в 1963 г. и ставшая частью «британского вторжения».

Эндрю Луг Олдем (р. 1944) — английский музыкальный продюсер, антрепренер и писатель, менеджер группы *The Rolling Stones*.

С. 232. *...на каждом островке Британского архипелага, от Шетленда до Силли.* — То есть от северного побережья Шотландии до западного побережья Корнуолла.

С. 234. *«Sumer is icumen in...»* («Лето пришло») — шестиголосный «бесконечный» хорал, так называемый «Летний канон» или «Песня кукушки», датируемый серединой XIII в.; автор слов и музыки неизвестен.

С. 236. *Стив Марриотт* (Стивен Питер Марриотт, 1947—1991) — британский вокалист, гитарист и автор песен, фронтмен *Small Faces*; отличался маленьким ростом, мощным вокалом и агрессивной манерой гитарной игры.

...ваше сатанинское величество... — аллюзия на альбом «Their Satanic Majesties Request» («Их сатанинские величества требуют»), выпущенный группой *The Rolling Stones* в 1967 г.

Стив Марриотт вкладывает в ладонь Брайана Джонса жестянку нюхательного табака «Огденс». — Группа *Small Faces* выпустила третий студийный альбом «Ogden's Nut Gone Flake» в мае 1968 г. и шесть недель занимала первое место в британских

731

чартах; название альбома и его обложка пародирует название и упаковку популярного нюхательного табака «Ogden's Nut-Brown Flake», производимого ливерпульской табачной фабрикой Томаса Огдена с 1899 г.

С. 237. *Грейс Слик* (Грейс Барнетт Уинг, р. 1939) — вокалистка калифорнийской группы *Jefferson Airplane*.

Розетта Тарп (Розетта Нубин, 1915—1973) — американская госпел-певица.

Семья Картер — американское фолк-трио, созданное в 1927 г. супругами Элвином Плезентом и Сарой Картер и сестрой Сары, Мейбелль Картер (женой Эзры Картера, брата Элвина).

Диджериду — духовой инструмент австралийских аборигенов.

И вообще, юный Стивен, тебе, наверное, трудно живется после того, как Дон Арден ободрал вас как липку... — Дон Арден (Гарри Леви, 1926—2007) — английский музыкальный агент и менеджер; пользовался агрессивными, не всегда законными методами ведения бизнеса; был менеджером группы *Small Faces*, но в 1966 г. их сотрудничество завершилось крупным скандалом из-за финансовых афер Ардена.

С. 240. *Роб Редфорд, Дик Бертон и Хамф Богарт* — имеются в виду известные актеры Роберт Редфорд (р. 1936), Ричард Бертон (1925—1984) и Хамфри Богарт (1899—1957).

С. 242. *...f, ff, fff, cres., bruscamente, rubato...* — итальянские музыкальные термины, используемые в нотной записи для указания динамики исполнения: forte — форте, громко; fortissimo — фортиссимо, очень громко; forte fortissimo — форте-фортиссимо, крайне громко; crescendo — крещендо, постепенное усиление звучания; bruscamente — коротко; rubato — варьирование темпа.

С. 245. *Вот представь, что на новом сингле Стоунзов поет какая-то телка. Провал гарантирован!* — Песня «Gimme Shelter» с альбома «Let It Bleed» (1969) — дуэт Мика Джаггера и Мерри Клейтон (р. 1948), американской соул- и госпел-певицы.

Галерея «Индика» — художественная галерея и книжный магазин, основанные с помощью и при активном участии Пола Маккартни в 1965 г.; именно здесь в 1966 г. проходила выставка Йоко Оно, на которой с ней познакомился Джон Леннон.

С. 247. *Майкл Кейн* (Морис Джозеф Миклуайт, р. 1933) — английский актер, продюсер и писатель.

Джордж Бест (1946—2005) — британский футболист, уроженец Северной Ирландии, начал свою карьеру в футбольном клубе «Манчестер юнайтед», признан одним из величайших игроков в истории футбола.

С. 248. *...из Уэльса. Ну, они ж туда к своему Махариши ездили...* — В августе 1967 г. *The Beatles* (в компании с Миком Джаггером, Марианной Фейтфул и Силлой Блэк) поехали в Бангор, город на северо-западе Уэльса, где неоиндуистский проповедник Махариши Махеш Йоги (1917—2008) проводил семинар по трансцендентальной медитации, однако через два дня, узнав о самоубийстве Брайана Эпстайна, они вернулись в Лондон.

С. 249. *Ну, чтоб ты был здоров, как лосось!* — традиционное ирландское пожелание «Slainte an Bradain chugat».

С. 251. *Извилистый туннель, освещенный призрачным светом грез, вел в сводчатый зал. ⟨...⟩ Хищный рот широко разявлен.* — Автоцитата (с изм.) из романа «Тысяча осеней Якоба де Зута» (перев. М. Лахути).

С. 260. *«Пещера»* («The Cavern») — ливерпульский клуб, открывшийся в 1957-м как джазовый; к началу 1960-х гг. в нем стали выступать блюз- и бит-группы; здесь же впервые выступили *The Beatles*.

С. 263. *Дин Мартин* (Дино Пол Крочетти, 1917—1995) — американский эстрадный певец и актер.

Глэдис Найт (р. 1944) — американская соул-певица.

С. 267. *«Yes, Sir, That's My Baby»* («Да, сэр, это мой дружок») — популярная песня, написанная в 1925 г. композитором Уолтером Дональдсоном на слова Гаса Кана, один из музыкальных стандартов в самых разных жанрах, от джаза до рок-н-ролла.

С. 268. *«You Really Got Me»* («Ты меня покорила») — песня Рэя Дэвиса, гитариста и вокалиста группы *The Kinks,* с дебютного альбома «Kinks» (1964).

«Taxman» («Налоговый инспектор») — песня Джорджа Харрисона, открывающая альбом «Revolver» (1966) группы *The Beatles.*

«Hound Dog» («Гончая») — песня Джерри Лейбера и Майка Столлера, впервые исполненная американской блюзовой певицей Уилли Мэй Торнтон в 1952 г. и получившая огромную популярность после кавер-версии Элвиса Пресли (1956).

«Рожденная свободной» — англо-американский кинофильм, снятый в 1966 г. по одноименному бестселлеру супругов Джой

и Джорджа Адамсон, естествоиспытателей и защитников дикой природы, о судьбе африканской львицы Эльсы.

С. 273. *Герцог Эдинбургский* — принц Филипп Маунтбеттен (р. 1948), супруг королевы Великобритании Елизаветы II.

Рассерженная молодежь (от *англ.* «angry young men» — «сердитые молодые люди») — литературное направление, возникшее среди молодых британских писателей и драматургов в 1950-е гг.; термин предположительно восходит к названию автобиографии англо-ирландского писателя Лесли Пола «Рассерженный молодой человек» (1951) и названию пьесы английского драматурга Джона Осборна «Оглянись во гневе».

С. 274. *Когда Дину хочется поговорить с кем-то о хорьках...* — Отсылка к популярному провинциальному развлечению «Удержи хорька в штанах», известному с XVIII в., но получившему широкое распространение в конце 1960-х — начале 1970-х гг.

С. 276. *«Are You Experienced»* («У вас есть опыт») — дебютный альбом (1967) группы *The Jimi Hendrix Experience* (Джими Хендрикс — гитара, вокал; Ноэль Реддинг — бас-гитара; Митч Митчелл — ударные).

С. 278. *«Bag o'Nails»* — культовый клуб на Кингли-стрит в Сохо; в 1960-е гг. его завсегдатаями были многие знаменитости, здесь же проходили концерты популярных исполнителей.

«Интернешнл таймс» — контркультурная независимая газета, выходившая в Лондоне с 1966 по 1973 г.

С. 279. *...в наполеоновском сюртуке из магазина «Я был камердинером лорда Китченера»...* — Имеется в виду модный бутик «I Was Lord Kitchener's Valet», открытый в 1965 г. и торговавший старинными военными мундирами на Портобелло-роуд в Лондоне; среди покупателей были Эрик Клэптон, Джон Леннон, Мик Джаггер и Джими Хендрикс.

С. 281. *John's Children* — английская поп-арт-группа, основанная в 1966 г. (некоторое время в ней выступал Марк Болан); просуществовали два года, не добились коммерческого успеха, но оказали большое влияние на панк-рок.

С. 282. *«I Want to Hold Your Hand»* («Я хочу держать тебя за руку») — песня Джона Леннона и Пола Маккартни с пятого сингла *The Beatles*, выпущенного в 1963 г.

«For What It's Worth» («Как бы то ни было») — песня американской группы *Buffalo Springfield*, выпущенная в 1967 г. и вскоре ставшая популярной песней протеста.

«Mississippi Goddamn» («Проклятье Миссисипи») — песня Нины Симон, написанная в 1964 г.

С. 283. «*A Change is Gonna Come*» («Грядут перемены») — песня американского соул-певца Сэма Кука (1931—1964).

С. 285. *Туманный день...* — Эпизод перекликается с популярной песней «Туманный день» («Foggy Day») Джорджа и Айры Гершвин, впервые прозвучавшей в фильме Джорджа Стивенса «Девичьи страдания» (1937), где ее исполнил Фред Астер; известны кавер-версии Фрэнка Синатры, Луиса Армстронга с Эллой Фицджеральд, Билли Холидей, Сары Вон.

С. 289. *Петула Кларк* (Салли Олвен Кларк, р. 1939) — знаменитая британская певица, актриса и композитор.

С. 293. ...*о трудностях, которые приходится преодолевать женщинам в этом мужском, мужском, мужском мире.* — Аллюзия на песню Джеймса Брауна (1933—2006) на слова Бетти Джини Ньюсом «It's a Man's Man's Man's World» (1966), название которой в свою очередь является отсылкой к комедийному фильму Стэнли Крамера «Этот безумный, безумный, безумный мир» («It's a Mad, Mad, Mad World», 1963).

С. 294. «*Desolation Row*» («Улица опустошения») — заключительная песня альбома Боба Дилана «Highway 61 Revisited» (1965), продолжительностью 11 минут 21 секунду, отличающаяся сюрреалистическим текстом.

Чарли Уоттс (1941—2021) — английский музыкант, ударник группы *The Rolling Stones*.

Джинджер Бейкер (Питер Эдвард Бейкер, 1939—2019) — британский музыкант, автор песен, барабанщик группы *Cream*.

С. 299. «*Тихая ночь, святая ночь*» — популярный рождественский гимн на слова австрийского священника Йозефа Франца Мора (1792—1848) и музыку церковного органиста Франца Грубера (1787—1863), написанный в 1818 г.

Ширли Темпл (1928—2014) — американская актриса и певица, известная своими детскими ролями в фильмах 1930-х гг., самая юная актриса, удостоившаяся премии «Оскар» (1934).

Аннетт Фуничелло (1942—2013) — американская актриса и певица, звезда диснеевских фильмов 1950—1960-х гг.

С. 301. «*Средиземье*» («Middle Earth») — лондонский ночной клуб на Кинг-стрит в Ковент-Гардене, существовавший с середины 1960-х по 1968 г.; в нем выступали *Pink Floyd, The Yardbirds, Jefferson Airplane, Tyrannosaurus Rex* и др.

С. 307. *Грифф слушал Дейва Брубека... «Take Five», и... отстукивал на пять четвертей...* — Дейв Брубек (1920—2012) — американский джазовый композитор и пианист, руководитель «Квартета Дейва Брубека»; композиция «Take Five» (1959), написанная в размере пять четвертей, считается классикой джаза.

Кози Коул — Уильям Рэндольф Коул (1909—1981), американский джазовый барабанщик эпохи свинга.

С. 308. *Арт Блейки* (1919—1990) — американский джазовый барабанщик в стиле бибоп.

Элвин Джонс (1927—2004) — американский джазовый музыкант, ударник в квартете Джона Колтрейна и оркестре Дюка Эллингтона.

С. 312. *Быть может, все это не так... Это песня такая. Там про всякие были и небылицы из Библии.* — Имеется в виду «It Ain't Necessarily So» — куплеты Спортинг-Лайфа из оперы Джорджа Гершвина «Порги и Бесс» (1935), известные в русском переводе С. Болотина и Т. Сикорской:

> Простите мне дерзость мою,
> О Библии я вам спою,
> Но, что б ни твердили библейские были,
> Я лично не верю вранью.

В поте лица твоего будешь есть хлеб... — Быт. 3: 19.

С. 313. *«Have Yourself a Merry Little Christmas»* — популярная песня из фильма-мюзикла «Встреть меня в Сент-Луисе» (1944), впервые исполненная Джуди Гарленд, известна на русском под названием «Маленькое Рождество» («Дай нам, Боже, радости и счастья...», перев. А. Иващенко).

С. 315. *Зять Муссолини, Галеаццо Чиано, однажды сказал: «У победы тысяча отцов, а поражение — всегда сирота».* — Галеаццо Чиано (1903—1944) — итальянский политик и дипломат, министр иностранных дел Италии (1936—1943). Его афоризм «У победы тысяча отцов...» ошибочно приписывают президенту США Дж. Ф. Кеннеди, который процитировал эту фразу в 1961 г., после неудавшейся попытки вторжения на Кубу.

«Вечер трудного дня» («A Hard Day's Night», 1964) — музыкальная комедия режиссера Ричарда Лестера по сценарию Алана Оуэна, главные роли в которой исполнили участники группы *The Beatles.*

С. 316. *...от Лендс-Энда до Джон-о'Гротс.* — Лендс-Энд (Land's End, букв. «край земли») — самая западная точка острова Великобритания, в Корнуолле, Джон-о'Гротс — его самая северо-восточная точка, в Шотландии.

С. 318. *Роберт Лоуэлл* (1917—1977) — американский поэт, драматург и литературный критик, представитель так называемого исповедального направления в поэзии.

Уоллес Стивенс (1879—1955) — известный американский поэт.

С. 321. *Фрэнсис Бэкон* (1909—1992) — один из ведущих английских художников-экспрессионистов, мастер фигуративной живописи.

С. 324. *Хамфри Литтелтон. ⟨...⟩ Джазовый трубач?* — Хамфри Ричард Эдин Литтелтон (1921—2008) — английский джазовый музыкант и ведущий передачи «Best of Jazz» на Втором радиоканале Би-би-си.

«Whisper Not» («Не шепчи») — композиция американского тенор-саксофониста Бенни Голсона (р. 1929), написанная в 1956 г. и ставшая джазовым стандартом; дала название студийному альбому Эллы Фицджеральд, выпущенному в 1965 г.

С. 325. *Мюриэль Белчер, суровая властительница «Колонирум»...* — Мюриэль Белчер (1908—1979) — приятельница Фрэнсиса Бэкона и модель нескольких его полотен; клуб «Colony Room» они основали совместно, в 1948 г.

Кокни Джордж — имеется в виду Джордж Дайер (1933—1971), лондонский вор, любовник Фрэнсиса Бэкона, покончивший жизнь самоубийством; после его смерти художник создал свою знаменитую серию «Черных триптихов».

Да не возведешь ты хулы на нашу Валери из «Галлери»! Ибо негоже кусать длань, тебя кормящую. — Валери Фэй Бестон (1922—2005) — сотрудница лондонской художественной галереи «Мальборо», основанной в 1946 г., где в 1960-е гг. проходили персональные выставки Фрэнсиса Бэкона.

...художник Люсьен с лисьими глазами. — Люсьен Майкл Фрейд (1922—2011) — британский художник (и внук Зигмунда Фрейда), выдающийся мастер фигуративной живописи; яркий представитель так называемой лондонской школы, куда входили также Фрэнсис Бэкон, Леон Коссоф, Фрэнк Ауэрбах и др.

...Джеральд с седыми бровями вразлет. — Джеральд Огилви Лэнг (1936—2011) — один из пионеров британского поп-арта.

С. 328. *«I've Got You Under My Skin»* («Ты у меня под кожей») — песня американского композитора и поэта-песенника Коула Портера (1891—1964), впервые прозвучавшая в музыкальном фильме «Рожденная танцевать» (1936) в исполнении Вирджинии Брюс и в 1966 г. ставшая хитом для Фрэнка Синатры и для американского вокального квартета *Four Seasons*.

С. 329. *Сэмюэл Беккет* (1906—1989) — французский и ирландский писатель, поэт и драматург, один из основоположников театра абсурда, лауреат Нобелевской премии по литературе (1969).

...какая-то герцогиня — то ли Розермер, то ли Виндермер, а может, и вовсе Вандермеер, — еще и вдова Джорджа Оруэлла... — Имеется в виду Соня Мэри Оруэлл (урожденная Браунелл, 1918—1980), вторая жена писателя; ко времени описываемых событий пережила скандальный развод со вторым мужем, Майклом Питт-Риверсом; была в приятельских отношениях с Фрэнсисом Бэконом.

Ипподром в Эйнтри — английский ипподром, где с 1836 г. проводятся ежегодные скачки с препятствиями (стипль-чез) «Гранд-нэшнл».

С. 330. *Генри Мур* (1898—1986) — знаменитый британский художник и скульптор-монументалист, близкий к сюрреалистам.

Сальвадор тоже готовится к выставке. ⟨...⟩ *Наш великий мастурбатор решил заняться искусством?* — Отсылка к картине Сальвадора Дали «Великий мастурбатор» (1929).

С. 332—333. *...потоками расплавленной лавы льются аккорды «хаммонда» Джимми Смита...* — Джимми Смит (Джеймс Оскар Смит, 1925—2005) — американский джазовый органист, оказавший большое влияние на формирование соул-джаза.

С. 333. *Стэнли Террентайн* (1934—2000) — американский джазовый тенор-саксофонист.

С. 336. *Нортроп Фрай* (1912—1991) — канадский филолог, литературовед, исследователь мифологии и языка.

Дейв ван Ронк (Дэвид Кеннет Ритц ван Ронк, 1936—2002) — американский фолк-исполнитель, культовая фигура в Нью-Йорке 1960-х гг.

Концерт The Beatles на стадионе Ши. — Североамериканское турне *The Beatles* началось выступлением 15 августа 1965 г. в нью-йоркском районе Куинс на стадионе Ши, где собралось 55 600 зрителей; это был первый концерт стадионного формата, положивший начало так называемому арена-року.

С. 338. *Если барабанщик переживет свою темную ночь души...* — Аллюзия на поэму и трактат христианского мистика и католического святого Хуана де ла Круса (Иоанн Креста, Хуан де Йепес Альварес, 1542—1591) «Темная ночь».

С. 339. *«Лондон Палладиум шоу»* — воскресная телевизионная развлекательная программа на канале Ай-ти-ви, еженедельно записывалась в театре «Лондон Палладиум» в 1955—1969 гг.;

впоследствии дважды возобновлялась; последний цикл передач завершился в 2017 г.

С. 342. *Джо Бойд прислал какого-то юнца. ...Ник Дак, Ник Лейк...* — Американский продюсер Джо Бойд (р. 1943), в 1960-е гг. работавший с британскими фолк-музыкантами, положил начало карьере английского автора-исполнителя Ника Дрейка (Николас Родни Дрейк, 1948—1974).

С. 346. *«See Emily Play»* («Смотри, как играет Эмили») — сингл группы *Pink Floyd*, выпущенный в 1967 г. и занявший второе место в чартах.

С. 347. *Лайонел Барт* (1930—1999) — английский композитор, автор мюзикла «Оливер!» и целого ряда песен для известных исполнителей.

С. 348. *Джаспер завершает соло истошным воплем «стратокастера», как в «Iron Man»...* — Анахронистичное сравнение с песней *Black Sabbath* с их второго студийного альбома «Paranoid» (1970).

С. 351. *Энди Уильямс* (Ховард Эндрю Уильямс, 1927—2012), популярный американский эстрадный певец и актер, на счету которого 18 золотых и 3 платиновых альбома.

С. 355. *Тони Блэкберн* (Энтони Кеннет Блэкберн, р. 1943) — английский певец, теле- и радиоведущий.

...до сих пор не могут выучить, как играть «Зеленые рукава»... — Имеется в виду английская фольклорная баллада «Greensleeves», известная с XVI в.; автором текста часто называют короля Генриха VIII, который якобы написал песню для Анны Болейн, впоследствии ставшей его второй женой.

С. 357. *Род Стюарт* (Родерик Дэвид Стюарт, р. 1945) — известный британский певец и автор песен, вокалист *The Jeff Beck Group* и *The Faces*.

С. 367. *Из The Byrds. / — Джин Кларк?* — Джин Кларк (Гарольд Юджин Кларк, 1944—1991) — певец, гитарист, композитор, один из основателей фолк-рок-группы *The Byrds*.

С. 368. *Твой альбом с братьями Госдин — настоящий праздник. «Echoes» — отличная вещь.* — Имеется в виду первый сольный альбом Джина Кларка «Gene Clark with the Gosdin Brothers» (1967) с участием фолк-дуэта братьев Вернона и Рекса Госдин; песня «Echoes» открывает альбом.

С. 369. *Может, я самый большой дурак на свете.* — Аллюзия на песню Джина Кларка «Life's Greatest Fool» («Самый большой дурак на свете») с четвертого сольного студийного альбома «No Other» (1974); авторский анахронизм.

Может, через несколько лет нас сменит какой-нибудь очередной Джонни Гром и его Погремушки. — «Johnny Thunder and the Thunderclaps», — говорит Джин Кларк в оригинале, словно бы обладая магическим даром предвидения: в 1969 г. американский певец Джил Хамильтон (р. 1932), выступавший под псевдонимом Johnny Thunder (Джонни Гром, герой комиксов), выпустит сингл «I'm Alive», который высоко оценит Боб Дилан, а в 1975 г. в Нью-Йорке Джон Энтони Генсале (1952—1991) возьмет псевдоним Johnny Thunders и соберет одну из первых американских панк-групп, *Johnny Thunders and the Heartbreakers*.

А может, мы по-прежнему будем выступать, даже когда нам будет по шестьдесят четыре. — Отсылка к песне *The Beatles* «When I'm Sixty Four» с альбома «Sgt. Pepper's Lonely Hearts Club Band» (1967).

«Фенклуп» («Fenklup», «Фан-клуб») — популярная еженедельная программа голландского телевидения, выходила в эфир в 1965—1968 гг.; среди приглашенных были Джими Хендрикс, *Pink Floyd, The Kinks,* Дэвид Боуи.

С. 373. *...слова «современная музыка» для меня означают Пуленка или Бриттена.* — Франсис Жан Марсель Пуленк (1899—1963) — французский композитор и пианист, один из участников так называемой «Шестерки» — стихийного объединения шести молодых французских композиторов в 1910—1920 гг. Бенджамин Бриттен (1913—1976) — один из крупнейших британских композиторов XX в., дирижер и пианист.

С. 379. *Джек Брюс* (Джон Саймон Эшер Брюс, 1943—2014) — шотландский музыкант, один из самых знаменитых бас-гитаристов в мире, участник и вокалист группы *Cream*.

Мистер Жабб — персонаж сказочной повести шотландского писателя Кеннета Грэма «Ветер в ивах» (1908).

«Hitweek» — независимый музыкальный журнал, выходивший в Голландии в 1965—1969 гг.

С. 380. *Королева Юлиана* — Юлиана Луиза Эмма Мари Вильгельмина Оранско-Нассауская (1909—2004), королева Нидерландов в 1948—1980 гг.

Пятна Роршаха — психодиагностический тест для исследования личности, разработанный в 1921 г. швейцарским психиатром Германом Роршахом (1884—1922), представляет собой симметричные чернильные кляксы.

Этот бельгийский отморозок с чубом как у Тинтина? — Тинтин — молодой журналист с характерным чубом, герой популярной серии комиксов «Приключения Тинтина», созданный бельгийским художником Эрже в 1929 г.

С. 382. *Рейксмюсеум* — амстердамский художественный музей, основанный в 1808 г., один из самых посещаемых музеев мира.

Дом Анны Франк — особняк на амстердамской набережной Принсенграхт, в котором во время нацистской оккупации Голландии было устроено убежище для еврейских семей; в нем с 1942 по 1944 г. скрывалась семья Франк и их тринадцатилетняя дочь Анна, автор знаменитого дневника.

Вонделпарк — городской парк в Амстердаме, носящий имя знаменитого голландского поэта и драматурга Йоста ван ден Вондела (1587—1679).

С. 383. *Хелен Меррилл* (Елена Ана Милчетич, р. 1930) — американская джазовая певица хорватского происхождения.

С. 386. *Продала его Нику и Харму.* — Имеются в виду Ник Мидема и Харм Дамсма, переводчики романов автора на голландский (см. с. 709).

А как пытались испортить свадебную церемонию принцессы Беатрикс? — Беатрикс Вильгельмина Армгард, принцесса Нидерландов, вышла замуж 10 марта 1966 г.; в 1980—2013 гг. — королева Беатрикс.

«Прово» — голландское молодежное контркультурное движение 1960-х гг., пик которого пришелся на 1965—1967 гг.

Че Гевара (Эрнесто Че Гевара, 1928—1967) — латиноамериканский революционер, команданте Кубинской революции 1959 г., кубинский государственный деятель.

С. 388. *Остеркерк* (Oosterkerk, Восточная церковь) — протестантская церковь XVII в. в Амстердаме.

С. 390. *Откати камень* — библейская аллюзия, Мф. 28: 2: «И вот, сделалось великое землетрясение, ибо Ангел Господень, сошедший с небес, приступив, отвалил камень от двери гроба и сидел на нем...» В 1973 г. песню с таким названием («Roll Away the Stone») выпустила английская группа *Mott the Hoople*; сингл продержался в верхней десятке чарта восемь недель.

С. 392. *...чтобы Грегори Пек встретил меня в аэропорту и возил по Риму, как Одри Хепберн в «Римских каникулах».* — «Римские каникулы» (1953) — американская романтическая комедия Уильяма Уайлера, в главных ролях снимались Грегори Пек и Одри Хепберн, которая получила премию «Оскар» за лучшую женскую роль.

С. 393. *«Комета-4»* — реактивный авиалайнер «De Havilland DH 106 Comet 4», начавший перевозку пассажиров с 1958 г.

С. 399. *Сан-Лоренцо* — рабочий район Рима.

С. 404. *«I've Got It Bad (and That Ain't Good)»* («Мне плохо (и это нехорошо)») — джазовый стандарт на музыку Дюка Эллингтона и слова Пола Фрэнсиса Уэбстера (1941).

С. 406. *...как инспектор Мосс из Скотленд-Ярда.* — Аллюзия на инспектора Эндевора Морса, героя 13 детективных романов британского писателя Колина Декстера, по которым был снят популярный телесериал; авторский анахронизм — инспектор Морс впервые появляется в романе «Последний автобус на Вудсток» (1975), а сериал начал выходить с 1989 г.

С. 408. *«Ad Lib»* — культовый ночной клуб на углу Лестер-Плейс и Лайл-стрит, в 1965—1969 гг. вместе с «Bag o' Nails» и «Scotch of St. James» составлял триаду самых популярных лондонских клубов, регулярно посещаемых знаменитостями.

С. 409. *Самая крупная демонстрация десятилетия... Митинг протеста. Против американского геноцида во Вьетнаме.* — Демонстрация протеста против войны во Вьетнаме состоялась в Лондоне в воскресенье 17 марта 1968 г.; на митинге присутствовало 25 000 человек.

Ванесса Редгрейв (р. 1937) — британская актриса театра и кино, с начала 1960-х гг. — активная участница ряда общественных движений.

С. 411. *...маршируем с суфражистками, с колонной Дуррути, с коммунарами, с чартистами, с круглоголовыми, с левеллерами, с Уотом Тайлером... / Дин постеснялся признаться, что не слышал о таких музыкантах.* — Суфражистки — участницы движения конца XIX — начала XX в. против дискриминации женщин и за предоставление им избирательного права. Колонна Дуррути — крупнейшее анархистское вооруженное формирование (6000 человек), выступавшее на стороне Второй Испанской республики в годы гражданской войны в Испании. Коммунары — участники Парижской коммуны, революционного правительства Парижа в 1871 г., ставшего первым примером диктатуры пролетариата. Чартисты — последователи чартизма, социального и политического движения в Англии в 1836—1848 гг., считающегося предтечей социал-демократии. Круглоголовые — сторонники Парламента во время Английской революции (1640—1660-е). Левеллеры (от *англ.* «to level» — «уравнивать») — радикальное политическое течение в годы Английской революции. Уот Тайлер

(1341—1381) — предводитель крупнейшего народного восстания в средневековой Англии. Также имеются в виду анахронистически: *Durruti Column* — авангардная группа, основанная в 1978 г. в Манчестере и работавшая на стыке постпанка с эмбиентом; *The Communards* — синтипоп-дуэт, организованный в 1985 г. вокалистом группы *The Bronski Beat* Джимми Соммервилем; *The Chartists* — английская фолк-группа, выпустившая первый альбом в 1982 г.; *The Roundheads* — вероятно, немецкий синтипоп-проект, выпустивший единственный сингл в 1982 г. (также название аккомпанирующей группы Ринго Старра в турне 2007 г. *Ringo Starr and The Roundheads*); *The Levellers* — популярная английская фолк-панк-группа, выступающая с 1988 г.; *Wat Tyler* — сюрреалистическая анархопанк-группа, выступавшая в 1986—2002 гг., их релизы «Sexless» (1993), «Tummy» (1995) и «The Fat of the Band» (1999) пародировали, соответственно, Мадонну (альбом «Erotic» и фотоальбом «Sex», 1992), *Portishead* («Dummy», 1994) и *Prodigy* («The Fat of the Land», 1997).

С. 412. *Линдон Джонсон* (1908—1973) — 36-й президент США (1963—1969).

С. 413. — *Мик Джаггер?/⟨...⟩/ — Не-а, я пародист. Ступай вон туда, уличному бойцу тут не место.* — Отсылка к строке («There's just no place for a street fighting man») из песни Мика Джаггера и Кита Ричардса «Street Fighting Man» с седьмого студийного альбома *The Rolling Stones* «Beggars Banquet» (1968). Мик Джаггер приехал к посольству США на своем «бентли» с шофером, на короткое время присоединился к демонстрантам, раздавал автографы и позировал для фотографий, после чего уехал.

На ум пришла заключительная строчка детской потешки: «Вот возьму я острый меч — и головка твоя с плеч!» — См. выше, примеч. к с. 168.

С. 417. *«Blues Run the Game»* («Блюз заправляет игрой») — первая песня с единственного студийного альбома («Jackson C. Frank», 1965) американского автора-исполнителя Джексона Кэри Фрэнка (1943—1999).

С. 419. *Джонни Кэш после отсидки сделал карьеру...* — Джонни Кэш (Джон Рэй Кэш, 1932—2003) — американский певец и автор песен, знаменитый кантри-музыкант; его семь раз арестовывали за мелкие проступки, но ни разу не приговаривали к тюремному заключению. Один из его самых известных альбомов — концерт для заключенных тюрьмы Сан-Квентин («Live at San Quentin», 1969).

С. 423. *«Рекорд миррор»* («Record Mirror») — музыкальный еженедельник, издававшийся в 1952—1991 гг.

С. 424. *Гарольд Пинтер* (1930—2008) — известный английский драматург, поэт, режиссер и общественный деятель.

С. 429. *Тренодия* — траурная погребальная песнь в Древней Греции.

С. 431. *Плюшевый медведь по имени Джон Уэсли Хардинг...* — «John Wesley Harding» — восьмой студийный альбом Боба Дилана; выпущен в декабре 1967 г. и назван (с ошибкой в написании) по имени техасского бандита Джона Уэсли Хардина (1853—1895).

С. 432. *...«Cry Me a River».* ⟨...⟩ / — *Джули Лондон.* — Джули Лондон (Джули Пек, 1926—2000) — американская джазовая певица и актриса. Песню Артура Гамильтона «Cry Me a River» («Наплачь мне реку», 1953) исполнила в 1955 г.

С. 440. *«О Господь, Ты пастырь мой...»* — популярный христианский гимн на слова Псалма 23.

С. 447. *«When the Saints Go Marching In»* («Когда святые маршируют») — американский спиричуэлс, джазовый стандарт.

С. 448. *«Господь нам щит из рода в род...»* («O God Our Help in Ages Past») — христианский гимн на слова и музыку английского священника Исаака Уоттса (1674—1748), написанный им в 1708 г. на основе библейского Псалма 89; на русском языке известен в переводе Д. Ясько.

С. 450. *Джеки Онассис* (Жаклин Ли Кеннеди Онассис, урожденная Бувье, 1929—1994) — вдова президента Джона Кеннеди, вышла замуж за греческого судостроительного магната Аристотеля Онассиса в 1968 г.

С. 456. *«Мурло из Черной лагуны»* — ироническая отсылка к американскому фильму ужасов режиссера Джека Арнольда «Тварь из Черной лагуны» (1954).

...чтобы группа снялась в его фильме, как The Yardbirds у этого итальяшки, как его там... Ну, в «Фотоувеличении»? — «Фотоувеличение» («Blow-Up») — фильм-притча итальянского режиссера Микеланджело Антониони, снятый по мотивам рассказа Хулио Кортасара «Слюни дьявола» в 1966 г.; имеется в виду знаменитый эпизод в клубе, где группа *The Yardbirds* исполняет песню «Stroll On» (Джимми Пейдж и Джефф Бек — гитары, Кит Риф — вокал; Джефф Бек разбивает свою гитару на сцене).

С. 460. *...книгу Берта Уидона под названием «Научись играть за день».* — Берт Уидон (Герберт Морис Уильям Уидон, 1920—

2012) — английский гитарист и композитор; его самоучителем игры на гитаре «Play in a Day: Guide to Modern Guitar Playing» (1957) пользовались многие известные музыканты.

Дуэйн Эдди (р. 1938) — знаменитый американский гитарист.

С. 461. *Мануэль Понсе* (Мануэль Мария Понсе Куэльяр, 1882—1948) — мексиканский композитор и музыкальный педагог.

Абель Карлеваро (1916—2001) — уругвайский композитор, музыкальный педагог, классический гитарист.

...альбом Одетты «Odetta Sings Ballads and Blues». — Одетта (Одетта Холмс, 1930—2008) — выдающаяся афроамериканская певица, гитаристка, политический активист. «Odetta Sings Ballads and Blues» — ее первый студийный соло-альбом, выпущенный в 1957 г.

Франсиско Таррега (1852—1909) — испанский классический гитарист и композитор.

С. 462. *...полный комплект пластинок Гарри Смита «Антология американской фолк-музыки».* — Гарри Смит (1923—1991) — американский коллекционер (в частности, грампластинок), мистик, антрополог-самоучка. «Антология...», выпущенная в 1952 г., включала в себя 6 альбомов традиционных фолк-песен, записанных в так называемый золотой век американской грамзаписи, с 1927 по 1932 г.

Какой-то институт в Кембридже, штат Массачусетс... — Имеется в виду Массачусетский технологический институт (Massachusetts Institute of Technology, MIT), частный университет и исследовательский центр, основанный в 1861 г. в пригороде Бостона; одно из самых престижных учебных заведений в США и в мире.

С. 463. *...альбома «Getz/Gilberto»...* — Студийный альбом американского джазового музыканта Стэна Гетца (Стэнли Гаецкий, 1927—1991), записанный в 1963 г. в сотрудничестве с бразильским композитором Антониу Карлосом Жобином (1927—1994) и бразильско-американской эстрадной певицей Аструд Жильберту (р. 1940) и удостоенный премии «Грэмми».

Человек из Порлока — незваный гость, помешавший английскому поэту-романтику Сэмюэлу Тейлору Кольриджу (1772—1834) завершить поэму «Кубла-хан», якобы пришедшую ему во сне. Английская фраза стала поговоркой, означающей нежелательное вторжение.

С. 465. *Альберт Финни или Патрик Макгуэн?* — Альберт Финни (1936—2019) — известный английский актер театра и кино, сыгравший заглавную роль в фильме Тони Ричардсона «Том

Джонс» (экранизация романа Генри Филдинга «История Тома Джонса, найденыша», получившая премию «Оскар» за лучший фильм 1963 г.) и Эркюля Пуаро в фильме «Убийство в „Восточном экспрессе"» (1974). Патрик Макгуэн (1928–2009) — американский актер, режиссер и сценарист, снимавшийся в ряде культовых британских сериалов 1960-х гг., в частности шпионский «Опасный человек» («Danger Man») и сюрреалистический «Узник» («The Prisoner»); ему посвящена 18-минутная композиция «McGoohan's Blues» на альбоме Роя Харпера «Folkjokeopus» (1969).

«По тропинкам Севера»... — Название фильма «The Narrow Road to the Deep North» представляет собой одновременную отсылку к путевым заметкам японского поэта Мацуо Басё «Окуно хосомити» («По тропинкам Севера», 1689) и к роману австралийского писателя Ричарда Флэнагана, получившему Букеровскую премию в 2014 г. (в русском переводе «Узкая дорога на Дальний Север»).

С. 466. *«Tomorrow Never Knows»* («Завтрашний день никогда не знает») — песня *The Beatles*, заключительная композиция студийного альбома «Revolver» (1966), один из первых образцов психоделической музыки.

Роджер Мур (1927–2017) — британский киноактер, сыгравший Саймона Темплара, главного героя популярного телесериала «Святой» (1960–1969), и Джеймса Бонда в семи фильмах бондианы (с 1973 по 1985 г.).

...какой-то тип постарше, с плохими зубами, ожерельем из акульих зубов и глазами евангелиста. — Скорее всего, имеется в виду Томас Чарльз Летбридж (1901–1971), английский историк, специалист по англосаксонской археологии, выпустивший в 1950–1960-е гг. ряд популярных книг по парапсихологии.

С. 468. *Программа Фулбрайта* — американская программа международных обменов в области образования, учрежденная в 1946 г. Джеймсом Уильямом Фулбрайтом, сенатором от штата Арканзас.

С. 469. *«У меня есть мечта...»* — цитата из самой известной речи американского проповедника и борца с расовым неравенством Мартина Лютера Кинга-мл. (1929–1968), произнесенной 28 августа 1963 г.

— *В прошлый раз мы тоже встретились на лестнице, — говорит Дэвид Боуи.* — Аллюзия на песню Боуи «The Man Who Sold the World» с одноименного альбома (1970), начинающуюся словами «We passed upon the stair» («Мы встретились на лестнице»).

С. 470. *Питер Селлерс* (Ричард Генри Селлерс, 1925–1980) — английский комический актер, исполнивший роль инспектора Клузо в фильме Блейка Эдвардса «Розовая пантера» (1963) и его продолжениях, а также три главные роли в антивоенной комедии Стэнли Кубрика «Доктор Стрейнджлав, или Как я перестал бояться и полюбил бомбу» (1964).

С. 471. *Мой единоутробный брат Терри — частый гость в лечебнице Кейн-Хилл.* — Имеется в виду Терри Бернс (1935–1985), страдавший шизофренией и покончивший с собой.

С. 472. *Лестница уходит вниз круто, почти отвесно.* ⟨...⟩ / *Ну, входи.* — Автоцитата (с изм.) из романа «Сон № 9» (перев. М. Нуянзиной); диалог пародирует пьесу абсурда франко-румынского драматурга Эжена Ионеско «Лысая певица» (1948).

«Les Yeux sans visage» («Глаза без лица») — фильм ужасов французского режиссера Жоржа Франжю, снятый в 1960 г. по одноименному роману Жана Редона.

«Расёмон» — фильм японского режиссера Акиры Куросавы, снятый в 1950 г. по мотивам рассказов Рюноскэ Акутагавы «В чаще» и «Ворота Расёмон».

«Das Testament des Dr. Mabuse» («Завещание доктора Мабузе») — фильм немецкого режиссера Франца Ланга, снятый в 1933 г. по мотивам книг Норберта Жака; второй из кинотрилогии о докторе Мабузе.

...титры на экране: «Паноптикум». — Паноптикум (от *греч.* πᾰνόπτικός, «всевидящий») — первоначально проект идеальной тюрьмы, разработанный английским философом-моралистом Иеремией Бентамом (1748–1832): цилиндрическое строение со стеклянными внутренними стенами, где надзиратель находится в центре, но невидим для заключенных, что создает впечатление постоянного контроля; вошло в русский язык в значении «коллекция необычных предметов» либо, в переносном смысле, «сборище чего-то жуткого и невероятного».

С. 473. *В черно-белом зимнем городе сквозь толпу пробирается автобус.* ⟨...⟩ *Дверь тюрьмы открывается.* — Автоцитата (с изм.) из романа «Сон № 9» (перев. М. Нуянзиной).

С. 474. *Я — темный шар.* — Анахронистичная отсылка к песне «Dark Globe» («Темный шар») с первого сольного альбома Сида Барретта «The Madcap Laughs» («Сумасброд смеется», 1970).

«Господи Боже, властью Слова Твоего усмирил Ты первозданную стихию морскую...» — молитва, читаемая при погребении на водах из «Книги общих молитв» Англиканской церкви.

С. 476. *«Аквариум» Сен-Санса* — седьмая часть сюиты «Карнавал животных» (1887) французского композитора Шарля Камиля Сен-Санса (1835—1921).

...по крутым эшеровским ступеням... — отсылка к работам нидерландского художника-графика Маурица Корнелиса Эшера (1898—1972), где часто изображены «невозможные» или «бесконечные» лестницы.

...даже Уаймен сочинил одну для «Сатанинских травести». — Ироническая отсылка к студийному альбому The Rolling Stones «Their Satanic Majesties Request» (1967) и песне «In Another Land» («В другом краю»), сочиненной и исполненной бас-гитаристом Биллом Уайменом (Джордж Уильям Перкс-мл., р. 1936).

...Брайан Котчфорд-Фармский! — В ноябре 1968 г. Брайан Джонс купил Котчфорд-Фарм, загородный особняк А. А. Милна, где создавались все книги о Винни Пухе, и в июле 1969 г. утонул там, в садовом бассейне.

С. 477. *...в долг не бери и взаймы не давай...* — Цитата из трагедии У. Шекспира «Гамлет», акт I, сц. 3 (перев. М. Лозинского).

Мик вон снимается в каком-то фильме про гангстеров. Плещется с Анитой в ванне, голышом. Кит ревнует до чертиков. — Имеется в виду криминальная драма британских режиссеров Дональда Кэммелла и Николаса Роуга «Представление», снятая в 1968 г., но вышедшая на экраны только в 1970-м. В фильме снимались Мик Джаггер и Анита Палленберг, итальянская модель и гражданская жена Кита Ричардса.

С. 478. *Джуди Гарленд* (Франсис Этель Гамм, 1922—1969) — актриса и певица, одна из величайших американских кинозвезд.

...пропуская принцессу Маргарет и лорда Сноудона... — Лорд Сноудон (Энтони Чарльз Роберт Армстронг-Джонс, 1930—2017) — британский фотограф, дизайнер, муж принцессы Маргарет, сестры королевы Елизаветы II.

С. 479. *«Summertime»* («Летней порой») — ария из оперы Джорджа Гершвина «Порги и Бесс» (1935), ставшая джазовым стандартом.

«Axis» («Ось») — «Axis: Bold as Love», второй студийный альбом группы The Jimi Hendrix Experience, выпущенный в 1967 г.

С. 480. *...жалкий пакетик дури... между прочим, подброшенный детективом Пилчером.* — Норман Клемент Пилчер (р. 1935) — бывший полицейский, детектив-сержант, сотрудник отдела по борьбе с наркотиками, на счету которого в 1960-е гг. были многочисленные аресты знаменитостей за хранение наркотиков; неоднократные заявления, что наркотики он подбрасывал, остались недоказанными, хотя в 1973 г. он все-таки был приговорен к четырехлетнему тюремному заключению за преступный сговор. В сентябре 2020 г. выпустил книгу воспоминаний «Bent Coppers» («Продажные копы»).

Вот так рожают, распластанные на могиле, блеснет день на мгновение, и снова ночь. — Цитата из пьесы Сэмюэла Беккета «В ожидании Годо» (1949, перев. М. Богословской).

С. 482. *«How Deep Is the Ocean?»* («Как глубок океан?») — популярная песня американского композитора Ирвинга Берлина, написанная в 1932 г. и ставшая джазовым стандартом.

С. 483. *...в темных очках от Филиппа Шевалье...* — Французский дизайнер противосолнечных очков, популярный в конце 1950-х — начале 1970-х гг.; создавал оправы для коллекций Пьера Кардена, Ланвана и Живанши, а также для Бриджит Бардо и Элтона Джона.

С. 485. *«Поцелуй вампира»* — британский фильм ужасов, снятый режиссером Доном Шарпом в 1963 г. на киностудии «Хаммер хоррор филмз» и в том же году пересняный для американского телевидения под названием «Поцелуй зла».

С. 488. *Роджер Долтри* (р. 1944) — британский певец, основатель и вокалист группы *The Who*.

С. 489. *Барбара Уиндзор* (Барбара Энн Дикс, 1937—2020) — английская актриса театра и кино; известность ей принесли роли в серии комедий «Так держать...» и в мыльной опере «Жители Ист-Энда».

...о Бобе Дилане. ⟨...⟩ / ...Пару лет назад я был на его концерте в Альберт-Холле. ⟨...⟩ / Ну, половина зрителей ждали «Blowin' in the Wind», а получили бум-бах-тарарах! В общем, публика расстроилась. — Речь о концертах Дилана в Ройял-Альберт-Холле, состоявшихся 26 и 27 мая 1966 г., вскоре после перехода музыканта к электрическому звучанию (альбомы «Bringing It All Back Home» и «Highway 61 Revisited» были выпущены в марте и августе 1965 г., а записанный в первой половине 1966 г. двойник «Blonde on Blonde» — в июне 1966-го). В том турне в первом отделении Дилан обычно играл свой старый акустический материал, а во втором — новый, электрический (с группой *The Band*), к которому фолк-аудитория была еще не очень готова, хотя скандала такого масштаба, какой случился в этой связи летом 1965 г. на Ньюпортском фолк-фестивале, все же не произошло.

Запись под названием «„Royal Albert Hall" Concert» была одним из самых популярных дилановских бутлегов, пока в 1998 г. наконец не была выпущена официально, — только на самом деле это была запись концерта в манчестерском Фри-Трейд-Холле от 17 мая. В 2011 г. наконец был выпущен и «The Real Royal Albert Hall Concert». Также выходил 36-дисковый набор «The 1966 Live Recordings», содержащий все записи с того турне.

...«ты притворяешься совсем как женщина... любишь совсем как женщина, страдаешь совсем как женщина, а расстраиваешься как девчонка...» — строки из песни Боба Дилана «Just Like a Woman» с седьмого студийного альбома «Blonde on Blonde», выпущенного в 1966 г.

С. 494. *Лишь по нелепой случайности я не сыграла Ханни Райдер в «Докторе Ноу».* — «Доктор Ноу» («Dr. No», 1962) — первый в серии фильмов о британском суперагенте Джеймсе Бонде по одноименному роману (1958) Яна Флеминга, где главную роль сыграл Шон Коннери, а Ханни Райдер, первую «девушку Бонда», — швейцарская актриса Урсула Андресс.

С. 501. *«Sad Eyed Lady of the Lowlands»* («Грустноглазая леди долин») — песня Боба Дилана, заключительная композиция альбома «Blonde on Blonde» продолжительностью 11 минут 22 секунды, занимающая всю четвертую сторону двойного альбома; цитаты из песни приводятся в переводе М. Галиной и А. Штыпеля.

С. 502. *Джино Вашингтон* (Уильям Фрэнсис Вашингтон, р. 1943) — американский певец в жанре ритм-энд-блюз, солист британской соул-группы *The Ram Jam Band*.

С. 513. *«Rapsody in Blue»* («Рапсодия в синих тонах») — концерт для фортепьяно с оркестром, одно из самых известных произведений американского композитора Джорджа Гершвина, написанное в 1924 г.; на русском также известно под названием «Голубая рапсодия», «Рапсодия в стиле блюз» или «Рапсодия в блюзовых тонах».

«Это как Лилипутия, Бробдингнег и Лапута одновременно». — Лилипутия, Бробдингнег и Лапута — вымышленные страны из сатирико-фантастического романа «Путешествие Гулливера» (1726) английского писателя Джонатана Свифта: страна лилипутов, страна великанов и летучий остров.

С. 514. *«Вестсайдская история»* — мюзикл Леонарда Бернстайна по мотивам шекспировской трагедии «Ромео и Джульетта», поставленный в 1957 г., и его киноверсия, снятая в 1961 г.

«В порту» — фильм режиссера Элии Казана о коррупции в профсоюзах портовых грузчиков, снятый в 1954 г.

«Завтрак у „Тиффани“» — новелла американского писателя Трумена Капоте, написанная в 1958 г., и ее одноименная экранизация в постановке Блейка Эдвардса (1961) с участием Одри Хепберн и Джорджа Пеппарда.

«Долина кукол» — роман Жаклин Сьюзанн, изданный в 1966 г., и его одноименная экранизация режиссера Марка Робсона (1967) с участием Шерон Тейт.

С. 519. *На Реглан-роуд в осенний день...* — Фолк-песня «На Реглан-роуд» («On Raglan Road») написана на стихи Патрика Джозефа Каванаха (1904—1967), ирландского поэта и романиста (перев. Н. Мурашова).

Ей-богу, мисс Молли! — Отсылка к песне Джона Мараскалко и Роберта Блэкуэлла «Good Golly Miss Molly», ставшей в 1956 г. хитом в исполнении Литл Ричарда.

С. 520. *«Виллидж войс»* («The Village Voice», «Голос Виллиджа») — американский еженедельник, посвященный событиям культурной жизни Нью-Йорка, независимая публикация, издававшаяся с 1955 г.

С. 523. ...*«ЧЕЛСИ».* ⟨...⟩ *Правда, Стэнли, управляющий, не любит упоминать о смертях.* — Имеется в виду Стэнли Бард (1934—2017), бессменный управляющий отеля «Челси» с конца 1960-х по 2007 г.

С. 524. *Джаспер Джонс* (р. 1930) — современный американский художник, работающий в стиле поп-арт.

С. 526. *Элигий* (588—660) — святой Римско-католической церкви, покровитель золотых и серебряных дел мастеров, чеканщиков и нумизматов.

С. 530. *МС5* (Motor City 5) — американская леворадикальная протопанк-группа из Детройта, созданная в 1964 г.

Фил Оукс (Филип Дэвид Оукс, 1940—1976) — американский музыкант, автор и исполнитель песен протеста.

С. 533. *Добро пожаловать... в дом храбрецов и в страну свободных.* — Парафраз строки из государственного гимна США «Знамя, усыпанное звездами».

С. 535. *«Сюзанна»* («Suzanne») — песня Леонарда Коэна, сперва спетая американской фолк-исполнительницей Джуди Коллинз в 1966 г. и впоследствии вошедшая в его дебютный альбом «Songs of Leonard Cohen» (1967).

С. 536. *В Пирамиде жили многие знаменитости... Артур Миллер и Мэрилин Монро. Жан-Поль Сартр. Сара Бернар.* — Артур

Миллер (1915—2005), знаменитый американский драматург, автор пьесы «Смерть коммивояжера», был третьим мужем Мэрилин Монро и после развода в 1961 г. прожил в отеле «Челси» шесть лет. Жан-Поль Сартр (1905—1980) — известный французский писатель, драматург и философ-экзистенциалист. Сара Бернар (1844—1923) — французская драматическая актриса, прозванная Божественной Сарой.

Джексон — Клайд Джексон Браун (р. 1948), калифорнийский вокалист, гитарист, композитор и автор текстов.

С. 537. *...минет на измятой постели...* — строка из песни Леонарда Коэна «Chelsea Hotel #2», написанной в 1971 г., уже после смерти Дженис Джоплин, и вошедшей в четвертый студийный альбом «New Skin for the Old Ceremony» (1974); авторский анахронизм.

С. 539. *Что ж, признаю свою вину...* — Строка из песни «I've Changed My Plea to Guilty» Стивена Морисси (р. 1959), британского музыканта и поэта; вторая сторона сингла «My Love Life», выпущенного в 1991 г.; авторский анахронизм.

С. 542. *Песню написали в Лондоне два бойца французского Сопротивления. Она называется «Партизан».* — Имеется в виду написанная в 1943 г. песня «Исповедь партизана» (музыка Анны Марли (Анна Смирнова-Марли, урожд. Бетулинская, 1917—2006), слова Эммануэля д'Астье де ла Вижери (1900—1969)), включенная Леонардом Коэном в его второй альбом «Songs from a Room» (1969).

С. 547. *Кто вы.* — Название песни Джаспера «Who Shall I Say Is Calling» анахронистично: это строка из песни «Who By Fire» с четвертого студийного альбома Леонарда Коэна «New Skin for the Old Ceremony» (1974), несколько видоизмененный иудейский пиют «У-нетанне-такеф» («И придадим силу...») о возможных исходах Суда Всевышнего. Альбом был вдохновлен поездкой Коэна в Израиль в 1973 г. перед Войной Судного дня.

С. 554. *«Раундхаус»* («The Roundhouse», то есть «Круглый дом») — лондонский концертный зал, в 1960-е гг. ставший центром британского андерграунда; в нем выступали *Pink Floyd* и Джими Хендрикс, здесь же прошло единственное в Англии выступление *The Doors*.

«Самолет авиакомпании „Эр Франс" терпит катастрофу у берегов Ниццы. 95 погибших». — Имеется в виду крупнейшая авиакатастрофа в международных водах Средиземного моря, произошедшая 11 сентября 1968 г.; внутренний рейс 1611 следовал

из Аяччо в Ниццу и после пожара на борту врезался в воду к югу от мыса Антиб.

С. 555. *Эмерсон назвал Нью-Йорк высосанным апельсином.* — Ральф Уолдо Эмерсон (1803—1882), американский философ, поэт и эссеист. Цитируется эссе «Культура» из сборника «Философия жизни» (1860).

С. 560. *С постамента смотрит Джордж Вашингтон, обрамленный дорическими колоннами.* — Имеется в виду Федерал-Холл, историческое здание на Уолл-стрит в Нью-Йорке, где в 1789 г. прошла первая инаугурация президента США и был принят Билль о правах; в 1882 г. бронзовая статуя Джорджа Вашингтона работы Джона Квинси Адамса Уорда была установлена на ступенях центрального входа — как утверждается, «точно на высоте балкона несохранившегося строения XVIII в., в котором проходила инаугурация».

С. 561. *Джаспер проходит несколько кварталов по Восемьдесят шестой улице и оказывается на зачитанных страницах Центрального парка.* — Нью-йоркская Восемьдесят шестая улица пересекает прямоугольник Центрального парка ровно посередине, что в плане делает его похожим на раскрытую книгу.

С. 562. *«The Ballad of the Green Berets»* («Баллада о зеленых беретах») — американская патриотическая песня времен Вьетнамской войны, посвященная Силам специального назначения армии США и написанная в 1966 г.; слова Робина Мура, музыка Барри Сэдлера.

С. 563. *«Pet Sounds»* — 11-й студийный альбом американской рок-группы *The Beach Boys*, выпущен в 1966 г.

«A Love Supreme» — студийный альбом, выпущенный джазовым квартетом Джона Колтрейна в 1965 г.

«Forever Changes» — третий студийный альбом американской психоделической группы *Love*, выпущен в 1967 г.

«Otis Blue» («Otis Redding Sings Soul») — третий студийный альбом американского певца Отиса Реддинга, выпущен в 1965 г.

«The Psychedelic Sounds of the 13th Floor Elevators» — дебютный альбом техасской группы *The 13th Floor Elevators*, выпущенный в 1966 г.

«The Who Sell Out» — третий студийный альбом группы *The Who*, выпущен в 1967 г.

С. 567. *«О чудо! Сколько вижу я красивых созданий. Как прекрасен род людской! О дивный новый мир, где обитают такие женщины!»* — Парафраз цитаты из пьесы У. Шекспира «Буря» (акт V, сц. 1, перев. О. Сороки).

С. 568. *...здесь, где живут чудовища-лесби?* — Ироническая отсылка к иллюстрированной детской книге американского писателя и художника Мориса Сендака «Где живут чудовища» (1963), ставшей классикой детской литературы.

С. 570. *Утро в Челси, солнце сквозь желтые занавески, радуга на стене.* — Парафраз строк из песни Джони Митчелл «Chelsea Morning» с ее второго альбома «Clouds» (1969): «Woke up, it was a Chelsea morning, and the first thing that I saw was the sun through yellow curtains and a rainbow on the wall...»

С. 573. *...Пола Ньюмена скрестили с Роком Хадсоном.* — Пол Ньюмен (1925—2008) — знаменитый американский актер и кинорежиссер. Рок Хадсон (Рой Гарольд Шерер-мл., 1925—1985) — американский актер кино и телевидения.

С. 575. *Наш приятель Ино придумал понятие «сцений»...* — Имеется в виду Брайан Питер Джордж Сент-Джон ле Батист де ла Салль Ино (р. 1948), британский композитор, пропагандист электронной музыки, один из основателей жанра эмбиент; авторский анахронизм, поскольку музыкальная карьера Брайана Ино началась в 1971 г., с участия в глэм-арт-рок-группе *Roxy Music*; а понятие «сцений» как совокупность влияний и тенденций культурного ландшафта в целом, то есть общественное воплощение концепции «гений», он сформулировал лишь в 1996 г.

С. 576. *«Rubber Soul»* («Резиновая душа») — шестой студийный альбом *The Beatles*, выпущен в 1965 г.

«Bringing It All Back Home» («Возвращая все домой») — пятый студийный альбом Боба Дилана, вышел в 1965 г.

С. 582. *«Бронкс наверху, а Баттери внизу»* — строка из популярной песни «Нью-Йорк, Нью-Йорк, чудесный город», прозвучавшей в первом мюзикле американского композитора Леонарда Бернстайна «В городе» (1944), экранизированном в 1949 г.

С. 586. *...«Лоуренса Аравийского»... Питером О'Тулом...* — «Лоуренс Аравийский» — эпический кинофильм режиссера Дэвид Лина о британском путешественнике и дипломате Томасе Эдварде Лоуренсе и Арабском восстании 1916—1918 гг., вышедший на экраны в 1962 г.; в главных ролях снялись Питер О'Тул, Омар Шариф и Алек Гиннесс.

С. 592. *...«Опыт с воздушным насосом» Джозефа Райта.* — Джозеф Райт (1734—1797) — английский портретист и мастер световых эффектов; его картина «Опыт с воздушным насосом» (также называемая «Эксперимент с птицей в воздушном насосе», 1768) находится в Национальной галерее в Лондоне.

С. 594. *...обсуждают вокал в «Absent Friend».* — На конкурс «Евровидение-1965» Швеция представила песню Дага Вирена и Алфа Хенриксона «Отсутствующий друг», которую исполнял оперный певец Ингвар Виксель — впервые в истории «Евровидения» не на языке своей страны, а на английском.

С. 599. *«Паломник»* («В ком жажда подвига живет») — популярный гимн Джона Беньяна (1628—1688), английского писателя-проповедника, из второй части религиозно-аллегорического сочинения «Путь паломника» (1678); на русском известен в переводе Е. Фельдмана.

С. 607. *...«Аллегория с Венерой и Амуром» кисти Аньоло Бронзино.* — Картина итальянского маньериста Аньоло Бронзино (1503—1572), известная также под названиями «Триумф Венеры» и «Венера, Купидон, Безрассудство и Время»; возможно, написана по заказу тосканского герцога Козимо Медичи и предназначалась в подарок французскому королю Франциску I.

С. 611. *...призрачные мадригалы Карло Джезуальдо.* — Карло Джезуальдо да Веноза (1566—1613) — итальянский композитор, автор хроматических мадригалов, в частности на стихи Торквато Тассо.

С. 615. *«Я в хорошей гостинице ночь провела...»* — строки из песни Джони Митчелл «For Free», написанной в 1969 г. и включенной в альбом «Ladies of the Canyon» (1970).

С. 616. *В Англии восьмидесятипроцентный подоходный налог...* — Английский налог на «сверхдоходы», во время Второй мировой войны составлявший 99,25%, уменьшался постепенно и лишь к 1989 г. снизился до 40%.

С. 618. *Джон Профьюмо* (1915—2006) — бывший военный министр Великобритании, вышедший в отставку в 1963 г. из-за громкого скандала (так называемого «дела Профьюмо»), вызванного его связью с моделью Кристин Килер, которая одновременно встречалась с Евгением Ивановым, помощником военно-морского атташе в посольстве СССР.

С. 620. *Студия «Голд стар»* — независимая студия звукозаписи в Лос-Анджелесе, основанная Дэвидом Голдом и Стэном Россом, существовала в 1950—1984 гг.

Дуг Уэстон (Александр Дуглас Уэстон, 1926—1999) — известный американский антрепренер, владелец знаменитого лос-анджелесского клуба «Трубадур» (открыт с 1957 г.), где начинали карьеру многие прославленные исполнители.

С. 621. *«Комедийный час братьев Смозерс»* — еженедельная развлекательная передача на американском телеканале Си-би-эс в 1967—1969 гг.; ее вел комический дуэт фолк-исполнителей, братьев Томаса (р. 1937) и Ричарда (р. 1939) Смозерс.

С. 623. *Рой Орбисон* (1936—1988) — знаменитый американский музыкант и певец, один из основоположников рок-н-ролла.

С. 625. *Сиротка Энни* — персонаж одноименного стихотворения американского поэта Джеймса Уиткомба Райли (1849—1916), с 1924 г. — героиня комиксов в «Нью-Йорк дейли ньюс».

С. 627. *...крушить гитары не хуже Пита Таунсенда.* — Пит Таунсенд (Питер Деннис Бландфорд Таунсенд, р. 1945) — британский рок-гитарист, певец и автор песен, основатель группы *The Who*; будучи поклонником Густава Метцгера, основателя автодеструктивного направления в искусстве, Таунсенд одним из первых рок-музыкантов начал разбивать инструмент во время выступления.

С. 628. *Кэсс Эллиот* (Эллен Наоми Коэн, 1941—1974) — американская певица и композитор, вокалист группы *The Mamas & The Papas.*

«Jailhouse Rock» («Тюремный рок») — песня Джерри Либера и Майка Столлера, исполненная Элвисом Пресли, который снялся в главной роли в одноименном кинофильме режиссера Ричарда Торпа (1957).

Бадди Рич (Бернард Рич, 1917—1987) — американский джазовый барабанщик и композитор; возглавляет список лучших барабанщиков всех времен по версии журнала «Rhythm Magazine».

Эмили Дикинсон (1830—1886) — одна из величайших американских поэтесс, основное творческое наследие которой было опубликовано посмертно.

Журнал «Рампартс»... — «Ramparts» — американский иллюстрированный литературно-политический журнал, выходивший в 1962—1975 гг.; влиятельное радикальное издание, идеологический рупор «новых левых».

С. 629. *...сколько тебе стоил диагноз «костные шпоры»...* — Диагноз, обеспечивавший отсрочку от военной службы во время Вьетнамской войны; в частности, был поставлен Дональду Трампу в 1968 г.

С. 630. *«It's Alright Ma (I'm Only Bleeding)»* («Все в порядке, мам (Это просто моя кровь)») — песня Боба Дилана с альбома «Bringing It All Back Home» (1965).

«Strange Fruit» («Странный плод») — песня Абеля Мерополя, написанная в 1937 г. и получившая широкую известность в ис-

полнении Билли Холидей (1939) как гимн протеста против судов Линча и расизма.

«The Trail of Lonesome Pine» («Тропа одинокой сосны») — популярная песня Балларда Макдональда и Гарри Кэрролла по мотивам одноименного романа Джона Фокса-мл., написанная в 1913 г.

Притча о сеятеле — притча Иисуса Христа, изложенная тремя евангелистами: Мф. 13: 3–23; Мк. 4: 3–20; Лк. 8: 5–15.

С. 631. *Берроуз утверждает, что язык — это вирус.* — Данная концепция американского писателя Уильяма Сьюарда Берроуза (1914–1997) изложена в его романе «Билет, который лопнул» (1962), второй книге в условной трилогии, включающей также романы «Мягкая машина» (1961) и «Нова экспресс» (1965), написанной в изобретенной автором технике «нарезки».

С. 633. *Кабинет... дрожит в такт басам 101 Damn Nations, местной группы на разогреве.* — Название вымышленной группы «101 проклятая нация», фонетически близкое к «101 проклятию» (101 Damnations), — пародийный омофон названия диснеевского мультфильма «101 далматинец» (1961) по книге Доди Смит «Сто один далматинец» (1956).

С. 634. *Календарь «Пирелли»* — ежегодный эксклюзивный фотокалендарь компании «Пирелли», известного итальянского производителя автомобильных шин, выпускается с 1964 г.; над ним работают лучшие фотографы и лучшие фотомодели и актрисы; распространяется ограниченным тиражом.

...между Губертом Хамфри и Ричардом Никсоном. — Губерт (Хьюберт) Хорейшо Хамфри-мл. (1911–1978) — вице-президент США в администрации Линдона Джонсона, кандидат в президенты от демократической партии на выборах 1968 г., проиграл кандидату от республиканской партии Ричарду Никсону.

С. 636. *Эрик Бердон* (р. 1941) — британский певец и автор песен, вокалист группы *The Animals*.

С. 640. *Грэм Нэш* (р. 1942) — британский музыкант и исполнитель, один из основателей группы *The Hollies* и группы *Crosby, Stills, Nash & Young*; автор одного из хитов группы *The Hollies* «King Midas in Reverse» (1967) с альбома «Butterfly» и в описываемое время бойфренд Джони Митчелл; песня «Our House» (1969) с альбома «Déjà Vu» написана об их калифорнийском доме в Лорел-каньоне.

Под апельсиновым деревом бродят павлины (Peacocks wander aimlessly underneath an orange tree). — Слегка видоизмененная строка из песни Дэвида Кросби «Guinevere», написанной в 1968 г. и включённой в дебютный альбом группы *Crosby, Stills & Nash* (1969).

С. 641. *Аллен Клейн* (1931–2009) — американский предприниматель и музыкальный менеджер, работавший, в частности, с группами *The Beatles* и *The Rolling Stones*.

Меня зовут Каллиста, и у меня есть очень необычное пристрастие. ⟨...⟩ Я делаю гипсовые слепки пенисов. — Прототип этого персонажа — Синтия Албриттон (1947–2022), американский скульптор, известная созданием гипсовых слепков эрегированных пенисов знаменитых рок-музыкантов.

С. 642. *«We're Only In It For the Money»* («Мы в этом лишь ради денег») — один из четырёх концептуальных альбомов Фрэнка Заппы и группы *The Mothers of Invention,* записанных в 1968– 1969 гг. в рамках проекта «Без коммерческого потенциала» («Lumpy Gravy», «We're Only in It for the Money», «Cruising with Reuben & the Jets», «Uncle Meat»).

Чарльз Мингус (1922–1979) — американский джазовый контрабасист и композитор.

С. 643. *Халим Эль-Дабх* (1921–2017) — американский композитор египетского происхождения, один из пионеров электронной музыки, сочетал элементы национальной египетской музыки с европейской техникой композиции.

С. 644. *Ты хочешь сказать, что в Лорел-каньоне будет кровавая резня?* — Аллюзия на убийства, совершённые «семьёй» Чарльза Мэнсона годом позже, в августе 1969-го, в Бенедикт-каньоне, соседнем с Лорел-каньоном.

А ты встретил достойных дам из каньона? — Отсылка к третьему студийному альбому Джони Митчелл «Ladies of the Canyon» (1970), авторский анахронизм.

С. 645. *...край вкушающих лотос. / «Наверное, она не про автомобиль...»* — История о лотофагах изложена в IX песне «Одиссеи». «Lotus Cars» — английская компания, с 1952 г. выпускающая спортивные и гоночные машины.

С. 648. *...здесь я и сам чужой.* — Отсылка к вошедшей в поговорку фразе из одноимённого стихотворения американского поэта Огдена Нэша (1902–1971), использованного в мюзикле Курта Вайля «Прикосновение Венеры» (1943), экранизированном в 1948 г.

С. 655. *«...а было лишь мечтой в чьей-то голове».* — Строка из песни экс-лидера *Genesis* Питера Гэбриела (р. 1950) «Mercy Street» с альбома «So» (1986), написанной по мотивам стихотворения американской поэтессы Энн Секстон (1928—1974) «45 Mercy Street»; авторский анахронизм.

С. 656. *Хосе Фелисиано* (Хосе Монсеррат Фелисиано Гарсия, р. 1945) — пуэрториканский музыкант, гитарист-виртуоз, композитор и певец.

С. 657. *Джонни Винтер* (Джон Доусон Уинтер III, 1944—2016) — американский блюзмен, гитарист и певец, один из лучших белых исполнителей блюза.

С. 658. *«Light My Fire»* («Зажги мой огонь») — песня *The Doors* с дебютного альбома «The Doors» (1967); кавер-версия, исполненная Хосе Фелисиано в 1968 г., получила премию «Грэмми» в номинации «Лучшее мужское вокальное поп-исполнение».

С. 659. *...дяденька с больным горлом пел про злобную луну...* — Отсылка к песне Джона Фогерти «Bad Moon Rising» с альбома группы *Creedence Clearwater Revival* «Green River» (1969).

С. 665. *«John Brown's Body Lies A-Mouldering in the Grave...»* («Тело Джона Брауна гниет в земле сырой...») — американская маршевая песня времен Гражданской войны в США, посвященная казненному аболиционисту Джону Брауну (1800—1859).

С. 666. *Герберт фон Караян* (1908—1989) — выдающийся австрийский дирижер, музыкальный руководитель Берлинского филармонического оркестра и художественный директор Венской государственной оперы.

С. 674. — *А вот это, уважаемые, — объявляет гид, — дом Джерри Гарсии, Фила Леша, Боба Вейра и Рона «Свинарника» Маккернана, которых весь мир знает как The Grateful Dead. / — Ага, а про барабанщика, как обычно, ни слова, — ворчит Грифф.* — Аллюзия на конфликт середины 1990-х гг. между, с одной стороны, басистом Филом Лешем и его женой Джилл, менеджером группы, и, с другой стороны, барабанщиками Микки Хартом и Биллом Кройцманном; в результате после смерти лидера Джерри Гарсии в 1995 г. игравшая с 1965 г. группа развалилась на ряд отдельных проектов и опять собралась вместе только на прощальное турне «Fare Thee Well» в 2015 г.

С. 675. *...Марти и Пол из Jefferson Airplane...* — Имеются в виду Марти Балин (Мартин Джерел Бухвальд, 1942—2018), вокалист и автор песен, и Пол Лорин Кантнер (1941—2016), ритм-гитарист психоделической рок-группы *Jefferson Airplane*, образованной в 1965 г. в Сан-Франциско.

С. 676. *Диггеры* (от *англ.* digger — копатель) — коммуна радикальных общественных активистов левого толка, действовавшая в районе Хейт-Эшбери в Сан-Франциско в 1966—1968 гг.;

свое название они позаимствовали у движения сельской бедноты во время Английской буржуазной революции 1640—1660-х гг. и ставили своей целью создать общество, свободное от засилья денег и капиталистических ценностей.

С. 677. *Фестиваль «Human Be-In»* — мероприятие, прошедшее 14 января 1967 г. в Сан-Франциско, на территории спортивного комплекса «Поля поло» в парке «Золотые ворота», так называемый «сбор племен» хиппи, ставший прелюдией к Лету Любви.

Оусли Стэнли раздавал всем ЛСД... — Огастес Оусли Стэнли III (1935—2011) — звукоинженер группы *The Grateful Dead*, химик-любитель, который произвел в самодельной лаборатории полкилограмма ЛСД и половину доз раздал бесплатно.

— *А как же полиция? / — Тогда кислоту еще не запретили...* — Авторская неточность: поводом для проведения фестиваля «Human Be-In» и был протест против запрета употребления ЛСД. Закон о запрете был подписан губернатором Калифорнии 30 мая 1966 г. и вступил в силу 6 октября.

С. 678. *«Включись, настройся, выпадай»* («Turn on, tune in, drop out») — один из лозунгов фестиваля «Human Be-In» в Сан-Франциско 14 января 1967 г., из речи Тимоти Лири (1920—1996), американского писателя и психолога, исследователя психоделических препаратов.

С. 681. *Гарт* (Эрик Гарт Хадсон, р. 1937) — клавишник и саксофонист канадско-американской группы *The Band*.

С. 684. *Остров Нетинебудет* (также остров Гдетотам, Нетландия; от *англ.* Neverland) — вымышленная страна, в которой происходит действие повестей-сказок английского писателя Джеймса Барри «Питер Пэн в Кенсингтонском саду» (1902) и «Питер и Венди» (1911), а также пьесы «Питер Пэн» (1904).

С. 687. *«California Dreamin'»* («Калифорнийские грезы») — песня Джона и Мишель Филлипс из *The Mamas & The Papas*, впервые исполненная американским фолк-певцом Барри Макгвайром, но ставшая популярной в исполнении самой группы; выпущена синглом в 1965 г.

С. 691. *Джон Уэйн* (Марион Роберт Моррисон, 1907—1979) — известный американский актер, прозванный «королем вестерна».

С. 702—703. *Астеркот* — название вымышленной средневековой деревни, опустошенной эпидемией чумы, где разворачивается действие одноименного романа (1970) английской писательницы Пенелопы Лайвли (р. 1933).

С. 703—704. *Марк Холлис, лидер Talk Talk...* — Группа Марка Холлиса (1955—2019) *Talk Talk*, выпустившая пять альбомов в 1982—1991 гг. и затем распавшаяся, начинала с синтипопа, однако в дальнейшем ее творчество значительно усложнилось. Считается, что поздние релизы группы предвосхитили жанр пост-рока; их последний альбом «Laughing Stock» был выпущен на лейбле «Verve» — джазовом отделении компании «Polydor».

С. 705. *На пороге стоял Джаспер, в длинном черном пальто, как в песне Боба Дилана...* — Имеется в виду песня «A Man in the Long Black Coat» («Человек в длинном черном пальто») с альбома «Oh Mercy» (1989).

А. Питчер

От переводчика

Как известно поклонникам творчества Дэвида Митчелла, созданная им вымышленная литературная вселенная постоянно расширяется, связывая воедино сюжеты и персонажей его книг. «Утопия-авеню», как и предыдущие романы, щедра на отсылки к прошлым и будущим событиям, знакомым героям (или их предкам и потомкам) и местам действия. Внимательный читатель наверняка заметит эпизоды из «Тысячи осеней Якоба де Зута» (в переводе М. Лахути) и «Сна № 9» (в переводе М. Нуянзиной), которые вплетены в текст «Утопия-авеню».

Итак, по мере упоминания далеко не полный список кочующих персонажей и примет:

Студия «Пыльная лачуга» и звукоинженер Диггер упомянуты в «Литературном призраке».

Дин Мосс родом из Грейвзенда, где частично разворачивается действие «Костяных часов».

Друг Дина Кенни Йервуд — родственник Стеллы Йервуд из «Костяных часов».

Левон Фрэнкленд, с которым читатель впервые встречается в «Костяных часах», здесь курит «Ротманс» (Холли Сайкс из «Костяных часов», устраиваясь работать на клубничную ферму, называется фамилией Ротманс).

«Капитан Марло» — грейвзендский паб в «Костяных часах», хозяева которого, Дейв и Кэт Сайкс, — родители Холли.

Модель Ванесса, с которой Брюс Флетчер изменяет Эльф, неуловимо напоминает Ванессу (Несс) из «Костяных часов», несмотря на разницу в возрасте.

Джаспер де Зут — потомок героя «Тысячи осеней Якоба де Зута».

Медузы света встречаются в романе «Сон № 9», а упоминания кометы и очертаний австралийского монолита Улуру — почти во всех книгах.

С Хайнцем Формаджо, другом Джаспера де Зута, читатель впервые знакомится в «Литературном призраке».

Джаспер живет на вымышленной улице Четвинд-Мьюз, что напоминает о семействе Четвинд-Питтов, фигурировавшем в «Костяных часах» и «Голодном доме».

Мехтильда (Мекка) Ромер носит имя средневековой немецкой монахини-цистерцианки, упомянутой в «Костяных часах».

В диалоге «— Ты пес... / — А ты лиса...» звучат отголоски игры в лису и гончих из «Голодного дома».

Джаспер случайно обнаруживает пластинку с записью секстета «Облачный атлас» и вдохновляется сочинением Роберта Фробишера.

Капитан Верпланке — мосье Верпланке из «Облачного атласа»; критик Афра Бут упомянута в «Костяных часах»; Монгол — в «Литературном призраке».

В Грейвзенде Дин жил на Пикок-стрит, на той же улице, на которой жил Винсент Костелло в «Костяных часах» (маленький Винни мельком упоминается как пассажир в коляске мотоцикла).

Магазин «Мэджик бас рекордз» Билла Шенкса — тот самый, где в 1984 году Холли Сайкс знакомится с Винсентом Костелло.

Сухогруз «Звезда Риги» приплыл из «Костяных часов».

Радиоведущий Бэт Сегундо — персонаж «Литературного призрака».

Вымышленный ирландский виски «Килмагун» упомянут во всех романах.

Иззи Пенхалигон — сестра Джонни Пенхалигона из «Костяных часов» — также упоминается в «Голодном доме»; Пенхалигоны — потомки капитана Пенхалигона из «Тысячи осеней Якоба де Зута».

Критик Феликс Финч — персонаж «Облачного атласа» и «Костяных часов».

В Кляйнбурге, пригороде Торонто, где живет семья Левона Фрэнкленда, стоит дом Айрис Фенби-Маринус в «Костяных часах».

О Криспине Херши, его отце Энтони, няне Агги и особняке на Пембридж-Плейс читатель узнает из «Костяных часов», там же упоминаются и фильмы Энтони — «Батлшип-Хилл» и «По тропинкам Севера».

Луиза Рей, ее отец, военный корреспондент Лестер Рей, и журнал «Подзорная труба» впервые появляются в «Облачном атласе» и опосредованно — в «Костяных часах» и «Голодном доме».

Юй Леон Маринус в разных ипостасях действует и в «Тысяче осеней Якоба де Зута», и в «Костяных часах», и в «Голодном доме»; в «Утопия-авеню» мелькают упоминания и других хорологов, знакомых по «Костяным часам», — Эстер Литтл, Уналак, Си Ло, Франсуа Аркади (Аркадий). Читатель снова попадает в нью-йоркскую штаб-квартиру хорологов в доме 119А, где висит картина Бронзино «Аллегория с Венерой и Амуром», в домашней библиотеке обнаруживается примечательный набор книг, среди которых труд Леона Кантильона, упоминаемый в «Голодном доме», а на старинном клавесине лежит соната Скарлатти, подаренная Маринусу Якобом де Зутом в романе «Тысяча осеней...». Не обходится и без психозотерических методов: психоседации (хиатуса), увещания и мнемопараллакса.

События на острове Дэдзима, настоятель Эномото, градоправитель Сирояма со своим камергером Томинэ, елей душ и храм на горе Сирануи составляют, как утверждает Маринус, «историю, достойную целого романа», — разумеется, речь идет о «Тысяче осеней Якоба де Зута».

На двери приватной палаты в больнице, куда приходит Джаспер де Зут, красуется табличка «CH9» — аббревиатура «Сон номер девять».

Имя мальчика, потерявшегося на фестивале в Ноуленд-парке, Боливар, напоминает о псевдониме Элиот Боливар, под которым публиковал стихи Джейсон Тейлор в романе «Под знаком черного лебедя» (кстати, сам автор в детстве подписывал свои стихи «Джеймс Боливар»).

Дин Мосс бегло пролистывает книжицу «Путь Таро», написанную Дуайтом Сильвервиндом, которого читатель помнит по «Литературному призраку» и «Костяным часам».

Рок-музыкант Деймон Макниш знаком читателю по «Костяным часам».

Не обошлось и без лунно-серой кошки, которая бродит по всем романам Митчелла. И вполне возможно, что греческий ресторанчик в Нью-Йорке, где в 1976 г. после долгого перерыва Эльф Холлоуэй снова видится с Джаспером де Зутом, — тот же самый, где Айрис Маринус-Фенби встречается с Холли Сайкс в «Костяных часах».

И наверняка обнаружится много чего еще.

Содержание

Митчелл Д.

М 67   Утопия-авеню : роман / Дэвид Митчелл ; пер. с англ. А. Питчер. — СПб. : Азбука, Азбука-Аттикус, 2023. — 768 с. — (The Big Book).

ISBN 978-5-389-22320-2

Новейший роман современного классика Дэвида Митчелла, дважды финалиста Букеровской премии, автора таких интеллектуальных бестселлеров, как «Сон №9», «Облачный атлас» (экранизированный Томом Тыквером и братьями Вачовски), «Костяные часы», «Голодный дом» и другие. И хотя «Утопия-авеню» как будто ограничена во времени и пространстве — «свингующий Лондон», легендарный отель «Челси» в Нью-Йорке, Сан-Франциско на исходе «лета любви», — Митчелл снова выстраивает «грандиозный проект, великолепно исполненный и глубоко гуманистический, устанавливая связи между Японией эпохи Эдо и далеким апокалиптическим будущим» *(Los Angeles Times)*. Перед нами «яркий, образный и волнующий портрет эпохи, когда считалось, что будущее принадлежит молодежи и музыке. И в то же время — щемящая грусть о мимолетности этого идеализма» *(Spectator)*. Казалось бы, лишь случай или продюсерский произвол свел вместе блюзового басиста Дина Мосса, изгнанного из группы «Броненосец Потемкин», гитариста-виртуоза Джаспера де Зута, из головы которого рвется на свободу злой дух, известный ему с детства как Тук-Тук, пианистку Эльф Холлоуэй из фолк-дуэта «Флетчер и Холлоуэй» и джазового барабанщика Гриффа Гриффина — но за свою короткую историю «Утопия-авеню» оставила неизгладимый след в памяти и сердцах целого поколения...

«Замечательная книга! Два дня не мог от нее оторваться...» *(Брайан Ино)*

УДК 821.111
ББК 84(4Вел)-44

Литературно-художественное издание

ДЭВИД МИТЧЕЛЛ

УТОПИЯ-АВЕНЮ

Редактор Александр Гузман
Художественный редактор Виктория Манацкова
Технический редактор Татьяна Раткевич
Компьютерная верстка Ирины Варламовой
Корректоры Маргарита Ахметова, Анастасия Келле-Пелле

Главный редактор Александр Жикаренцев

Подписано в печать 28.11.2022. Формат издания 76 × 100 $^1/_{32}$.
Печать офсетная. Тираж 3000 экз. Усл. печ. л. 33,84. Заказ № 5838.

Знак информационной продукции
(Федеральный закон № 436-ФЗ от 29.12.2010 г.): 18+

ООО «Издательская Группа „Азбука-Аттикус"» —
обладатель товарного знака АЗБУКА®
115093, г. Москва, ул. Павловская, д. 7, эт. 2, пом. III, ком. № 1

Филиал ООО «Издательская Группа „Азбука-Аттикус"»
в Санкт-Петербурге
191123, г. Санкт-Петербург, Воскресенская наб., д. 12, лит. А

Отпечатано с электронных носителей издательства.
ООО "Тверской полиграфический комбинат". 170024, Россия г. Тверь, пр-т Ленина, 5.
Телефон: (4822) 44-52-03, 44-50-34, Телефон/факс: (4822)44-42-15
Home page - www.tverpk.ru Электронная почта (E-mail) - sales@tverpk.ru

ПО ВОПРОСАМ РАСПРОСТРАНЕНИЯ ОБРАЩАЙТЕСЬ:

В Москве: ООО «Издательская Группа „Азбука-Аттикус"»
Тел.: (495) 933-76-01, факс: (495) 933-76-19
E-mail: sales@atticus-group.ru; info@azbooka-m.ru

В Санкт-Петербурге: Филиал ООО «Издательская Группа „Азбука-Аттикус"»
Тел.: (812) 327-04-55, факс: (812) 327-01-60. E-mail: trade@azbooka.spb.ru

Информация о новинках и планах на сайтах:
www.azbooka.ru, www.atticus-group.ru

Информация по вопросам приема рукописей и творческого сотрудничества
размещена по адресу: www.azbooka.ru/new_authors/

Y-MBB-31284-01-R